새우깡과 추파 춥스

초판1쇄 인쇄   2015년 4월 2일
초판1쇄 발행   2015년 4월 9일

지은이   남궁현

펴낸이   박대일
편집   이문영 · 임유리 · 박현주
교정   박준용
마케팅   송재진
표지디자인   김은희

펴낸곳   파란미디어
출판등록   2004년 9월 14일 제313-2004-00214호

주소   121-897 서울시 마포구 성지1길 32-36 (합정동)
전화   02.3141.5589(영업부) 070.4616.2012(편집부)
팩스   02.3141.5590
전자우편   paranbook@gmail.com
카페   http://cafe.naver.com/paranmedia
트위터   @paranmedia

ISBN   978-89-6371-183-6(04810)
          978-89-6371-182-9(전2권)

* 이 책의 판권은 지은이와 파란미디어에 있습니다.
  이 책 내용의 전부 또는 일부를 재사용하려면 반드시 양측의 서면 동의를 받아야 합니다.
* 잘못된 책은 구입하신 서점에서 바꾸어 드립니다.

새우깡과 초파주스

1

남
궁
현

장
편
소
설

파란

차
례

♥ 다음 중 소설 '추파'와 가장 관련 없는 설명은?

1 . 가을의 잔잔하고 아름다운 물결.

2 . 이성의 관심을 끌기 위하여 은근히 보내는 눈길.

3 . 환심을 사려고 아첨하는 태도나 기색.

4 . 미인의 맑고 아름다운 눈길.

정답 : 1번

덧 : 츄파춥스(Chupa Chups)의 'Chupa'는 '빨다', '핥다'를 뜻하는 스페인어 '츄파르'에서 유래된 말입니다.

Intro_ 이게 마지막 데이트였어

영화는 아직 끝나지 않았다. 그러나 누가 성질 급한 한국인 아니랄까 봐 대부분 자리를 뜬 상태다.

"혜서야, 저기 좀 봐."

남자 친구가 가리킨 쪽에 빈틈없이 부둥켜안은 덩어리가 보인다. 젊은 두 남녀가 열렬히 키스 중이다.

"뭘 그렇게 봐? 부러워?"

"당연하지. 나도 남잔데."

오빠 니가 무슨 남자야? 영화 보는 내내 '우리 엄마가 그러는데……'를 다섯 번도 더 해 놓고.

"그럼 저런 거 좋아하는 여잘 만나든가."

"에이, 장난이야! 아무리 그래도 그렇지, 어떻게 이렇게 개방된 장소에서……."

혜서는 다시 엔딩 크레디트의 자막을 확인하며 마지막 OST에 귀를 기울였다. 엔딩곡이 끝나기 전에 일어서는 건 영화에 대한 예의가 아니니까. 세상엔 예의 없는 인간들이 너무 많다. 혜서는 오랜만에 만난 별 네 개짜리 영화의 여운을 망친 커플에게 살짝 짜증이 났다. 도대체 어느 장면에서 필을 받은 거야? 아예 방을 잡지.

"어! 저게 뭐야? 새로운 남자가 등장했어! 여자가 깜짝 놀라서 뭐라고 변명하는 것 같은데."

귀도 밝아요. 변명을 하는 건지 아닌지 어떻게 알아? 고개를 돌려 보니 마르고 키 큰 남자가 두 남녀 앞에 우뚝 서 있는 게 보인다. 남자의 얼굴은 보이지 않았으나 앉아 있는 여자의 표정은 가관이었다. 그러게 한 번에 한 남자만 만났어야지. 제 인생 제가 꼬았구먼.

"설마 양다리 걸치다가 들킨 건가? 그런 것 같지?"

"사다리, 오다리일 수도 있지. 가자."

"잠깐 기다려 봐. 재미있겠는데?"

남자가 좀스럽기는. 아휴, 이 오빠도 텄다. 세상의 절반이 남자면 뭐하느냐고. 괜찮은 남자 찾는 게 모래밭에서 물방울 다이아 줍는 수준인걸.

"재미있게 보고 와. 먼저 갈게."

가방을 챙겨 든 혜서는 미련 없이 일어나 붉은 카펫이 깔린 계단을 내려갔다. 끝을 지켜보고 싶었던 그녀의 남자 친구는 아쉬운 마음을 누르며 그 뒤를 따랐다. 그의 손이 혜서의 팔을 잡을 때 키 크고 마른 남자가 뛰듯이 옆을 스쳐 지났다.

"아까 그 남자야. 무지 잘생겼던데. 근데 왜 바람이 난 거지?"

눈도 좋고, 상상력은 더 좋고.

"아, 그 여자한테 가서 물어보고 싶다! 방금 키스한 남자하고 저 키 큰 남자하고 어떤 사이냐고."

아주 대하 막장소설을 써요.

"바람이 난 건지 아닌지 오빠가 어떻게 알아?"

"딱 보면 알지. 어떻게 이런 데서 딱 걸리지? 그것도 딱 붙어서 키스하다가! 완전 현행범이잖아. 우리 엄마가 그러는데 평생 바람 안 피우는 남자는 있어도 한 번만 피우는 남자는 절대 없대. 그럼 여자도 그러겠지……."

또 시작이다. 우리 엄마한테 물어보고, 우리 엄마는 알걸, 우리 엄마가 그러는데……. 이게 그녀의 현 남자 친구 단골 멘트다. 어쩌다 이런 마마보이를 만난 걸까. 남자복도 지지리 없지.

"왜 엄마한테 전화 안 해? 이상한 여자 봤다고 얼른 얘기해야지."

"이따가 봐서. 헌서 넌 안 그럴 거지? 양다리 안 걸칠 거지?"

그럼, 당연하지.

"절대 그럴 일 없을 거야. 다시는 안 만날 거니까. 오늘이 오빠와 나의 마지막 데이트였어. 잘 가."

1 닮았다

'울고 싶다, 진짜.'

거울 속의 저 여잔 도대체 누구야? 혜서는 아침부터 1년 치 한숨을 몰아쉬고 있다. 이렇게 못나 보이는 건 스무 살 넘어서 처음인 것 같다. 빌려 입은 짝퉁 샤넬 투피스는 불어난 몸집을 극대화하는 효과만 줄 뿐이다. 3만 원짜리 파마에 2만 원짜리 염색. 같이 하면 20프로 할인해 준다는 말에 혹해 몰아서 했더니만, 산간 지역에서 갓 상경한 소녀 가장을 만들어 놨다. 단지 휴대폰에 10분 정도 한눈팔았을 뿐인데!

'이건 정말 아니잖아. 차라리 화장을 하지 말 걸 그랬나.'

시간을 확인한 혜서는 클렌징 티슈로 얼굴을 급하게 닦아 내기 시작했다. 교생실습 첫날부터 지각할 순 없으니.

또 지각이다. 눈을 떠 보니 다들 나가고 그만 남아 있었다. 가끔 그 생각을 한다. 왜 부모님 집에선 잠이 잘 안 올까? 고등학교도 할머니 집에서 다닐걸. 우겨서라도 그랬어야 했다.

지난밤에도 새벽 3시가 넘어서야 겨우 잠이 들었다. 그래도 일어날 시간에 일어나긴 했다. 씻고 식탁에 차려진 뭔가를 먹는 시늉도 했다. 식구들 나갈 때 같이 나갈 수도 있었다. 일찍 가면 뭐하나 싶은 마음에 다시 방으로 들어와 잠시 눕는다는 게 깜빡 잠이 들어 버렸다.

처음도 아닌데 뭐. 세현은 길게 반성하는 스타일이 아니었다. 어제 종례 시간에 담임이 한 말이 슬쩍 떠오르긴 했지만.

"일찍이 거성 박명수 옹은 이렇게 말씀하셨다. 남들 열심히 공부할 때 열심히 놀면, 추울 때 추운 데서 일하고 더울 때 더운 데서 일하게 된다고. 늦었다고 생각할 땐 진짜 늦은 거다. 명심해라."

이우연 선생은 학생들에게 옳은 말만 해야 한다고 생각하는 타입이었다. 문제는 자기 생각은 없고 꼭 남이 한 말을 그럴듯하게 재편집해서 한다는 것. 아, 문제가 하나 더 있다. 그는 세현이 제일 싫어하는 과목 담당이다.

'지겨운 하루가 또 시작되는군.'

한쪽 어깨에 가방을 걸친 세현은 현관에 아무렇게나 팽개쳐진 운동화에 천천히 발을 집어넣었다.

'샹노무 새끼! 아침부터 아는 척하고 지랄이야. 심란하게. 에

이 씨, 저 페로몬 덩어리!'

주영은 속으로 혼잣말을 하며 한 시간 전 일을 떠올렸다. 어젯밤 빨간 19금 스티커가 붙은 로맨스 소설을 탐독하는 게 아니었다. 한 권으로만 끝냈어도 괜찮았다. 아니, 책장 깊숙이 감춰 둔 29금 소설을 연달아 읽지만 않았어도, 그 책을 구석구석 핥듯이 읽고 잠든 뒤 39금 꿈을 꾸지만 않았어도 아침부터 헐레벌떡 서두르는 일은 없었을 것이다.

어머, 어머, 어머, 대박! 미치겠네! 이게 꿈이야 생시야? 꿈인 것 같긴 했다. 그래도 좋았다. 질펀한 꿈자리를 벗어나기 싫어서 '조금만 더, 조금만 더.' 하다가 눈을 떠 보니 평소보다 30분이나 늦은 시간이었다. 아침밥은커녕 머리 감을 시간조차 없었다.

허둥지둥 출근을 해 첫 수업이 있는 교실로 올라가는데 등 뒤에서 나지막한 목소리가 들려왔다. 바닥에서부터 은근히 울려 퍼지는 중독성 강한 음성. 이 학교에서 가장 아름다운 수컷이다.

"이주영 선생님."

저 자식은 꼭 이름을 처음부터 끝까지 부르더라. 부담스럽게. 돌아보니 짐작한 대로 J남녀공학에서 제일 유명한 남학생이 입가에 삐딱한 미소를 물고 서 있다. 지난밤 읽은 로맨스 소설 속 주인공처럼 비현실적으로 생긴 놈. 뭐 저렇게 생긴 미성년자가 다 있어?

"어, 왜?"

"스타킹 올 나갔어요. 왼쪽이요."

고개를 외로 꼬고 내려다보니 정말 스타킹 올이 길게 나가 있었다. 등산과 배드민턴으로 단련된 장딴지를 보다가 주영은 갑자기 울컥했다.

'난 왜 종아리에만 집중적으로 근육이 생기는 걸까? 생기라는 배엔 안 생기고.'

그건 그녀가 직계 조상들로부터 물려받은 몹쓸 유전자였다. 생각하니 다시 울컥했다. 저에게 노안과 밋밋한 엉덩이와 짧은 다리도 모자라 남다른 종아리 근육을 물려주신 조상님들, 거기 위에서 정녕 편안하신가요?

어쨌거나 그녀는 선생이었다. 그 사실을 겨우 상기한 주영은 계단 아래의 남학생에게 가능한 한 절도 있는 목소리를 내뱉었다.

"너 왜 이제 오니? 또 지각한 거야?"

"치마도 좀 돌아간 것 같은데요. 아예 돌려 입으신 건가? 먼저 올라갑니다."

샹노무 새끼! 니가 감히 묻는 말에 대답은 안 하고 딴말만 지껄이고 가? 니가 뭔⋯⋯. 그나저나 뭐 저런 뒤태가 다 있어? 힙업 운동을 따로 하나? 사지가 왜 저리 긴 거야? 보통의 고등학생은 팔다리가 너무 길면 휘적휘적 허수아비 같은 느낌을 주는데, 녀석은 교복도 맞춤양복처럼 입고 다녔다.

하필 첫 수업이 그 녀석 교실이었다. 다른 놈들이 담배 한 상자는 말아 피운 걸걸한 목소리로 인사를 건넬 때, 그 아인 그저 씨익 미소만 지어 보였다.

주영은 스스로 다독이기 시작했다. 분명 얼굴까진 안 빨개졌을 거야. 저 어린 걸 보고 떨다니 말도 안 되지. 그녀의 바람과 달리 3학년 9반의 몇몇 남학생들은 노처녀 여선생의 얼굴을 쳐다보며 이렇게 생각했다.

'세계사 쌤 왜 저래? 아침부터 술 마시고 온 거야, 아님 어제 마신 술이 아직 안 깬 거야?'

주영은 세계사를 가르친다. 톡 까놓고 말해서 역사라는 게 뭐냐? 가진 자, 이긴 자, 지배한 자의 기록 아니더냐. 그녀는 자기가 가르치는 과목이 종종 마음에 안 들었다. 차라리 수학 선생이 될걸. 그랬다면 적어도 이게 진실인지 아닌지 고민하면서 가르칠 일은 없었을 텐데. 그런 생각을 하루에 한 번은 꼭 했다.

안 그래도 진도가 늦어져 마음이 급한데 페로몬 덩어리 옆의 쪼그만 녀석이 시답잖은 질문을 던져 왔다.

"쌤, 신석기시대 사람들 성생활은 어땠어요? 공동체 생활이니 거시기도 공유했나요?"

'쟨 뭐니? 선사시대 파트 지난 지가 언젠데 뜬금없이 신석기 타령이니?' 이러고 싶었으나 그녀는 교육자였다. 어차피 이렇게 된 거 학구적인 측면에서 다시 풀어 보기로 했다. 19세에 접어든 지 석 달밖에 안 된 녀석들의 눈빛이 단체로 바뀌기 시작한다. 변태 오스트랄로피테쿠스 같은 놈들.

'니들이 그거 알면 뭐하게? 그 시대로 가서 공동으로 거시기

이용이라도 할 거냐?' 그렇게 쏘아붙이고 싶은 마음도 있었으나 그녀는 선생이었다. 주영은 치밀어 오르는 비웃음을 누르며 선사시대와 역사시대의 학술적 차이를 환기시켰다.

"초등학교 5학년용 질문 한번 해 보죠. 선사시대와 역사시대의 가장 큰 차이점은 뭔가요?"

"문자의 유무요!"

"빙고. 문자, 이게 참 대단한 겁니다."

주영은 뭔지 모를 묘한 냄새로 가득한 교실을 둘러보며 다시 입을 열었다. 일부 청동기시대를 포함한 선사시대엔 아무리 기록을 남기고 싶어도 마땅한 수단이 없었다. 당시의 인류는 기껏해야 동굴 벽이나 바위에 그림을 남기는 걸로 만족해야 했다. 따라서 무엇이 100퍼센트 진실이라고 단정하는 건 몹시 위험하다. 아까 김선후 학생의 발칙한 질문을 떠올려 보라. 정확한 기록이 없으므로 이견은 있지만 상당수의 인류학자, 고고학자, 영장류학자 들은 이렇게 생각한다. 인간은 음식, 자녀 양육, 심지어 섹스 파트너까지 공유한 평등주의 집단에서 진화했다고.

주영은 우중충한 남학생 집단을 둘러보며 생각했다. 역시 성性과 관련된 단어가 나오니 눈빛이 달라지는군. 인간 수컷의 한계야.

"신석기 때와는 달리 청동기 때만 해도 신분이란 게 생겨난 건 다들 알 거예요. 신분이란 게 뭔가요? 뭔가 위아래로 차이가 난다는 거죠. 같은 인간임에도 계급, 재산, 명예 같은 게 태어날 때부터 달라진다는 겁니다."

예나 지금이나 많이 가진 자들에게 신분제도는 더없이 완벽한 제도일 것이다.

"신분이 높은 남자들은 그때부터 이미 일부다처제를 자연스럽게 받아들입니다. 부럽나요?"

네! 네! 선생님! 일부 특별한 몇 녀석만 빼고 다들 부러워 미치려고 한다. 꼴에 사내라고. 뜻밖에 그 특별한 남학생들 안에 진세현이 끼어 있었다. 의외네? 주영은 추가 설명의 필요성을 느꼈다.

사실 일부일처제는 현대인의 도덕에 맞추어 만들어 낸 법적 제도일 뿐 인류의 본성에 반하는 제도다. 일부일처제가 아니었던 과거에는 다수의 아버지를 가진 아이들이 더 많은 혜택을 받고 생존에도 더 유리했다는 과학적 근거가 많다. 그러나 너희는 21세기를 사는 현대인이 아니냐. 섣불리 선사시대 조상님 코스프레 할 생각일랑 마라. 피 본다. 패가망신은 옵션이다. 이런 논지를 훨씬 순화된 표현으로 바꿔 설명했음은 물론이다. 예를 들면 '섹스 파트너'는 '성 배우자' 같은 어휘로.

청동기시대는 역사상 가장 잔인하게 전쟁을 치르던 시대였다. 생각해 보라. 사실 청동靑銅은 아주 약한 재질이다. 금속이라고 해 봐야 녹인 구리에 주석이나 아연을 섞은 합금일 뿐, 주요 무기는 여전히 '돌'이었단 말이다. 마음에 안 드는 적은 죽을 때까지 돌로 찍고 때려 끝장을 봤다는 소리.

그녀에게도 돌로 쳐 죽이고 싶은 인간이 하나 있었으니, 바람나 떠나 버린 전 남친. 생각조차 아까운 시래기. 사시사철 월요일 아침 같은 놈.

"선사시대 그만! 진도나 나가자. 책 펴."

그때 65제곱미터 크기의 교실에 세현의 목소리가 그윽하게 울려 퍼졌다.

"이주영 선생님, 남자는 왜 예나 지금이나 한 여자에게 만족을 못 하는 걸까요? 옛날처럼 닥치는 대로 자식을 낳는 시대도 아닌데 말이죠."

그걸 내가 어떻게 아니? 분명한 건 이 나이 되도록 열 여자 마다하는 남자를 못 봤다는 사실이지. 너야말로 백 여자도 거느릴 수 있을 것 같은데? 그러나 그녀는 선생이었다. 대한민국 공교육을 일정 부분 책임지고 있는 고등학교 교사는 그러면 안 된다. 적어도 겉으로는.

"세상 모든 남자가 다 그렇다는 식으로 일반화시키고 싶진 않구나. 우린 고등한 인간이고, 여긴 동물의 왕국이 아니니까."

대다수 남학생들이 피식피식 웃어 댈 때, 세현은 알 듯 말 듯 묘한 표정으로 그녀를 주시했다. 열아홉 살이 저런 눈빛을 지을 수 있다니. 세상 참.

고개를 돌려 창밖을 내다보던 주영은 여기가 교실이 아니었으면 좋겠다는 생각을 또 하고 말았다.

세상엔 주영이 몹시 싫어하는 게 몇 가지 더 있다. 그중 하나는 그녀보다 젊고 예쁜 여자였다. 5교시 수업을 마치고 교무실로 들어온 순간, 그녀가 아주 좋아하는 것과 아주 싫어하는 것들이 촉박한 시간차를 두고 우르르 인사해 왔다. 제법 잘생긴 젊은 남자 둘. 대박! 이번 교생실습은 극히 보기 드문 케이스가 될 것 같다. 인원수도 지난해보다 많았다. 4월 초부터 4주 과정으로 교생실습을 할 사범대 4학년생들이다. 다음 주 월요일 실습 시작. 오늘은 오리엔테이션이다.

고만고만한 교생들 사이에 두 여자가 돋보였다. 마르고 가무잡잡 섹시한 영어 교생은 입고 들고 걸친 모든 게 명품이었다. 둘 중 하나겠지. 돈이 많거나 사치가 심하거나.

키가 크고 뽀얗게 살이 오른 국어 교생 이름은 정혜서. 순진한 눈매에 어딘지 당돌한 눈빛이다. 아직 소녀 같은 얼굴에 비해 몸매는 글래머 스타일이다. 주영은 국어 교생의 가슴께를 슬쩍 바라보며 한숨을 뱉어 냈다.

'하늘도 무심하시지. 쟤에겐 저리 넉넉히 주신 걸 나에겐 왜 이토록 야박하게 주신 걸까.'

4년 전엔 사제지간이었다는 선배 교사가 영어 교생의 얼굴을 요리조리 살폈다.

"미수는 고등학교 때하고 얼굴이 좀 달라진 것 같다? 살을 많이 빼서 그런가, 엄청 예뻐졌네."

"아, 뭐, 네. 하하."

"최 선생님도. 고등학교 때하고 지금하고 동일선상에서 비교하면 안 되지요. 그때야 얼굴 골격이 완성되기 전인데."

골격 같은 소리 하네. 딱 봐도 성형발이구먼. 보는 눈이 저리 없나. 여자들은 안다. 성형은 과학이며 쉼 없이 진화 중이라는 걸. 시시껄렁한 농담은 아직 끝나지 않은 모양이다.

"그나저나 우리 정 선생은 교생계의 김혜수라고 불러야겠네. 이름도 비슷하고 외형도 비슷하고!"

국어 교생이 순해 보이는 표정으로 애매하게 미소 지었다. 시시한 인간들. 외형? 차마 몸매라는 말은 못 하겠디? 가슴만 크면 김혜수냐고. 얼핏 봐도 60킬로는 훌쩍 넘어 보이는구먼. 쟤가 어딜 봐서 섹시해?

"혜수가 아니라 혜서라잖아요. 정혜서."

한마디 툭 던진 주영은 스멀스멀 올라오는 질투심을 누르며 제자리로 돌아갔다. 주영은 대한민국 유부남들을 좋아하지 않았다. 그들은 정말이지 좋아하기 어려운 존재였다.

'남자는 그저 늙으나, 젊으나, 어리나.'

한 달 동안 같은 반 담임을 맡게 된 15년 차 유부남 이우연은 국어 교생을 바라보며 내심 실실 쪼개고 있었다.

'니들이 여자를 알아? 저 삐쩍 골은 영어 교생 말고 정혜서 같은 타입이 진짜 여자지. 참 좋다. 이런 인연!'

지루한 하루가 게으르게 지나간다. 얼른 종례나 마쳤으면. J고등학교는 야간자율학습을 학생의 자율에 맡긴다. 세현은 3학년 들어서 야자를 해 본 적이 거의 없다. 핑계는 많았다. 오늘 저녁엔 사적인 약속이 있다.

언제부턴가 교실은 지루한 곳이 됐다. 공부도 예전처럼 즐겁지 않다. 이젠 '칠면조들과 바닥을 기어서는 독수리와 나란히 날 수 없다.'는 말 따위로 그를 움직일 수 없다. 이미 다른 잘난 독수리들과 높이 날아 봤지만, 별거 없었다. 그저 칭찬과 과시욕에 약한 독수리 무리일 뿐.

'하루에 한 시간 더 공부하면 미래의 아내 얼굴이 달라진다!'는 구호 역시 그에게 아무 영향력을 발휘하지 못한다. 전교 꼴찌를 한다 해도 여자는 차고 넘칠 것이다. 지금처럼.

"야, 온다! 온다! 죽인다!"

교실이 조용해지는 동시에 문이 열리고, 저절로 벌어지는 입을 다물려고 안간힘 쓰는 담임의 얼굴이 보였다. 그 뒤에 여자 하나가 꼬리표처럼 따라온다. 죽이긴 뭘 죽여? 하여간 보는 눈들 하고는. 안 그래도 지난주 금요일 석식 시간부터 교생들 얘기가 파다하게 돌았었다.

"세현아, 이번에 온 교생 선생님들 진짜 이쁘대! 수학 쌤하고 영어 쌤은 우리 학교 선배라는데?"

그에겐 관심 밖의 일이다. 직업부터 마음에 안 든다.

"선생이 예뻐 봤자 거기서 거기지."

"야, 아까 진규가 봤는데 심각하게 예쁘고 죽여주게 섹시하대!"

섹시란 말에 살짝 구미가 당겼다.

"무슨 과목?"

"영어."

딱히 싫어하지도 좋아하지도 않는 과목. 주변 녀석들은 아까부터 여자 교생 얘기로 난리다. 여자라면 스승도 마다치 않는 비윤리적인 새끼들.

"난 국어 쌤이 더 낫다고 들었는데? 얼굴은 어려 보이는데 상당히 글래머래. 흐흐흐."

"시청각 자료로만 보던 베이글녀가 나타난 거야? 우리 반에 왔으면 좋겠다! 담임하고 담당 교과가 맞아야 한다던데."

베이글녀란 표현은 상당히 과장된 것 같지만, 그 여자가 이 여자인 것 같다. 뭐, 크긴 좀 커 보인다. 상하 모두. 젊은 여자 교생의 등장만으로 교실 공기가 금세 달아올랐다. 남자들에겐 치마만 봐도 흥분하는 시기가 있다.

여자가 교실 이쪽 끝에서 저쪽 끝까지 휘휘 둘러본다. 다른 교생들처럼 긴장한 모습은 아니다. 세현은 국어 담당이라는 교생을 바라보며 생각했다. 살부터 빼야겠네. 빠듯하게 10킬로 정도. 게다가 옷은 또 왜 저리 촌스러워? 엄마 걸 빌려 입었나.

"쌤, 빨리 소개해 주세요. 교생 쌤이요!"

"자식들, 공부를 그렇게 해라! 자, 여기 선생님은 H사대 4학년이시고 국어 과목을 가르치실 거다. 앞으로 한 달간 선생님을 도와 보조 담임교사도 하시니까 말 잘 들어. 자세한 소개는 선생님께 직접 듣도록!"

담임이 표정을 싹 바꾸더니 교생 선생을 교탁으로 불렀다. 다시 표정이 바뀐 담임이 학생들을 둘러보며 드라큘라처럼 으스스한 치아를 드러냈다.

"너희들 한 번이라도 선생님 울리기만 해. 늘 말하지만, 지옥은 생각보다 가까이 있다."

스물일곱 명의 미성년자들은 생각했다. 어서 나가기나 하지. 담임이 나가기 싫은 것처럼 느릿느릿 교실 문을 나섰다.

세현은 교탁 앞의 교생을 심드렁하게 바라보았다. 여선생님을 좋아한 적은 한 번도 없었지만, 처음 본 젊은 여자에게 영 무심하긴 어려웠다. 동글동글 빚어 놓은 찐빵 같은 얼굴, 주꾸미 먹물을 들이부은 듯한 머리카락, 어딘지 둔해 보이는 몸집과 촌스러운 옷차림. 평소라면 눈길도 주지 않을 스타일이다.

"3학년 9반 학생들, 반가워요. 내 이름부터 소개할게요."

교생의 목소리를 듣는 순간 남학생들은 가운뎃다리가 쭈뼛 서는 전율과 감동을 동시에 받았다. 목소리가, 목소리가! 아흐!

국어 교생이 몸을 돌려 칠판에 또박또박 이름을 쓰기 시작했다. 대다수 남학생은 여교생의 뒤태를 감상했다. 대체로 머릿속 생각이 일치했다. 좀 통통하긴 해도 비율은 좋은데? 어우, 엉덩이! 치켜 올라간 각도가, 어우! 칠판 글씨에 신경 쓰는 남학생은 거의 없었다. 그 소수의 학생 안에 세현이 끼어 있었다.

정

"야, 정씬가 봐. 정석훈 너랑 동성이다!"

혜서

"내 이름은 정혜서예요."

"정혜수?"

"정혜서라잖아."

안 들어도 그만인 시답잖은 발언으로 교실이 들썩거릴 때 세현의 머릿속은 과거로 돌아가 있었다. 9년 전 어느 날, 이사 간다는 말 한마디 없이 떠나 버린 혜서 누나. '정혜서'라는 이름의 젊은 여자가 대한민국에 몇 명이나 될까?

"쌤, 연세, 아니, 나이가 어떻게 되세요?"

'말해 주기 싫은데.' 하면서도 이내 짧은 대답이 돌아왔다. 스물둘이란다.

"그럼 우리하고 세 살밖에 차이 안 나네요?"

혜서는 학생들을 향해 부드럽게 미소 지으며 생각했다.

'아그들아, 내가 3년 동안 먹은 국 국물이면 니들을 단체로 익사시킬 수도 있단다.'

그러나 여긴 교실이다.

"학교를 한 해 일찍 들어갔거든요. 똑똑해서 그런 건 아니고 부모님한테 막 졸랐어요. 학교 가고 싶다고."

아무래도 다른 사람인 것 같다. 그 누난 스물셋이어야 하는데. 눈이 크고 입술이 도톰한 건 닮았지만 혜서 누난 가무잡잡하고 말랐었다. 아무리 세월이 흘렀어도 저렇게 나이 들었을 리가 없다. 세현은 괜한 실망감에 짜증이 났다.

인간은 생각하는 만큼 빨리 진화하는 동물이 아니다. 불을 사용할 줄 몰라서 수백만 년을 피가 뚝뚝 떨어지는 고기를 뜯어 먹으며 살았고, 춥고 축축한 동굴 안에서 맹수가 쳐들어올까 봐 벌벌 떨며 잠을 청했던 종족 아닌가. 그러니 수염이 숭숭 난 10대 후반의 청소년들은 20년 전이나 10년 전이나 처음 본 미혼의, 특히나 봐 줄 만한 미모의 여선생을 만나면 당연히 이런 질문을 하게 되는 것이다. 한때 누에를 치며 먹고살던 잠실의 후손들이라고 별다를 게 있겠는가.

"쓰에에에앰, 첫사랑은 언제 해 보셨어요? 첫사랑 얘기 해 주세요오오."

혜서는 방금 질문을 던진 남학생을 바라보며 생각했다. 역시나. 좀 더 창의적인 질문을 할 순 없는 거니? 그걸 기대한 내가 이상한 거니? 그러나 여긴 교생으로서 온 자리다. 일단은 교생다운 대답을 해야 한다.

"첫사랑의 기준이 뭔가요? 처음 관심 가졌던 남자?"

"에이! 다 아시면서……."

"스킨십! 스킨십!"

너희가 원하는 걸 내가 모르지는 않지. 하지만 그건 희망 사항일 뿐.

"처음 손잡은 남자?"

혜서는 남학생들의 걸쭉한 야유를 받으며 생각했다. 매사에 꼭 솔직할 필요는 없는 거 아니냐고.

"그런 거 제대로 키워 본 적 없는데요?"

아무도 믿지 않는 눈치다. 요새 애들은 눈치가 빠르다.

"에이, 쌤! 그 미모에 어찌 남자가 없었겠어요? 말도 안 돼!"

정확히 봤어. 그래도 초면인데 '남자 때문에 괴로웠던 내 인생사 좀 들어 보겠니?' 이럴 수는 없잖아?

"자세한 스토리는 다음 기회에."

19세 사내 녀석들이 단체로 징징거렸다. (단 한 명의 예외는 있었다.) 진짜 못 들어 주겠네. 꼬우면 니들이 교사 하든가.

"그만하세요. 자꾸 이러면 다음 기회도 아예 없을 수가 있습니다. 이름 한 번씩 부르고 얼굴 확인하고 종례 마칠게요."

공민기. 김도현. 김상진. 김선후…… 박우민. 박재형. 박씨도 둘 있네? 백성철…… 아이들은 그녀의 목소리에 바로바로 반응했다. 각양각색이라 좋다. 다 똑같아 보인다면 얼마나 지루할까. 아, 그런데 이 낯익은 이름은?

"진……세현. ……진세현 어디 있어? 빈자리는 없던데?"

반 아이들의 시선이 한 남학생에게 단체로 꽂혔다. 거의 동시에 그 남학생이 오른팔을 들었다. 아까부터 눈에 띄던 아이다. '아이'라고 호칭하기에 상당히 미안한 외모의 소유자였다. 연예인인가? 연예인이 이렇게 앉아 있을 시간이 되나? 그럼 모델인가? 설마 예전에 알던 그 꼬마는 아니겠지? 그대로 진학했으면 고3이 되긴 했을 텐데. 아닐 거야. 그 앤 작고 마르고 귀여운 얼굴이었는데. 사는 동네도 다르고.

'그나저나 쟤도 저 얼굴로 살려면 인생 피곤하겠네.'

세현은 자꾸 미심쩍었다. 뭔지 모르지만 찝찝해서 꼭 확인을 해야 할 것 같았다. '정혜서'라는 이름은 흔치 않다. 그렇다고 아주 드문 이름도 아니다. 따라가서 예전에 반포에 살았었느냐고 물어볼까? 아니, 뭐하러 그래? 그딴 누나 따위.

잠시 머뭇대던 교생이 다른 학생 이름을 부르기 시작했다. 갑자기 표정이 밝아진다. 왜 저래? 뭣 때문에 기분이 좋아진 거야? 세현은 교생의 얼굴을 바라보다 지갑을 펼쳐 사진을 확인했다.

초등학교에 입학하기 직전 방학을 틈타 한국에 온 엄마가 찍어 줬던 사진이다. 혜서 누나는 거실의 1인용 소파에 앉아 있고, 그는 그 뒤에 서서 누나의 어깨를 끌어안은 채 웃고 있다. 누나도 활짝 웃고 있다. 지금 교탁 앞의 정혜서 교생도 웃고 있다.

두 사람, 웃는 모습이 닮았다. 아주 많이 닮았다.

혜서의 일기

시험공부를 하고 있는데 앞집 할머니 목소리가 들렸다.

"혜서 엄마, 이것 좀 먹어 봐."

맛있는 냄새가 방까지 솔솔 풍겼다. 아, 내가 좋아하는 갈비찜인가 봐! 뭘 또 갖고 오셨느냐는 엄마의 목소리가 들렸다. 엄마, 어른이 주시는 건 그냥 받는 거예요.

"별거 아냐. 나눠 먹으려고 넉넉히 했어. 혜서는 집에 있나?"

"방에서 공부해요. 세현이 또 밥 안 먹어요?"

"그놈의 자식이 또 그러네. 속 터져 죽겠어. 제 엄마 닮아 입이 짧아서 그런 건가 봄을 타서 그런 건가, 아무리 맛있는 걸 해 줘도 도대체 먹지를 않아요."

"애들도 봄 탈 수 있죠. 사내 녀석들은 저러다가 쑥 자라고 그러잖아요. 우리 큰애도 그랬는걸요. 혜서야, 얼른 나와 봐!"

밖으로 잽싸게 뛰어나가서 인사를 드렸다.

"할머니, 오셨어요?"

앞집 할머니는 할머니인데도 참 예쁘시다. 말이 할머니지 세현이를 데리고 나가면 막내아들이냐는 말도 많이 듣는다고 한다.

"공부하는데 미안해서 어떡하나. 세현이 고 녀석이 밥을 안 먹는다. 혜서가 와서 같이 좀 먹어 줄래?"

나는 앞집 할머니 집에서 밥 먹는 게 좋다. 우리 집보다 반찬이 두 배는 많으니까.

"엄마, 갔다 와도 되지?"

"그래. 오늘은 금방 와. 내일 시험이잖아."

현관문을 열자마자 세현이가 후다닥 달려와 내 품에 안겼다. 나는 이 애가 내 친동생이면 얼마나 좋을까 하는 생각을 자주 한다. 여자애로 태어났으면 더 좋았을 텐데. 할아버지는 식탁에서 진지를 잡숫고 계셨다.

"할아버지, 안녕하세요?"

"오냐, 어서 와라. 난 다 먹었다. 와서 편히 먹어."

"네."

잠시 뒤 할아버지가 거실로 가셔서 신문을 펼치셨다. 세현인 내 옆에 딱 붙어 앉아서 내 얼굴만 바라보고 있다. 네가 우리 집에서 태어났다면 우리 엄만 널 굶겼을 거야.

"너 왜 또 밥 안 먹어? 맛있는 게 이렇게 많은데."

"밥맛이 없어."

쪼그만 게 무슨 고민이 있다고 밥맛이 없어? 한마디 하고 싶었지만, 그 애의 눈을 보니 차마 입이 떨어지지 않았다. 엄마는 세현이가 딱하다고 하신다. 한창 엄마 품에서 놀 나이에 엄마랑 떨어져서 산다는 이유로. 1년에 두어 번 보는 게 어디 엄마인가. 공부도 좋지만 애가 딱해서 원. 말하자면 그런 식이다. 할머니가 내게 슬쩍 눈짓을 보내며 말씀하셨다.

"혜서야, 많이 먹어. 알았지?"

"네. 세현아, 누나랑 같이 밥 먹을까?"

꼬맹이의 귀여운 목소리가 바로 팅겨져 나왔다.

"누나가 반찬 올려 줄 거지?"

"그래. 우리 손 깨끗이 닦고 손으로 갈비 뜯어 먹자!"

"좋아!"

입맛 없다던 애 맞아? 허겁지겁 음식을 삼키는 세현이를 보며 할머니께서 말씀하셨다.

"이렇게 잘 먹을 걸 왜 할미 애를 태우고 그래? 니 애비가 보면 밥도 안 해 주는 줄 알겠다. 세현아, 천천히 먹어라. 체한다."

갈비가 진짜 끝내주게 맛있었다. 세현이도 밥 한 그릇을 금세 다 비웠다. 그러고는 내가 할머니께 밥을 더 달래서 먹는 걸 보더니 자기도 할머니한테 밥그릇을 내밀었다. 하여간 못 말리는 따라쟁이다. 집으로 오기 전에 할머니께 갈비 양념을 가르쳐 달라고 부탁드렸다.

"초등학생이 그거 알아서 뭐하려고?"

"나중에 아빠 생신 때 해 드리려고요."

"아이고, 기특하기도 하지. 고기 음식은 우선 고기가 좋아야 해……."

나는 할머니께 갈비찜 조리법을 들으면서 종이에 적었다. 세현인 글자도 잘 모르면서 내 옆에 딱 붙어서 종이를 뚫어지게 들여다보았다. 메모를 마친 나는 자리에서 일어났다.

"누나 이제 간다."

"누나, 가지 마. 나랑 놀아, 응?"

"안 돼. 내일 시험 봐. 너 시험이 뭔지 알지?"

"알아. 그럼 나도 누나 옆에서 공부할게."

"하하. 넌 무슨 공부 하려고?"

"수학. 문제집 다 풀어서 새로 샀어."

"한글부터 제대로 배워야지. 수학은 초등학교 3학년 것도 풀면서 한글은 왜 싫어?"

"한글 싫어. 누나네 집에 나도 데려가. 심심해."

"안 돼. 오늘은 시험공부 해야 돼. 내일 시험 끝나면 놀자, 응?"

"조용히 앉아 있을게. 말도 안 걸게. 딱 한 시간만 옆에서 공부하다 올게, 응? 누나."

"아빠도 금방 오실 거야. 나 요번엔 꼭 올백 맞기로 아빠하고 약속했단 말이야. 어, 왜 울어? 울지 마. 세현아, 그 대신 낼 꼭 놀아 줄게. 알았지?"

"누나, 가지 마……. 응? 가지 마."

세현이의 큰 눈에서 눈물이 뚝뚝 떨어졌다. 우는 걸 보니 마음이 아팠다. 할아버지가 그 모습을 보더니 혀를 끌끌 차셨다.

"사내 녀석이 왜 이리 눈물이 많아. 참."

"놔둬요. 외로워서 그러는 걸. 그나저나 얘네는 공부를 언제나 마칠 거야? 둘째까지 생겨서 더 늦어지게 생겼네. 살림은 아무것도 할 줄 모르는 애가. 기운 달려서 세현이 동생까지 봐 준다고 할 수도 없고……."

엄마 얘기가 나오자 잦아들던 세현이 울음소리가 다시 커졌다. 나는 엄마와 같이 살아서 다행이다. 오늘은 일기가 너무 길어졌다. 내일은 짧게 써야지.

2 여자복 더럽게 없네

　세현은 사람들이 많은 곳을 좋아하지 않는다. 중학교 때까지 그래도 괜찮았다. 고등학교에 진학하고 키가 쑥쑥 자라면서 하루가 다르게 얼굴이 바뀌어 갔다. 소년에서 남자가 된 것이다. 이젠 누구도 그에게 예쁘다, 귀엽다는 표현을 하지 않는다. 차라리 그런 말을 들을 때가 나았다는 생각을 할 때도 있다.

　오늘 이 약속 장소까지 오는 길에 세 장의 명함을 받았다. 한 장은 연예 기획사 명함. 나머지 두 장은 호스트바 명함. 누가 봐도 특급 에이스란다. 그 정도 비주얼이면 '돈 많은 누님들'에게 한몫 단단히 잡을 수 있을 거라며 제비 새끼 같은 놈이 따라붙어 집요하게 명함을 디밀었다. 연예 기획사야 집이나 학교까지 찾아올 정도니 그러려니 하지만, 호스트바 명함은 몇 번을 받아도 적응이 안 된다. 가 본 적이 없다고 상상조차 할 수 없는 건 아니니까.

무심코 주머니에 명함을 쑤셔 넣었다가 빨랫감을 정리하던 엄마에게 발견돼 혼난 적도 있다. 도대체 어디서 뭘 하고 돌아다니길래 이런 명함까지 받아 오느냐고. 딱히 변명할 말도 없었다. 혼날 땐 그래도 아들 같다는 생각이 들어서 싫지만은 않다.

벌써 20분째. 아무래도 이 누나 뭔가 단단히 착각하는 것 같다. 오늘 확실히 일러 줄 생각이다. 한 번만 더 기다리게 하면 진짜 헤어질 거라고. 생일이니까 오늘까지만 봐준다. 따로 선물 준비를 안 해서 태어나 처음 꽃다발이나 사 줄까 했지만, 약속한 시간에서 10분이 지난 순간 고이 접었다.

여자 친구는 애교가 뚝뚝 묻어나는 문자를 연달아 보내며 30분 가까이 기다리게 한 뒤에야 나타났다. 얼마나 꾸몄는지 다른 날보다 예뻐 보이기는 했다. 지유가 과하게 눈웃음치며 그에게 팔짱을 끼어 왔다. 화내는 것도 기운이 있어야 하는 법.

"저녁이나 먹자."

언어 전달이 제대로 안 됐는지 음식 메뉴가 아닌 패밀리 레스토랑 상호를 말한다. 여자들은 그런 데가 지겹지도 않은가. 예전 여자 친구도 그랬고 지금 여자 친구도 마찬가지다. 수입육으로 만든 스테이크와 느끼한 스파게티를 왜 그리 먹고 싶어 안달하는지. 할머니의 전통 식단에 길들여진 그에게 패밀리 레스토랑은 도무지 끌리는 장소가 아니었다.

오늘도 역시나. 주문한 음식이 나올 때마다 사진을 찍어 대는 지유를 보며 세현은 무념무상의 상태로 자신을 몰아넣으려고 노력했다. 오늘따라 더 산만하다. 급기야 일어나더니 이리저리 옮겨 다니며 사진을 찍어 댄다. 오늘 밤 돌아가서 블로그나 카카오스토리에 올리겠지. 굶고 사는 사람처럼 이걸 왜 자랑해야 하는지 도무지 이해가 안 된다. 안 그래도 맛없게 생긴 음식이 식어 가는 걸 보니 슬슬 짜증이 치밀어 올랐다.

"배고파."

"잠깐만. 거의 끝나 가."

퉁명스러운 그의 목소리에도 아랑곳하지 않는 모습을 보니 더 어이가 없다.

"누나가 오늘 뭘 먹었는지 세상 사람들이 다 알아야 해? 전국 체인점 수십 곳에서 파는 흔해 빠진 음식을?"

"너하고 먹는 거니까 특별한 음식이잖아."

이런 식의 멘트는 그에게 손톱만큼의 감흥도 주지 않는다. 그는 그저 배가 고플 뿐이다. 지유가 휴대폰 카메라를 그의 얼굴 쪽으로 옮기는 순간, 이맛살이 저절로 찌푸려졌다.

"찍기만 해. 바로 일어날 테니까."

"갱소할게. 진짜루."

"개인 소장이든 뭐든 나 사진 찍히는 거 싫어하는 거 아직 몰라?"

안 그래도 말도 안 되는 팬 사이트가 생기는 바람에 사진엔 늘 예민한 그다. 그의 이름을 딴 얼짱 팬 카페엔 언제 찍혔는지도 모르는 사진들이 꽤 많이 올라와 있다. 도대체 나에 대해 뭘 안다고 카페까지 만들어 가며 좋아하는 걸까? 세상엔 이해 못

할 부류의 사람들이 너무 많다.

"너 치사해. 우리 딱 한 번만 같이 커플 셀카 찍으면 안 돼?"

"어디에 올리려고? 셀카든 뭐든 내 사진 한 장이라도 올려 봐."

"생일 선물로, 응? 딱 한 컷만."

"인터넷에 흔적 남기는 거 함부로 할 짓 아니야. 다 누나 생각해서 하는 말이야. 불펌 당할 수도 있잖아. 나중에 누나 남편이 보면 기분 좋겠어?"

"미래의 내 남편은 너, 진세현일 건데?"

뭐 이런 여자가 다 있어? 고등학교도 졸업 안 한 10대를 상대로 도대체 무슨 망상을 하는 거야?

"누나, 나 고3이야."

"누가 당장 하재? 일단 먹자."

한 시간 반에 걸쳐 길고 지루한 저녁 식사를 끝냈다. 차 한 잔 마실 여유는 있었으나 번거로워 바로 극장으로 자리를 옮겼다. 거북한 속이 좀처럼 가라앉지 않는다. 지유가 추천한 달고 느끼한 음식을 억지로 먹은 후유증이었다.

영화 리플릿을 뒤적이는 지유를 보며 생각했다. 난 왜 이 누나를 만나는 걸까? 다른 여자 찾는 것이 귀찮아서? 새 여자 친구한테 적응하는 과정이 지겨워서? 일주일에 한 번씩 만났다 쳐도 열다섯 번은 만났다. 그때마다 같이 밥을 먹었고. 그럼에도 단 한 번도 그의 취향에 맞는 식당을 가지 않는 특별한 재주가 있는 여자다. 도대체 내 입맛은 언제쯤 파악할 건데?

"좀 전에 저녁하고 영화 보여 주는 게 생일 선물이야."

무뚝뚝한 그의 말에 지유의 눈이 쌜쭉해졌다. 그럼 내가 다이아몬드 반지나 세단이라도 선물할 줄 알았어? 핀잔주고 싶은 걸 꾹 참고 그는 여자 친구에게 영화나 고르라고 했다. 뾰족이 내밀어진 여자의 입이 뾰로통한 말을 뱉어 냈다.

"진세현, 나 반지 안 사 줘?"

가슴을 밀착해 오며 두 눈을 윙크하듯 깜박이는 여자를 내려다보며 생각했다. 고3 학생에게 공부 열심히 하라는 말 대신 밥 사 달라, 영화 보여 달라, 반지 사 달라고 조르는 이 누나의 어디가 좋았던 걸까? 원하기도 전에 키스를 잘해 줘서? 애교가 많아서? 예뻐서? 다음 주에 전국연합학력평가가 있다. 성적에 크게 신경 쓰는 편은 아니지만, 할머니가 걱정하실 걸 생각하니 갑자기 답답해진다. 세현은 대답 대신 같은 질문을 했다.

"뭐 볼 거냐고."

"아무거나 봐."

또 삐친 모양이군. 3년 일찍 태어났으면 뭐해. 허구한 날 어린애처럼 토라지는걸.

"아무리 봐도 '아무거나'라는 영화는 안 보이는데?"

"너 아까부터 왜 그래?"

진짜 몰라서 묻는 거야? 코리안 타임도 정도가 있는 거야. 한두 번이어야 말을 안 하지. 번번이 철딱서니 없는 애처럼 구는 것도 지친다고. 더도 말고 딱 스물둘처럼만 행동해 주면 안 돼?

"빨리 골라. 이번 거 놓치면 한참 기다려야 해."

생일만 아니면 30분씩이나 기다리지도 않았다. 다 먹지도 못할 음식을 잔뜩 시키는 지유를 보는 내내 속에서 천불이 났다. 접시마다 반도 못 먹고 남긴 음식은 고스란히 쓰레기통에 버려질 것이다. 그게 돈이면 남길 수 있을까? 다 먹기라도 하면 아깝지나 않지. 먹지도 못하면서 이것저것 시키는 버릇은 누가 길들인 걸까?

아무리 배가 고파도 그는 여자와 같은 접시의 음식을 나눠 먹지 않는다. 침이 섞였다고 생각하면 식도 입구에서 걸려 도무지 넘길 수가 없다. 키스도 하는 사이에 음식은 왜 같이 못 먹느냐고 따진다면 이렇게 말할 수밖에. 안 삼켜지는 걸 어떡하라고?

"아라써어. 우리 자기가 오늘은 왜 이렇게 짜증이 났을까용?"

여자들은 혀 짧은 소리를 어디서 배워 오나? 부담스럽게 '자기'가 뭐야, 자기가. 세현은 여자 친구의 볼에 폭 파인 보조개를 내려다보다가 픽 웃었다. 그래도 이 보조개처럼 귀여운 구석이 있는 누나다. 음대 2학년생. 스물한 살인 줄 알았는데 알고 보니 스물두 살이었다.

별것도 아닌 이유로 속인 걸 우연히 알게 된 날, 화를 냈다. 나이가 문제가 아니라 어떤 이유로든 거짓말은 질색이었다. 미안하다고 하도 싹싹 빌어서 대충 넘어갔지만 그때 끝내야 했던 관계가 아닌가 싶다. 그러고 보니 오늘 온 국어 교생하고 나이가 같다. 정혜서. 어릴 적 앞집 누나와 동명이인인 통통한 여자.

지유와는 친구의 누나가 나오는 연주회에 억지로 끌려갔다가 엉겁결에 사귀게 됐다. 처음엔 그동안 사귀었던 여자들 중 제일 예뻐서 좋았다. 외모로 반한 인연의 유효기간은 얼마쯤 일까.

그의 여자 친구는 유명 브랜드가 아니면 입으려고도, 들려 고도, 바르려고도, 신으려고도 하지 않았다. 안나 수이 디자인 이 어쩌고저쩌고 떠들어 대고, 이번 시즌 캐서린 햄넷에 대해 이러쿵저러쿵할 때면 도대체 그 여자들 얘기를 나한테 왜 하는 거냐고 따지고 싶어진다. 먹는 것도 마찬가지. 생수는 에비앙, 탄산수는 페리에 라임, 빵은 김영모제과점……. 피자 한 조각 을 먹어도 화덕에 구운 수제 피자를 고집했고, 커피가 당기면 하다못해 커피빈이나 스타벅스라도 찾아 들어가야 했다. 자수 성가한 데다 검소한 조부모 아래서 자란 그의 눈에 곱게 비칠 까닭이 없다.

가끔 생각한다. 난 왜 이렇게 여자복이 없는 걸까?

"세현아, 나 팝콘 먹을래."

"그래. 레귤러면 되지?"

"어. 근데 살찔 텐데……."

"사지 마?"

"아니. 나 먹지 말까?"

"먹지 마, 그럼."

"아냐, 먹을래. 콜라도. 세현아, 라이트 콜라 마셔야겠지?"

아우, 욕 나와! 도대체 여자들은 왜 이래야 하는 거지? 살찌 는 게 싫으면 라이트고 헤비고 아예 먹지를 마!

"누나, 이거 먹으면서 '괜히 샀어. 먹지 말걸.' 그런 말 또 하면 알지? 다신 같이 영화 보러 안 온다?"

"아라떠요. 왜 그래. 화내지 마앙, 응?"

혀 짧은 소리 좀 작작 해. 팝콘값을 치르면서 세현은 딴생각을 했다. 10시가 다 돼 가는데 어디서 뭐 하느냐고 물어보는 식구가 아무도 없네? 이젠 다 컸다고 생각하는 걸까?

영화가 시작된 지 10분도 지나지 않아 지유의 손이 살금살금 그 쪽으로 기어 왔다. 어떡하나 보려고 허벅지에 올라온 손을 내버려뒀다. 1년 전 처음 여자에게 허벅지가 만져졌을 때만 해도 옷 밖으로 심장이 튀어나올 것 같았는데, 이제 이 정도는 면역이 됐다.

그래도 여자들은 남자보다 덜 대범한 것 같다. 허벅지에서 무릎 사이를 살살 움직이기만 할 뿐 5센티미터 위쪽을 덮칠 생각은 못 하는 걸 보면. 아니, 못 하는 게 아니라 안 하는 건가? 세현은 극장에 들어와서 영화는 안 보고 상대방의 몸만 주물럭대는 커플을 혐오한다. 제발 때와 장소 정도는 가려 달라고.

코믹을 빙자한 19금 영화였다. 그렇지만 누구도 그에게 신분증을 보자고 하지 않았다. 사복을 입고 돌아다니면 스무 살 이하로 보는 사람이 없다. 열여덟 살이 되면서부터는 단 한 명도 없었다. 세현은 큰 키와 골격만 빼고 외탁을 했다. 특히 외할아버지를 많이 닮았다. 엄마는 그걸 너무 싫어하지만. 그런 엄마가 그는 정말 이해가 안 되지만.

'내가 이렇게 태어난 건 내 의지가 아닌걸요. 외할아버지하고 나는 다른 사람이라고요.'

넓은 스크린은 실오라기만 살짝 걸친 두 남녀의 헐떡임과 발정 난 대사들로 가득 차 있다. 사실 이 정도 노출은 19세 남자들에겐 장난하는 수준이다. 더 더 더 심한 것도 이미 두루 섭렵한 처지라 주인공들의 야릇한 말장난이 차라리 재미있다. 역시 영화는 영화다. 스크린 안에선 실제로도 저럴까 싶은 대사들을 줄줄이 뱉어 내고 있다.

세현은 지유의 몸이 점점 밀착되는 걸 느끼며 다음 장면을 기다렸다. 허벅지에서 맴돌던 그녀의 손이 이번엔 가슴 쪽으로 슬며시 올라왔다. 여자의 작은 손이 가슴팍을 더듬다 얇은 티셔츠 위에서 그의 젖꼭지를 건드렸다. 드디어 대범해지기로 한 건가? 그러나 그는 닳고 닳은 남자가 아니다. 가까운 친구들도 안 믿어 줄지 모르지만 사실 동정도 못 뗀 처지. 그래 봤자 투표도 못 하는 열아홉 아닌가.

어쩔 수 없이 피 끓는 청춘인지라 여자의 집요한 손길에 아무렇지도 않을 수는 없었다. 이 정도면 뭘 바라는지 바보라도 알 것이다. 지유가 그의 귓가에 뜨거운 입김을 불어 가며 속삭였다. 후각을 자극하는 향수 향이 훅 끼쳐 왔다.

"세현아, 나 오늘 늦게 들어가도 돼. 안 들어가도 되고."

그래도 명색이 남잔데 '난 내일 아침 8시까지 등교해야 하는데? 또 늦으면 지각 벌점 받아서 학생부에 영향……' 어쩌고 할 수는 없지 않나. 시간부터 벌어야 했다. 세현은 점점 대범해지는 지유의 손을 잡아 원래 위치로 되돌려놓고는 조용히 말했다.

"영화 보고 다시 얘기해."

남자의 속삭임에 지유는 신음을 내뱉을 뻔했다. 아무것도 안 하고 그저 귓가에 한마디 했을 뿐인데! 그녀는 모델 같은 남자 친구의 옆모습을 보며 극장 밖에서 벌어질 일을 숨 가쁘게 상상했다. 호텔로 가자고 할까? 모텔은 싫은데. 근데 얘 돈은 있나? 그까짓 거 내가 내지 뭐. 미성년인 게 좀 걸렸지만 언제 어떤 여자에게 뺏길지 몰라 늘 불안했다. 다른 여우 같은 년이 건드리기 전에 확실히 도장을 찍어 둬야 한다.

같이 돌아다니다 보면 남자건 여자건 그녀보다 세현을 더 흘깃거렸다. 자존심 상할 틈도 없이 너무나 수긍이 되는 외모였으므로 지유는 순순히 인정했다. 오후에 두 번째 면도를 했다는 그의 턱엔 벌써 파릇파릇한 수염이 기세 좋게 자라고 있었다. 저 턱으로 내 몸을 거칠게 비벼 주면 얼마나 좋을까. 가슴부터 저 아래까지……. 아, 미치겠네! 벌써 젖어 들면 안 되는데.

지유는 동시에 남자 친구에게 짜증도 났다. 다른 남자 같으면 이 정도 스킨십을 하기도 전에 가슴이라도 만져 보려고 기를 썼을 것이다. 키스는 당연지사. 그런데 세현은 그녀가 주는 팝콘은 먹으면서도 그녀 입에 먼저 넣어 주는 법이 없었다. 콜라도 하나를 시켜 같은 빨대로 빨아 먹는 게 아니라, 꼭 두 개를 사서 따로 마시며 자기 것은 건드리지도 못하게 했다. 한번은 어떻게 하나 보려고 일부러 그의 음료수를 마셔 봤다. 그날 화를 내진 않았지만, 남은 음료수엔 입도 안 대는 걸 보고 내심

질렸었다.

하는 짓을 보면 어떤 땐 선수 같기도 하고, 어떤 땐 아주 순진한 것 같기도 해서 감이 안 잡혔다. 설마 내가 처음일까? 아닐 거야. 누가 이런 앨 여태 그냥 놔뒀겠어. 작년에도 여자 친구 있었다고 했는데. 재작년에도. 지유는 가끔 그 생각도 했다. 얘 좀 이상한 거 같아. 설마 고자는 아니겠지? 그럴 리가. 절대 그럴 리가! 나를 위해서라도 절대 그건 안 돼!

사실 그녀는 오늘을 위해 속옷까지 새로 장만했다. 살짝 보기만 해도 벌떡 설 만한 것으로 심혈을 기울여 골랐다. 대학 고르는 것만큼 힘들었다. 넓은 스크린은 그야말로 끈적거리는 대사와 흐드러진 장면으로 넘쳐나고 있다. 스크린 속 주인공이나 스크린 밖 관객이나 흥분 게이지가 점점 상승할 수밖에 없는 환경. 지유는 이미 90퍼센트 가까이 육박했다. 지금 그냥 나가자고 할까? 아니, 다 보고 가자고 할 거야. 분명.

지유는 세현을 놓치기 싫었다. 본인 입으로 공부는 별로라고 했지만 그녀에겐 전혀 문제 되지 않았다. 좋은 대학 못 가면 어때? 머리는 되게 좋다는데. 고1 때까진 전국에서 날렸다는데. 수학은 지금도 천재 수준이고. 게다가 친구 동생 말에 의하면 세현은 알아주는 알부자 할아버지의 장손이었다. 반포에 세현 명의의 대형 아파트가 있다는 소문까지 있었다. 아니, 빈털터리라도 좋았다. 돈은 지유 집에도 많으니까.

세현의 부모 역시 그를 더 돋보이게 해 주었다. 둘 다 지명도 있는 대학 교수에 엄마는 교육 프로그램에 자주 나오는 유명 방송인이다. 지유도 그의 엄마를 텔레비전에서 본 적이 있다. 일부러 검색해 찾아보기까지 했다. 뛰어난 외모와 말솜씨로 더 유명해진 아동발달학 박사. 돈 버는 기술과 돈밖에 없는 아빠와, 잘생긴 연예인에 빠져 지내는 엄마에게 남자 친구가 어떤 아이인지 소개하자 대학 붙었을 때만큼이나 좋아하셨다.

세현이 아직 고3이고 세 살이나 어린 건 아무 걸림돌이 안 됐다. 엄마는 지유에게 무슨 수를 써서라도 그 앨 잡아야 한다고 다짐시켰다. 졸업하면 같이 유학 가자고 꼬드길까? 정 급하면 혼전 임신이라도 하지 뭐. 요샌 그게 대세잖아. 상상 속의 지유는 마냥 행복했다. 상대가 세현이라면 다른 남자들처럼 여왕 대접을 안 해 주거나 쌀쌀맞아도 참을 수 있었다. 다른 남자였으면 진작 차 버렸을 것이다. 주목받는 걸 즐기는 그녀에게 세현은 더없이 훌륭한 남자 친구였다.

세현의 일기

"세현아, 누나 왔는데?"

문밖에서 혜서 누나 목소리가 들렸다. 나가고 싶었지만 꾹 참았다. 할머니 목소리도 들렸다.

"세현이 삐쳤다. 어제 그냥 갔다고. 아침도 겨우 먹는 시늉만 하고 유치원 갔다 와서 방에서 나오질 않아. 유치원에서 점심도 굶었다는데 간식도 안 먹고. 이젠 힘들어서 세현이 못 키우겠다. 제 엄마한테 보내든가 해야지, 원."

할머니는 내가 밥을 안 먹으면 엄마한테 보내야겠다는 말씀을 꼭 하신다. 그래서 아무리 배가 고파도 자꾸 굶어 봤다. 하지만 할머닌 한 번도 나를 엄마한테 보내 준 적이 없다. 할머니, 엄마, 아빠 모두 거짓말쟁이다. 엄마가 보고 싶다. 아빠보다 엄마가 더 보고 싶다. 엄마 몸에서 나는 냄새를 맡고 싶다. 겨울에 보고 한 번도 못 봤다. 전화 속 엄마는 진짜 엄마가 아닌 것 같다.

"제가 얘기해 볼게요."

누나가 금방 들어올 것 같아 얼른 바닥에 주저앉았다.

"우리 세현이 뭐 해?"

화난 척을 더 하고 싶었다. 귀찮게 안 한다고 그렇게 부탁했는데도 그냥 가 버렸지!

"안 들리나 보다. 레고 했구나. 이젠 누나보다 훨씬 잘 만드네. 성 시리즈 새로 샀어? 와, 되게 좋다!"

레고를 하다 보면 시간이 잘 간다. 이건 잘하는 게 많은 혜서 누나와 실력이 비슷하다. 사실 수학은 내가 좀 더 잘하는 것 같다. 저번엔 내가 틀린 걸 가르쳐 준 적도 있다.

"진짜 말 안 할 거야? 그래, 그럼 혼자 놀아. 누나 간다. 친구랑 공원이나 가야지."

아, 누나! 이건 아니지!

"어딜 간다고?"

"공원에. 친구들이 놀자고 하는 거 너 때문에 그냥 왔거든. 넌 계속 성이나 지어. 안녕."

"나도 데리고 가. 나도 공원 좋아해."

"할머니가 너 점심밥도 안 먹었다던데?"

"배 안 고파."

"무슨 배가 안 고파? 몸이 그게 뭐니? 젓가락처럼. 너 처음 만났을 땐 지금보다 통통한 게 귀여웠는데. 그렇게 밥을 안 먹으니까 키도 잘 안 자라잖아."

우리 별님반에 나보다 작은 애 넷이나 있거든? 그런데 밥 얘기를 듣다 보니 배가 점점 고파졌다.

"밥 먹으면 나도 데리고 갈 거야?"

"먹는 거 봐서."

거실로 뛰어나가 할머니를 찾았다. 얼른 먹어야 한다. 그것도 아주 많이.

세현이 여자 친구와 함께 영화를 보던 그 시각, 혜서는 동료 교생들과 함께 노래방에 있었다. 교생 정혜서가 세상에서 가장 좋아하는 건 학생이 아니다. 학교는 더더욱 아니다. 가歌, 무舞. 이 둘은 혜서의 인생을 단적으로 대변하는 단어다. 노래 따로 춤 따로도 좋아하지만, 춤추면서 노래하는 게 제일 좋았다.

주위 사람들은 그런 혜서에게 음주까지 좋아했다면 직업이 바뀌었을 거라는 불쾌한 농담을 던지곤 한다. 3차로 노래방에 간다는 소리만 안 들었어도 밥만 먹고 일어서려고 했다. 2차 호프집은 그다지 당기지 않았다. 혜서의 적정 주량은 맥주 500cc. 소주는 라이트한 걸로 두 잔.

대학교 2학년 때 레몬을 썰어 넣은 소주가 맛있다고 야금야금 마시다가 필름이 끊긴 적이 있다. 한순간 정신을 잃었는데, 까딱하면 그날 미팅한 남자에게 업혀 모텔에 들어갈 뻔했다. 다시 생각해도 재수 없는 놈이다. 모텔 입구에서 눈을 떴기에 망정이지 그 새끼 인생을 아주 끝장내 줄 뻔했다. 공권력의 힘을 빌릴까 하다가 절차도 복잡하고 근거도 희박해 사적으로 끝장을 내 줬다.

그 자식을 소개한 동아리 선배는 공개적으로 망신을 당한 뒤 동아리에서 쫓겨났고, 취한 그녀를 둘러업고 숙박업소를 찾았던 미팅남은 오빠를 대동하고 나온 혜서 앞에서 무릎을 꿇고 싹싹 빌어야 했다. 변명조차 얼마나 비굴하던지. 피곤한 것 같아 잠시 재워 주려고 했다고? 깰 때까지 옆에서 얌전히 기다리려고 했다고? 후일담을 들으니 그 미팅 파트너는 동아리 선배에게 다시 반죽음을 당했다고 한다.

그 뒤로 혜서는 잘 모르는 남자가 주는 건 아예 먹거나 마시지 않는다. 그것이 흔한 생수나 음료수라 해도. 아는 남자가 주는 것도 불안해서 웬만하면 받지 않는 피곤한 인생을 살게 됐음은 물론이다.

그녀는 맨정신에도 취한 것처럼 잘 노는 것을 대단한 능력이라고 생각한다. 그러므로 정혜서는 능력자다. 노래방 소파에 앉아 책자를 뒤적이던 혜서는 열두 시간 넘게 입고 있는 옷을 내려다보며 분노를 터뜨리고 싶었다. 오늘의 의상은 친구 언니한테 빌려 입은 짝퉁 버버리 원피스. 어떻게 이 언니 옷은 죄다 짝퉁밖에 없어?

'노래야 어찌 한다 쳐도, 이 옷차림으로 춤추는 건 심청이가 용왕님 앞에서 브레이크댄스를 하는 것만큼 어색한 일일 거라고.'

그저 촌스럽기만 하면 말을 안 한다. 살은 또 얼마나 쪄 보이는지. 안 그래도 3개월 사이 8킬로그램 넘게 불려 놓은 터라 맞는 옷이 거의 없었다. 사이즈 자체가 바뀐 것이다. 66사이즈. 몸무게가 60킬로그램을 넘은 건 태어나 처음이다. 매일 스무 시간씩 앉아 지냈던 고3 시절에도 55킬로그램을 넘은 적이 없던 그녀였다.

열네 살 가을부터 혜서의 장래 희망은 뮤지컬 배우였다. 오빠를 따라가서 처음 본 뮤지컬은 그녀의 인생행로를 바꾸어 놓을 것만 같았다. 교사는 언제나 3순위 밖이었다. 누군가를 가르치는 건 좋아했으나 절대 직업으로 삼고 싶진 않았다. 그렇지만 결국 교사가 될 것 같다는 불길한 예감에 시달리고 있다.

문제는 언제나 돈이었다. 보컬, 발성, 댄스, 연기 트레이닝……. 뮤지컬은 독학으로 배울 수 있는 분야가 아니다. 다니고 싶은 뮤지컬 학원은 너무 멀었고, 비싼 학원비를 대 달라고 조르기도 미안했다. 먹고사는 것조차 버거울 때였다. 가족은 그녀를 설득했다. 공부를 제법 잘하니 사대를 목표로 하고 뮤지컬은 나중에 해도 늦지 않을 거라고.

대학 입학 후엔 공부와 뮤지컬 사이에서 양다리를 걸치며 살았다. 한눈 안 팔고 뮤지컬 동아리에서 살다시피 했던 때도 있었으나 오디션은 서류 전형에서부터 탈락하곤 했다. 부족한 실력이나마 보여 줄 기회조차 주어지지 않았다. 운 좋게 서류 전형을 통과한 적도 있었지만 번번이 실기에서 떨어졌다. 관련 경력도 전무한데다 뮤지컬을 하기엔 기본기가 없고 성량이 부족하다는 게 이유였다. 대중 가수에 어울리는 외모와 목소리라는 말을 더 많이 들었다.

혜서는 가수엔 특별한 매력을 느끼지 못했다. 배우도 마찬가지. 이런저런 경로로 기획사 명함을 몇 차례 받고 두어 번 문을 두드려 본 적도 있다. 혹시나 뮤지컬 배우로 가는 지름길이 될지 몰라 혹한 게 사실이다. 전화를 받을 땐 뭐든 다 해 줄 것 같더니 막상 가 보면 스타로 키워 주겠다며 돈부터 요구했다. 더 이상한 것을 묘하게 요구하는 곳도 있었다. 속옷 모델이나 누드모델부터 시작하자는 소름 끼치는 제안까지 받아 보았다. 다시는 연예 기획사 쪽은 눈길도 주지 않았다. 뮤지컬 오디션이 열흘 앞으로 다가왔다.

그녀에겐 교사가 되기 싫은 이유가 하나 더 있었다. 불행히도 학교는 입고 싶은 대로 아무 옷이나 걸치고 다닐 수 있는 직장이 아니다. 품행은 늘 단정해야 하며 노출은 최소화해야 한다. 그녀의 옷장을 열어 보면 평범한 의상이라곤 싸구려 면 티셔츠에 청바지밖에 없다. 청바지조차 리폼하고 자르고 찢고 뭔가를 붙여서 입고 다니는 혜서로선 공교육 교사는 도저히 타협할 수 없는 직업이었다.

교생실습을 앞두고 한 달 동안 입을 옷과 가방, 구두를 장만하는 여느 친구들과 달리 혜서는 엄마와 오빠가 옷 사라고 준

돈을 다른 데 써 버렸다. 뮤지컬 학원 단기 레슨을 등록한 것이다. 급한 대로 친구 언니에게 빌려 온 몇 벌의 옷은 재앙 수준이었다. 그러나 이미 돈은 다 써 버린걸.

노래방의 그녀는 의상의 한계를 절감하며 마이크를 잡았다. 어디 뮤지컬 연습이나 한번 해 볼까. 평범한 사람들 앞에선 첫 소절만 부르면 게임 끝이다. 5분도 지나지 않아 노래방 안은 앙코르를 외치는 동료 교생들의 목소리로 가득 찼다. 30분쯤 뒤 혜서는 생각했다.

'나한테 뻑이 간 남자가 또 몇 생겼군. 이건 내가 말릴 수 있는 일이 아니야.'

서연이 시부모를 찾아온 건 지난겨울 어느 날, 막 후식을 물렸을 때였다. 저녁은 먹었느냐는 시어머니의 물음에 서연은 드릴 말씀이 있어서 왔다고 대답했다.

세현의 조부모는 며느리의 표정에 저절로 긴장했다. 한 달에 한두 번은 보는 사이지만 며느리 혼자 오는 때는 드물었다. 워낙에 바쁜 사람인데다 도시 생활이란 게 어디 같은 도시에 산다고 허구한 날 볼 수 있는 건가.

서연은 늘 너그러운 시부모를 보며 감사할 때가 많았다. 이 어르신들이 아니었다면 유학은 꿈도 못 꿀 일이었다. 더군다나 사내아이를 둘이나 낳고 키우면서. 그녀의 유학 비용까지 대주신 걸 생각하면 부모복은 없어도 남편복과 시부모복은 있는 사람이다 싶어 더 잘해야겠다고 다짐하곤 했다.

사실 큰아들 세현은 낳기만 했지 시부모님이 키워 준 거나 마찬가지다. 기저귀를 떼고 종알종알 떠들기 시작하던 아들을 한국에 남겨 두고 떠나야 했던 것이다. 더는 애만 보고 있을 수가 없었다. 하루라도 빨리 박사 과정을 마치고 싶었다. 영어를 모국어로 쓰는 사람들과 경쟁하려면 맘 편히 밥해 먹을 시간도 없을 게 뻔했다. 남편은 남편대로 바빴다. 사이좋은 부부였지만 얼굴 보고 몸 맞추는 것도 버거울 때였다.

아들을 직접 키우려면 둘 중 누구 하나는 박사 과정을 포기해야 했다. 서연은 이미 2년 반의 시간을 흘려보냈다. 남편 경훈이 해 줄 수 있는 일엔 한계가 있었다. 그는 아내에게 희생을 강요하진 않았으나, 배우자를 위해 자기를 전부 희생할 사람도 아니었다. 그럴 의무도 없었다. 유학 비용은 물론 생활비까지 부담하는 시댁과 남편에게 그것까지 바라는 건 욕심이라는 걸 서연은 잘 알았다. 그래서 아들이 희생당했다.

어린 세현에겐 이해가 안 되는 일이었다. 어젯밤까지 실컷 만지라고 젖가슴을 내주며 같이 자던 엄마가 아침에 손을 흔들고 나가더니 영영 돌아오지 않았다. 물론 아동발달에 해박한 서연이 무책임하게 '세현아, 우리 저녁때 다시 보자.' 하고 떠난 건 아니었다. 최대한 알아들을 수 있도록 설명했다. 또래보다 말귀가 빠른 아들이었다. 한 달 넘게 시댁에서 같이 보내며 아들이 할아버지, 할머니에게 정들일 시간도 줬다.

그러나 28개월짜리 아이에겐 그걸 오래 기억할 용량이 없었다. 어린 세현에게 각인된 영상은 아침까지 같이 웃고, 밥을 먹여 주고, 뽀뽀까지 몇 번이나 해 주던 엄마가 하루아침에 사라졌다는 사실뿐이었다.

아이에겐 어른 같은 시간개념이 없었다. 살던 나라가 달라지고, 집이 달라지고, 양육자가 달라졌다. 아침저녁으로 통화한다고 해서 그리움까지 사그라들진 않았다. 영상통화 같은 수단도 없을 때였다. 세 살배기가 체감하는 하루는 길었다. 잘 놀다가도 거실 벽에 걸린 부모님 결혼사진만 보면 눈물이 핑 돌았다. 아무리 기다려도 오지 않는 엄마를 부르며 현관 신발 더미 위에서 울다 지쳐 잠들 때도 있었다.

할아버지는 손자가 조금이라도 깨끗한 곳에서 뒹굴라고 신발을 싹 치우고 걸레로 현관을 말끔히 닦아 놓았다. 할머닌 그런 첫 손자가 딱하고 자식 내외가 원망스러워 소녀처럼 펑펑 눈물을 쏟았다. 언젠가는 이런 말까지 했다.

"경훈 아버지, 우리 더 늙으면 우리 재산 세현이한테만 물려줘요. 경훈이 내외한텐 집 한 채만 주고 전부 세현이 주고 가요. 세현이는 우리 막내아들이나 마찬가지야. 저 어린 게 엄마가 그리워 빼들빼들 말라 가는 거 봐. 나하고 어서 약속해요."

용민은 그러겠다고 약속했다. 그에겐 그 누구보다 같이 늙어 가는 아내가 소중했다. 젊어서나 늙어서나 아내가 우는 모습은 견딜 수가 없었다.

서연은 서연대로 고민이 많았다. 영특하고 잘난 아들이었다. 돌이 채 안 됐을 때부터 1부터 10까지 구분하고 한국말로도, 영어로도 숫자를 셌던 아들. 양가의 우성유전자만 쏙쏙 골라 태어난 것 같은 첫아이. 어린것이 얼마나 살가운지 남편은 저리 가라 할 정도로 애정을 쏟아 키웠다. 그런 아들이 이젠 그녀를 서먹서먹해하고 어려워한다. 둘째 우현처럼 부모에게 뭘 조르거나 짜증 내는 법도 없다. 그건 부모 역시 마찬가지였다. 내 배로 낳은 자식에게 화를 내야 할 때조차 선뜻 야단치기가 어려웠다. 너무 오래 떨어져 살았던 것이다.

먼저 박사 학위를 받은 남편이 연봉 높은 경제연구소에 자리 잡자 서연은 아들을 미국으로 불러들이고 싶었다. 그러나 이미 한국에 적응한 세현은 부모의 제안을 거절했다. 부모가 한국으로 영구 귀국했을 때도 조부모와 계속 살길 원했다. 억지로 집으로 데려온 게 2년 전이다. 그 뒤로 많은 것이 변했다. 더 가까워지길 바라며 결정한 일이었지만 과연 옳은 결정이었나 하는 생각이 서연을 자주 괴롭혔다. 집으로 데려오기 전보다 모든 게 나빠졌다. 더 좋아진 건 하나도 없는 것 같다.

말은 없는 편이지만 타고난 성정이 다감하고 의젓한 아이였다. 어려서부터 키웠던 반려견 캔디를 제 침대에서 같이 재운 것도, 사료 외엔 어떤 것도 주지 말라는 수의사의 말을 무시하고 맛있는 음식이 있으면 슬쩍 나눠 먹은 것도 큰아들 세현이었다.

인간은 때로 자신의 인격을 위장하지만, 개는 본능적으로 사람을 파악했다. 캔디가 가장 좋아하는 가족은 언제나 세현이었다. 시부모 집에서 살 때도 그랬다고 한다. 아들은 아무리 늦게 들어오는 날도 캔디의 산책을 거르지 않았다. 그렇게 친동생처럼 아끼던 캔디를 수련회에 간 사이 동생이 산책을 시키다가 놓쳐 버렸다. 연락을 받은 세현은 수련회 도중 집으로 돌아와 끼니도 거른 채 찾아다녔다. 실종된 캔디는 며칠 뒤 교통사고를 당해 죽은 채 발견됐다.

서연은 아들이 그렇게 우는 걸 처음 봤다. 세현은 오래도록 눈물만 뚝뚝 떨어뜨렸다. 소리 내 우는 쪽은 오히려 우현이었다. 캔디를 잃어버린 동생이 원망스러웠을 테지만, 그래서 큰애가 작은앨 몇 대 때린다 해도 봐줘야지 생각했지만 세현은 그러지 않았다. 그 뒤로 아들은 말수가 더 줄었다. 남편 경훈이 새로 강아지를 사 주겠다고 했으나 세현은 필요 없다고만 했다. 아무것도 필요 없다고.

세현은 '사람은 자기보다 못한 사람을 돌아볼 줄 알아야 한다.'는 표현을 좋아하지 않는다. 너는 행복한 사람이야. 자, 둘러보렴. 세상엔 너보다 불행한 사람이 이렇게 많아. 이제 알겠니? 네가 얼마나 행복한지.

행복의 기준이 물질이라면 세현은 아주 행복한 아이였다. 세상은 그보다 덜 행복한 사람 천지였다. 하지만 행복의 기준을 바꾸면 바로 불행한 아이가 됐다.

그가 바란 건 아침저녁으로 얼굴을 보여 주며 눈을 맞춰 주는 부모였다. 한글 배우기를 싫어하는 아들을 앉혀 놓고 한 자 한 자 가르쳐 주거나, 일주일에 하루쯤 자전거를 태워 주는 아빠였다. 예고 없이 비가 쏟아지는 날이면 서둘러 우산을 챙겨 오는 엄마의 아들이고 싶었다. 우산 하나를 나눠 쓰고 종알종알 수다 떠는 모자母子의 모습을 바라보며 '세상에 이렇게 엄마가 많은데 왜 나는⋯⋯.' 그런 생각을 하기도 했다. 아예 돌아가셨으면 포기하겠는데 엄마는 분명 존재했다. 먼 나라에서, 얼굴도 잘 모르는 동생만 데리고.

할머니가 엄마를 대신해 살뜰히 챙겨 주셨지만, 할머닌 할머니고 엄마는 엄마였다. 증상이 심해진 장애아를 치료하느라 아들 입학식에 빠지는 엄마. 중증 장애 아동을 위한 책과 동영상을 만드느라 아들 졸업식에 할머니를 보내는 엄마. 그런 엄마가 아니라, 등굣길에 한 번만이라도 가방을 들어다 주는 엄마의 아들로 자라고 싶었다.

한국에 돌아온 부모는 그에게 뒤늦은 애정을 주고 싶어 했지만, 부담스러운 사랑으로 다가올 뿐이었다. 큰 원을 마주 보고 맴도는 사람들처럼 세현은 그렇게 부모와 멀어져 갔다.

서연은 아들에게 자신이 얼마나 행복한 사람인지 알려 주고 싶었다. 닥치는 대로 물건을 집어 던지고, 특별한 이유 없이 음식물을 먹고 토하는 걸 반복하고, 마음에 안 드는 일이 생기면 벽이나 바닥에 연신 머릴 찧어 대는 아이들을 보며 그녀에게 주어진 두 아이가 건강한 것에 내심 감사했다. 제 몸을 자해하다가 골방에 묶여 버린 아이나 세상 밖으론 한 뼘도 자기를 내보내지 않으려는 아이를 보면 무슨 방법을 써서라도 평범한 아이로 만들어 주고 싶어 조바심이 났다. 몸이 하나이니 자잘한 사생활은 포기했고 그마저도 자꾸 잊어버렸다.

세상엔 김서연 박사를 원하는 곳이 많았다. 그녀의 손길을 기다리는 아픈 아이들도 많았다. 서연은 자기 일이 천직이라고 여기며 다른 부모의 불완전한 아이들을 기꺼이 껴안았다. 무책임한 아버지 때문에 어려운 학창 시절을 보내고, 젊음과 중년을 꼬박 바쳐 발달장애아들을 치료해 온 그녀에게 두 아들이 보이는 두 갈래의 반항은 어찌 보면 배부른 고민처럼 느껴졌다.

어느 날 서연은 청소를 하다가 쓰레기봉투에서 캔디가 썼던 자잘한 물건들과 함께 찢어진 노트를 발견했다. 큰아들의 글씨였다. 일기의 한 부분처럼 보이는 글의 말미엔 이런 문장이 쓰여 있었다.

소중한 건 모두 말없이 나를 떠나가 버린다. 예전이나, 지금이나.

밖에서 보기엔 완벽한 여자로 비쳤을 것이다. 이기적인 엄마였음을 인정하고 싶지 않았는지도 모른다. 이 아이에게 가장 소중한 것은 무엇이었을까? 말없이 떠나가 버린 소중한 그 무엇에 캔디는 물론 분명 자신도 포함될 것이라는 생각에 눈물을 멈출 수가 없었다. 멀쩡한 자식을 망친 게 전부 자기 탓 같아서 괴로웠다.

그즈음 세현은 학원엔 허구한 날 빠지고 야간자율학습을 하는 것도 아닌데 늘 늦게 들어오곤 했다. 금요일 저녁이면 할머니 집에 가서 일요일 밤 늦게야 집으로 돌아왔다. 신경 써서 밥상을 차려 줘도 맛있다는 말은커녕 짜다, 달다, 싱겁다, 아무 표현이 없었다. 놀러 온 아들의 친구처럼 그저 잘 먹겠다, 잘 먹었다고만 했다.

집에 있을 땐 씻을 때나 식사 시간 외엔 방 밖으로 거의 나오지 않았다. 참고서나 문제집이 늘 제자리인 걸 보면 딱히 방에서 공부를 하는 것도 아니었다. 동생 우현은 수학 문제가 막히거나 형이 보고 싶을 때면 방문을 조심스럽게 노크했다.

여자 친구가 수시로 바뀌는 눈치였지만 이름조차 가르쳐 주지 않았다. '신경 쓸 필요 없는 애예요.' 그게 대답의 전부였다. 뭘 해 달라고 요구하는 것도 없고, 싫다고 거부하는 것도 없었다. 세탁물을 정리하다 보면 아들의 주머니에선 종종 연예 기획사 명함은 물론 호스트바 명함까지 나왔다. 가끔은 담배 냄새도 묻어났다. 콘돔 같은 걸 발견하는 날이 올까 봐 두려워 세탁물 바구니에 빨랫감을 던져 놓아도 주머니를 뒤져 보지 않게 된 지 오래다.

어디서부터 손을 대야 할까? 바깥세상엔 그토록 똑똑한 여자로 비치면서 정작 내 배로 낳은 자식의 속이 어떤지 모르는 어리석은 엄마가 됐으니. 서연은 쏟아지려는 눈물을 겨우 참고 나란히 앉아 계신 시부모를 바라보았다. 그녀는 시부모를 친부모 부르듯 엄마, 아버지라고 불렀다.

"아버지, 이런 말씀 드려서 죄송해요. 세현이가 점점 이상해져요. 애가 공부도 전처럼 안 하고 여자애들이나 만나러 다니고. 여자 친구도 한 애만 만나는 게 아니라 자꾸 바뀌는 눈치예요. 이젠 여대생까지 만나는 것 같아요. 안 그래도 애가 어딜 가나 눈에 띄는데 저러다 사고라도 치면……. 대학은 보내야 하잖아요. 지금이라도 정신 차리면 서울 안 웬만한 대학은 충분히 갈 텐데. 아무 여자애나 막 만나고 돌아다니다……. 아버지가 세현이 좀 잡아 주세요. 그때 제가 억지로 데리고 가는 게 아니었어요."

인희는 며느리의 첫 마디를 듣자마자 심장이 조여드는 것 같았다. 정말이지 남부럽지 않은 손자였다. 공부면 공부, 인물이면 인물, 뭐 하나 빠지는 게 없는데다, 다정하기는 또 얼마나 다정한지 할머니가 아프면 시키기도 전에 죽을 사 오고 약을 사다 내밀던 아이다. 하나밖에 없는 아들도 그렇게까지는 못했다. 첫 손자의 뒤태와 큰 키를 보면 젊었을 적 남편을 빼닮은 것 같아 넘치게 흐뭇했다. 다들 젊어서나 늙어서나 복 받은 아낙이라고 그녀를 부러워했다.

"엄마, 아버지가 우리 세현이 바로잡아 주세요. 그래도 할머니, 할아버지 말은 듣잖아요."

세현의 조부모와 부모는 큰손자와 큰아들을 두고 궁리를 거듭했다. 야단치고 때린다고 해결될 일이 아니었다. 맞을 만큼 큰 잘못을 했다고 할 수도 없었다. 인희는 그저 큰손자가 가엾고 딱했다. 용민은 주말에 들른 세현을 밖으로 불러내 밥을 사 먹이며 천천히 구슬렸다. 이 얘기 저 얘기를 스리슬쩍 건드리다 슬그머니 속내를 꺼냈다.

"세현아, 진짜 사내는 말이다, 이 여자 저 여자 막 만나고 다니면서 자신을 하찮게 만들지 않아. 흔한 우스갯소리로 사내들이 농부처럼 아무 데나 씨 뿌리고 다닌다고 하지? 그거 영 틀린 말이야. 농부는 자기 땅에만 씨 뿌리지 아무 땅에다 씨 뿌리고 다니지 않는다."

순가락을 내려놓은 손자가 입을 열어 짧게 대답했다.

"여자 친구 만나지 말라고요?"

"아니, 아예 만나지 말라는 게 아니라, 그 뭐냐…… 우리 세 현인 아무 여자 앞에서나 빤스 내리고 그러지 않지? 설마 벌써 빤스 내린 거야?"

손자 녀석의 표정을 보니 다행히 아직 그 정도까진 아닌 듯했다. 예쁜 여자가 들이대면 흔들리는 게 남자다. 남자는 여자를 힘으로 이길 수 있지만, 힘 외의 것으론 이기기 어렵다. 늙은 내가 봐도 이렇게 잘생겼는데, 발랑 까진 요새 여자애들이 그냥 놔두겠나 싶어 늘 걱정이 앞섰다.

"명심보감에 '인일시지분忍一時之忿이면, 면백일지우免百日之憂'라는 말이 있어. 한순간의 분노를 참으면 백 일의 근심을 면한다는 뜻이지. 남자는 노여움 말고도 참아야 할 게 몇 가지 더 있어. 무슨 말인지 알아듣겠냐?"

대답 없이 고개만 끄덕이는 손자 녀석이다. 얼굴만 외탁한 게 아니라 춤 솜씨까지 물려받았는지 천상에서 내려온 학처럼 춤춘다고 들었다. 가수나 배우를 해 볼 생각 없냐고 큰 기획사에서 몇 번이나 찾아올 만큼 얼굴이 알려졌다고도 한다. 말이 좋아 연예인이지 시쳇말로 딴따라 아닌가. 그건 집안사람 모두가 반대했다. 손자도 마음이 없어 보였다.

용민은 소주 한 병을 주문해서 손자에게 따라 주었다. 고개를 옆으로 돌리고 마시는 품새를 보아하니 한두 번 마셔 본 게 아니다. 술도 센지 몇 잔을 받아 마셔도 얼굴색이 그대로였다. 술 잘 마시고 인물까지 좋으니 더 걱정스럽다. 술과 여자는 바늘과 실 같은 사이가 아니던가. 아직 어린 손자에게 이런 말을 하는 게 과연 잘하는 짓인지 모르겠으나 꺼낸 김에 마저 하기로 했다.

"세현아, 이거 자랑하는 거 아니다. 너 할아버지하고 신림역 사거리에 있는 빌딩 가 본 적 있지?"

"네."

"그게 아주 알짜배기거든. 주변 시세보다 세를 싸게 내놨더니 공실이 하나도 없어서 다들 탐내는 건물이야. 그거 팔면 보증금 다 돌려주고도 100억은 떨어져. 그 빌딩 네 아버지 안 주고 너한테 물려주기로 할머니랑 약속했다."

100억이란 말에도 눈 하나 깜짝 안 하는 녀석이다. 배포가 큰 건지, 간이 배 밖으로 나온 건지, 그것도 아니면 아예 감이 안 오는 건지.

"대신 조건이 있어. 세상에 공짜가 어디 있냐?"

할아버지가 내건 조건은 이랬다. 적어도 고등학교 졸업하기 전까진 어떤 여자 앞에서도 바지를 내리지 말 것. 대학과 상관없이 평생 할 일을 찾을 것. 결혼 전에 애라도 배 오면 재산은 한 푼도 물려줄 수 없다는 것. 대신 참한 여자와 결혼해 잘사는 모습을 보여 주면 만 서른다섯을 기준으로 할아버지 재산을 대부분 증여받을 수 있을 거라는 것.

세현은 할아버지의 말씀을 들으며 참한 여자의 기준이 뭘까 생각해 봤다. 말이 쉽지 차근차근 따져 보면 쉬운 조건도 아니다.

"대학 그까짓 거 가기 싫으면 가지 마. 나중에 가도 되니까. 대신 네가 하고 싶은 일을 찾아. 무조건 돈 많이 버는 일 말고 남한테 부끄럽지 않은 일. 또 오래오래 할 수 있는 일. 무엇보다 남자는 여자를 잘 만나야 해. 사내는 배 속에서부터 모자라서 여자 하나 잘못 만나면 패가망신은 시간문제야. 100억이 아니라 1000억이 있어도 소용없어. 할아버지가 물려받은 재산 하나 없이 이 재산 일군 덴 네 할머니 덕이 제일 컸다. 할머니 말 안 듣고 내 멋대로 살았으면 집 한 칸이나 겨우 건졌을까."

내내 조용하던 손자가 그를 보며 입을 열었다.

"할아버지, 어떤 여자가 진짜 좋은 여자예요?"

혜서의 일기

앞집 꼬마를 데리고 공원으로 놀러 가기로 했다. 할머니가 아이스크림 사 먹으라고 돈도 주셨다. 엄마가 아시면 혼날까 봐 안 된다고 했지만, 할머닌 내 주머니에 기어코 돈을 찔러 넣으셨다. 같이 걸어가던 세현이가 잠깐만 기다리라며 슈퍼로 들어갔다. 친구들이 기다린다고 그냥 가자고 했는데도 금방 다녀오겠다며 뛰어갔다. 3분쯤 지나자 세현이가 까만 비닐봉지를 달랑달랑 들고 나왔다.

"그게 뭐야?"

"새우깡. 누나 이거 좋아하잖아."

"나 줄려고?"

세현이가 귀엽게 웃으며 대답했다.

"응."

어떻게 이런 애가 다 있을까. 가끔은 우리 오빠보다 얘가 더 나은 것 같다. 나는 세현이 볼을 톡톡 때리며 말했다.

"내가 이래서 널 귀여워한다니까. 얼른 가자!"

열심히 걸어가다가 같은 반 남자애를 만났다. 상원이가 내게 어디 가냐고 물었다.

"학교 옆 공원에."

"얘는 누구야? 너 동생 없잖아."

"앞집 동생이야."

"그래? 자식, 귀엽게 생겼네. 다섯 살쯤 됐냐?"

가만히 듣고 있던 세현이가 커다란 목소리로 대답했다.

"나 여섯 살이야! 다섯 살 아냐!"

상원이가 낄낄 웃으며 세현이를 바라보았다.

"여섯 살이에용? 근데 왜 이렇게 쪼그매용? 밥 좀 많이 먹고 얼른 커라잉!"

상원이가 떠난 쪽을 쳐다보며 세현이가 씩씩거렸다.

"저 형 뭐야? 기분 나쁘게!"

"쟤가 원래 장난꾸러기라서 그래. 불치병이야."

"불치병이 뭐야?"

"죽을 때까지 못 고친다고. 얼른 가자."

20미터쯤 앞에서 날 발견한 친구들이 왜 이렇게 늦게 오냐고 꽥꽥 소리를 질렀다. 선주 목소리다.

"빨랑빨랑 좀 걸어라!"

보연이가 옆의 꼬마는 누구냐고 묻더니 바로 '니가 매일 말하는 앞집 꼬마?' 했다.

"응. 귀엽지?"

선주가 세현이 얼굴을 요리조리 뜯어보았다.

"와! 눈동자 큰 거 봐. 흐미, 속눈썹! 어떻게 내 눈보다 세 배는 더 큰 거 같으냐? 여자애처럼 생겼네. 이쁘다. 나하고 얼굴 바꿀래?"

세현인 이런 말을 진짜 싫어한다. 예쁘다는 말은 더 싫어한다. 사람들이 속눈썹 얘기를 하도 해서 가위로 양쪽 속눈썹을 싹둑 잘라 버린 적도 있다.

"그만해. 얘 그런 말 하는 거 되게 싫어해."

내 말을 들은 세현이가 선주를 빤히 보며 입을 열었다.

"누난 못생겼어. 뚱뚱하구 얼굴도 커. 혀서 누나보다 두 배는 커."

보연이가 으하하하 웃다가 끼어들었다.

"이 꼬마 되게 솔직하다!"

화가 난 선주가 투덜거렸다.

"뭐라고? 쪼그만 게. 니가 아직 지윤이를 못 봤구나!"

호랑이도 제 말 하면 온다더니 말이 끝나기가 무섭게 지윤이가 등장했다.

"늦어서 미안. 엄마가 떡볶이 먹고 가라고 해서. 근데 얜 누구야?"

보는 사람마다 누구냐고 묻는 게 지겨운지 세현이가 내 귀에 대고 집에 가자며 조르기 시작했다. 나는 두발자전거를 가르쳐 주겠다는 말로 그 애를 꼬드겼다. 나는 세현이 선생님이다. 한글도 가르쳐 주고 종이접기도 가르쳐 주고 자전거도 가르쳐 주니까. 세현이가 누나가 최고라며 내 볼에 뽀뽀를 하자 친구들이 웃음을 터뜨리며 놀리기 시작했다.

"혜서야, 얘가 니 남자 친구야?"

3 잊어버려서 잃어버렸어

그의 첫 여자 친구는 동갑내기였고 아주 똑똑했다. 시험을 보면 전 과목을 통틀어 두세 문제 틀리는 아이였다. 그것도 수학에서만. 외모는 평범한 편이었으나 그것을 상쇄하고도 남을 지능이 있었다. 세현이 여자 친구보다 잘하는 과목은 수학밖에 없었다. 여자애는 그만 보면 야무지게 다그쳤다.

"너, 인생 이렇게 살면 안 돼! 그 좋은 머리로 이렇게 사는 건 죄악이야."

그는 늘 죄인이었고, 그 여자애는 공부만 잘하면 완벽한 사람이 된다고 속 편하게 믿는 여고생이었다. 세현은 단 한 번도 너는 얼굴만 예쁘면 완벽하겠다는 식의 말을 하지 않았지만, 여자 친구는 그의 배려를 고마워하지 않았다. 어쩌면 배려해 준다는 사실조차 몰랐을 것이다. 다섯 번 정도 만나 보니 할 말도 떨어지고 재미도 없어져서 더는 만나기 싫었다. 손도 잡아보기 전이었다. 둘은 특별한 상처 없이 쿨하게 헤어졌다.

이번엔 좀 덜 똑똑해도 귀여운 타입을 만나고 싶었다. 두 번째 여자 친구는 나란히 걸으면 정수리가 훤히 내려다보일 정도로 앙증맞은 체구였고, 나이도 한 살 어렸다. 오빠란 말을 입에 달고 살던 그 애는 키만 작은 게 아니라 혀도 짧았다. 대화의 소재는 늘 한정적이었고, 끝없이 무식했다.

'어이없다.'와 '어의없다.'를 구분할 줄 모르고 '안'과 '않'도 틀리게 쓰는 아이였다. '틀리다.' 와 '다르다.'의 차이점도 정확히 몰랐다. 무조건 '틀리다.'고 통일해 표현했다. 심지어 독감에 걸린 그에게 '독감 어서 낳아.'라고 문자를 보내기도 했다. 휴대폰 액정을 보면 한숨이 저절로 나왔다. 낳긴 뭘 낳아? 내가 암컷이야? 임산부야? 어쩌다 한 번 틀리면 그런가 보다 하겠는데 문자를 보낼 때마다 그랬다.

그게 끝이면 좋았을 텐데 그 앤 '장 발장'과 '레 미제라블'이 같은 작가의 같은 소설이라는 것도 몰랐다. 자긴 '장 발장'도 읽고 '레 미제라블'도 읽었다고 우기며 '장 발장'이 더 슬프다고 말하는 게 아닌가. 세현이 '장 발장'이 '레 미제라블'의 주인공이라고 말해 주자 그럴 리가 없다며 바락바락 짜증을 냈다. 그래서 '레 미제라블'의 뜻이 뭔지 아느냐고 물었더니 자기가 왜 프랑스어까지 알아야 하느냐고 화를 냈다.

귀엽게 들리던 혀 짧은 목소리는 두 달도 채우지 못하고 질려 버렸다. 어리고 귀여우면 뭐해. 대화가 안 통하는걸. 친구들은 '어이없다.'를 '어의없다.'라고 쓰는 게 싫어서 여자 친구와 헤어졌다고 말하는 그를 보며 어이없어했다. 그 자식들은 귀엽고 예쁘면 모든 게 다 용서되는 단세포 덩어리였다. 두 번째 여자 친구는 세현과 헤어진 후 수시로 뒷담화를 하고 다녔다. '나만 무식한가? 저도 무식하면서!' 이렇게 토를 다는 것도 잊지 않았다.

세 번째 여자 친구를 만난 건 고등학교 2학년 1학기가 끝날 무렵이었다. 그녀는 두 살 연상의 명문대 신입생이었다. 초등학교는 한 해 일찍 들어갔으나 재수를 하는 바람에 1학년이라고 했다. 그때껏 만난 여자 중 가장 예쁜데다 똑똑하기까지 했다. 옷도 세련되게 입고 다녔고 아는 데도 많아서 그를 여기저기 끌고 다니며 리드했다.

데이트 비용은 전적으로 세현이 부담해야 했다. 그녀는 여자에게 돈을 내게 하는 남자는 남자도 아니라는 식으로 그를 자극했다. 그 말은 좀 우스웠지만, 여자 친구의 형편이 좋지 않은 것 같아서 두말하지 않고 호구가 되어 주었다.

그 누나는 휴대폰을 손바닥에 이식한 듯 몸에서 떨어뜨리는 법이 없었다. 늘 매너 모드였고, 전화는 대부분 다른 곳으로 가서 받았다. 한번은 누군가의 독촉 전화를 받는 것 같아서 무슨 전화냐고 걱정스럽게 물었더니, 네가 신경 쓸 일이 아니라며 일축했다. 더는 물을 수가 없었다.

아직 순진한 세현은 여자가 보내는 신호를 제때 받아 주지 못했다. 누나가 키스하고 싶어 하는 것 같으면 너무 떨려서 엉뚱한 말을 꺼냈다. 여자의 손이 슬쩍 허벅지에 올라오면 '내 물건이 커지면 어떡하지? 겉으로도 티가 나면 어떡하지?' 그 고민부터 했다. 나중에 알았지만 여자 친구는 양다리를 걸치고 있었다. 적당한 때 부터 나고 폼 나는 '진세현호'로 갈아타려 했으나 하는 짓이 영 애 같고 답답해 간만 보고 있었던 것이다.

그럭저럭 분위기를 만들어서 키스까지는 했는데 허우대에 비교할 수 없을 만큼 서툴렀다. 그의 두 손은 그녀의 등에 얌전히 올라와 움직일 줄 몰랐다. 다른 남자들처럼 옷 속으로 손을 넣어 브래지어 호크를 푼다거나, 하다못해 브래지어 끈을 튕겨보는 짓도 하지 않았다. 한번은 너무 답답해서 손을 잡아끌어 가슴팍에 올려 줬더니, 기겁해서 그녀를 밀어내기까지 했다. 얘 뭐야? 고자야? 불구야?

여자가 속으로 짜증을 내고 있을 때, 세현은 깊숙이 땅을 파서 자기를 파묻고 싶었다. 나는 남자도 아니야. 죽어 마땅해. 여자 친구는 그를 너그럽게 이해해 주었다. 그런 일로 헤어지기엔 아까운 남자였을지도 모른다.

세 번째 여자 친구가 그에게 다른 남자와 키스하는 걸 들킨건 딱 일주일 뒤였다. 중간고사를 망친 데다 여자 친구와 연락도 안 돼서 혼자 영화를 보러 갔다. 원래는 그 누나와 같이 보기로 한 영화였다. 상영 끝물이라 그런지 관객이 별로 없었다. 배경음악은 좋았고 메시지는 심오했으나 스토리는 지루했다. 엔딩 크레디트가 올라가는 걸 보며 천천히 일어서는데 대각선 반대쪽에 씹던 껌처럼 엉겨 붙어 있는 커플이 보였다.

그러려니 하고 시선을 돌리는데 여자가 입고 있는 셔츠가 낯익었다. 저거 내가 지난주에 여자 친구한테 사 준 옷하고 똑같네? 리미티드 에디션이어서 비싸다고 하더니만 흔해 빠진 디자인이잖아. 의상만 같은 줄 알았더니 사람도 같았다. 하필 남자의 한 손이 여자의 윗도리에 깊숙이 들어가 있었다. 그것도 앞쪽으로.

여자 친구와 눈이 마주친 건 10초도 지나지 않아서였다. 잘못한 건 여자인데 도망친 건 그였다. 세현은 그 누나가 자기를 정말 좋아한다고 믿었다. 두 살이나 어리고 스킨십이 서툴러도 그건 큰 문제가 안 된다고 여겼다. 누나답게 앞으로 잘하면 된다고 격려했고, 여자들은 너처럼 순진한 남자를 더 좋아한다며 안심시키기도 했으니까.

수많은 감정에 휩싸여 긴 밤을 보냈다. 심지어 눈물까지 잠깐 흘렸다. 억울해서였는지 분해서였는지 화가 나서였는지, 혹은 전부 다였는지는 모르겠지만 잠까지 설쳤다.

다음 날 그를 찾아온 여자는 변명하고 싶어 했다. 재수할 때 잠깐 만났던 남자인데 정말 우연히 만났을 뿐이라고. 어쩌다 보니 그렇게 된 거지 일부러 그런 건 아니라고. 그런 스킨십은 어제가 처음이었다고. 다신 그런 일 없을 테니 용서해 달라고. 할 말이 없었던 건 아니지만 어떤 대답도 하지 않았다. 아무리 화가 나도 여자를 때릴 수는 없었다. 그건 남자가 할 짓이 아니라고 배웠다.

그날 밤 그는 혼자 술을 퍼마시다가 엉뚱한 사람과 시비가 붙어 싸웠고, 경찰서에서 부모님과 어색하게 조우했다. 10년 가까이 배웠던 태권도와 검도 기술을 실전에서 제대로 써먹은 것이다. 다행히 남자가 먼저 시비를 건 걸 본 사람이 있었다. 아직 미성년이라 봐준다고도 했다. 그래도 상대 남자가 너무 많이 다쳤다. 겨우 합의하고 집으로 돌아올 수 있었다. 어른들은 몇 번이나 왜 그랬냐고 물었지만, 이유를 사실대로 밝힐 수는 없었다.

며칠 뒤 여자 친구가 또 찾아와 한 번만 봐 달라고 울면서 애원했다. 그녀를 예전 같은 눈으로 볼 수는 없었지만, 정말 딱 한 번의 실수라면 이해해야 한다고 자신을 설득했다. 이렇게 후회하고 미안해하는데. 그래도 첫 키스 상대인데. 그러나 그마저도 순진한 10대에 어울리는 착각일 뿐이었다.

다시 며칠 뒤, 이번엔 극장에서 봤던 남자가 학교로 찾아왔다. 그 남자는 오래된 서부영화의 주인공처럼 내 여자에게서 손 떼라는 식으로 첫 대사를 쳤다. 그녀는 전 남자 친구에게도 그를 비슷하게 표현했고, 세현은 그걸 그 남자를 통해 다시 들어야 했다.

"은수가 그러더라. 그냥 몇 번 만난 어린애라고. 니가 하도 따라다녀서 만나 준 거라고. 진짜 별 사이 아니었다고. 실수였다는데?"

세현을 먼저 따라다닌 건 그 누나였다. 열 번도 더 만났다. 우리의 첫 키스 실수 아니지? 너하고 나 이제 특별한 사이 맞지? 그 말을 한 것도 그 여자였다. 차라리 주먹다짐을 했다면

속이 편했을 것 같다. 이름 대신 스물다섯이라고 자기를 소개한 남자는 아직 미성년인 그에게 이런 것까지 캐물었다.

"너 은수랑 잤어?"

"······아뇨."

"난 걔랑 잤거든. 수도 없이 잤거든. 지난주에도, 지난달에도, 지난해에도. 무슨 말인지 알겠냐? 그 누나 따라다니지 마라. 다시 한 번 말하지만, 고은수는 내 여자야."

그럼 내가 만났던 그 여자는 누구지? 고단수였나? 돌이켜 보면 유치하기 그지없다. 양다리 걸친 여자 하나에 놀아난 어리석은 두 남자일 뿐. 세현은 그 사건을 통해 두 가지를 배웠다. 여잔 믿을 게 못 된다는 것과 담배.

그렇게 다양한 방식으로 세 명의 여자와 헤어졌다. 4개월 이상 만난 여자 친구는 지유 누나가 유일하다.

그에겐 스무 살이 되기 전에 해 보고 싶은 단 하나의 버킷리스트가 있다. 또래 남자애들이 하루에도 기본 열두 번은 상상하는 것처럼 살아 있는 여자와 실제로 자 보고 싶다는 것. 글자나 영상으로 보는 건 그의 호기심을 반도 충족시키지 못했다.

스크린 속 남자 주인공이 여자 주인공에게 묻는다.

— 지금 무슨 팬티 입고 있어요?

속내를 감춘 관객들의 웃음소리가 팝콘처럼 터졌다. 옆의 여자는 끊임없이 다양한 방법으로 그를 유혹하고 있다. 그의 팔을 꼭 끌어안으며 자기의 젖가슴을 은근슬쩍 확인시키기까지 한다. 영화를 잘못 골랐다. 엔딩 크레디트가 천천히 올라간다. 12시가 코앞이다.

영화관을 빠져나오기 직전, 여자 친구는 그의 허리를 끌어안으며 조용한 곳으로 가고 싶다고 속삭였다. 거부하기 어려운 악마처럼.

자정이 막 지난 시각. 집으로 돌아온 혜서는 옷부터 훌훌 벗어 던지고 욕실로 들어갔다. 오빠한테 온 부재중 전화가 다섯 통이나 됐다. 노는 것도 좋지만 전화 좀 받으라는 말로 시작해 한바탕 잔소리를 듣고 나서야 전화를 끊을 수 있었다.

화장솜에 클렌징크림을 잔뜩 묻혀 메이크업을 지우며 거울을 들여다보았다. 길게 구불거리던 머리는 선생티를 낸다고 20센티미터 넘게 자른 뒤 검게 염색하고 곧게 폈다. 입술엔 평소보다 옅게 바른 립스틱 흔적이 배어 있다. 고리타분한 정장을 벗으니 그나마 정혜서 같아졌다.

눈썹 모양을 바꿀까? 완만한 아치 형태의 눈썹 때문인지 얼굴이 더 커 보이는 것 같다. 살이 찌니 얼굴 윤곽도 동그래지고 어깨까지 넓어졌다. 팔뚝, 엉덩이, 허벅지, 하다못해 손가락, 발가락까지 포동포동 살이 올랐다. 성량은 확실히 좋아졌다. 그래도 오디션에 합격만 하면 바로 빼고 싶다. 몸이 무거워지니 매사가 불편했다. 예쁜 옷도 그림의 떡이다.

그렇다고 나쁜 점만 있는 건 아니다. 이 젖가슴! 욕실 거울 안에 두 개의 뽀얗고 탱탱한 가슴이 도발적으로 돌출돼 보였다. 드디어 B컵에서 C컵으로 업그레이드됐다! 중력의 법칙은 그녀의 가슴을 비켜나 존재했다. 앞에서 봐도 옆에서 봐도 그림처럼 살짝 치켜 솟은 게 침 넘어가게 탐스럽다. 유두까지 얼마나 예쁜지 발그레한 게 자꾸 만져 보고 싶을 정도다.

가슴이 커지니 목욕탕에 가면 아줌마들이 흘깃거리고, 길을 걸으면 아저씨들이 흘깃거렸다. 하나같이 징그러운 눈길이다. 클렌징 거품으로 얼굴을 살살 문지르며 혜서는 생각했다. 다른 데 살만 빠지고 가슴은 그대로였으면 좋겠다고. 이 예쁜 걸 보여 줄 애인이 없어서 안타깝다고.

주영은 학교에 도착하자마자 교생실습실부터 찾았다. 혜서가 다소곳이 앉아 수업 준비를 하고 있었다. 어젯밤과는 사뭇 다른 모습이다. 아시다시피 이주영 선생은 예쁜 여자를 좋아하지 않는다. 하지만 배울 점이 있는 예쁜 여자까지 싸잡아 싫어할 만큼 꽉 막힌 사람은 아니다.

어젯밤 노래방에서 본 정혜서는 분명 본받을 구석이 많았다. 얼마나 노래를 잘하는지 같은 여자임에도 턱을 빠뜨리고 바라볼 만큼. 춤까지 추진 않았지만 손짓, 몸짓, 표정 하나하나가 예사롭지 않았다.

하물며 남자는 말해 뭐하나. 턱받이를 해 주고 싶은 총각 선생과 교생도 몇 있었다. 유부남 선생들은 더했다. 그렇다고 눈웃음을 친다거나, 안 해도 될 말을 해 가며 주변 남자들을 은근히 터치한다거나, 술에 취해 스리슬쩍 눈물을 보이는 짓거리를 하는 타입은 전혀 아니었다. 그저 담백하게 할 말만 하고 웃을 때만 웃고 노래만 불렀을 뿐이다. 주영은 정 교생과 헤어지며 생각했다.

'저 애랑 친하게 지내야겠어. 남자 후리는 노하우를 전수받 아야지.'

대개의 인간이 그렇듯 태생적 한계를 간과한 지극히 주관적 인 발상이었다. 주영은 혜서에게 바로 가서 하고 싶은 말부터 했다.

"자기 오늘 점심 나하고 같이 먹을래? 내가 살게."

"진짜요? 저 많이 먹는데요."

"흐흐흐. 나 많이 먹는 여자 좋아해."

혜서는 세계사 선생님이 편했다. 객관적으로 볼 때 이주영 쌤은 여자들에게 더 인기가 많을 타입이다. 식당과 술자리에서 말을 섞다 보니 대화도 잘 통했다. 학교에선 안 그러더니 사석 에선 감칠맛 나게 욕도 잘하는 것이 꽤 재미있는 사람이었다. 한마디 한마디가 얼마나 귀에 착착 달라붙는지 다른 선생님들 도 억지로 웃음을 참는 눈치였다.

한성깔 하게 생긴 음악 교생은 노래를 꽤 잘했다. 교생 중 제일 키가 크고 온유하게 생긴 수학 담당 김민재는 숫기는 좀 없어 보였지만 발라드를 잘 불렀다. 요샌 왜 이리 노래 잘하는 사람들이 많은지. 설 자리가 점점 좁아진다. 여학생들은 물론 여교사들도 김민재 교생만 보면 좋아 죽으려고 한다. 혜서는 그 모습에 그저 웃음만 나왔다.

섹시한 미인이라고 소문난 영어 교생은 뜻밖에 부끄러움을 많이 탔다. 그녀는 혜서를 보며 어떻게 학교에서나 노래방에서나 하나도 안 떨 수가 있느냐며 몇 번이나 감탄했다. 혜서는 기억에 없는 어린 나이부터 무대 체질이었다. 그런대로 즐거운 한 달을 보낼 수 있을 것 같다.

국어 수업은 세현이 제일 싫어하는 시간이다. 특히 시를 공부할 땐 미쳐 버릴 것 같다. 60~70년 전에 써진 시의 의도를 2010년대에 사는 우리가 무슨 수로 안단 말인가. 그거야 시인 마음이지. 조국을 생각하면서 쓴 건지, 자신의 신세를 한탄하면서 쓴 건지 알 게 뭐야.

내재율, 외형률 정도만 배우면 말도 안 한다. 공감각적 심상의 감각의 전이니 대유법, 활유법 따위를 무엇 때문에 알아야 하느냔 말이다. 국어 교과서를 만드는 사람들은 그걸 알까? 시 공부가 시에서 더 멀어지게 한다는 걸.

2교시. 교생 정혜서의 첫 정식 수업이다. 오늘은 지난번보다 의상이 양호하다. 그나마 덜 촌스럽다는 뜻이다.

"이번 시간엔 여러분이 그토록 기다리던 시를 배울 겁니다. 좋아서 미쳐 버리겠죠?"

아이들이 미친 듯이 웃어 댄다. 그녀는 웃음이 그치길 기다리며 옅은 미소를 지었다. '저 교생 웃기려고 꽤나 노력하네. 별 재미는 없지만.' 그렇게 생각하며 세현은 의자에 등을 기댔다.

"좀 전에 내가 배운다는 표현을 썼는데, 여러분은 시를 배운다는 게 말이 된다고 생각하나요?"

말도 안 되지. 어디 배울 게 없어서 시를 배우나? 요새 누가 시를 읽는다고.

"활유법, 대유법, 영탄법, 점층법, 연쇄법, 돈호법⋯⋯. 듣기만 해도 속이 답답하죠? 나도 그랬어요."

어라, 이건 뭐지? 세현을 포함한 반 아이들이 서서히 수업에 집중하기 시작했다.

"시를 이해하기 위한 가장 좋은 방법은 뭘까요?"

산발적으로 튀어나오는 대답 안에 정답이 있었다.

"맞아요. 직접 써 보는 것만큼 좋은 방법은 없을 거예요. 그 전에 시를 읽는 게 선행되면 더 바람직하겠죠. 사실 글을 쓸 때 양질의 문학 작품을 많이 읽는 것만큼 쉬운 방법은 없습니다. 그래서 어떤 이는 이런 말을 하기도 했죠."

잠시 뜸을 들이던 국어 교생이 교실 안을 느리게 둘러보며 입을 열었다.

"열여섯 이전에 책을 읽지 않은 사람은 작가가 될 수 없다. ⋯⋯너무 잔인한 말인가요? 난 지금 여러분에게 작가가 되라고 강요하는 게 아니에요. 하지만 글을 쓸 줄 아는 의사와 글을 쓸 줄 모르는 의사, 어느 쪽이 폼 나나요? 당연히 전자죠. 의사뿐만 아니라 과학자, 건축가, 공학자 등도 마찬가지예요. 머릿속에 든 게 아무리 많아도 말이나 글로 적절히 표현할 줄 모른다면 얼마나 답답하겠어요. 자, 지금부터 시를 쓰라고 하면 날 교육청에 신고할 겁니까?"

'목소리가 예쁘니까 봐 드릴게요.'부터 시작해서 19세 남자애들이 교실에서 '공적으로' 할 수 있는 말들이 여기저기서 들려왔다.

"됐고요. 그런 말은 하도 많이 들어서 특별한 감흥이 안……. 어? 진짜야! 얘들아, 날 못 믿는 거니?"

아이들이 단체로 낄낄거렸다. 싱긋 웃던 교생이 다음 진도를 나갔다. 무슨 말을 하는지 귀에 쏙쏙 들어오는 목소리였다. 고쳐 말하면 남자들이 좋아 죽는 목소리. 문제는 지금부터 시를 직접 써야 한다는 거다. 무려 시를.

"일부러 예쁜 단어를 골라 쓸 필요는 없어요. 그건 너무너무 촌스러운 작법입니다. 중요한 건 시 안에 담긴 생각이에요. 남들이 다 해 본 생각을 한 번 더 비틀어 보는 것도 괜찮은 방법이겠죠. 형식은 어떤 것도 좋아요. 시조도 좋고 산문시도 괜찮습니다. 주제는 안 줄 거예요. 대신 소재를 줄게요."

소재는 '사람'이었다. 좋아하는 사람이면 더 좋지만, 싫어하는 사람도 상관없다고. 당황한 아이들이 웅성거렸다. 세현 역시 70억 지구인 중 바로 떠오르는 사람이 없었다. 계절, 슬픔, 자연, 우정, 사랑, 추억, 하다못해 공부는 왜 해야 하나, 그런 게 아니고 사람이라고? 세현은 '나는 누굴 좋아하지?' 그 생각부터 다시 해야 했다.

결과적으로 말하면 그가 12년 동안 배웠던 시 공부 중 가장 재미있는 수업이었다. 고등학교 들어와서 처음으로 시도 한 편 완성했다. 태어나서 제일 길게 쓴 시였다. 세현은 오늘 수업과 상관없는 질문을 하나 더 하고 싶었다.

그가 국어 시간에 질문하는 일은 한여름 편의점에서 호빵을 파는 것만큼이나 드문 경우이기 때문에 당연히 주목받을 만했다.

"첫사랑이나 그 비슷한 질문은 안 받아요."

"선생님의 첫사랑엔 관심 없는데요."

'얘, 나도 미성년자의 첫사랑 따윈 관심 없거든?'

혜서는 표정을 흐트러뜨리지 않으며 피식 웃었다. 안 그래도 진세현의 개인 정보를 몇 가지 확인했던 터다. 여러모로 특별한 아이였다. 예전에 알고 지냈던 꼬마와 겹치는 부분도 꽤 있었다. '진'씨란 성은 흔치 않다. 수학에 뛰어나고, 부모가 대학교수라는 것, 터울 많은 남동생이 있다는 것까지 따져 보면 예전에 알았던 그 아이가 맞을지도 모르겠다는 생각이 들었다. 세현의 부모님은 몇 번 본 적 있지만 이름까지 알지는 못한다. 그땐 그저 아줌마, 아저씨라고 불렀으니까. 분명 돌림자를 쓰는 어린 남동생이 있었는데 기억이 가물가물했다.

따로 불러서 물어볼까? 거의 10년 전 일인데 날 기억할까? 아무리 뜯어봐도 성대까지 잘생긴 저 애가 어릴 적 앞집 꼬마라고는 믿기지 않는다. 간극이 너무 크다.

"알았으니 질문하세요."

"무엇을 '잃어버리다.'하고 '잊어버리다.'는 어떻게 구분하죠?"

도대체 어떤 질문을 하나 기다리던 아이들은 일제히 웃음을 터뜨렸다. 웃지 않는 사람은 세현과 그녀뿐이다.

"왜 웃지? 그 말을 구분 못 하는 성인들이 얼마나 많은데. 통계로 봤을 때 반수 이상이 그 말을 잘못 사용한다는 결과가 있어요. 흔히 '가리키다.'와 '가르치다.'를 구분 못 하는 것과 비슷하죠. 사실 정말 몰라서라기보다는 자기도 모르게 습관적으로 쓰는 것에 가깝지만. '내가 공부 가리켜 줄게.' 그 말 무심코 하잖아요. 아마 선생님들도 자주 쓰실 겁니다. '잃어버리다.'는 여러분 눈앞에 보이는 필기도구, 노트, 휴대폰, 꿍쳐 놓은 비상금처럼 눈에 보이는 사물이 없어졌을 때 하는 말이에요. '잊어버리다.'는 알았던 것을 한순간 깜빡하거나 전혀 기억해 내지 못하는 거고요. 눈에 보이지 않는 것. 예를 들면 소중한……."

세현이 그녀의 말을 잽싸게 받아 대답했다.

"추억 같은 거요?"

"맞아요. 그런 것도 있고."

"그런데 선생님, 그게 그거 아닌가요? 꿍쳐 놓은 돈을 어디다 뒀는지 깜빡 잊어버려서 쓰지 못하게 되면 결국 잃어버린 거나 마찬가지잖아요."

옆자리의 선후가 그새를 못 참고 끼어들었다.

"와, 역시 수학 천재다워! 상당히 논리적이야."

혜서는 그녀의 얼굴을 뚫어질 듯 응시하는 남학생에게 옅은 미소를 지어 보였다.

"그렇게 생각할 수도 있겠네요. 그런데 학생, 그 기억이 다시 살아나면 잃어버린 게 아닌 게 되지. 꿍쳐 놓은 돈을 다시 찾을 수 있으니까."

　점심시간은 좀 괴롭다. 귀찮다고 해야 하나. 먹지도 않을 초
콜릿이나 음료수 같은 걸 슬쩍 주며 '세현아, 점심 맛있게 먹
어.' 말하고 가는 여학생들을 보며 늘 생각한다. 다정도 병이
다. 너만 안 그러면 더 맛있게 먹을 텐데.

　그래도 최소한의 매너는 지키고 싶어서 그저 씩 웃어 주고
만다. 그러면 여자애들은 그 모습에 반해 가슴 설레어하는 것
이다. 그게 싫어서 쌀쌀맞게 대하면 이번엔 카리스마 있다고
난리다. J남녀공학 여학생들이 진세현을 좋아할 이유는 백 가
지도 넘는다. 마음만 먹으면 천 가지 이유도 만들 것이다. 일일
이 신경 쓰기 시작하면 끝이 없다.

　오늘 메뉴는 선뜻 손이 가는 게 없다. 카레라이스 같은 일품
요리는 워낙에 좋아하지 않는다. 아니, 메뉴가 문제가 아니라
어젯밤 일 때문에 밥맛이 없는지도 모르겠다.

　결론부터 말하면 그는 여자 앞에서 바지를 벗지 않았다. '여
자'라는 생물과 자고 싶은 욕망이 갑자기 사그라진 건 아니었
다. 그러나 그동안의 여자 친구의 태도와 행동을 살펴보건대
집안을 일으킬 여자라기보다는 집안을 말아먹을 여자에 가까
운 것 같아 망설여졌다. 과연 빤스를 내릴 만한 가치가 있는
여자인지 꼼꼼하게 점수를 매겨 보면 이지유는 낙제점에 가까
웠다.

　지난밤 그는 영화관 화장실에서 휴대폰에 저장해 놓은 할아

버지의 말씀을 다시 한 번 열어 봤다.

【빤스 한번 잘못 내리면 100억이 날아간다!】

사실 100억이란 돈은 너무 어마어마해서 선뜻 감이 오지 않는 금액이다. 사는 데 그렇게 큰돈이 필요하다고 생각하지도 않는다. 하지만 100억 원은 10만 원도 아니고 100만 원도 아니다. 철없는 하룻밤에 날려 버릴 액수가 아니란 말이다.

여자. 없으면 아쉽지만 만나면 만날수록 시들해지는 이율배반적 존재. 누구 할 것 없이 전부 그랬다. 세현은 곰곰 자신을 돌아봤다. 난 여자에게 싫증을 잘 내는 타입인가? 내가 문제인가, 상대가 문제인가, 아니면 둘 다 문제인가? 안 되겠다. 다음으로 미뤄야지. 그러나 여자 친구가 그의 허리를 끌어안으며 몸을 밀착시켜 오자 좀 전까지의 생각이 사르르 날아갔다.

'오늘 밤, 판도라의 상자를 열어 봐?'

영화관에서 나온 세현은 우선은 배가 고픈 척했다. 시간을 벌고 싶었다. 여자 친구는 불만스러운 얼굴을 애써 감추며 그를 따라왔다. 편의점에선 삼각김밥과 컵라면을 판다. 커피도 팔고 로또도 팔고 콘돔도 판다. 다섯 가지 중 한 번도 안 사 본건 콘돔뿐이다. 저걸 어떻게 사지? 모텔 가면 준다고 하던데. 그런데 어디로 가야 하지? 주민등록증을 확인하자고 하면 어떡하지? 집에 놓고 왔다고 할까?

숙박업소에 들어가는 것까지 성공한다 해도 그다음은? 본능이 이끄는 대로 맡기면 되나? 포르노에서 본 걸 무작정 따라 하면 안 될 것 같은데. 뺨 맞을 것 같은데. 누군지 모를 사람들이 뒹굴었던 침대에 눕는다고 생각하니 영 찝찝했다. 그에겐 약간의 결벽증이 있었다. 생각할수록 차라리 포기하는 게 낫겠다는 결론만 도출됐다. 모텔 카운터에서부터 걸리면 무슨 개망신이야. 그러다 집에 연락이라도 간다면! 할아버지나 할머니까지 알게 된다면! 개망신 정도가 아니라 패가망신으로 직결될 수도 있다.

계산하느라 체크카드를 꺼내는데 사진이 같이 떨어졌다. 낮에 본 국어 교생도 같이 떠올랐다. 혜서 누난 어디서 뭘 하고 살까? 어떻게 변했을까? 누나가 사라진 뒤 그는 누구에게도 묻지 않았다. 도대체 어디로 간 거냐고. 상처가 너무 크면 아예 건드리지도 못하는 법이다.

"진세현, 얼른 먹어. 다 불어 터지잖아."

면발처럼 퉁퉁 불은 목소리다. 이 여자의 기분을 풀어 주려면 뭘 어떻게 해야 하나. 가장 단순한 방법을 쓰자니 머리가 더 아프다.

"뜨거워서."

맛도 없고 배도 고프지 않았지만 세현은 라면을 꾸역꾸역 삼켰다.

지유는 속이 터져 죽기 직전이었다. 얘, 지금 라면이 목구멍으로 넘어가니? 스파게티도 아닌 팅팅 불어 터진 라면이? 컵라면을 다 먹은 세현이 이번엔 음료수를 마신다. 너 편의점으로

소풍 왔니?

지유는 껌조차 씹고 싶지 않았다. 그동안 만나 왔던 어떤 남자도 그녀를 이렇게 홀대하지 않았다. 처음엔 그게 좋았고 신선하기까지 했다. 보기 드물게 잘생겨서 첫눈에 반한 건 사실이지만, 세현에겐 외모 이상의 무언가가 있었다. 한마디로 특별했다. 어떤 땐 열 살 더 많은 오빠 같고, 어떤 땐 열 살짜리 아이 같았다. 지유는 종잡을 수 없는 그 모습까지 미치게 좋았다.

그녀는 그 시점에서 화를 내야 할지 말아야 할지를 다시 고민했다. 생일인데 그 흔한 꽃다발도 안 사 주고, 넉 달을 만났는데 커플링의 '커' 자도 안 꺼내는 이 고딩을 어째야 할까. 다음 달 학교 축제 때 데리고 갈 계획이었다. 세현의 팔짱을 끼고 캠퍼스를 누비는 순간 그녀는 학교에서 스타가 될 게 분명했다. 그런 식의 상상은 언제나 즐겁다.

그러나 현실은 커플 셀카도 찍기 싫다고 단칼에 거절하는 야박한 놈일 뿐. 남자 친구의 사진을 도둑질하듯 찍어 비공개로 보관해야 하는 심정은 겪어 보지 않으면 알 수가 없다. 창피해서 누구에게 하소연도 못 한다. 저녁 먹기 전에 커플링부터 맞추자고 졸랐어야 했다. 반지 생각을 하니 다시 짜증이 솟구쳤다. 뭐 이런 새끼가 다 있어?

세현은 차가운 음료수를 마시며 다시 사진 생각을 하고 있다. 국어 교생을 따라가서 직접 물어볼 걸 그랬나?

"누나, 혹시 어릴 때 사진 있어?"

"언제 거?"

"열 살이나 열한 살 때쯤?"

"없는데. 그런 걸 누가 갖고 다녀."

"나도 갖고 다니잖아. 다음에 만날 때 그 나이 때 사진 좀 가져와 봐. 누나 어려서도 마르고 가무잡잡한 편이었어?"

피부가 까만 건 지유의 오랜 콤플렉스였다. 지금이야 가무잡잡한 걸 섹시하다고 쳐 주기도 하고 메이크업으로 커버할 수도 있지만, 어려선 유난히 까맣고 마른 데다 치아까지 툭 튀어나와 놀림도 꽤 받았다.

세현은 지유가 의사의 도움을 받아 백지에 그림 그리듯 눈을 키우고 코를 높인 걸 모른다. 수술과 시술이 워낙에 정교하게 잘됐다. 비싼 의사를 찾는 덴 다 그만한 이유가 있었다. 수술 전 담당 의사에게 그녀처럼 밋밋한 얼굴이 성형하기에 최적화된 얼굴이라는 기분 나쁜 칭찬도 받았다. 수술 후 부기가 가라앉은 걸 확인한 의사는 호들갑스럽게 자화자찬했다.

"와, 이건 뭐 4000원짜리 해물짬뽕 먹다가 흑진주를 발견한 수준이네!"

지유는 남자 친구를 만날 때 한 번도 민낯으로 나온 적이 없다. 열 살 때 사진이면 성형은 물론 치아 교정도 하기 전이다. 그때의 사진을 가져오라는 말은 과거의 치부를 스스로 까발리라는 것과 다름없다. 더군다나 이 아인 거짓말하는 걸 극도로 싫어한다. 나이도 속였는데 얼굴까지 속였다고 하면 이 자리에서 바로 헤어지자고 하겠지. 그러고도 남을 놈이지. 아예 사진이 하나도 없다고 할까? 거짓말은 또 다른 거짓말을 새끼 쳤다.

"나 어릴 때 사진 없는데?"

"왜?"

"그게…… 이사하다 잃어버렸어. 상자째."

"그럼 어릴 때 사진이 하나도 없는 거야?"

"뭐, 그런 셈이지."

"……아, 그럼 주헌이 누나한테 누나 사진 있을 수 있겠네. 초등학교 때부터 친구라며? 같이 찍은 거라도 있을 거 아냐."

애 진짜 왜 이렇게 집요해? 없다면 없는 줄 알지. 아무래도 친구 남매에게 카톡이라도 보내 둬야겠다.

"갑자기 사진은 왜?"

"사람이 10년 정도 지나면 어떻게 변하는지 궁금해서. 아까 그 사진 봤지? 나 같지 않지?"

"그래도 니 모습이 좀 있긴 하던데? 눈 크고 눈썹 진한 거. 물론 지금이 훨씬 더 잘생겼지만."

사진 속 어릴 적 앞집 누나라는 그 애도 열 살 전후로 보였다. 만난 지 얼마 안 됐을 때, 세현이 지나가는 말로 누나는 예전에 알던 앞집 누나를 좀 닮았다고 한 기억이 떠올랐다. 뭐야, 지금 나하고 그 여자하고 대놓고 비교해 보겠다는 거야?

"솔직히 말해 봐. 사진 갖고 오라는 이유가 뭐야?"

"비교해 보려고."

"누구하고 누굴?"

"누나하고 그 누나하고."

애 왜 이렇게 솔직해? 지유는 세현의 입에서 나오는 누나 소리가 진짜 듣기 싫었다. 내가 왜 네 누나야? 애인 하고 싶다고! 진짜 애인! 그게 어떤 건지 몰라?

"너 나하고 왜 사귀는 거야?"

"누나가 먼저 사귀자고 했잖아. 내 기억엔 그런데."

"혹시 솔직한 게 무조건 좋다고 생각하고 사니?"

"솔직한 게 안 좋은 때는 언젠데?"

'바로 이럴 때!' 하려다 더 말해 봐야 소용없을 것 같아서 '너, 내가 전화할 때까지 전화하지 마!' 싸늘하게 내뱉고 편의점을 나왔다. 밖으로 나오자마자 바로 후회했다. 내심 세현이 따라 와 주길 바랐지만, 아무리 차를 세워 둔 곳까지 천천히 걸어도 잡아 주는 손길이 없었다.

지유는 너무 속상했다. 빈손으로 어떻게 들어가지? 엄마가 무슨 선물 받았느냐고 물어보면 뭐라고 하지? 밥도 사 주고 영화도 보여 줬다고 하면 되지만 그건 눈에 보이는 게 아니잖아. 선물을 받았다는 물적 증거가 없잖아. 꽃이라도 사 갈까? 생일인데 커플링은커녕 키스도 못 받고, 내 돈 주고 꽃다발까지 살 생각을 하니 눈물이 앞을 가렸다. 그렇게 노골적인 신호까지 보냈는데 라면만 처먹고! 아, 짜증 나! 뭐 저런 새끼가 다 있어? 그냥 헤어질까? 헤어지기엔 너무 아까운데. 얼굴만 못생겼어도 벌써 헤어졌을 텐데! 아, 진짜 짜증 나!

남겨진 세현은 너무 황당했다. 내가 뭘 잘못했지? 저 누나 왜 저래? 설마 같이 자러 안 가서 그런 거야? 처음엔 여자 친구가 삐치면 잡으러 가고 달래도 봤다. 하지만 버릇만 점점 나빠질 뿐 개선되는 게 하나도 없었다. 잘 들어갔느냐고 전화라도 할까 하다가 바로 집으로 들어왔다. 전화하지 말랬잖아.

자정이 한참 지난 시각. 부모님은 거실 테이블에 마주 앉아 각자 일을 하고 계셨다. 세현이 들어가자 두 분이 그를 돌아보셨다.

"우리 큰아들 요새 얼굴 보기 힘드네. 너무 늦게 다니지 마라."

"늦어서 죄송합니다."

엄마는 어디서 뭘 하다 오느냐고 묻는 대신 그에게 따뜻한 우유를 데워 건넸다.

"피곤하겠다. 어서 씻고 쉬어. 우현인 벌써 잠들었어."

잠옷으로 갈아입은 세현은 옷장 깊숙이 넣어 둔 낡은 앨범을 꺼냈다. 그 안엔 혜서 누나와 같이 찍은 사진이 서른 장쯤 들어 있다. 뒤에서부터 펼쳐 봤다. 누나가 양손에 매미 날개를 잡고 활짝 웃고 있다. 정혜서는 매미의 천적이었다. 얼마나 잘 잡는지 한번 나가면 30~40마리씩 잡을 때도 있었다. 채집통 안에 가득한 매미를 보면 과연 여자가 맞나 싶기도 했다. 누나는 매미가 어디에 숨어 있는지도 잘 알았다.

사진 속 누나가 어린 그에게 종이접기를 가르쳐 준다. 예닐 곱 살쯤으로 보이는 그가 누나에게 아이스크림을 떠먹여 준다. 침대에서 같이 그림책을 읽다가 나란히 누워 잠이 든 사진도, 심지어 같이 욕탕에 들어간 사진도 있다. 기억은 흐릿하지만,

다섯 살쯤의 여름인 것 같다. 나란히 탕 안에 들어가 물장난을 치는 모습이다. 세현은 팬티 한 장만 입고 있고 누나는 수영복을 입었다. 목욕탕 사진은 총 세 장이었다. 지금 보여 준다고 하면 짜증 낼 만한 사진도 몇 장 보인다. 대부분 할아버지가 찍어 주신 것이다. 거실에 돗자리를 펴고 둘이 소꿉놀이하는 사진은 동화 속 한 장면 같다. 오래전이지만 오늘 낮의 일처럼 선명히 기억난다.

"누나가 엄마 해. 내가 아빠 할게."

"아기는 누구 시키지? 인형 가져올까?"

"캔디! 캔디가 아기야. 내가 우리 아기 데리러 갔다 올게. 맛있는 밥해 놔."

"응. 여보, 얼른 갔다 와."

다섯 살의 그는 아빠가 엄마한테 하는 것처럼 누나 볼에 뽀뽀까지 하고 캔디를 데리러 갔다. 그땐 사람은 개를 낳을 수 없다는 걸 잘 몰랐다. 엄마와 아빠는 밥만 같이 먹는 게 아니라 잠도 같이 자는 사이라는 것도 몰랐다. 왜 기억은 딜리트 키를 누르는 것처럼 쉽게 삭제가 안 되는 걸까?

네 살 되던 해 겨울의 끝자락에 혜서 누나를 처음 만났다. 그가 기억하는 가장 어린 날이다. 그날따라 유난히 엄마가 보고 싶었다. 방학을 틈타 5개월 만에 그를 보러 온 엄마가 다시 떠난 지 사흘밖에 안 됐을 때였다. 처음엔 얼떨결에 헤어졌지만 두 번째는 달랐다. 엄마를 보내면 아무 때나 만날 수 없다는 것 정도는 아는 나이가 됐다. 그리움은 아물지 않는 통증이었다.

엄마를 찾아간다고 떼를 쓰다가 무작정 현관문을 나섰는데 앞집 문이 활짝 열려 있었다. 그 전까진 늘 닫혀 있어 누가 사는지도 몰랐던 집이다. 열린 문 사이로 예쁘장하게 생긴 누나가 보였다. 눈이 마주친 누나가 문밖으로 걸어 나와 눈물로 얼룩진 그의 얼굴을 가만히 들여다보았다.

"너 되게 귀엽다. 우는 것도 귀엽네?"

누나가 처음 한 말은 엄마가 자주 하는 말이기도 했다. '우리 세현인 울어도 귀엽네? 엄마가 어떻게 이런 아들을 낳았을까요?' 처음 본 누나가 츄파춥스 사탕 두 개를 보여 주더니 눈물을 뚝 그치면 둘 다 주겠다고 말했다. 목소리까지 예쁜 누나가 그의 볼에 얼룩진 눈물을 손으로 닦아 주었다. 작은 손이었지만 엄마의 손길처럼 부드럽고 따뜻했다.

"이름이 뭐야?"

"진세현."

"진씨야? 진씨는 처음 보는데. 누난 정혜서. 다음 주에 초등학교 1학년 될 거야. 오늘 아침에 이사 왔어."

울음 끝에 끅끅 딸꾹질이 묻어 나왔다. 누나가 이제 진짜 그만 울라며 그의 등을 다독였다. 세현은 눈물을 그치고 누나와 계단에 나란히 앉아 사탕을 나눠 먹었다. 그다음 날부터 그는 엄마가 보고 싶으면 앞집 문을 두드렸다. 어떤 날은 누나가 문을 열어 주었고, 어떤 날은 아줌마가 열어 주셨다. 키가 큰 형이 열어 주는 날도 있었다.

세현은 앞집 식구들이 좋았다. 다들 그를 막내아들처럼 귀여워했다. 할머니와 혜서 누나의 엄마도 금방 친해졌다. 가끔은 아저씨와 할아버지가 같이 술자리를 갖기도 했다. 약주 몇잔에 기분이 좋아지면 아저씨는 늘 누나에게 노래를 졸랐다.

"정혜서 공주님, 노래 한 곡만 불러 봐요. 아빠가 듣고 싶네."

누나는 망설이지 않고 노래를 불렀다. 동요부터 가요까지 레퍼토리도 다양했다. 아저씨는 붉어진 얼굴로 하나밖에 없는 딸의 얼굴에 턱을 비비며 장난을 치곤 했다. 혜서 누나는 수염이 따갑다며 질색했고, 그는 그 모습을 부럽게 바라보았다.

누나가 이사 온 뒤로는 우는 날이 부쩍 줄었다. 누나와 함께 있으면 울 일이 없었다. 지금도 새우깡과 츄파춥스 사탕을 보면 혜서 누나가 생각난다.

쉬는 시간을 틈타 친구를 찾아간 세현은 다짜고짜 지유 누나의 어릴 때 사진을 갖다 달라고 요구했다. 사진이 필요한 이유를 묻는 주헌에게 그는 확인할 게 있다고만 했다.

당황한 주헌의 머릿속에 아침 일찍 지유 누나가 보낸 카톡 메시지가 떠올랐다. 혹시 세현이가 자기 사진 있느냐고 물어보면 절대 없다고 하라는. 한 장이라도 보여 주면 죽음을 각오하라는. 주헌은 친누나와 식전부터 이런 대화를 나눴다.

"지유 누나 성형한 거 얘기 안 했대?"

"타이밍을 놓쳤다나 봐."

"타이밍 같은 소리 하네. 그러게 처음부터 왜 속여? 니나 내나 다 하는 성형, 말하면 어때서?"

"너 같으면 말하는 게 쉽겠냐? 솔직히 지유는 비포 애프터가 달라도 너무 다르잖아. 그리고 걘 예전 얼굴은 아예 자기 얼굴이 아니라고 생각한다고."

"누나처럼?"

"소문내면 죽는다고 했지? 10대에 요절하고 싶어? 난 그래도 눈 하나만 했거든. 이 정돈 자연미인에 속하거든?"

'누나도 지유 누나가 한 병원에서 더 하지그래. 그 누난 티도 안 나고 예쁘잖아.' 그렇게 말하려다가 아침 댓바람부터 맞을까 봐 생각으로만 그쳤다.

"참, 이상하네. 다들 기억상실이야? 세현이 외모 그렇게 안 따진다고 했잖아. 첫 번째, 두 번째 여자 친구 다 얼굴은 그저 그랬다니까."

"웃기시네. 그땐 뭘 모르니까 그냥 만났던 거겠지. 얼굴 안 따지는 남자가 세상에 어디 있냐?"

"그것도 일종의 편견이야. 그래, 솔직히 난 생기다 말아서 여자 외모 엄청 따지는데, 넘사벽으로 잘난 놈들은 지 얼굴이 다 갖고 있어서 그런지 남 얼굴은 잘 안 따지더라."

"세현이가 안 따지면 뭐해. 남들이 보면서 찧고 까불고 다 하는걸. 지성과 인격으로 커버하라고? 그게 말처럼 쉬운 일인 줄 알아? 한두 달에 완성되는 거냐고, 그게. 인간은 본능적으로 아름다운 것에 끌리기 마련이야. 컵 하나를 골라도 재질보다 모양부터 따지는 게 인간이라고."

지유 누나 사진을 보여 주면 안 믿을지도 모른다. '이 여자가 이지유라고? 이 꼬마가 이지유면 넌 조인성이냐?' 이럴지도. 대한민국 성형외과 의사들은 연금술사와 동급이다. 세현을 그 연주회에 데리고 가는 게 아니었다. 지유 누나가 친구에게 관심을 보일 때 말렸어야 했다. 한두 번 만나다 그만두려니 생각했다. 적당히 핑계 대고 이쯤에서 헤어지라고 할까? 그가 아는 세현은 '적당히' 타협할 놈이 아니다. 어떤 식으로 죽음을 각오해야 할지 감이 안 온다.

세현은 가만히 서 있기만 해도 여자들에게 인기가 많았다. 심지어 남자들에게도 끌리는 존재였다. 엄마도 보자마자 좋아했다. 우연히 그 친구를 한 번 본 아빠도 가끔 궁금해하셨다. '그 잘생긴 애 요새 어떻게 지내냐? 방송에서 봤는데 걔네 엄마도 엄청난 미인이더라.' 말하자면 이런 식이다.

말이 많은 편은 아니었다. 그렇다고 재미없지는 않았다. 도대체 지금 무슨 말을 하는 건가 싶을 때도 있지만, 똑똑하다고 소문난 애들은 모두 세현을 좋아했다. 냉소적이고 제멋대로인 것 같아도 알고 보면 심성이 고운 녀석이었다. 불의를 보면 꾹 참는 그와 달리 세현은 불의를 보면 그냥 넘어가질 못했다. 덕분에 은근 사고뭉치라는 이미지도 생겼다. 게다가 고3인데도 공부를 거의 안 했다. 하고 싶은 과목만 했다. 그래도 성적은 늘 그보다 잘 나왔다.

결정적으로 세현은 한 여자를 오래 만나지 못했다. 누나의 친구를 포함해서 주헌이 아는 여자 친구만 해도 넷이다. 짧게는 몇 주에서 몇 달까지. 한 계절 넘게 사귄 여자가 없었다. 지유 누나는 그나마 오래 버티는 거였다. 도대체 속을 알 수 없는 놈이라는 생각도 가끔 들었으나 녀석과 친하게 지내면 좋은 점이 많았다. 아무리 머리를 굴려 봐도 진세현의 절친이라는 포지션과 인맥을 포기하는 건 정말이지 아까웠다.

"뭔데 설사 참는 표정이야?"

"너 지유 누나랑 헤어져라."

"왜?"

"그 누나랑 계속 만날 거야? 설마 결혼이라도 하게?"

"결혼했으면 좋겠냐?"

"뭐야! 진짜 결혼할 거야?"

"뭐 이상한 거 먹었어? 나 열아홉이야. 넌 지금 여친이랑 결혼할 거냐?"

"그거야 모르지."

"제대로 돌았구나. 사진이나 갖고 와."

"야, 안 돼."

"없는 거야, 안 되는 거야? 내가 니 집에 따라가리?"

결국 주헌은 지유 누나에게 맞을 각오를 하고 사진을 갖다준다고 약속했다. 설마 죽이기야 하겠어. 그래도 친구 동생인데. 10년 넘게 알고 지낸 사이인데. 죽이러 온다면 엄마한테 이르지 뭐. 우리 엄마 말발 세. 힘도 세고. 돈도 많고.

한 달에 딱 하루, 수업이 일찍 끝나는 날이다. 3학년에 들어서면서 공식적인 동아리 활동은 그만뒀지만 특별한 일이 없는 한 매일 동아리방에 들러 춤을 춘다. 직접 만든 동아리라 애착이 컸다. 동아리방으로 들어간 세현은 연습 중인 후배들을 바라보며 처음 춤에 입문했을 때를 떠올렸다.

신입생일수록 의욕이 넘친다. 중요한 건 의욕과 현실의 적절한 균형이다. 두 개가 엇나가면, 특히나 현실에 비해 의욕이 지나치게 앞서면 문제가 커진다. 모든 배움이 그렇지만 춤 역시 기본이 중요하다. 세현은 비보잉(B—Boying)에 입문하면서 비보잉과 힙합에 관련된 책을 열 권 넘게 독파했다. 관련 도서도 적거니와 절판된 책이 많아서 헌책방에서 힘들게 구하거나 도서관에서 빌려 일일이 제본하기도 했다.

저 애들은 무슨 생각으로 비보잉을 시작한 걸까? 많은 아이들이 춤을 자신을 돋보이게 해 줄 스킬 정도로 생각한다. 가만 보면 베이직(Basic)도 제대로 못 하는 것들이 프리즈(Freeze: 브레이크의 중간이나 마지막에 포인트를 잡아 주는 동작)를 하고 싶어 난리다.

토마스(Thomas: 파워 무브의 기초면서 가장 어려운 동작으로 손을 바닥에 짚고 공중에서 다리를 엇갈려 도는 것), 윈드밀(Windmill: 어깨 탄력을 이용해 다리를 풍차처럼 돌리는 동작), 헤드스핀(Head Spin: 목 하나로만 몸을 지탱하여 머리로 도는 동작)을 연습한다고 실내가 어수선했다. 웜업(Warm Up: 준비운동)은 대충 끝내 놓고 흔히 '나이키'로 잘못 불리는 엘 킥 프리즈(L Kick Freeze)만 내내 연습하는 아이도 있다.

쟨 또 뭐지? 왜 저리 뻣뻣해? 브레이크댄스를 잘하기 위해선 유연성이 기본이 되어야 한다. 자칫 방심한 사이 큰 사고로 이어질 수 있으니까.

"너, 키 큰 애! 자세가 그게 뭐야! 살풀이해? ……야! 그만둬!"

순간, 동아리방이 무중력상태로 변한 것처럼 고요해졌다. 지적당한 후배가 잔뜩 쫄아서 세현을 바라보았다.

"선배님, 왜, 왜요?"

"지금은 '왜요?'가 나올 타이밍이 아니지. 헤드 할로우(Head Hollows: 브레이크 스타일 무브 중 하나로 머리의 뒤쪽과 양 손바닥으로 중심을 잡고 물구나무서는 듯한 동작)가 쉬운 건 줄 알아? 멋 부리다 다쳐. 까딱하면 목 나간다고."

이 비보잉 동아리는 세현이 학교에 들어와서 만든 것이다. 오랜 전통의 댄스 동아리가 따로 있었지만 그건 취향에 맞지 않았다. 그가 멤버이자 초대 회장이 아니었다면 이 동아리는 진작 없어졌을지도 모른다. 진세현이란 인물 하나 보고 들어오는 아이들도 꽤 있다. 남자와 여자 비율이 8대 2 정도. 위험한 춤이기 때문에 여학생들에겐 가입이 더 까다롭다.

"그렇게 출 거면 하지 마. 저기 의자에 앉아서 놀아."

"선배님, 잘해 볼게요. 열심히 할게요. 네?"

"내 말은, 열심히 하지 말란 뜻이야. 아무리 봐도 몸이 너무 뻣뻣해. 그 상태에서 열심히만 하다간 다친다고. 너 어떻게 여길 들어왔냐? 야! 얘 누가 뽑은 거야?"

"세현아, 잠깐만."

같은 학년 최한빈이 세현을 밖으로 불러냈다. 불그죽죽한 한빈의 얼굴을 보니 갑자기 담배가 당겼다. 학교 안에서만큼은 자제하려고 노력 중이다.

"쟤네 아버지가 한빽 한대."

"그래서?"

"그냥 살살하게 뒤. 동아리방도 리모델링해 주신다고 했대."

"여기가 공군 부대야? 낙하산 실험하는 곳이야? 리모델링이 중요해? 누구 하나 크게 다치면 문제가 심각해진다고. 이 동아리 없어지는 거, 시간문제야."

"너 요새 왜 그래? 생리하냐?"

"새끼, 진짜! 드럽게."

"더럽긴. 우리가 죽었다 깨도 못 하는 거 하면 존경해야지. 쟤 애는 참하던데. 여자애들한테 인기도 많아. 다른 학교 여학생들까지 정문 앞에서 기다리더라고. 너보단 못하지만 몽타주가 산뜻하잖아. 학교 축제 때 저런 애들이 배경으로 서 줘야 무대가 폼이 나지."

"넌 춤을 폼으로 추지?"

"어머! 당연한 거 아니에요? 그럼 춤을 목숨 걸고 춰요?"

"사이비 새끼."

"야, 목숨은 여자한테나 거는 거야. 비주얼 브레이크댄스. 좌청룡 진세현, 우백호 허민준. 이렇게 양쪽에서 받쳐 줘야 보기도 좋지. 댄스란 게 뭐냐? 일단 시각적으로……."

"얼굴로 춤추냐? 쓸데없는 인심 좀 쓰지 마."

"내가 알아서 처리할 테니 너는 당분간 보기만 해. 쟤 열라 노력해. 저것도 진짜 발전한 거라고."

"딱 열흘만 기다려 볼 거야. 그사이에 문제 생기면 니가 책임지고 데리고 나가."

"자식, 깐깐하기는. 나보다 쬐끔 더 잘생겨서 봐준다."

한빈이 먼저 들어갔다. 아무래도 안 되겠어서 허민준이란 애를 복도로 불러냈다.

"솔직히 말해. 너 여기 어떻게 들어왔어? 난 널 뽑은 기억이 없는데. 한빈이가 뽑아 준 거냐?"

"저 그냥 시켜 주시면 안 돼요? 시작한 지 얼마 안 돼서 그래요. 연습도 더 많이 매일매일 할게요."

"니 마음은 아는데, 어설픈 객기 부리다가 다쳐. 너만 다치는 게 아니고 다 다쳐."

"선배님, 무슨 말인지 알아들었어요. 조심해서 연습할게요. 저도 축제 무대에 나가고 싶어요."

"니가 할 수 있는 선에서 노력하라고. 오버하지 말고. 베이직을 정확히 익혀야 스타일 무브든 파워 무브든 제대로 할 수 있어. 겉멋 부리지 말고 동아리방 벽에 붙여 놓은 순서대로 유연성 연습부터 해. 목 풀기 충분히 하고. 잘 추는 사람은 대를 이어 온 원수라도 무대에 올려 주니까 그건 신경 쓰지 말고. 너 하는 거 보고 결정할 거야. 가."

"네! 고맙습니다, 선배님!"

다시 들어가 동아리방을 한 바퀴 돌아보았다. 신입생들은 총체적 난국이다. 한빈이 투실투실 살이 오른 아이를 보며 한소리 했다.

"인혁이 너 살 좀 **빼면** 안 되겠냐? 춤추겠다는 애가 몸이 그게 뭐냐. 유도나 하면 딱 어울릴 것 같은 몸으로 춤추는 거 보면 진짜 어메이징해."

"이렇게 타고났는데 어떡해요. 그래도 우리 집에선 제가 제일 날씬해요."

얼핏 보면 뚱뚱하고 둔해 보이지만 유연성 하나는 타고난 애다. 세현은 인혁을 보고 피식 웃음을 터뜨렸다.

"나도 중2 때까진 작고 통통했어."

"진짜요? 저 위로하려고 거짓말하는 건 아니죠?"

"내가 왜 널 위로해? 이상한 놈이네, 이거? 자, 다들 모여! 연습이나 하자! 거기 신입생, 음악 틀어!"

학교에서 나오기 전 할 일이 하나 있었다. 매점에 들렀다가 교생실습실로 가서 정혜서 교생을 찾았다. 없었다. 교무실로 가 봤다. 그녀는 교생들 사이에 서 있었다. 아침에 봤을 때와는 달리 상투처럼 동그랗게 머리를 올려 묶은 모습이다. 체감 나이가 다섯 살쯤 어려 보였다. 세현이 들어서자 태양을 따르는 해바라기처럼 여선생들의 목이 일제히 돌아갔다. 그는 꾸벅 인사하고 바로 정혜서 교생을 향해 걸어갔다.

"선생님, 드릴 말씀이 있는데요."

"해."

마치 찾아올 걸 알았던 것처럼 아무렇지도 않은 목소리였다. 그게 당황스러웠다.

"잠깐 나오시면 안 돼요?"

96

복도로 나온 혜서에게 세현은 새우깡 한 봉지를 내밀었다. 붉은 새우가 그려진 과자 봉지를 바라보던 그녀가 고개를 들고 되물었다.

"나 주는 거야? 먹으라고?"

사실 그에게 100퍼센트 확신이 있었던 건 아니다. 일단 외모가 그가 상상해 왔던 것과는 꽤 달라졌고 나이도 한 살 적었다. 이름은 같았으나 대한민국에 그런 이름이 하나밖에 없겠는가. 세현이 국어 교생에 대해 아는 정보라곤 재학 중인 학교 정도였다. 그러나 교무실 문을 닫던 그녀의 목덜미를 보고 확신하게 됐다. 혜서 누나의 오른쪽 목덜미엔 팥알 크기의 붉은 반점이 있었다.

"고마워. 잘 먹을게. 더 할 말 있어?"

"아직도 새우깡 좋아해요, 혜서 누나?"

여자의 눈이 커다래졌다.

"……너, 진짜 세현이 맞아? 반포 주공 2단지에 살던 꼬마 진세현?"

"선생님은…… 이사 간다는 말도 없이 하루아침에 떠나 버린 그 누나가, 맞나 보네요."

"그땐 그럴 만한 사정이 있었어. 이름이 똑같아서 살짝 미심쩍긴 했는데 너무 달라져서 설마 했거든. 너 작고 말랐었는데 언제 이렇게 컸어?"

고개를 쳐들고 봐야 하는 남자애의 표정엔 변화가 없었다. 대답도 없다.

"니가 너무 커져서 이상하다. 이렇게 자랐을 줄 상상도 못했어."

세상엔 상상 밖의 일들이 자주 일어난다. 상상 밖의 우연도 늘 있어 왔다. 혜서는 차가운 눈길로 자기를 내려다보는 세현을 보며 그만 선생티를 내고 말았다.

"근데 이제 국어는 좋아해?"

"아뇨. 젤 싫어해요."

여전히 무심한 얼굴이다.

혜서의 일기

엄마나 오빠는 세현이가 똑똑하다는데 난 잘 모르겠다. 어떤 때 되게 똑똑해 보이고 어떤 땐 아닌 것 같다.

"또 이렇게 썼네? '헨젤과 그레텔은 집에 가는 길을 잊어버렸습니다.'가 아니야. '헨젤과 그레텔은 집에 가는 길을 잃어버렸습니다.'라고 써야 하는 거야. 길이 너무 헷갈려서 방향을 못 찾는다는 뜻이라고."

"그게 그거지! 글자가 틀린 건 아니잖아."

"세현아, '잃어버렸다.'와 '잊어버렸다.'는 조금 달라. 기억이 나지 않는다는 뜻으로 쓸 때는 '잊어버리다.'가 맞고, 어디에 물건을 빠뜨리고 오는 걸 말할 때는 '잃어버리다.'를 쓰는 게 맞아."

"그래. 지금 헨젤과 그레텔이 집에 가는 길을 기억 못 하는 거잖아. 새들이 빵 조각을 다 쪼아 먹어서. 그러니까 길을 잊어버린 거지."

"아, 그렇게 생각할 수도 있겠네. 근데 그 길은 눈에 보이잖아. 만질 수도 있잖아. 예를 들어 필통, 돈, 신발, 뭐 그런 게 없어졌을 땐 잃어버렸다고 해. 그것들은 다 눈에 보이고 만져지니까. 잊어버렸다고 하는 건 손으로 안 만져지는 기억이나 추억 같은 게 머릿속에서 사라졌다는 거고."

"뭐가 그렇게 복잡해. 길이 아예 사라진 것도 아닌데. 이 말도 맞는 것 같고, 저 말도 맞는 것 같고."

"정 헷갈리면 무조건 '숲에서 길을 잃다.' 그렇게 생각해."

"근데 누나, 추억이 뭐야? 기억 비슷한 거야?"

"음…… 너하고 나하고 네 살 때 처음 만났잖아. 기억 잘 안 나지?"

"누나가 이사 온 날 내가 우는 거 보고 츄파춥스 사탕 줬잖아. 초코맛."

"그걸 아직도 기억해? 똑똑한 거 맞네! 그래, 그런 게 추억이야."

"근데 사탕은 눈에 보이는 거잖아. 만질 수도 있고."

"아니, 그게 아니고, 너랑 나랑 그렇게 처음 만났던 그날이 우리한테는 추억이라고. 내가 너 밥 먹여 주고, 자전거 가르쳐 주고, 같이 책 읽고 했던 기억. 그런 게 모두 추억이란 말이야."

"그럼 그런 기억이 생각 안 나면 잊어버렸다고 하는 거야?"

"그래! 이제 알겠어?"

"나 그래도 잘 모르겠어. 누나를 잊어버리면 잃어버리는 거지. 혜서 누나는 눈에 보이는 사람인데? 뭐가 이래. 이래서 국어가 싫다니까."

만약 우리 반 남자애가 이런다면 한 대 때려 줬겠지만, 난 떼쓰는 세현이도 귀엽다. 고집은 또 얼마나 센지. 쪼그만 게.

"만약 니가 나를 잊어버리면…… 누나 목 뒤에 빨간 점 있잖아. 요거 보고 누나 찾아. 알았지?"

세현이가 내 뒤로 오더니 목덜미의 점을 찾아 손끝으로 누르듯 만졌다. 간지러웠다. 어른이 돼서도 점을 빼면 안 될 것 같다. 만약 우리가 헤어지면 세현이가 이걸 보고 날 찾아야 하니까.

"누나 중학교 들어가면 너 공부 가르쳐 줄 시간 없어. 그러니까 지금 잘 배워 둬."

"아직 멀었잖아. 근데 중학교 가면 왜 못 가르쳐 줘? 우리 앞집 사는데?"

"중학생 되면 늦게까지 공부하고 시험도 자주 봐서 훨씬 바빠지거든. 좋은 고등학교 가야 하니까."

"나도 얼른 중학생 되고 싶다!"

"아직 멀었다! 초등학교도 안 간 니가 언제 중학생이 되냐. 에그."

나중에 세현이가 자라면 어떤 모습으로 바뀔까? 지금은 이렇게 귀엽고 예쁜데. 상상이 잘 안 된다.

"잠깐 밖에 나갈래?"

본관 앞 벤치에 나란히 앉았다. 지나가는 학생들마다 흥미로운 눈길로 그들을 흘깃거렸다. 굳이 아는 척하는 아이도 있었다. 혜서 누나는 손을 흔들며 일일이 인사를 받아 주었다.

어려서도 다정하고 즐거운 사람이었다. 개구쟁이 같은 면도 많았다. 그는 징그러워 만지지도 못하는 청개구리나 잠자리, 매미 들을 누나는 아무렇지도 않게 잘 만졌다. 검은 띠를 매고 태권도 도장에 다니는 누나가 부러워서 여섯 살이 되자마자 태권도를 배우고 싶다고 졸랐다. 누나는 시간이 날 때마다 그의 손을 잡고 도장에 가 주었다.

혜서 누나의 얼굴을 슬쩍 쳐다보았다. 둥글게 솟은 시원한 이마, 쌍꺼풀 없이 크고 둥근 눈매, 단정하게 솟은 코, 약간 작은 듯 도톰한 입술, 젖살이 남아 있는 하얀 볼과 턱. 이마엔 좁쌀 같은 뾰루지가 잔뜩 솟아 있다. 왜 이렇게 살이 쪘을까.

외모는 꽤 변한 것 같지만 표정은 남아 있었다. 웃으면 개구쟁이처럼 입꼬리가 살짝 올라가는 입매. 어려서도 그랬다. 누나가 웃는 게 보기 좋았고, 누나의 웃음소리가 듣기 좋았다.

정혜서란 사람에게 배운 게 많았다. 여섯 살밖에 안 된 그가 두발자전거를 탈 수 있었던 것도, 배우기 싫었던 한글을 지루하지 않게 익힌 것도 이 누나 덕분이었다. 학교 친구한테 들은 '씨팔!'이란 욕을 무심코 했을 때 혼쭐을 내면서 욕을 하면 안 되는 이유를 가르쳐 준 것도 혜서 누나다.

"세현아, 욕은 진짜 시시하고 나쁜 사람들이나 하는 거야. 너처럼 귀엽고 착한 아이가 하는 말이 아니야. 다음부턴 욕 안 할 거지? 다시는 그런 말, 절대 안 할 거지?"

"응, 약속할게. 그 친구한테도 그런 욕 하면 안 된다고 말해 줄게. 꼭."

그는 지금도 친구들에 비하면 욕을 하지 않는 편이다.

누나와 무언가를 하면 늘 즐거웠다. 유치한 또래 아이들은 답답하고 지루했다. 동화 구연을 배운 혜서 누나는 동화책도 진짜 연극을 하는 것처럼 실감 나게 읽어 줄 줄 알았다. 둘은 침대에 엎드려 동화책을 보다가 그림 안에서 숨은그림찾기를 하곤 했다. 대한민국 지도 모양의 퍼즐을 맞추며 전국의 8도를 가르쳐 준 것도, 레고로 두 개의 성을 만들어 칼과 창을 든 피규어(Figure: 모형 인형)로 신나게 싸워 준 것도 누나였다.

친동생처럼 누나 친구의 생일잔치까지 따라다닌 적도 있다. 얼마나 그를 살뜰하게 챙기는지 동네 아줌마들이 진짜 동생이냐고 물을 정도였다. 둘이 남매처럼 닮았다고 하는 사람도 있었다. '내가 진짜 동생이면 얼마나 좋을까.' 그 생각도 자주 했다. '나중에 크면 혜서 누나와 결혼해야지.' 그 생각은 더 자주 했다. 할머닌 깔깔 웃으며 누나하곤 결혼하는 게 아니라고 하셨지만.

세현은 유치원에서 특별한 재미를 느끼지 못했다. 선생님이 아무리 잘해 줘도 잠깐이었다. 아이들이 먼저 다가와 놀자고 해도 구미가 당기지 않았고, 같이 놀아 봐도 금방 싫증났다. 지능이 월등히 높아 또래 아이들과 어울리는 게 시시했던 것이다. 그러나 그걸 어떻게 말로 표현해야 하는지 몰랐다. 그저 재미없어서 유치원에 가기 싫다고만 했다. 아무리 똑똑해도 애는 애였다.

적지 않은 사람들이 영재교육을 시켜야 한다고 권유했다. 웬

슬러 지능검사(Wechsler Scale of Intelligence), 고대—비네 지능검사(Kodae—Binet Intelligence Test) 두 가지로 테스트를 해 보니 과연 상위 0.1퍼센트에 속할 만큼 지능이 높았다. 그의 부모는 아들이 자연스럽게 성장하길 바랐다. 영재가 아닌 아이들은 아무리 돈을 발라 영재를 만들려고 해도 한계에 부딪힌다. 거꾸로 타고난 영재라면 언제라도 재능을 펼칠 수 있을 거라고 믿었다. 더불어 어린 아들이 영재 타이틀 안에서 옥죄어 사는 걸 바라지 않았다. 지나친 칭찬은 독이 될 수도 있다는 걸 익히 알았기에.

대한민국 사회는 머리 좋은 사람에게 유난히 관대하다. 두뇌가 남달리 발달한 사람들은 그런 환경 때문에 자신이 우월하다고 느끼게 되기 쉽고, 이기적인 인격을 형성할 가능성 역시 높아진다. 인생은 수학보다 훨씬 복잡하다. 숫자로 풀지 못할 인생의 난제가 얼마나 많은가. 영재라는 타이틀을 안고 승승장구할 수 있는 기간은 길어 봐야 마흔까지라고 판단한 그의 부모는 주위의 설득에 굴하지 않았고, 조부모는 아쉬웠지만 자식 내외의 의견을 받아들였다.

여섯 살 나이에 이미 학교 교육을 충분히 따라갈 거라는 진단을 받았지만, 세현은 보통 아이들처럼 여덟 살에 입학했다.

"누나 스물세 살 아니었어요?"

혜서 누나와의 극적인 만남을 상상한 적은 많았지만, 이런 식의 만남을 기대한 적은 없었다. 어렸을 때처럼 반말하기가 어색했다.

"학교를 한 해 일찍 갔다니까."

"분명 누나가 친구들한테 여덟 살이라고 했었는데. 초등학교 1학년 때."

"그런 걸 다 기억해? 애들이 한 살 어리면 동생 취급하고 놀릴까 봐 그랬던 건데."

말끝에 웃음이 번진다. 잘 웃어서 좋았던 누나였다.

"……이젠 새우깡 안 좋아해요?"

"요샌 잘 안 먹어. 예전만큼 맛이 없더라. 너무 짜기도 하고."

혜서는 세현의 옆모습을 바라보며 괜한 실망감을 느꼈다. 그래, 이런 얼굴이었어. 평생에 한 번쯤은 요런 외모하고 딱 3개월만 사귀고 싶었어. 그럼 뭐해. 현재 포지션 난 선생, 넌 학생인데. 그것도 모자라 친동생처럼 지냈던 세 살이나 어린 미성년. 그저 높은 가지에 주렁주렁 매달린 신 포도 같은 존재일 뿐이다.

그동안 혜서가 만났던 남자들은 '외모만큼은' 하나같이 평범한 편이었다. 그중 제일 잘생겼던 남자도 세현에 비하면 원빈 옆의 웨이터 원반 수준이다. 혜서는 결혼할 마음이 전혀 없다. 하지만 인간으로 태어난 이상 당연히 연애는 해야 한다는 주의였다. 페로몬이 넘치지 않는 자상한 남자. 초식동물에 가까운 심성을 가진 남자. 그게 그녀가 남자를 고르는 기준이었다.

"할머니, 할아버진 잘 계셔?"

"아직 그 동네 사세요. 아파트 재건축한 건 알아요?"

"알아. 뉴스에서 봤어."

반포에서 살던 때가 혜서 인생에서 가장 행복한 시절이었다. 그 전은 너무 어려서 가물가물했고, 그 이후는 굳이 떠올리고 싶지 않다. 이사도 너무 자주 다녀서 어느 집 하나 애착이가지 않았다. 지금 사는 집 역시. 반포 주공아파트는 혜서가 태어나서 제일 오래 산 집이었다. 그 집에서 계속 살았다면 내내행복했을까?

갑자기 이사를 가는 바람에 친했던 친구들과도 연락이 끊겼다. 중학교에 들어간 지 한 달밖에 안 됐을 때였다. 요새 같으면 카카오톡이나 페이스북 같은 SNS 서비스로라도 인연을 이어 갔을 텐데 그땐 휴대폰은커녕 그런 매개체도, 마음의 여유도 없었다.

"니 생각은 가끔 했어. 잘 지내는지 궁금해서."

세현은 궁금하면 연락 좀 하지 왜 하지 않았느냐고 물을까하다 말았다. '가끔'이라는 단어가 기분 나쁘다고 생각할 때 혜서가 입을 열었다.

"혹시 방송에 종종 나오는 김서연 박사가 너희 엄마야? 아줌마 닮아 보여서 엄마한테 물어본 적 있는데 맞는 것 같다고 하시던데."

"맞아요."

"미국에서 하고 온 공부가 그거구나. 너희 엄마 옛날에도 엄청 예뻐서 한참 쳐다보고 그랬는데."

아줌마는 텔레비전에 나오는 배우 같았다. 엄마도 동네 아주머니들 중에선 예쁜 편이라고 생각했는데, 세현의 엄마에 비하면 평범해 보일 정도였다. 아줌마는 늘 친절했다. 한국에 올 때면 그녀 몫의 초콜릿이나 학용품, 옷까지 꼭 챙겨 오셨다.

'혜서 덕분에 세현이가 잘 지낸다고 할머니가 말씀하시더라. 정말 고마워. 아줌마도 너처럼 예쁜 딸을 낳고 싶었는데. 앞으로도 우리 세현이 잘 부탁해.'

목소리도 얼마나 고우신지 '이다음에 크면 나도 아줌마 같은 여자가 돼야지.' 그렇게 생각하곤 했다. 애써 눌러 왔던 시절의 기억들이 스프링처럼 튀어나오며 어이없을 정도로 또렷해진다. 그 집에 살 때는 아빠가 있었다. 나를 공주님이라고 부르던 아빠. 아빠가 세상 남자 중 가장 좋았을 때. 아빠를 이기는 사람은 세상에 하나도 없다고 생각했던 때. 눈물이 나올 것 같아서 혜서는 헛기침을 밭게 뱉어 냈다.

"안 그래도 내가 니 뒷조사를 좀 했는데."

그의 얼굴이 바로 구겨졌다. 뒷조사. 참 싫은 말이다.

"시간 관계상 오늘은 여기까지만 할게. 누나가 좀 바빠서. 낼 보자. 아, 넌 야자 안 해?"

"오늘은 야자 없잖아요."

"다른 날도 안 하는 것 같던데?"

"전 혼자 공부하는 게 맞아요. 학원도 가야 하고."

누나의 뒷모습이 시야에서 사라질 즈음, 제일 궁금했던 질문을 안 했다는 걸 깨달았다.

학원 대신 반포 쪽으로 가는 버스에 몸을 실었다. 할머니는 전화라도 하고 오지 그랬냐며 서둘러 저녁을 차리셨다. 식탁엔 그가 좋아하는 음식이 많았지만, 언제부터인가 점점 간이 짜지는 것 같다.

"안 짜냐? 나이 드니까 간을 잘 못 맞추겠네."

"괜찮아요. 맛있어요. 할아버지는 늦으세요?"

"저녁 약속 있어서 나가셨어. 왜 그렇게 불러 대는 데가 많은지. 에구, 돈 좀 있단 소리 들리니까 들러붙는 인간들이 그리 많아. 똥파리들도 아니고 하여간. 너한테 다 물려주고 돌아가셔야 하는데 걱정이다. 이 양반 오늘 오면 단단히 다짐을 받아 놔야지……."

"할머니, 혜서 누나 생각나?"

"누구?"

"정혜서요."

"그, 예전에 우리 앞집 살던?"

"네, 그 누나요."

"그럼! 생각나고말고. 어디 가서 잘사는지 원. 하루아침에 짐도 제대로 못 챙기고 떠나야 했으니."

"그게 무슨 소리예요?"

"이제 와 알아서 뭐하게. 들어 봐야 좋은 소리도 아닌데."

"말해 주세요. 왜 짐도 제대로 못 챙기고 떠나요?"

"착하게 살면 복만 받아야 하는데 그게 아니더라. 법 없이도 살 사람들이……. 혜서 아버지가 사기를 크게 당했는데, 그걸 혼자 수습해 보겠다고 한동안 말을 안 한 모양이야. 그러니 일이 잘되나. 사업이 안 풀리니 살림은 갈수록 쪼들리고, 나중엔 집이며 뭐며 돈 되는 건 다 헐값으로 넘겼다지. 결국엔 무서운 사람들까지 허구한 날 찾아오고 그래서 야반도주하듯 떠났어."

"집에 누가 찾아오고 그랬어요? 난 몰랐는데."

"너야 어렸잖아. 애들 모르게 하느라고 혜서 엄마가 혜서 우리 집에 보내고 그랬지. 애가 야무지고 예뻤는데. 혜서 오빠도 듬직하니 공부도 잘했고. 사람 팔자가 손바닥 뒤집어지는 것처럼 그리 바뀌더라."

"할머니는 알고 계셨던 거예요? 왜 저한텐 말씀 안 해 주셨어요?"

"그게 뭐 좋은 얘기라고 떠벌려. 너도 안 묻고 그래서 그냥 지나갔지. 여기도 재건축하는 바람에 전화번호도 바뀌었고, 그러다 연락 끊겼어. 형편이 그리 됐으니 혜서 엄마 성격에 전화하기가 뭐했을 거야. 어디 가서 앓는 소리 할 사람이 아니지."

"누나 그 전날에도 아무 말 안 했는데. 저한테 그다음 날 도서관 같이 가자고 했었어요."

갑자기 혜서 얘긴 왜 꺼낼까 하면서도 인희는 손자의 얼굴을 향해 묵은 기억을 들춰냈다.

"혜서도 몰랐을 거야. 갑자기 가게 됐다고 떠나던 날 오전에 혜서 엄마가 왔더라. 그동안 고마웠다고 하면서. 고맙기야 내가 더 고맙지. 그 집 식구들이 널 얼마나 잘 봐 줬냐. 하도 딱해서 집에 있던 현금을 싹 긁어 쥐여 줬는데 끝내 안 받고……."

"할머니, 나 혜서 누나 만났어."

"뭐라고? 어디서?"

"우리 학교에 교생으로 왔어요."

반쯤 벌어져 다물어지지 않는 할머니 입을 바라보며 세현은 낮에 본 누나의 모습을 다시 떠올렸다.

"세상에! 세상에나! 살아 있으니 만나기도 하는구나. 아이고, 하느님. 힘들었을 텐데 공부도 다 시키고. 그래, 무슨 선생인데?"

"국어요."

"어려서도 너한테 국어를 그리 잘 가르치더니 국어 선생이 됐구나. 한눈에 알아보겠디?"

"아니요. 못 알아봤어요. 너무 통통해져서."

세현의 일기

학교에서 오는 길, 길가에 쭈그리고 앉아 개미 떼를 한참 들여다보았다. 개미들이 길에서 구한 과자 부스러기를 부지런히 나른다. 자기 몸보다 몇 배 큰 과자를 지고 집으로 간다. 개미들도 그렇게 가고 싶어 하는 집인데 나는 가고 싶지가 않다. 집에 가면 할머니밖에 없고 재미도 없다. 친구 집에 가도 되지만 자꾸 엄마, 아빠 얘기를 물어보는 게 싫다.

지난달 동생을 데리고 왔던 엄마는 또 동생만 데리고 미국으로 갔다. 아직 할 공부가 남았다며. 누나랑 놀고 싶은데 중학생이 된 혜서 누나는 점점 보기 힘들다. 한참을 그렇게 쭈그리고 앉아 있었다. 어디선가 내 이름이 들렸다.

"어, 세현이네? 세현아!"

오늘은 운이 좋다.

"누나! 왜 이렇게 일찍 와?"

"엄마가 빨리 오라고 학교로 전화하셔서. 얼른 가 봐야 해."

"누나 집에 따라가도 돼?"

"안 될 것 같은데. 급한 일이 생겨서 어딜 가야 한다고 그러셨거든. 내일 놀러 와. 토요일이니까 도서관 같이 가자."

"나 심심한데. 피아노 치러 가기 싫어."

"그래도 배워야지. 너 피아노 배워서 누나 생일에 좋아하는 노래 연주해 준다고 했잖아. 얼른 다녀와. 머리에 뭘 이렇게 묻히고 다니니?"

누나가 내 머리를 살짝 털어 주었다. 나는 누나만 보면 어리광을 부리고 싶다. 조금만 더 조르면 데리고 갈지도 몰라. 저번에도 그랬으니까.

"다 아는 걸 계속 치라고 한단 말이야. 시시해."

"진도 더 빨리 나갔으면 좋겠어? 누나가 할머니한테 얘기해 줄까?"

"아니."

"그럼 피아노 선생님한테?"

"응."

"알았어. 학원 데려다줄게. 일어나."

누나가 내게 손을 내밀었다. 나는 그 손을 꼭 잡았다. 누나가 내 얼굴을 보며 빙그레 웃었다. 나도 누나를 마주 보고 웃어 주었다. 똑같이.

그날 혜서 누나는 그에게 초코맛 츄파춥스를 사 주고 같은 건물 2층에 있는 학원까지 데려다주었다. 세현은 내일은 자전거 타고 멀리까지 갔다 오자고 재차 약속을 받아 냈다. 누나는 웃는 얼굴로 고개를 끄덕이며 학원 문을 닫아 주었다.

닫힌 문을 살짝 열어 보니 교복을 입은 누나가 뛰듯이 계단을 내려가고 있었다. 그게 그가 기억하는 마지막 모습이다. 그다음 날부터 누나를 볼 수 없었다. 정혜서는 마술쇼 무대의 소품처럼 감쪽같이 사라졌다. 사라져선 다시 돌아오지 않았다.

4 내 혈관 속엔 무엇이 흐를까

알람이 한 번 울렸을 때 눈을 떴다. 평소보다 한 시간 이른 기상이다. 문을 열고 나오는 그를 보며 엄마가 놀라워하셨다.

"오늘 왜 이렇게 일찍 일어났어? 깨워야 일어나는 애가?"

"일이 있어서요. 아버지는요?"

"조찬 세미나가 있어서 새벽같이 나가셨어. 운동하고 바로 가신다고. 아침, 샌드위치인데 괜찮아?"

"네."

"세현아, 공부는 좀 하는 거니? 엄마가 따로 확인은 안 할게. 니가 알아서 해 줬으면 좋겠는데."

엄마는 이런 게 배려라고 생각한다. 어제 분명 학원에서 연락이 갔을 텐데 그것에 대한 언급은 없다. 왜 자꾸 결석하느냐고 다그치지도 않는다. 막 일어나 퉁퉁 부은 얼굴로 나온 동생이 식탁을 휘휘 둘러보더니 짜증을 냈다.

"뭐야, 또 샌드위치야? 엄마는 할 줄 아는 게 이것밖에 없어?"

"미안해. 오늘은 그냥 먹어. 엄마가 요새 좀 바빠서. 저녁땐 맛있는 거 사 줄게."

"사 준다고? 그거야 돈만 있으면 하는 거잖아! 나 아침 안 먹어!"

그가 처음 동생을 본 건 여섯 살 때였다. 우현은 갓 백일을 넘긴 아기였다. 지난번 엄마가 왔을 때 배를 만지게 해 주며 그 안에 동생이 있다고 말했지만, 그땐 실감이 나지 않았다. 엄마 배도 책에서 본 것처럼 많이 부풀지 않았었다. 아빠 팔뚝만 한 작은 동생이 땀을 뻘뻘 흘리며 엄마 젖을 빨아 먹었다. 장난감 같은 손으로 다른 쪽 젖을 만지작거리며.

저게 진짜 우유보다 맛있을까? 우유하고 어떻게 다른 맛일까? 더도 말고 딱 한 번만 엄마 젖을 빨아 보고 싶었지만 입이 떨어지지 않았다. 만져 보고 싶었으나 그것도 안 될 것 같았다. 다들 아기가 신기한지 우현의 얼굴만 들여다보았다. 할머니는 동생이 아빠를 쏙 빼닮았다며 몇 번이나 감탄하셨다.

6개월 동안 엄마가 오기만을 기다린 그는 까까머리 동생이 낯설고 싫었다. 친동생이라는데 닮은 데가 하나도 없어 보였다. 아기 울음소리가 들리면 온 가족이 우현에게 달려갔다. 자꾸만 슬퍼졌다. 나는 그렇게 울어도 엄마한테 안 데려다주더니 왜 동생의 울음은 온 가족이 못 견뎌 하는 걸까.

부모님은 얼마 뒤 동생만 데리고 미국으로 들어가셨다. 할머니가 엄마는 공부할 게 너무 많아서 아이를 둘이나 돌볼 수 없다고 설명하셨지만 이해가 안 됐다. '그럼 나 하나만 있을 땐 왜 여기 두고 간 거지?' 그 생각을 하며 더 슬퍼졌을 때 누나가 자전거 타러 가자며 그를 불러냈다. 혜서 누나는 그에게 최적화된 반창고였고 마데카솔이었다.

동생은 부모님과 한 번도 떨어져 산 적이 없다. 부모와 따로 산다는 게 어떤 건지 모를 것이다. 지금보다 어렸을 때는 이렇게 떼를 쓸 수 있는 동생이 부러웠다. 지금도 가끔 부럽다. 그러나 동생도 이젠 중학생이다. 언제까지나 어리광쟁이로 자라게 할 수는 없다. 세현은 나지막한 목소리로 우현을 불렀다.

"진우현, 앉아라."

우현은 집에서 형이 제일 무섭다. 아빠가 제일 안 무섭고, 그다음이 엄마, 마지막이 형이다. 그래도 하나밖에 없는 형이 좋았다. 이렇게 멋있는 사람과 형제라는 게 으쓱했다. 우현이 다니는 J중학교엔 형 얘기가 영웅담처럼 떠돈다. 학교 선생님들도 그를 처음 보면 '네가 세현이 동생이야?' 그 말부터 하신다. '진세현'이 이웃한 고등학교에서 얼마나 유명한지 친구들도 다 안다.

그래서 한편으론 형보다 모자란다는 자격지심을 갖고 산다. 모든 면에서. 아빠를 닮아 엄마나 형에 비해 외모도 평범한 편인데다 누굴 닮았는지 지능까지 진씨 일가의 평균 아이큐를 깎아 먹고 있다. 형이 정신과에서 테스트한 아이큐보다 학교에서 단체로 잰 그의 아이큐 수치가 더 낮다는 걸 떠올리며 좌절하기도 했다. 또래 친구들에 비해 인물도 지능도 빠지는 편은 아니었으나, 나머지 식구들이 특출하게 잘나서 저절로 기가 죽었다. 우현은 샌드위치를 씹으며 투덜거렸다.

"엄마, 학원에 전화 좀 하지 마. 날 못 믿는 거야?"

"좀 그래. 너 수학 학원 자꾸 빠질래? 이과 간다며? 의사 한다며? 수학 못하면 말짱 도루묵이야."

"나 그냥 형한테 배울래. 형이 더 잘 가르친다고."

"형 고3이야. 너보다 늦게 오잖아. 형도 공부해야지."

"형은 야자도 안 하는……"

거기까지 말한 우현은 엄마한테 며칠 전 형이 '끝내주게 늘씬하고 섹시한' 여자와 영화관에 들어가는 걸 봤다는 말을 할까 하다 말았다. 다음에 슬쩍 하지 뭐. 형은 아빠가 읽다 두고 간 신문을 보며 말없이 샌드위치를 씹고 있다. 어떻게 저 모습이 나하고 같은 10대일 수가 있지? 다른 건 다 그만두고 형처럼 키라도 컸으면.

우현은 160센티미터도 안 되는 자신의 키가 원망스러웠다. 몸무게는 형과 얼추 비슷할지도 모른다. 1년 새 10킬로그램 넘게 살이 붙었다. 형도 그 나이엔 그랬다고 하지만 19세 진세현의 모습을 보면 전혀 위로가 되지 않는다. 키가 같아지면 뭐해. 얼굴 수준이 다른걸. 팔다리 길이가 다른걸.

혜서는 4개월째 눈뜨자마자 볼일만 보고 몸무게를 잰다. 벌써 2킬로그램이 빠졌다. 다음 주까진 어떻게든 몸무게를 유지

하고 싶은데 그게 쉽지 않았다. 살이 붙으니 확실히 성량은 좋아졌다. 장점은 그것뿐이다. 억지로 몸을 불리느라 좋아하지 않는 단 음식이나 밀가루 음식을 너무 먹어서인지 없던 변비까지 생겼다. 피부에도 끊임없이 뭔가가 자꾸 돋아났다. '파리가 낙상할 얼굴'이라는 시샘을 받던 고운 피부는 사라진 지 오래다.

옷을 갈아입으며 생각했다. 주말 안에 세현을 불러 진지하게 얘기해 봐야겠다고. 어제 그 애와 헤어진 뒤 다시 교무실로 갔을 때 너 나 할 거 없이 세현의 얘기를 하고 있었다. 뛰어난 외모는 물론 공부로도 돋보이던 아이라는 것이 공통된 견해였다. 특히 수학은 얼마 전까지만 해도 전국적으로 날렸다고. 중학교 때부터 이미 수학경시대회 수상 성적이 워낙 화려해 당연히 특목고나 자사고에 진학할 줄 알았으나 본인이 원하지 않았다. 다들 의아해했지만 집에서도 일반고 진학을 크게 반대하지 않았다고 한다.

J고등학교에선 세현의 입학을 앞두고 기대가 컸다. 성적만 유지한다면 의대든 공대든 원하는 대학의 장학생으로 뽑힐 것이라는 데 누구도 이의를 달지 않았다. 1학년 때까지만 해도 괜찮았다. 1학년 2학기 기말고사부터 슬쩍 내리막길을 타던 성적은 2학년 2학기 때 바닥을 쳤다. 과목별 점수 분포도가 널을 뛰었다. 이런 추세라면 명문대는 물 건너간 게 아니냐는 극단적인 걱정까지 하는 수준이 됐다.

'집안 좋아, 인물 좋아, 머리 좋아. 그 조건으로 왜 귀한 시간을 낭비하는지 몰라. 조금만 노력하면 평생 탄탄대로일 녀석이.' 이런 식의 수군거림을 듣노라니 '사실 제가 세현이 어릴 때 앞집 살던 누나예요. 어려서도 수학은 진짜 잘했는데.' 할 수가 없었다.

사실 남 걱정할 처지가 아니다. 지금 그녀가 사는 집은 오빠와 둘이서 월세로 살던 작은 아파트다. 취직한 오빠가 지방 본사로 내려가면서 혼자 쓰는 게 퍽이나 부담스러운 터였다. 엄마는 여자 혼자 아무 데서나 살 수 없으니 당분간이라도 살라고 하셨지만, 월세 절반을 부담할 룸메이트나 작은 고시원이라도 알아봐야겠다고 고민 중이다.

대출받은 학자금도 문제였다. 대출액은 크지 않았지만 빚이라면 만 원도 질색하는 혜서다. 한동안 뮤지컬에 빠져 지내느라 두어 차례 전액 장학금을 놓쳤다. 대학의 낭만은 잠깐이고 다들 미친 듯 공부에 열중했다. 시트콤에 나오는 꿈 같은 대학 생활은 어디에도 없었다. 중고등학교 교사가 평생의 목표인 동기들 틈에서 버틴 4년. 뮤지컬이 아니었다면 더 힘들었을 것이다.

혜서는 허구한 날 시험을 위해 사는 인생이 지겨웠다. 돈 걱정에서 벗어나지 못하는 인생도 지겹긴 마찬가지다. 엄마도 쉽게 해 드리고 싶은데 돈 벌 날은 아직 요원하다. 결혼을 약속한 여자 친구가 있는 오빠한테 모든 책임을 넘길 수도 없다. 내 인생까지 책임져 달라는 말은 더더욱. 운 좋게 뮤지컬 배우가 된다 해도 문제다. 대형 스타가 아닌 다음에야 뮤지컬을 해선 겨우 밥만 먹는다는데, 간신히 이자만 내고 있는 대출금은 언제 갚나. 고생만 한 엄마는 언제 편히 모시나.

오디션의 합격 여부와 상관없이 가을에 있을 교사임용후보자선정 경쟁시험, 일명 임용고시 준비도 계속해야 한다. 싫다, 아니다 따질 여유는 없다. 교사가 되면 대출금은 빨리 갚을 수 있겠지. 특별한 문제만 일으키지 않으면 잘리지도 않겠지. 안정적인 돈벌이와 공인된 신분. 아무리 생각해도 교사의 장점은 그것뿐인 것 같다. 아, 방학이 남았나?

교사가 되면 투잡은 꿈도 꾸지 못한다. 국가공무원법 제64조는 '영리 업무 및 겸직 금지에 따라 공무 이외의 영리를 목적으로 하는 업무에 종사할 수 없다.'다.

시리얼 위에 바나나를 툭툭 썰어 넣으며 또 그 생각을 한다. 먹고살기 진짜 힘들다고. 혜서는 현재 마이너스 인생을 살고 있다.

평소보다 한 시간 일찍 동아리방에 도착했다. 늘 강조하지만 비보잉은 위험한 춤이다. 준비운동을 충분히 해야 사고가 없다. 특히나 이 춤은 팔심과 유연성이 나쁘면 제대로 하기 어렵다. 체력과 근력의 밸런스가 비보이의 기본이다.

세현이 비보잉이라는 걸 처음 본 건 중2 봄방학 때였다. 이모네 식구를 따라 놀러 간 홍대 거리에서 우연히 비보이들의 공연을 보게 됐다. 심장을 두드리는 것 같은 힙합 음악도 인상적이었지만, 고무공처럼 자유자재로 몸을 움직이는 댄서들의 몸짓은 정말 신기했다. 그중엔 열다섯 살인 그보다 어려 보이는 댄서도 있었다. 사람 몸이 저럴 수도 있구나. 저게 가능하구나.

태권도나 검도에서는 느껴 보지 못한 전율이 온몸을 덮쳐 왔다.

처음엔 인터넷 동영상 강의를 틀어 놓고 연습했다. 제대로 하는 건지 평가를 받을 수 없어 답답해진 그는 할머니를 졸라 학원에 다니기 시작했다. 성적이 떨어지면 바로 그만둔다는 조건이었다. 체력을 기르려고 시간만 나면 오래달리기와 농구를 했다. 그러면서 살이 많이 빠지고 키도 훌쩍 자란 것 같다.

1년 전까지만 해도 춤추는 데 큰 문제는 없었는데 이젠 너무 커졌다. 더 자랄까 봐 걱정이다. 몸무게도 그만큼 늘어 예전만큼 날렵하다는 느낌이 안 든다.

내로라하는 비보이 그룹에서 연락이 온 적도 몇 차례 있었다. 널리 알려져 있듯 한국 비보이들의 실력은 세계적 수준이다. 그네들은 퍼포먼스 연출이나 안무에 소질이 탁월하다는 식의 칭찬으로 그를 영입하려고 했다. 그러나 세현은 자신을 잘 알았다. 눈에 띄는 얼굴과 긴 팔다리에 시선이 뺏겨 잘 추는 것처럼 보일 뿐이지 최상급 수준은 못 된다는 걸. 그 실력으로 한국 최고 팀에 끼는 건 양심 없는 짓이라는 걸.

최고가 될 수 없다는 걸 인정한 순간 춤에 대한 열정도 한풀 꺾였다. 춤을 젊은 날의 취미 정도로 여긴 건 아니지만, 평생의 직업으로 삼을 생각은 애초에 없었다. 세현은 취미로 춤을 즐기는 수학자가 되기로 마음먹었다.

연습을 마치고 교실로 오니 또 교생들에 관한 얘기가 오가고 있었다. 이번엔 남자 교생들 얘기다. 남자들의 입이 무겁다는 건 이젠 신화에 가까운 말인지도 모르겠다.

"야! 수학 교생 쌤 봤지? 아줌마 쌤들이 좋아 죽는대. 자꾸 말 걸고. 우리 체육 쌤하고 라이벌 되겠는데?"

"난 음악 교생이 더 나은 것 같던데? 은근 나쁜 남자 스타일 이잖아. 여자들은 그런 거에 약하지 않나?"

"친구야, 우린 남자잖아."

"혜서 쌤, 미수 쌤도 수학 쌤 좋아하는 거 아니야?"

"설마! 그럴 리가, 있겠다!"

정혜서. 나에 대한 뒷조사는 어디까지 했을까? 전 여자 친구의 전 남자 친구가 학교에까지 찾아왔었다는 건 모르겠지. 설마 그것까지 알려 준 박쥐 같은 인간은 없겠지. 스물다섯의 그 남잔 학교 정문 앞에 외제 스포츠카를 떡하니 세워 놓고 그를 기다렸다. 운전면허도 없는 열여덟 고딩을 기죽이고 싶었던 걸까? 난 너 같은 어린애와는 달라. 돈도 많고 나이도 많지. 그 말을 하고 싶었던 걸까? 나잇값도 못 하는 자식.

몇 주 뒤 여자가 다시 찾아왔다. 다시 시작하면 안 되느냐면서. 세현은 그 남자를 쓰레기라고 지칭하며 매달리는 전 여자 친구를 가차 없이 뿌리쳤다. 두 번은 용서하고 이해하기 힘들었다. 이미 그가 이해할 수 있는 선을 한참 넘었다.

"혜서 쌤 온다! 와우! 오늘은 바지야! 힙 라인 죽인다!"

세현은 라인 운운하며 제자리로 가 잽싸게 앉는 선후를 지그시 노려보았다. 저 자식 입은 무조건 꿰매 버려야 한다. 앞문이 스르르 열리고 누나가 들어왔다. 타이트한 검정 스키니 진 때문인지 평소보다 덜 통통해 보였다.

"얘들아, 안녕? 오늘부터 말 놓는다. 그래도 되지?"

"쌔애앰, 당연하죠. 오늘따라 유난히 아름다우십니다!"

그녀는 그 말을 무시하고 교실을 둘러보았다.

"빠진 애 없지? 너희들 담배 많이 피우니? 잘 모르는 것 같아서 가르쳐 주는데, 교실에서 할아버지 냄새나. 다들 알고 있겠지만 중간고사 얼마 안 남았어. 낼모레는 그토록 기다리던 2차 모의고사네. 국어 과목에서 궁금한 거 있으면 개인적으로 물어봐도 되고."

네네, 그럴게요. 표정들을 보아하니 없는 질문도 만들어 갈 기세다.

"너희가 가는 길을 조금 먼저 걸어 본 선배 입장에서 해 주고 싶은 말이 있어. 시간은 절대 사람을 기다려 주지 않더라. 그저 자기 갈 길을 묵묵히 갈 뿐. 하지만 세상 누구에게나 완벽하게 공평한 것도 이거 하나지. 시간."

세상 사람 모두에게 주어지는 공평함엔 또 무엇이 있을까? 탄생과 죽음? 그러나 그것도 똑같다고 볼 순 없다. 어떤 이는 축복을 받으며 태어나고, 어떤 이는 탄생 자체가 저주가 되기도 하니까. 죽음은 탄생보다 더 불공평하다.

"그럼 이 공평함을 놓치지 말도록! 오늘 하루도 잘 보내고. 반장, 잠깐 따라 나와."

반장이 누나 뒤를 바로 따라갔다. 두 사람이 나가자마자 선후 녀석이 잽싸게 떠들었다.

"유후! 실사판 18금이야!"

"18금? 19금이 아니고?"

"그 묘한 경계선에 있다는 거지. 얼굴만 보면 베이비 페이스 인데 얼굴 아래를 보면 무르익은 20대 같잖아. 아흐! 그동안은 의상이 에러였던 거야. 스키니 진만 입어도 저렇게 달라지나? 어떻게 며칠 만에 섹시해지지?"

녀석의 설레발을 시작으로 몇몇 녀석이 맞장구를 쳐 주었다. 세현은 눈을 감고 관자놀이를 지압하듯 눌렀다. 머리가 지근지근 아팠다.

"허리에서 엉덩이로 내려오는 라인 봤어? 아주 그냥 급커브야. 한계령 올라가는 길 같지 않냐?"

"크하, 여자는 역시 골반이지! 가슴이 전부가 아니라고."

"여자는 자고로 발목이 가늘어야 한다던데. 봤냐? 손목, 발목이 진짜. 아오!"

그때 9반의 1등을 도맡아 하고 있는 녀석의 목소리가 들려왔다.

"니들은 종일 그 생각만 하냐? 때와 장소와 사람 좀 가려라. 스승님이시다."

"아, 보급형 공자 같은 새끼! 너 이다음에 여자 얼굴 보고 연애하면 죽을 줄 알아!"

"우리 엄마가 그러는데, 좋은 대학 나와서 돈 잘 벌면 착하고 예쁜 여자가 줄을 선대. 그러니 니 걱정이나 해."

"세상엔 의외의 결과와 가능성이란 게 늘 있게 마련이지."

보급형 공자 병찬이 지지 않고 따박따박 대꾸했다.

"이건 확률과 통계의 문제야. 미지의 가능성에 기댈 문제가 아니라고."

"내가 공부를 안 해야 니 경쟁자가 하나라도 줄어들 거 아니냐."

옆에서 누군가 낄낄거리며 지껄였다.

"천 날을 공부해 봐야 노는 물이 다른데 경쟁이 될 수 있겠냐? 하류 인생아."

'세상 누구에게나 주어지는 공평한 시간'은 안중에도 없는 평면도형 같은 새끼들. 혜서 누나에게도 짜증이 났다. 뭐 저런 바지가 다 있어? 저렇게 딱 붙는 걸 왜 입고 와? 10대 후반 사내새끼들이 생각하는 거야 빤하지. 차라리 지난주처럼 입는 게 낫겠다.

그때 반장이 들어와 중대 발표를 한다며 시선을 모았다. 공부를 잘해서 반장이 된 애가 아니라 성격이 좋아서 된 아이다.

"이번 모의고사하고 중간고사 잘 보면 축제 때 선생님이 서프라이즈한 이벤트를 준비해 주시겠대. 직접!"

"못 보면?"

"건더기는 물론 국물도 없다는데? 인간들아, 공부하자."

점심시간에 지유에게서 문자가 왔다. 이렇게.

세현아~~~ 나 안 보고 싶었떠? 나는 화 다 풀렸는데.^^

천천히 식사를 마친 세현은 뒤늦게 알았다고 짧은 답장을 보냈다. '뽀뽀 쪽! 백 번!'이라는 문자에 하트가 세 개 박힌 답장이 바로 도착했다. 복제 인간도 아닌데 여자들은 하나같이 왜 이럴까. 가볍게 씹어 줬다. 다시 문자가 왔다.

왜 답장 안 해?

이런 식으로 문자를 주고받다간 날밤도 샌다. 이쯤에서 무시해야 한다. 그게 밀당의 기본이다. 그러고 싶은데, 또 문자가 왔다.

세현아, 우리 주말에 만날까?

하긴, 이렇게 헤어지긴 아쉽지. 명색이 고3인데 새 여친을 만들 여유도 없고. 여자 친구도 습관인지 이젠 누가 옆에 없으면 허전했다. 토요일 오후에 만나기로 하고 교실로 들어가는 길에 주헌과 마주쳤다.

쭈뼛거리던 친구가 주머니에서 사진 몇 장을 꺼내 보였다. 세현은 세 장의 사진에서 지유를 찾지 못했다. 아무리 들여다봐도 닮은 사람이 없었다. 엉뚱한 사진을 갖고 온 거 아니냐는 물음에 주헌이 구석에 서 있는 여자애를 가리켰다.

"이거 지유 누나 맞아. 열한 살 때."

녀석의 표정을 보니 거짓말 같지는 않았다. 하지만 장난이었다고 말해 주길 바랐다.

"이게 이지유라고? 이 얼굴이 10년 정도 지나면 그렇게 바뀔 수도 있냐?"

"……불가능하지. 자연적인 방법으론."

지유는 오늘 당장 만나자는 세현의 문자를 보며 만족스러운 미소를 지었다. 그렇지. 날 안 보고는 견딜 수 없을걸. 우리 키스한 지도 좀 됐잖아. 한 시간쯤 버티다 답장할까 했지만 결국 5분을 못 참고 승낙의 메시지를 보냈다. 윙크하는 여자의 이모티콘을 잔뜩 넣어서.

오후 강의는 제쳐 두고 집으로 돌아와 목욕부터 했다. 엄마가 하던 대로 탕 안에 청주를 반병 붓고 최고급 재스민 오일도 넉넉히 흘려 넣었다. 피부에 허브 향이 흠뻑 스며들어야 한다. 뜨거운 탕 안에 몸을 푹 담근 지유는 역사적인 밤의 전초전이 될 저녁 스케줄을 기분 좋게 계획했다.

만나자마자 드라이브를 가는 거야. 가평이나 일산 쪽이 좋겠다. 도착하면 분위기 좋은 레스토랑에서 저녁부터 먹어야지. 똥배가 나오면 안 되니까 양이 적은 걸 시켜야 해. 와인도 한 병 시킬까? 술에 취해야 그 애가 더 정신을 못 차릴 거야. 그다음엔 자동차극장엘 가자고 해야지. 자동차극장이 어디 있는지 검색해 봤다. 너무 멀어도 너무 가까워도 안 되니까 파주 쪽이 낫겠다. 파주는 한 번도 안 가 봤는데 어쩐다? 내비게이션 언니 말만 잘 들으면 되겠지 뭐. 아! 세차도 해야겠네. 내부 청소도 좀 하고.

담요를 한 장 준비할까? 음료수나 물티슈 같은 것도. 너무 디테일하게 상상하진 말아야지. 벌써 진을 빼면 안 되니까. 차 안에서 영화를 본 뒤에 분위기 좋은 숙박업소를 찾는 거야. 영화 보는 중간도 그리 나쁘진 않아. 가벼운 페팅 정도는 허락해야지. 호텔도 검색해야 하나? 아흑, 떨려. 이게 얼마 만이야. 아무것도 모르는 척할까, 아니면 내가 리드할까? 세현의 반응을 보고 결정하지 뭐. 아! 화장이 지워지면 어떡하지? 몸만 씻을까? 조명이 어두우면 잘 모를 거야. 일단 걔랑 자야 해. 무조건 자는 거야. 그다음 문제는 그래야 풀려.

내일은 토요일이니 날도 맞춤이었다. 속옷도 한 벌 더 챙겨야겠지. 엄마한테는 일산에 사는 친구 생일 파티 간다고 하지 뭐. 엔도르핀을 동반한 상상은 언제나처럼 그녀를 들뜨게 했다. 지유는 날아갈 것 같은 기분으로 달아오른 얼굴에 물을 끼얹었다.

혜서는 수업 시간이나 교실 밖에서나 세현을 개인적으로 아는 척하지 않았다. 대신 어렸을 때 같은 동네에 살았던 아이 같다는 말을 슬쩍 흘리며 담임을 통해 뒷조사를 했다.

"세현이한테 무슨 안 좋은 일이 있었나요? 왜 갑자기 성적이 확 떨어졌죠? 야자도 거의 안 하는 것 같던데."

부모님과 살게 된 경위부터 시작해 생각나는 대로 떠들던 우연은 갑자기 세현의 여자 친구 얘길 꺼냈다.

"요새 애들이야 이성 친구 많이 사귀지만, 걘 여대생을 만나는 것 같던데요? 고등학교 들어와서 여자 만나고 그러면서 성적이 점점 떨어진다고 작년 담임도 걱정하더라고요. 여자 친구도 한둘이 아니고 자주 바뀐대요. 발랑 까진 요새 여대생들이 그렇게 잘생긴 앨 여태 그냥 놔뒀을까 몰라. 흐흠. 험! 아! 대학생으로 보이는 남자가 학교까지 찾아온 적도 있었답니다. 둘이 여자 하나를 두고 싸웠는지……."

우연은 자기가 굳이 하지 않아도 될 말까지 주절거린다는 걸 모르진 않았다. 솔직히 학생을 빌미로 정 교생과 조금이라도 더 함께 있고 싶었다. 젊은 여자와의 대화는 언제나 즐겁다.

"걔가 머린 진짜 좋아요. 수학 선생님도 세현인 못 당하겠다고, 가끔 질문하는 게 너무 어려운 거라 공부를 따로 해야 할 정도라고 하시대요. 지금이라도 정신 차리면 사대문 안 웬만한 대학은 발로도……. 아! 세현이가 우리 학교 브레이크댄스 동아리 회장이에요. 홍대 앞이나 대학로 같은 데서 공연도 종종했을 거예요. 그거 보고 연예 기획사에서 자꾸 찾아오고 그랬어요."

"연예 기획사요?"

"세현이 강남 바닥에서 되게 유명한데? 중3 때부터 기획사에서 그렇게 목을 맸다더라고요. 유튜브 들어가서 이름 치면 개가 비보잉 하는 영상도 여러 개 볼 수 있어요. 글쎄, 우리 딸도 세현일 알더라니까. 나 참. 인터넷에 진세현 치면 팬 카페도 있다네요. 요새 애들은 진짜 이상해. 연예인도 아닌데 팬 카페까지 만들어서 좋아하더라고. 하기야 세현이 정도면 연예인 하고도 남죠. 애들 말대로 넘사벽이지 뭐. 집안도 유복해요. 세현이 엄마가 김서연 박사라고 아동발달학 분야에서 유명한 분인데, EBS 육아 프로에 고정으로 나오시거든요. 사실 차갑고 까칠한 성격 빼곤 재수 없을 정도로 완벽한 아이죠. 신이 인간 표본으로 만들어서 드문드문 꽂아 놓은 경우라고 할까? 웃긴 건 애들은 얘를 좋아하는데, 이 녀석은 사람들이 치대는 걸 싫어해요. 어린 게 아주 거북할 때가 있어.”

우연은 마지막으로 세현이 반항의 절정을 달리던 시기에 일으켰던 사고 몇 건도 친절하게 알려 주었다. 누구한테 털어놓고 할 말은 아니지만, 가끔은 15센티미터나 더 큰 그 앨 올려다보며 열등감 비슷한 감정을 느낄 때도 있었다. 무려 스물세 살이나 어린 녀석에게. 지극히 객관적인 표현만 해야 하는데 그게 쉽지 않았다. 돌아서는 국어 교생의 뒤태를 훔쳐보며 우연은 나잇값 못 하는 자기 입을 잠시 탓했다.

집에 들렀다 갈까 하다 바로 약속 장소로 갔다. 교복을 입고 만나는 건 첫 만남 이후 처음이다. 10분쯤 기다리니 지유가 나타났다. 웬일로 10분밖에 안 기다리게 하지? 오늘은 그야말로 꽃단장이네. 이러면 좀 미안해지는데. 세현은 자신의 옷차림을 보고 눈살을 찌푸리는 지유를 모른 체했다.

“뭐 마실래? 커피?”

“여기 커피는 별론데. 난 페리에 라임. 레몬티도 같이 주문해 줘. 아이스로. 섞어 마실래."

주문을 마친 세현이 돌아와 털썩 앉았다. 지유는 그녀가 지을 수 있는 가장 달콤한 미소를 지으며 촉촉한 대사를 읊었다.

"세현아, 나 안 보고 싶었어?"

"오늘따라 빨리 보고 싶더라."

어라, 애가 생전 안 하던 말을 다 하네? 니가 속이 많이 탔구나. 빨대로 탄산수를 살짝 빨아 마신 지유는 느긋이 미소 지으며 세현을 바라보았다. 이건 뭐, 잘나가는 20대 배우가 교복 입고 촬영 대기하는 것 같구나. 문제는 의상인데, 얠 어디로 데리고 간담? 머리가 살짝 아파 왔다. 골치 아픈 건 질색이었다. 아! 옷을 한 벌 사 줄까? 그게 좋겠다. 기분이 풀어지니 심적 여유까지 덤으로 따라왔다.

"교복 입은 거 오랜만이네. 키가 더 자란 건가?"

"3센티 자랐어. 누나 처음 봤을 때보다."

"진짜? 그럼 이젠 나랑 딱 15센티 차이 나네? 그거 알아? 남녀의 키 차이는 그 정도가 제일 좋대."

키스하기에. 그 말은 속으로 꿀꺽 삼켰다. 이따가 입술이 부르트도록 해 주겠어!

"우리 이거 마시고 나가서 쇼핑이나 할래? 내가 옷 사 줄게."

"아니. 할 말 있어서 보자고 했어."

지유는 이런 대사가 딱 질색이었다. 전 남자 친구도 그녀가 마음에 안 들 때면 할 말이 있다는 식으로 말을 꺼내곤 했다. 그냥 하면 되지 뭘 전주를 깔아.

"아웅, 무섭게 왜 그래?"

세현은 1분도 낭비하고 싶지 않았다. 속이 훤히 보이는 애교도 지겨웠다.

"언젠가 말했지만, 난 누나가 예뻐서 만난 게 아니야. 그래, 그것도 이유 중 하나이긴 했는데 전부가 아니라고. 누나가 음악도 많이 알고 악기도 잘 다루고 잘 웃어서 좋았어. 애교도 많고."

'나는 니가 다 좋았어. 가끔 틱틱거려도 너 정도 비주얼이면 이해해야 한다고 생각했어. 아무리 기분 상할 때도 니가 한 번씩 웃어 주면 풀어지곤 했어. 니가 비보잉 하는 걸 보면 미치게 멋있어서 다리 힘이 풀리곤 했어. 아직 어린 것도 좋아. 제일 순수하면서도 가장 힘 좋을 나이잖아. 아직 그 힘을 테스트하진 못했지만. 쩝.'

"누나도 내가 못마땅한 게 있었겠지만 나도 그랬어."

"말해 주면 고칠게."

"아니, 그러지 마. 사람은 쉽게 안 변하는 것 같더라. 변하는 척하는 건 싫어. 내가 까다로운 것도 인정해. 피곤하고 이상한 놈인 거 나도 알아."

이 불안함은 뭘까? 모든 걸 한꺼번에 내려놓은 듯한 이 관조는. 세현아, 나한테 이러지 마. 차라리 화를 내.

"근데 한 번도 아니고 같은 걸로 몇 번이나 속이는 건 좀 그렇지 않아?"

엥, 이건 무슨 소리? 세현의 얼굴은 무섭도록 진지했다.

"세상에 영원한 거짓말은 없다는 말 들어 본 적 있지? 왜 그랬어?"

설마. 설마 그……. 생각이 채 마무리되기도 전에 테이블 위로 세 장의 사진이 펼쳐졌다. 지유는 얼마 전 세현과 같이 봤던 영화의 엔딩 장면에 나온 짧은 대사를 떠올렸다. 좆 됐다!

"아무리 봐도 이 사진에서 누나를 못 찾겠더라고. 주헌이는 분명 있다는데."

"저기, 세현아."

"성형할 수도 있어. 우리 이모도 했는데 뭘. 눈도 하고 코도 했대. 요샌 고등학생도 하잖아. 분명히 말하지만 지금 누나가 성형한 걸 따지자는 게 아니야. 나는, 누나가 날 남자 친구라고 생각한다면 적어도 나한테는 그러지 말았어야 한다고 생각해. 저번에도 분명 말했잖아. 속이는 사람, 거짓말하는 사람 진짜 싫어한다고. 내가 누나 쌍꺼풀 수술한 거냐고 물은 적 있지 않아? 그때 나한테 분명 아니라고 했지? 나이 말곤 속인 거 하나도 없다고 길길이 화까지 냈었지?"

"그게…… 세현아, 일부러 속인 건 아니야."

"그럼 누가 시켜서 속인 거야?"

"그게…… 넌 정말 잘생겼잖아. 근데 어떻게 수술해서 예뻐진 거라고 말을 해."

"난 여태 얼굴만 보고 여자 만난 적 한 번도 없었어. 안 믿어도 그만인데 사실이야."

그래도 내가 평균치 이하로 생겼다면 널 만날 기회조차 없었겠지. 넌 내가 어떤 사람인지 알려고 들지도 않았겠지. 외모

안 본다는 말, 난 안 믿어. 아니, 못 믿어. 그렇게 따지고 싶었
으나 일단 한 수 접고 들어갔다.

"미안해. 몇 번 말하려고 했는데 차마 입이 안 떨어지더라.
진짜 미안해."

어려서부터 엄마하고 같이 다니면 다들 아빠를 닮았느냐고
물었다. '딱하기도 해라. 예쁜 엄마를 닮지 하필. 쯧쯧.' 대놓고
말하는 사람도 있었다. 세 살 터울의 동생은 엄마를 빼닮았다.
지유는 그런 동생이 눈물 나게 부러웠다. 공부는 그녀가 더 잘
했는데 아빠는 예쁘게 태어난 동생을 더 자랑스러워했다. 엄마
와 동생을 본 친구들은 친엄마가 맞느냐고 슬쩍 묻기도 했다.
외할머니는 지유가 친탁을 한 거라고 단정했고, 친할머니는 그
사실을 애써 부정했다. 아빠와 친할머니의 유전자를 몰빵한 얼
굴을 보면 너무 화가 나서 거울을 부숴 버리고 싶었다.

사실 지유는 그게 누구든 속일 수 있는 데까지 속이고 싶었
다. 지금 얼굴이 1000만 원 넘게 든 얼굴이라는 사실을 밝힐 수
는 없었다. 그것도 그림처럼 잘생긴 남자 앞에서.

"내 얼굴 얘기 지겨워. 난 이 얼굴을 1년 365일 보고 살아. 거
울 볼 때마다 '진세현 미치게 잘생겼네!' 이런 생각 하는 줄 알
아? 내겐 그냥 남들하고 똑같이 목 위에 달린 얼굴일 뿐이라고."

'배부른 소리 하지 마. 너는 잘생겨보기만 해서 몰라. 치아
교정 하나만 했는데도 다들 얼마나 예뻐졌다고 칭찬을 하던지
그 기분을 잊을 수가 없었어. 다이어트를 하고 화장을 하니까
가무잡잡한 피부가 섹시해 보인데. 고3 겨울방학 때 쌍꺼풀 수

술을 했는데 부기가 가라앉았으니까 한 시간만 걸어도 남자들이 말을 걸어. 그 전까진 길 묻는 사람 외엔 감히 상상도 할 수 없는 일이었어. 콧방울을 좁히고 필러로 살짝 세웠더니 줄줄이 따라다녀. 피부과 갈 때마다 턱에 지방 분해 주사를 맞게 하는 건 내가 아니라 우리 엄마야. 나도 그렇게까지 하긴 싫었어. 근데 아빠를 닮아 살을 빼도 이중턱인 걸 어떡해? 얼굴이 달라지니까 대접이 달라져. 난 세상이 그렇게 얄팍한 곳인 줄 미처 몰랐어. 우리 세 모녀가 같이 다니면 미녀 삼총사래. 심지어 동생보다 내가 더 미인이래. 그 기분을 니가 어떻게 알아? 넌 타고난 얼굴이잖아. 어려서부터 그게 당연했을 거잖아.' 차마 그 말을 할 수가, 없었다. 자존심 상했다.

"누나 이때 얼굴도 귀여운데. 나 이렇게 순한 얼굴 좋아해."

그 말은 지유에게 전혀 위로가 되지 않았다. '난 성형 전 내 얼굴도 사랑해. 그것 역시 내 인생의 한 부분이니까.' 그렇게 말할 만큼 인생에 자신이 있지 않았다.

"세현아, 이젠 진짜 거짓말 안 할게. 어떤 것도 속이지 않을게. 다시는 안 그럴게."

"하나만 더 물을게. 혹시 누나 왼쪽 볼에 보조개, 그것도 병원에서 만든 거야?"

외모에 대한 칭찬이 인색한 아이였지만, 보조개가 귀엽다는 말은 몇 번이나 했었다. 가끔 씨익 웃으며 볼에 파인 보조개를 쿡쿡 찔러 볼 때도 있었다. 그것만으로도 지유는 세상의 절반을 얻은 것처럼 행복했다.

"……그냥, 살짝, 근육만 건드린 거야. 아주 사알짝."

후우……. 남자의 한숨 소리가 무기징역을 선고하는 판사의 판결문처럼 들렸다. 세현아, 그래도 가슴은 100퍼센트 자연산이야. 니가 아직 내 가슴을 못 봐서 그러는데, 만져 보면 바로 반할 거야. 몸매는 우리 집 여자 중 내가 갑이야. 이건 우리 엄마도 인정한 거야.

"내가 몇 번이나 말했잖아. 거짓말하는 사람 제일 싫어한다고. 한 번만 더 거짓말하면 헤어질 거라고. 미안한데 내가 한 말에 책임지려고. 지금부터 누난 다른 남자 만나도 돼. 자유야."

잘생김의 경계를 넘어 눈이 부신 남자를 보며 지유는 울먹이듯 원망 섞인 발언을 내뱉었다.

"니가 어떻게 나한테 이럴 수 있어!"

지유는 자기 입에서 나온 말을 되새김질하며 어디서 많이 들어 본 대사 같다는 생각을 했다. 내가 이런 말 할 자격이 있나? 하지만 어차피 쏟아진 말, 주워 담을 시간도 없다.

"그러면 안 돼? 먼저 갈게. 잘 가."

4개월 보름 동안 그녀의 자존심을 한껏 세워 준 남자 친구는 바로 일어나 가방을 들고 나갔다. 한 치의 미련도 없어 보였다. 뒷모습도 더럽게 멋있었다. 그저 교복을 입었을 뿐인데. 지유는 자기 눈에서 눈물이 흘러나온다는 걸 주위 사람들의 시선을 통해 깨달았다. 창피해진 그녀는 테이블에 엎드려 펑펑 울기 시작했다.

여자를 혼자 내버려두고 나온 세현은 자신의 냉정함에 질려 버렸다. 그래도 넉 달을 만난 여잔데 어쩜 이렇게 아무렇지가 않지. 내 혈관 속엔 적혈구 대신 이온음료가 흐르나 보다. 버스를 타고 가면서 지유의 전화번호를 삭제했다. 벌써 네 번째다. 여자복도 지지리 없는 진세현. 이젠 인정해라. 넌 여자복이 없는 게 아니라 여자 보는 눈이 없는 거다.

외로운 건 싫었지만 누군가에게 푹 빠지는 것도 두려웠다. 말도 없이 떠나 버리는 존재는 필요치 않았다. 더는 상처받고 싶지 않았다. 그저 일상의 허전함과 냉기를 잊게 해 주는 적당한 온기가 필요했을 뿐. 결과적으로 누구에게도 온전히 사랑을 주지 못하는 사람이 됐다.

버스 창문에 머리를 기댄 그는 멍하니 밖을 바라보며 생각했다. 목숨을 다해 몰두하고 싶은 게 생겼으면 좋겠다고. 춤 말고 다른 것이라도. 설사 그게 공부라 해도.

토요일 오전 9시. 할머니 집에서 아침을 먹자마자 춤 연습을 위해 학교로 왔다. 아직 아무도 나오지 않았다. 너무 일찍 왔나? 세현은 다시 학교 밖으로 나와 슈퍼를 찾았다. 콜라를 집어 들고 담배를 달라고 해서 돈을 내려는데 누가 등을 톡톡 두드렸다. 돌아보니 혜서 누나였다. 그녀는 그의 손에 쥐어진 콜라와 담배를 빼앗아 계산대에 탁 소리 나게 올려놓고 도전적인 눈길로 슈퍼 아저씨를 쳐다보았다.

"아저씨, 얘 미성년자예요. 이 학교 다니는 거 모르세요?"

"아니, 내가 그걸…… 어떻게 알아요? 사복을 입었는데. 딱 봐도 스물다섯은 돼 보이는구먼."

"아실 텐데? 이 학교에서 유명한 애잖아요. 애 사진도 사고 판다면서요?"

"……애가…… 걔가?"

"이런 얼굴이 흔해요? 또다시 미성년자한테 담배 팔면 경찰서하고 시청에 신고할 거예요. 진담이에요."

나지막하지만 협박성이 다분한 어조다. 혜서가 그의 손을 잡아 슈퍼 밖으로 끌어냈다.

"손 놔요!"

"진세현, 아주 대놓고 담배를 사네? 그것도 학교 앞에서?"

"콜라는 왜 못 사게 하는데요?"

"어릴 때도 그렇게 탄산음료를 찾더니 아직도 속이 답답하니?"

"……학교엔 왜 왔어요? 토요일인데."

"놓고 간 게 있어서. 잠깐 기다려. 어디 가지 말고!"

누나라고 불러야 할지 선생님이라고 불러야 할지 모르겠다. 에이 씨, 호칭 없이 말하지 뭐. 혜서 누나가 문을 열고 나오는 게 보였다. 몸에 딱 붙는 청색 스키니 진에 긴 셔츠. 어깨엔 큰 가방을 멨다. 어깨를 살짝 넘는 검은 생머리엔 커다란 분홍색 플라스틱 핀이 꽂혀 있다. 가르마 위치가 바뀐 것 같다.

"담배 말고 이거나 빨아."

초코맛 츄파춥스다. 포도 알갱이가 들어 있는 음료수도 같이 건넸다.

"이거 기억해요?"

"기억하니까 사 왔지."

둘은 학교 안으로 천천히 걸어 들어갔다. 혜서는 본관 앞 벤치를 가리키며 세현에게 손짓했다.

"앉아. 학교엔 왜 왔어? 담배는 너희 동네도 팔 거 아냐."

"그냥 왔어요."

"너 학교 싫어하는 줄 알았는데?"

"학교 안을 다 싫어하진 않아요."

"츄파츕스 하나에 좋아 웃던 진세현이 담배 피우고 술 마시고 가끔 사람도 때리고. 많이 컸네."

더 듣기 싫어서 벌떡 일어났다.

"먼저 갈게요."

"세현아."

혜서는 자기도 모르게 손을 뻗어 그의 팔을 잡았다. 세현은 더러운 것이라도 묻은 양 그 손을 뿌리쳤다.

"미안. 자꾸 니가 옛날 나하고 놀던 꼬마 같아서. 니 생각 종종 했어. 잘 자라고 있는지 궁금해서. 얼굴 상상해 본 적도 있었는데, 지나가다 봤으면 진짜 몰랐겠다."

"앞으로도 지금처럼 아는 척하지 마세요. 불편하니까."

"……그래. 그러자. 가."

누나의 표정을 보니 너무 심하게 말한 것 같아서 후회스러웠다. 그렇게까지 말할 필요는 없었잖아.

"할머니한테 누나 얘길 했더니 한번 데리고 오래요. 보고 싶다고."

"전화번호 가르쳐 줘. 내가 전화드릴게."

번호를 찍어 주고 바로 돌아섰다. 동아리방에 들어온 세현은 음료수 캔을 따면서 창문을 통해 벤치를 내려다봤다. 벤치는 그새 휑하니 비어 있었다. 처음부터 아무도 없었던 것처럼.

세현의 일기

한 시간째 쭈그리고 앉아 개미만 쳐다보았다. 가방엔 100점짜리 국어 시험지가 들어 있다. 그 시험지를 보여 주고 싶은 사람은 아무리 기다려도 오지 않는다. 찾아가고 싶어도 어디에 사는지 모른다. 누나의 얼굴을 지우려고 엄마의 얼굴을 떠올려 봤다. 매일 거실에 걸린 가족사진을 보는데도 살아 있는 사람 같지 않다. 동생 얼굴도 떠올려 보았다. 귀엽긴 하지만 진짜 동생은 아닌 것 같다.

혜서 누나가 보고 싶다. 100점 맞았다고 자랑하고 싶은데. 그럼 '우리 세현이 최고!' 하며 웃어 줄 텐데. 누나가 하는 칭찬과 할머니가 하는 칭찬은 느낌이 다르다. 벤치에 기대앉아 하늘을 올려다봤다. 해가 너무 눈부셔 눈을 감을 수밖에 없다. 머리가 핑 돈다. 가방을 베고 나무 벤치에 드러누웠다. 하늘이 하늘색이다. 저건 파란 게 아니다.

"야, 진세현! 뭐 해?"

광문이다. 나보다 키는 크지만 공부는 못하는 김광문. 국어를

60점 맞은 김광문.

"그냥 있어."

"학원 안 가?"

"가야지."

"근데 왜 안 가?"

"가기 싫어서."

"그럼 집에 가."

"집에도 가기 싫어."

광문이가 내 얼굴 앞으로 큰 얼굴을 들이밀고 소곤거렸다.

"그럼 우리 PC방 갈까? 나도 학원 땡땡이칠 거야. 같이 갈래?"

"PC방? 나 그런 데 한 번도 안 가 봤는데?"

"되게 재밌어. 가자. 근데 너 돈 있어?"

"돈은 있는데, 할머니가 아시면 혼내실 텐데?"

"내가 우리 집에서 공부했다고 말해 줄게. 가자!"

혜서 누나는 내가 피아노 치기 싫다고 하면 학원까지 데려다줬
는데, 광문이는 나를 PC방으로 데리고 간다. 나는 그런 친구가
나쁜 친구라는 걸 잘 안다. 그래도 따라갔다. 너무너무 심심해서.

5 매일매일 기다렸어

　요샌 국어 시간이 점심시간보다 더 기다려진다. 이건 반 아이들의 말이다. 오늘 정혜서 교생은 이우연 선생의 국어 수업을 참관 중이다. 주름이 많은 플레어스커트를 입어서 그런지 어제보다 통통해 보인다.

　그제 오후 할머니께 전화를 드렸더니 안 그래도 누나가 이번 주 토요일에 놀러 오기로 했다며 좋아하셨다. 이번 주엔 할머니 집에 가지 말까? 아는 척하지 말랬다고 털끝만큼도 아는 척 안 하는 혜서 누나를 보며 세현은 '내가 너무 심했나?' 하는 생각을 다시 했다.

　'시간' 말고 누구에게나 공평한 것 한 가지. 학생을 대하는 정혜서 교생의 태도. 아이들은 혜서 누나를 좋아했다. 어린 남자들뿐 아니라 어른 남자들도 좋아하는 것 같다. 화장실에 가려는데 복도 한쪽에 누나와 수학 교생이 마주 보고 서 있는 게 보였다.

스물여섯 살밖에 안 됐다는데 벌써 군대도 다녀왔고, 스물여섯 살이나 됐는데 얼굴도 동안인 김민재 교생. 뭐가 그리 좋은지 혀서 누나를 보며 빙그레 웃고 있다. 여학생 반에선 이미 인기 폭발이라지. 객관적으로 봐도 J고등학교 안의 모든 남자 교사 중 독보적이다. 고등학교 다닐 때부터 여러모로 출중했다고 소문이 자자하다.

화장실에서 마주친 친구가 간만에 중매를 서 주겠다며 아양을 떨었다. 두 해 동안 같은 반이었던 놈으로, 두 해 내내 미팅에 나와 달라며 조르고 있는 녀석이다. 미팅에 끌고 나가려는 목적이야 빤하다. 꼼꼼히 손을 닦는 그에게 친구는 네가 합류해 줘야 노는 물이 승격된다는 식의 유치한 표현을 했다. 집요한 자식. 대범한 새끼. 어느 행성에서 살다 왔니? 너도 대한민국 고3이야. 이건 이 나라 청소년들의 빌어먹을 숙명이라고.

세현은 지난 2년 가까이 자신을 방치하며 살았다는 걸 알고 있다. 더 이상 방치해서는 안 된다는 것도 잘 안다. 물 묻은 손으로 친구의 넓은 등을 탁 때리곤 입을 열었다.

"고3, 몇 달 만이라도 좀 쉬지? 아직도 그 짓거리 하고 다니냐?"

"뭐야, 드디어 공부하기로 마음먹은 거야?"

"이렇게 사는 게 쪽팔린다는 걸 알게 된 거지."

"나 이거 소문내도 돼?"

"공부하겠다는 소린 아니고. 여자 좀 작작 밝혀, 새끼야."

"얘가, 얘가. 이렇게 생각이 없어요. 여자 없이 이 험한 인생을 무슨 낙으로 사나?"

"넌 열다섯 살 넘은 여자는 다 이상형이지?"

"친구야, 세상에 한구석이라도 안 예쁜 여잔 없단다."

"어떻게 된 자식이 기호라는 게 없어."

"난 실천하는 박애주의자거든. 업그레이드된 21세기 홍익인간 정신이랄까."

"그래, 넌 널리 사랑을 실천해라. 난 계속 이기적으로 살 테니까."

'누구도 너의 공부를 대신해 주지 못한다.'

알아, 안다고.

'밥은 입에 넣어 줄 수 있지만, 지식은 뇌에 넣어 줄 수 없다.'

이 구린 수사는 뭐지? 도대체 이건 누가 만든 말일까?

'하루에 한 시간 더 공부하면 미래의 아내 얼굴이 달라진다.'

하루에 한 시간씩 국어 공부를 더 했다간 폐인 되겠다.

세현은 저녁 내내 붙잡고 있던 국어 문제집을 집어 던졌다. 침대 구석에 처박힌 문제집을 잠시 노려보던 그는 그걸 다시 집어 와 책상에 올려놓았다.

그가 수학을 좋아하는 이유는 정직한 학문이기 때문이다. 5 더하기 5는 10이고, 4 더하기 6도 10이고, 3 더하기 7 역시 10이다. 풀이 과정이 달라도 같은 정답이 나오는 게 좋았다. 비슷한 의미에서 그는 객관식보다는 주관식이나 서술형 문제를 좋아한다. 의도적으로 이것도 맞는 것 같고 저것도 맞는 것 같게 꼬아 만든 문제를 보노라면 짜증부터 솟구치는 게 사실이다. 도대체 왜 사람을 이런 식으로 시험하는 거지?

방문이 벌컥 열렸다. 우현이다.

"중학생, 노크할 줄 몰라?"

"노크했는데. 왜 그래, 형? 뭘 했길래? 형, 여자 생각 했지?"

세현은 동생을 다정하게 부르며 침대를 가리켰다.

"우현아, 이리 와 봐. 여기 앉아."

눈치 없는 동생이 아무 생각 없이 침대에 걸터앉아 방 안을 둘러봤다. 세현은 그 옆으로 가서 동생의 통통한 어깨를 꽉 움켜잡았다. 동생의 눈이 순식간에 커지며 새된 비명이 흘러나왔다.

"아, 아파! 아파!"

"뭐? 여자? 쥐방울만 한 게, 여자? 너 요즘 뭐 보고 다녀?"

"아냐! 형아, 잘못했어. 그냥 웃기려고 그런 거야."

"그럼 웃기기라도 하든가. 너 한 번만 더 여자 타령 하면서 까불면 매일 두 시간씩 수학 공부 시킨다?"

형에게서 겨우 벗어난 우현이 양쪽 어깨를 주무르며 투덜거렸다.

"무슨 팔심이 그렇게 세? 어깨뼈 부러지는 줄 알았네."

"엄살은. 안 부러지게 조절했거든? 왜 온 거야?"

"부등식하고 오차의 한계 좀 제대로 가르쳐 줘."

"책을 가져와야지. 문제집이나. 그냥 가르쳐 줘?"

"아, 책! 형아, 금방 올게. 커밍 순. 아윌 비 백."

아직도 가끔 형아 타령을 하는 동생을 보면 귀엽다는 생각이 든다. 엄마한테 그의 얘기를 일러바치는 것 같아도 눈감아 줄 정도로. 우현은 그와 달리 수학적인 머리를 타고난 것 같지 않다. 하나를 가르치면 딱 하나를 알아듣는 수준이다. 문제집을 가져온 동생이 이번엔 딴소리를 한다.

"형, 지난주에 같이 영화관 들어갔던 키 크고 섹시 터지는 여자, 여자 친구야?"

니가 지금 얻어터지고 싶어 안달이 났구나. 대답도 귀찮았다.

"여자 친구 없다."

"에이, 내가 두 눈으로 똑똑히 봤는데? 그 여자 대학생이지? 혹시 모델이야? 연예인 지망생?"

"하나만 묻자. 그 시간에 넌 거기 왜 있었는데?"

"어, 그게, 친구가 학원을……. 아, 자기가 뭘 가르쳐……."

"거짓말하려니까 말이 니 뜻대로 안 나오지?"

"형도 거짓말했잖아. 여자 친구 없다고."

"헤어졌으면 없는 거 맞지?"

"다른 여자하고 디졸브된 건 아니고?"

"중1 입에서 전문용어가 막 나온다?"

"그냥 페이드아웃된 거야?"

"어이구, 우리 진우현 많이 컸네? 헤어진 거 사실이야. 그러니까 거짓말 아니지? 그러므로 넌 좀 맞아도 되겠지?"

"형아, 사랑해! 존경해!"

"그래서 널 혼내는 거야. 사랑하니까. 이리 와."

불고기덮밥을 시키는 혜서를 보며 주영은 헤어진 남자 친구를 떠올렸다. 불고기덮밥은 그 벼락 맞을 인간이 제일 좋아했던 일품요리다. 하도 좋아해서 만들어 준 적도 많았다. 꼬박 3년을 사귀고 헤어진 지 2년이 지났다. 계절이 여덟 번 바뀌었는데도 주영은 아직 이 음식을 먹지 못한다.

꽃은 꺾지 말고 보기만 하라 했다. 어쩔 수 없이 꺾었다면 버리지 말라 했다. 이미 버렸다면 짓밟지는 말라 했다. 김이 오르는 불고기덮밥을 바라보며 생각한다. 만약 그녀 같은 여자도 꽃으로 쳐 준다면 이주영은 꺾였고, 버림받았고, 짓밟히기까지 했다고.

잘살까, 그 인간? 그 인간도 내가 좋아했던 음식을 보면 가끔은 날 기억해 줄까? 주영은 드라마 속의 사랑을 맹목적으로 믿지 않는다. 하지만 그런 사랑을 바라보는 건 좋다. 더불어 세상 모든 여자가 그녀 같은 일을 겪지 않길 바란다. 버림받는 건 슬픈 일이다. 그것도 실컷 쓰이다가.

"혜서 쌤은 왜 살찌는 것만 먹어? 다른 선생들은 다들 다이어트 한다고 난린데."

"당분간은 좀 쪄야 해요."

주영은 통통한 그녀의 몸이 사랑스럽다며 품에 안던 전 애인을 다시 떠올렸다. 그래 놓고 다른 여자와 바람피우며 살 좀 빼라고 했었지. 심지어는 돼지같이 그게 뭐냐고…… 했었지. 그날을 떠올리니 헤어지길 잘한 것 같다. 어쩌면 사랑은, 성욕을 은폐하기 위한 환상일지도 몰라. 의리라곤 코딱지만큼도 없는 새끼. 헤어진 뒤 단 한 번의 연락도 없는 새끼. 속으로 욕을 하게 된 습관은 그 이후 생긴 버릇이다. 방바닥을 걸레질하다가도 소새끼, 말새끼, 개새끼, 그렇게 욕을 내뱉는 자신을 발견할 때가 있다.

"남자 친구가 통통한 게 보기 좋대?"

"남자 친구 없어요."

"에이, 설마."

"그죠? 저도 이렇게 오래 남자 친구 없이 지내는 건 처음이에요."

"하하하. 솔직해서 좋네. 식겠다. 어서 먹어."

혜서는 주영이 시킨 오징어덮밥을 보며 마지막 남자 친구를 떠올렸다. 그 오빠가 좋아했던 음식인데. 질리지도 않는지 분식집에 가면 저것만 먹었지. 막 제대한 복학생으로 3학년 영어교육과 학생이었다. 사범대에서 건진 인물치곤 꽤 준수했다. 군필자하고는 처음 사귀어 봤는데 마냥 아저씨같이 굴진 않았다.

처음엔 오빠 같고 아빠처럼 잘해 줘서 좋았다. 아무 때나 들이대지 않고 진심으로 아껴 주는 것 같아서 약간의 욕구불만은 참을 수 있었다. 부진한 선수들을 길들이는 축구 감독인 양 '꿈은 이루어진다.'는 식의 격려도 많이 해 주었다. '역시 나이와 경험은 무시할 수 없어. 이번엔 오래 사귀어야지.' 그런 생각도 했었다. 그가 그 계획서를 갖고 오기 전까진.

몇몇 친구들은 둘이 부부 교사를 하면 평생 아쉬울 것 없이 무난하게 살겠다고 진단했다. 잘난 남자 하나 잡아 결혼하는 게 더 실속 있을 거라는 현실적인 충고를 해 주는 친구도 있었다. 그 얼굴, 그 몸매에 그 끼면 충분히 승산 있다며.

혜서를 예뻐하던 지도 교수님은 좋은 시아버지가 돼 주겠다며 틈만 나면 자기 집안으로 시집오라고 말씀하시곤 했다. 평소 교수님의 인품을 보면 솔깃한 제안이긴 했으나 혜서는 결혼 생각이 전혀 없었다. 무난하게 살기도 싫었다. 좁은 학교 울타리 안에서 미성년자들을 상대하며 청춘을 보내긴 더 싫었다.

그 오빠도 그랬던 모양이다. 지난 초겨울 어느 날, 약속 장소로 나가 보니 대뜸 파워포인트로 작성한 서류를 내밀었다. 표지도 그럴싸했고 두께도 제법 두툼했다. 어지간히 급했는지 주문한 커피에 입도 대기 전이었다. 이게 뭐냐고 묻는 그녀에게 그는 천천히 읽어 보라고 대답했다. 일종의 사업 계획서였다.

"아는데, 이걸 나한테 왜 보여 줘?"

"이거 오빠가 졸업하면 할 사업이야. 고등학교 동창하고 같이 하기로 했는데 너도 알아야 할 것 같아서."

"임용고시 준비 안 해? 교사 한다며?"

"오빠가 오래 생각해 봤는데, 교사는 너만 하면 안 될까? 당분간은 좀 힘들어도 니 월급으로 생활하다가 오빠 사업이 잘돼서 오빠가 돈 많이 벌면 너 하고 싶은 뮤지컬, 오빠가 하게 해 줄게."

뮤지컬을 하게 해 준다고? 무슨 수로? 극단이라도 차려 주게? 안 그래도 허구한 날 달고 사는 그놈의 '오빠 타령'이 지겨워지던 참이었다. 사업이라니. 그건 더 끔찍했다.

"만약 사업이 잘 안 되면?"

"절대 그럴 리 없어. 단단히 준비해서 시작할 거거든."

사업 자금은 있고? 어떤 준비? 설마, 아직 한 번도 받아 보지 못한 내 월급을 발판으로? 나 임용고시 합격은커녕 시험도 치기 전이야. 생일 선물로 5만 원짜리 가방 하나 사 주더니 만날 때마다 왜 안 들고 다니는 거냐고 묻던 남자였다. 가방은 그저 가방이 아니라 의상에 맞춰 들고 다녀야 한다는 개념조차 없는 사람이었다. 돈으로 인간을 판단하는 사람은 되지 말자던 그녀였지만, 이번엔 그냥 넘어갈 수 없었다.

"사업을 하든 뭘 하든 오빠 일인데 이걸 왜 나한테 보여 줘?"

"너도 알아야 할 거 아냐. 사실 그냥 진행할 수도 있었는데, 그래도 그건 아닌 것 같아서. 혜서야, 넌 오빠가 진짜 행복하게 해 줄게. 몇 년만 참으면 너 하고 싶은 거 다 하게 해 줄게. 손에 물 한 방울 안 묻히고 살게 해 주고, 일주일에 두 번은 최고급 마사지도 받게 해 줄게. 길게 잡아 3년만 참아 줘."

손에 물 한 방울? 와! 이렇게 판에 박힌 스타일이었어?

"오빠 못 믿어?"

그 말이 결정적이었다. 그래, 난 남자를 못 믿어. 오빠 아니라 친오빠, 친아빠래도 안 믿어.

"계획서 보여 줘서 정말 고마워. 이거 안 보여 줬으면 큰일 날 뻔했어."

혜서는 맞은편 남자의 얼굴이 환해지는 걸 보며 생각했다. 눈치도 더럽게 없네.

"아무쪼록 사업 잘되길 빌게."

"그게 무슨 뜻이야?"

"이렇게 쉬운 말이 이해가 안 돼? 내가 분명히 말했잖아. 난 결혼할 마음 없으니 결혼 염두에 두고 사귀는 거라면 만나지 말자고. 그래도 좋다며? 결혼 안 해도 된다며? 사업? 졸업이나 먼저 해. 난 내 인생 개척하는 것만 해도 머리가 아픈 사람이야. 사업 계획 혼자 미리 다 짜 놓고 나보고 그 힘든 길에 합류하라고? 돈 벌어서 내가 오빠 밥까지 먹여 줘야 해? 지금도 허구한 날 더치페이 하는데? 내가 교사 된다는 보장은 있어? 그걸 누가 장담하는데? 3년 안에 손에 물 한 방울 안 묻히게 해 준다고? 하, 3년? 사업이 애들 소꿉장난인 줄 알아? 오빠가 하자면 내가 좋다고 따를 줄 알았어? 그렇게 멍청한 여자가 아니라서 미안. 돈 많고 미련한 여자 찾아봐."

믿기지 않는다는 눈으로 날 쳐다봤었지. 세상에서 제일 이기적인 여자를 보는 것처럼. 얼마나 짜증이 나던지 집에 돌아오자마자 선물 받은 가방부터 택배로 부쳐 줬었다. 다시 생각해도 밥맛이 뚝뚝 떨어진다.

반도 못 먹고 숟가락을 내려놓는 혜서를 보며 주영이 의아하다는 표정을 지었다. 얘가 이럴 애가 아닌데?

"오징어덮밥, 재수 없는 전 남친이 좋아하던 음식이거든요. 선생님, 죄송한데 더 못 먹겠어요. 체할 것 같아요."

주영은 밥알이 튀어나올까 봐 입을 가리며 으하하 웃었다. 이 여자 남동생 있으면 소개해 주고 싶네.

"나도 그만 먹을래. 불고기덮밥, 밥맛없던 전 남친이 자주 먹던 거거든."

"어우, 그만 드세요!"

두 여자는 마주 바라보며 깔깔 웃었다. 학교 운동장을 가로질러 되돌아가던 둘은 조만간 조촐하게 한잔하기로 구두 약속을 했다.

교무실에 들어서자 선생님들이 먼저 아는 체한다. 거꾸로다. 세현은 중학교 때부터 원치 않아도 유명 인사로 살아야 했다. 그땐 뛰어난 지능과 성적으로 소문난 아이였다. 주목받는 삶도 본인이 즐겨야 좋은 법. 웬만하면 교무실에 들어갈 일을 만들지 않지만, 한 번 정도는 수학 교생의 실력을 테스트해 보고 싶었다. 교생실습실엔 그가 없었다.

학생주임이 싱글거리며 세현에게 말을 걸어왔다.

"뭐 혼날 짓 했냐? 오랜만이다."

대답 없이 기본적인 인사만 하고 교무실을 둘러봤다. 이번엔 담임 옆에 서 있던 혜서 누나가 알은체했다.

"왜? 할 말 있어?"

"선생님한테 온 거 아니에요."

그때 교무실로 들어오는 수학 교생을 발견했다. 김민재는 그의 7년 선배이자 동문이다. 재학 시절엔 모의고사 점수가 꾸준히 전국에서 열 손가락 안에 드는 걸로 유명했고, 그 성적으로 사범대를 가서 더 유명해졌다고. 한두 과목만 빼어나게 잘한 게 아니라 어려서부터 전 과목 골고루 완벽하다는 칭찬을 받으며 자랐다고 한다. 쉽게 풀지 못할 어려운 문제를 고르느라 시간 좀 투자했다.

"3학년 9반 진세현입니다."

"알고 있어. 왜?"

"이 문제 좀 가르쳐 주세요. 어려워서요."

"풀어 봤어?"

"네. 더 쉽게 푸는 방법이 있나 해서요."

단정한 이목구비, 온유한 표정. 가까이서 봐도 딱히 흠잡을 데 없는 외모다. 문제를 내려다보던 김민재 교생이 고개를 들었다.

"이거 되게 어려운 문젠데. 무슨 문제집에서 뽑아 온 거야?"

"선생님도 잘 모르세요?"

"아니. 문제집 만드는 데 참여한 적이 있었는데 그때 내가 냈던 문제랑 비슷해서. 이건 두 가지 방법으로 해결할 수 있어."

테이블로 자리를 옮긴 그는 세현이 20분 동안 푼 문제를 5분 만에 해결했다. 계획과 다르게 일이 풀려 간다. 처음부터 발상이 잘못됐다. 수학 교생의 실력은 알아서 뭐할 거라고.

"너 수학 잘한다는 소리는 들었어. 나도 처음 봤으면 바로 못 풀었을 거야. 선생님도 고등학교 때 올림피아드 대회 계속 나갔었는데."

"아, 진짜요? 난 수학 잘하는 사람이 제일 부럽더라."

혜서 누나였다. 그가 누나를 보며 씩 웃었다. '내가 미친놈이지.' 그런 생각을 하며 일어서는데 수학 교생이 세현을 불러 세웠다.

"진세현, 올해도 한국 대표로 나갈 수 있을까?"

다음 주에 IMO(국제수학올림피아드) 한국 대표 최종 후보가 결정된다. 이번엔 여섯 명의 한국 대표에 못 들 것이다. 3월 말 서울대에서 고등부 최종 시험이 있었다. 이틀에 걸쳐 여섯 문제를 풀어야 했는데, 둘째 날에는 아예 백지를 내고 왔다. 이젠 특정 학교 학생들이 대표단이 되는 게 대세였다. 대표단에 낄 욕심 따윈 사라진 지 오래다.

1학년 때 세계 대회에서 금상을 받은 게 기사화된 후 한동안 매스컴에 시달렸다. 일반고 출신으론 그가 유일했다. 지난해도 마찬가지. 만약 그의 집안이나 외모가 평범했다면 그런 식의 귀찮은 일들은 생기지 않았을 터다.

"이번엔 안 될 거예요."

"그래? 3년 연속 나가면 좋을 텐데. 궁금한 거 있으면 또 찾아와."

그럴 일 없을 겁니다. 속으로 생각하며 돌아서는데 과학 선생님과 딱 마주쳤다.

"어머, 세현이구나! 교무실에서 보니까 더 잘생겼네!"

노처녀 과학 선생님. 그만 보면 반색이다. 심지어 그의 몸을 슬쩍슬쩍 터치까지 하려고 한다. 앵앵거리는 목소리, 피노키오 같은 콧대. 별명은 강남마녀다.

"세현아, 이번에 과학 시험 진짜 어렵게 낼 거야. 궁금한 거 있음 쌤한테 따로 물어봐. 알았지?"

"네."

세현은 그의 팔을 슬쩍 잡는 과학 선생님을 보며 뒤로 물러섰다. 누가 자기 몸을 허락 없이 만지는 건 질색이었다. 특히나 좋아하지 않는 여자라면.

"어머 어머! 애 팔뚝 딴딴한 거 봐! 춤을 많이 춰서 그런가? 넌 어떻게 갈수록 인물이 좋아지니? 남자애가 여드름도 하나 없고. 얘, 이러면 반칙이야. 여학생들 생각도 해 줘야지."

혜서 누나가 그를 바라보며 재미있다는 듯 웃었다. 기분이 팍 상한다. 웃어? 웃겨? 세현은 더 심한 말을 듣기 전에 얼른 교무실을 빠져나왔다.

뮤지컬 학원은 학교에서 지하철로 20분 거리다. 편의점에서 컵라면을 사서 반만 먹고 바로 학원으로 올라갔다. 다 먹고 싶었지만 배가 부르면 노래 부르는 게 힘들다.

오디션 실기 날이 이틀 앞으로 다가왔다. 그동안은 주로 대형 제작사에서 실시하는 오디션에 지원했었는데 이번엔 눈을 약간 낮췄다. 더는 떨어지고 싶지 않았다. 극단 오디션이라고 해서 만만한가. 연극 무대에서 놀던 사람들이 뮤지컬 쪽으로 이동하는 추세라 경쟁은 점점 치열해지고 있다.

뮤지컬 배우는 학벌이나 전공보다는 실력을 더 보는 편이라고 하지만, 그것도 듣기 좋은 소리일 뿐이다. 한 편의 작품에 오디션 지원자가 천 명에 육박하는 시대다. 그만큼 뮤지컬 무대를 동경하는 배우 지망생이 많다는 뜻이다. 기본기를 갖춘 사람들도 넘치는데 그들로선 굳이 비전공자를 뽑는 모험을 할 이유가 없다.

운 좋게 서류에서 통과했대도 지원자를 일일이 배려하는 오디션은 기대하지 않아야 한다. 응시자가 어떤 사람인지, 어떻게 여기까지 오게 됐는지 교감하며 비하인드 스토리를 들어 주는 심사 위원은 없다는 말이다. 지정곡을 부르는 시간도 짧거니와 대개의 경우 오래 들어 주지도 않는다. 그들에겐 그저 수많은 지원자 중 하나일 뿐, 1차 오디션에서부터 기운을 뺄 이유가 없는 것이다. 쉽게 말해 응시자는 오디션 접수비를 날리는 셈 치고 마음을 비워야 한다.

뮤지컬 학원 원장은 혜서를 처음 만난 날 이런 말을 했다. '마법의 성'을 원키(Original Key)로 부르게 한 뒤였다.

"김연아가 스물두 살부터 피겨스케이트를 배우기 시작했다면 세계적인 선수가 될 수 있었을까요?"

혜서는 세계적인 뮤지컬 배우를 꿈꾼 적이 없었다. 좋아하는 뮤지컬을 하면서 엄마와 둘이 먹고사는 데 지장 없을 정도의 돈을 벌고 싶다는 생각은 했다. 처음부터 꿈의 사이즈가 달랐다.

"세계적인 뮤지컬 배우는 못 된다는 거죠? 우리나라에선요?"

"정혜서 씨 경쟁자들은 이미 5년 전, 10년 전부터 이 짓만 하던 사람들이에요. 밥 먹고 노래하고 춤추고 연기만 하면서 살아온 사람들이라고."

"너무 늦은 거예요? 가능성도 없나요?"

"그건 아니고. 몇 년만 일찍 시작했어도 주름잡았겠구먼. 아까워 죽겠네. 기본 발성은 좋고 뮤지컬 발성도 괜찮은데, 성악 발성이 약하네. 성악 발성을 제대로 익혀야 대형 뮤지컬까지 소화할 수 있어요. 호흡법도 제대로 배워야 할 것 같고. 정 노래를 하고 싶으면 가수를 하지 그래요? 그쪽이 훨씬 가능성 있겠는데."

"대중 가수엔 관심 없어요."

"요새 가수 하다가 이쪽으로 넘어오는 애들 많잖아요. 개중엔 전문 뮤지컬 배우 못지않게 잘하는 사람도 있지만 사실 팬덤 덕 보자고 캐스팅하는 경우가 대부분이지. 좋게 말해 티켓 파워지 까놓고 말하면 덕후 장사야. 걔네들이 뮤지컬 배우로 출발했으면 성공했겠어요? 그 실력으로? 요새 봐 봐. 창작 뮤지컬은 돈이 안 되니 순 리바이벌 레퍼토리만 올리잖아. 흥행이 검증된 것만 하겠다 이거지. 창작은 투자받기도 힘들고, 잘 만들기도 어렵고, 어찌어찌 만든다 해도 표가 잘 안 팔려요. 아마 조만간 파산하는 제작사 꽤 나올 거예요. 이 일 정말 힘들어요. 작품 한번 했다고 누가 기다렸다가 캐스팅해 주는 것도 아니고, 톱클래스 아닌 다음에야 허구한 날 오디션 보러 다녀야 해. 망망대해에 혼자 떠 있는 것 같다는 생각, 수도 없이 들 거예요. 오디션에 뽑힌대도 꼬박꼬박 월급 주는 극단 거의 없어요. 주고 싶어도 못 주는 거지만. 대충 알겠지만 뮤지컬로 돈 버는 사람 생각보다 정말 적어요. 그래서 다들 부업으로 이것저것 겸하지. 나도 마찬가지고. 내가 너무 겁을 줬나?"

"그 정도는 각오하고 있어요."

"혜서 씨도 잘 알겠지만 노래 잘하는 사람은 많아요. 근데 뮤지컬은 전국노래자랑이 아니거든. 그동안 오디션에서 괜히 떨어진 게 아닐 거라고. 재능이란 게 천재가 아닌 다음에야 거기서 거긴데, 무대 경력이 있는 것도 아니고 딱히 경쟁력이 없잖아요. 다 준비된 사람을 원하지 언제 일일이 가르치면서 하겠어요. 내가 진짜 가능성이 없어 보이면 이런 말도 안 해요. 가서 딴일 찾으라고 하지. 예술이란 게 참 더럽고 치사한 거야. 재능이 있어도 돈이 없으면 아예 기회조차 차단되니까……."

기억도 안 나는 어린 시절부터 노래를 좋아하는 아이였다고 들었다. 걷기도 전에 음악이 들리면 따라 옹알거리며 몸을 흔들었다고. 노래 부를 때만큼은 그 무엇도 끼어들 여지가 없었다. 친구들이 아이돌 팬질을 하며 도돌이표 같은 후크송을 부를 때 혜서는 80~90년대 노래를 찾아 부르고, 유명 뮤지컬 넘버를 즐겨 들었다.

혜서가 처음으로 관람한 성인 뮤지컬은 〈오페라의 유령〉이다. 뮤지컬 역사상 가장 많은 입장 수익을 올렸다는 작품. 대학생이 된 오빠가 보여 준 라이선스 뮤지컬을 보며 혜서는 대중 가요에서는 느낄 수 없었던 전율을 느꼈다. 동네 작은 극장에서 보던 어린이용 뮤지컬과는 차원이 달랐다. 이런 세상이 나와 공존하다니! 집에 와서도 자꾸 무대가 생각났다.

음악 선생님께 여쭤 봤더니 뮤지컬을 전공하려면 예고에 가는 게 좋을 거라고 하셨다. 예고라니. 통학할 수 있는 거리 안엔 아예 예술고등학교가 없었다. 공부만 잘한다고 받아 주는 학교도 아니었다. 여기저기 알아보니 한 달 레슨비가 혜서네 한 달 생활비와 맞먹었다. 시골과 다름없는 소도시 변두리에 살던 그녀에겐 서울의 학원까지 오가는 차비조차 부담스러웠다. 부모님께 레슨 받고 싶다는 말을 차마 꺼낼 수 없었다. 혜서는 적어도 한 번의 기회가 남았다고 자신을 위로하며 예고 진학을 포기했다.

고등학생이 되면 형편이 좀 풀릴지 모른다고 기대했던 것 같다. 그러나 아버진 재기하지 못했고 집안 형편은 최악으로 기울었다. 영어나 국어처럼 독학으로 익힐 수 있는 학문이라면 얼마나 좋을까. 그런 생각을 수없이 했다. 4년제가 어려우면 전문대 뮤지컬과라도 가고 싶었으나 그것조차 욕심이었다. 학교 선생님들은 그 성적으로 전문대가 웬 말이냐고 기겁하셨다. 꿈은 언제나 달콤했지만, 현실은 늘 씁쓸했다. 공부에 뛰어난 재능이 있던 것도 아닌데 그것 외엔 대안이 없었다.

기적처럼 비집고 들어간 사범대에 적응하려고 부단히 노력했다. 1학년 땐 뮤지컬 관련 동아리조차 가입하지 않았다. 같은 학교의 뮤지컬과 학생들이 정말 부러웠지만, 교사를 부러워하는 사람들이 더 많을 거라고 자위했다. 결과적으로 어느 쪽에도 집중할 수가 없었다.

그냥 중고등학교 교사가 되어 남들 살듯 살까? 그 생각이라고 안 했겠는가. 차라리 가능성이 전혀 없다고 평가했다면 포기했을 텐데, 다들 가차 없이 떨어뜨리면서도 재능이 보인다고 칭찬하곤 했다. 그럼 그냥 뽑아 주지. 매달리고 싶었다. 하지만 그녀에겐 최후의 발악 같은 자존심이 남아 있었다.

당신들 나 안 뽑은 거 머지않아 후회할 거야!

뮤지컬은 오페라가 낳은 돌연변이 장르다. 오페라가 대사 없이 노래와 악보만으로 이루어진 것과 달리, 뮤지컬은 대사가 많은 비중을 차지해 대본 위주로 연습한다. 음악, 안무, 연기가 뮤지컬의 기본이라지만 관건은 연기력이다. 어차피 노래와 춤에 재능이 많은 사람들이 모이는 곳 아닌가. 뮤지컬 무대에서 노래란 또 다른 연기다. 뛰어난 뮤지컬 배우들의 공통점은 탁월한 연기력과 무대 장악력이다. 학원 원장은 그녀에게 그 두 가지 싹수가 다 보인다고 칭찬했다.

"노래 잘하는 사람만 뽑으려면 성악가를 불러다 시켜도 되겠지. 그 이상이 필요한데, 그게 바로 연기력이에요. 다행히 혜서 씨랑 극단이 준비하는 작품이 맞아떨어질 것 같네. 심사 위원이 나한테 집중할 거란 생각부터 버려요. 어쩌면 날 봐 줄지도 모른다는 마음으로 가야 해. 철저히 프로덕션 입장에서 오디션에 임하라고. 그들이 원하는 걸 보여 줘야 해요."

돈 들인 보람이 있었다. 지정 안무 연습을 하고, 학원 선생님들의 도움을 받아 자유 안무를 짰다. 원장은 음악을 틀지 않은 상태에서 카운터를 세며 춤을 추게 했다. 지정곡이 따로 있었지만 혹시 몰라 뮤지컬 넘버도 몇 곡 준비했다. 연기는 자유 연기와 즉흥연기를 하면 된다.

수틀리면 언제라도 돌아갈 곳이 있는 사범대생이란 게 마이너스가 될 수도 있다는 걸 혜서는 몰랐다. 한심하게도 극단 홈페이지에서 다운받은 온라인 지원서 이력란엔 써낼 것이 거의 없었다. 원장은 몸매가 드러나는 옷을 입고 가되 멋 부리지 말고 기본 티셔츠에 신축성 있는 청바지만 입으라고 조언했다.

"몇 킬로만 빠지면 아주 예쁘겠는데? 체형은 뮤지컬 하기 딱 좋다. 너무 크지도 작지도 않은 게. 상품성이 보인다는 얘기예요. 얼굴이 동안이라 섹시함과 카리스마가 부족한데 목소리가 받쳐 주니 괜찮아요. 가사 전달력이 좋아. 뭐, 얼굴이야 차차 늙겠지. 연애도 몇 번 하다 보면 섹시한 맛도 생기고. 하하. 화장도 하지 말고 가요."

"그래도 너무 심한 거 아닐까요? 민얼굴까지."

"아니. 내 말대로 해요. 오히려 그게 더 돋보일 수 있으니까. 속는 셈 치고 나를 믿어 봐."

오디션 당일. 진행 위원이 이름과 수험 번호를 확인한 뒤 대기실로 안내해 줬다. 대기실까지 가는 복도에도 스트레칭하는 사람, 발성 연습 하는 사람 들이 꽤 보였다. 사흘에 걸친 공개 오디션 마지막 날인데 응시자들이 꽤 많았다. 이중 몇 명이나 뽑힐까? 꽤 오랜 시간을 기다린 뒤에야 그녀 차례가 됐다.

넓지도 좁지도 않은 무대가 한눈에 들어왔다. 무대에 오르니 오히려 마음이 편해졌다. 떨어져도 실망하지 않을 것이다. 후회를 남기지 않으려고 도전한 오디션이기도 하니까. 어차피 잃을 게 없는 승부다. 그렇게 생각하니 심적 여유까지 생겼다.

간단히 자기소개를 한 혜서는 라이브 반주에 맞춰 지정곡을 부르기 시작했다. 고음에서 작은 실수가 있었지만 금방 잊고 다음 부분을 진행했다. 30분 뒤, 무사히 오디션을 마치고 대기실 복도로 나왔다. 그제야 긴장이 풀리며 다리가 후들거렸다. 며칠 안으로 개별 통보가 올 것이다. 붙었는지, 언제나처럼 떨어졌는지.

엄마에게서 부재중 전화가 와 있었다. 건물을 빠져나오자마자 통화 버튼을 눌렀다. 엄마는 물론 친한 친구들도 오늘 오디션을 전혀 모른다. 당분간은 누구에게도 알리지 않을 생각이다.

— 세현이 할머니한테 아빠 얘기 했어. 여쭤 보시길래. 아마 너한텐 따로 안 물으실 거야.

"응."

— 기죽을 거 없어, 우리 딸.

"기 안 죽어."

— 재미있게 놀고 와.

"네."

서둘러야 할 것 같다. 시간이 늦어질까 봐 저녁을 먹고 간다고 했는데도 굳이 와서 같이 먹기를 권하셨다. 지하철 9호선

사평역. 그녀가 이 동네에 살았을 땐 없던 지하철역이다. '사평역'이란 역 이름이 들어간 시(곽재구 '사평역에서')가 떠올랐다. 혜서는 이제 '그리웠던 순간들을 호명하며 나는 한 줌의 눈물을 불빛 속에 던져 주었다.'로 끝나는 그 시를 이해한다.

한 정거장만 더 가면 고속버스 터미널이다. 거리가 가까워 육안으로도 역 이름이 보였다. 엄마는 고속버스를 타고 터미널에서 내릴 때면 이 아파트 쪽을 바라볼까? 한 번도 물어본 적이 없다. 새 아파트에 들어갈 날을 손꼽아 기다리던 40대 초반의 엄마가 아직도 눈에 선하다.

아파트 입구에 들어서니 예전 생각이 더 났다. 그때는 키 큰 나무가 참 많았다. 낡고 오래된 집이었어도 처음 산 집이라며 매일 쓸고 닦고 하셨던 엄마. 튼튼한 울타리처럼 견고하고 든든하던 아빠. 그녀의 소소한 어리광을 너그러이 받아 주던 오빠. 균형을 맞춰 굴러가는 네 개의 자동차 바퀴처럼 각자의 자리를 단단히 지키던 가족이었다.

근 10년 만에 와 보는 동네다. 방송이나 기사에 자주 나오는 곳이라 '반포'라는 두 글자만 보면 초등학교 시절이 생각난다.

"들어오세요."

"어, 세현이도 있었네?"

현관문을 열어 주는 세현의 모습에서 어릴 적 꼬마가 오버랩됐다. '누나야?' 하던 카랑한 목소리는 낮고 굵직한 중저음으로 바뀌었다. 사복을 입으니 분위기가 확 달라 보이는 게 더 어른스럽다. 이러고 나가면 누가 열아홉으로 볼까.

"주말엔 늘 여기서 지내요."

"그렇구나. 할머닌?"

"나 여기 있다."

말이 끝나기가 무섭게 두 팔을 벌리며 할머니가 나타나셨다. 그 뒤로 할아버지도 보인다. 혜서는 크게 변함없어 보이는 세현의 할머니를 어제까지 보고 살았던 사람처럼 끌어안았다.

"세상에! 키 큰 거 봐. 진짜 아가씨가 다 됐네."

"할머닌 여전히 예쁘신데요. 하나도 안 늙고 그대로세요."

"호호호……. 안 늙긴. 얼굴이 3년 가뭄 든 논바닥처럼 쭈글쭈글한데."

"아니에요. 할머니 보니까 저만 자란 것 같아요. 할아버지도 정정하시네요. 잘 지내셨죠?"

"그럼. 어서 들어와라. 이젠 영 몰라보겠네."

준비해 간 꽃다발을 건네 드리자 할머니가 소녀처럼 반기며 좋아하셨다.

"다 늙어서 꽃을 받아 보고. 너처럼 아주 예쁘구나."

어린 그들은 아파트 화단에서 흔히 자라는 작은 꽃들로 엉성한 꽃다발을 만들어 엄마와 할머니께 갖다 드리곤 했다. 두 분은 같이 김치를 담그다가도 고무장갑을 벗고 즐거워하며 그 꽃을 받았다. 분명 나쁜 일도 있었을 텐데 그런 건 기억 안 나고 좋은 기억만 떠오른다.

집 안 곳곳에 예전 물건들이 남아 있었다. 윤이 나는 갈색 그릇장이나 작은 테이블 같은 것. 안방에 가면 검은 자개장이 아직 있으려나.

누가 저 두 여자를 9년 만에 만난 사이라고 할까. 여자들은 원래 저런가? 주방으로 간 누나가 조잘조잘 떠들며 할머니를 거든다. 세현은 주방 쪽이 궁금한 걸 참아 가며 언제나처럼 할아버지와 바둑을 두었다.

"너 이 녀석! 오늘 왜 이래? 할아버지가 이겼다! 만 원 얼른 내놔."

"저 돈 없어요."

"무슨 소리! 그동안 나한테 뜯어 간 돈이 얼만데. 그 돈 하나도 안 쓰고 다 모았으면 집도 샀겠다!"

"그 돈으로 어떻게 집을 사요? 초가집도 못 사겠네."

"솔직히 말해 봐. 통장에 얼마나 들어 있어?"

"할아버지에 비하면 새 발의 피예요. 완전 거지야."

"네가 이 할아빌 닮아 구두쇠 같은 데가 있잖냐. 분명 솔찮이 들어 있을 거야. 그 돈 장가갈 때 쓰려고?"

"제가 몇 살인데 장가를 가요? 대학 들어가면 차 살 거예요."

"대학을 가긴 할 거야?"

"가야죠. 안 가면 군대 가야 되는데."

"허허허. 군대가 고맙네그려."

주방에서 젊은 여자의 목소리가 들려왔다.

"할아버지, 식사하세요. 세현아, 너도 어서 와."

여자 하나가 추가됐을 뿐인데 집 안에 생기가 돈다. 오래전에도 이렇게 넷이 밥을 먹곤 했다. 둘이 먹을 때도 잦았다. 숟가락 위에 반찬을 올려 주며 골고루 먹어야 키가 큰다던 누나. 꼭꼭 씹어 먹으라며 입에 물컵을 대 주던 누나. '오이는 왜 안 먹어? 이렇게 맛있는데.' 하며 사각사각 씹던 누나. 그 여자가 자라서 먹기 좋은 크기로 LA갈비를 잘라 그의 앞접시에 올려 주고 있다.

"세현아, 내일 점심 전에 너희 세 식구 다 온다더라. 같이 점심 먹고 어딜 가자던데."

"네."

"혜서 너도 예서 자고 갈래? 세현 어미가 너 온다니까 보고 싶어 하던데."

"내일 오전에 약속이 있어서요. 아줌마 텔레비전에서 몇 번 봤어요. 아저씬 신문으로 보고요."

"우리도 텔레비전으로 더 자주 본다. 바쁘긴 왜 그리 바쁜지."

혜서는 불만 섞인 할아버지의 말씀을 들으며 빙긋이 웃었다. 여전히 풍채가 좋으시다.

"할아버지, 요샌 바쁜 게 좋은 거래요."

"허허허. 그렇지. 마냥 노는 것보단 낫지."

용민은 복스럽게 밥을 떠먹는 혜서의 둥그스름한 얼굴을 흐뭇하게 건너보았다. 피부가 투명하고 흰 걸 보니 간이 건강한가 보네. 눈이 맑은 걸 보면 심장도 튼튼할 테고. 팔다리가 길쭉하고 얼굴 좌우대칭이 고르니 내장과 뼈도 단단하겠어. 어찌 저리 복스럽게 밥을 먹을까. 요새 젊은 처자들은 밥알을 세면서 먹던데. 나에겐 왜 딸도, 손녀도 없을까. 집안에 사내들만 우글우글. 이렇게 싹싹한 손녀가 있으면 얼마나 살맛이 날 것이야.

"우리 세현이가 오늘은 잘 먹네. 요새 통 입맛 없어 하더니."

'저보다 누나가 훨씬 잘 먹는데요? 괜히 살이 찐 게 아니라니까.'

갈비를 뜯던 혜서는 식탁을 훑어보며 아무래도 다이어트는 내일부터 하는 게 낫겠다고 생각했다. 한 그릇만 먹으면 분명 집에 가서 후회할 거야. 내일 아침 눈뜨자마자 생각날 거야. 살면서 한두 번 후회한 게 아니잖아?

"할머니, 전 한 그릇 더 먹을래요. 다 제가 좋아하는 음식이에요."

"그래, 많이 먹어. 세현이는 네가 잘 먹던 음식을 아직도 기억하더라. 이거 세현이가 말해 준 것만 차린 거야."

세현은 할머니의 민망한 수다에 식탁 아래로 기어 들어가고 싶었다. 할머니를 믿었던 내가 잘못이지. 평생 그렇게 살아오신걸. 혜서는 묵묵히 젓가락을 놀리는 세현을 힐긋 보고는 밥솥을 열어 주걱으로 밥을 푹 펐다.

"진짜요? 역시 진세현 머리 좋아. 기억력 최고다. 나 아이큐 10만 떼어 주라."

"갖고 가요. 갖고 갈 수 있으면."

"내 키랑 니 아이큐 수치랑 비슷한 거 아냐? 20은 떼 줘도 되겠네."

"무슨 말도 안 되는 소릴."

그러면서 피식 웃는다. 웃는 모습에선 제 나이가 엿보인다.

"너도 더 먹을래?"

"반 그릇만요."

"아이고, 우리 세현이가 이젠 좀 자랐다고 누나한테 존대를 하네. 예전엔 친구처럼 톡톡 말 놓고 지내더니."

저녁 식사를 마친 혜서는 할머니를 도와 식탁을 정리하기 시작했다. '오랜만에 설거지나 해 볼까.' 하며 싱크대로 간 건 세현이었다. 마지막 빈 그릇을 가져온 혜서도 그 옆에 나란히 서서 소매를 걷어붙였다.

"우리 어렸을 때도 몇 번 이랬는데. 기억나?"

기억난다. 세현은 대답 대신 고개를 끄덕였다. 누나에게 꼭 묻고 싶은 게 있었다.

"왜 한 번도 전화 안 했어요? 우리 집 전화번호 알았잖아요."

이사 간 지 얼마 안 돼 자꾸 앞집 꼬마가 생각났다. 엄마에게 전화를 걸어도 되느냐고 물었었다. 그때 엄마는 이렇게 말했던 것 같다. '내가 힘들 때 전화하는 거 아니야. 나중에 형편 풀리면 연락하자.' 하지만 형편은 나빠지기만 했고, 나중에 엄마 몰래 전화를 걸었을 땐 결번으로 나왔다.

"했었어. 했는데, 내가 너무 늦게 했나 봐. 할머니 집 전화번호가 바뀌었더라."

매일매일 누나 전화를 기다렸다. 아무도 없을 때 전화가 오면 어떡하나 걱정했다. 지금 생각하면 그저 애다운 고민이었다.

"근데 너 뭐 먹고 이렇게 자랐어? 꼭 고무줄 늘여 놓은 것 같다. 185는 넘을 것 같고, 187쯤? 설마 더 큰 건 아니지?"

"그렇게 안 돼요."

"다행이다. 더 자라지 마."

"키 큰 남…… 사람 싫어해요?"

"너무 크면 별로. 적당해야 보기 좋지. 거기에 덩치까지 있
으면 무섭고 징그럽더라. 그리고 장신은 생존에 되게 불리하
대. 심장에 무리가 많이 간다는데?"

"그게 내 뜻대로 되나. 자라는 걸 어떡하라고."

식탁 의자에 앉아 오렌지 껍질을 벗기던 할머니가 손자의
모습을 보며 들으란 듯 목소릴 높였다.

"우리 세현이가 갑자기 철이 들었나, 안 하던 설거지를 다
하네? 한 반년 만에 하는 것 같지? 1년 만인가?"

다 좋은데 할머니는 안 해도 될 말씀을 하신단 말이지. 세현
은 이것도 자기가 포기해야 할 부분이라고 생각하며 부지런히
손을 놀렸다.

"누나는 손님이잖아요. 손님만 시킬 수 없으니까."

"늙은 할미 일하는 건 괜찮고? 손님 아니니까?"

"그러니까 할아버지 좀 시키세요. 아버진 집안일 자주 하시
는데."

"거기서 내가 왜 나와? 빨래도 널고 청소기도 밀고 화초는
내가 다 돌보는데."

"도우미 아주머니가 하시는 거 아니었어요?"

"네가 몰라서 그렇지, 너 없을 땐 파도 다듬고 마늘도 까고

묵도 쑤고 그런다. 설거지하지 말라고 식기세척기 사 줬는데도 할머니가 안 쓰는 거잖아. 도대체 저건 왜 산 거야? 장식품으로 쓰기엔 멋대가리 하나 없구먼."

"내가 샀어요? 당신이 샀지. 그게 더 귀찮아요. 둘이 사는데 그릇이 얼마나 나온다고. 후딱 해 버리고 말지."

"하여간 고생을 사서 한다니까."

"죽으면 썩을 몸 아껴서 뭐해."

"말을 해도 꼭. 죽긴 누가 죽어?"

"아이고, 알았어요. 사람이 천년만년 사나. 그나저나 뒤에서 보니 사이좋은 오누이 같네."

"할머니, 내가 훨씬 크잖아요."

"키 순서대로 나이 따지면 내가 젤 커야 되게? 할아버지보다 두 해 먼저 태어났으니."

"어험. 갑자기 그 얘긴 왜 해? 나나 내가 늙긴 마찬가진데."

"아니, 말이 그렇다 이거지요, 아우님."

두 분의 대화를 듣다가 저도 모르게 마주 보고 웃었다. 먼저 시선을 피한 건 그였다. 뒷정리를 마친 혜서는 세현에게 마른 수건을 건네고 식탁 의자에 앉았다. 큰 접시 두 개에 딸기와 오렌지가 수북이 담겨 있다. 둘 다 그녀가 좋아하는 과일이다.

"진세현, 설마 내가 좋아하는 과일까지 기억하는 거야?"

"언제부터 이렇게 자화자찬 스타일이었어요? 어려선 안 그 랬던 것 같은데."

"자화자찬이라니. 이래 뵈도 내가 양곡리 얼짱이었어."

"거기가 어딘데요?"

"있어. 김포시 양촌읍 양곡리라고."

지금은 바로 옆에 한강신도시가 들어서서 시골스러운 맛이 많이 사라졌다. 안타까운 일이다.

"혹시 알려나? 옛날에 〈전원일기〉 찍었다는 동넨데."

마주 앉은 세현의 얼굴이 일그러지더니 이내 웃음이 터져 나왔다. 이렇게 크게 웃는 건 처음 보는 것 같다. 그 동네 얼짱 조차 인정 못 하겠다는 거냐?

"아, 넌 전국구 얼짱이라 이거지? 너도 어려선 그냥 동네 잘 생긴 아이 정도였어."

그새 진정 모드로 돌입한 세현이 정색하며 대답했다.

"누가 뭐래요?"

늦었으니 자고 가라는 할아버지의 말씀을 마다하고 일어난 건 10시 반이었다. 할머니가 혜서의 손을 잡고 아쉬워하셨다.

"다음엔 일찍 와서 종일 놀다 가. 맛있는 거 많이 해 줄게. 세현이는 누나 지하철 타는 데까지 바래다주고."

넘치게 행복한 하루였다. 오디션도 잘 본 것 같고 서먹했던 이 아이와도 조금은 친해졌으니. 보도블록 바닥 여기저기에 나뭇가지를 이탈한 꽃잎들이 가련하게 흩어져 있다. 가지에 매달린 꽃잎은 마지막 향기를 뿜으며 순리대로 시들어 간다. 춥지 않으니 집까지 걸어가도 좋겠다는 무모한 생각마저 들게 하는 밤이다.

옆에서 따라오는 세현은 말이 없다. 버스 정류장까지 나란히 걸어가다 보니 오늘 처음 만난 사람처럼 다시금 서먹해진다. 그나저나 앤 언제부터 담배를 피운 걸까? 어린 게 아주 골고루 다 하는구나.

"진세현, 담배가 맛있어?"

"피워 볼래요? 벌써 피워 봤나?"

"돈 아깝게 그딴 걸 왜 피우냐. 돈 버리고 몸 버리고. 딱 봐도 맛없게 생겼구먼."

이 누난 담배를 안 피우는구나. 지난 여자 친구들 중 둘은 담배를 피웠다. 그게 좋진 않았지만 워낙에 그런 여자들이 많은 세상이니 피워라, 마라 상관한 적도 없었다. 나는 하면서 남은 못 하게 하는 사람은 되기 싫다는 어린 치기도 있었던 것 같다. 사실 싫었는데.

"근데 가끔 피워 보고 싶을 땐 있어. 혹시 너 술도 마시냐?"

"비행 청소년 상담해요?"

"미안. 근데 나보다 잘 마실 것 같아서. 촉이 와."

피식 터지려는 웃음을 또 참았다. 술도 잘 못하나 보네.

"내일 어디 가요? 꼭두새벽부터 데이트하나?"

"아, 듣기만 해도 설렌다! 데이트라니! 진짜 좋은 말 같아."

뭐야, 이 요상한 반응은? 하도 긍정적인 반응이라 대답이 궁색해진다.

"바쁘다면서 할 건 다 하네요."

"아직 모르나 본데 전쟁터에서도 싹트는 게 사랑이란다."

괜한 질문이었다. 안 그래도 얼마 전부터 김민재 교생과 정혜서 교생이 사귄다는 소문이 파다하게 돌고 있다. 둘이서만 학교를 빠져나가는 걸 본 학생이 있다는 거다. 다정하게 마주 보며 은밀한 대화를 속살거렸다나 뭐라나. 유치한 자식들.

혜서는 세현의 그림 같은 옆얼굴을 바라보며 다음 날 오전의 약속을 떠올렸다. 오후에 만나자고 할 걸 그랬나. 일요일 오전엔 좀 뒹굴어 줘야 하는데. 세 명의 교생들과 같이 만날 예정이다. 이미 3학년 9반 학생들에게 특별 이벤트를 해 주겠다는 약속을 해 놓은 상태다. 시험을 잘 봐야 한다는 전제 조건을 깔았지만 못 봐도 할 생각이었다.

혼자는 민망해 세 교생을 끌어들였다. 혜서의 집요한 설득에 세 사람 다 어정쩡한 표정으로 수락을 하고 말았다. 거저 이루어지는 이벤트가 어디 있나. 내일 만나 구체적인 계획을 짜고 노래방으로 끌고 가 연습할 예정이다. 그나저나 세현에게 궁금한 게 있다.

"너, 여자 친구 있다던데?"

"누가 그래요?"

"다들. 그 말 들으니까 되게 이상하더라. 남들이 널 볼 땐 여자 친구 없는 게 더 이상하겠지만."

그런 건 없다고 할까 하다 말았다. 곧이곧대로 대답해야 할 이유도 없다.

"잠깐 손 좀 줘 볼래?"

"왜요?"

굳이 제 주머니로 두 손을 쏙 넣어 감추는 고딩을 보며 혜서
는 웃어 버렸다. 애 봐라. 누가 사귀기라도 하재?

"비싸게 굴긴. 이젠 손톱 안 물어뜯나 봐?"

처음 만났던 날, 네 살배기 꼬마의 손톱은 피가 비칠 정도로
짧았다. 손끝을 얼마나 물어뜯었는지 열 개의 손마디가 전부
너덜너덜해서 저절로 눈살이 찌푸려졌었다. 기분이 상했는지
그의 입에서 퉁명스러운 대답이 나왔다.

"나이가 몇인데."

"20년도 못 살아 놓고서 오래 산 척은."

절단된 기억이 살아났다. 막대사탕 껍질을 벗겨 건네던 누
나가 그의 손을 보고선 깜짝 놀랐었다. 금방이라도 울 것처럼
눈이 동그래진 누나는 그의 가는 팔목을 잡으며 손이 왜 이러
냐고 되물었다. 왠지 창피해진 그는 누나의 손을 뿌리치고 주
머니에 두 손을 찔러 넣었었다. 방금 전처럼.

혜서 누나는 손톱이 예쁘게 자라면 사탕을 사 주겠다며 어
린 그를 꼬드겼다. 그깟 사탕이야 동네 슈퍼에만 가도 흔히 파
는 물건이라는 걸 알았지만, 세현은 누나가 또 보고 싶어서 고
개를 끄덕였다.

계절이 바뀌어서야 손톱이 정상적으로 자라기 시작했다. 처
음으로 열 개의 손끝이 말짱해 보이던 날, 누나는 그의 손가락
끝에 뽀뽀를 퍼부으며 세상에서 제일 착하다고 칭찬했었다. 그
런 게 좋았던 날들이, 있었다.

"누난 어렸을 때 수의사 하고 싶다고 하지 않았어요?"

"그랬지. 원래 꿈은 바뀌는 게 정상이잖아. 사실 수학 때문에 수의사 포기했어. 내가 수학을 너 반만큼만 했어도 수의사가 되는 건데."

"수의사 다음엔 뭐가 되고 싶었는데요?"

"들으면 웃을 텐데."

"뭔데 그래요?"

"수녀. 하하하. 내가 들어도 우습다."

"수녀? 성당에서 까만 옷 입고 다니는 그 수녀님?"

"그러니까 하는 말이잖아. 나 같은 사람이 수녀 되면 성당 물 흐리는 거지, 뭐."

"우리 할머니, 할아버지는 지금도 성당 다니시는데."

"그러신 것 같더라. 너하고 나하고 해마다 부활절 달걀에 그림 그렸던 거 기억나? 너 그림도 곧잘 그렸는데."

기억나는 게 어디 그것뿐일까. 어제까지만 해도 막연했던 기억들이 손에 만져질 듯 도드라진다. 벌써 반포역이다. 누나는 '고마워. 간다.' 하더니 바로 돌아서서 지하 계단을 내려갔다. 누나의 뒷모습이 완전히 사라진 뒤에도 한참을 그 자리에 서 있었다. 어느 역까지 가는 거지? 어디 사는지도 안 물어봤네. 그 생각을 하며 세현은 담배를 꺼내 불을 붙였다.

요샌 30분 정도 일찍 등교한다. 교실은 대부분 빈자리다. 세현은 가방을 내려놓고 매점으로 가서 콜라를 골랐다. 탄산음료를 끊어야 하는데 쉽지 않다. 지난 토요일부터는 담배를 피울 때마다 혜서 누나가 생각난다. 꼬마가 자라 담배도 피우고 술도 마시고 가끔 싸움질도 한다고? 담임에게 구구절절한 뒷말을 들은 게 분명하다.

계산하고 창밖을 내다보며 콜라를 마시는데 옆에서 걸걸한 목소리가 들려왔다. 같은 학년인 것은 확실하지만 이름은 잘 모르는 애들이다.

"……그래서 화끈하게 했지."

"새끼, 진짜 부럽다! 이젠 꿈으로도 사람을 차별하나. 나한텐 왜 한 번도 안 나타나는 거야? 어떻게 하고 나왔는데? 다 벗었어?"

"당근 말밥. 보기만 해도 바로 싸겠더라고. 끝내줘."

한심한 자식들. 아침부터 쿰쿰한 이불 속에서 몽정한 얘기나 떠들고 있고. 니들도 내년이면 20대다.

"자세히 좀 말해 봐. 혜서 쌤 어때? 여기, 여기! 커?"

혜서 쌤? 돌아보니 키 작은 애가 능글능글한 표정으로 제 가슴팍 주무르는 시늉을 하고 있다.

"당연하지. 보기에도 글래머지? 벗으니까 더 글래머야. 위아래가 다 빵빵해. 내가 내 물건을 그 가슴 사이에……."

마시던 콜라를 창틀에 내려놓은 세현은 글래머 타령을 하는 놈 바로 앞으로 걸어갔다. 녀석이 하던 말을 멈추고 그를 쳐다보았다. 긴말하기 싫었다.

"너 나 아냐?"

눈이 동그래진 남자애가 검지로 자신을 가리켰다.

"나한테 물어본 거야?"

"그래, 너."

"진세현이잖아."

"니 이름은 뭐냐?"

"오명준인데, 왜?"

"오명준, 부탁이 있는데 입 좀 꽉 다물어 줄래?"

"뭐?"

"어금니 물라고, 새끼야!"

주먹은 정확히 명준의 턱을 향해 날아갔다. 맞는 자식과, 그 자식과 같이 떠든 자식과, 근처 아이들의 비명이 순식간에 섞여 들었다. 같이 떠든 녀석은 발차기 한 번에 구석으로 처박혔다. 불시에 당한 명준은 아주 만만한 상대는 아니었다. 그래도 분노를 한껏 실은 그의 주먹을 이길 수는 없었다.

세현은 아이들이 몰려와 뜯어말릴 때까지 그 개자식을 최대한 밟아 줬다. 힘이 얼마나 센지 몇 명이 그의 사지에 매달려야 했다. 명준의 코에서 피가 줄줄 흘렀다. 눈두덩도 금세 부어올랐다. 갈비뼈라도 몇 개 부러뜨리고 싶었는데 겨우 참았다. 법이란 게 없었다면 넌 오늘 내 손에 죽었어. 청동기시대에 안 태어난 걸 감사히 여겨. 아니면 너나 나 둘 중 하나는 돌에 짓이겨져 죽었을 테니. 분이 안 풀린 그는 그 상태에서 다시 발을 뻗었다. 맨바닥에 내팽개쳐진 명준은 세현의 신발을 보며 몸을 움찔했다.

"너 왜 그래! 학주 오겠다. 쟤 얼굴 좀 봐."

갑자기 두들겨 맞은 명준은 당황한 동시에 황당했다. 아무리 생각해도 맞을 짓 한 게 없는데. 게다가 이 많은 애들 앞에서 쪽팔리게. 맞은 이유라도 알아야 할 거 아닌가. 미친 거야, 저 새끼?

"너 왜 그래? 내가 뭘 어쨌다고……."

"그 더러운 입 안 다물어? 앞으로 내 눈에 띄지 마. 다음엔 니 목 내 목 같이 내놓고 둘 중 하나가 죽어야 끝장낼 거니까."

그제야 명준은 서슬 퍼런 눈길을 피해 눈을 내리깔았다. 진세현이 왜 길길이 날뛰며 자기를 때렸는지 어렴풋이 짐작이 갔다. 설마 아까 그 얘길 들은 거야? 그런데 쟤가 왜?

3학년 학생주임 서은택은 피 터지게 싸운 두 녀석을 보며 세로 주름이 깊이 잡힌 미간을 구겼다. 지난밤의 숙취가 가시지 않아 피곤해 죽겠는데 출근하자마자 이 사달이 났다. 호적등본에 잉크도 안 마른 것들이 아침부터 싸우고 지랄들이야. 빈속이라 위에서 자꾸 신물이 올라왔다. 며칠 전 부부 싸움 후 아내와 냉전 중인데다 피를 보며 싸운 피 끓는 10대를 상대할 생각을 하니 짜증부터 났다. 어른들만 싸우자, 제발. 니들이 부양할 가족이 있니, 돈 달라는 부모나 말 안 듣는 자식이 있니? 얼굴만 보면 둘이 싸웠다기보다는 한쪽이 일방적으로 얻어터진 모양새다.

"빨리 말 안 해!"

세현은 입을 꾹 다문 채 죽어도 시원치 않을 오명준만 노려보았다. 명준은 시선을 피해 아픈 턱을 살살 문질렀다. 양쪽 콧구 멍에 들어찬 솜 때문에 호흡이 답답했다. 저 새끼 춤만 잘 추는 줄 알았더니 주먹도 세네. 펀치가 얼마나 빠르고 강한지 턱이 빠지는 줄 알았다. 주먹에 쇠붙이를 장착했나. 괴물 같은 새끼.

"둘 다 계속 말 안 한다 이거지? 명준이 너부터 말해. 왜 맞 았는지."

명준은 아까부터 정혜서 교생이 이쪽을 바라보는 걸 알고 있었다. 그러니 맞아 죽더라도 여기서 진실을 밝힐 수는 없다. 절대 말해서는 안 된다. 엄마가 이 모든 사실을 알면 죽이려고 할 테지. 이래 죽으나 저래 죽으나 불명예스럽긴 마찬가지지 만. 입이 원수다.

"어이쿠, 묵비권 행사를 하시겠다? 부모님 앞에서 하는 것보 단 지금 하는 게 나을 텐데?"

은택은 명준을 노려보는 세현을 보며 이 생각을 하지 않을 수 없었다. 앤 왜 이 얼굴로 연예인을 안 하는 거야? 개똥밭에 서 한 달을 뒹굴어도 자세가 나올 놈이네. 나 참, 주먹까지 세 단 말이지?

"세현이 너, 도대체 왜 그랬어? 학교 안에서. 그것도 아침부 터. 너희 둘 아는 사이도 아니라며?"

"제가 말씀드릴 수 있는 건 저 자식이 분명 잘못했다는 것뿐 이에요."

"너도 쟤처럼 얻어터져 볼래? 계속 말 안 하면 니 부모님도 부른다?"

"부르세요."

늦은 감은 있지만 명준은 알아서 기기로 했다.

"선생님, 제가 먼저 잘못했어요."

"그러니까 뭘? 뭣 때문에 이렇게 두들겨 맞았느냐고. 세현이 너도 그래. 맞을 짓을 했다고 두들겨 패면 법이 왜 있고 규범이 왜 필요하냐?"

사건의 처리 과정을 내내 지켜보고 있던 혜서는 세현을 따로 불러 얘기해야겠다고 판단했다. 처음 교무실에 들어왔을 때보다 입술이 부어오른 게 확연히 눈에 띄었다.

담임 이우연은 세현과 서은택 주임을 보며 고개를 절레절레 저었다. 백날을 물어봐야 저 녀석 입에선 듣고 싶은 말이 안 나올 텐데. 다들 기운만 빼는 걸 모르시는구먼. 그래도 사내라면 저 정도 고집은 있어야지.

"주임 선생님, 죄송한데 제가 따로 얘기해 볼게요. 세현아, 일어나."

따라가기도 싫었고 할 말도 없었지만 억지로 몸을 일으켰다. 4월 중순이라 말 그대로 완연한 봄이긴 하다. 그래도 저 누나는 날씨에 비해 옷을 얇게 입고 다니는 것 같다. 온갖 호르몬이 뒤섞이고 충돌해 미쳐 버리는 10대 후반의 남학생들에겐 상상력이라는 손쉬운 도구가 있다. 무엇을 상상하든 그 이상인 걸 아직 모르나.

상처 난 조각상 같은 모습으로 앉아 있는 세현을 보며 혜서는 티 안 나게 한숨을 삼켰다. 예전만큼은 아니지만 그래도 좀 친해진 줄 알았는데. 겹겹이 둘러싼 두꺼운 외피를 걷어 낼 생각이 없는 걸까?

"물 좀 마셔."

목이 말랐는지 그녀가 건넨 물을 단숨에 다 들이켠다. 얼굴부터 치료해야 하는 게 아닐까 싶다.

"얼굴이 이게 뭐야. 양호실부터 갈 걸 그랬다. 안 아파?"

"괜찮아요. ……옷 좀 그렇게 입고 다니지 마요."

"……물 더 줄까?"

"아뇨. 미안해요."

"나한테 미안할 게 뭐 있어. 잘은 모르지만 말로 하면 안 될 일이었어?"

그 새끼한테 뭐라고 말했어야 했을까? 그 여잔 선생님이니까 공부할 때만 얌전히 쳐다보라고? 그 여잔 교생이니까 한 번만 더 그런 말 하면 담임선생님께 이르겠다고? 그 여잔 우리 앞집 누나였으니까 저질스러운 생각 따위 하면 안 된다고? 그 여잔 내가 어렸을 때부터 친누나처럼……. 그만두자. 제 얼굴이 가득 담겨 있는 혜서 누나의 커다란 눈동자를 응시하며 세현은 천천히 입을 뗐다.

"선생님이 얼른…… 갔으면 좋겠어요."

"가지 말래도 갈 거야. 근데 니가 먼저 가라고 하는 건 처음인 것 같다. 그치?"

혜서 누나가 싫어서 가라고 한 건 아니다. 주변 남자애들이 누나를 훔쳐보며 쑥덕거리는 게 너무 싫었다. 그 자식들 머릿속을 속속들이 점검해 볼 필요도 없다. 남자는 남자가 더 잘 안다.

"혹시 나하고 관련된 일이었어?"

"……."

"세현아, 진짜 싸움은 머리로 하는 거야. 무식하게 몸으로 싸우지 마. 누나하고 약속해. 다시는 어떤 이유가 있어도 먼저 때리지 않겠다고. 이제 열흘만 지나면 여기 안 와. 돌아가서도 니 걱정 안 하고 싶은데. 이렇게 오랜만에 만났는데 우리 서로 좋은 기억만 남겼으면 좋겠다. 이런 말 고리타분해서 싫지?"

"아니요."

"그럼 약속한 거다? 앞으로 폭력은 절대 안 쓰기로."

"알았어요."

"너 이번 중간고사 잘 보면 5월 우리 학교 축제에 초대할게. 싫어?"

"잘 보는 기준이 뭐예요?"

"2학년 마지막 시험 기준으로 전교 석차 50등만 올려 봐."

전교 10등 안에 들라고? 반에서 1등 하라는 소리네.

"생각 좀 해 보고요."

"야, 나 아무나 초대하는 사람 아니야. 무조건 영광으로 알라고."

세현의 입꼬리가 슬쩍 올라가는 걸 확인한 혜서는 상담실을 나왔다. 교무실로 간 그녀는 서은택 학생주임에게 세현과 어려서부터 알던 사이라는 것을 밝혔다. 짐작이지만 명준이 자기와 관련된 말을 한 것 같다는 의견도 덧붙였다. 학생주임이 명준을 힐끗 보더니 입을 열었다.

"그럼 그렇지. 그러니 그렇게 처맞고도 지가 잘못했다고 알아서 기지. 사실 세현이가 괜히 사람 때릴 애는 아니에요. 친누나 같은 누날 두고 이상한 얘길 하니까 열 받았구먼. 근데 어떻게 때렸길래 옥수수…… 아니, 이빨…… 치아는 멀쩡해. 재주도 참 좋아."

"선생님, 두 아이 부모님 꼭 오셔야 해요? 이쯤에서 마무리하면 안 되나요? 쟤도 자기가 잘못했다고 인정하는데."

"벌써 연락 갔어요. 저 녀석 얼굴 보면 그냥 넘어갈 일은 아니죠."

하루 수업이 다 끝난 시각. 양쪽 부모가 학교에 도착했다. 상담은 오래 걸리지 않았다. 세현의 부모는 치료비라도 내겠다고 제안했고, 명준의 부모는 거듭 마다했다. 아들이 맞을 짓을 한 걸 전화로 미리 들어서 알고 왔던 것이다.

명준은 어른들의 시선을 피해 교무실 바닥만 내려다보았다. '내가 다시 그런 꿈을 꾸면 똥개의 아들이다.' 그 생각을 천 번은 한 것 같다. 이 시간 이후 어떤 일이 기다리고 있을까. 그저 사라지고 싶을 뿐이다.

세현은 물끄러미 창밖만 바라보았다. 아무 변명도 하고 싶지 않았다. 때린 건 사실이니. 그러나 다시 그런 식의 말을 듣게 된다면 누나에게 약속한 대로 참을 수 있을까.

오디션 합격 소식이 날아온 게 지난주다. 기대를 비워 두었던 터라 얼떨떨했고, 기쁨도 컸다. 극단 '소울 티 컴퍼니' 단원이 되면 현직 배우나 각 분야의 전공 선생들에게 무료 레슨을 받을 수 있다. 돈을 내야만 배울 수 있던 것들이 공짜다. 4월 말까진 하던 일이 있어서 제대로 참석 못 할 것 같다고 말해 놓긴 했지만, 이미 찍힐 대로 찍힌 것 같다.

어제 오후 마주친 장해인 대표는 혜서에게 뭘 믿고 그렇게 무책임하게 다니느냐며 야단을 쳤다.

"10월에 창작 뮤지컬 올리는 건 잘 알 테고. 6개월 금방 지나간다. 앙상블은 별거 아닌 것 같니? 언더스터디(Understudy: 평상시에는 다른 배역을 연기하다가 메인 배우가 부득이한 상황으로 공연에 설 수 없을 때 대신 투입되는 배우) 정도는 누가 해도 될 것 같아? 뮤지컬은 뛰어난 배우 혼자 이끌어 가는 원맨쇼가 아니야. 하모니지. 넌 지금 하모니를 망치고 있는 거고."

기대가 컸는데 실망스럽다고 말하는 장 대표를 보며 혜서는 교생실습 중이라고 할까 하다가 말았다. 실습이 끝나고 대학으로 돌아가면 어떻게든 조율해 볼 생각이다. 그러나 과연 그때까지 편의를 봐줄지는 미지수다. 미처 친해질 시간조차 없었던 단원들 보기도 미안했다. 나머지 멤버들은 벌써 단단한 조직애로 뭉쳐져 있었다.

"정 선생, 상담 끝났어요. 세현이 부모님이 찾으시네."

주차한 곳까지 가는 동안 아까 대충 주고받았던 인사를 정식으로 나누었다.

"안 그래도 어머니한테 얘기 들었어. 말 안 했으면 누군지 몰랐겠다. 이젠 아줌마보다 키가 크네."

혜서는 여전히 아름다운 세현의 엄마를 보면서 엄마를 떠올렸다. 아줌마가 엄마보다 몇 살 적은 걸로 아는데 족히 10년 이상 젊어 보인다.

"세현이 때문에 미안해서 어떡하지. 다른 걸로 힘들게 하지는 않아?"

"평소엔 모난 데 없이 잘해요. 둘 다 크게 다친 데가 없어서 다행이에요. 세현이가 이유 없이 아무나 때릴 애는 아니잖아요. 다들 그러시더라고요."

"편들어 줄 거 없어. 어떤 경우라도 폭력으로 해결하는 건 안 되지. 근데 나도 때려 주고 싶네. 저놈의 자식!"

경훈은 두 여자와 몇 미터 뒤처져 걸으며 이젠 자기보다 더 큰 아들의 어깨에 손을 얹었다. 그는 아들이 아무 말 하고 싶지 않을 거라는 걸 알았다. 겉으로 보면 닮은 구석이 거의 없어 보이지만, 그의 속을 빼닮은 건 큰아들 세현이다. 경훈은 아들이 평범한 학창 시절을 보내진 않더라도 영 비뚤어질 거라는 걱정은 하지 않았다. 부모님을 믿었고, 그 손 아래에서 자란 아들을 믿었다.

"혜서는 나랑 뒤에 타자."

살다 보니 이런 인연도 있다. 친누이처럼 아들을 살뜰히 거두던 앞집 소녀가 말썽부리는 아들을 감싸 주는 선생이 되어 나타날 줄이야. 갑자기 이사 간 뒤 연락이 끊겼다는 말에 의아해했지만, 바쁘게 사느라 까맣게 잊고 지냈다. 힘든 일을 많이 겪었다지. 서연은 시어머니의 언질이 다시 생각나 혜서를 눈여겨보았다. 다행히 크게 고생한 티는 나지 않는다.

"혜서야, 근처에 한정식집이 있는데 맛이 괜찮아. 어차피 저녁 시간인데 같이 먹고 갈래?"

"죄송한데 급히 가 볼 데가 있어서요. 저는 가까운 지하철역에서 내려 주시면 돼요."

"아쉽네. 그럼 다음에 우리 집에 놀러 와. 꼭."

건네받은 명함을 앞뒤로 확인한 혜서가 인사를 하고 차에서 내렸다. 여전히 손에 명함을 쥔 채다. 지하철로 이어지는 가파른 계단이 금세 그녀를 삼켜 버렸다.

시선을 돌린 세현은 눈을 감고 긴 하루를 되새겼다. 누나에겐 내가 아직 어린애로 보이겠지. 집에 가지 말라고 징징거리고, 엄마가 보고 싶다며 울던 꼬마로.

세현의 일기

누나가 이사 간 지 1년이 다 돼 간다. 국어 점수는 다시 떨어졌다. 수학이 제일 좋다. 나는 아침 일찍 일어나 수학 문제를 풀고 오후엔 태권도 도장을 다닌다. 피아노 학원은 그만뒀다. 대신 일주일에 두 번 집에서 레슨을 받는다. 피아노만 치는 게 아니고 바이올린도 배운다.

아빠는 남자도 악기 하나 정도는 연주할 줄 알아야 한다고 하신다. 교습 선생님은 할머니한테 내가 음악에 소질이 있다며 동네 아줌마처럼 호들갑을 떨다 가신다. 악기 연주를 꾸준히 하다 보면 정서가 안정된다나 뭐라나. 그래서 끊지 말고 계속 악기를 배워야 한다나 뭐라나.

어제 3품을 땄다. 관장님이 할머니한테 내가 오기가 있고 운동 신경이 뛰어나다고 칭찬하셨다. '오기'란 말뜻을 정확히 몰라서 집에 와서 찾아봤다.

'능력은 부족하면서도 남에게 지기 싫어하는 마음. 잘난 체하며 방자한 기운.'

뭐야. 나쁜 거잖아. 분명 칭찬하는 것 같았는데. '방자'가 뭔지 또 찾아야 했다. 무례하고 건방지다고? 무례는 또 뭐야? 국어는 이래서 싫다.

일주일에 두 번씩 바둑을 배우러 다니기도 한다. 바둑을 두다 보면 딴생각이 안 들어서 좋다.

혜서 누나를 생각하는 시간이 많이 줄었다. 그래도 눈이 큰 여자를 보면, 웃는 모습이 예쁜 여자를 보면, 다정하게 말 거는 여자를 보면 누나 생각이 난다. 이제 나는 누나를 그리워하는 대신 캔디를 안고 잔다. 캔디가 없었다면 더 슬펐을 것이다. 캔디는 진짜 내 가족, 내 동생이다.

6 그럼 안소니처럼 자랄래?

혜서가 놀러 왔던 날 밤부터 김인희 여사는 은밀한 계획을 세우기 시작했다. 물론 평생의 배필인 남편과 함께였다. 주말 가족 드라마 줄거리 같은 아내의 말을 듣던 용민은 고개를 끄덕이며 맞장구쳤다. 칠십 넘게 살면서 절감한 진리는 여자 말을 잘 들으면 자다가도 떡이 생긴다는 것이다. 마누라 말 안 듣고 저 잘났다 설치다 말년에 고생하는 사내들을 숱하게 봐 왔던 터였다.

"영감, 우리 세현이가 혜서 있을 때하고 없을 때가 너무 다르죠?"

"그 영감이란 소리 좀 그만해. 내가 파파노인이야?"

"그럼 당신이 새신랑이유? 난 나이 쉰, 예순에도 남편한테 '신랑, 신랑.' 하는 여자들 보면 어디가 좀 모자란 거 아닌가 싶습디다. 언제 적 신랑이야."

더 해 봐야 마누라 이길 자신이 없었다. 말로는 평생 한 번을 이겨 본 적이 없는 것 같다.

"그리고 보니 오늘 세현이가 웃기도 잘 웃더구먼. 그렇게 크게 웃는 거 오랜만에 봤네. 꼭 어렸을 때로 돌아간 것 같더라니까."

"내 말이 그 말이잖아요. 애야 제 부모를 보면 두말할 것도 없지 뭐. 가정 형편이야 살다 보면 그럴 수도 있고. 우리가 도와줘도 되고요. 생판 모르는 남도 도와주는데 그게 무슨 문제야. 사람만 야무지고 똑똑하면 되지. 난 그렇게 힘들게 컸는데도 밝아 보여서 혜서가 더 마음에 들어요."

복스럽게 밥을 떠먹던 혜서를 떠올리며 용민은 입가에 흐뭇한 미소를 머금었다. 닮은 부부가 잘산다 했던가. 나란히 앉아 있던 두 아이의 모습이 겉도는 데 없이 맞춤옷처럼 어울렸다.

"어찌 그리 햇감자 삶아 놓은 것처럼 포슬포슬 뽀얗고 예쁜지. 요새 젊은 처자들처럼 삐쩍 마르지도 않고 건강해 보이는 게 애도 쑥쑥 잘 낳게 생겼어."

용민은 자식이라곤 달랑 아들 하나 두었다. 어찌 된 일인지 경훈을 낳고 더 이상 아이가 생기지 않았다. 다들 부러워하고 아쉬울 것 없는 말년을 맞이했으나, 단 하나 자손이 귀한 건 두고두고 후회가 되었다. 병원도 다녀 보고 애 잘 들어선다는 한약도 무던히 사다 바쳤으나 아내는 일찍 단산했다. 평생 한 밭에만 씨를 뿌려 왔으니 얼굴도 모르는 채 자라는 자식이 있을

턱도 없었다.

"아유, 주책없긴. 내색도 하지 마요! 그런 마음으로 불러들인 거 알았다간 애 질겁해서 도망갈라. 아직 스물둘밖에 안 됐는데. 요샌 다들 서른은 넘어야 결혼합디다."

"서른? 아유, 서른? 내 친구는 벌써 증손자 봤어. 기동이 알지?"

"대학 다니다 사고 쳐서 결혼시켰다던 그 집 아니유. 군대도 안 간 녀석이. 당신은 그게 부럽수?"

"그건 아니고. 그라믄 안 되지. 그래도 증손자 초등학교 들어가는 건 보고 죽어야……."

"걱정 마요. 당신은 건강해서 대학 들어가는 것도 충분히 볼 테니까. 티 내지 말고 그저 내가 하는 대로만 보고 있어요. 알았지요?"

용민은 평소에도 큰손자를 두고 이런저런 상상을 자주 했다. 늦둥이 아들처럼 키웠던 터라 똑똑하고 잘난 손자에 거는 기대가 팔불출 이상이었다. 모름지기 사내라면 공부만 파고드는 샌님보다 배포 크고 고집도 있어야 한다는 게 그의 생각이었다. 손자 역시 그렇게 키웠다.

늙으면 주름만 느는 게 아니라 노파심도 같이 는다. 용민은 갑자기 걱정이 앞섰다. 손자 녀석에게 여자 친구가 있다던데. 나이도 더 많은 대학생이라던데. 설마 이놈이 그새 빤스 내려 놓고 시침 뚝 떼는 건 아니겠지? 그러다 덜커덕 애라도 배게 하면 어떡하나. 하늘이 두 쪽 나도 안 될 일이다

"그나저나 여보, 세현이가 혜서한테 마음이 없으면 어떡하지?"

인희는 일흔둘에 접어든 남편을 바라보며 푸근하게 웃었다. 남자는 평생 애라더니 어르고 달래 가며 이 나이를 맞이했다. 늙을수록 소심해지는 남편이다. 가스 냄새를 맡으며 음식을 하면 폐에 안 좋다는 소릴 듣고 와서는 비싼 전기레인지를 설치해 주고, 살이 붙으면 관절에 안 좋다며 억지로라도 데리고 나가 운동을 시키는 것도 걱정이 늘어서일 것이다. 혼자 남겨지고 싶지 않은 두려움. 피 한 방울 섞이지 않았지만 피붙이보다 같이 산 세월이 더 길다. 그러다 보니 당신 몸이 내 몸이고 내 몸이 당신 같은 너그러운 노년을 맞이했다.

"이 양반 별걱정을 다 하네. 솔직히 혜서가 싫다고 할까 봐 문제지. 어려서도 그렇게 누나를 따르고 좋아했는데. 두고 봐요. 난 혜서한테 홀딱 빠져서 공부는 아예 뒷전일까 봐 그게 더 걱정이네."

"아니, 따로 만나는 애가 있는 것 같아서. 여우 같은 거에 걸려 산통이나 깨지 말아야 할 텐데. 사내놈들은 젊으나 늙으나 걱정덩어리야. 다들 반편이로 태어나는지."

"걱정도 팔자야. 세현이 요새 아무도 안 만난대요."

"어떻게 알아?"

"어떻게 알긴. 물어봤지. 대학 갈 때까진 여자 친구 안 만들 거라던데? 귀찮대요."

"그래? 아우, 잘됐네! 이젠 정신 좀 차리려나."

"그럼요. 우리 세현이가 그리 흐리멍덩한 애인가. 당신 닮았으면 평생 한 우물만 파고 살 텐데. 제 아비도 그렇고 그 피가 어디 가나. 인물이 너무 좋아서 걱정이지. 요새 여자들은 남자 인물을 그리 밝히던데. 먼저 좋다고 고백도 많이 한다잖아요. 들러붙는 거 떼어 내는 것도 일일 거야."

용민은 굳이 이 시점에서 세현의 외할아버지 얘기를 꺼내 아내의 심사를 거스르고 싶지 않았다. 진씨 집안 피가 더 세면 돼. 세현 어미도 안 그러는걸.

"혜서도 우리 세현일 좋아해 주면 좋을 텐데. 아직은 그냥 동생처럼 보는 것 같지요?"

"자꾸 만나다 보면 달라지겠지. 어서 주무시게. 자네 눈 아래가 불룩해졌네."

두 내외는 이 모든 계획을 적어도 큰손자가 성년이 될 때까진 비밀로 하기로 약속했다. 50년을 부부로 살아온 두 사람은 서로의 손을 꼭 잡고 잠이 들었다.

"아, 선생님! 그 부분 그렇게 부르시면 안 돼요. 너무 갑작스럽게 애절해지잖아요. 손동작은 좀 더 작게. 지금 노래하고 동작이 따로 놀아요."

신천역 근처 노래방의 대형 룸. J고등학교 젊은 교생 셋이 노래를 부르고 있다. 이들을 진두지휘하는 사람은 정혜서다. 재미있는 건 네 사람 중 혜서가 제일 어리다는 것. 교사 지망생들이라 그런지 다들 말은 잘 듣는다.

음료수를 마시며 혜서는 아무래도 자기에게 도화살이나 홍염살이 낀 게 아닐까 하는 생각을 하고 있다. 이모도 그런 말을 한 적이 있는데. 끼가 많아서 제대로 발산을 안 해 주면 사고 친다고. 언제 어디서나, 특히 남자 앞에선 조심해야 한다고. 하다못해 타로점, 오늘의 운세만 봐도 그런 식으로 나올 때가 잦았다. 갑자기 짜증이 솟구쳤다. 여기서 얼마나 더 조심을 해야 하는데? 쓰개치마라도 두르고 다녀?

얼핏 보면 영어 교생인 미수가 인기가 더 많을 것 같은데 뚜껑을 열어 보니 그게 아니었다. 어려서부터 늘 그랬다. 물건 달고 태어난 사내치고 그녀를 싫어하는 남자가 없었다. 심지어 연령도 가리지 않았다. 자화자찬일 수는 있지만 자아도취는 아니다. 재수 없게 들리겠지만 가끔은 무섭고 지긋지긋할 정도다.

음악 교생 최한주가 앞으로 몸을 숙이며 말을 걸었다. 혜서는 능구렁이 같은 그의 얼굴을 무심히 마주 보았다.

"솔직히 말해 봐요. 전공이 국어 맞아요?"

"저도 제 전공이 국어가 아니었으면 좋겠어요. 제가 말씀드렸잖아요. 교사 되기 싫다고."

"하하하. 노래를 왜 이렇게 잘해요? 누가 보면 음악 선생인 줄 알겠어. 춤은 또 왜 그리 잘 추는 거야? 무용 선생처럼."

"사실 저 춤하고 노래 배우는 학원 다녔어요. 진짜로."

한주가 그녀를 쳐다보며 호탕하게 웃을 때 수학 교생이 그 옆에 나란히 앉았다. 혜서는 나란히 앉은 두 남자를 비교했다. 두 살 차이라는데 다섯 살은 어려 보이네. 김민재. 대한민국 사범대를 세로로 줄서기 시킨다면 제일 꼭대기에 자리할 학교 출신. 두 주 넘게 같이 지내 보니 과연 똑똑하긴 했다. 그렇게 살아온 사람들에게 보기 드문 겸손까지 갖췄다. 혜서는 이 남자 역시 자기에게 호감이 있다는 걸 눈치채고 있다.

'이 정도야 뭐 일상이니까. 아, 나도 좀 겸손해져야 하는데.'

이번엔 지친 얼굴의 미수가 혜서 옆에 털썩 주저앉았다. 한주가 그런 미수에게 캔 음료수를 따서 건넸다. 모든 여자에게 친절한 남자. 좋아하기 힘든 타입이다.

미수가 이마의 땀을 닦아 내는 척하며 때려 죽여도 더는 못 한다고 엄살을 부렸다. 노래도 춤도 젬병이라고 안 하겠다는 걸 중요한 건 실력보다는 성의라며 억지로 합류시켰던 터다. 외모만 보고 설마 그 정도일까 싶었는데, 전혀 겸손의 발언이 아니었다.

5월 첫날에 있을 학교 축제에서 합동 공연을 할 예정이다. 일명 '꽃보다 교생'. 넷은 교생실습의 마무리를 창대하게 하자고 의기투합하며 대낮부터 생맥줏집을 찾았다.

민재가 두 여자를 처음 봤을 때 더 예쁘다고 생각한 쪽은 오미수였다. 첫날의 정혜서는 지금 생각해도 그의 눈에 차지 않는다. 특히나 그 촌스러운 투피스는. 옷은 미수가 더 잘 차려입고 다녔다. 화장도 늘 풀 메이크업이다. 더군다나 오늘의 혜서는 티셔츠, 청바지 차림에 민낯이다. 문제는 이젠 이 여자만 눈에 들어온다는 거다.

고등학교 때부터 사귀었던 민재의 여자 친구는 의대 장학생으로 갈 성적이 됐음에도 사범대를 지원한 그를 내내 못마땅해했다. 엄마 역시 의대는 성적에 앞서 커리큘럼을 따를 자신이 있어야 한다는 걸 이해해 주지 않았다. 형이나 누나도 다 한 걸 왜 너만 별스럽게 굴어! 편한 길 놔두고 일부러 험한 길을 찾는 건 무슨 경우야? 한 가지 잣대로 보면 민재는 이해하기 힘든 사람이었다.

졸업 학년이 된 지금까지도 그의 엄마는 미련을 버리지 못하고 있다. 정신과 의사가 된다 해도 시체 해부는 필수다. 쥐는커녕 지렁이 해부도 질색하는, 자기 피를 보는 것조차 역겨워 헌혈도 못 하는 그를 엄마는 이해하려 하지 않는다.

"네 누나는 안 그랬는 줄 알아? 비위 약한 사람도 카데바(해부용 시체) 오래 보다 보면 아무렇지도 않다더라. 막말로 죽은 사람이 뭐가 무서워? 산 사람이 더 무섭지."

하다 보면 다 하게 돼 있다는 말은 너무 일방적인 판단이다. 그는 한순간도 의사란 직업을 동경하지 않았다. 의대에 다니던 여자 친구는 본과 1학년이 되던 해, 비전이 없다며 그를 떠났다. 그가 일병일 때였다. 만나는 동안 얼마나 자주 싸웠는지 헤어지자는 말에 묵은 체증이 뚫리는 것 같았다.

질질 끌려다닌 지난 시간까지 되돌릴 순 없지만, 엄마와 비슷한 성격의 첫 여자와 재결합할 생각은 눈곱만큼도 없다. 닮은꼴 올드 버전과 뉴 버전인 두 여자에게 얼마나 질렸던지 3년 넘게 여자 친구 없이 지내고 있다. 그 시점에 혜서가 등장했다.

민재는 맥주 한 잔에 온몸이 붉어진 그녀를 보며 피식 웃었다. 여자가 예뻐 보이다니, 허를 찔린 기분이다.

"혜서 씨, 의외로 술 잘 못하네요?"

질문한 한주를 바라보며 혜서가 특유의 목소리로 리드미컬하게 대답한다. 발랄한 노래의 한 소절을 듣는 것 같다.

"다들 제가 노는 걸 보면 말술인 줄 알더라고요. 음주는 별로고 가무만 좋아하는데."

미수는 술을 잘 마셨다. 소주 세 병이 기본이라던가. 두 여자는 그새 말 놓는 사이가 됐다. 혜서는 미수를 '수 쌤'이라고 부른다. 미수는 혜서를 '정 쌤'이라고 부른다. 한 살 차이지만 같은 학년이니 언니라는 호칭은 생략하기로 했다고.

학교 안에 그와 혜서가 사귄다는 소문이 난 것도 알고 있다. 국어와 수학을 가르치는 교사의 만남이라 '국수 커플'이란다. 평생에 한 번뿐일 교생 시절의 일화라고 하기엔 너무나 보편적인 스토리다.

"정 쌤하고 수학 쌤하고 학교에 소문 쫙 난 거 알고 있어? 둘이 사귄다고."

미수의 말에 혜서가 어이없다는 표정을 지었다.

"애들이 참 상상력이 빈약해. 좀 더 그럴듯하게 못 만드나?"

민재는 빙그레 웃기만 했다. 그로선 딱히 기분 나쁜 소문이 아니었다.

"오, 수학 쌤은 좋은가 봐. 혜서 씨 남자 친구 있어요?"

혜서가 음악 교생을 바라보며 무덤덤하게 대답했다.

"지금은 없어요."

"미수 씬요?"

네 사람 중 애인이 있는 사람은 미수뿐이다. 민재는 그 사실에 전혀 실망하지 않았지만, 한주는 약간의 실망감을 느꼈다. 오는 여자 안 막고 가는 여자 안 잡는다는 게 그의 생활신조였다. 두 여자 다 구미가 당긴다. 남자로서 더 끌리는 쪽은 있었지만. 한주는 얼굴에 부드러운 미소를 띠며 국어 교생 잔에 맥주를 따랐다. 그만 마시겠다고 거절하는데도.

세현에겐 여러 부류의 친구가 있다. 공부를 잘하는 애들과 못하는 애들. 춤을 잘 추는 애들과 못 추는 애들. 여자를 밝히는 애들과 덜 밝히는 애들. 수학을 가르쳐 달라는 애들과 국어를 가르쳐 주는 애들.

방금까지 수학을 가르쳐 준 애에게 거꾸로 국어를 배우며 '얘는 왜 이 모든 문제가 자연스럽게 이해될까?' 그런 생각을 하고 있다. 시詩를 이해하는 건 여자를 이해하는 것만큼 난해하다.

"진세현, 넌 스트레스 안 받아?"

고3은 사람도 아니라고 하지만 세현은 인간이기를 포기한 적이 없다. 아침 일찍 동아리방에 들르거나 점심시간을 틈타 20분이라도 춤을 췄다. 그거라도 해야 사는 것 같았다. 그가 만든 비보잉 팀 '트랜스포메이션(Transformation)'은 지난해 9월 한국에서 열렸던 아시아댄스페스티벌 비보이 부문에서 고등부 1등을 했다. 살면서 많은 상을 받아 온 그였지만, 그 상만큼 기쁜 건 처음이었다.

"스트레스 안 받는 사람이 어디 있냐? 풀면서 사는 거지."

"난 내가 왜 공부를 해야 하는지 모르겠어. 잘해 봐야 의대 가란 소리나 듣는 걸."

"배부른 소리 하네. 감히 전 과목을 골고루 다 잘해? 그게 인간이 할 짓이야? 너 같은 놈 때문에 우리 학교 3학년 사기가 얼마나 떨어지는지 알아? 사람이 염치가 있어야지."

닫혔던 말문이 터지면 이렇게 유창해지는 게 세현의 특기다.

"지랄. 남 얘기 하네. 얼굴이나 못생기든가."

낄낄낄. 세현이 툭툭 던지는 농담에 정욱은 경직된 심신을 잠시나마 풀어 놓을 수 있었다.

"요샌 집에 가기가 무섭다. 난 한의대 가기 싫은데 거길 가란다. 지치지도 않는지."

"그러게 왜 한의사 집안에서 태어났어? 줄 좀 잘 서지."

"난 글이나 쓰면서 살고 싶은데."

"아서라. 백날 써 봐야 먹고살기도 빠듯하다더라. 정 책을 내고 싶으면 유명한 사람부터 돼. 그게 더 빠를걸? 우리 엄마도 첫 책은 많이 안 팔렸대. 방송 타면서 베스트셀러가 된 거지. 잘나가는 한의사 한정욱의 신간 소설 '사랑, 그 쓸쓸함에 대하여' 이거 어때?"

"좋기는. 제목부터 표절이구먼."

정욱은 글쓰기에 소질이 있었다. 어려서부터 상도 꽤 많이 받았다. 문예창작과에 가고 싶은 걸 절충해서 언론홍보학과를 목표로 삼았으나 그것조차 부모님이 반대해 이과로 온 걸로 알고 있다. 사실 성적만 놓고 보면 의대든 한의대든 기대할 만했다. 더군다나 3대 독자라니. 딱한 놈. 세현은 자신의 앞날을 어른들 입맛에 맞게 재단하지 않는 부모님이 새삼 고마워졌다.

"혜서 쌤이 내가 쓴 시 보더니 소질을 타고났대. 진짜 진지하게 말했어."

정혜서. 한 시간이라도 생각 안 하나 했더니.

"진세현, 그 소문 사실이야? 너하고 혜서 쌤 친척이라는 거?"

"친척? 누가 그래?"

"애들이 그러던데."

"가벼운 새끼들. 저렴한 상상력 하고는. 그냥 어려서 알던 누나야. 우리 앞집에 오래 살았어."

"진짜?"

"거짓말을 왜 하냐?"

정욱은 3년 차 친구에게만은 솔직하고 싶었다. 그가 아는 세현은 입이 무거운 아이였다.

"혜서 쌤이 내 이상형이야. 설마 수학 쌤하고 사귄다는 소문 사실 아니겠지?"

"그걸 내가 어떻게 알아?"

"니가 좀 물어봐 줄래? 아는 누나라며."

"인간아, 촌스럽게."

"내가 원래 아날로그적이잖아. 아니어야 하는데."

어제 반 아이들이 대놓고 물어보긴 했다. 재미있는 농담을 들은 것처럼 웃기부터 하던 국어 교생의 대답은 이랬다. '나 너희한테 좀 실망했어. 국수 커플이 뭐니? 작명 센스 좀 키워라. 스토리 라인도 별로야. 쌤은 사내 연애는 절대 안 해요.'

"진짜면 그렇게 웃진 않았겠지? 그럼 남자 친군 따로 있을까?"

세현은 제법 준수한 친구의 한심한 얼굴을 바라보며 천천히 입을 열었다.

"아마, 있을걸."

"하긴, 그렇게 매력적인데."

어휘 선택 하고는. 그냥 예쁘다고 해라. 10대답게.

"내가 대학생 될 때까지 솔로였으면 좋겠다."

이거 미친 거 아니야? 잔뜩 퍼붓고 싶은 걸 꾹 참고 그는 친구의 목덜미를 힘껏 눌렀다.

"정신 차려, 인마! 넌 고3이고, 그분은 선생님이야. 내가 유치하게 이런 말까지 해야겠냐?"

정욱은 캑캑거리면서도 끝까지 저 할 말을 했다.

"사랑은 원래 유치한 거야. 캑. 그게 사랑의 정석이라고. 캑."

나흘간 이어진 1학기 1차 지필고사가 끝났다. 잔인하게도 J고등학교 학생들에겐 1년에 딱 한 번 열리는 축제를 준비할 시간이 일주일밖에 남지 않았다. 물론 시험과 상관없이 진즉부터 축제에 열중하는 애들도 있었지만. 3학년 9반 학생들은 정혜서 교생의 이벤트를 기대하며 하염없이 축제를 기다렸다.

종례를 마치자마자 동아리방으로 직행한 세현은 올해 처음 가입한 아이들에게 작년 댄스페스티벌에서 상 받은 영상을 무한 반복해서 보게 했다. 아마추어 비보이, 비걸(B—Girl: 비보잉 하는 여자들을 가리키는 말)들이 넋을 놓고 화면에 빠져 있다. 아무리 봐도 질리지 않는 만화인 양.

축제 무대에 올릴 작품은 두 개다. 지난해 댄스페스티벌에 올렸던 작품을 약간 손본 것과 크럼프댄스. 크럼프는 일반인들에겐 널리 알려지지 않은 장르인데 너무 격해서 '신들린 춤'이라고 부르기도 한다. 뭐든 넘치거나 지나친 건 촌스럽다고 생각하는 그는 크럼프 안무 역시 간소화해서 부드럽게 짰다.

흔히 비보잉이라고 하는 브레이크댄스는 한물간 장르가 됐다. 세상 모든 것이 변하듯 춤도 변한다. 비보잉, 팝핀(Popping) 락킹(Locking: 캠벨로킹(Campbellocking)이라고도 부름) 등 올드한 스트리트댄스의 시대는 저물고 지금은 뉴 스타일 힙합, 크럼프, 왁킹, 하우스 같은 춤이 유행이다. 그래도 그는 비보잉이 제일 좋았다. 갈수록 기계체조처럼 변하는 브레이크댄스가 못마땅해서 스타일 무브에 더 치중하는 편이다.

무던히도 구박받던 1학년 민준의 실력이 꽤 좋아져서 놀랐다. 윈드밀까지 흉내 내는 걸 보면 장족의 발전이다. 토마스도 제법 한다. 그것조차 못 하는 비보이 지망생들도 부지기수다. 편한 옷으로 갈아입은 세현은 멤버들을 모이게 해서 연습을 시작했다. 몇 주 새 살이 꽤 빠져서 몸이 한결 가벼워진 느낌이다.

비걸 중 제대로 하는 애는 딱 한 명이다. 2학년인 그 여학생은 타고난 춤꾼이라고밖에 표현할 말이 없다. 다른 여자애들하곤 달리 잿밥엔 관심이 없고 오직 염불에만 치중하는 후배다. 그게 마음에 들어서 크럼프댄스 무대엔 그 비걸만 끼워 줄 생각이다.

실력에 비해 욕심이 지나친 1학년 남학생 둘이 서로 부딪치는 바람에 연습이 중단됐다. 과욕은 화를 부른다고 그렇게 말했는데도.

"누누이 말하지만 브레이크는 과격한 춤이야. 그걸 잊는 순간 다친다. 자기 몸은 스스로 돌보는 거야."

"선배님, 시범 좀 보여 주세요. 스타일 무브, 파워 무브 동작들이요."

영상으로 보는 것과 실제로 보는 것엔 어마어마한 차이가 있다. 비보잉은 춤에 앞서 음악의 리듬을 타야 한다. '무늬만' 비걸인 여자애들은 음악에 맞춰 세련되게 움직이는 세현을 보며 턱을 빠뜨렸다.

신이 몰빵한 인간. 편애가 심한 조물주의 완벽한 피조물. 그래서 더더욱 가까이하기엔 너무 먼 그대. 아무렴, 인간은 평등하게 태어나는 존재가 아니지. 사약 같은 좌절감이 10대 후반 남학생들의 목울대를 건드리며 쓰게 삼켜졌다.

시범을 보이면서 두 시간째 춤 연습을 시키고 있다. 티셔츠는 이미 땀으로 푹 젖어서 비틀어 짜면 물이 흐를 정도다. 춤출 땐 위 속에서 출렁거리는 느낌이 싫어서 물은 최소한으로 마시는 편이다. 시험공부 한다고 1년 만에 무리했더니 역시 몸에서 신호가 오는 것 같다.

갈증으로 목이 탔다. 식도가 사막으로 변해 버린 기분이다. 정수기 쪽으로 걸어가던 세현은 바닥이 솟구쳐 그의 몸을 덮치는 걸 보며 눈을 감았다. 거의 동시에 여학생들의 날카로운 비명이 이중 삼중으로 울렸다.

"아! 정신 차려! 세현아, 괜찮아?"

메아리처럼 들려오는 목소리에 천천히 눈을 뜨니 한빈의 각진 얼굴이 보인다.

"양호 선생님 모셔올까? 병원 갈래? 911, 아니, 119로 전화……."

늪 속으로 빠져드는 듯한 느낌이 마음에 든다. 여전히 천장은 빙글빙글 돌지만.

"하아…… 기분 좋다."

"새끼! 놀랐잖아. 애 떨어질 뻔했네!"

"자궁도 없는 게. 물이나 갖다 줘."

일주일 가까이 잠을 설치며 한 공부 때문인지 몇 시간 내리 춘 춤 때문인지는 모르지만, 오랜만에 느껴 보는 희열이다. 맞아, 이거였어. 온몸의 기운이 방전된 느낌. 이제 다시 채우면 돼. 채우고, 비우고, 또 채우고.

혜서를 포함한 '꽃보다 교생' 팀은 마지막 공연 연습으로 바빴다. 대외적으로는 네 명의 교생이 특별 공연을 한다는 것만 알려졌다. 가급적 비밀을 유지하고 싶었다. 말 그대로 서프라이즈 이벤트니까. 학교 수업이 끝나면 각자 볼일을 보다가 밤에 만나 다시 연습했다. 그동안 쓴 노래방 비용도 만만치 않다.

빡빡한 일과를 마친 늦은 밤. 혜서는 거울 안에 비치는 가슴을 5분째 요리조리 살펴보고 있다. 억지로 찌운 살이 자꾸 빠지면서 가슴이 처질까 봐 슬슬 걱정스러워지는 참이다. 커지는 것만 좋아했지 살 빠지면 가슴이 줄거나 처질지도 모른다는 생각은 미처 하지 못했다.

2개월 만에 10킬로그램이나 감량한 친구는 시집도 안 간 처녀 가슴이 벌써 처졌다며 우울해했다. 뱃살은 아직 여유분이 남아 있는데 가슴살이 제일 먼저 사라졌다는 참으로 안타까운 소식이다. 영진은 가슴이 유난히 풍만한 체형이었다.

"어떡해. 시집은커녕 남자한테 구경 한번 못 시켜 줬는데. 살 빼기 전에 사진이라도 찍어 놓을 걸 그랬어. 원래는 이렇게 탐스러웠다고."

마지막 남자 친구는 혜서의 옷 위로 허리와 옆구리 주변을 슬슬 배회할 뿐 가슴을 만지려고 기를 쓰지 않았다. 그러면서 늘 자신의 인내심을 기특하게 여겼다. 나나 되니까 널 이렇게 지켜 주는 거야. 다른 남자 같았으면 벌써……. 혜서는 다시 한번 생각했다.

'오빠, 지켜 줘서 고마워. 아니면 내가 지금 너를 죽이고 싶었을 거야.'

결론 내렸다. 아직은 크게 변함없다고. 이럴 게 아니라 더 나이 들기 전에 사진이나 영상으로 남겨 놓을까? 아니야. 그건 너무 변태 같은 짓이야. 휴대폰이나 컴퓨터에 저장해 뒀다가 해킹당하거나 유출이라도 되면. 헉! 절대 안 돼. 내가 미래를 위해 얼마나 사생활 관리를 철저히 했는데. 성호르몬이 이성理性을 그리 흔들어 댈 때도 얼마나 참고 또 참았는데. 혜서는 자신을 다독이며 안심시켰다. 체형은 유전적인 영향이 가장 크다잖아. 엄마 가슴도 여전히 예쁜걸.

어깨와 팔뚝 크기가 다시 줄어들고 있다. 얼굴도 갸름해져 간다. 작년에 입던 바지나 치마도 불편하긴 하지만 구겨 넣을 수는 있다. 구제 시장이나 헌옷 가게, 땡처리하는 곳, 중고 사이트에서 장만한 옷이 대부분이지만 혜서는 그것들을 소중히 여겼다. 나중에 돈 많이 벌면 비싼 옷도 사 입고 마음에 드는 가방도 몇 개 사야지. 그런 상상도 가끔 했다.

그러려면 안전하게 교사를 해야 하나? 그 생각에 다시 우울해진다. 아무래도 조만간 극단에서 잘릴 것 같은 예감이다. 혜서는 불안한 마음을 꾹꾹 누른 채 샤워를 시작했다.

축제. 참 기분 좋은 말이다. 세상에 그렇게 많은 축제가 있는 덴 다 그만한 이유가 있을 것이다. 날이 좋아 다행이었다. 지긋지긋한 고3 1학기의 하루쯤은 이렇게 보내도 좋을 것 같다. 다른 의미로 세현은 이날을 잊지 못하게 됐다.

마지막 무대가 그의 동아리에서 준비한 비보잉이다. 의상을 갈아입기 전 몇몇 교사들이 준비한 소소한 이벤트를 감상했다. 냉정하게 말하면 거기서 거기였다. 세현은 행사 안내지 중간쯤에 적힌 '꽃보다 교생' 팀의 순서를 기다렸다.

네 명의 교생이 무대 위에 등장했다. 저 여자는 누구야? 구불구불한 컬이 들어간 머리 스타일, 평소보다 짙은 화장, 딱 붙는 가죽 바지와 반소매 셔츠. 목에 둘린 가느다란 스카프는 앙증맞았고 팔뚝에 주렁주렁 매달린 팔찌는 현란했다. 살이 더 빠진 건가? 그걸 전부 고려해도 영 다른 사람처럼 보였다.

첫 곡은 축제 무대의 단골 레퍼토리인 '거위의 꿈'. 노래를 시작하기 직전에 네 명의 교생이 돌아가면서 학생들에게 하고 싶은 말을 했다. 혜서 누나는 세 번째였다. 마이크 앞에 선 그녀는 특유의 미소를 지으며 무대 아래를 바라보았다. 그는 누나 입에서 무슨 말이 나올지 진득하니 기다렸다.

"이 노래를 저를 포함해 여기 있는 모든 사람에게 바칩니다. 무엇이 되든, 어디서 살든 우리 절대 시시한 인생은 살지 않기로 해요."

10대 청중들은 약속하겠다며 미친 듯이 손뼉을 쳐 댔다. 그건 미미한 시작에 불과했다. 한 사람만 빼고 다들 노래를 잘하는 편이었다. 한 사람은 압도적으로 잘 불렀다. 잘하는 정도가 아니라 프로 같았다.

늘 걱정하듯 말하죠
헛된 꿈은 독이라고

독백하듯 잔잔히 시작된 그녀의 노래는 울음을 참듯 커지며 넓은 강당을 채워 갔다. 웅성대던 소리가 사라지고 주위는 이른 새벽처럼 고요해졌다. 노래가 한 번 더 반복됐다.

그래요 난 난 꿈이 있어요
그 꿈을 믿어요 나를 지켜봐요

옆의 누군가가 울음을 참느라 꺽꺽댔다. 뒤쪽에서 누군가가 말했다. '혜서 쌤 우는 것 같아. 어떡해.' 마지막 소절은 네 사람이 함께 불렀다. 서프라이즈 이벤트라는 것만 생각하면 두 번째 무대가 더 인상 깊었을지도 모르겠다.

'꽃보다 교생' 넷은 2000년대와 최근 히트한 댄스곡 여섯 곡을 리믹스해 원곡의 안무대로 춤을 춰 가며 노래를 불렀다. 춤에 관해 반전문가인 그가 보기에 제대로 추는 사람은 혜서 누나뿐이었다. 완벽하진 않아도 육체로 감정을 전달하는 힘이 있었다. '거위의 꿈'을 부를 때와는 달리 무대 아래는 이미 열광의 도가니였다.

세현은 교생들의 무대가 끝날 때까지 오직 한 여자만 뚫어질 듯 바라보았다. 이젠 인정해야 했다. 정혜서, 그녀에게 낚였다는 걸.

J고등학교에서의 마지막 날, 마지막 종례 시간이다. 혜서는 짧은 기간 정이 든 교실을 한 바퀴 둘러보았다. 졸거나 딴짓을 하는 학생은 아무도 없다. 한 달이란 시간은 긴 인생에서 보면

빗금처럼 짧을 것이다. 그러나 죽을 때까지 잊지 못할 한때가 될 수도 있다. 이상하게 기분이 착잡했다.

"요 며칠 무슨 말을 해 줄까, 그 생각을 많이 했어. 음……
얘들아, 공부는 죽을 만큼 하는 거 아니다."

복잡한 심경으로 젊다 못해 어린 교생의 입을 바라보던 아이들은 그제야 웃음을 터뜨렸다. 웃지 않는 사람은 세현뿐이다.

"공부하다가 죽는 게 쉬운 일은 아니잖아. 내 평생 그런 사례는 본 적이 없어. 그렇지만 시간은 모래밭에 쏟아 버린 물 같아서 주워 담을 수가 없더라. 의심스러우면 한번 쏟아 봐. 고3은 인생의 끝이 아니라 시작 부분이라고 생각해. 너희도 이제 곧 성년이 되겠지. 선생이 아닌 선배로서 말하면, 너희가 평생 기꺼이 몰두할 수 있는 일을 찾았으면 좋겠다. 그게 꼭 공부가 아니어도 되지만, 적어도 시간 낭비는 하고 살지 마. 나쁜 짓만 아니면 뭐라도 열심히 하자. 왜 이리 조용해? 나 죽으러 가는 거 아닌데."

엊그제 혜서는 극단으로부터 최종 통보를 받았다. 이런 식으로 할 거면 아예 그만두라고. 얼마나 만만히 봤는지 모르지만 뮤지컬은 너의 취미 생활이 아니라고. 차가운 눈길. 싸늘한 음성.

"너, 그 자리에 들어오고 싶어 한 사람이 몇 명인 줄 알아? 너 때문에 기회를 놓친 사람을 생각한다면 더더욱 이러면 안되지."

나 때문에 기회를 잃은 사람. 거기까진 생각하지 않았다. 주절주절 변명하고 싶진 않았으나 그 정도로 무책임한 사람은 되기 싫었다.

"대표님, 사실 저 사범대 4학년이에요. 이번 달 내내 교생실습 중이라 연습이나 레슨에 제때 참석하기가 어려웠어요. 미리 말씀 안 드려서 죄송해요."

잠시 황당한 눈으로 혜서를 바라보던 장해인 대표는 그런 이유라면 한 번 더 기회를 줄 수 있다고 했다. 실습이 끝난 뒤엔 가을에 올릴 뮤지컬 연습에 집중한다는 조건이었다.

"왜 미리 말 안 하고 그 욕을 다 먹었니? 미련하게."

"지원서에 무직이라고 썼잖아요. 욕먹을 짓 한 거 알아요. 죄송한데 실습 끝나도 꼬박꼬박 다니긴 힘들 것 같아요. 정말 뽑히고 싶었지만 이번에도 떨어질 줄 알았어요. 제가 너무 무모했어요. 그래도 뽑아 주셔서 고마웠습니다."

'세상은 끝이 정해진 책처럼 이미 돌이킬 수 없는 현실.' 어제 무대 위에서 '거위의 꿈'을 부르며 혜서는 펑펑 울고 싶은 걸 참아야 했다.

'버려지고 찢겨 남루하여도 내 가슴 깊숙이 보물과 같이 간직했던 꿈.' 그게 누구든 내가 이렇게 힘들게 살았으니 너도 이렇게 살아 보라고 하고 싶지 않다. 이 아이들에게 벌써 적나라한 현실을 가르쳐 주고 싶지도 않다. 현실이라는 벽도 사람마다 높이가 다르니까.

"얘들아, 현실에 만족하지 마. 나보다 더 힘든 사람은 없을 거라고 단정 짓지도 마. 너무 단순한 말 같지만 우리 열심히 살자. 얼굴 팔리게 살지 말자. 그동안 수업할 때 안 졸아 줘서 정말 고마웠어."

이제부턴 임용고시 준비에 전념해야 한다. 지금은 그게 최선이다. 현실이기도 하고. 혜서는 첫 제자들을 둘러보며 지난날을 잠시 떠올렸다. 대학 1학년 때 친구 따라 갔던 미용실에서 미인 대회에 나가 보라는 권유를 받은 적이 있다. 키가 좀 작은 듯하지만 얼굴은 손을 보면 될 것 같고, 골격이 좋아서 가능성이 있다고. 상금에 눈이 멀어 잠깐 솔깃했으나 곧 포기했다. 가능성이 미지수인 대회 준비에만도 그녀로선 감당 못 할 액수의 큰돈이 필요했다.

그런 식으로 많은 기회를 날려 버렸다. 대한민국에서 가난한 사람이 부자가 되는 방법은 사기 치는 것 아니면 부자와 결혼하는 방법밖에 없는 걸까. 돈이 들지 않는 일은 엄마를 사랑하는 것밖에 없어 보였다. 혜서는 혼자 고생하는 엄마를 더는 보고 싶지 않았다. 호강은 못 시켜 드려도 남들 자는 시간에 편히 잠이라도 자는 인생은 만들어 드리고 싶었다.

열여섯 살부터 아빠 없는 아이로 자랐다. 엄마는 마흔일곱에 남편 없는 여자가 됐다. 사람들은 쉬운 말로 엄마를 과부라고 불렀다. 그 단어가 너무 싫어서 책을 읽다가도 과부라는 글자가 보이면 바로 덮어 버리곤 했다.

아버지 한 분이 사라진 것뿐인데 많은 것들이 달라졌다. 혜서에겐 어리광부릴 아빠가, 엄마에겐 기대고 의논할 배우자가 없어졌다. 오빠는 아직 어린 나이에 돈도 못 버는 가장이 되어 정신적 부담을 짊어져야 했다. 엄마 없는 아이보단 아빠 없는 아이가 낫지 뭐. 그런 생각도 일부러 해 봤다. 그래도 기가 죽을 때가 있었다. 씩씩해지려는 노력엔 한계가 있었다.

가난하다는 건 단순히 돈이 없는 게 아니었다. 남들이 커피숍에서 브랜드 커피를 마실 때 편의점 커피를 마셔야 하고, 친구들이 명품 가방을 들고 다닐 때 짝퉁을 들고 다녀서 슬픈 게 아니다. 그깟 커피 안 마셔도 그만이고 명품엔 욕심도 없다.

가난은 사람을 위축시키고 사람 노릇을 못 하게 했다. 잡히지 않는 미래까지 속속들이 앗아 가는 독한 존재였다. 돈처럼 권위적인 물건이 또 있을까. 희망 없는 삶은 얼마나 남루한가. 4년 내내 장학생으로 대학을 마친 오빠는 다들 권하는 유학을 포기하고 회사에 취직했다. 오빠는 엄마의 설득에도 끝내 고집을 꺾지 않았다.

"나중에 돈 좀 벌어 놓고 가면 돼요."

과연 그럴 수 있을까? 그게 옳은 선택이었는지는 지금도 모르겠다. 엄마는 혜서 남매를 절대적 빈곤에서 벗어나게 하려고 노력하셨으나 상대적 빈곤까지 해결하기엔 역부족이었다. 가난은, 닦아 놓은 유리알처럼 선명해서 감춰지지가 않았다.

그래도 지금, 이 정도면 행복하다. 최악의 시간은 지나갔다. 대안조차 없는 삶을 사는 사람들이 세상에 얼마나 많은가. 혜서는 학생들이 준 선물과 조촐한 짐을 챙겨 다시 현실로 걸어 들어갔다.

학교는 어제와 똑같다. 다른 점이 있다면 국어 시간에 전처럼 담임이 들어온다는 정도. 세현은 자기가 국어 과목을 좋아하게 된 줄 알았다. 그게 아니었다. 그건 다른 아이들도 마찬가지인 것 같다.

정혜서 교생은 전화번호 대신 이메일 주소를 가르쳐 주고 갔다. 아이들은 그를 붙잡고 연락처를 재촉했다. 그 역시 누나의 번호를 몰랐다. 할머니한테 물어본다면 알 수도 있지만, 그런 친절까지 베풀고 싶진 않았다. 내가 왜 네놈들하고 그 여자 전화번호를 공유해야 하지?

이제 그는 축제에 같이 가자는 누나의 연락을 기다리고 있다. 1차 지필고사는 혜서 누나가 기대하던 성적을 뛰어넘었다. 선생님들은 진세현이 원래 자리로 돌아왔다며 두 팔 벌려 환영해 주었다. 그러나 누구보다 기뻐해 줄 사람이 보이지 않아 실망스러웠다.

할머니 집에 2주 만에 와 본다. 문을 열고 들어서는데 뭔가 분주한 느낌이 들었다. 현관에서 제일 가까운 방에 있던 짐들이 밖으로 나와 있었다. 도와 드리려는 마음에 옷부터 갈아입고 나왔다.

"지난달에 대청소했잖아요."

"방 쓸 사람이 생겨서 그래."

"설마 방 세놓으려고? 예전에 할머니 집 하숙 쳤다면서요."

"아니. 당분간 아는 집 딸이 쓰게 됐어."

"여자요? 그럼 난 어떡하라고. 싫은데. 불편해요."

"너야 주말에만 오잖아. 불편해도 좀 참아."

"도대체 어떤 사이길래 방까지 내주고 그래요?"

"너도 알걸."

"누구요? 설마 저번에 한 달 동안 자고 갔던 그 노처녀 아줌마?"

"호호호. 아냐. 걔 시집갔어. 혜서 온다."

"혜서…… 누나요? 누나가 여기서 산다고요?"

"그래. 도배만 해도 되려나. 네가 보기엔 쓸 만하냐? 이왕 하는 거 아예 바닥까지 바꾸는 게 낫겠지?"

"누나가 왜 여기서 살아요? 서울에 집 있는 것 같던데."

"지금 사는 집에서 이사 가야 하는데, 오빠도 지방에 가 있고 엄마도 그렇다잖니. 그래서 오라고 했지. 왜, 싫으냐?"

"아니, 그게 아니고. ……누나가 정말 온대요?"

"안 온다고 하는 걸 계속 설득했지. 젊은 여자 혼자 살면 무서운 일도 생길 수 있고, 돈은 돈대로 나가잖아. 학생이 무슨 돈이 있어. 혜서 엄마 서울 올 때까지 우리 집에서 살라고 했어. 올해가 될지 내년이 될지는 모르지만. 많이 불편하려나? 지금이라도 오지 말라고 연락할까?"

인희는 시시각각 바뀌는 손자의 표정을 보며 이쯤에서 그만 놀리는 게 낫겠다고 판단했다. 네가 똑똑해 봤자 아직 애는 애구나.

"어떡하냐. 늦었는걸. 다음 주에 이사 올 거야."

오, 하느님! 신의 계시라고 우겨도 될까요. 세현은 표정을 가다듬었다.

"할머니, 혹시 돈도 받을 거예요? 하숙비 같은 거?"

"받을까? 얼마나 받아야 하지? 하숙 친 지 하도 오래돼서 말이야."

"돈 없어서 부른 거라면서 무슨 돈을 받아요. 할머닌 돈도 많으면서."

"그렇지? 그래서 할미가 너 공부나 좀 가르쳐 달라고 했어. 다른 건 말고 국어만."

"내가 진짜! 할머니 때문에. 하."

"그거 싫으면 열심히 공부해."

"이번엔 반에서 2등 했어요. 전교 5등. 우리 반 1등이 전교 1등이에요."

"그거 봐. 혜서가 가르치니까 성적이 바로 오르네. 어려서 혜서한테 한글도 배워 놓고선 뭘."

"할머니!"

"아직 귀 안 먹었다. 작게 말해도 다 들려."

저녁을 먹으며 세현은 뜻밖의 얘기를 들었다. 아버지가 돌아가셨다는 말은 들었지만 이런 사연이 있을 줄은 몰랐다.

"글쎄, 아빠가 쓰러져 있는 걸 혜서가 처음 발견한 모양이야. 어린 게 얼마나 놀랐을까. 하늘도 무심하시지. 그 착한 사람을 그렇게 데려갔어, 그래……."

초등학교 1학년 때였을 것이다. 가뜩이나 재미도 없는 학교인데 몇몇 아이들이 엄마, 아빠가 없는 애라며 그를 놀렸다. 없는 게 아니라 미국에서 공부하고 있다고 해 봐도 통하지 않았다. 학교 밖에까지 따라오며 그를 놀리던 녀석이 있었다. 때려 눕히고 싶다는 충동을 느끼며 애써 주먹을 그러쥘 때 혜서 누나가 나타났다. 뒤에서 다 본 모양이었다. 그의 작은 어깨를 감싸 안은 누나가 그놈을 향해 다다다 쏘아붙였다.

"얘네 부모님이 공부를 얼마나 잘하는지 알아? 너는 들어 본적도 없는 미국의 좋은 대학에 다니신다고. 얘네 아빠 대학생 가르치는 교수님 되셨어. 교수님이 뭔지는 아냐? 초등학교 선생님보다 훨어얼씬 더 많이 배우고 공부도 잘해야 되는 거야. 너, 세현이네 엄마 본 적 없지? 얘네 엄마 텔레비전에 나오는 탤런트들보다 훨씬 더 예쁘거든? 안 믿어져? 못 믿겠어? 같이 가서 가족사진이라도 확인할래? 왜 말을 못 해? 아까처럼 깐죽거려 봐."

누나의 기세에 기가 죽은 그 녀석이 풀죽은 목소리로 웅얼거렸다.

"애들이 세현이는 할머니랑 산다고 해서……."

"그럼 놀려도 되는 거야? 할아버지도 계시거든. 할머니가 어때서? 할머니는 아빠의 엄마야. 엄마나 마찬가지라고. 너 한 번만 더 세현이 놀리면 나한테 진짜 혼날 줄 알아. 누나 곧 태권도 3품 딸 건데 어리다고 봐주는 거 없다?"

"근데 누나는 누군데요?"

"세현이 누나다, 왜! 너 우리 학교 다니는 누나나 형 있어?"

"5학년 김상진이 우리 형이에요."

"4반 김상진? 니가 걔 동생이야? 어쩐지 닮았다 했네. 니 형한테 가서 누나가 한 말 그대로 전해도 돼. 정혜서라고 하면 아주 잘 알 거야."

그날, 도망치듯 뛰어가는 녀석의 뒷모습을 바라보며 걱정스럽게 물었었다.

"누나, 쟤네 형 무서운 형 아니야?"

"하나도 안 무서워. 걔가 나 좋다고 작년부터 따라다녔어. 멧돼지처럼 생겨 가지고! 형제가 똑같이 생겼네. 아, 못생겨서 무시하는 거 아니야. 쟤네 형도 되게 못됐어. 그러니까 우리끼린 못생겼다고 해도 돼. 세현아, 누가 또 놀리면 누나한테 꼭 말해. 누나가 대신 혼내 줄게."

"진짜 때려 줄 거야?"

"하하. 아니. 말로도 이길 수 있어. 주먹질은 함부로 하는 거 아니야. 태권도 관장님이 한 말 기억나지?"

"그래서 때리고 싶은 거 꾹 참은 거야. 나도 쟤 이길 자신 있어."

"잘했어. 저런 놈한테 기운 쓰는 건 창피한 거야. 누나 집에 가자. 가서 잔치국수 해 달라고 할까? 비빔국수 먹을래?"

"누나가 먹고 싶은 걸로."

2주 만에 본 혜서 누나는 다른 사람 같았다. 헤어스타일이 바뀐 데다 무엇보다 몰라보게 날씬해져서 깜짝 놀랐다. 엘리베이터를 기다리는 뒷모습을 보고도 누군지 몰라봤으니까. 할머니 눈에도 그렇게 보이는 모양이다. '애가 다른 사람이 됐네?'

하시며 누나의 얼굴을 가만히 들여다보셨다.

"어디 아팠냐? 혈색은 좋은데 왜 이리 살이 쭉 빠졌어?"

"그땐 일부러 살을 찌운 거였어요. 그럴 일이 있었거든요."

"요샌 다들 빼려고 기를 쓰던데 일부러 찌웠어? 난 그때가 더 보기 좋던데."

"아직 2킬로로 더 빼야 하는데. 다시 찌울까요?"

"그래. 뺄 게 아니라 더 쪄야겠다. 사람이 살집이 좀 있어야 복스럽지."

세현은 할머니를 향해 웃는 혜서 누나가 예쁘다고 생각하면서도 다른 여자 같아 영 낯설었다. 저 정도면 김포 얼짱 정도는 하겠군.

"진세현, 너 성적 올랐다면서? 역시 나의 제자다워."

제자는 무슨. 몇 시간이나 가르쳤다고.

"어떻게 이 나라엔 비밀이 없어."

"하하하. 그게 무슨 국가 기밀이라고. 이주영 선생님이 그러시던데? 진세현 새사람 됐다고."

"언젠 헌 사람이었나요. 짐 정리 도와줄게요."

깔끔하게 단장한 방을 둘러보며 감탄하는 혜서를 보니 바닥까지 바꾸길 잘한 것 같다. 어린애처럼 좋아하는 모습에 인희는 돈 쓴 보람을 느꼈다.

"엄마가 할머니께 죄송하대요. 다음 주에는 꼭 오신대요."

"바쁜 거 뻔히 아는데 뭘. 신경 쓰지 말라고 해. 억지로 올라올 것도 없다고 전하고. 나야 보고 싶지만 노인네가 많이 편찮

으시다면서."

짐이 다 들어왔다. 싱글 침대와 책상, 작은 옷장과 서랍장, 책이 담긴 종이 상자 몇 개. 밖에 내놔도 주워 가고 싶은 게 하나도 없을 만큼 단출한 이삿짐이었다. 할머니가 점심을 준비할 동안 세현은 누나를 돕기로 했다.

"나 혼자 해도 되는데."

"내가 정신없어서 그래요. 빨리 끝내야 집이 조용해지지. 근데 책장 하나 사야 하지 않아요? 이 책을 다 어디다 둘 거예요?"

"안 그래도 고민 중이야."

"뭘 그런 걸 가지고 고민씩이나 해."

"내가 워낙에 스케일이 작아서."

제어할 틈도 없이 웃음이 터졌다. 이 누나, 은근 치고 들어오는 재주가 있다.

"근데 너 나한테 말 놓으면 안 되냐? 꼬박꼬박 부담스럽네. 난 이제 교생도 아닌데."

"그러든가."

"와, 바로 말 놓네. 기다렸구나?"

못 들은 척 화제를 돌렸다.

"책장부터 주문하면 안 되나? 정신없을 것 같은데."

"책은 마지막에 정리할 거야. 그냥 놔둬."

박스 사이를 뒤적여 보던 세현은 작은 상자에 담긴 노트 수십 권을 발견했다. 아주 낡은 것도 있고 최근 것처럼 보이는 것도 있다. 모두 일기장이었다.

"건드리지 마! 그거 펼치는 순간 창밖으로 밀어 버릴 테니까."

"대학을 다닌 게 아니라 조직에 몸담았었나 보네. 이게 모두 몇 권이야. 요새도 일기 써?"

"매일은 아니고 일주일에 한두 번 정도."

"난 초등학교 5학년 이후로 딱 끊었는데. 읽어 보면 안 되나? 국정원 문서도 아닌데."

"이게 더 기밀이거든? 감히 개나 소나 다 아는 국정원 문서 따위가."

으아, 이 누나 옛날 같으면 쥐도 새도 모르게 잡혀갈 스타일이다.

"딱 한 페이지만 읽을게."

"내가 아직 사람은 죽여 본 적이 없는데……."

눈빛으로도 죽이겠다. 세현은 마음에 없는 소리를 툭 내뱉었다.

"안 읽어. 궁금하지도 않아."

누나가 두 손을 까딱까딱 흔들며 내밀었다. 천원샵에서 흔히 볼 수 있는 상자의 뚜껑을 닫은 뒤 건넸다.

"내가 일기장 제목 정해 줄까?"

"이상한 거 말할 거지?"

"아니. 정혜서의 대나무 숲. 별로야? 비밀의 화원은? 그것도 별로야? 그럼 이건 어때?"

"뭐?"

"열어 보면 19층에서 밀어 버릴 거야."

기대와 달리 까르르 웃지 않는 누나를 보며 그는 약간의 실망감을 느꼈다. 이 시점에서 막 뒤로 넘어가면서 웃어 줘야 정상 아니야? 보통 여자들은 이 정도 멘트만 날려 줘도 쓰러지던데. 다른 여자들이 이상한 거야, 이 누나가 이상한 거야?

"도와줄 거 아님 나가 줄래? 너까지 있으니까 더 정신없다. 덩치나 작아야지."

'와, 못됐다. 못됐어.'

"하면 되잖아. 뭐부터 해?"

이삿짐 사이에서 앨범을 발견한 세현은 누나가 잠시 자리를 비운 틈을 타 잽싸게 앨범을 넘겨 봤다. 그 안엔 그가 지켜보지 못한 시절의 정혜서가 고스란히 들어 있었다. 기간에 비해 사진이 많진 않았다.

"얘 봐라. 말도 없이 그걸 왜 봐?"

방으로 들어오던 혜서가 정색하며 목소리를 깔았다. 세현은 못 들은 척 일어서서 두 팔을 높이 쳐들고 사진을 마저 넘겨 보았다. 혜서가 통통 뛰며 앨범을 뺏으려고 해 봤지만 어림없었다.

"와, 옷이 하나같이 뭐 이래? 만들어 입고 다녔어?"

"니가 잘 모르나 본데, 내 패션은 20년을 앞서 가거든."

"으하하, 내 참. 총 쏘고 폭탄을 던져야만 테러인 줄 알아?"

"왜 이래? 이래 봬도 내가 우리 학교 사범대 퀸카였어. 교수님들이 나보고 국어교육과 김희선이라고 불렀다고."

"립서비스 끝장이다. 그 아줌마 닮았다고? 증인 없다고 아무 말이나 막 던지지?"

"믿거나 말거나. 앨범이나 내놔."

"누나 중학교 땐 삐쩍 말랐었구나. 그나마 이때가 제일 낫네."

"나도 니 사진 봤거든? 너 중학교 땐 작고 통통했더라. 할머니가 너라고 말 안 했으면 몰라봤을걸."

키가 크고 싶어서 하루에 대여섯 끼를 억지로 먹을 때였다. 처음엔 살만 뒤룩뒤룩 쪘었지만.

"누구에게나 흑역사는 있지. 지금은 어때?"

"잘난 척은."

"뭐야. 그냥 어떠냐고 물어본 건데. 근데 누나, 누나도 알지? 김희선은 진짜 오버의 극치라는 거."

"알아, 안다고. 나도 교수님이 강의실에서 그 말 할 때마다 숨고 싶었다고!"

"그래도 양심은 있네."

"진짜 나가 줄래?"

"진실은 외면하는 게 아니래. 겸허히 받아들여."

"알았으니까 얼른 나가 줄래?"

"삐치긴. 옜다! 김희선! 송혜교! 전지현! 짝퉁!"

오랜만에 듣는 손자의 큰 웃음소리다. 간식이라도 줄까 하고 왔던 인희는 두 아이가 아웅다웅하는 모습에 그저 흐뭇하기만 했다.

토요일 오전. 넓은 집을 혜서 혼자서 차지하고 있다. 오래

된 5층짜리 아파트를 허물고 그 자리에 새로 올린 대단위 고층 아파트. 이곳을 떠나기 전 엄마는 20평대부터 90평대까지 모델 중 중간 평수인 50평형이 딱 좋다며 새집에 들어갈 꿈에 부풀어 있었다. 이 동네에 사는 사람이라면 세입자든 집주인이든 다들 재건축 얘기를 할 때였다. 세현이네는 두 채를 분양받는다고 부러워한 적도 있다. 집값이 쌀 때 사 두었던 주공아파트 몇 채가 황금알을 낳는 고층 아파트로 변한 것이다.

"한 채는 아들 내외 돌아오면 준다더라. 부모가 그렇게 든든하게 버티고 있어 줘야 자식도 편한 건데. 엄마도 얼른 돈 모아서 너희 오빠 장가갈 때 작은 아파트라도 장만해 줘야지."

"엄마, 나는?"

"넌 엄마, 아빠랑 같이 살아야지. 오래오래."

"난 일찍 결혼할 건데?"

엄마가 혜서의 하얀 볼을 쓰다듬으며 깔깔 웃었다.

"다른 집 딸들은 시집 안 간다던데 넌 벌써부터 결혼 타령이야? 어떤 남자하고 하려고?"

"아빠 같은 남자!"

그때의 엄마는 행복해 보였다. 아빠는 일곱 살이나 어린 엄마를 애지중지했다. 어린 아내가 돈 버는 게 싫어서 결혼하자마자 직장까지 그만두게 했던 사람이다. 아빠는 월급을 타거나 돈이 생기면 한 푼도 빼지 않고 갖다 주었고, 엄마의 생일이면 새벽같이 일어나 맛없는 미역국을 끓였다. 누가 봐도 본인을 더 닮은 딸이었지만, 늦둥이 막내딸이 아내를 빼닮았다고 우기며 손에서 놓질 않았다.

"아빠가 평생 결혼 안 하고 혼자 살려고 하다가 네 엄마 보고 첫눈에 반해서 따라다녔잖아. 사실 아빠는 신부님 되려고 했었는데. 하하하."

그 시절의 엄마는 평생 남편 그늘 아래서 평탄하게 살 거라고 한 치도 의심하지 않았을 것이다.

"엄마는 태어나서 새집에선 한 번도 살아 본 적이 없어. 나중에 새 아파트에 입주하면 혜서 너하고 오빠 방 하나씩 주고, 엄마, 아빠가 공동으로 쓸 서재도 꾸밀 거야. 아빠한텐 100년은 너끈히 쓸 수 있는 책상을 사 드려야지. 가전제품이랑 가구도 싹 바꾸려고. 크고 좋은 걸로. 20년은 쓸 수 있는 걸로."

어린 혜서는 완성되지 않는 상상에 행복해하는 엄마를 보며 더불어 행복했다.

"엄마, 내가 돈 보태 줄게. 제일 좋은 걸로 사."

"진짜? 얼마나 보태 줄 건데?"

"음…… 100만 원?"

"우리 딸 통 크네!"

엄마에겐 아직 집이 없다. 집만 없는 게 아니라 남편도 없다. 그 나이 여자가 집이 없는 게 더 불쌍한 건지 남편이 없는 게 더 불쌍한 건지 생각해 본 적이 있다. 둘 다 불쌍하긴 마찬가지였다.

하늘이 꾸물꾸물한 게 종일 비가 올 것 같은 날씨다. 두 어르신은 아침 일찍 모임에 나가셨다. 혼자 남은 혜서는 집 안을 천천히 둘러보았다. 네 개의 방, 세 개의 욕실, 10인용 가죽 소파가 자리 잡은 거실과 널찍한 발코니. 큼직한 6인용 식탁이 아담해 보이는 환한 주방. 답답한 구석이 한 군데도 없는 집이다.

세현이 주말에 와 묵는 방과 그녀가 쓰는 방은 나란히 붙어 있다. 전의 집보다 폭이 넓은 발코니가 딸려 있어서 속옷처럼 민망한 빨래를 널기에도 좋다. 두 개의 방 앞엔 가족실이 안락하게 꾸며져 있다. 방 안이 답답할 때면 이곳에 나와 지내곤 한다. 아직 한낮인데도 초저녁처럼 어스름해지더니 빗방울이 후드득 발코니 창문을 때리기 시작했다.

그 아인 어제 왜 안 왔을까? 세현이라도 있으면 덜 무서울 텐데. 지금이라도 나갈까? 친구한테 놀아 달라고 할까? 이주영 선생님이 시간 날 때 연락하라고 했는데 전화라도 걸어 볼까? 나가면 차라도 마셔야 하고 끼니때가 되면 뭐라도 사 먹어야 한다. 남의 집에 빈손으로 가는 건 예의가 아니다. 통장에 돈이 달랑달랑했다. 뮤지컬 학원에 다닌다고 꿍쳐 놓은 용돈까지 탈탈 털어 썼던 터였다. 내일은 엄마가 생활비를 보내 주는 날이다. 오빠도 월급 타면 용돈부터 보내 준다고 했지만 허투루 쓰고 싶진 않았다.

혜서는 교육학책을 덮고 소설책을 골라 가족실로 나왔다. 커지는 빗소리를 들으며 소파에 기대 책장을 펼쳤다. 창밖의 비에도, 그날의 기억에도 집중하고 싶지 않았다.

비 오는 날은 움직이는 게 배로 번거롭다. 우산도 챙겨야 하고 가방도 챙겨야 하니까. 원래 금요일 밤이면 할머니 집에 가지만 이번 주는 일이 있어 못 갔다. 비도 오니 한 주 거를까 하다가 아무래도 안 될 것 같아 집을 나섰다.

이제 그에게 토요일, 일요일은 주말이 아니다. 혜서 누나를 만나는 날. 좋아하는 티를 내지 않고 누군가를 좋아하는 건 생각보다 어려운 일이었다. 그래서 가능한 한 말을 아낀다. 훔쳐보다가 눈이 마주치는 불상사를 막기 위해 방에 들어가서 웬만하면 나오지 않는다. 문밖에, 집 안에 그 여자가 있지. 그 정도로 만족하려 한다.

어둡고 고요한 집. 아무도 없나 했더니 가족실 소파에 누나가 잠들어 있었다. 책을 읽다 잠든 모양이다. 험한 꿈이라도 꾸는지 이맛살이 잔뜩 찌푸려져 있다. 구겨진 이맛살을 펴 주고 싶었지만 차마 손을 댈 수 없었다. 세현은 소파에 기대앉아 누나의 얼굴을 가만히 들여다봤다.

그날따라 혜서는 아빠가 미웠다. 엄마는 어깨가 아픈데도 일을 나가는데 아빠는 머리가 깨질 것 같다며 누워 계셨다. 지난밤에도 술을 잔뜩 마신 게 분명했다. 혜서는 취한 아빠가 미안하다고 말하는 게 싫었다. 그럼 미안한 일을 만들지 말지. 잠든 그녀의 얼굴을 어루만지며 우는 날도 있었다. 처음엔 불쌍하기도 했지만 그것도 한두 번이지. 어른 남자가 우는 건 정말 보기 힘들었다.

나는 아직 어린데 왜 어른인 아빠를 걱정해야 하지? 잘못은 아빠 혼자 했는데 왜 온 가족이 고생해야 하지? 엄마는 우리 남매와 먹고살려고 종일 바쁜데 왜 아빠는 가장이면서⋯⋯. 그 모든 게 못마땅했다.

가난은 악마의 눈길 같아서 구석구석 미치지 않는 곳이 없었다. 정말 해선 안 될 생각이지만, 저런 아빠라면 없는 게 낫겠다고 생각한 적도 있었다. 차라리 처음부터 나쁜 아빠였다면 기대도 없었을 텐데. 교복을 입고 나가는 혜서를 아빠가 나지막이 불렀다. 아빠 몸에서 역한 술 냄새가 풍겼다.

"우리 딸 한 번만 안아 보자."

"싫어. 술 냄새 나."

"이제부터 진짜 진짜 안 마실게. 아빠가⋯⋯ 우리 혜서한테⋯⋯ 제일 미안해."

또 그 소리. 미안하다는 말. 다음부터는 안 그런다는 말. 내게 필요한 건 우는 나를 달래 주는 아빠예요. 내가 하고 싶은 걸 마음껏 하게 해 주는 아빠라고요. 속에서만 맴도는 그 말.

"엄마가 해장국 끓여 놨어요. 드시래요."

"그래."

"갔다 올게."

"차 조심하고. 우리 딸 잘 다녀와."

누워 계신 아빠를 흘깃 쳐다보고 대답 없이 방을 나왔다. 늦은 봄비가 내리는 날이었다. 비도 오는데 마음에 드는 멀쩡한 우산이 하나도 없어서 또 짜증이 났다. 술 마실 돈으로 예쁜 우산이나 하나 사 주지. 생활비를 마련하느라 팔아 버린 피아노.

들어가 보지도 못하고 공중분해된 아파트. 아기 때부터 혜서가 차곡차곡 모아 온 통장의 저금까지 모두 써 버린 아빠가, 그날따라 너무 미웠다.

종례가 끝났을 때 친구들이 분식집에 가자고 꼬드겼다. 돈이 없어서 망설이는데 한 친구가 사 주겠다며 혜서를 끌고 갔다. 왠지 불안해서 먹는 둥 마는 둥 하고 서둘러 집으로 돌아왔다. 엄마? 엄마가 집에 있을 리가 없지. 아빠? 신발은 있는데 대답이 없었다. 방으로 들어가자마자 아빠의 멍한 눈과 마주쳤다.

"아빠, 왜 그래?"

뭔가 이상했다. 가방을 집어 던지고 아빠의 몸을 조심스럽게 흔들어 보았다. 벙어리처럼 말을 못 했다. 손도 내밀지 못했다. 놀란 혜서는 엄마가 일하는 회사로 전화를 걸었다. 어떤 아줌마가 119부터 부르라고 말해 주었다. 엄마와는 바로 통화가 되지 않았다. 119에 전화를 하고선 울면서 아빠를 흔들었다. 아빠, 왜 그래. 말 좀 해 봐. 나 왔어. 아빠 딸 왔다고. 아빠의 한쪽 눈에서 눈물이 주르르 흘러내렸다.

이건 꿈이다. 몇 번이나 꾸었던 악몽.

"혜서야, 그만 울어. 아빠는 좋은 데로 가셨을 거야. 네 잘못이 아니야. 네가 30분 일찍 돌아왔어도 아빠는 살아나지 못했을 거래. 그때까지 살아 계셨던 것도 기적이었대. 그러니까 절대 네 잘못이 아니야."

"미안해서 그래. 아빠가 아침에…… 한 번만…… 안아 보자고 했는데…… 내가…… 싫다고 했어. 술 냄새 난다고…… 싫다고 했어……."

이건 나쁜 꿈이야. 어서 눈을 떠야 해.

세현의 일기

캔디가 처음 우리 집에 왔을 땐 캔디가 아니었다. 원래 이름은 '후아유'였다. '후아유'의 뜻은 '넌 누구냐?'다. 난 후아유가 좋다. 왜냐하면 누나가 후아유를 보러 우리 집에 자주 놀러 오니까. 낮에 누나가 개 이름이 그게 뭐냐며 새로운 이름을 짓자고 했다.

"우리 예쁘고 부르기 편한 이름으로 다시 지어 주자."

난 후아유란 이름도 마음에 들었지만 알았다고 했다. 우리는 머리를 맞대고 (진짜 머리를 맞댔다.) 고민했다. 뭘로 하지? 너무 흔한 이름은 싫은데. 누나가 갑자기 말했다.

"캔디는 어때?"

"캔디? 사탕?"

"아니, 만화책에 나오는 캔디."

누나 집에 놀러 가서 '들장미 소녀 캔디' 만화책을 본 적이 있다. 누나의 막내 이모한테 물려받은 책이라고 한다. 나는 별로 재미없는데 누나는 재미있다며 자꾸 울었다. 재미있는데 왜 울지? 누나는 안소니보다 테리우스가 더 멋지다고 했다. 자기 때문에 다리를 다친 스잔나 곁에 남기로 한 테리우스가 너무 불쌍하고 테리우스의 선택을 받아들인 캔디도 불쌍하단다.

이해가 안 된다. 좋아하지도 않는 여자를 선택한 테리우스가 왜 멋있지? 머리도 길고 여자처럼 보이는 그 남자가 뭐가 멋있지? 그것도 그거지만 '캔디'가 뭐야. 차라리 '코난'이나 '둘리'로 하지.

"근데 누나, 캔디는 여자잖아. 얜 남잔데."

"그게 중요해? 얜 자기가 남잔 줄도 모를 텐데."

"그럼 '달려라 하니'에 나오는 '하니'로 하자."

누나가 갑자기 캔디 노래를 부르기 시작했다. 외로워도 슬퍼도 나는 안 울어. 참고 참고 또 참지 울긴 왜 울어. 웃으면서 달려보자 푸른 들을. 푸른 하늘 바라보며 노래하자.

누나는 노래를 진짜 잘 부른다. 학교에서 합창단도 하고 대회에 나가 상도 많이 받아 온다. 노래 부르는 누나는 정말 예쁘다. 세상에서 제일 예쁘다. 노래를 마친 누나가 내게 말했다.

"세현아, 우리도 캔디처럼 울지 말자. 이젠 너도 울지 마."

"알았어. 누나도."

"진세현, 이다음에 너도 테리우스처럼 멋있게 커."

"난 테리우스 별론데?"

"그럼 안소니처럼 자랄래?"

7 발목을 잡히다

이 울음소리는 누구 거지? 왜 이렇게 구슬피 울지? 저 아저씨 누구지? 여윈 턱에 희끗희끗 수염이 나 있는 저 아저씨? 아빠일 리가. 우리 아빠는 저렇게 약하지 않아. 아빠는 말도 못 하는 바보가 아니야.

아빠였다. 검은 구멍 같은 눈으로 눈물만 흘리는 그 사람은.

119에 전화를 하고 구급차를 기다리던 10분, 어쩌면 20분이 하루만큼 길었다. 초점 없는 아빠의 눈에서 미지근한 물기가 흘러나왔다. 내내 울면서 아빠의 까칠한 볼을 닦아 냈다. 구급차에 같이 탄 혜서는 힘이 빠진 아빠의 손을 잡고 미안하다고 말했다. 아침에 미안했어. 아빠가 싫어서 그런 거 아니야. 다신 안 그럴게. 잘못했어. 죽지 마. 우린 어떡해. 아빠가 없으면 나는 어떡해.

아빠는 병원에 도착하고 한 시간도 안 돼 돌아가셨다. 급성 뇌출혈. 의사는 그만큼 버틴 것도 기적이라고 했다.

누구를 기다린 걸까? 엄마가 아빠의 임종을 잠시나마 지킬 수 있어서 그나마 다행이었다. 엄마는 아빠가 완전히 이승의 끈을 놓은 뒤에도 식어 가는 남편의 몸을 안고 한참을 그대로 있었다. 군 복무 중이었던 오빠는 자정이 돼서야 도착해서 아빠의 싸늘한 주검을 붙잡고 오열했다.

예측 못 한 죄책감이 남은 세 식구를 잠식했다. 그건 어떤 말이나 글로도 표현할 수 없는 것이었다. 겪어 봐야 비로소 와 닿는 슬픔. 상상으로는 온전히 알 수 없는 고통이 그들에게 유산으로 남겨졌다.

"미안해. 내가 잘못했어."

세현은 갑자기 흐느끼는 혜서를 보며 당황했다. 누나의 감긴 눈에서 눈물이 흘러나왔다.

"……다신 안 그럴게. 아빠, 눈 좀 떠 봐."

흐느낌이 점점 커진다. 도저히 안 되겠어서 혜서의 몸을 조심스럽게 흔들었다.

"누나, 왜 그래? 눈 좀 떠 봐."

먼 곳에서 울리는 메아리처럼 그녀를 찾는 소리가 들렸다. 조금은 낯설고 다정한 목소리. 혜서는 눈물범벅이 된 속눈썹을 힘들게 젖혔다. ……이 남자가 누구지? 걱정스럽게 날 내려다보는 이 남자는?

"나 세현이."

"흐윽. 흐으흑."

"괜찮아?"

"……무서워."

"걱정 마. 여기 집이야."

티슈를 가져온 세현이 그녀의 얼굴에 흥건한 눈물을 조심스럽게 닦았다. 왜 이렇게 다정한 거지? 아빠도 날 이렇게 바라보곤 했는데. 그만 울고 싶은데 멈춰지지 않는다.

"울지 마. 나쁜 꿈 꿨어?"

다들 혜서에게 그만 울라고 했다. 네 잘못이 아니라고 해 주는 사람들은 많았지만, 더 울라고, 얼마든지 울라고 하는 사람은 없었다. 날 그냥 울게 놔두면 안 돼요? 눈물을 그치는 게 더 두려워요. 죽어 가는 아빠와 단둘이 있던 그 시간이 너무 막막했다. 숨 막히던 그날의 공포는 혜서의 머릿속을 쥐새끼처럼 야금야금 갉아먹었다. 이렇게 한 번씩 터지면 감당하기 힘들다.

"너라도…… 그만 울라고 하지 마……."

혜서의 말을 듣는 순간 세현은 바로 이해했다. 아직 세 살밖에 안 된 아이에게 어른들은 가혹했다. 갑작스러운 이별을 이해할 나이가 아닌데다 합의된 이별도 아니었으므로 작은 머리통으론 도저히 계산이 안 됐다. 일곱 살이 됐다고 해서 한순간에 어른스러워질 수는 없었다. 사내 녀석이 왜 이리 눈물이 많아. 왜 이리 마음이 약해. 남자로 태어난 사람은 울지도 못하나? 엄마가 보고 싶은 걸 어떡해. 동생이 엄마의 사랑을 독차

지할 것 같은걸. 어린 그는 도둑질하듯 눈물을 게워 내야 했다.

"그래. 더 울어."

허락을 받은 눈물이 어리광부리듯 굵어진다. 얼굴을 가린 두 손바닥이 흥건히 젖어 들었다. 부드러운 수건을 찾아 온 세현은 누나에게 그걸 건네고 어깨를 토닥였다. 빗줄기는 여전히 그칠 생각이 없고, 불을 켜지 않은 거실은 점점 어두워졌다.

그렇게 한참이 지나서야 눈물이 그치고, 딸꾹질이 그치고, 긴 흐느낌이 잦아들었다. 혜서는 남자의 어깨에 기대 다시 잠들었다.

언뜻언뜻 누군가의 팔에 안겨 있다는 걸 알았지만 저리 가라고 할 수가 없었다. 그 팔이, 그 무게감이 주는 위로를 뿌리치기 힘들었다. 어느 순간 세현이 그녀를 조심스레 모로 누이는 걸 느꼈다. 그래도 눈이 떠지지 않았다.

긴 낮잠에서 깬 건 오후 3시가 넘어서였다. 남자의 허벅지를 베고 모로 누워 있다는 걸 깨달은 혜서는 깜짝 놀라 몸을 일으켰다. 기다렸다는 듯 세현의 부드러운 목소리가 물어 왔다.

"다 잤어?"

"미안. 미안해. 흐흑."

그쳤다고 생각했는데 뒤끝 긴 울음이 작은 흐느낌을 토해 냈다.

"머리가 깨질 것 같아."

"너무 오래 울어서 그래. 자면서도 계속 흐느끼더라."

"……아빠 꿈 꿨어."

"난 아저씨가 참 좋았는데. 나한테도 잘해 주시고, 장난도 잘 치시고, 맛있는 것도 자주 사다 주셨잖아."

"사람이 너무 좋아서 문제였지."

돈 앞엔 우정도 의리도 도의도 없었다. 아빠의 오랜 친구란 사람은 며칠만 융통하고 돌려준다며 죽는소리를 하더니 빌린 돈을 갖고 외국으로 도망가 버렸다. 웬만한 집 한 채를 살 정도로 큰돈이었다. 아빠의 오랜 사업 파트너는 제 자식들은 유학보내면서도 결제 대금을 차일피일 미루다 고의 부도를 냈다. 아빠의 피붙이들은 잘살 땐 그렇게 드나들며 돈을 빌려 가더니 돈 떨어진 아빠는 남처럼 모른 체했다. 차라리 남이라면 덜 괴로웠을 것이다.

그런 식으로, 사람을 좋아하고 사람을 믿었던 한 남자의 인생과 그에 딸린 가족의 삶은 파괴되었다. 개천에서 난 용이었던 아빠는 다시 개천으로 돌아가 비참한 마지막을 맞이했다.

"물 줄까?"

"응."

세현이 따뜻하게 데운 물을 가져와 건넸다. 혜서는 퉁퉁 부은 얼굴로 물을 홀짝이며 긴 울음 끝을 지웠다.

"누나, 힘들면 침대에 가서 누울래?"

"아니. 여기 있을래."

"이제 나쁜 꿈은 안 꿨으면 좋겠다."

"오랜만에 꿨어."

"나도 가끔 악몽 꿔."

캔디의 마지막 모습은 끔찍했다. 사람의 마지막은 더 끔찍할까? 아마, 그렇겠지.

"이 얘기 창피해서 누구한테도 한 적 없는데, 아빠 돌아가시고 몇 달 동안 엄마 품에 안겨서 잤어. 다른 집으로 이사 갔는데도 무서워서 혼자 있을 수가 없더라. 오빠도 군대 가 있을 때였거든. 엄마는 나 때문에 일도 줄이고 내 옆에 있어 줬어."

그 나이 때 그도 동생 같던 반려견의 죽음을 겪었다. 그러나 아버지의 돌연한 죽음과는 비교할 수 없을 것이다. 그것 말고는 큰 어려움 없이 살았다. 적어도 돈 때문에 하고 싶은 걸 못한 적은 없었다.

"아빠가 정말 미웠어. 그런데 이젠 미안해."

미안하다는 말보다 사랑한다는 말을 더 듣고 싶으셨을 텐데. 마지막 순간까지 미안하다는 말만 한 것 같다.

"누나를 다시 만나서 좋아."

"나도 그래. 우리 진세현 참 잘 컸다."

"되게 누나인 척하네."

"많이 누나지. 내가 너보다 무려 800일 정도 더 살았잖아."

'맞나? 계산해 봐.' 하던 혜서가 창밖을 내다보더니 심드렁하게 웅얼거렸다.

"아직도 비 오네."

"점심은 먹었어?"

"아니. 넌?"

"먹고 바로 온 거야. 배고프겠네. 뭐 사다 줄까?"

"집에 먹을 거 많은데 뭘. 참, 하루 세 끼를 꼬박꼬박 다 챙겨 먹는 내가 징그럽다. 우아하게 에스프레소 한 잔 그런 게 왜 안 되지?"

"그게 누나한테 어울린다고 생각해?"

주방으로 향하던 발걸음을 멈춘 혜서가 그를 째려보았다.

"3년만 기다려 봐. 어울리게 만들 테니까."

"그거 안 어울린다니까."

나란히 서 있는 두 대의 냉장고 안엔 할머니가 해 놓은 음식이 골고루 정리돼 있다. 혜서는 나물 몇 가지와 고추장을 꺼내 비빔밥을 만들기로 했다. 세현이 달걀프라이를 해 주겠다며 프라이팬을 꺼냈다.

"몇 개 해?"

"두 개. 소금 뿌리지 말고 반숙으로."

"오케이. 누나 음식 잘해?"

"별로. 요리는 우리 엄마가 진짜 잘하는데. 우리 오빠도 제법 해. 둘이 살 때도 밥은 오빠가 거의 다 해 줬어. 저번에 너 없을 때 오빠 왔다 갔는데."

"그래? 한서 형 보고 싶다. 아직도 키 커?"

"크긴 큰데 너보단 작아. 사실 니가 너무 큰 거지."

그의 키를 트집 잡는 여자는 처음이다. 저번엔 너무 잘생겨서 부담스럽다는 말도 했다. 우습게도 큰 키도 남다른 외모도 그의 잘못인 것만 같다. 세현은 꽤 오래전부터 묻고 싶은 게 있었다. 달궈진 팬에 달걀을 깨뜨려 넣으며 은근슬쩍 떠보았다.

"주말엔 데이트 안 해? 지난주에도 집에 있었잖아."

"혹시 휴지기라고 들어 봤어?"

이걸 좋아해야 해, 말아야 해? 연애 고수 같은 저 대답은 뭔데? 혜서가 한숨을 푹 내쉬었다.

"태어나서 지금이 제일 예쁜 것 같은데 보여 줄 남자가 없네."

내가 봐 주잖아, 이 여자야! 난 남자도 아니야? 아닌 게 아니라 평범과 비범 사이를 어중간하게 겉돌던 정혜서의 외모는 하루가 다르게 비범해져 가고 있었다.

"아, 인생이 뭐 이러냐. 시시해 죽겠네."

갈수록 점점. 세현은 언제부터 연애를 쉰 거냐고 묻고 싶은 걸 꾹 참고 냉수를 들이켰다.

"그러는 넌 왜 여기 있는데? 여자 친구 있는 거 아니었어?"

"없다니까."

"헤어졌어? 왜? 공부하려고?"

그로선 딱히 할 대답이 없었다. 혜서 혼자 묻고 혼자 대답한다.

"니 인생도 재미없긴 마찬가지구나. 넌 고3이라 그렇다 치고 난 뭐냐. 인생에서 제일 빛나는 시기를 이렇게 살아야 한다는 게 말이 돼? 단기 애인이라도 하나 만들까?"

와, 이 여자 진짜. 그동안 도대체 몇 놈을 건드리고 다닌 거야? 냉수에 얼음을 가득 넣어 한 잔 더 마셨다.

"진짜 안 먹을 거야? 좀 줄까?"

"나 한 그릇 음식 안 좋아해."

"먹고 싶을 텐데. '한 입만, 한 입만.' 그러는 거 아니지?"

"난 그런 짓 한 적 한 번도 없거든."

커다란 그릇에 밥과 나물이 그득했다. 족히 2인분은 될 것 같다. 놀란 세현이 혜서를 쳐다보았다.

"이걸 혼자 다 먹으려고?"

"응. 나 나물비빔밥 엄청 좋아해."

고추장을 푹 떠서 나물 위에 떨어뜨린 혜서가 젓가락을 찔러 넣고 설렁설렁 비비기 시작했다. 세현이 달걀프라이를 양푼 안에 합류시켰다.

"프라이 잘하네? 나보다 나은데?"

거실 탁자 앞에 자리 잡은 혜서는 나박김치를 국 삼아 밥을 먹기 시작했다. 실컷 울고 나니 속이 후련했다. 아침도 대충 먹었던 터라 배도 고팠다. 30분 전의 모습을 돌이켜 보니 와구와구 먹어 대는 자신이 한심하기도 했다. 그래도 먹어야 사니까.

"세현아, 재미있는 거 하나 틀어 봐."

화면에 눈을 고정한 채 비빔밥을 푹푹 떠먹는 누나를 보자니 웃음이 슬쩍 비어져 나온다. 혜서는 그가 아는 여자 중 가장 대식가다. 엄마는 늘 적당량 이상은 드시지 않고, 할머니는 관절이 부대낀다며 식사량을 반으로 줄이셨다. 네 명의 지난 여자 친구들 역시 그 앞에서는 늘 음식을 남겼다. 그새 비빔밥이 반으로 줄었다. 이젠 체할까 봐 걱정스럽다.

"그거 진짜 다 먹을 수 있어?"

"먹어 보려고."

"저번에 일부러 살찌운 거라고 했잖아. 그때는 뭘 먹고 찌운 거야?"

"내가 그때 3개월 만에 8킬로 정도를 불렸는데 먹다 죽는 줄 알았어. 짜고 달고 느끼한 것만 골라 먹었거든. 양갱 억지로 먹다가 토하기도 했잖아. 설국열차 꼬리칸에서 단백질 블록 먹는 기분이라면 짐작이 가냐?"

"단백질 블록은 살 안 찌는 건데?"

"따지기는. 말이 그렇다 이거지. 아으, 바퀴벌레 생각나서."

"왜 그랬어? 여자들은 다들 빼려고 난린데."

"그냥 그럴 일이 있었어."

"에이, 말해 봐."

"말하기 싫어."

"당시 남자 친구가 뚱뚱한 여자가 좋대? 혹시 그런 거야?"

'뭐지, 이 변태 같은 질문은? 게다가 뚱뚱? 아, 니 눈엔 내가 그렇게 보였다고?'

"난 남자 친구가 원하는 대로 체형 바꾸는 여자 아니거든?"

"그럼 뭐야. 사람 궁금하게 만들어 놓고 이런다. 듣고 바로 잊을게. 진짜 궁금해서 그래. 살을 뺐다면 모를까 스모 선수도 아니고……."

"너 진짜 집요하다."

"왜 찌운 건데?"

"이거 우리 엄마도 모르는 건데. 소문내면 안 된다?"

"이런 얘길 누구한테 하고 다녀."

혜서가 들려주는 이야기에 귀 기울이며 세현은 고개만 끄덕였다. 뮤지컬이라. 교사로서도 재능이 있지만, 뮤지컬 배우도 어울릴 것 같다. 학교 축제 때 누나의 공연을 떠올려 보니 그쪽이 더 천직일지 모른다는 생각이 들었다.

"그럼 교사를 포기하면 되잖아. 오디션도 통과했는데 그걸 왜 포기해? 뮤지컬이 더 좋다면서?"

"힘들게 공부했는데 임용고시는 통과해야지. 자격증은 따 둬야 나중에라도 써먹잖아. 얼른 돈 벌어서 엄마하고 같이 살고 싶어. 엄마가 해 주는 밥도 먹고 싶고."

엄마는 80만 원을 더 받으려고 1년 반 전 지방으로 내려가 까다로운 부잣집 할머니를 병구완한다. 일주일에 딱 하루 일요일만 쉴 수 있었는데 요샌 그마저도 못 쉬신다. 병세가 깊어질수록 엄마한테 매달리신다고. 엄마가 보이지 않으면 불안해하셔서 반나절도 자리를 비울 수가 없단다. 오빠는 살던 집의 계약을 해지하면서 월세 보증금을 고스란히 보냈다. 그 근처에 깨끗한 집을 구해 한 달에 며칠이라도 편히 쉬라고 해 봤지만, 엄마가 과연 그럴까 싶다.

"오빠도 돈 벌기 시작했고, 나도 교사 되면 엄마 일 그만두게 하려고. 뮤지컬은 돈 좀 모아 놓고 다시 도전해 볼 거야. 휴직도 할 수 있으니까."

"……배부르지 않아?"

이제 3분의 1쯤 남은 것 같다. 이러다 진짜 체하는 건 아니겠지?

"위가 작아졌나? 남기면 아까운데."

"내가 도와줄까?"

어린애처럼 고개를 끄덕이는 누나의 얼굴이 귀여웠다. 숟가락을 가져온 세현은 양푼 안의 비빔밥을 먹기 시작했다. 도와준다는 마음으로 시작했는데 보기보다 맛있었다. 둘은 매일 보는 친구처럼 수다를 떨며 남은 비빔밥을 싹 긁어 먹었다.

빨리 집에 가자는 남편을 구슬려 일부러 저녁까지 먹고 들어왔다. 출발하기 전 집으로 전화도 해 두었다. 30분쯤 뒤에 도착할 거라고. 인희는 두 아이가 뭘 하고 지냈는지 궁금해서 발바닥에 모터를 달고 날고 싶었다.

"아우, 얼른 좀 걸어요. 차 갖고 나올 걸 그랬어."

"변덕은. 아깐 천천히 들어가자고 하더니."

"그땐 그때고. 요것들 종일 뭘 하고 있었을까?"

"뭘 하면 안 되지. 세현인 아직 고등학생인데."

"하여간 이 영감은 늙어도 엉큼하다니까."

"또 그 영감 소리!"

도착해 보니 두 아이가 테이블에 마주 앉아 각자의 공부에 빠져 있었다. 사람이 들어온 줄도 모른 채. 인희는 안도감과 실망감을 동시에 느꼈다. 이건 뭐 스승과 제자의 전형적인 모습이구나. 왜, 불 끄고 떡도 좀 썰지 그랬니. 설마 오후 내내 이러고 있진 않았겠지? 우리 손자가 그렇게까지 꽉 막힌 타입은 아닐 거야. 사내가 그릇이 그 모양이면 안 되는데.

"어, 언제 오셨어요?"

두 어르신을 먼저 발견한 건 혜서였다. 손자 녀석은 어려서
부터 무언가에 몰두하면 옆에서 사물놀이를 해도 모를 때가 많
았다. 액자 속 정물화처럼 앉아서 눈동자와 손목만 움직이고
있다. 혜서가 손자의 눈앞에 팔랑팔랑 손을 흔든다. 그제야 고
개를 드는 녀석이다.

"둘이 저녁은 먹고 이러고 있는 거야?"

"저희 점심 늦게 먹었어요."

"뭘 먹었는데?"

"비빔밥이요. 할머니가 만드신 나물하고 고추장만 넣고 비
볐는데도 진짜 맛있었어요. 양푼 하나 가득 만들어 둘이 나눠
먹었어요."

인희는 아무리 사소하고 작은 것이라도 감사히 여기고 그때
그때 표현하는 혜서가 예쁘기만 했다. 며느리는 다 좋은데 붙
임성이 부족했다. 제 남편하고 자식한테 잘하면 되지 싶다가도
가끔은 그게 서운했다. 그저 늙은이의 어리광이라 여기며 여기
서 더 욕심내지 말자 삭이고 누르곤 한다.

"둘이 한 그릇에 비빈 걸 나눠 먹었다고? 세현이가 먹디? 비
빔밥 잘 안 먹는데."

"잘 먹던데요?"

세현은 할머니가 또 하지 않아도 될 말을 하실까 봐 불안해
졌다.

"할머니, 우리 공부해야 되는데. 방에서 텔레비전 보시면 안 돼요?"

"되지. 되고말고. 배고프면 말해. 저녁 차려 줄 테니."

"제가 챙겨 먹을게요. 편히 쉬세요."

조부모님이 방으로 들어가신 걸 확인한 세현은 소화도 시킬 겸 산책이나 하자며 혜서를 부추겼다.

"난 소화 다 된 것 같은데?"

"그럼 잠 깨게 나가자."

"아까 낮에 많이 자서 안 졸려."

산책 한번 하려고 누군가에게 이런 정성을 쏟은 적이 있었 나? 세현은 마지막 히든카드를 내밀었다. 이것까지 거절당하면 삼진 아웃이다.

"아파트 후문 쪽으로 가면 떡볶이 되게 맛있게 하는 분식집 있거든. 김말이도 끝내줘. 갈래?"

"이 밤중에 무슨 분식을……. 2분만 기다려."

세현은 카디건만 걸친 채 현관에서 누나가 나오기를 기다렸 다. 충직한 개처럼.

인희는 일찍 일어나 말벗을 해 주는 혜서를 보면 며느리 생 각이 자주 났다. 식탁에 마주 앉아 종알대며 파나 나물거리를 다듬어 줄 때도 있다. '이 아이가 진짜 손녀면 얼마나 좋을까.' 그 생각에 혼자 웃기도 한다.

"어쩜 넌 그렇게 말을 재미있게 하니? 너하고 있으면 시간

가는 걸 모르겠다."

"할머니도 재미있어요. 보통 할머니 같지 않아서 좋아요."

며느리는 세현을 낳고 나서야 조금씩 살갑게 굴기 시작했다. 마음속 상처가 큰 아이였다. 외골수인데다 공부만 파고들던 아들이 난생처음 여자를 데리고 온다고 했을 때, 두 내외는 어떤 음식을 차려 놓고 기다릴지 며칠을 들뜨고 설레어했다.

엄마한텐 차마 말하기 어려웠는지 제 아버지에겐 자기가 여자 친구의 첫 남자라는 말까지 한 모양이었다. 그러니 책임져야 한다고. 결혼 얘기를 꺼낸 것도 그때가 처음이었다. 혹시 남의 집 처녀 애라도 배게 한 건 아니냐는 물음에 아들은 쑥스러운 웃음을 감추며 고개를 저었다.

아들이 데리고 온 아가씨를 본 내외는 깜짝 놀랐다. 저 숙맥 같은 게 어디서 저런 여자를 만났을까 싶을 정도로 인물이 출중했던 것이다. 동네에 한둘 있을 법한 미모를 훌쩍 넘어 바로 텔레비전에 내보내도 될 정도로 고운 아이였다. 막 분장을 마친 배우가 들어온 것처럼 집 안이 화사해졌지만, 어딘지 모르게 그늘이 깃든 아름다움이었다. 공부까지 잘했는지 아들과 동문이라고 했다. 졸업반이니 스물셋 꽃다운 나이.

기대와 즐거움은 잠시였다. 서연이라고 이름을 밝힌 그 아이는 저녁부터 먹자는 말에 말씀부터 드려도 되느냐고 여쭈었다. 인희는 해물탕은 다시 끓이면 맛이 별로인데 생각하면서도 그러라고 했다. 당황한 아들이 식사부터 하자며 서연을 말렸다. 20년도 더 됐는데 아직도 그날이 사진처럼 눈에 선하다. 아가씨가 차분한 목소리로 집안 사정을 털어놓았다.

"부모님은 제가 중학교 들어가던 해에 이혼하셨습니다. 아버지는 지금 다른 여자분과 사시고, 엄마가 저희 3남매를 키우셨어요. 제가 첫째고, 제 아래로 여동생과 남동생이 있습니다."

첫 마디부터 대꾸할 말을 찾을 수가 없었다. 딱히 큰 욕심은 없으나 보통의 부모들처럼 화목한 집안에서 넉넉히 사랑받고 자란 며느리를 원했다. 그 정도는 바라도 될 만큼 부족하지 않게 자식을 키웠다고 자부했다. 안절부절못하던 아들이 서연이란 아이를 일으켜 세웠다.

"오빠, 마저 얘기하게 해 줘요."

"그래. 마저 듣자. 하려던 말 다 해요."

평소와는 사뭇 다른 남편의 목소리였다.

"동생들은 아직 어립니다. 이제 겨우 고등학생, 중학생이에요. 엄마가 분식집을 하면서 저희를 키우는데 네 식구 밥만 먹고 살기에도 빠듯합니다. 분식집에 딸린 방에서 넷이 살아요. 엄마가 몸이 약해지셔서 걱정이 많습니다. 3년 전까진 아버지가 학비를 대 주셨는데 이젠 못 해 주세요. 졸업하면 제가 동생들 학업도 책임져야 해요. 경훈 오빠한테 결혼할 처지가 아니라고 몇 번이나 말했는데 설득을 못 시켰어요. 제 형편이 이렇습니다. 더는 부끄러워서 말씀 못 드리겠어요. 죄송하지만 어르신들께서 설득해 주세요."

서연이란 아가씨는 오히려 담담한데 그 애를 바라보는 아들의 눈은 벌써 벌게져 금방이라도 눈물을 쏟을 것 같았다. 하나하나 따져 보면 그 아가씨 탓이 아니었다. 다 어른들이 만든 죄. 하필 저런 애를 마음에 뒀을까 싶으면서도 그 아이 얼굴을 보면 바로 이해됐다. 저렇게 아리따운 처자를 어떤 남자가 마다할까. 어쨌거나 집에 온 손님이니 밥이라도 먹여 보내자고 마음먹었다. 말은 없지만 남편도 그러하리라 생각했다.

"고생이 많았겠네. 차린 밥이니 저녁이나 들고 가요."

그 아이는 바로 앞의 반찬도 갖다 먹지 못하고 해물탕 국물만 조금씩 떠먹었다. 아들이 아가씨의 등을 두드리며 체하니 천천히 먹으라고 일렀다. 부모가 보건 말건 밥그릇에 반찬까지 올려 주었다. 이내 작은 얼굴에 가득 찬 눈에서 눈물이 뚝뚝 떨어져 밥그릇을 적셨다. 그 모습을 보던 아들 녀석은 아예 밥을 넘기지 못했다.

인희는 아들의 고집을 꺾을 수 없을 거라 반쯤 포기했다. 저 고집불통. 하나밖에 모르는 놈. 앞뒤 꽉 막힌 놈. 처녀 앨 데리고 잤으니 책임져야지 어떡해. 애만 똑똑하면 되지 뭐. 그나저나 아비가 어떤 위인이길래 저리 예쁜 딸을 두고 나가 두 집 살림을 차렸을꼬. 천하에 몹쓸 사람 같으니라고. 생각이 길어질수록 속만 타들어 갔다.

불편한 식사를 마친 뒤 남편 용민이 아들의 여자에게 조심스럽게 물었다.

"그래, 아버님은 어디서 뭐 하시고?"

서연의 입에서 여태까지 들은 말 중 가장 놀라운 대답이 흘러나왔다. 그 아이 눈에 겨우 멈췄던 눈물이 다시 고였다. 여자를 바래다준다던 아들은 새벽녘이 되어서야 돌아왔다. 초저녁 잠이 많은 용민은 잠도 미루고 아들을 기다렸다. 남편은 경훈을 보자마자 이 결혼 절대 허락 못 한다고 못을 박았다.

"그저 가난하고 아비가 없는 정도면 우리도 말 안 하려고 했다. 네가 그렇게 좋다니까 허락해 주려고 했어. 이 결혼 안 된다. 헤어져. 그 애도 그걸 바라지 않니."

밖에서 한참을 울다 왔는지 퉁퉁 부은 눈을 한 아들이 입을 열었다.

"아버지, 그건 서연이 잘못이 아니잖아요. 서연인 피해자라고요."

"그 피가 어디……. 더 들을 것도 없어. 그만둬."

아들은 딱 한마디만 더 하고 일어나 제 방문을 닫아걸었다.

"죄송하지만 이 결혼 허락 안 해 주시면 전 평생 혼자 살 겁니다."

자식이 아니라 원수 같았다. 짐을 싸 들고 나가는 것도 아니고, 말을 붙이는 것도 아닌 채 하루가 백 일 같은 시간을 보냈다. 한여름의 모래밭을 알몸으로 뒹구는 기분이었다. 아들은 빼들빼들 말라 갔다. 자식이라곤 겨우 하나 건졌는데, 그 여자가 아니면 절대 결혼을 안 한다니 그 자리에서 거꾸러질 노릇이었다. 그러고도 남을 위인인 걸 인희는 알았다. 자식 이기는 부모 없다는 말을 누가 처음 했을까. 용민은 평생 딴 여자는 쳐다볼 생각도 하지 말라며 아들의 여자를 허락했다. 경훈은 결혼을 서둘렀고 며느리가 졸업도 하기 전에 식을 올렸다.

결혼식 날, 며느리의 아버지는 초대받지 못했다. 뿌린 대로 거두는 법이라 했다. 초대받은 하객들은 신부가 정윤희와 장미희에 유지인을 골고루 섞어 놓은 것 같다며 입을 모아 감탄했다. 아들은 하얀 드레스를 입은 며느리를 세상천지 한 송이밖에 없는 꽃 대하듯 바라보았다.

남편은 그새 잠이 들었는지 규칙적인 숨소리를 내고 있다. 서연은 처음부터 경훈의 팔베개가 불편했지만 싫다는 말을 꺼내지 못한 채 이 나이를 맞이했다. 요새 남편이 자주 하는 말은 '우리 서연이 만족시키려면 운동 더 열심히 해야 하는데.' 그거다.

내색은 안 했지만, 20대 때의 남편과 50대를 맞이한 남편의 체력은 눈에 띄게 달라졌다. 그 정도면 오래 써먹었잖아. 우리도 현대 의학의 혜택을 받을 때가 된 거야. 반농담 삼아 하는 그녀의 말에 남편은 앞으로도 10년은 끄떡없을 거라며 큰소리치곤 한다. 서연은 '그거야 당신의 희망 사항이고.' 생각하며 그저 웃고 만다. 잠들기 직전 그는 신혼 때부터 늘 그랬듯 그녀의 이마에 입을 맞추었다.

경훈은 서연의 첫 남자가 아니었다. 결혼을 약속했던 그 남자는 알고 보니 입이 떡 벌어지게 대단한 집 셋째 아들이었다. 그 시절에 외제차를 끌고 다니는 걸 보고 잘사는 집 자식이겠거니 짐작은 했지만, 그 정도인 줄은 미처 몰랐다. 남자는 그걸 자기 집에 인사드리러 가기 직전에서야 털어놓았다. 텔레비전

드라마나 소설로 수도 없이 회자된 것처럼 서연은 가볍게 내쳐졌다.

천한 것이 감히 여기가 어디라고. 네까짓 게. 게다가 그 아비란 작자 하고는. 쯧쯧. 언감생심 넘볼 델 넘봐야지. 거기까지는 참을 수 있었다. 사랑하므로 헤어진다는 자기 위안을 할 수 있는 선이었으므로.

죽어도 너 없인 못 살겠다던 남자는 유산은 한 푼도 바라지 말라는 부모의 엄포에 그녀를 포기했다. 돈이 얼마나 대단한 건지 서연은 뼈저리게 알고 있었다. 아버지도 가족을 버리고 돈 많은 젊은 여자에게로 갔으니까. 그녀가 제일 싫어하는 남자는 아버지 같은 남자였다. 그 모든 과정이 속전속결이었다. 죽을 만큼 힘들지 않았다. 죽음보다 더한 현실을 견뎌야 했으므로.

경훈을 처음 만난 건 4학년 1학기 중간고사 기간이었다. 제대 후 바로 복학했다는 남편과 도서관 입구에서, 서가에서 자꾸 마주쳤다. 그는 전공도 다른 학과실에 종종 들러 조교로 아르바이트하는 그녀에게 사과나 껌, 크래커 같은 걸 주곤 했다. 그 전의 남자가 선물하던 것들에 비하면 너무나 작은 것이지만, 서연은 순수해 보이는 복학생이 싫지 않았다. 그렇다고 그와 새로운 연애를 꿈꾼 건 아니었다. 연애라니. 결혼이라니. 분에 넘치는 사치였다. 그녀의 작은 등 뒤엔 너무나 많은 것들이 짐짝처럼 쌓여 있었다.

그는 경제학과 3학년 학생이었다. 타고난 머리가 있었고 과

수석으로 입학할 만큼 성적도 뛰어났지만, 늘 겸손했다. 다감한데다 은근 재미도 있었다. 세 살 오빠인데도 친구처럼 굴며 장난을 걸었다. 한결같은 마음 씀씀이도 믿음직스러웠다. 무엇보다 그늘이 보이지 않는 사람이라 좋았다. 반반한 얼굴 덕에 다가오는 남자는 끊이지 않았으나 누구도 눈에 들어오지 않았다. 진경훈 외엔. 어느 날 갑자기 발걸음을 끊으면 어떡하나 두려운 날도 있었다. 특별한 사이가 되지 않아도 좋으니 가끔, 지금처럼 날 찾아 주었으면. 그랬으면.

서연은 진경훈이라는 남자의 그늘에 머물고 싶어 하는 자신을 어이없어하며 다그쳤다. 넌 그럴 자격이 없어. 이젠 너 자체만으로도 자격상실이야. 남자를 그렇게 믿지 못하면서도 새로운 사랑에 빠진 자신이 너무 한심했다. 그에겐 놀랄 만큼 집요한 면이 있었다. 그녀는 그를 뿌리치려고 정말이지 털어놓고 싶지 않은 사실까지 꺼내 놓았다.

"나 전에 사귀었던 남자하고 결혼까지 하려던 사람이에요."

"헤어졌다면서. 그게 무슨 상관이야?"

"이건 상관있을지도 몰라요. 그 남자하고 잤어요. 그것도 여러 번."

잠시 서연을 응시하던 경훈이 피식 웃으며 대답했다.

"난 다섯 명 사귀었는데. 그중 몇 명하고 잤는지 말해 줘? 듣고 싶지 않을걸. 너무 많아서."

믿을 수 없는 말. 고집이 센 사람이었다. 경훈의 부모를 설득하는 게 차라리 빠를 것 같았다.

그의 부모님은 예전 남자의 부모와는 너무나 다른 모습으로 그녀를 맞이했다. 자신의 처지를 솔직히 털어놓겠다고 마음먹고 간 자리였다. 그것도 경험이라고 두 번째는 덜 힘들었다. 역지사지. 내가 그의 부모라도 싫겠다 싶은 형편을 털어놓는 서연에게 경훈의 어머니는 따뜻한 저녁밥을 차려 주셨다.

정갈하게 차려진 밥상을 바라보며 숟가락을 들었는데, 목울대가 뻐근해 밥이 넘어가지 않았다. 나에겐 왜 이런 부모가 허락되지 않았을까. 겨우 참아 냈던 눈물이 한꺼번에 쏟아졌다. 이렇게 좋은 분들에게서 하나밖에 없는 귀한 아들을 뺏어 올 순 없어. 나 같은 여자가 무슨 자격으로 이런 남자를.

겨우 식사를 마치고 거실로 자리를 옮겼다. 더 늦기 전에 그 얘기를 꺼내야 한다고 속으로 생각할 때, 그의 아버지가 조심스럽게 물어 오셨다. 늘 누가 물을까 두렵던 질문이었다.

서연의 아버진 세상에 널리 알려진 사람이었다. 아주 어려선 좋기도 했는데, 중학교 다닐 때부턴 그게 너무 싫었다. 아버지는 짧은 인생의 족쇄였다. 두 어르신의 표정을 보니 이젠 설득이 된 것 같아서 인사를 드리고 일어섰다. 구질구질한 일상이 기다리고 있는 한 칸짜리 집으로 돌아오는 길, 경훈과 서연은 두 시간 거리를 걸으며 내내 울었다. 경훈이 더 많이 운 것 같다.

"진경훈, 그만 좀 울어. 누구 죽었어?"

그가 그녀의 손을 꼭 감싸 쥐며 말했다.

"너, 다른 데로 시집갈 생각 하지 마. 꿈도 꾸지 마. 넌 내 여자야."

겨우 손만 잡아 놓고선. 입맞춤도 안 해 본 사이에 허풍은. 싫다는데도 자꾸 찾아오는 경훈을 보며 생각했다. 나는 누구 것도 아니야. 남자는 필요 없어. 엄마와 동생들이면 충분해. 지금은 이것으로 족해.

사랑에 빠진 젊은 남자의 치기인 줄 알았는데 석 달 뒤 진짜 허락을 받아 왔다. 엄마까지 어떻게 구워삶았는지 사윗감이라면 없는 소라도 잡을 기세였다. 필요한 혼수를 장만하라고 억지로 돈까지 쥐여 줬다. 서연은 한 번만 더 남자를 믿어 보기로 했다. 결혼식엔 아버지를 초대하지 않았다. 대신 보란 듯이 잘 살겠다는 다짐을 가슴 깊이 새겼다.

잠든 남편의 팔을 슬쩍 빼낸 서연은 아직은 탄탄한 남편의 맨가슴에 얼굴을 묻었다. 결혼식이 치러진 그날 밤, 별 다섯 개짜리 호텔에서 첫날밤을 맞이했다. 경훈과 잔 건 그날이 처음이었다. 다섯 명의 여자와 사귀었다고 했으나 남편은 여자도 처음이었다. 입구를 찾지 못해 헤매는 걸 그녀가 이끌어 주었다. 그나마도 오래 버티지 못했다. 미안해하는 남편에게 서연은 미안하다고 말하며 울었다. 이렇게 좋은 남자한테 처음을 주지 못해서 슬펐다.

신혼여행은 하와이로 갔다. 아주 어릴 때, 아직 행복했을 때, 아빠가 같이 살던 시절 가 본 적이 있다고 들었는데 기억나는 건 거의 없었다. 끝없이 파란 바다밖에는. 남편은 영어를 잘했다. 서연은 남편이 이끄는 대로 따라다녔다. 그의 말이라면 무조건 믿었다. 노력파인 남편은 두 번째 밤부턴 실패하지 않았다. 세 번째 날부터는 잘하기까지 했다. 남편과 사랑을 나눌 때면 사랑한다는 말이 저절로 흘러나왔다. 부부 싸움을 전혀 안 하고 산 건 아니지만, 아무리 화가 났을 때라도 경훈은 그녀의 과거를 들먹이지 않았다.

일하는 여자에게 유혹은 수시로 찾아왔다. 외모가 눈에 띄니 더 심했다. 대학에선 지도 교수가, 직장에선 선배와 상사가, 방송을 할 때면 피디나 직함 높은 사람들이. 정도의 차이가 있을 뿐 어떤 일을 하나, 어딜 가나 대개 그랬다. 전혀 생각지도 못한 사람에게서까지 연락이 올 때면 온몸에 소름이 박혔다. 남자란 족속은 아버지뿐 아니라 다들 그런가 싶어서 애꿎은 남편까지 싫어지는 날도 있었다. 가끔은 그녀의 몸 안에 아버지의 피가 진하게 흐르는 게 아닌가 싶어 지레 걱정도 했다.

서연은 싹싹한 편이 아니었다. 남자들에겐 더더욱 일부러라도 그랬다. 오직 남편에게만은 예외였다. 그녀는 아버지에게 물려받은 끼를 남편에게 고스란히 풀었다. 경훈은 서연의 모든 행동을 기꺼이 받아 주었다. '나 이제 50대야. 이렇게 막 다루면 안 된다고.' 농을 던지는 남편이 그저 좋았다.

경훈이 아니었다면 지금의 인생은 절대 이룰 수 없었을 것이다. 대학의 간판 교수로, 유명 방송인으로 살며 숱한 유혹과 정치판의 감언이설에 시달려 왔다. 그때마다 중심을 잡아 준 것도 그였다. 그녀는 학자로서 남편을 존경했다. 남편이 아니었다면 그녀의 인생은 벌써 시정잡배처럼 망가졌을지도 모른다.

지금도 서연은 다달이 친정에 생활비를 보낸다. 남편은 지나가는 말로라도 싫은 티를 낸 적이 없다. 보기 드물게 좋은 남자를 만나 운 좋은 여자로 살 수 있었다. 오래 살다 보니 매사에 만족스러운 남편은 아니었으나 그녀는 경훈을 사랑했다. 그가 주는 사랑과 믿음에 대한 대가로 꿈에서조차 남편을 배신하지 않았다. 잠들기 직전 서연은 경훈의 귓가에 사랑한다고 속삭였다. 남편은 잠결에도 그녀를 꼭 끌어안았다.

계단과 언덕이 유난히 많은 학교다. 가파른 땅에 지어져서 그렇다는 말도 있고, 계단과 언덕을 오르내리며 깊이 사유할 시간을 주려 했다는 그럴듯한 해석도 있다. 세현은 앞에 숫자가 붙은 전설의 계단에서 혜서를 기다렸다. 계단 바닥 한쪽엔 '애국'이란 글자가, 다른 쪽엔 대학 이름이 커다랗게 박혀 있다.

체감온도가 확 올라간 늦봄이다. 축제 기간 아니랄까 봐 사람이 얼마나 많은지 금방 찾을 수 있겠나 싶어 전화를 걸었다.

"누나, 어디쯤이야?"

— 5분 정도면 그쪽으로 가. 미안. 최대한 빨리 갈게.

수업이 끝나자마자 집으로 달려가 면도부터 하고 옷을 갈아입었다. 시간을 단축하려고 콜택시도 불렀다. 약속 시간이 빠듯해서 조바심이 났다. 차가 있으면 얼마나 좋을까. 3월 말에 태어난 세현은 만 18세가 지나서 아무 때나 면허를 딸 수 있다.

축제 때문인지 학교 근처가 엄청나게 막혔다. 이럴 줄 알았으면 지하철을 타고 오는 게 나을 뻔했다. 대학만 붙으면 운전

면허부터 따야지. 대학생이 되면 누나부터 초대해야지. 4년 내 내 정혜서만 초대해야지. 그 생각에 피식 웃으며 세현은 '애국' 쪽 계단에 주저앉았다.

지나가는 사람들이 한 번씩 눈을 돌려 그를 흘깃거렸다. 세현도 그들을 관찰했다. 저 사람은 가분수. 무게중심이 상체로 몰렸네. 저 사람은 부피와 겉넓이가 너무 넓어. 덜어 내기 좀 해야겠는데. 저 사람은 선이 뚜렷해. 단면도 얇고. 제법 각이 살아 있어. 저 사람은 몸통이 둥근 기둥 모양이야. 옆으로 봐도 그러네. 신기하다. 저 커플은 공통분모가 하나도 없어 보이는군. 사랑은 오묘한 거야. 옆넓이가 넓고 반지름도 큰 저 남자는 근삿값으로 쳐도 100킬로그램은 족히 되겠는데. 저 몸에 저 의상은 진짜 무리수다. 무게가 더 나가 보여. 그때 선대칭도형처럼 좌우가 완벽한 대칭을 이루는 여자가 등장했다.

"치마 길이 봐라. 그걸 제값 다 받고 팔아?"

'어린 게 잔소리는.'

이맛살을 잔뜩 찌푸리며 쳐다보는 표정이 오빠와 판박이다. 아니, 얘가 더 심한가? 다 좋은데 세현의 할머니 집에 사는 데 엔 몇 가지 불편함이 따랐다. 대표적인 두 가지는 모두 옷과 관련된 거다. 답답한 걸 싫어하는 그녀는 사시사철 반바지에 민소매 셔츠 차림으로 살아왔다. 하지만 이젠 방 안에서도 마음껏 벗지 못하는 처지다.

"다이아몬드가 커서 비싼 거냐? 잔소리할 거면 참아 줘. 축제니까."

"이삿짐 정리할 때부터 알아봤지. 옷장에 멀쩡한 옷이 하나도 없더라."

"내 친구들은 예쁘다던데?"

"친구 좀 가려 사귀어. 듣기 좋은 말만 하는 건 진정한 친구가 아니지."

혜서가 가지런한 치아를 드러내며 깔깔 웃는다. 세현은 그 미소에 넘어가려는 마음을 다잡으며 벌떡 일어났다. 나가서 옷부터 사 줄까? 근처에 옷집이 있나? 엉덩이에서 10센티미터 남짓 내려온 치마. 딱 붙는 회색 해골무늬 반소매 티셔츠. 얼룩덜룩한 붉은빛이 도는 빈티지 조끼와 캡모자. 곧게 뻗은 맨다리. 남자들 눈엔 저 다리가 집채만 하게 확대돼 보이겠지. 성질난다.

"밖에서 보니까 더 멋있네? 내 타입은 아니지만."

'꼭 토를 달지.'

"어떤 남자가 누나 타입인데?"

불행하게도 혜서는 이상형과 한 번도 사귀어 본 적이 없다. 그런 건 드라마 안에서나 하는 거라고 포기한 지 오래다.

"뭘 그런 걸 물어. 진세현, 누가 물으면 고딩이라고 하지 마라. 알았지?"

"별걱정을 다 하네. 저 봐, 지나가는 사람들이 다 쳐다보지? 누나 치마 때문이야."

"설마. 니 얼굴 보는 거겠지."

날씨도 좋고 젊음도 좋고 기분도 좋았다. 혜서는 '아, 이건

데이트가 아닌데. 왜 데이트인 것 같지?' 생각하면서도 즐거웠고, 세현은 '이게 데이트가 아니면 뭐가 데이트야?' 그 생각으로 만족스러웠다.

"누나 동아리에서는 축제 행사 안 해?"

"낮에 했어. 너 오기 전에."

"누나도 참가했어?"

"별건 아니고 특별 출연 정도로 잠깐 나왔어. 후배들이 더 있다가 가라고 얼마나 붙잡는지 겨우 빠져나왔네. 이놈의 인기는 정말, 스테디셀러 수준이라니까. 흐흐흐."

결석을 하고서라도 보러 올 걸 그랬다. 세현은 자화자찬이 몸에 밴 혜서 누나의 얼굴을 지그시 바라보았다. 잘난 척하는데도 귀여운 여자는 처음이다. 좁쌀처럼 솟아 있던 것들이 싹 들어간 그녀의 피부는 반들반들 윤이 났다. 만져 보고 싶지만 참아야 한다. 더운지 콧잔등에 땀이 송골송골 맺혀 있다. 닦아 주고 싶지만 그것도 참는다.

혜서는 세현의 눈길에 살짝 부담을 느끼며 턱 쪽으로 시선을 내렸다.

"이따 밤에 가수들 많이 온대. 그것까지 보고 가자."

"그래."

"니가 대학생이면 파전에 막걸리 한 잔 마시는 건데."

"마시자. 대학생이라고 치고."

"가관일세."

"술은 내가 더 셀 거 같은데? 내 주변에 나보다 센 놈 거의 없거든."

말이 끝나기가 무섭게 혜서가 그의 등을 차지게 때렸다. 맞아도 좋은 건 무슨 조화인가. 아파도 화가 안 나는 건 무슨 경우인가.

"여자 손이 왜 이렇게 매워?"

"내 손에 지금 무기가 없는 걸 다행으로 알아."

무료로 캔맥주를 나눠 주는 행사를 발견한 건 거의 동시였다. 선착순 100명. 그의 팔을 잡아챈 혜서가 행사장을 향해 칼루이스처럼 뛰었다. 20분이나 기다려 공짜 맥주를 득템한 혜서는 '기분이다!' 하며 미성년자에게 맥주를 허락했다. 세현은 빈말로도 거절하지 않았다.

역시 공짜는 좋아. 이 정도는 욕심내도 돼. 휴 잭맨 같은 어마어마한 남자를 득템한 여자도 있는데 맥주 한 캔 정도야. 벤치에 나란히 앉아 홀짝이는 맥주 맛이 그만이다. 혈관에 직접 알코올을 주입한 느낌이랄까. 기분이 좋아진 혜서는 실실 웃음이 나왔다.

"기분 되게 좋다. 역시 난 맥주 체질이야."

"누나, 벌써 빨개졌어. 목까지."

"나 원래 그래. 얼굴부터 쭉 아래로."

혜서의 손가락이 얼굴 중심부를 가르더니 가슴 쪽으로 선을 그리며 내려왔다. 세현은 빛의 속도로 형이하학적 상상력에 지배당한 머리통을 흔들곤 남은 맥주를 한꺼번에 들이켰다.

"이젠 축제도 마지막이네. 다시 대학 다니고 싶다. 학과 바꿔서."

"내년엔 내가 우리 학교 축제에 초대할게."

"대학을 들어가야 초대도 하는 거지요."

"가는지 못 가는지 내기할래?"

"가기야 가겠지. 대학이 넘쳐나는 세상인데. 더도 말고 2호선만 타."

"2호선 노선 안에 웬만한 명문대는 다 있거든?"

피식 웃던 그는 혜서를 일으켜 근처 게임장으로 끌고 갔다. 가면서 또 내기를 하자고 졸랐다.

"얜 툭하면 내기를 하재."

"누나는 임용고시 볼 때까지, 나는 수능 볼 때까지 이성 친구 안 사귀기. 시험 시기도 비슷하잖아."

"내가 왜 그런 내기를 해야 하는데?"

"할 거 다 하면서 공부를 언제 해? 누나 천재야? 임용고시 경쟁률 엄청나다면서? 그래서 고시라고 부른다며? 시험 잘 볼 자신 있어?"

"넌 오늘 같은 날 꼭 그런 얘기를……. 자신 없어."

"그러니까 11월까진 딴짓 하지 말고 공부에만 열중하자고."

'축제에 초를 쳐도 분수가 있지. 이놈의 자식!' 하고 경을 치기엔 애가 너무 잘났다. 피곤할 정도로 잘났다. 키는 왜 이리 큰 거야. 목 아프게.

"진세현, 지금이라도 집에 가서 공부할래?"

"지금 제정신이야? 내일부터 해야지. 내가 이기면 아까 그거 하고, 누나가 이기면 누나 마음대로."

"아오, 진짜! 사격부터 하자. 나 총 완전 잘 쏴."

두 가지 게임을 했고 승률은 1대 1이 됐다. 결국 가위바위보로 승부를 겨루기로 했다. 하늘은 원래부터 그녀에게 무심했다. 세현이 이긴 걸 보면.

"까짓거, 하자. 어차피 바빠서 연애할 시간도 없는데 뭐."

그건 정말 말도 안 되는 소리라고 생각했지만, 세현은 토 달지 않았다. 어쨌든 다른 남자가 접근할 기회가 몇 개월 유예된 셈이니까. 시험만 치르면 무슨 수를 써서라도 끝장을 볼 생각이다.

갑자기 혜서가 한껏 미소를 지으며 그에게 팔짱을 끼어 왔다. 세현은 웬 떡이냐 싶어 누나의 얼굴을 내려다보았다. 미친 거야? 왜 이래? 혜서가 그의 얼굴을 올려다보더니 달착지근하게 눈웃음쳤다. 진짜 미친 거야? 왜 이러냐고?

"팔짱 껴서 미안. 연극 좀 해 주라."

어이가 없다. 미안하긴. 나야 고맙지.

"연극?"

"응. 짜증 나. 저 남자 또 보이네."

"누구?"

"저기 베이지색 면바지 입고 까만 반소매 입은 남자 보여? 크로스백 메고."

"어. 저 사람이 왜?"

"요새 하루에도 몇 번씩 마주친다니까. 우리 학교 공대생이라는데, 남자 친구 있다고 아무리 얘기를 해도 안 믿고 자꾸 따라다녀."

"누나 남자 친구 없다며?"

"없는데 있다고 했다고. 집까지 따라올까 봐 불안해. 저 정도면 스토커 맞지?"

사내자식이 싫다면 마는 거지. (나도 그럴 수 있을까?) 좁쌀 같은 놈. (나도 그럴 것 같아.) 니가 감히 싫다는데도 따라다녔어? (사실 이해는 좀 돼.) 세현은 일말의 동정심을 품고 공대생을 힐끗 쳐다보았다.

"지금부터 내가 하는 행동에 어떤 이의도 달지 마. 오늘 확실히 저 새끼를 떼어 놓을 테니까."

"너 일진 같아. 어떻게 하려고?"

세현은 혜서 어깨에 손을 올리고 부드럽게 감싸 안으며 귓가에 속삭였다.

"내가 알아서 할게. 웃으라니까."

"웃음이 안 나와."

"그럼 웃긴 얘기 하나 해 줘야겠네. 새우깡하고 칸쵸하고 친군데 둘이 맨날 같이 다니거든. 그런데 새우깡이 덩치는 더 크면서 칸쵸 부하 노릇만 하는 거야. 그래서 하루는 오징어땅콩볼이 물어봤대. '너 도대체 덩칫값도 못 하고 왜 그러냐?' 그랬더니 새우깡이 뭐라고 대답했게?"

"생각하기 싫어. 뭐라 그랬어?"

"이거 청동기시대 유먼데."

"난 구석기 때 태어나서 몰라."

이 급박한 순간에도 귀여워 죽겠다.

"야, 걔 등에 큰 문신 있어."

이렇게 좋아할 줄 몰랐다. 깔깔 웃는 누나의 얼굴을 감싸 안고 싶었다. 그 전에 손부터 잡아야 할 것 같지만. 아직 손도 못 잡은 주제에 머릿속으론 온갖 계획을 다 세워 둔 자신이 딱할 정도다.

"잠깐만 있어. 금방 마무리 짓고 올게."

"때리지 마."

"안 때려."

재빨리 뛰어가 남자를 불러 세웠다. 가까이서 보니 더 멀쩡해 보였다. 당신, 뭐가 부족해서 이러는 거야?

"저하고 얘기 좀 하시죠."

"저요? 왜······."

"좀 전에 나하고 혜서하고 같이 있는 거 봤잖아요."

"······."

"남자 친구 있다고 했는데도 안 믿는다면서요? 내가 혜서 남자 친구예요. 그쪽은 몇 학년이에요?"

"······2학년인데요."

"난 3학년인데. 군대는 갔다 왔어요?"

"그걸 왜······. 아뇨."

"그럼 국방의 의무부터 하시죠. 우리 혜서는 그만 따라다니고. 혜서하고 나 졸업하면 바로 결혼할 사이예요."

"결……혼……요?"

"결혼이 뭔지 몰라요? 메리지, 웨딩. 중국어로도 말해 줄까요?"

"알아요."

"알아들었음 다시는 이렇게 마주치지 맙시다."

5분 후 성큼성큼 걸어오는 세현을 보며 혜서는 또 그 생각을 하고 말았다. 아는 집 동생만 아니었어도 저 앨 당장……. 남 주기엔 정말 아까운 남자가 코앞에 얼굴을 디밀고 씩 웃는다. 혜서는 자신이 강심장임을 새삼 깨달았다.

"잘 해결했어?"

"다신 누나 안 따라다닐 거야."

"뭐라 그랬는데?"

"돈 줬어. 만 원 주니까 바로 떨어지더라."

"10만 원도 아니고 만 원? 내 저걸 그냥! 뭐 저런……. 잠깐만 있어 봐."

"워워. 농담이야. 장난이야. 말로 해결했어."

언제 그랬냐는 듯 혜서가 배시시 웃어 보였다.

"나도 장난이야. 잘했어."

인간적으로 이 시점에서 뽀뽀 정도는 해 줘야 정상 아닌가. 하다못해 엉덩이라도 두드려 줘야지. 잘했다며? 나이의 장벽, 미성년의 장벽, 인간관계의 장벽 따윈 무시하고 막 들이대고 싶다.

"세현아, 우리 저거나 하자. 소원의 벽."

'다시 말해 봐. 우리 키스나 하자고.'

"무슨 생각 해? 멍하게."

"대학의 미래."

메모지를 앞에 둔 두 사람은 나란히 서서 각자 소원을 적었다. 그는 누나가 임용고시에 붙고 뮤지컬 배우도 할 수 있게 해 달라고 썼다. 혜서도 거의 똑같이 썼다. 세현이 쓴 걸 슬쩍 보고 미안해진 그녀는 메모지 한 장을 더 달래서 추가했다.

세현이가 올해 원하는 대학, 원하는 학과에 붙게 해 주세요!

저녁을 먹고 축제의 하이라이트인 야간 공연장을 찾았다. 무대를 보는 것보다 혜서의 리액션을 지켜보는 게 더 흥미로웠다. 사회를 보는 개그맨이 곧 댄스경연대회가 시작된다며 호들갑스럽게 호객을 시작했다. 혜서의 엉덩이가 들썩이는 게 본능적으로 느껴졌다.

"나갈 생각 하지 마."

"상품권 준다잖아. 나 작년에도 3등 했었어."

"1등은 왜 못 했는데?"

"미친 두 커플이 올라왔는데 어떻게 이기냐? 상품권 타려고 무대에서 별짓을 다 하더라. 니가 그걸 눈으로 못 봐서 그래. 완전 진상이었어. 이번엔 2등에 도전해 볼게. 상품권 타면 내가 치킨 쏜다."

그깟 싸구려 기름에 튀긴 조류 따위. 누구 좋은 일 시키려고 저길 올라가겠다는 거야?

"아서. 그 치마 입고 저 위에서 춤을 추겠다고? 내가 줄게, 상품권. 집에 있는 거 전부 다 줄게."

"그건 내가 받은 게 아니잖아."

"재미없다. 집에 가자."

"그럼 니가 나갈래?"

표현은 한 번도 안 했지만 혜서는 J고등학교 축제 때 춤추던 세현을 보고 반할 만큼 감탄했었다. 그녀에겐 춤 잘 추는 사람만 보면 없던 애정도 솟구치는 지병이 있었다.

"나가서 비보잉 좀 보여 줘. 너 그날 끝내주게 멋졌는데. 내가 무대 아래서 소리를 얼마나 질렀는지 알아? 니가 나가면 누나가 포기할게."

'아무 말 없길래 안 본 줄 알았는데 다 보고 여태 시침 뚝 뗀 거야? 뭐 이렇게 과묵한 여성이 다 있어?'

"좋아. 몰래 따라 올라오면 안 된다? 약속해."

"안 올라가. 1등 하면 오늘 하루 너 오빠 대접해 준다."

오빠? 더는 망설일 이유가 없었다. 세현은 혜서가 마시던 음료수를 빼앗아 한 모금 마시곤 바로 무대로 걸어갔다. 이미 꽤 많은 사람이 올라와 있었으나 보는 눈은 비슷했다. 그의 등장만으로도 주변이 술렁거리기 시작했다. 사회자가 모자를 벗게 하자 무대 아래는 아예 난리가 났다.

음악이 시작됐어도 세현은 서두르지 않았다. 분위기를 파악한 그가 슬슬 움직이자 무대 위 사람들이 저절로 홍해 갈리듯 나뉘었다. 흥분한 관객들은 미친 듯이 소리를 질러 댔다. 혜서는 생각했다.

'독보적이란 표현은 이럴 때 쓰는 거군. 그 꼬맹이가 저렇게 자란 건 도대체 어떤 신의 조화냐.'

비보잉만 잘하는 줄 알았더니 다른 춤도 잘 췄다. 음악에 맞춰 댄스 장르를 바꾸는 센스도 있었다. 티셔츠가 말려 올라가면서 복근이 보일 때마다 여자들은 귀가 아프게 소리를 질러 댔다. 누가 봐도 1등이었다.

한바탕 호들갑을 떤 사회자가 준다던 상품은 안 주고 세현을 붙잡아 놓고 질문을 던졌다. 아무렴, 저절로 굴러 들어온 황금 호박을 그냥 보내 줄 리가 없지.

"오늘 축제에는 어떻게 오셨나요? 이 학교 학생인가요?"

그녀와 눈이 마주친 세현이 씩 웃더니 말도 안 되는 대답을 떡하니 내놓았다.

"여자 친구의 초대로 왔습니다."

여대생들의 한탄에 땅이 꺼질 지경이라며 너스레를 떨던 사회자가 문제의 '여자 친구'를 찾았다. 저 아저씨 왜 저래? 어디 숨을 데 없나 찾던 혜서는 그만 '남자 친구'와 눈이 딱 마주치고 말았다. 세현이 검지를 들어 정확히 그녀를 가리켰다.

"저기 있어요!"

사람들의 시선이 그녀에게로 꽂혔다. 혜서는 투명인간이 되고 싶었다.

"어서 나오세요. 나와야만 이 상품권 받을 수 있습니다!"

우이 씨. 나 이 학교에서 나름 유명한 사람이야. 이 시간 이후의 학교생활 니가 책임질 거야? 두 남자에겐 그녀가 뿜어내는 무언의 절규가 들리지 않는 모양이었다.

"나오면 상품권 한 장 더 드리려고 했는데! 어쩔 수 없이 2등한테 넘겨야겠네요."

혜서는 물질에 약했다. 상품권엔 더 약했다. 그러므로 그녀가 제 발로 무대에 올라간 건 너무나 당연한 결과였다. 세현이 웃는 얼굴로 그녀를 맞이했다.

무대 아래는 혜서의 등장으로 난리가 났다. 남자들은 여자의 쭉 뻗은 다리를 보며 미친 듯이 손뼉을 쳤고, 여자들은 한숨과 부러움 섞인 앓는 소리를 내며 대충 손뼉을 쳤다. 그래, 니들이 다 해 먹어라! 신이 난 사회자가 성급하게 마이크를 들이댔다.

"두 분이 언제부터 아는 사이였나요?"

세현이 먼저 대답했다.

"유치원 들어가기 전부터요. 네 살 때."

"아, 진짜요? 그럼 그때부터 사귄 건가요? 설마 그 어린 나이에?"

이번에도 그가 빨랐다.

"전 그때부터 좋아했는데요."

생긴 것도 염장인데 대답도 하나같이 염장이었다. 혜서는 떨떠름한 미소를 유지한 채 '남자 친구'의 귓가에 속삭였다.

"너 미쳤어?"

세현이 달콤한 미소를 유지하며 그녀의 팔을 잡아당긴 뒤 소곤거렸다.

"아까 그 스토커 저기 아래에 있어. 아직 안 갔나 봐. 연극은 마무리가 제일 중요한 거야."

무대 위에서 계속 염장 샷을 연출하는 두 젊은이에게 사회자는 담담한 어조로 적절한 멘트를 던졌다.

"자, 이제부터 두 분 키스 나누고 상품권 받아 가실게요!"

키스라니? 키스라니! 무대 아래는 순식간에 흥분의 도가니로 변했다. 자기들이 키스하는 것처럼. 그것도 모자라 약속이나 한 듯 한목소리로 외치는 게 아닌가. 키스해! 키스해!

미쳤어, 미쳤어. 저 사람들 나한테 왜 이래. 말문이 막힌 혜서는 고개를 돌려 옆을 바라보았다. 설마, 안 할 거지? 너 시킨다고 하는 애 아니잖아. 그렇지?

세현이 어깨를 으쓱하더니 그녀의 귓가에 조용히 속삭였다.

"미안. 어쩔 수가 없네."

지금 혜서의 마음은 이랬다. 대략난감. 사면초가. 전문 용어로 말하면 발목을 잡혔다.

지금 세현의 마음은 이랬다. 환호작약. 일거양득. 전문 용어로 말하면 발목을 잡았다.

목 놓아 키스하라고 외치는 수많은 사람 앞에서 혜서는 순간 이동을 하고 싶었다. 당신들이야 그저 움직이는 단편 멜로 영화 한 편 보면 끝이지만, 이 시간 이후 나는 이 애를 어떻게 보라고? 게다가 능글맞은 진세현. 어쩔 수가 없어? 아니, 있어!
혜서가 그의 두 팔을 살짝 밀어내면서 재빨리 대꾸했다.

"나 상품권 포기할래."

'헉. 이게 무슨 청천벽력 같은 소리야?'

당황한 그의 전두엽에서 사자성어가 막 튀어나왔다. 이 여
잘 어떤 감언이설로 구워삶지? 입술이 코앞에 있으면 뭐하나.
견물생심인데. 누나, 사람 하나 살리는 셈 치고 살신성인 좀 하
지? 어차피 이렇게 된 거 파죽지세로 밀어붙여 버릴까. 설마 죽
이기야 하겠어? 아니야. 아주 가능성 없는 소린 아니야.

다들 뜸들이지 말고 할 일이나 어서 하라고 끊임없이 다그
쳤다. 여러분, 나도 그거 하고 싶다고요. 누구보다 하고 싶다고
요. 세현은 혜서의 약점을 건드려 보기로 했다.

"누나, 20만 원이야."

'10만 원이면 바로 포기하는 건데.'

"눈 감고 있으면 하는 척만 할게."

"진짜지? 그럼 빨리 끝내."

"누난 20만 원만 생각해."

아이, 씨. 돈이 원수지. 2000만 원도, 2억 원도 아닌 20만 원
에 꼭 이래야 돼? 그렇지만 온종일 땅을 판다고 20만 원이 나오
는 건 아니잖아? 혜서는 두 장의 상품권을 생각하며 눈을 질끈
감았다. 그래. 그 돈이면 저번에 봐 둔 옷이랑 가방, 운동화에
다섯 권짜리 레 미제라블까지 살 수 있어. 하는 척만 한다고 했
으니까 믿어 볼게. 진세현, 연기 잘해라. 발연기 하면 죽는다.

보다 못한 사회자가 답답해하며 한마디 거들었다.

"남자 친구분! 여자 친구 모자는 벗기셔야죠. 키스의 기본 아닙니까."

모자를 벗기는 대신 챙을 뒤쪽으로 돌린 세현은 혜서의 양 볼을 감싸 쥐고 고개를 기울였다. 양각이 또렷한 여자의 입술을 마주한 순간 감전된 것처럼 짜르르해졌다. 왜 이래, 이거. 한 번도 안 해 본 것처럼. 마음과는 달리 차마 그 부위에 입을 댈 수가 없었다. 밑도 끝도 없는 이 죄책감은 뭘까. 그의 입술은 여자의 이마에 살짝 내려앉았다가 금방 떨어졌다.

사람들이 약속이라도 한 듯 야유를 퍼부었다. 사회자가 지금 뭐하는 짓거리냐고 호통을 쳤다. 혜서는 울상이었다.

"세현아, 집에 가고 싶어."

나야 상관없지만 누가 동영상이라도 찍어 인터넷에 올리면 누나는. 누나는 내가 평생 책임지면 되지만 그래도 이런 식은 좀. 아무리 연기라도 이게 우리의 첫 입맞춤인데 이렇게 공개적인 장소라니. 어떡한다. 주변이 너무 시끄러웠다. 생전 키스한번 못 해 본 인간들만 모였나 보군.

"나한테 다 맡기고 눈 감아. 내가 알아서 할게."

지하철 안. 혜서는 30분 전 일을 떠올리지 않으려고 노력했다. 그건 절대적으로 노력이 필요한 일이었다. 당황스럽게도 세현의 입술이 이마에 내려앉는 순간 감전된 것처럼 묘한 통증을 느꼈다. 입술은 또 어떻고. 닿지도 않는데 닿은 것보다 더

했다. 10초도 안 되는 그 짧은 시간, 다리에 힘이 풀려 그의 허리춤을 꼭 잡아야 했다.

그녀는 자신을 세뇌하기 시작했다. 그건…… 그냥 정전기일 거야. 다리는…… 그래, 종일 너무 오래 서 있었잖아. 정혜서, 키스 처음 해 본 것처럼 왜 이래? 얘는 친동생이나 마찬가지야. 기저귀만 안 갈아 줬지 니가 동생처럼 돌봐 줬던 애라고. 잊지 마. 군대는커녕 대학도 안 간 애라는 걸. 너 연하는 남자 취급도 안 하던 사람이잖아. 세현이 조부모님이 그렇게 잘해 주시는데 그분들의 귀한 손자를 상대로 이 무슨 말도 안 되는 망상이야. 벌써 노망난 거야? 역시 머리 검은 짐승은 거두는 게 아니었다고 후회하실 거야. 생긴 것도 뭐, 드물게 잘생기긴 했지. 그렇지만 인물 뜯어먹고 사는 거 아니잖아. 외모는 기껏해야 3개월이야. 내면을 봐야……. 우이 씨, 얜 뜯어먹을 게 많아 보여. 30년은 뜯어먹어도 될 것 같아. 누가 얠 고등학생으로 봐. 군필자라고 우겨도 믿을 거야. 요새 누가 세 살 차이를 연상연하 취급해. 다섯 살은 기본이지. 아, 이게 아니지. 다시 원점. 정혜서, 너 취했니? 얜 수능도 안 본 핏덩이라고. 혜서는 미성년자를 상대로 상념에 빠진 자신이 한없이 한심했다.

'그래, 남자를 너무 오래 끊은 거야. 이건 그저 연애 금단현상일 뿐이야.'

이어폰을 끼고 가만히 서 있는 혜서를 보며 세현은 딱 한 가지 생각만 했다. 다음엔 진짜 할 거야. 제대로. 정식으로. 서양식으로.

승객으로 가득 차 있는 객차 안. 세현은 자꾸 부대끼는 남자들로부터 혜서를 보호하느라 진땀을 뺐다. 평소보다 유난히 사람이 많았다. 여자 친구가 아니니 품에 폭 안아 감싸 줄 수도 없었다. 지하철 문이 열리자 덩치 큰 남자가 혜서를 툭 건드리고 나갔다. 저 자식이 돌았나! 아무래도 안 될 것 같아 그녀의 귀에서 이어폰을 빼고 물었다.

"내려서 택시 타고 갈래?"

귓가를 간질이는 바리톤에 무덤덤해지려 애쓰며 그녀는 무뚝뚝하게 대답했다.

"돈 아깝게 무슨 택시. 난 건대입구에서 갈아탈 테니까 넌 쭉 타고 바로 가."

"집까지 데려다줄게."

"뭐하러 그래. 복잡하게."

"1등 하면 오늘은 오빠 대접한다며? 오빠 말 좀 듣지그래?"

"오라버니, 그냥 가세요. 저 혼자 가도 돼요."

"늦었잖아."

"이제 겨우 10시 반인데 뭐. 나 스터디 하느라 매일 이 시간에 다녀."

"무슨 여자가 겁이 없어."

'그렇지? 이 얼굴, 이 몸매로 돌아다니는 건 상당히 위험한 짓이지? 니가 내 남자 친구라면 이렇게 말했을 텐데. 하지만 넌 내 남자가 아니지. 그냥 아는 동생이지. 그런데 왜 이렇게 허무하냐.'

대꾸 없이 이맛살을 찌푸리는 혜서를 보며 세현은 긴 숨을 안으로 삭였다.

'난 왜 스무 살도 안 됐을까? 난 왜 차도 없을까? 난 왜 정혜서보다 늦게 태어났을까? 결정적으로 당신은 왜 내 여자 친구가 아닐까?'

"누나, 배 안 고파? 우동 먹고 갈래?"

"아니. 오늘 너무 많이 먹었어. 관리해야 해."

"무슨 관리?"

"곧 여름이잖아."

"설마 비키니 입으려고?"

"어떻게 그렇게 빨리 기승전결이 정리돼? 너 진짜 머리 좋은가 보다."

"기승전비키니겠지. 관리에 여름까지 나오면 빤한 거 아냐?"

세현은 혜서를 순식간에 수영복 차림으로 변환시키는 자신에 놀라 멈칫했다. 아무래도 오늘은 이쯤에서 헤어져야겠다.

"그럼 조심해서 가. 주변 잘 살피고. 아, 머리 하나로 묶어라. 긴 머리 여자가 범죄에 더 취약하대. 그 치마는 정말. 바로 집으로 들어가. 알았지?"

'이거야말로 전형적인 애인의 발언 아닌가. 내가 이상한 거야, 얘가 이상한 거야?'

건대입구역. 혜서는 짧은 작별 인사를 던지고 객차에서 내렸다. 진심으로 진세현에게 무심해지고 싶었다.

와, 저 여자 진짜! 돌아보지도 않네. 손이라도 한번 흔들어 주고 가면 안 돼? 문이 닫히기 직전 그는 마음을 바꿔 객차에서 내렸다.

5미터 앞에 짧은 치마를 가방으로 가릴 생각도 안 하고 계단을 성큼성큼 올라가는 혜서가 보인다. 지나가는 행인의 9할이 그녀의 다리를 힐끗거렸다. 요령도 좋지. 치마가 저렇게 짧은데 속옷은 그림자도 안 비치네. 계단을 내려오던 남자가 고개를 되돌려 슬그머니 기울이더니 그녀의 허벅지를 쳐다보았다.

'저 개새……. 내 언젠간 저 치마를 불살라 버리겠어!'

혼자 돌아가는 길. 누군가의 배웅을 받아 본 지 너무 오래됐다. 껄떡대던 주변 남자들을 꼼꼼히 떠올려 봤지만 하나같이 성에 안 찬다. 세현과 두어 달 어울린 부작용이리라.

아서라, 정혜서. 남자는 외모가 아닌 능력이야. 얼굴 그까짓 거? 그런 애들은 꼭 인물값 한다니까. 본인이 안 그런데도 여자들이 줄줄이 들러붙는다고. 니 성격에 그 꼴 봐 줄 수 있어? 재력? 그건 세현이 게 아니잖아. 너 부모 재산 믿고 으스대는 인간들 혐오하잖아. 능력? 이제 겨우 고3인데 언제 자라서 능력을 발휘해. 기다리다 노처녀 된다고. 집안? 좋기야 하지. 하지만 그것 역시 배경일 뿐, 본질은 아니잖아. 성격? 냉정하게 말해서 무난한 스타일은 아니지. 너한테는 잘해 준다고? 저런 애가 마음 바뀌면 더 무서운 거야. 좋을 땐 뭔 짓을 못 해? 하늘의 별도 따다 주는 척하지. 그게 인간 수컷의 본질이라고.

하지만 혜서야, 세현이가 지금은 저래도 어릴 땐 안 그랬잖

아. 근본은 다정하고 착한 아이였어. 타고나길 인물이 좋은 걸 어떡해? 못생기게 성형해? 집안 좋고 재력 빵빵한 게 죄야? 그건 그 애가 복을 타고났다는 물적 증거라고. 적어도 여자한테 생활비 벌어 오라고 눈치주거나 사업 자금 빌려 오라는 소린 안 할 타입이야. 아마 여자 덕에 먹고사느니 혀 깨물고 자결할 걸. 능력이야 아직 어린데 서서히 키우면 되지. 키울 시간이 많으니 얼마나 좋아. 우선 좋은 대학부터 보내고…….

한심한 상상이 꼬리에 꼬리를 문다. 세현이 데려다준다고 할 때 냉큼 그러라고 하고 싶었다. 그대로 헤어지기 싫었다. 이무슨 기가 막히고 코가 막힌 연애 금단현상인가. 정혜서, 어떻게 두 달 만에 맛이 갈 수가 있니? 착각하지 마. 그 앤 그저 누나처럼 잘해 주는 것뿐이니까. 그렇게 자신을 어이없어할 때 누군가 어깨를 툭 건드렸다.

"뭘 그렇게 생각해? 옆에서 한참을 같이 걸어도 모르네."

"그냥 가지 왜."

"놀라지도 않네. '어맛! 깜짝이야!' 막 이래야 정상 아니야?"

'여태껏 니 생각만 하고 있었는데 새삼 놀랄 것까지야.'

혜서가 피식 웃어 보였다. 세현은 괜히 조바심이 났다.

"갈아타는 것만 보고 갈게."

7호선 환승역에 도착하자마자 아슬아슬하게 지하철을 놓쳤다. 벤치에 앉은 그녀는 철로 맞은편에 서 있는 사람들을 멍하니 구경했다. 종알종알 떠들 기분이 아니다. 세현이 무릎 위에 올려놓은 그녀의 가방을 노크하듯 두드렸다.

"누나, 아까 나하고 한 약속 기억하지?"

"뭐?"

"시험 볼 때까지 이성 친구 안 만들겠다는 거."

한 치 앞도 못 보고 사는 인생이여. 난 왜 이렇게 시야가 좁을까.

"세현아, 아무리 생각해도 그건 아닌 것 같아. 무르자."

"그런 게 어디 있어? 약속인데. 누난 공부나 열심히 해. 한 번에 합격해야지."

"니가 내 걱정할 땐 아닌 것 같은데."

"난 재수할 생각 없어. 내 걱정은 하지 마."

"아고, 기특해라. 그러니까 무르자."

"안 돼. 침 뱉었어. 퉤퉤. 시험 붙으면 좋아하는 연애 실컷 하라고. 뭐가 그렇게 급해? 누나 남자 없이 못 살아?"

"말을 해도 꼭. 밥 없인 못 살지."

5개월만 기다려. 나 없인 못 살게 해 주겠어.

"금방 지나가."

"하아……. 반올림하면 여섯 달이야. 무려 반년이라고."

한숨으로 지반도 무너뜨릴 기세다. 안 그래도 지하인데.

"100년 인생을 생각하면 그건 아무것도 아니야."

"넌 마지막으로 여자 친구 사귄 게 언제쯤이야?"

"그게 왜 궁금한데?"

"난 올해 내내 솔로였거든. 11월까지면 거의 1년을 남자 친구 없이 지내는 거라고. 20대의 1년이 얼마나 큰 건지 알아?"

기분이 좋아진 그는 웃는 얼굴을 들킬까 봐 반대쪽을 쳐다보았다. 지난봄에 헤어졌다고 했으면 큰일 날 뻔했다.

"근데 너 그 명함 어떻게 할 거야?"

키스 연기를 마친 둘은 상품권을 받자마자 도망치듯 그 자리를 벗어났다. 뒤늦은 후회가 쓰나미처럼 밀려들었다. 다른 곳도 아니고 학교에서, 그것도 그 많은 사람 앞에서 그 짓거리를 하다니! 돌아도 곱게 돌았어야지. 어디선가 아는 목소리가 혜서의 이름을 불렀지만 모른 체하고 발걸음을 재촉했다.

잠시 뒤, 뛰듯이 따라온 남자가 두 사람 앞을 가로막았다. 초대 가수로 온 인기 가수가 속한 기획사의 직원이었다. 실장이라고 직함을 밝힌 그는 둘 모두에게 명함을 주었다. 가능한 한 빨리 연락 달라며.

"버리지 뭐. 우리 집에서 허락할 리가 없어. 나도 할 마음 없지만. 누난?"

"나도 별로. 근데 세현아, 상품권 내가 다 가져도 돼? 춤은 니가 췄잖아."

"된다니까 몇 번을 물어. 몇 장 더 줄까? 백화점상품권하고 문화상품권 꽤 있는데."

반포를 떠난 뒤부터 혜서에겐 공짜로 무언가가 생기는 일이 드물었다. 다달이 배달되던 월간지, 매주 한두 번씩 하던 외식, 아빠가 매달 몇 장씩 주던 도서상품권 같은 것. 방학이면 온 가족이 며칠씩 여행을 하곤 했는데 그마저도 오래전 기억이다. 이제 그녀는 요행을 바라지 않는다. 그게 마음 편했다.

"아니, 이거면 충분해. 고마워. 잘 쓸게."

세현은 어른이 된 혜서 누나가 신기했다. 알면 알수록 마음에 든다. 가장 최근의 여자 친구 둘은 뭘 준다면 거절하는 법이 없었다. 틈만 나면 뭔가를 사 달라고 조르거나, 갖고 싶은 물건을 찍어서 휴대폰으로 전송하는 것 정도는 흔한 일이었다. 그런 걸 애교라고 생각하는 여자들이었다. 열차가 들어온다.

"갈게."

"도착하면 문자 보내."

"무소식이 희소식이래."

"나 따라가?"

"오라버니, 문자 드릴게요. 조심해 가세요."

세현이 씩 웃으며 대답했다.

"오냐."

'역시 어리구나. 오라버니 한 번에 좋아하는 걸 보니.'

점심시간. 식판을 내려놓고 앉은 정욱은 맞은편의 친구를 물끄러미 바라보았다. 태어나서 처음으로 부러워해 본 타인이다.

배가 고팠던 세현은 묵묵히 밥을 먹었다. 식사를 마친 그는 평소답지 않게 양이 줄어든 친구를 바라보며 입을 뗐다.

"먹는 게 왜 그래?"

"요새 입맛이 좀 떨어졌어."

"모의고사 성적도 떨어졌다며? 할 말 있냐?"

"어. 여기선 좀 곤란하고. 세현이 넌 모의고사에 강한 타입인가 보더라. 많이 올랐다며?"

그러기도 했지만 그만큼 노력하고 있다. 한 번만 훑어봐도 컴퓨터처럼 기억하는 천재가 아니므로. 사실 아이큐로만 봤을 땐 천재에 가까운 수치였지만, 그건 테스트 특성상 수학에 특출한 그에게 유리한 결과일 뿐이다.

"너 내가 얼마나 열심히 공부하는 줄 알아? 눈물 없인 볼 수가 없을 거다."

"자식, 겸손은."

"너도 알다시피 내가 그리 겸손한 스타일은 아니지. 코피까지 흘렸다니까."

"안 그래도 소문 쫙 퍼졌더라. 세계사 시간에 코피 흘렸다고."

'아, 이주영 쌤. 혜서 누나에게도 그 소식이 전해졌을까? 둘이 친하던데.'

본관 앞 벤치에 앉은 두 고3은 잠시 지나가는 학생들을 구경했다. 여자 후배들은 그냥 지나치는 법이 없었다. 음료수, 과자, 초콜릿 같은 간식이 쌓였다. 세현은 그중에서 음료수를 하나 골라 정욱에게 건넸다.

"뜸 들이지 말고 어서 말해. 너 때문에 동아리방도 못 간 거알지?"

"혜서 쌤 전화번호 좀 알 수 있냐?"

"왜?"

"메일은 가끔 주고받는데……."

나한테는 아무 소리 없더니! 하긴 메일 주소를 가르쳐 주고 갔지.

"전화번호는 안 가르쳐 주더라. 아무리 졸라도."

그건 마음에 드네.

"번호 알면 뭐하게?"

"그냥…… 글 쓰는 것도 좀 물어보고. 넌 번호 알지?"

"알지."

"나한테만 가르쳐 주라, 친구야."

친구야, 니가 잘 모르는 것 같은데, 사랑 앞에 친구 따윈 없
단다.

"사는 집까지 가르쳐 주면 더 좋고."

"하하. 집? 너 뭐냐?"

"나도 진짜 미치겠다. 이런 적이 처음이라."

그가 아는 정욱은 또래 여자애들을 한 수 아래로 보는 모태
솔로다. 친구들보다 선생님들이 더 편하다고 말한 적도 있다.

"이건 진짜 진지하게 말하는 건데, 너 그냥 가업 이어라. 한
의사 하라고."

"너까지 이러기야?"

"생각해 보니까 이다음에 나하고 우리 가족 건강에 문제 생
기면 부탁할 친구는 있어야겠더라고. 양의사 할 놈은 몇 있으
니까 한방 쪽으론 니가 책임져."

"우리 가족? 너희 가족 누구?"

"당연히 내 와이프하고 우리 애들이지. 알잖아. 나 외롭게
자란 거. 1남 2녀 정도는 낳으려고."

"1남 2녀 낳아 줄 여자는 있고?"

"세상에 여자가 이렇게 많은데 그중 내 짝 하나 없겠냐?"

세현은 사실 그 얘기까진 하지 않으려고 했다. 적어도 졸업 전까지는.

"가르쳐 줄게. 그 전에 약속 먼저 해."

"뭘?"

"적어도 서른 살 전까진 내가 한 말 옮기지 않겠다고 니 가 운뎃다리 걸고 약속하라고."

"자식이 걸어도 꼭 그런 걸 걸라고 해. 너 같으면 그 중요한 걸……."

"싫음 말고."

"알았다, 인마!"

"내가 지금부터 하는 말 한 번이라도 발설하면 넌 평생 발기 불능이야."

"또라이. 그건 너무 가혹하지!"

"싫음 말라니까."

"아, 알았어. 약속할게."

"혜서 누나 지금 우리 할머니 집에서 살아."

"……거긴 왜?"

"그럴 만한 사정이 좀 있어. 누나하고 나 매 주말마다 만나. 2박 3일을 같은 집에서 지낸다고. 그게 어떤 건지 알아? 니가 언제부터 혜서 누나를 좋아했는지 모르겠지만, 난 네 살 때부터 좋아했어. 스무 살 되자마자 대시할 거야. 아직도 전화번호 궁금해?"

"……응."

"시기를 좀 당겨야겠네. 대학 합격하면 바로 대시하는 걸로. 난 절차란 절차는 다 밟을 거야. 언약식이든 뭐든. 결혼은 혜서 누나가 원할 때. 최대한 빨리."

"미친 거 아냐?"

"그래. 여자한테 미쳤다고 해 두자."

하는 말마다 정상의 범주를 넘어선 발언뿐이다. 친구의 낯선 모습에 당황한 정욱은 똑같은 수준의 대꾸를 하고 말았다.

"나중에 기자 돼서 사회적으로 매장시켜 버릴까 보다!"

"그러려면 내가 유명해져야겠네? 아무나 매장시키진 못할 거 아니냐. 매장한 보람도 없을 테고. 그렇지?"

이거 제대로 돌았다. 평소의 세현이라면 입에 담지도 않을 말만 골라 하는 걸 보니.

"너 이러고 다니는 거 혜서 쌤도 알아?"

"알면 그냥 두겠냐."

"혜서 쌤이 너 좋아해? 아니지? 너 혼자 삽질하는 거지?"

"적어도 너보단 날 좋아하겠지. 아직도 전화번호 궁금해?"

정욱은 세현을 알았다. 이놈은 한다면 하는 놈이다. 미친 자식. 미친 듯이 공부할 때 알아봤어야 했는데. 언약식? 결혼? 아, 진짜 미친 새끼! 어쩌다가 이런 걸 친구라고.

"아니."

그제야 세현은 만족스러운 미소를 띠며 친구의 어깨를 툭툭 두드렸다. 가련한 19세, 넌 너의 길을 가라. 그 여잔 너의 길이 아니란다.

"한정욱, 딴생각하지 말고 열심히 공부해. 기자든 작가든 한의사든 뭐라도 돼야지."

혜서는 축제 이후 학교 갈 때마다 괴롭다. 그새 국어교육학과는 물론 사범대 안에 소문이 파다하게 퍼졌다. 학과 사무실에 가면 조교가, 강의실에 가면 친구들이, 교정을 걸으면 후배들이 묻는다. 배우 겸 모델같이 생긴 그 남자는 도대체 누구냐고. 그날 모자를 쓰고 있긴 했지만, 무대 위의 혜서를 알아본 사람이 꽤 있었다.

소문이 사실로 굳어지는 건 시간문제였다. 혜서는 변명도 하기 싫어 그저 아는 애라고만 했다. 절친인 영진 말고는 곧이곧대로 믿어 주는 사람이 없었다. 하긴 누가 믿겠는가. 그 많은 사람 앞에서 키스까지 했는데. 단지 상품권을 받기 위한 연극이었다고 설득해 보았으나, 그런 남자라면 상품권을 갖다 바치며 사귀어야 한다는 대답이 돌아왔다. 세상은 잘생긴 남자에게 늘 너그러운 곳이다.

"혜서야, 그 남자가 너 엄청 좋아하는 것 같더라. 목소리까지 완전 달달하던데. 그런 남자는 무조건 접수부터 하는 거야. 찌라시라도 만들어 뿌려야 할 판에 어디서 튕기고 있어!"

그 사달이 일어난 지 일주일도 안 돼서 마지막 남자 친구와 맞닥뜨렸다. 도서관에서 나오는 길이었다. 그동안 같은 대학에 다니면서도 거의 마주치지 않은 게 기적 같은 일이긴 했다. 혜서의 앞길을 막은 그는 할 말이 있다며 무겁게 첫 입을 뗐다. '이런 우연 정말 싫다. 진지한 목소리는 더 싫다.' 그런 생각을 하며 한때 오빠라고 불렀던 남자를 떨떠름하게 마주 보았다.

"빨리 말해. 스터디 가는 길이야."

"너 그새 남자 친구 생겼어?"

세현이 남자 친구는 아니지만 어차피 소문난 거 이 남자 앞에선 부정하고 싶지 않았다.

"그새라니? 오빠하고 나 지난겨울에 헤어졌어. 내가 평생 연애도 안 하고 혼자 살 줄 알았어?"

"나한테 너무하는 거 아니야? 난 아직도 널 못 잊었는데."

포동포동 살이 오른 걸 보니 잘살고 있었구먼 어디서 사기야? 혜서는 남자의 얼굴을 바라보며 애써 짜증을 눌렀다. 오빠니가 날 못 잊어? 사업 구상 때문에 바빴던 건 아니고?

"혜서야, 우리 다시 만나자. 아무리 생각해도 난 너밖에 없어."

어이가 없다. 좀 더 신선한 멘트는 없어? 왜 늘 이런 식이야?

"아시다시피 난 돈은 없고 남자 친구만 있어. 다른 사업 파트너 찾아봐."

"그땐 미안했어. 오빠 사업 계획 접었어. 요샌 임용고시 준비하고 있어. 우리 같이 부부 교사로 행복하게 살자."

하는 말마다 질린다. 짜증 나니까 그런 상상도 하지 말라고! 누구 마음대로 부부야? 내가 왜 댁의 가상 아내가 돼야 하는데?

"어떡하지? 난 부부 교사 될 마음이 전혀 없는데? 중요한 건 내가 오빠 생각을 손톱만큼도 안 하고 산다는 거야. 웬만하면 마주쳐도 모른 척하자. 그게 매너 아니야? 한 번 더 말하는데 다신 아는 척하지 마. 이건 경고야."

스터디에 늦을까 봐 발걸음을 재촉하면서 생각했다. 내가 왜 저렇게 시시한 남자를 좋아했을까. 눈도 낮지. 저런 남자와 다시 만나느니 19세 고딩 진세현과 사귀는 게 백배 낫지. 아무렴.

혜서's Diary

1박 2일 일정으로 엄마를 만나러 다녀왔다. 방 안에 들어와 보니 공기청정기가 있었다. 세현이 방에 있던 거다. 어떻게 된 건가 싶어 할머니께 여쭤 보았다.

"그게 거기 있었냐? 난 모르는 일인데."

"코드까지 꽂혀 있던데요?"

"세현이가 갖다 놨나? 한 시간쯤 전에 갔는데."

오늘은 왜 전화가 없나 했더니 기다리다 간 건가? 잘 준비를 마친 뒤 침대 헤드에 느긋이 기대 카톡 메시지를 보냈다.

— 똑똑. 자?

— 아직.

— 니가 공기청정기 내 방에 놓고 갔어?

— 그런가 봐.

— ㅎㅎ 왜?

— 그거 틀어 놓고 자면 잠이 더 잘 온대.

— 근거 있는 말이야?

— 좀 믿어. 속고만 살았어?

— 응. —,—;;

— 푹 자라고.

— 그럼 넌?

— 난 주말에만 있잖아.

— 그럼 주말엔 니가 써.

— 알았으니까 신경 쓰지 마. 바빠.

— 그래. 공부해.

지난주 토요일 밤이 생각난다. 가족실 소파에 앉아 노래를 들으며 발톱에 색색의 페디큐어를 칠하고 있었다. 발가락 세 개를 남겨 뒀을 때, 좋아하는 노래가 시작됐다.

오늘의 하늘은 내게 누군가가 두고 간 선물 같아.

어제보다 더 따뜻해.

클라이맥스 부분을 따라 부르는데 갑자기 이어폰 하나가 쑥 빠져나갔다. 세현일 줄 알았다. 이 집에서 그럴 사람은 한 명밖에 없다. 나는 밥 먹을 때 건드리는 건 참아도 노래 들을 때 건드리는 건 참지 못한다. 하지만 꾹 참고 손을 내밀었다.

"내놔."

"무슨 노래야? 택배송이야?"

"뭐?"

"택배 찬양가냐고. 누가 선물을 주고 갔다며?"

으하하. 이 아이와 나의 공통점이 하나 줄었다. 차이점을 나열하자면 끝이 없을지도 모르겠다.

"너 이 노래 모르는구나."

"내가 세상 노랠 다 알아야 해?"

도도하긴. 지구가 널 중심으로 돌아야 하지? 넌 그저 수십억명 중 하나일 뿐이라고. 하지만 씩 웃는 그 애의 얼굴을 보면 스르르 화가 풀린다. 내가 생각해도 나는 참 문제가 많다. 어쩌다이런 캐릭터가 됐는지.

"들어 볼래? 이거 라이브 버전 녹음한 거야. 내가 남자라면 이런 목소리를 달라고 천일기도라도 했을 거야."

"사람들이 내 목소리도 좋다던데. ……별로야?"

그럴 리가. 네 중저음이 날 낳았어. 그래도 그런 발언은 함부로하면 안 된다. 남자는 조금만 잘해 주거나 칭찬하면 다 저를 좋아하는 줄 아니까.

"그렇게까지 묻는데 어떻게 별로라고 해. 너 어려선 좀 하이톤이었는데 언제부터 목소리가 변했어?"

"중학교 때. 처음엔 바뀐 내 목소리가 싫어서 말도 거의 안 하고 살았어."

"니 목소리 좋아. 난 너 다시 만났을 때 그 목소리가 제일 신기했어."

물론 얼굴도 포함이다. 하지만 '너 죽여주게 잘생겼어.' 하는 말 따윈 하지 않는다. 지겹게 들을 텐데 나까지 보탤 이유가 있나. 다시 말하지만 지나치게 잘생긴 남자는 내 타입이 아니다. 난 나보다 돋보이는 남자와 다니며 수시로 비교당할 생각이 없다. 무조건 내가 더 예뻐야 한다.

"난 누나가 너무 통통해져서 놀랐는데."

싱글싱글 웃는 얼굴로 이런 말을 할 사람도 이 집에는 한 명뿐이다. 나는 현재 내 몸매에 만족하므로 어떤 말로 놀려도 상처받지 않는다. 특히 이 아이 입에서 나온 말이라면.

"혹시 글래머라고 들어 봤냐?"

"허. 누나가? 누가 그래?"

"너 빼고 전부. 부처 눈엔 부처만 보이고 돼지 눈엔 돼지만 보인다는 말은 들어 본 적 있지?"

"전형적인 이분법적 사고야."

여전히 싱글거리는 표정이다. 눈에는 장난기가 가득했다. 니가 가슴도 44인 여자를 만나 봐야 66 사이즈의 위엄을 알게 될 거다. 너에게 저주를 내리겠다!

"넌 평생 44 사이즈만 만나라."

"44가 제일 마른 거야?"

"33도 있긴 하지. 아동 사이즈랄까."

"나 너무 마른 여자는 안 좋아해."

"그럼 어떤 여잘 좋아하는데? 예쁜 여자?"

"외모 별로 안 보는데? 내가 이 말 하면 왜들 안 믿지?"

"예쁜 여자를 싫어하진 않지?"

"누난 잘생긴 남자가 싫어? 싫지 않은 것과 좋아하는 건 엄연히 다른 문제야."

"난 못생기지만 않으면 돼. 노래나 듣자. 가사 잘 들어 봐."

이어폰을 꽂은 채 음악에 집중하는 세현의 옆태는 로맨스 영화의 스틸컷 같다. 와, 내가 이런 생각을 하다니. 못생기지만 않으면 괜찮다는 말에 두 치 정도의 거짓이 있었던 것 같다. 노래가 끝났을 때 그 애가 뜻밖의 질문을 해 왔다.

"누난 다시 태어날 수 있다면 어떤 사람으로 태어나고 싶어?"

이상하다. 세현이 앞에선 남들에겐 하지 않던 얘기도 편하게 할 수가 있다. 절대 편하게 생긴 아이가 아님에도 불구하고. 나는 가운뎃발가락에 주황색을 덧칠하며 대답했다.

"안 태어나고 싶어."

내가 마지막 새끼발가락에 초록색을 칠할 때까지 그 앤 조용했다. 테이블 위에 늘어놓은 매니큐어 병을 정리하다가 눈이 마주쳤다. 그 눈길이 부담스러웠다.

"왜 안 태어나고 싶은데?"

"인간으로 사는 건 한 번으로 충분해. 화끈하게 살다가 미련 없이 죽을 거야."

"꼭 사람으로 태어나야 한다면?"

난 가능한 한 긍정적으로 살려는 사람이다. 이건 내 친구들을 포함해 주변인들이 입을 모아 하는 말이다. 그래도 나에겐 버거운 시간이었다. 특히나 엄마를 보고 온 날이면 더. 살아 있는 게 덧없고, 살아야 할 의미를 찾기 힘들고, 정말이지 오래 살고 싶은 마음은 눈곱만큼도 없다. 전생, 후생, 윤회, 그런 말 따윈 믿지 않는다. 그래도 다시 태어나야 할 운명이라면······.

"생명이 없는 걸로. 돌이나 바람 같은 거. 생각할 수도 없고 고통도, 아픔도 느끼지 않는 거. 그런 걸로. 넌 뭐로 태어나고 싶은데?"

"혹등고래."

'고래들의 전쟁'이라는 다큐멘터리를 보다가 그런 생각을 하게 됐다고. 혹등고래가 범고래 떼의 공격을 받는 귀신고래 새끼들을 도와주는 장면은 나도 기억한다. 나 역시 범고래의 먹잇감이 될 뻔한 물범을 지느러미에 태우고 배영으로 헤엄치는 장면이 제일 인상 깊었다. 동물에 연민을 느낄 줄 아는 고래로 태어나고 싶은 아이. 이런 세현이가 마음에 든다.

"너도 사람 아니네."

"그랬었는데, 얼마 전 생각이 바뀌었어."

"설마 크릴새우?"

나는 웃는 세현일 보면서 이 아이가 날 좋아하는 것 같다는 생각을 하지 않으려고 노력했다.

"다시 태어나면 또 나로 태어나고 싶어."

"넌 니 인생에 만족하는구나."

"꼭 그런 건 아닌데, 사람으로 태어날 이유가 생겼어."

그 애가 들어간 뒤 난 이런 망상을 했다. 이런 말을 더 하고 싶었을 거라고.

'그러니까 누나도 정혜서로 태어나. 그래서 우리 앞집으로 이사 와. 그 대신 이번엔 내가 먼저 태어날게.'

하아, 이건 의사가 고칠 수 있는 병이 아니다. 그 많던 남자들은 누가 다 데려갔을까.

세현's Diary

월요일부터 금요일까진 시간이 너무 안 간다. 나는, 소풍을 앞둔 아이처럼 금요일만 기다린다. 주말은 2박 3일의 수학여행이다. 할머니 집에 가면 내가 좋아하는 여자가 있다.

우리는 하루에 세 번 같이 밥을 먹고, 하루에 한 시간 같이 텔레비전을 보고, 하루에 두 번 같이 간식을 먹는다. 공부는 각자 방에서 하지만 가족실에서 짧은 시간을 같이 보낼 때도 있다. 같은 집 안에 있다는 것만으로 나는 만족하려 한다.

네 식구가 함께 사이좋은 가족처럼 소파에 둘러앉아 드라마를 볼 때도 있다. 할아버지가 즐겨 보시는 주말 드라마다. 띄엄띄엄 보는 거라 재미도 없고 감동도 없지만, 보는 척이라도 해야 거실에 머물 핑계가 생긴다.

다음 회 예고가 끝나자마자 요새 가장 핫하다는 젊은 배우가 손바닥만 한 휴대폰을 들고 광고에 등장했다. 저걸 산다고 다 당신같이 되는 건 아니지. 나는 혜서 누나가 그 남자를 유심히 관찰하는 걸 눈여겨봤다. 누나 너도 저 인간한테 빠졌냐?

"난 저 남자 잘생긴 거 모르겠는데 왜들 그렇게 난리야."

이건 내가 한 말이 아니다! 끝없이 눈이 높은 건지, 한없이 까다로운 건지. 여자들은 열광할지 모르지만, 남자가 보기엔 대단히 잘생긴 얼굴도 아니다. 하지만 내색은 하지 않는다. 질투한다는 오해를 받고 싶진 않으므로.

"어디가 못생겼는데? 저 정도면 괜찮지."

"내 타입이 아니라는 거지 뭐. 키는 큰데 머리가 너무 작으니까 공룡 같지 않냐?"

으하하. 좋아서 미치겠다. 슬쩍 목소릴 낮춰 넌지시 물어보았다.

"그럼 어떤 외모가 이상형인데?"

"그런 걸 왜 미리 정해 둬? 세상에 남자가 얼마나 많은데. 케이스 바이 케이스지."

아무래도 난 여자를 잘못 고른 것 같다. 설마 인종, 결혼 여부, 자녀 유무, 성적 취향, 그런 것도 안 따지는 건 아니겠지? 남자는 냉장고보다 백배 천배 까다롭게 골라야 한다고.

"할머니, 빈 그릇은 제가 치울게요."

"들어가려고?"

"네. 너무 많이 놀았어요. 할아버지도 푹 쉬세요."

"오냐. 쉬엄쉬엄해. 공부도 좋지만 건강을 잃으면 다 잃는 거야."

"네. 당연하죠."

대답도 싹싹하다. 수박 껍질이 수북한 쟁반을 빼앗아 들고 주방으로 같이 자리를 옮겼다. 배가 터질 것 같았지만 10분이라도 더 같이 있고 싶어서 수작을 걸었다.

"수박 더 먹을까?"

"그만. 배불러. 너 수박 먹고 키 컸지? 니가 반 통은 먹었을걸."

"누난 키 큰 남자 싫어하는 것 같더라. 여자들은 키 크면 좋아하지 않나?"

"우리 과에 186짜리 남학생이 있는데 난 그 애만 보면 키 큰 게 무슨 소용인가 싶더라. 커다란 츄파춥스 같아서 징그러워. 나만 보면 '누나, 누나.' 아으."

딱 내 키다. 설마 나도 징그러운 건가. 이런 건 대놓고 물어봐야 한다.

"어떤 타입의 남자 싫어해?"

"당황스럽게 그런 걸 물어보고 그러냐."

"기호 없어?"

"그거 알아서 뭐하게? 먼저 들어간다!"

그녀를 두고 할 수 있는 상상엔 한계가 있다. 나는 내가 배운 도덕과 본능 사이에서 중심을 잡으려고 기를 쓴다. 그게 얼마나 힘든 건지 여자들은 모를 거다. 진짜 모를 거다. 발그레 달아오른 볼, 투명하고 가지런한 치아, 향기를 머금은 머리카락, 목덜미로 흘러내리는 까만 귀밑머리. 나는 그런 게 간절하게 만지고 싶다.

어젯밤, 발톱에 알록달록 페디큐어를 하는 누나를 보고 이런 생각을 했다. 저 발을 만져 보고 싶다고. 여자의 발을 만지다니. 태어나 처음 해 본 생각이다. 앙증맞은 손톱이 박힌 손가락을 보면 하나하나 물고 빨고 깨물고 싶어진다.

아마 머릿속이 들여다보이는 물건이었다면 난 벌써 생매장당했을 거다.

노크 소리가 들리더니 빼꼼히 문을 연 혜서 누나가 간식을 먹으라며 불러냈다. 식탁 위에 김이 파슬파슬 올라오는 옥수수가 보였다. 누나는 벌써 옥수수 하나를 물고 책을 들여다보고 있었다. 제목이 특이한 시집이다. '당신 발아래 그림자'라니.

"요새도 시 읽는 사람이 있네. 재미있어?"

"그냥 읽는 거야. 읽으면 마음이 편해져서."

"누나 이럴 때 보면 되게 언밸런스한 거 알아?"

"잊었나 본데, 이래 봬도 나 국어 교생 출신이야."

"신기한 거 또 있어. 여자들은 음식 나오면 사진 찍고 카스에 자랑하고 블로그에 올리고 그러잖아. 누난 그런 거 안 해?"

"내가 뭘 먹고, 뭘 하고, 뭘 샀는지 다른 사람들이 알아야 해? 자랑할 것도 없지만 귀찮아."

마음에 쏙 든다. 보면 볼수록 내 타입이다.

"너 되게 피곤해 보인다. 밤새웠어?"

"거의."

"공부는 죽도록 하는 거 아니라고 했지? 잘 땐 자야지."

"잠이 안 와서 한 거야. 할머니, 할아버지는?"

누나가 내 입에 옥수수를 물려 주며 대답했다.

"시장 보러 가셨어. 6시 전엔 오신대. 이거 꽤 먹을 만하네. 딴지 오래 안 됐나 보다. 너 시골에서 바로 딴 옥수수 먹어 본 적 있어?"

"아니."

"그거 알아? 금방 딴 옥수수는 생으로 먹어도 된대."

"익히지 않고 날로 먹는다고?"

"어. 아무것도 안 넣고 그냥 쪄도 진짜 맛있어. 난 그런 옥수수는 한자리에서 열 개도 먹을 수 있어."

"돼애……지."

이런 말이 아무렇지도 않나. 대꾸도 없이 웃어넘긴다. 하긴 태어나서 제일 예쁜 상태라고 제 입으로 떠드는 여자니 무모한 도발이었다. 아이스티를 만들어 한 잔씩 들고 가족실로 자리를 옮겼다. 누나가 다시 시집을 펼쳤다. 나 같은 건 안중에도 없는 자세다. 그녀의 관심을 독점하고 싶었다.

"시 읽어 줄래?"

"너님은 아기가 아님. 직접 읽으삼."

"국어 선생 말투 하고는. 누나 목소리 좋잖아. 어려서 나한테 책 많이 읽어 줬는데, 기억 안 나?"

"난 너한테 뭘 그렇게 많이 해 주고 살았다니? 진세현, 이 은혜를 어찌 갚을래?"

"천천히 오래오래 갚을게."

"그건 좀 부담스럽고. 이것만 다 먹고 읽어 줄게. 너도 하나 더 먹어."

10분 뒤, 바닥에 자리 잡은 누나가 시집을 펼쳤다. 소파 끝에 기댄 나는 눈을 감고 그 목소리에 귀를 기울였다.

당신 눈에 고인 눈물을 봅니다.

세상이 준 슬픔이 거기 있네요.

이리저리 채이다 무릎 꺾인 꿈.

날 딛고 일어나요. 같이 울 어줄게요.

당신 안의 어둠을 걷어 낼 수 있다면 나는,

발아래 그림자로 살아도 행복합니다.

말도 안 돼. 그림자처럼 살아도 행복하다고? 시는 내 취향이
아니었지만, 누나의 목소리는 듣기 좋았다. 하나 더 읽어 줘. 하
나만 더. 진짜 마지막으로 하나만 더. 이러다 한 권 다 읽겠네.
……어, 자니? 목소리가…… 아득히 멀어진다.

헤서 누나가 누군가와 걸어간다. 아무리 불러도 뒤돌아보지
않는다. 달려가 붙잡고 싶지만, 발이 움직이지 않는다. 가지 마.
가지 말라고! 아무리 외쳐도 목소리로 나오지 않는다. 깜짝 놀
라 깨 보니 소파 위였다. 누나는 소파와 탁자 사이 대자리 위에
잠들어 있었다. 가슴팍엔 시집이, 한 손엔 반쯤 먹다 만 옥수수가
쥐여 있다.

5시밖에 안 됐는데 비가 오려는지 바깥이 어둑어둑하다. 집 안
은 내 숨소리가 신경 쓰일 정도로 고요했다. 잠든 여자의 규칙적
인 호흡. 살짝 벌어진 입술,이 만져 보고 싶다. 키스,해도 될까?
입 맞추고 싶은데 그래도 될까? 안다. 이런 식은 안 된다는 걸.
손에서 옥수수를 빼낸 나는 누나를 거칠게 흔들었다.

"일어나! 공부해야지!"

누나가 잠에 취한 눈으로 나를 올려다봤다. 흐트러지고 무방
비한 표정이다. 그렇게 보지 말라고.

"시끄러워."

"얼른 일어나라고."

"조금만 더 잘래."

"그럼 방으로 가서 자. 입 돌아가. 맨바닥에서 뭐야."

"방까지 갈 기운 없어. 10분 뒤에 깨워 주라."

누나가 모로 누우며 눈을 감았다. 품이 넉넉한 티셔츠 사이로 파란색 브래지어 끈과 뽀얗고 통통한 가슴 언저리가 보였다. 한 손에 잡힐 듯한 가는 발목, 천에 둘러싸인 둥근 엉덩이, 굴곡진 허리를 지나면 규칙적으로 오르내리는 젖가슴이 있다. 이런 식으로 시험에 들고 싶지 않다. 가방에 문제집을 대충 쓸어 담은 나는 바로 집을 나왔다.

그날 밤 나는, 몽정을 했다.

8 무슨 씨도둑을 저리 하누

장마가 일찍 시작되려는지 어제 시작된 비가 좀처럼 그치지 않는다. 인희는 참외를 깎아 용민에게 한 조각 건넸다. 젊어서부터 식성이 좋았던 양반인지라 하루에도 몇 번씩 출출하다는 말을 입에 달고 산다. 살이 안 찌는 체질이었기에 망정이지 먹는 게 다 살로 갔으면 어쩔 뻔했나 생각하며 늙은 남편을 건너보았다. 사각사각. 꿀꺽꿀꺽. 치아도 튼튼하구려. 재산은 못 물려받아도 건강 하나는 타고난 사람이다. 하긴 박색에 약골이었으면 두 살이나 어린 이이를 맘에 들어 했을 리 없다.

"참외가 참 다네. 언제 사 온 거야? 그제 시장 보러 갔을 땐 안 샀잖아."

두 내외는 시장 볼 때면 늘 같이 다닌다. 나이 들수록 남편이 쇼핑을 더 좋아하는 것 같다.

"어제 혜서가 사 왔어요. 맛있어 보인다고."

"그래? 어린 게 엽렵하기도 하지. 빈손으로 달랑달랑 다니는 철딱서니들도 많은데."

"그죠? 지난주엔 자기네 학교 앞에 공갈빵 유명한 데가 있다고 그걸 부서질까 봐 조심조심 안고 왔더라고 글쎄. 우리 먹으라고."

"근데 난 왜 안 줬어?"

"호호호. 당신 친구들하고 공 치러 갔다가 하룻밤 묵고 왔던 날 사 왔어요. 먹다 보니 맛있어서 내가 다 먹었지 뭐. 그러게 누가 외박하래요?"

"누가 들으면 나가서 허리띠라도 풀고 온 줄 알겠네."

"그거야 모르지. 남자야 숟가락 들 힘만 있어도 씨앗을 본다는데."

"하여간. 바람을 피우라는 거야, 말라는 거야?"

"알아서 하시구려. 걸리면 무슨 개망신이야. 그 나이에. 아유, 추접스러워."

"허허, 내가 말을 말아야지. 혜서도 용돈 좀 주지그래. 나가면 다 돈인데."

"안 그래도 주려고 했더니 끝내 안 받아요. 제 엄마하고 어찌 그리 똑같은지."

"그럼 옷이라도 좀 사 줘."

"그럴까. 세현이 오면 같이 데리고 나가서 사 줘야겠다."

"우현이도 데리고 가. 티 나게 그러지 말고. 저번에 우현이가 그러더라고. 할머닌 형을 더 좋아한다고."

"어려서부터 늦둥이처럼 끼고 키웠는데 똑같을 수가 있나. 솔직히 난 그게 안 됩디다. 같은 손자라도."

"그거야 나도 그렇지만 며늘아기 보기도 그렇고, 티는 내지 말아야지."

"알았어요."

"여보, 차라리 혜서한테 말을 하면 어때? 우리가 널 손자며느릿감으로 생각한다. 그러니 뭐든 주면 거절하지 말고 편히 받아라. 이거 다 너희 거다. 그러면 안 되나? 속 편하게?"

"아, 이 양반 진짜. 우리만 속 편하면 돼요? 고등학교 졸업도 못 한 어린애를 네 신랑감이다. 그러면 퍽이나 반기겠소."

"그런가? 하기야 세현이한테 마음이 있는지 없는지도 모르는데."

"저번에 내가 혜서를 슬쩍 떠봤거든요."

용민은 아내의 입술에 빨려들 것처럼 집중했다.

"그랬더니?"

"네가 이렇게 예쁘고 참하니 졸업하기도 전에 여기저기서 서둘러 데려가려고 하겠다고."

"그랬더니?"

"결혼 생각 전혀 없다는데 뭐. 혜서도 어리잖아요. 요새 누가 그 나이에 결혼을 해. 서른 넘어 하는 여자도 부지기수더구먼."

"아이고, 기다리다 명 줄겠네. 세현이는 확실히 마음이 있는 거 같지?"

"있는 정도가 아니라 넘친다니까요. 혜서 없는 날은 풀죽어 있는 거 안 보여요? 말도 없어지고. 지난주 수요일인가 그때도 잠깐 왔다 갔었잖아요. 말로는 내가 좋아하는 단팥빵 사 왔다지만, 나한테는 빵만 달랑 주고 혜서 얼굴만 쳐다봅디다. 나 보고 싶어서 왔겠어요? 무슨 할 말이 그리 많은지. 난 세현이가 수다쟁이인 걸 요새야 알았네."

"좋은 거야. 얼굴 마주하고 할 말 없으면 평생을 어찌 살아."

"둘이 주고받는 거 슬쩍 들어 보면 웃겨 죽어요. 엎치락뒤치락 기 싸움이 팽팽하다니까."

"세현인 하자는 대로 다 하고, 하라는 대로 다 하는 여자 만나면 금방 싫증낼걸. 얼굴 못난 건 봐줘도 맹한 건 못 참을 거야."

"누가 아니래요. 혜서가 늦었다고 집에 가라니까 입꼬리가 쌜쭉해지더라니까. 30분 있다가 갈 걸 왜 그 밤중에 힘들게 오나 몰라."

"백 리 길인들 못 갈까. 우리 세현인 언제 대학생 되나. 군댄 또 언제 가고. 대학 졸업은……. 아유, 증손자는 어느 세월에 보느냐고. 군대만 다녀오면 바로 장가보내야지."

"또 또 김칫국 말아 드셔. 결혼을 혼자 해요?"

"내가 딱 10년만 젊었어도 이렇게 마음이 급하진 않을 텐데. 둘 다 너무 어려서 이래저래 걱정이네."

"우리 세현인 따르는 여잔 많아도 제가 좋아하는 여자는 하나뿐이라고 했는데. 여자만 제대로 만나면 평생 한눈 안 팔고 잘살 거라고. 내 친구 양숙이 알죠? 걔가 사주 공부를 제대로 했잖아. 양숙이가 그러더라고. 세현이가 보통 좋은 사주가 아니라면서……"

아내의 얼굴을 바라보던 용민은 벌써 50년도 더 된 시절을 떠올렸다. 아내는 그가 묵던 하숙집의 둘째 딸이었다. 돌아가신 장모님은 나이 쉰에 혼자돼 대학가 근처에서 하숙을 쳤다. 캠퍼스와 거리가 꽤 멀었음에도 밥이 후하고 맛있다고 소문이 나 사시사철 하숙생이 넘쳐났다. 학생이 7할, 일반인이 3할. 용민은 7할에 속하고 싶었으나, 형편상 3할에 속해야 했던 갓 스물 넘긴 청년이었다.

그는 제일 구석 쪽의 작고 허름한 방을 쓰며 직장을 다녔다. 인희 누이는 지방에서 올라온 그가 보기 딱했던지 사촌 동생처럼 살뜰히 거두었다. 손재주가 좋았던 용민은 집 안팎에 수리할 데가 있거나 궂은일이 생기면 부탁도 하기 전에 부지런을 떨곤 했다. 하숙집 아주머니는 딸을 시켜 그에게만 특별히 점심 도시락을 싸 주게 했다. 장모님 마음에 먼저 들었던 것이다. 그 잘난 대학생들을 다 제치고.

그러던 어느 날. 누런 양은 도시락을 열었더니 잡곡밥 아래 달걀부침이 두 개나 깔려 있었다. 원래도 마음이 있었지만, 그때부터 용민은 인희 누이가 더 좋아졌다. 장모님은 돌아가시기 전까지도 늘 당신이 보는 눈이 있었다며 둘째 사위를 든든해하셨다.

세월은 쏜살처럼 흘러 그 아리땁던 누이가 벌써 70대 중반이다. 동무들의 어린 아내와 비교해도 여전히 곱고 제 나이보다 젊어 보인다. 매사에 낙천적이고 대범한 아내가 아니었다면 지금의 풍요와 안락은 그의 것이 될 수 없었으리라. 멀리 볼 것도 없이 친형제들만 돌아봐도 그랬다.

아내는 적당히 욕심낼 줄도 알았고, 지나친 욕심을 자를 줄도 알았다. 전세를 끼고 사 둔 작은 아파트 몇 채가 알토란 같은 자산이 됐고, 일찌감치 사 둔 서울 변두리 땅은 수십 배의 차익을 남겼다. 눈만 뜨면 재산이 불어나던 시절이었다. 돈이 붙으니 별의별 사람이 들러붙고 들쑤시는 인간도 늘어났다.

그가 신도시 쪽으로 눈을 돌리며 대형 아파트를 더 사 두려고 했을 때 결사반대한 건 아내였다. 더 큰 욕심은 화를 부를 수 있다는 게 이유였다. 이제 아파트값은 내리막길을 걷게 될 거라고.

아니나 다를까. 그동안 사 둔 아파트를 싹 정리해 빌딩으로 갈아탄 이후 허구한 날 집값이 내려간다는 기사가 났다. 신림역 사거리에 있는 빌딩은 매달 황금알 같은 월세를 또박또박 토해 내고 있다. 애초에 사치와는 거리가 먼 사람들인데다 나가는 돈보다 들어오는 돈이 훨씬 많으니 점점 부자가 될 수밖에 없었다. 돈이 돈을 벌어들인다는 말이 딱 맞았다. 용민은 아내가 새삼 고마워 식탁 위의 손을 끌어다 잡았다.

"여보, 우리 드라이브나 할까?"

"비도 오는데 이 날씨에 드라이브는 무슨. 그냥 김치부침개나 해 먹읍시다."

"비 그치면 가자는 거지."

용민은 운전을 좋아했다. 아내는 나이 생각은 안 하고 과속한다며 늘 걱정이지만, 운전대만 잡으면 힘든 줄을 몰랐다. 은퇴 후 몇 년간 택시 운전을 한 적도 있다. 주변에서 하도 말려서 그만뒀지만 건물 관리만 하자니 시간이 남아돌았다. 어차피 관리인을 따로 두어 할 일도 많지 않았다. 요샌 택시를 다시 해볼까 하는 생각이 자꾸 든다.

"그럼 묵은지 한 포기만 꺼내 줘. 내가 썰 테니"

"그럴래요? 들기름 넉넉히 두르고 철판에 바싹하게 지지면 맛나겠네. 막걸리도 한잔합시다."

"좋지! 냉장고에 막걸리 남은 게 있나."

금요일 밤이면 마음이 느긋해진다. 침대에 엎드려 천천히 책장을 넘기는데 노크 소리가 들렸다. 세현이다. 뛰어왔는지 훤한 이마에 땀이 송골송골 맺혀 있다. 티는 내지 않았지만 반가웠다. 설마, 이것도 습관이라고 기다린 건가?

"오늘은 안 오는 줄 알았는데."

"내가 안 온다고 생각하니까 좋았어?"

"난 기본적으로 사람을 싫어하지 않아. 너도 인간의 범주에 들잖아."

"참, 말 진짜 요상하게 하네. 원숭이를 인간 대접해 주는 것처럼."

원숭이치곤 심하게 잘생겼지. 오스트랄로피테쿠스가 너처럼 진화할 줄 누가 짐작이나 했겠니. 세현이 불쑥 편의점 로고

가 찍힌 비닐봉지를 내밀었다. 그 안엔 새우깡 두 봉지와 포도 알갱이가 들어 있는 음료수, 츄파춥스 열 개가 담겨 있었다.

"졸릴 때 먹으라고."

"우와, 잘 먹을게. 너 같은 동생은 열도 키우겠다. 평생 내 동생 할래?"

"됐거든. 공부나 해."

"오자마자 공부하려고?"

"그럼 뭐 해?"

이 실망감은 뭐지? 혜서는 머리 하나는 더 큰 남자를 올려다보며 순하게 고개를 끄덕였다. 그래. 학생이 공부 안 하면 누가 하겠냐.

"가서 공부하세요."

말은 그렇게 했지만 벌써 몇 시간째인가. 남들은 불타는 금요일을 보낸다며 미친 듯이 쏘다닐 텐데 방 안에 틀어박혀 문법책이나 보고 있다니! 불금이라고 생각하니 평소엔 즐기지도 않던 치맥까지 생각났다. 빌어먹다 죽을 취업 준비생. 낭만이라곤 개미 눈곱만큼도 없는 대학 졸업반. 문제는 그녀가 고작 스물두 살이라는 거다.

벌떡 일어나 거울을 들여다봤다. 한숨이 절로 나온다. 어쩜 이렇게 하루가 다르게 예뻐지지? 이 미모로 남자도 못 만나고 방구석에 틀어박혀 썩어 가다니. 지난주, 졸업 전 마지막 기회일지도 모를 미팅을 하자던 친구의 제안에 못 이기는 척 넘어갔어야 했다. 무슨 책임감인지 그 말을 듣는 순간 세현과의 약속이 떠올랐다.

'니가 내가 포기한 게 뭔지 알면 츄파츕스값이 하나도 안 아까울 거다.'

도저히 좀이 쑤셔 참을 수가 없다. 혜서는 자신에게 두 시간의 휴식을 주기로 했다. 입은 옷에 얇은 카디건만 걸친 채 슬쩍 현관문을 나섰다. 아파트 정문에 도착했을 때 전화가 왔다. 옆방 남자였다.

— 어디 간 거야?

"나 집에 없는 거 어떻게 알았어?"

— 프라이데이엔 프라이드치킨 몰라? 치킨 시켜 먹자고 노크했더니 없더라. 자는 줄 알았잖아.

"혼자 시켜 먹어."

— 치킨을 무슨 맛으로 혼자 먹어. 어딘데?

"아파트 정문 건널목 막 건너가고 있어."

— 그니까 왜?

"어디 좀 가는 중이야."

— 여자가 겁도 없이 밤늦게 돌아다니고 그래. 필요한 거 있으면 나 시키지.

"이건 니가 해 줄 수 없는 거야."

— 그니까 어딜 가냐고.

"노래방 간다. 됐어?"

— 혼자?

"그럼 혼자지."

— 잠깐만 기다려. 금방 나갈게.

"야, 싫어."

— 허. 왜?

이런 식의 거절은 낯설다. 같이 있고 싶어서 프라이데이엔 프라이드치킨 같은 유치한 드립까지 던지며 건수를 만들었더니 싫어? 내가 싫어? 이 얼굴이 싫어?

"너랑 다니면 사람들이 자꾸 쳐다봐서 싫다고."

— 이렇게 생긴 게 내 잘못은 아니잖아.

"하여간 몸에 뱄어. 알았으니까 넌 치킨이나 시켜 먹어. 난 맥주 마시면서 한 시간만 부르다 갈게."

— 누나, 나도 사람이야. 스트레스 좀 풀자. 노래방 시설 끝내주는 데 아는데, 안내해 줄까?

"넌 꼭 이러더라. 모자 쓰고 나와. 목도리도 두르고."

— 6월 말이야. 누구 쪄 죽일 일 있어?

"마스크도 잊지 마. 최대한 가리고 나와."

— 내가 연예인이야?

"그럼 알은체하지 마. 편의점 앞에 있을게."

노래방에만 오면 삶의 의욕이 솟구친다. 엔도르핀, 아드레날린, 옥시토신, 도파민, 세로토닌과 한 몸이 되는 순간. 노래방을 처음 만든 사람이 누군지 모르지만 대대손손 감사할 일이다.

두 사람을 맞이한 주인아저씨는 인물 좋은 커플이라고 서비스로 30분을 더 넣어 줬다. 혜서는 30분을 얻기 위해 아저씨의 말을 부정하지 않았다. 세현은 30분과 상관없이 부정하고 싶지 않았다.

캔맥주와 이온음료를 사 온 혜서가 맞은편 소파에 앉았다. 세현은 혜서가 건넨 음료 캔을 보며 코웃음을 치고 싶었지만, 작은 평화를 깨고 싶지 않아 묵묵히 받아들였다. 6개월만 참자. 6개월만. 혜서가 그의 얼굴을 들여다보며 물어 왔다.

"너도 여자들하고 노래방 오면 '고해' 부르냐? 어찌합니까. 어떻게 할까요. 제가 감히 그녀를······."

"나 그런 캐릭터 아니거든."

"왜 짜증을 내. 만약 이 누나가 듣고 싶다면 불러 줄 수 있어?"

혜서의 당황스러운 요구에 그는 속에도 없는 말을 토해 냈다.

"내가 왜? 나중에 남자 친구한테 불러 달라고 하든가."

"그걸 어떻게 말하냐? 낯간지럽게."

"나한텐 했잖아."

"넌 남자 친구가 아니니까. 흐흐."

'말을 해도 꼭.'

"진세현, 너 노래 잘하지? 느낌이 있어."

"못해요. 마이크 독점하고 마음껏 부르세요."

'근데 여긴 왜 온 거야.' 하며 혜서가 짐짓 심드렁하게 덧붙였다.

"아, 이러면 좀 부끄러워지는데."

시간은 늘 상대적이다. 국어 공부 하는 한 시간과 수학 공부하는 한 시간이 늘 달랐던 것처럼. 하나 더. 노래 부를 때의 정혜서는 극상의 완전체다. 더 이상의 수사는 불가능하다. 노래방을 나온 세현은 누나가 부른 노래의 가사를 떠올렸다.

혹시 내가 오래도록 기다려 왔던 그 사람이 너였으면 좋겠어.

그냥 부른 거겠지. 특별한 의도는 없었을 거야. 오만 가지 노래를 다 불렀잖아. 록, 발라드, 랩, 팝송. 하다못해 트로트까지. 김칫국은 절대 마시면 안 돼.

6월의 밤거리는 이른 더위로 후텁지근했다. 혜서가 더운지 카디건을 벗어 팔에 걸쳤다. 민소매에 짧은 반바지 차림. 세현은 보기 좋게 탄탄한 허벅지와 쭉 뻗은 종아리에 저절로 가는 시선을 억지로 돌려 그녀의 옆얼굴을 바라보았다.

"아까 뭐였지? 슬픔의 심로? 노래방에서 부른 그 노래 좋던데? 옛날 노래 좋아하나 봐."

"니가 태어나기 전에 나온 노래들이 좋은 게 많았지."

"30년은 더 산 것처럼 말하네. 누나하고 나하고 딱 2년 5개월 차이거든."

"너 2년 5개월이면 계절이 몇 번 바뀌는지 알아? 무려 열 번이야."

"강산은 안 바뀌지."

그깟 세 살. 정혜서, 이제부턴 같이 늙어 갈 일만 남았어.

"꼭 맞먹으려고 해요. 우리 아빠가 좋아했던 노래야."

"내 기억엔 아저씨가 노랠 아주 잘하셨던 것 같은데. 성당 성가대도 하시고."

"그랬지. 너도 노래 잘하던데?"

"옜다, 칭찬?"

"진짠데. 그 정도면 웬만한 아이돌은 발라 버리겠더라. 넌 여자 친구랑 노래방 가면 주로 어떤 노래 불러?"

"이별 노래."

"니 전 여친들도 참 딱하다."

"그 말을 믿어? 순진하지도 않으면서."

"너 이러다 여자 친구한테 차였지? 얼굴로 버티는 덴 한계가 있는 거야."

피식 웃음이 나온다. 차였다고 할까, 찼다고 할까? 집이 아주 멀었으면 좋겠다. 이 순간, 어느 정도까지 솔직해져야 할까?

"말했잖아. 난 사람 가린다고. 누나한텐 진짜 잘해 주는 거야."

"아우, 고마워라."

웃음이 헤퍼져서 큰일이다. 갑자기 누나가 마지막으로 부른 노래가 떠올랐다. 자우림의 김윤아가 부른 '샤이닝'. 오늘처럼 가사를 음미하며 들은 건 처음이었다.

지금이 아닌 언젠가 여기가 아닌 어딘가

나를 받아 줄 그곳이 있을까

가난한 나의 영혼을 숨기려 하지 않아도

"혹시 노래 부를 때 가사에 의미 부여하고 그런 스타일이야?"

"당연하지. 가사가 얼마나 중요한데. 오해할까 봐 말하는데, 난 누구 들으라고 부르는 짓은 안 해."

젠장, 김칫국. 시래깃국.

"누가 뭐래?"

"니가 뭐라고 할 애는 아니지. 집에 가기 싫다."

세현은 괜히 들뜨는 기분을 누르며 무심한 듯 되물었다.

"그럼 어디 가고 싶은데?"

"집에 가면 또 공부해야 할 것 같아. 고3 앞에서 할 소리 아닌 건 아는데, 난 진짜 이렇게 사는 거 너무 답답해. 도대체 몇 년째 공부만 하는 거야. 지겨워 죽겠다."

"뮤지컬 다시 도전하면 안 돼? 교사 할 사람이야 많지만 뮤지컬에 재능 있는 사람은 드물잖아."

"너도 춤 잘 추는데 댄서 안 하잖아. 2~3년이라도 돈 벌고 다시 도전하려고."

"오디션 통과도 했었다며?"

"그때 떨어졌어야 완전히 포기가 되는데 괜히 붙었나 싶다. 이 시점에서 치킨에 500cc 한 잔 하면 딱인데, 넌 왜 아직 열아홉이니?"

"나이 타령 좀 안 할 수 없어? 다른 사람이 보면 누나가 미성년자 같거든."

"나 사실 그런 얘기 종종 들어. 남들한테도 이러면 싫어하겠지?"

"나한텐 그래도 된다고 생각하나 보지?"

"어."

세현은 옆에서 달랑달랑 흔들리는 혜서의 손을 잡고 싶었다. 규칙적으로 움직이는 어깨에 손을 올리고 싶었다. 다리가 정말 예쁘다고 칭찬해 주고 싶었다. 힘들지 않으냐고 물어서 집까지 업어 주고 싶었다. 해 주고 싶은 게 너무 많아서 짜증이 날 정도였다. 그래서 이렇게 말했다.

"노출증 있어? 반바지가 왜 그렇게 짧아?"

"반바지니까."

"그건 반바지가 아니라 속옷 수준이잖아."

팔에 걸쳤던 카디건을 허리에 두르며 혜서가 그를 째려보았다. 세현은 어떤 독설이 나올지 기다리며 그녀를 내려다보았다.

"지금부터 아는 척하지 마."

시킨다고 다 하면 진세현이 아니지.

"배 안 고파? 치맥 어때? 누나가 노래방비 냈으니까 치킨은 내가 살게."

아무 대답이 없다. 노출증 얘긴 하지 말 걸 그랬다.

"저기 골목 뒤로 돌아가면 죽여주는 생맥줏집이 있거든. 한 잔만 마셔도 두개골이 쪼개질 것처럼 시원해."

"그건 어떻게 알았어?"

"뭘 또 캐묻고 그래. 그깟 밍밍한 캔맥주 따위로 만족이 돼?

난 치킨만 먹을게."

"……먹는 동안 아는 척하지 마."

자정이 훌쩍 지나 알딸딸하게 취해 떠드는 혜서를 데리고 집으로 돌아왔다. 절대 아는 척하지 말라더니 얼마나 수다스러운지 지켜보는 재미가 쏠쏠했다. 생각 같아선 밤새도록 술이나 따라 주고 싶었다. 집 안은 조용했다.

"누나 먼저 씻어."

두 사람은 같은 욕실을 쓴다. 혜서가 씻고 나온 욕실은 늘 깨끗이 정리돼 있다. 그러나 특유의 향기는 남아 욕실 안을 은은하게 맴돈다. 지나가는 말처럼 어떤 샴푸나 비누를 쓰느냐고 물어봤다. 샴푸는 아무거나, 화장품은 생기는 대로, 향수는 아예 안 쓴다고. 그럼 그 향기의 정체는 뭐지?

바로 전에 혜서가 쓰던 욕실이라고 생각하면 기분이 싱숭생숭해진다. 여자들은 어떤 식으로 샤워할까? 남자와 비슷할까? 미치지 않은 다음에야 다 벗고 씻겠지? 욕실이니까. 누가 어떤 사이냐고 물어보면 같은 욕실을 쓰는 사이라고 할까? 같은 식탁에서 밥 먹는 사이라고 할까? 같은 집에서 사는 사이라고 할까? 온갖 잡념이 저 혼자 널을 뛴다. 아무래도 다른 욕실을 써야 할 것 같다.

옷을 벗고 거울에 비친 몸을 살펴보았다. 춤추는 시간이 줄어들어서인지 잔근육이 점점 사라진다. 대신 그곳이 지방으로 채워지는 것 같다. 어른들은 오히려 보기 좋다고 하시지만, 중요한 건 정혜서의 생각이다.

"너 요새 살 좀 붙은 것 같다? 마른 것보다 훨씬 낫네."

너무 크고 마른 남자는 싫다는 취향에 맞추려니 진퇴양난이다. 자꾸 먹자니 더 클까 봐 걱정이고, 안 먹으면 살이 금방 빠지니 또 문제다. 성장판이 완전히 닫혔기를 바라며 세현은 샤워기를 틀었다.

눈치 없는 아랫도리가 기지개를 켜며 용트림을 시작한다. 이토록 비이성적인 널 어떡해야 좋으니? 나란히 붙어 있는 두 개의 방. 몇 발짝만 걸으면 그 여자가 있다. 그게 좋으면서도 때론 잠을 설치는 이유가 됐다. 상상에 망상이 더해지니 짐승의 영역으로 넘어가는 건 시간문제다. 누워도 괴롭고 깨어 있어도 괴롭다.

아침에 보는 혜서는 밤보다 부어 있고 낮보다 하얘 보인다. 반쯤 감긴 눈은 멍한데다 통통하게 부풀어 오른 입술은 살짝 벌어져 있다. 가르마가 흐트러진 머리 모양도 제멋대로다. 문제는 그것조차 귀여워 보인다는 것. 풍덩한 긴 원피스 아래 보이는 가는 발목과 기다란 팔목도 만져 보고 싶게 예쁘다. 잠이 덜 깨 거실 소파에 픽 쓰러져 눕는 걸 볼 때면 엉덩이를 톡톡 두드려 주고 싶다. 우쭈쭈 잘 잤어?

혜서에겐 일어나자마자 생수를 마시는 습관이 있다. 식탁에 멍하니 앉아 한 잔의 물을 꼴깍꼴깍 나눠 마시는 걸 보노라면 머리를 쓰다듬어 주고 싶을 정도다. 아주 바람직한 습관이야. 그래야 변비가 안 생기지. 가끔 황당할 때는 있지만 하나부터 아홉까지 전부 귀엽다. 예전 여자 친구에게 동정童貞을 바쳤다면 죽을 때까지 후회할 뻔했다는 생각을 하며 부르르 떨 때도 있다. 내 동정은 오직 정혜서 것. 아낌없이 주고 싶다.

"너 은근 부지런하다. 안 피곤해?"

"난 괜찮아. 졸리면 더 자."

잠을 깨우듯 손바닥으로 얼굴을 두드리던 혜서가 그에게 물어 왔다. 심각한 표정이다.

"세현아, 나 떨어지면 어떡하지?"

"아직 시험도 안 봤잖아."

"기본 경쟁률이 20대 1이야. 괜히 고시란 말이 붙은 게 아니라고."

"내년에 다시 보면 되지."

"이상하게 불안해. 서울은 포기하고 경쟁률 낮은 지역으로 원서 접수할까 봐. 제주도나 땅끝마을, 강원도 두메산골 어디든 다 좋아."

제주도? 땅끝마을? 안 돼! 절대 안 돼! 무조건 내 사정거리 안에 살아야 해!

"얼른 세수하고 와. 커피 준비해 놓을게."

세수를 마친 혜서가 연지 곤지 찍듯 이마와 볼에 로션을 점점이 찍은 채로 다가왔다. 어중간한 길이의 트레이닝복 바지에 목이 늘어난 라운드 티 차림이다. 나를 너무 편하게 생각하는 게 아닐까? 그저 동생으로. 그 생각에 세현은 잠시 심란해졌다. 혜서가 로션을 펴 바르며 그를 쳐다보았다.

"엊그제 이주영 쌤하고 통화했는데, 진세현이 변한 건 전교생이 다 알 정도라며? 마구마구 칭찬하시더라."

"뭐라고?"

"아주 바람직하게 돈 것 같다고."

세계사 선생님의 얼굴을 떠올리며 눈살을 찌푸렸다.

"그 선생님하고 친하게 지내지 마. 별로야."

"왜? 난 이주영 쌤 좋은데. 참, 너 수업 시간에 코피도 흘렸다며?"

"입 가벼운 사람은 가까이하지 말라니까."

갑자기 혜서가 그의 얼굴에 닿을 듯 다가왔다. 허브 향이 섞인 로션 냄새가 훅 끼쳤다.

"내 생각인데 넌 '진 세현' 말고 '이긴 세현'이 될 것 같아. ……재미없냐?"

여자의 까만 눈동자가 두어 차례 깜박인다. 심장이 터질 것 같다는 표현은 이럴 때 쓰는 건가. 온몸의 평상심을 쥐어짜 겨우 대답했다.

"재미있으라고 한 말이었어?"

"어. 재미있어야 정상 아니야? 재미없나? 재미있을 텐데. 진짜 아니야? 하아, 공부해."

입술을 쭉 내밀고 부스스 일어서는 누나가 귀엽다. 허리를 낚아채 끌어안고 싶다. 꼼짝 못하게 안아서 마구……. 더운 한숨을 길게 토해 낸 세현은 교과서에 이마를 쿵쿵 찧었다. 이러다 조만간 돌아 버리는 게 아닐까.

살그머니 이불 속으로 들어와서 내 등을 끌어안는 사람이 있다. 말하지 않아도 누군지 안다. 따뜻한 얼굴을 등에 비비듯 파묻고, 가늘고 긴 손가락으로 내 가슴을 껴안는 그 여자가. 돌아누워 여자의 얼굴을 확인하며 안심한다. 나는 내 뜨거운 혀를 움직여 꼭 닫혀 있는 그녀의 따뜻한 입술을 조심스럽게 갈랐다. 천천히 입술이 열리고 그녀가 달콤한 숨소릴 뿜어 내며 내 목을 감아 온다. 세현아, 니가 좋아…….

"진세현! 그만 일어나! 아, 힘들어. 애 왜 이렇게 안 일어나는 거야?"

여긴 이승이다. 이건 현실이다. 그의 방 침대 위. 조금 전까지 그의 품에서 속살거리던 여자가 왜 저기에?

"……누나."

아, 쪽팔려. 이건 아니잖아.

"아침 먹으라고. 혹시 너 무슨 좋은 꿈 꿨어? 자면서 씩 웃더라."

깜짝 놀란 세현은 다리를 슬쩍 오므렸다. 아랫도리에서 묵직한 기운이 느껴졌다.

"꿈은 무슨! 난 꿈 같은 거 아예 꾸질 않아."

"근데 왜 웃어? 배냇짓하는 것도 아니고. 5분 안에 식탁 앞으로 와. 아침밥 거의 다 준비됐어."

"무슨 여자가 남자 자는 방엘 막 들어와?"

돌아서던 혜서가 되돌아서며 침대 헤드에 기댄 그를 쳐다보았다.

"웃긴다. 지난주에도 들어왔었거든. 내가 오고 싶어서 온 게 아니라 할머니가 너 깨우라고 해서 온 거야. 노크를 그렇게 했는데도 못 듣고 잠만 자더니."

혜서가 쌩하니 등을 돌리고 나갔다. 황홀한 꿈에서 억지로 깨어난 건 안타까웠고, 그 모습을 들킨 건 부끄러웠다. 게다가 저 혼자 흥분해 날뛰는 눈치 없는 물건이라니. 넌 '남성'도 아니고 그냥 '거시기' 수준이야. 진세현 주니어, 5분 안에 원상 복귀해라.

'설마 혜서 누나가 이 꼴을 본 건 아니겠지? 돌겠네.'

누나, 남자들은 원래 다 이래. 무언가를 꼭 생각해서 그러는 게 아니야. 나만 그런 것도 아니고. 아침이잖아. 99.9퍼센트의 젊고 건강한 수컷들은 다 이렇다고. 안 그러면 그게 더 이상한 거야.

혜서는 방에서 나오면서 방금 본 그것이 무엇인지 생각하지 않으려고 머리를 흔들었다. 스마트한 영상 기기들이 날로 발전하는 이 땅에서 스물두 해를 살아왔는데 어찌 그걸 모를까. 얇은 여름 이불이 미처 감추지 못한 극명한 실루엣.

'키만 큰 줄 알았더니. 코만 높은 줄 알았더니. 다리만 긴 줄 알았더니!'

난 아무것도 못 본 거야. 어차피 실물로 본 것도 아니잖아. 원래 젊은 남자는 다 그렇대. 그게 정상이래. 그러니까 세현이는 지극히 정상이야. 다행이지 뭐. 비정상보다는 낫잖아. 모르는 애도 아니고. 뭐 이래, 결론이? 에이 씨, 방에 괜히 들어갔어.

겨우 진정된 몸을 이끌고 세수를 마친 세현이 휘적휘적 걸어서 주방으로 왔다. 혜서는 그를 본 척도 안 하고 수저만 놓았다. 할아버지가 그를 의자에 앉혀 놓고 잔뜩 경직된 목과 어깨를 주물러 주셨다. 연세에 비해 악력이 세다.

"누가 보면 위아래도 모르는 놈이라고 욕하겠어요."

"그게 뭐 중요하냐. 어깨 뭉친 건 그때그때 풀어 줘야 해. 너무 열심히 하지 마라. 공부가 다가 아니야. 건강이 최고지. 할애비 봐. 대학 안 나왔어도 잘만 살았……."

"하여간 어른이 돼서 공부하지 말라고 고사를 지내요. 지금이 1·4후퇴 땐 줄 아시나. 세현아, 장사를 해도 머리에 든 게 없으면 아무것도 못 하는 세상이야. 대학은 공부만 하러 간다고 생각하지 말고 세상 보는 안목 넓히러 간다고 생각해. 알았지?"

"네."

"그래. 그건 네 할머니 말이 맞다. 밥 먹자. 아이고, 맛나겠다."

혜서는 고개를 숙인 채 묵묵히 수저만 놀렸다. 아무래도 누나가 그걸 본 게 맞아. 그게 아니고서야 이토록 긴 시간을 모른 체할 리가 없지. 어차피 이렇게 된 거 세현은 속 편하게 생각하기로 했다.

'뭐 어때. 나중에 다 볼 텐데. 보기만 하겠어? 더한 것도 하겠지.'

인희는 오늘따라 두 아이가 이상스러웠다. 아침밥을 먹는 내내 눈길은커녕 말도 섞지 않는 게 아닌가.

"너희 둘 싸웠냐? 어젯밤까지도 안 그러더니."

"아뇨. 세현이 피곤할까 봐 말 안 건 거예요."

"나 전혀 안 피곤한데?"

"피곤할 거…… 같다고."

눈길이 부딪쳤다. 먼저 시선을 피한 건 혜서였다. 확인 사살. 확실히 봤어. 이건 돌이킬 수 없는 운명이야. 오랜만에 입맛이 돌았다.

"우리 손자 참 잘 자더라. 할미는 잠이 안 와서 고민이구먼."

세현이 할머니 쪽을 바라보며 입을 열었다.

"할머니도 수능 공부 시작해 보세요. 잠이 쏟아질걸요."

"나도 소싯적에 공부는 좀 했다. 오늘은 쭉 공부하고 내일 우현이 오면 같이 나가서 여름옷 좀 사자."

"전 옷 필요 없어요."

"혜서도 같이 데리고 가려고 했는데."

이래서 매사에 한 박자 신중할 필요가 있다. 안타깝게도 딱히 번복할 구실이 없었다. 할머니 말에 눈이 동그래진 혜서가 옷이 많다는 이유를 들어 거절했다.

"뭐가 많아. 매일 똑같은 것만 입고 다니더구먼. 이쁠 때 이쁜 거 많이 입고 다녀야지, 나이 들면 돈이 아무리 많아도 예쁜 옷이 어울리질 않아요."

세현은 터져 나오는 웃음을 감추려고 아랫입술을 슬쩍 깨물었다.

'할머니, 이 여잔 옷이 없는 게 아니라 입을 만한 게 없는 거

318

예요. 의상에 일관성도 콘셉트도 없어요.'

"누나, 멀쩡한 옷 좀 사러 가자. 내가 골라 줄게."

"그래, 그게 좋겠네. 세현이가 제 어밀 닮아서 옷 보는 안목이 있더라."

아무리 생각해도 안 될 것 같다. 호의라도 남이 주는 걸 거저 받을 수는 없다. 혜서는 군말 없이 받아들이고 싶은 욕심을 애써 떨쳐 냈다.

"엄마가 아시면 저 되게 혼나요."

"아우, 얘는. 말하지 마. 그걸 왜 말해? 엄마 보러 갈 때는 있던 거 입으면 되지. 너도 저번 어버이날 우리한테 선물해 줬잖니."

"그거 싼 거예요."

"값이 문제냐, 정성이 귀한 거지. 여보, 혜서가 우리 손녀딸이면 얼마나 좋을까. 우린 딸도 못 키워 보고 손녀딸도 못 봐서…….."

갑자기 왜 이러시지? 세현은 기가 막혀 턱을 빠뜨리고 조모를 바라보았다.

'할머니, 이건 아니지. 그럼 혜서 누나가 내 친누나가 되는 거잖아요. 그냥 손자며느리로 만족하시면 안 될까요?'

혜서는 남은 밥을 묵묵히 떠먹었다. 친할머니라면 두 번 고민할 것도 없이 따라갔을 텐데. 이건 욕심이다. 욕심을 줄여야 한다.

"누나, 내가 골라 주는 거 입어 봐. 딴사람 만들어 줄게. 가

자. 백화점이 코앞인데 한 번도 안 가 봤잖아."

진씨 집안 세 식구가 한목소리로 혜서를 구슬렸다. 크든 작든, 어떤 경우든 공짜는 사양해 왔다. 이건 그녀의 신조이자 알량한 자존심이었다.

"뭘 고민해? 어떻게 세현이만 사 주냐. 야박한 늙은이 만들거야?"

거듭된 할머니의 말씀에 자존심이 변덕을 부린다. 애초부터 심지가 약했던 모양이다. 세현이 끈질기게 그녀의 얼굴을 바라보고 있다.

"……그럼 니가 나한테 논술 배우면 갈게."

가뿐한 대답이 바로 돌아왔다.

"그래."

아침 식사 뒤 두 어르신은 운동을 하신다며 바로 외출하셨다. 집 안엔 둘뿐이다. 가족실 테이블을 가운데 두고 마주 앉았다. 옷값을 해야 하니까.

사실 어려서부터 약했던 수리논술 쪽은 구체적으로 가르쳐 줄 방법이 없다. 기본적이지만 놓치기 쉬운 글쓰기 방법을 가르치는 정도다. 표정만 보면 다 아는 것 같은데, 막상 글로 쓰게 하니 고칠 데가 많았다.

"나 이과생이야. 글쓰기까지 잘하길 기대하는 건 날 너무 과대평가하는 거라고."

"말은 참 청산유수야. 말하듯 글을 쓰라고."

세현은 구술면접에 절대적으로 유리한 유형이다. 외모순으로 뽑는 학교가 있다면 명문대 4년 전액 장학생으로 합격하지 않을까. 곧 수시의 계절이 돌아온다. 전국의 고3 수험생들은 여기저기 원서를 넣느라 바빠질 것이다.

"넌 의대는 관심 없어? 요새 공부 잘하는 애들은 대부분 의대가 목표잖아."

"곤충도 못 만지는 내가 의사를 어떻게 해? 의사 되고 싶었던 적 한 번도 없었어."

"지금도 매미, 잠자리 못 만져?"

"내가 왜 그것들을 만져야 하는데? 예쁜 것도 아니고, 귀여운 것도 아니고."

"하하하. 한결같네. 법대는?"

"그것도 별로. 어려선 변호사가 양심적이고 정의에 불타는 사람들인 줄 알았거든. 자라면서 보니까 아니더라. 솔직히 내가 인권 변호사를 할 만큼 이타적인 사람도 아니고. 제일 끔찍한 건 죄인을 단지 돈 때문에 변호할 수도 있다는 거야. 절대 안 해."

"판사는?"

"인간이 인간을 무슨 수로 정확히 판단해? 그 짧은 시간에. 난 사람을 죽이거나, 고치거나, 가두는 일에 동참하고 싶지 않다고."

"말은 이미 변호사 뺨치세요. 그럼 검사는?"

"진짜 범인이 아니면? 억울한 사람을 만들 순 없잖아. 의대,

법대 다 내 취향 아니야. 그거 알아? 의대보다 수학과 수능 평균 점수가 높은 학교도 있다는 거?"

"진짜? 근데 어떻게 넌 수학 문제 풀면서 스트레스를 풀 수가 있어? 난 니가 푸는 문제집 보면 아랍어를 보는 느낌이야. 진짜 존경해."

"존경받기 쉽네."

"나한테 너무 어려운 일이야. 부럽다. 내가 너였으면 수의학과 갔을 텐데."

"그냥 강아지나 입양해서 키워. 친구 아빠가 수의산데 되게 힘들대. 일요일에도 못 쉬고. 동물도 덩치 작은 여자는 깔본다더라."

"난 크잖아."

"크긴."

"왜 이래? 우리 과 여자들 중에서 내가 세 번째로 크다니까."

"그 과엔 꼬꼬마들만 모여 있나 보네."

혜서는 억울했다. 167이 작다고? 내 또래 여자들 평균 키가 160 언저리야. 내가 자랄 때 조금만 더 잘 먹었어도 170은 될 수 있었어. 한때 170까지 자라는 게 그녀의 목표였다.

"그건 니가 커서 그렇게 보이는 거고. 나 안 작거든?"

"그래그래, 딱 보기 좋아. 됐어?"

"어. 근데 세현아, 넌 공부가 좋아? 가만 보면 은근 즐기는 거 같더라."

"평균치로 통계 내면 싫진 않아."

"난 공부엔 재능이 별로 없는 거 같아. 대학도 그렇고 운이 좋아 여기까지 꾸역꾸역 버텨 온 거지. 그런 내가 무슨 교육자씩이나."

"누나 가르치는 건 되게 잘하던데? 그래도 그 시골에서 사범대 갈 정도면 꽤 잘했을 거 아냐."

"우리 엄마 불쌍해서 억지로 했어. 남편도 없이 사는데, 공부도 지지리 못하는 자식까지 키운다는 소린 듣지 말아야 하잖아."

"착하네."

"나 안 착해. 착한 거 싫어."

인간의 집중력은 길어야 10분 내외라고 하던데 잘못된 연구 결과인가? 두 시간 가까이 꼼짝도 안 하는 세현을 바라보며 생각했다. 정혜서, 드디어 니가 미쳐 가는구나. 뭔가에 열중해 있는 진세현은 사람 마음을 흔들고 두근거리게 한다. 고등학생 주제에.

지난밤 깎았을 턱에는 거친 새싹 돋듯 수염 자국이 나 있다. 미친 게 분명하다. 저 턱을 만지고 싶은 걸 보면. 혜서는 테이블을 톡톡 두드려 그의 관심을 끌었다.

"너 이따가 그러고 나갈 거야?"

"뭐?"

"수염 안 깎아?"

"면도해야지."

"되게 빨리 자란다. ……만져 봐도 돼?"

세현의 눈이 의문을 품고 되묻는다. 내가 지금 제대로 들은 게 맞아?

"어? 어딜?"

"턱. ……안 돼?"

"……만져."

혜서는 테이블에 몸을 반쯤 걸치고 맞은편 고딩의 턱을 조심스럽게 건드렸다. 생각보다 까슬까슬했다. 턱에서 잠시 머물던 혜서의 손가락이 도망치듯 잽싸게 제자리로 돌아갔다.

세현은 그 손을 확 잡아당겨 끌어안고 싶은 걸 겨우 참고 피곤한 듯 마른세수를 했다. 도를 닦는구나, 도를. 가슴속에서 불덩이가 치밀어 오르는 것 같다. 내가 지금 바라는 건 그저 손 하나라고. 이건 10대 후반의 건강한 남자한테 너무 가혹한 상황이라고.

"우리 아빠도 턱수염 빨리 자랐는데."

"기억나. 누나 얼굴에 비비고 그랬잖아."

"그땐 그게 되게 싫었어. 따가워서. 언제 면도할 거야? 면도하는 거 봐도 돼?"

"지금…… 할까?"

"그래도 되면."

남자들은 얼마나 귀찮을까. 여자는 수염이 안 나서 다행이라고 생각하며 무릎에 턱을 괴고 앉았다. 턱에 하얀 거품을 묻히고 이리저리 돌려 가며 깎는 모습에서 CF의 한 장면이 재생

된다. '부드러운데. 정말 부드러워.' 그런 내레이션이 들려올 것 같다.

남자 친구 없이 이렇게 긴 시간을 버틴 건 대학 입학 후 처음이다. 혜서는 연애를 하고 싶어서 몸이 근질근질했다. 그 알싸하고 달콤한 기분을 너무 오래 잊고 살았다. 이래서 약속은 함부로 하면 안 되는 거다.

"왜 전기면도기로 안 깎아? 그게 편하지 않나?"

"수염이 많은 편이라 전기면도기는 하다 만 느낌이야. 이게 제일 깔끔해서 좋아."

"혹시 그거 씹어 봤어?"

세현은 서슬 퍼런 면도날을 든 채 혜서를 쳐다보았다. 웃기지 좀 말라고.

"내가 80년대 조폭이야? 왜 그렇게 쳐다봐?"

"넌 어떻게 보면 약간 혼혈 같아. 한 8대 2 정도? 특히 턱 부분이. 동서양의 오묘한 조화랄까. 암튼 그래."

불안하게 왜 이래?

"나 같은 얼굴은 별로라며?"

"객관적으로 봤을 때는 그렇게 보인다고. 그래도 너 같은 얼굴 좋아하는 여자야 하늘의 별처럼…… 아, 이건 좀 오버다. 발에 차일 정도로 많겠지 뭐. 내가 너랑 같은 학교에 있어 봐서 알잖아."

다 됐고. 세현은 욕실 입구에 쪼그리고 앉아 종알거리는 여자의 입술을 꿀꺽 삼키고 싶어서 죽을 지경이었다. 참아야 해.

죽을힘을 다해 참아야 해. 여기서 무너지면 죽도 밥도 안 돼. 당장 가출할지도 몰라. 대학 합격하면 바로 사귀자고 할까? 졸업 전에 미리 찜해 놓을까? 단도직입적으로 결혼을 전제로 만나자고 할까? 그건 처음부터 너무 과한가? 두 사람이 동시에 입을 열었다.

"누나."

"세현아."

"먼저 말해."

"저번에 약속한 거 취소하면 안 돼? 이성 친구 만들지 말자고 한 거. 공부만 하고 놀지도 못하고 뮤지컬도 안 하니까 사는 낙이 없어. 데이트라도 해야지."

"……."

"아악!"

비명을 지른 건 혜서였다. 세현의 턱에서 거품과 뒤섞인 분홍빛 피가 흘러내렸다. 혜서가 휴지를 가져와 그의 턱에 재빨리 대어 주었다.

"어떡해. 조심 좀 하지. 많이 다친 거 아니야? 안 아파?"

놀란 혜서의 얼굴을 가만히 내려다보던 세현이 천천히 입을 뗐다.

"괜찮아, 누나……."

그때 현관 번호키 누르는 소리가 들렸다. 혜서가 그의 손에 남은 휴지를 쥐여 주고 현관으로 달려갔다.

'왜 딴 데서 남자를 찾아. 소중한 건 늘 가까운 곳에 있는 법

이라고.'

수돗물로 피 묻은 턱을 닦아 내며 거울을 쳐다보았다. 할머니가 자주 하시던 말이 떠올랐다. '사내 얼굴 잘나 봐야 구설수만 따르지. 남자는 그저 적당히 생기고…….' 오늘따라 마음에 안 든다. 왜 이렇게 생겼을까.

'정혜서, 얼굴 따지지 말고 그냥 만나 주면 안 돼?'

세현네 가족과 함께 점심을 먹으러 나가게 됐다. 자꾸 거절하는 것도 죄송하고, 우현도 내내 졸라서 더는 거절할 구실이 없었다. 사뭇 다르게 생긴 형제지만 하는 짓을 보면 비슷한 구석이 꽤 있다. 나무랄 데 없이 근사한 가족을 보며 혜서는 아빠가 없는 집안은 이 빠진 접시 같다는 생각을 했다. 언제 금이 갈지 모르는.

"오늘은 내가 불편한 자리에 앉아 주지."

우현이 잽싸게 가운데에 자리 잡고 앉았다. 세현은 눈썹을 찌푸리며 동생을 바라보았다. 아버지 차를 두고 굳이 이 차에 탄 이유 따윈 알고 싶지도 않다. 다만 둘 사이에 떡하니 끼어 누나에게 말을 거는 동생이 못마땅했다.

"누나가 우리 학교 선생님으로 오면 인기 짱일 텐데. 합격하면 바로 우리 학교로 왔으면 좋겠다."

"그렇게 될 확률 0.02프로. 우현이 넌 국어 잘해?"

"형보다는 나을걸?"

창밖을 바라보던 세현은 동생 말에 코웃음을 쳤다. 니가 인생 조기 은퇴하려고 용을 쓰는구나.

"그래? 수학은?"

"영어는 진짜 잘해. 다들 나보고 발음이 끝내준대."

"부럽다. 근데 넌 미국에서 태어나 살다 왔잖아. 그건 일종의 불로소득 아닌가."

역시. 세현은 터지려는 웃음을 참고 느긋하게 표정 관리를 했다.

"와, 우리 아빠랑 똑같이 말하네? 여기서 자란 애들보다 잘하는 게 당연하니 잘난 척하지 말래."

우현은 경제학자 아버지를 둔 덕분에 불로소득이 뭔지 잘 알고 있다. 공짜로 얻어지는 것이 많은 환경에 늘 감사할 것이며, 그만큼 책임감도 같이 느끼라는 말을 누누이 듣고 자랐다.

"내가 진짜 부러운 사람은 형이야. 누난 수학 때문에 이과 못 갔거든."

'미안하지만 동생아, 넌 날 이길 수 없어.'

"우리 엄마, 아빠 다 수학 잘했다는데 난 왜 그런지 모르겠어. 내 평균 점수 까먹는 게 수학이라니까"

"그러고 보면 진세현 대단해. 내가 수학만 잘했어도 인생이 달라졌을 텐데."

'정혜서, 넌 나의 여신이야!'

남편 경훈은 행주산성 주변을 한 바퀴 산책한 뒤, 능이버섯 백숙을 먹으러 가는 걸로 한나절 일정을 짜 놓았다. 농담처럼 말하듯 사랑만 빼고 늘 계획대로 움직이는 사람이다. 연세보다 정정한 시부모님은 뒤처지지 않고 잘 따라오신다. 세 아이는 친남매처럼 몰려다니며 사진을 찍고 있다. 세현은 따라다니는 흉내만 내는 것 같지만.

큰아들과 작은아들은 닮은 구석이 거의 없어 보인다. 오히려 혜서와 세현이 남매 같다. 빼닮아서라기보다는 어딘지 모르게 한집 사람 같은 분위기를 풍긴다고 할까. 재미있는 건 세 살 어린 세현이 오빠처럼 보인다는 거다. 서연은 남편에게 그 말을 하며 쌩긋 웃었다. 경훈은 아내의 웃는 얼굴이 예쁘다고 생각하며 고개를 끄덕였다. 예약해 둔 점심시간이 다가오고 있다.

주차장 안으로 들어선 두 대의 차는 빈자리를 찾다가 멀찌 감치 떨어져 주차했다. 화분이 잔뜩 놓인 식당 입구를 구경하던 혜서는 우현의 재촉에 단층 건물 안으로 들어갔다. 식당 내부는 딱히 볼 것 없이 평범하게 꾸며진 모습이었지만 상당히 널찍했다. 일곱 사람이 두 테이블에 나눠 앉았다. 컵마다 물을 따르는 혜서를 보며 우현이 또 말을 건다.

"누난 처음 봤을 때보다 좀 덜 하얘진 것 같아. 여름이라 탄 거야?"

"그런 것도 있고, 살찌니까 얼굴이 더 하얘지던데? 빠지니까 원래대로 돌아오고. 너도 남자치고 되게 하얗다."

"내 피부가 형보다 더 좋지? 뽀얗고. 형은 나보다 가무잡잡한 편이잖아."

물을 마시던 세현이 동생 말에 실소했다. 혜서가 '넌 형이 라

이별이야? 형제는 영원한 경쟁자라던데.' 하며 장난스럽게 웃어넘겼다.

"혜서는 웃는 게 참 예뻐요."

세상이 저렇게 밝은 사람만 모여 사는 곳이라면 얼마나 좋을까. 서연은 자기 안의 그늘을 일찌감치 인정했다. 바깥일이야 누구보다 똑 부러지게 해내는 그녀였지만, 사교적인 성격이 아니라 힘들 때가 많았다. 남편 외엔 누구에게도 깊은 속을 털어놓지 않는 자신이 답답할 때도 있다. 늘 베풀어 주시는 시부모님께도 살갑지 못해 죄송스럽다.

"얼굴은 안 예쁘냐. 같이 살아 보면 더 잘 알지. 애가 버릴 구석이 하나도 없어."

그녀의 말에 시어머니가 얼른 맞장구쳐 주신다. 생면부지 타인에게도 따뜻한 분이지만, 혜서를 유난히 아끼는 모습이 친할머니 같아 미소가 지어졌다.

"엄마, 쟤네 셋이 친남매 같죠? 이이가 딸 낳는 게 소원이었는데 아들만 낳아서 두고두고 아쉬워요. 나중에 세현이나 우현이 중 누가 딸 하나라도 낳아 줬으면 좋겠는데. 둘 다 낳으면 더 좋고요."

"우리야 바라고 또 바라지. 치마 입고 아장거리는 증손녀 보는 게 우리 내외 소원 아니냐. 어디 사람 일이 뜻대로 돼야 말이지."

자연스럽게 두 아들에게 눈이 간다. 큰아들은 혼자 밥 먹으러 온 사람처럼 휴대폰만 들여다보고 있다. 김이 오르는 전골냄비를 열어 본 작은아들이 백숙은 치킨보다 맛없다며 투덜댔다. 그런 동생이 못마땅한지 큰아이가 고개도 안 든 채 툭 내뱉는다.

"석 달 열흘 굶어 봐야 정신 차리지."

우현은 부모 정이든 물질적인 것이든 아쉬운 걸 모르며 컸다. 능이 100그램 가격이 누군가의 간절한 밥 몇 끼가 될 수도 있다는 걸 아직 모른다. 너무 오냐오냐 키운 걸까. 뭘 해도 막내티가 난다. 형제로 태어났으나 외동처럼 자란 아이들이다.

"누나는 이 버섯 처음 먹어 보는데. 능이가 몸에 그렇게 좋다며?"

"그렇다던데. 검색해 볼까?"

세현의 대답에 혜서가 휴대폰의 스크롤을 내리며 누구 들으라는 듯 능이의 효능을 줄줄 읽었다. 작게는 다이어트 효과부터 크게는 암 예방까지. 두 아이의 능청이 이어졌다.

"설마 나 이거 먹고 키 큰 건가?"

"가능성 있는 얘기야. 능이는 인공 재배가 안 된다네. 그래서 못생겼나 보다. 세현아, 너랑 나랑 이거 다 먹자."

단순한 성격의 우현은 그 말에 자기도 잘 먹는다며 젓가락을 들이밀었다. 혜서 앞에선 무뚝뚝한 큰아들도 무장해제되는 것 같다. 방학이 되어야만 그리운 아들을 만나러 올 수 있었다. 통화할 때마다 우는 아들을 떠올리는 건 괴로웠고, 엄마를 차츰 잊어 가는 아들은 가슴 아팠다.

제법 말이 통하게 된 아들은 국제전화를 걸어 부탁하곤 했다. '엄마, 한국 올 때 내 것만 사 오지 말고 혜서 누나 것도 꼭 사 와.' 앙증맞은 목소리로 앞집 누나가 좋아하는 게 뭔지 또박 또박 말하던 아들. 학용품, 비행기 안에서 파는 색연필, 예쁜 원피스, 머리 묶는 방울, 리본 모양 핀⋯⋯.

손을 뻗으면 잡힐 듯하던 시간이 어느새 저만치 훌쩍 달아 나 있다. 현실은 늘 해결을 기다리는 일들로 가득했다. 한여름 낮은 더운 한숨처럼 길다. 더위에 입맛을 잃었는지 딱히 젓가 락 가는 음식이 없다.

"당신 왜 안 먹어?"

"난 녹두죽이나 먹을까 봐."

경훈이 그녀의 앞접시에 먹기 좋게 발라낸 다리살을 슬쩍 올려놓았다. 미안해진 서연은 남편 입에 백김치에 돌돌 만 살 점을 넣어 주며 다정하게 말했다.

"많이 먹어요. 자기 요새 살이 좀 빠진 것 같아."

"더울 때야 다 빠지지 뭐. 백김치하고 같이 먹으니 맛있네. 당신도 그렇게 먹어 봐."

우현이 느닷없이 새로 나온 웹툰 얘기를 꺼냈다. '강추, 강 추야! 미칠 듯이 슬픈데 킹왕짱 재미있어!' 큰아들은 딱히 관심 없는 표정이고 혜서만이 너그러운 교사처럼 중학생의 수다를 들어 주고 있다.

"어떻게 슬픈데?"

"줄거리 말해 줄까?"

"그래."

교사 지망생이라 그런 걸까, 아니면 천성일까? 어려서도 그랬던 걸 생각하면 타고난 성정이지 싶다.

어머니가 애처럼 묻히고 먹는다며 시아버지 입가에 묻은 전 부스러기를 떼어 내셨다. 천생연분이란 이런 부부를 두고 하는 말이겠지. 남편의 성품은 천성에 앞서 이런 부모 아래서 자랐기에 가능했을 터다.

"점심 먹고 우리가 애 셋 다 데리고 가마. 애들 옷 좀 사 주려고."

아직은 정정한 아버지 말씀에 같이 늙어 가는 아들이 부드러운 음성으로 되물었다.

"힘들지 않으시겠어요? 날도 더운데."

"에어컨 빵빵한 백화점으로 갈 건데 뭘. 다 큰 애들 데리고 다니는 게 무슨 일이라고."

옆에서 듣고 있던 어머니가 넉넉한 웃음을 띠며 거드신다.

"우리야 아무 때나 쉴 수 있는데 뭐가 걱정이야. 둘 다 피곤해 보이는데 바람이나 쐬고 와. 집에 가서 푹 쉬든지. 저녁까지 챙겨 먹여 보낼 테니까."

"그럼 엄마, 부탁드릴게요."

종알종알 웹툰 줄거리를 떠드는 막내 우현과 웃는 얼굴로 지루한 수다를 들어 주는 혜서, 공기처럼 머물며 제자리를 지키는 큰아들 세현. 완벽히 행복하고, 조금은 나른하고, 괜스레 슬퍼지는 한낮이다.

세일 기간과 겹쳐서인지 불경기라는 말이 무색하게 백화점은 붐볐다. 참을성이 평균 이하인 우현의 옷부터 고른 뒤 혜서 옷을 사기로 했다. 10분 넘게 매장 안을 요리조리 살피던 혜서가 반소매 티셔츠를 하나 집었다. 보나 마나 제일 싼 옷이겠지. 보다 못한 할머니가 한마디 건네셨다.

"우리가 티 쪼가리 하나 사 준다고 여길 왔겠냐. 몇 벌 더 골라 봐."

나설 때가 됐다고 판단한 세현은 매의 눈으로 봐 둔 의상을 손가락으로 가리켰다. 이거, 저거, 요거 주세요. 신이 난 판매원들이 젊은 여자에게 어울릴 만한 옷을 자꾸 들이밀었다. 두 명의 판매원은 혜서가 새 옷을 갈아입고 나올 때마다 호들갑을 떨며 감탄했다. 적당히 큰 키에 몸매까지 받쳐 주니 입는 것마다 맞춘 듯 어울렸다.

'여자에게 비싼 옷을 턱턱 사 주며 돈지랄하는 드라마 속 남자 주인공 마음이 이거였군. 그런 장면을 그토록 끊임없이 보여 주는 데는 다 그럴 만한 이유가 있었어.'

"내가 보기엔 지금 거 말고 좀 전에 입은 초록색 원피스가 더 나은데. 그거 살래?"

"할머니, 그건 너무 짧잖아요."

인희는 큰손자의 의견을 가뿐하게 무시했다.

"세현이 네가 입어? 날도 더운데 뭘 자꾸 가리고 다녀. 어쩜 다리가 그렇게 길고 예쁘냐?"

여자들하곤 말이 안 통해. 세현은 동성인 할아버지를 공략하기로 했다.

"할아버지, 좀 전에 그 치마는 좀 그렇지 않아요?"

문제가 있다면 이 집안 남자들은 자기 사람이 아닌 여자에겐 별 관심이 없다는 거다.

"내가 젊은 애들 옷을 아나. 입는 사람 마음에 들면 되지. 어여 고르기나 해."

우현까지 낄 데 안 낄 데 구분 못 하고 설쳤다.

"누나, 내가 보기에도 초록색이 더 잘 어울려. 아까 형이 고른 원피스도 예쁘던데. 할아버지, 두 벌 다 사 줘요. 할아버지 부자잖아."

처음부터 따라오는 게 아니었다. 이맛살을 찌푸린 채 맨다리를 쳐다보는 세현은 불편했고, 비싼 옷을 사 주시려는 할아버지도 어려웠다. 평소라면 쳐다보지도 않을 브랜드다. 사실 이런 매장에서 옷을 고른 것도 처음이었다. 그걸 잘 알면서도 못 이기는 척 받고 싶은 자신이 제일 못마땅했다.

난 역시 속물이야. 물질에 너무 약해. 그래도 예쁘긴 진짜 예쁘잖아. 어쩜 이렇게 예쁜 옷들이 다 있지? '옷이 날개라더니 내가 이렇게 생겼었나. 진짜 부잣집 딸 같잖아!' 그런 생각도 얼핏 들었다. 하지만 이런 나를 엄마가 본다면……

인희 눈에는 혜서의 속마음이 고스란히 읽혔다. 어린 게 딱하기도 하지. 옷을 한창 밝힐 나이가 아닌가. 억지로 안기지 않으면 끝내 마다할 것 같아 선수를 쳤다.

"아가씨, 좀 전에 초록색 원피스 다시 줘요. 그 옷에 어울리는 구두도 하나 주고. 혜서야, 지금부터 저 옷 입고 다니자. 딱

네 옷이다. 어른이 주는 건 거절하지 말고 받는 거야. 좋네, 그림같이 예쁜 게 내 기분까지 다 좋아지네. 내가 50년만 젊었어도 냉큼 사 입었을 텐데 이렇게 늙어 버렸으니. 너 할머니 기분 망치면 혼낼 거다. 진짜야."

그제야 용민이 아내를 거들었다.

"그럼. 늙은이 기분 망치면 벌 받아요."

판매원에게 옷을 건네받은 세현이 혜서를 탈의실로 밀어 넣었다. 혜서가 옷을 갈아입는 동안 할아버지에게 카드를 받아 옷값도 계산했다. 우현은 네 개의 쇼핑백을 챙겼다. 세현은 맨 처음 옷이 마음에 들어서 치마 길이는 넘어가기로 했다. 익명의 남자들이 그녀의 다리를 흘깃거리는 건 정말 싫지만.

혜서's Diary

세현이네 가족을 따라 한나절 나들이를 다녀왔다. 능이를 넣어 푹 곤 백숙을 먹은 뒤 올 때처럼 두 팀으로 나뉘어 움직이기로 했다. 세현이 부모님은 헤이리 쪽으로 가신다며 먼저 떠나셨다. 차까지 가는 짧은 거리를 아저씨 팔에 매달려 가는 아줌마 모습에서 어쩔 수 없이 엄마가 겹쳐 보였다.

사람들 눈엔 아빠 없이 자란 내가 불쌍해 보일지도 모르겠다. 그렇지만 난 엄마와 오빠가 있으니 괜찮다. 정말 불쌍한 건 우리 엄마다. 엄마는 남편도 없고, 돈도 없고, 집도 없고, 무엇보다 엄마가 없다. 혼자된 딸을 늘 걱정하시던 외할머니는 3년 전 돌아가셨다. 아빠가 살아 계셨다면 그것조차 아스라한 아픔을 동반한 그리움이 됐을지도 모르겠다.

아빠는 밖에서 맛있는 걸 드신 날이면 식구들 생각이 난다며 따로 챙겨 오시곤 했다. 곤히 잠든 우리 남매를 깨워 엄마의 눈총을 받은 적도 여러 번이다. 엄마는 능이 맛을 알까? 열네 살짜리 아이도 지겹다고 안 먹는 버섯을 쉰셋의 엄마는 먹어 봤을까?

엄마에게 재혼할 기회가 없었던 건 아니다. 이모와 외삼촌이 만나라도 보라며 여럿 소개해 주셨지만, 그때마다 번번이 거절한 걸로 안다. 재혼했다면 적어도 지금처럼 힘들게 살지는 않았을 텐데. 집도 없는 사람처럼 떠돌며 일하지 않아도 됐을 텐데. 대학생이 되던 해 엄마에게 재혼을 권했었다. 나는 내가 다 컸다고 여겼고, 상대 남자가 우리 남매를 꺼린다면 오빠랑 둘이 살아도 된다고 생각했다.

"아빠가 엄마를 20년 넘게 사랑해 줬는데 20년은 기다려야지."

'20년 후면 엄마는 할머니가 된다고. 할머니를 어떤 남자가 좋아해? 죽은 아빠가 뭘 알아? 안다고 해도 우리한테 뭘 해 줄 수 있어? 죽으면 끝인데.' 그 말을 하고 싶었지만, 나도 엄마도 울 것 같아서 참았다.

"아빠도 허락하실 거야. 엄마가 이렇게 힘들게 사는 거 알면 분명 재혼하라고 하실 거야."

힘들게 사는 엄마를 보느니 새아빠를 맞이하는 게 나았다. 엄마가 편하게 살 수 있다면 또 다른 아빠가 생겨도 상관없었다. 처음 만난 날부터 바로 아빠라고 부를 수도 있다. 엄마를 위해서라면.

"엄마가 싫어서 그래. 너희가 다른 남자한테 아빠라고 부르는 거, 엄만 싫어."

그깟 호칭이 뭐라고.

"그럼 아저씨라고 부르면 되잖아. 엄만 아빠가 밉지도 않아?"

"미울 때도 많았지. 지금도 가끔 미워. 그래도 혜서야……."

사랑은 의리를 지키는 것. 세상에 없는 사람한테 지켜야 할 의리란 무엇일까. 착한 사람이 복을 받는다고 배웠는데, 착한 끝은 있다고 배웠는데, 내가 겪은 세상은 그런 사람을 얕보고 짓밟는 곳이었다. 한 사람의 됨됨이를 먼저 봐 주는 게 아니라 그 사람의 배경을 먼저 확인하는 곳이다.

누구든 쉬라고 만드셨다는 날에도 엄마는 죽어 가는 할머니를 돌보며 긴 하루를 보낸다. 도대체 무슨 죄를 지었기에 그렇게 살아야 하는지 내 머리론 이해가 안 된다. 시트에 기대 창밖으로 지나가는 가로수를 바라보았다. 나는 이렇게 행복하고 편한데 엄마의 오늘은 어땠을까.

톡톡. 세현이가 내 손등을 두드리더니 가만히 내 얼굴을 들여다보았다. 붉어진 내 눈에 놀란 걸까. 왜 그래? 입 모양으로 물어 왔다. 난 그냥 고개를 저었다. 말해도 모를 것이다. 내 안의 구질구질한 슬픔을 전염시키고 싶지 않다.

갑자기 그 아이가 내 한쪽 손을 뒤집더니 손바닥에 글씨를 썼다. 천천히, 또박또박.

'울고 싶으면 울어. 참지 마.'

이번엔 내가 그의 커다란 손등에 천천히 여섯 글자를 새겼다.

'엄마 보고 싶어.'

큰오빠처럼 고개를 끄덕이던 세현이 내 머리를 슬쩍 쓰다듬었다. 놀랍게도 그 손길에 슬픔이 잦아들었다. 나는 눈을 감고 그 순간을 소처럼 되새김질했다.

혜서는 붙박이장을 열어 초록색 미니원피스와 짙은 청색 원피스 중 무엇을 입고 나갈까 고민했다. 둘 다 마음에 든다.

꽃무늬가 자잘하게 박힌 초록색 원피스는 다 좋은데 길이가 너무 짧다. 진세현 기준이다. 기계 주름이 접힌 짙은 코발트색 원피스는 허리에 둘린 빨간색 리본이 포인트다. 무릎을 살짝 가리는 길이는 마음에 들지만, 민소매가 아니었으면 더 좋았을 것 같다. 진세현 의견이다.

만약 세현에게 어떤 옷을 입을지 묻는다면 1초의 고민도 없이 코발트색을 추천할 거라는 데 두 다리를 걸 수도 있다. 그래서 초록색을 입기로 했다. 하여간 어린놈이 따지는 것도 많아. 나오기 직전 혜서는 다시 코발트색 원피스로 갈아입었다. 정말 신경 쓰이는 아이라고 투덜대면서.

수시의 계절이다. 며칠 전 세현은 지원할 학과와 대학을 결정했다. 늘 그렇듯 가능성은 반반이다. 2학년을 엉망으로 보낸 게 후회됐지만 어차피 지나간 일. 결과가 나올 때까진 열심히 할 수밖에 없다.

어제는 할머니 집에 가질 못했다. 금요일인데 오지 않는 이유를 물어봐 주면 좋으련만 그 여잔 전화는커녕 문자도 없다.

자꾸 말려드는 느낌이다.

지하철에서 내려 걷는데 길 건너편에 그 여자가 보였다. 뭐가 그리 급한지 뛰고 있다. 지나가는 사람들마다 한 번씩은 그녀를 뒤돌아본다. 바람의 저항을 고스란히 받은 얇은 원피스가 젊은 여인의 실루엣을 가감 없이 드러낸다. 소리 높여 그녀를 불러 봤지만 못 들었는지 휴대폰만 들여다보고 있다. 불안해 죽겠다. 길거리에선 딴짓 좀 하지 말라고.

신호등이 바뀌길 기다리며 좋아하는 뮤지컬 넘버를 재생시키는데 전화가 왔다. 혜서는 액정에 뜬 '이긴 세현'이란 이름을 들여다보며 전화를 받을까 말까 망설였다. 왠지 받고 싶지 않았다.

— 왜 이렇게 늦게 받아?

"좀 바빠서."

— 바쁘긴. 파란불 기다리면서.

"나 보여?"

맞은편 건널목에 손을 흔드는 세현이 있었다. 어떤 질문이 이어질지 빤하다.

— 어디 가?

"응."

— 어디?

"뭘 자세히 알려고 해. 어른이 하는 일에."

— 어른 좋아하네. 왜 말을 못 해?

신호등이 바뀌었다. 보폭이 큰 세현이 성큼성큼 걸어 그녀에게 다가왔다.

"교생 쌤들 만나러 가."

— 다 나온대?

"그럴걸?"

3미터 앞. 통화 종료 버튼을 눌렀다. 지금 김민재를 만나러 가시겠다? 내가 골라 준 옷을 입고? 소문 반 근거 반으로 들은 소리지만 7년 선배인 김민재 씨는 학교 다닐 때 지금의 그만큼이나 유명했던 모양이다. 수재 집안에서 태어난 건 기본. 하드웨어, 소프트웨어 할 거 없이 두루 돋보이는 인물이었다고.

남들은 기를 쓰고 가려는 의대, 법대를 무시하고 사범대 진학을 고집해서 학교와 집안을 발칵 뒤집은 게 절정이었다. 수학과도 아닌 수학교육과라니! 매너는 물론 인물도 준수해서 남학생들에겐 질투의 대상이었고, 여학생들에겐 선망의 대상이었다나. 고등학교 때부터 사귀었던 여자 친구는 같은 대학 의대에 들어갔다고 한다. 여태 사귀는지는 모르겠지만, 두 사람은 고등학교 내내 학교 임원을 휩쓸었던 모양이다.

혜서와 지하철역 쪽으로 되걸으며 그는 이글이글 솟구치는 심술을 삭였다. 오늘따라 왜 이렇게 예쁜 거야? 하늘까지 너무 맑네.

"할머니 집에 계셔. 너 기다리시는 것 같더라."

"논술 공부 안 해? 지금 꼭 하고 싶은데."

"하산해. 내 능력으론 더 가르칠 것도 없어."

"어디서 만나는데?"

"종로3가 쪽."

"늦어?"

"가 봐야 알아. 인사동까지 가는데 파전에 막걸리 정돈 마셔 줘야지. 미팅이면 더 좋을 텐데. 어디까지 따라오려고?"

"갈 거야. 누가 데려다준대?"

"니가 그럴 애는 아니지. 그럼 오늘도 열공하고. 고3 파이팅!"

세현은 미련이라곤 티끌만큼도 없는 혜서의 뒷모습을 닭 쫓던 개처럼 쳐다보았다. 더럽고 치사해서 이쯤에서 접을까 하는 생각도 했다. 할머니 집에 와서도 공부에 집중할 수 없었다. 인사동? 파전에 막걸리? 미팅이면 더 좋겠다고? 그게 말이야 막걸리야? 에이, 씨!

민재는 하마터면 찻집으로 들어오는 혜서를 못 알아볼 뻔했다. 석 달 사이 눈에 띄게 세련되고 아름다워진 모습이다. 살이 더 빠졌는지 다른 여자를 보는 것 같다. 투명한 피부를 한껏 돋보이게 해 주는 청색 원피스 차림이다. 벨트처럼 두른 빨간 천 리본이 잘록한 허리를 산뜻하게 드러냈다. 민재는 그녀의 우아한 종아리를 훔쳐보고 싶은 욕구를 참고 혜서를 향해 손을 흔들었다.

"아직 아무도 안 온 거예요? 수학 쌤밖에?"

"곧 오겠죠. 오늘 되게 예쁘네?"

"그래서 사람들이 그렇게 쳐다봤나? 하하. 비싼 옷 덕을 본 거죠."

"들어오는데 못 알아볼 뻔했어요."

"이건 진지하게 묻는 건데, 내가 예전엔 그렇게 못나 보였어요?"

"아니, 그게 아니고 분위기가 많이 달라져서. 말괄량이에서 숙녀가 된 느낌?"

"아, 우리 아이가 달라졌어요?"

"으하하. 차, 뭐 시킬래요?"

"음…… 페라리 할게요. 그거 없음 람보르기니."

세상에서 제일 재미있는 조크를 듣는다는 듯 웃어 주는 민재를 보며 혜서는 30분 전에 헤어진 남자를 떠올렸다. 그 아이라면 기껏해야 코웃음 치는 정도의 반응을 보였을 테지. 진세현이 골라 준 옷을 입고 다른 남자와 웃고 떠드는 나란 인간은 누구인가. 뿌리 없는 이 죄책감은 또 뭔가. 하염없이 찔리는 혜서다.

커피를 마시며 근황을 주고받는 사이 두 사람이 마저 도착했다. 미수는 선탠을 했는지 더 가무잡잡해진 게 여전히 섹시했다. 변함없이 느물느물한 한주가 그녀의 다리를 훑어보는 걸 눈치챘을 땐 돌밭에 패대기치고 싶었다. 민재는 학교에서 볼 때와 느낌이 달랐다. 긍정적인 의미로 좀 더 자유분방해진 느낌이랄까.

잠시 수다가 소강상태에 접어들었을 때, 한주가 테이블을 탁탁 두드리며 시선을 끌었다.

"자, 술부터 마실까요, 밥부터 먹을까요? 아니면 둘 다 같이 할까요?"

겨울 같으면 벌써 컴컴해질 시간이다. 할머니가 저녁을 준
비하신다며 주방으로 들어가셨다. 입맛이 뚝 떨어진 세현은 천
천히 준비하시라고 말씀드리곤 소파에 벌렁 드러누웠다. 아무
것도 하고 싶지 않았다.

인희는 축 처져 천장을 바라보는 손자를 보며 속으로 혀를
끌끌 찼다. 혜서가 없으니 지레 시들시들 말라 가는구나. 이 녀
석아, 너도 큰일 하긴 글렀다.

"혜서는 늦게 온다던데? 저녁 같이 못 먹을걸?"

"아까 오다가 만났어요. 지하철역 앞에서."

"그래? 친구 만난다더라."

'친구는 무슨. 남자들이에요, 남자.'

"친구들 만났으니 실컷 놀고 오겠지."

'친구 아니라니까요.'

"우리 세현이 보약 한 재 먹을래?"

"아뇨. 안 먹어도 돼요."

넌 혜서가 보약이지?

"얼굴이 핼쑥한 게 영 기운이 없어 보이네. 나가서 회 한 접
시 먹고 올까?"

"누나 있을 때 같이 가요. 누나도 회 좋아하잖아요."

어이구, 성적은 올랐다더니 애는 바보가 됐네. 어서 졸업이
나 해야지 원.

"할미가 혜서 일찍 오라고 전화할까? 같이 회 먹으러 가게?"

"아뇨. 오랜만에 나갔는데 놀 만큼 놀아야죠. 저 들어가서 공부할게요."

어쩜 저렇게 지 애비 속을 빼다 박았을까. 무슨 씨도둑을 저리 하누. 인희는 손자의 뒷모습을 보며 고개를 절레절레 흔들었다.

방으로 들어온 세현은 가방에서 문제집과 태블릿 PC를 꺼냈다. 모두 네 군데 대학에 원서를 낼 예정이다. 그중엔 부모님의 모교도 있고 혜서 누나가 다니는 대학도 있다. 엄마가 재직 중인 대학엔 붙을 가능성이 반반이다. 건축학과가 유명한 H대학은 가능성이 좀 더 낮다. 누나의 모교는 안정권이다. 수학과를 겨냥한다면 이제껏 쌓아 온 포트폴리오로 볼 때 모든 대학이 안정권일 것이다.

진학 담당 선생님은 건축학과를 지원하려는 그를 외계인 보듯 했다. 건축공학도 아니고 설계를 전공하겠다고? 다들 그가 수학과에 진학할 것으로 짐작했으리라.

1학기 기말고사에선 고등학교 입학 성적을 따라잡았다. 원래 자리로 돌아온 셈이다. 그동안은 막연히 수학 관련 학과를 가야지 생각했다. 춤 외엔 그게 제일 좋았으니까. 모의고사에 강한 타입이라 정시에 도전해도 되고, 성적이 다시 오르니 재수를 권하는 사람도 많다. 그러나 재수할 생각은 털끝만큼도 없었다. 지루한 미성년의 과정을 하루빨리 끝내고 싶을 뿐.

세현은 영어 독해를 하다 말고 책상에 엎드렸다. 별일 없겠지? 아무렴, 별일 없어야지. 설마, 오늘 당장 김민재와 눈이 맞는 일 따윈 절대 없……어야 한다. 여자를 상대로 이런 조바심은 처음이다. 이런 푸대접도 처음이었다.

그래. 지는 게 이기는 거라고 옛 성현들이 말씀하셨지. 세현은 자존심을 살짝 꺾고 메시지를 작성하기 시작했다.

늦으면 데리러 나갈 테니까 출발할 때 미리 연락해.

술 적당히 마시고. 누나 술 약하잖아.

휴대폰 액정을 확인한 혜서는 세현이 보낸 문자를 골똘히 들여다보았다. 애 진짜 날 좋아하나? 좋아하기야 하겠지. 어려서도 그랬으니까. 그런데 이 정도면 이성으로 좋아하는 거 아닌가? 하는 짓마다 남자 친구처럼 굴잖아. 어린 게. 도대체 왜 얜 어리다는 생각이 안 들지? 세현만 생각하면 머릿속이 뒤죽박죽된다.

진지한 연애는 해 본 적이 없다. 순간의 외로움을 달래 줄 존재가 필요했을 뿐. 오늘 당장 헤어져도 슬프지 않을 정도의 상대. 그 정도면 충분했다. 하지만 그 애를 그 범주에 넣을 순 없다. 천 번 만 번을 생각해도 미친 짓이다. 한숨을 푹 내쉰 혜서는 알아서 들어갈 테니 신경 쓰지 말라는 답장을 보냈다.

밤 11시. 세현은 뚫어져라 문제집을 들여다보고 있다. 대한민국 정부는 통금 제도를 다시 부활시켜야 한다. 밤 10시 이후엔 아무도 돌아다니지 못하게, 특히 미혼 여성들은 절대 돌아다니지 못하게 법을 바꿔야 한다. 두 시간 넘게 문자도 씹고 전화도 안 받아? 손가락 열 개가 다 부러졌지? 귀가 급성으로 막혔지? 들어오기만 해. ……무사히 돌아오기만 하라고.

같은 시각. 카운터에 가방을 맡긴 혜서는 춤에 빠져 있다. 얼마 만의 황홀경인가. 빨간 구두를 신은 잔혹동화 속 소녀처럼 밤새도록 추라고 해도 출 것 같다. 스테이지 위의 그녀는 어쩔 수 없이 이목을 끌었다. 나비 같은가 하면 양귀비 같다. 귀여운가 하면 요염하다. 미수는 외모와 달리 소심하고 뻣뻣했다. 언밸런스의 극치. 흑과 백의 앙상블. 빛을 발견한 불나방처럼 두 여자 주위로 남자들이 몰려들었다. 이곳은 춤이야 잘 추든 말든 예쁘기만 하면 장땡이고, 로티플(로열 스트레이트 플러시: 포커 게임에서 모두를 이기는 가장 등급이 높은 패)에 홀인원인 세상이다.

신이 위대한 이유는 여자를 창조했기 때문이지. 한주는 그런 생각에 빠져 두 여자에게 시선을 고정하고 있다. 한없이 흐뭇하다. 비싼 조화처럼 화려한 오미수와 막 피어난 생화처럼 싱싱한 정혜서. 스테이지 위의 혜서가 빙글빙글 돌며 한 떨기 꽃처럼 만개하고 있다. 아무리 봐도 칠판 앞에서 청춘을 썩히기엔 아까운 여자다.

민재는 클럽이 질색이었다. 클럽에 가자고 부추긴 한주 역시 못마땅했다. 만날수록 싫어지는 타입이 있다면 저 인간. 한순간도 도움이 안 될 사람이다. 벌써 11시 20분. 1초라도 빨리 혜서를 이 시끄럽고 어두컴컴한 늑대 소굴에서 꺼내 안전한 장소로 옮겨 주고 싶다.

반도 안 마신 병맥주를 내려놓은 민재는 흐느적대는 인파를 뚫고 혜서에게 다가갔다. 모자를 쓴 젊은 남자가 그녀의 얼굴에 대고 뭔가 떠들고 있었다.

"무슨 일이야?"

혜서가 남자 친구라도 본 것처럼 그를 반겼다. 다분히 계산된 행동이었다. 민재는 그녀의 몸을 자기 쪽으로 당기며 남자를 싸늘하게 쏘아보았다.

"아는 사람이야?"

"아니. 민재 씨, 이제 집에 가요."

"그게 낫겠네."

치근덕대던 남자가 계면쩍은 얼굴로 물러났다. 거의 동시에 혜서가 그의 팔에 감겼던 손을 거두어 갔다. 민재는 서운함을 감추며 혜서를 스테이지 밖으로 끌어냈다.

"미수 씨는?"

"통화하러. 저기 오네요."

한껏 상기된 얼굴로 클럽을 나온 혜서는 목이 탔다. 끝없는 인파에 질려 더 푹푹 찌는 밤거리다. 얼른 가서 훌훌 벗고 씻고 싶을 뿐이다. 남자 친구가 데리러 온 미수가 제일 먼저 자리를 떴다. 한주가 차 꽁무니를 바라보며 칭찬인지 욕인지 모를 말을 중얼거렸다.

"오미수 남자 친구는 성격이 참 좋아."

혜서가 멀어지는 미수의 뒷모습을 보며 입을 뗐다.

"되게 착하대요. 둘이 2년 넘게 사귀면서 한 번도 안 싸웠다는데요? 신기해."

"특이한 커플이네."

한주의 대꾸에 민재의 표정이 시니컬하게 바뀐다. 혜서는 민재가 한주를 그다지 좋아하지 않는다는 걸 눈치채고 있다. 한주 역시 그렇다는 것도.

"민재 쌤 연기 잘하던데요? 아까."

"그게 연기 축에나 끼나. 한두 번 겪은 일이 아닌가 봐요?"

"네. 지겨워 죽겠어요. 클럽에 남자 낚으러 오는 줄 아나 봐요."

"춤추러 왔으면 춤이나 추지 왜 모르는 여자한테 들이대. 진짜 이해가 안 되네."

이해가 안 되긴 한주도 마찬가지였다. 이런 모범 시민들을 봤나. 요새 누가 클럽에 춤만 추러 오나? 여자 낚으러 오지. 아무리 생각해도 민재는 같이 어울릴 타입이 못 된다. 사람이 너무 올곧아 부담스럽다. 그럼에도 한주는 생맥줏집에 가서 딱 한잔만 더 하자고 제안했다. 혜서에게만 가자고 할 수는 없기에.

"두 분이 가세요. 전 집에 갈래요. 너무 늦었어요."

부재중 전화와 문자 메시지를 확인한 혜서는 울상을 지었다. 세현의 전화도 있었지만 지금은 오빠가 더 무섭다. 치사하게 용돈 끊는다고 협박할지도 몰라. 가무를 즐기지 않는 사람은 모른다. 내게서 춤을 뺏는 건, 코알라에게서 유칼리나무를 뺏는 거나 마찬가지라고.

한주는 혜서를 집까지 데려다주고 싶었다. 오늘따라 더더욱. 그건 민재도 마찬가지였다. 문제는 방향이다. 최한주가 한

발 빨랐다. 어디든 말하면 그 근처라고 대답해야지 하며 혜서를 바라보았다.

"혜서 씨, 저번에 수유동 쪽 산다고 하지 않았나? 데려다줄게요. 나도 그쪽이라."

"저 반포로 이사했어요. 혼자 가도 돼요. 방향도 반대잖아요."

신은 김민재 편이었다. 일부러 술을 안 마신 보람이 있었다.

"어? 나도 반포 사는데. 혜서 씨는 어디예요? 무슨 역?"

"여기선 사평역이 제일 빠를 것 같아요."

"거기 우리 집 앞인데? 그럼 내 차로 같이 가면 되겠네요."

신은 아직 김민재 편이 아니었다.

"아니요. 전 지하철 타고 갈래요. 두 분 다 안녕히 가세요. 오늘 재미있었어요."

혜서는 꾸벅 인사하고 지하철역으로 발걸음을 재촉했다. 민재가 재빨리 따라가 그녀를 붙잡았다. 방향이 다른 것도 아니고 바로 앞단지인데 거절하는 게 신선했다.

"내 차 안 타려는 이유가 뭐예요?"

"아는 사람이라도 남자 차는 안 타요."

민재는 빙그레 웃으며 스물둘의 재미있는 아가씨를 바라보았다.

"그럼 내 차 두고 같이 지하철 타고 가요. 그럼 되죠?"

"왜요? 술 거의 안 마셨잖아요. 갈 길 가세요. 저 서둘러야 해요."

아쉽지만 더는 말릴 수가 없었다. 이미 평소에 비해 선을 넘은 행동이었다.

"그래요, 그럼. 조심해서 가요."

아무래도 자정 안엔 못 들어갈 것 같다. 오빠한테 전화를 걸어 잠시 잔소리를 들었다. 다행히 용돈을 끊겠다는 말은 없었다. 세현은 어떡한다. 무시하고 싶은데 그게 안 된다.

아, 이 고딩은 존재감이 너무 크다.

엘리베이터 거울로 보니 여전히 낯이 붉었다. 오늘따라 왜 이리 늦게 깨는 거야. 결국, 12시를 넘기고 말았다. 신데렐라 되긴 글러 먹었다. 할머니는 주무시겠지? 건강을 위해서라도 일찍 주무셔야 해. 지하철 안에서 세현에게 문자를 보냈지만 답장은 오지 않았다. 벌써 자나? 자면 고맙고.

조심스레 현관문을 닫고 구두를 벗으려는 순간, 비명을 지를 뻔했다. 팔짱을 낀 세현이 우뚝 서서 그녀를 내려다보는 게 아닌가.

"뭐야, 놀랐잖아!"

"자알한다! 반어법. 어떻게 이렇게 예쁜 짓만 골라 해? 이것도 반어법. 제 발 저리나 보네? 몰래 들어오는 걸 보니까. 이건 도치법."

"와, 이젠 정말 더는 가르칠 게 없다. 진짜 하산해. 세현아, 나 너무 피곤해. 다리 아픈 것도 모자라 머리까지 아프네. 교육론 인강도 들어야 하는데 들을 수 있을까. 오늘따라 왜 이렇게 힘들지? 나도 늙나 보다."

심하게 피곤한 척해 보았으나 통하지 않았다.

"술 냄새 봐라. 아주 술통에 들어갔다 나온 것 같네."

"조금밖에 안 마셨는데. 춤만 췄어. 진짜 냄새나?"

춤만? 아, 클럽 갔다 오셨다고? 왜, 스테이지에 이불 깔고 푹 주무시지. 갑자기 혜서가 그의 가슴팍에 코를 들이밀며 킁킁거렸다. 당황한 세현이 한 걸음 뒤로 물러났다.

"담배 피웠지? 내가 널 교육청에 신고해도 될까?"

"학교는 건너뛰고?"

"도대체 얼마나 피웠길래 냄새가 이리 심한 거야?"

밤 내내 몇 번이나 나가서 아파트 입구를 서성였다는 말은 하기 싫었다. 덕분에 평소보다 몇 배나 많은 담배를 피워 없앴다는 것도 밝히기 싫었다. 진세현은 정혜서 따윈 안중에도 없이 공부만 했고, 또 그렇게 비치길 바랐다. 어린애 취급하는 잔소리 따위 기분 상한다. 그때 혜서가 고개를 바짝 쳐들고 뜻밖의 말을 꺼냈다.

"세현아, 너 스무 살 되면 담배 피우는 거 딱 한 번만 보여 주라."

"주사 부려? 학생한테 한다는 소리가 고작. 왜?"

"담배 피우는 모습 궁금해서. 씻고 자야겠다. 아, 발바닥 아파. 잘 자."

혜서가 가방을 달랑거리며 방으로 들어갔다. 그도 방으로 들어왔다. 담배부터 끊으라고 해야 정상 아니야? 뭐 저런 누나가 다 있어? 가슴 부근이 제멋대로 널을 뛴다. 도대체 뭘 했다고 이러는 거야.

잘 자라고? 내 꿈에 나타나지나 마. 나도 내가 어떻게 변할지 모른다고. 꿈속의 나까지 제어하긴 버겁다고. 나 피 끓는 열아홉 살이야.

……잘 자긴 다 글렀다.

다음 날 아침. 혜서는 어젯밤의 흔적을 싹 지운 얼굴로 얌전히 앉아 할머니를 돕고 있다. 저 여자는 배우를 해야 돼. 타고났어. 할아버진 새벽같이 필드에 나가셨고, 할머니는 아침부터 육개장을 끓인다고 분주하시다. 혜서가 밝은 목소리로 인사를 건넸다.

"오늘은 내가 먼저 일어났지?"

"잠이 별로 없으신가 봐요. 굉장히 피곤하셨을 텐데."

"그때그때 달라요."

둘은 작은 가시가 박힌 대화를 나누며 서로의 얼굴을 쳐다보았다. 어쩔 수 없이 둘 다 웃음이 터졌다.

"뭐 하는 거야? 샐러드 만들어?"

"응."

양상추 겉잎을 벗기던 혜서가 갑자기 으하하 웃더니 푸르스름한 겉잎을 가리켰다.

"이거 미친 여자 머리카락 같지 않아?"

아닌 게 아니라 양상추 겉잎이 유난히 치렁하니 너덜너덜했다. 그런데 미친년 머리카락 본 적은 있고?

"머리카락 같이 쥐어뜯을까?"

"어. 이거 버리긴 아깝다. 싱싱한데 먹어도 되지 않나? 할머니, 겉잎 조금만 뜯을까요? 아까운데."

"그래라."

"샐러드 소스 제가 만들어 볼게요."

"그럴래?"

"할머니가 맛있는 걸 너무 많이 해 주셔서 여름인데도 살이 안 빠져요."

"아이고, 지금도 너무 말랐구먼. 내 몸이 편안해야 바깥세상에도 눈이 가는 법이란다. 몇 킬로 더 찌면 딱 보기 좋겠는데?"

"저 여기서 3개월만 더 살면 다시 60킬로 찍을 것 같아요."

생글생글 웃는 혜서를 보며 그는 또 그 생각을 한다. 이 여자가 미치게 좋다고.

요새 혜서는 한 끼도 굶고 지나치지 못한다. 먹는 즐거움 외엔 남은 게 없다는 게 왕성한 식욕에 대한 변명이다. 아침 먹은 지 두 시간도 지나지 않았는데 입이 심심해졌다. 제철 과일을 꺼내 씻어 온 혜서는 소파에 드러누워 음악을 듣는 세현에게도 한 접시 건넸다. 과일 접시를 힐끗 쳐다본 그는 헤드폰을 벗고 고개를 저었다.

"누나나 먹어. 난 별로."

"포도 먹어 봐. 되게 달아."

"귀찮아. 씨 뱉는 거."

"씨까지 삼키면 되지. 포도 씨가 얼마나 몸에 좋은데."

"따 먹는 것도 귀찮아."

"그럼 복숭아 먹든가."

그때 카톡 알림이 연달아 울렸다. 휴대폰 액정을 응시하는 그녀의 이마에 옅은 주름이 잡혔다. 누군지 궁금했지만 세현은 묻지 않았다. 그러나 혜서가 먼저 털어놓는다면 들어 줄 용의 는 있다.

"이 사람 좀 짜증 난다."

"남자야?"

"응."

"나도 아는 남자야?"

"응."

"교생들 중 하난가 보네."

"넌 뭘 해도 밥은 안 굶겠다."

"누나도 알고 나도 아는 남자면 빤하지. 우현이겠어, 현서 형이겠어?"

"근데 왜 짜증을 내?"

"내가 언제?"

"지금."

"……짜증 낸 거 아니야. 그 남자가 왜 짜증 나는데?"

"어떤 식으로든 연결되는 게 싫으면 대놓고 연락하지 말라 고 해야 하나? 영영 안 볼 사람도 아니고, 사귀자 어쩌자 하는 것도 아닌데 괜히 오버하는 것 같아서."

"씹어. 답장하지 마. 한 글자도 하지 마. 점도 찍지 마."

"그럼 알아들으려나? 난 이 남자 능글맞아서 싫은데."

"고민하고 말고 할 게 뭐가 있어? 누나 인생에 중요한 사람도 아닌데. 중요한 사람이라도 그래……. 혹시 음악 교생이야?"

"설마 셜록에 빙의된 거야?"

"김민재 선배는 능글맞진 않잖아."

그 선밴 그래서 문제다. 생애 최초로 신경 쓰이는 남자가 나타났다. 그로선 정말이지 적응 안 되는 일이다.

"아예 차단해 버릴까? 그건 너무 심한가?"

"같은 남자 관점에서 말하는데 그 남잔 진짜 아니야. 가르치는 것도 설렁설렁, 학생들 대하는 것도 설렁설렁. 그래 놓고 여학생들한텐 엄청나게 친절하다며? 교사 되면 딱 불미스러운 일 저지를 타입이라고. 남자는 남자가 더 잘 판단하는 거 알지? 개미 눈곱만큼의 빌미도 주지 마."

"너 이럴 때 보면 꼭 우리 오빠 같아. 김민재 선배는 같은 남자로서 어때 보여?"

"관심 있어?"

"궁금해서."

솔직히, 솔직히 말하기 싫었다. 그래도 사사로운 감정 때문에 사실을 왜곡시킬 순 없었다. 그건 그의 마지막 자존심이다. 새끼손톱만큼 남은.

"괜찮아 보여."

"남자 눈에도 그렇구나. 댄디한 스타일이긴 해. 춤은 못 추지만."

춤 잘 추는 나는 어때? 묻고 싶은 걸 또 참는다. 참고 또 참는 일의 연속이다. 한마디만 더 김민재 얘길 꺼내면 진짜 화내려고 했는데 혜서가 그의 입에 복숭아를 물려 주었다. 순간, 달콤한 즙이 줄줄 흐르는 복숭아를 키스하듯 건네주는 혜서가 상상이 됐다. 여자의 속살도 이 복숭아처럼 부드럽고…… 달콤할까……. 이렇게 미쳐 가는 건가.

"흠! 흠! 어렸을 때도 누나가 내 입에 포도 따서 넣어 줬는데."

"내가 그런 짓까지 했다고? 진짜 별걸 다 해 줬네."

"증거 사진 있는데 보여 줄까?"

"사진?"

다음에 올 때 앨범을 가져와 보여 주기로 약속했다. 혜서가 그의 입에 포도를 한 알씩 넣어 주며 먹고 싶은 점심 메뉴를 물어보았다. 나가서 사 먹을 수도 있지만, 요샌 집에서 해 먹는 게 더 재미있다.

"우리 점심으로 국수 해 먹을까? 쫄면이나."

"누난 스파게티 같은 거 안 좋아해? 스테이크나. 여자들은 그런 거 좋아하잖아."

"갈비가 백배 낫지. 스파게티를 돈 주고 사 먹느니 비빔국수를 해 먹겠다. 내가 이렇게 말하면 친구들이 뭐라는 줄 알아?"

"뭐라는데?"

"진짜 맛있게 하는 데서 먹어 보질 않아서 그렇대. 그런 데가 봐도 별로던데."

"나도 스파게티 안 좋아해."

"너하고 난 입맛은 좀 맞는 것 같다. 과일 잘만 먹네. 이젠 니 손으로 따 먹어."

"그만 먹을래."

"그 좋은 머릴 이렇게 자잘하게 쓰냐. 우리, 비빔국수 만들어 먹을래?"

세현은 혜서 입에서 나오는 '우리'라는 단어가 좋았다. 비빔국수도 좋다. 하지만 지금은 쫄면을 먹고 싶다고 해야 한다. 집에 없는 재료를 핑계 삼아 짧은 데이트를 하고 싶었다. 집에 있어 봤자 엉뚱한 상상만 하게 되니까. 특히나 오늘은 영 조짐이 안 좋다.

"내가 재료 준비하고 있을 테니까 얼른 뛰어가서 쫄면 사리만 사 와. 나머지 재료는 다 있을 거야."

"그러지 말고 나가서 점심 사 먹고 영화 한 편 보고 오자. 집에서 먹는 밥 지겹지 않아?"

"학생, 요새 군기가 좀 빠진 것 같군요. 성적은 안 떨어졌나?"

"전교 등수는 더 올랐어. 의심스러우면 이주영 선생님께 물어보든가."

"니가 올랐다면 오른 거겠지. 너 거짓말은 안 하잖아."

'사실을 말하지 못할 땐 있지.'

"너희 반 신병찬 요새도 전교 1등이야?"

"아예 붙박이야."

"병찬인 말하는 거 보면 애 같은데 참 신기해."

"난 걔 이기고 싶지도 않아. 너무 불쌍해서. 왜 웃어? 공부 외엔 재미있는 게 하나도 없는 인생인데 안 불쌍해?"

"그렇긴 하네. 그러니까 넌 복 받은 줄 알고 살아."

"자랑 같아서 말 안 하려고 했는데, 이번 모의고사 점수는 신병찬보다 내가 더 높아."

혜서가 짝짝짝 절도 있게 박수를 쳐 주었다.

"역시 넌 수능에 강한 타입인가 보다. 정시로 가라."

"수시로 갈 거야."

잠시 교사에 빙의된 혜서가 수시가 어쩌고 정시가 어쩌고 하며 그를 설득하려 했다.

"내가 몰라서 그러는 줄 알아? 하루라도 빨리 끝내고 싶다고. 이 지겨운 고딩 과정."

"그래. 니가 원하는 대학 가기만 하면 되지 뭐. 시험 끝나면 아마 내 얼굴 보기 힘들어질 거다. 우리 학부는 졸업논문 제도가 없어서 참 좋아."

허구한 날 싸돌아다니겠다?

"아, 연애하시겠다고?"

"물론 연애도 해야지. 넌 혹시 10분 안에 여자 친구 만들어 본 적 있어? 너라면 가능할 것 같은데."

"텐 미닛 같은 소리 하네. 10분 안에 여자 친구 고르는 남자가 정상이야? 일회용품 사는 것도 아니고."

"언제 이렇게 철이 들었대? 가만 보면 참 잘 자란 것 같단 말이야."

머리라도 쓰다듬어 줄 기세다. 강아지 취급을 하는 건지, 여전히 동생 취급을 하는 건지. 기분이 상한 세현은 화제를 바꿨다.

"누나 방에 있는 책 중에서 재미있는 걸로 한 권만 빌려줘. 밤에 읽게."

"내가 댁의 독서 취향을 잘 몰라서. 보고 직접 골라. 기대하진 마라. 19금은 없으니까."

"무슨 여자가 이래?"

"또 재미없냐? 이상하네."

"아오. 그딴 유머는 도대체 어디서 배운 거야?"

"남들은 다 재미있다는데 너만 그래. 들어간다."

그 와중에도 과일 접시를 알뜰히 챙겨 일어서는 혜서다. 아, 이건 정말 아니지! 무조건 잡아야 한다.

"누나, 저번처럼 시 읽어 주면 안 돼? 지금."

고개를 돌린 혜서가 한쪽 눈썹을 치켜 올리며 그에게 물어왔다.

"참! 너 그때 왜 말도 없이 그냥 갔어? 깨 보니까 넌 사라지고 이불만 덮여 있더라. 날도 더운데 쪄 죽는 줄 알았잖아."

그걸 어떻게 내 입으로 말해. 목숨이 두 개도 아닌데.

"그날…… 갑자기 일이 생겨서. 방에 들어가서 자라니까 들은 척도 안 해 놓고선. 근데 무슨 여자가 아무 데서나 막 자고 그래? 그러니까 현서 형이 허구한 날 잔소릴 하지."

"그 여자 타령은 끝도 없어요. 잔소린 너도 만만치 않거든. 시는 당신 눈으로 읽으세요."

시는 글러 먹었고, 남은 건 이것뿐이다.

"배고파. 쫄면 먹자."

"배 안 고프다며?"

"생각해 보니까 먹어야 할 것 같아. 일어나. 장 보러 가게."

민재는 한 달 내내 고민했다. 대시할 것인가, 말 것인가. 앞 단지에 산다는 말을 들은 뒤부턴 아파트에 드나들 때마다 그쪽을 눈여겨보게 된다. 혜서가 저기에 산다고? 이성 문제만큼은 '운명'이란 단어를 한 번도 언급해 본 적 없는 그지만, 불현듯 그 단어가 떠올랐다.

'어쩌면 정혜서가 내 운명이 아닐까.'

스물여섯이 되도록 깊이 사귄 여자라곤 고등학교 때부터 만 나던 첫 여자 친구가 유일하다. 첫 키스, 첫 포옹은 물론 동정도 그 여자에게 바쳤다. 수능을 치자마자 여자가 먼저 원해서 이루어진 거였다. '처음'이란 이름이 붙은 모든 걸 수인과 함께 나눴다.

언제부턴가 여자 친구는 그의 여자를 넘어 엄마처럼 행동하려 했다. 실제 엄마와 성격도 비슷했다. 이래라저래라. 해라 마라. 그건 되고 이건 안 되고. 넌 내 말만 잘 들으면 돼.

스물이 훌쩍 넘은 그를 처음 만난 열일곱 그때처럼 대하던 여자였다. 나중엔 엄마하고 연애하는 것 같아 입 맞추는 것조차 꺼려졌다. 높은 지능은 그의 연애에 특별한 영향을 주지 못했다.

망설이던 민재는 용기를 내 혜서에게 전화를 걸었다.

점심 준비가 다 됐다. 널찍한 유기 안에 삶은 콩나물, 채 썬 양배추와 오이, 양념장에 비빈 쫄면 사리가 가득 들어앉아 있다. 혜서가 삶은 달걀을 반으로 쪼개 맨 위에 얹었다. 오늘은 식탁에서 먹기로 했다. 텔레비전을 켜 놓아 봤자 수다를 떠느라 저 혼자 돌아갈 때가 더 많다.

쫄면 그릇을 들여다본 세현은 혜서 모르게 피식 웃었다. 키는 한 뼘이나 작은데 먹는 건 늘 똑같이 먹으려고 한다. 다 먹을 수 있느냐고 물어볼 필요가 없다. 이 여자라면 가능하다.

"난 쫄면에 들어간 콩나물이 그렇게 좋더라."

"양념이 좀 맵게 됐던데. 누나 매운 거 잘 못 먹잖아."

"내가 아무리 매워도 먹는 게 세 가지 있거든. 떡볶이, 낙지볶음, 쫄면."

세현이 유리잔 가득 우유를 따라 혜서에게 건넸다. 물 대신 우유를 마시면 매운 기가 가신다. 젓가락으로 양념이 잔뜩 묻은 쫄면을 돌돌 말던 혜서가 중얼댔다.

"둘이 먹다가 하나도 안 죽을 맛이네. 맛있을 줄 알았는데."

이 여자 말은 끝까지 들어 봐야 한다. 솔직히 특별한 맛은 아니었지만, 그는 남다른 인류애를 이런 식으로 베풀었다.

"난 먹을 만한데?"

"할머니가 해 주시는 쫄면은 맛있는데 왜 내가 하면 그 맛이 안 나지? 이게 손맛의 차이인가?"

"60년 동안 음식 만든 할머니랑 요리에 입문한 지 6개월도 안 된 누나가 같은 솜씨면 할머니 입장이 뭐가 돼? 그래도 분식집에서 팔면 퇴짜 맞을 정돈 아니야."

"진짜? 이 쫄면 팔면 한 그릇에 얼마 정도 받을 수 있을까?"

한 젓가락 가득 쫄면을 집어삼키며 세현은 머리를 굴렸다. 놀려, 말아?

"……3900원."

"생각보다 많이 쳐 주네?"

"양이 곱빼기잖아. 양념에 들어간 깨만 해도 1000원어치는 되겠다. 가만 보면 누난 음식 맛을 깨로 해결하려고 하더라."

쫄면을 씹던 혜서가 그를 사납게 째려봤다. 이젠 째려보는 것도 좋으니 얼마나 맛이 간 건가. 드디어 막장의 길로 접어들었구나.

"니가 배가 부르구나. 먹기 싫지?"

"음식 남기면 벌 받아. 죽으면 살아서 남긴 음식 한꺼번에 다 먹어야 된대."

이번엔 무슨 대답을 할지 기다리던 그때, 휴대폰 벨이 울렸다. 혜서 거다. 오늘의 하늘은 내게 누군가가 두고 간 선물 같아. 하루에도 몇 번이나 듣는 벨소리. 액정 위로 '김민재'라는 이름이 보였다. 입맛이 뚝 떨어진 세현은 입 안의 면발을 천천히 씹으며 통화 내용을 유추했다.

점심 먹어요. 쫄면이요. 아, 동생하고요. 네, 거기 알아요. 네? 4시? 할 말이요? 아, 네. 오래는 안 되고 한 30분 정도는 돼요. 그래요, 그럼.

전화를 끊은 혜서가 다시 젓가락을 들었다.

"누구야?"

"김민재 쌤."

"왜 보자는 건데?"

"그 선생님 집이 요 앞단지래. 신기하지?"

신기는 개뿔. 우연도 우연 나름이다. 세현은 정말 기분 나쁜 우연이라고 생각하며 떨떠름하게 입을 열었다.

"같이 밥 먹는다는 동생이 나야?"

"그럼 니가 오빠냐?"

오빠는 됐고, 내 기필코 여보로 만들어 줄게.

"꼭 나가야 돼?"

"약속했잖아."

"나하고도 약속한 거 알지?"

"그 말 좀 그만해. 내가 연애하러 가니?"

"남자가 따로 할 말이 있다면 빤한 거지. 누나도 잘 알 거 아니야."

"내가, 다시는, 목에 칼이 들어와도, 그런 약속은, 절대, 안한다."

세현이 테이블 위에 젓가락을 탁 소리 나게 내려놓았다. 아, 너 화났다고? 나도 화났어. 고딩 말에 넘어가 그런 말도 안 되는 약속을 한 미련한 나한테 더 화가 난다고.

혜서는 이 커다란 어린양이 무슨 생각을 하는지 어느 정도 알았다. 꽤 오래전부터. 하지만 그건 안 될 말이다. 가끔은 스무 살도 안 된 어린 남자에게 설레고 흔들리는 자신이 너무 이상했지만 다 한때다. 대학에 들어가고 풋풋한 신입생을 만나다 보면 사회인이 된 난 금방 잊겠지. 여자 친구가 생기면 지금 같은 마음으로 나를 대하진 않겠지. 길가의 돌멩이보다 더 흔해 빠진 게 여자니까.

카푸치노를 마시던 혜서는 민재의 말을 듣는 순간 갈색 내용물을 뿜을 뻔했다. 다행히 금세 정신을 가다듬고 평온을 되찾았다. 이게 얼마 만의 진지한 대시인가.

축제 때 그 사건 이후로 학교에선 유부녀라도 된 것처럼 남자들의 추파가 뚝 끊겼다. 상대가 너무 강적이라고 생각하는 걸까? 아들을 소개해 주시겠다던 지도 교수님까지 남자 친구가 생겼느냐고 물어 올 정도였다.

혜서는 다시 커피잔을 들고 맞은편 남자를 바라보았다. 아무리 까다롭게 평가해도 어느 한구석 부족함이 없는 사람이다. 매너 좋고, 최한주처럼 느글거리지도 않는데다, 외모 역시 진세현 같은 특별한 사례와 비교하지만 않는다면 수준급이다. 주위들은 말에 의하면 대형 학습지 회사나 학원가에서 거액의 연봉을 제시하며 그를 스카우트하려고 혈안이 돼 있다고. 대기업이나 금융권으로부터의 구애도 심심치 않다고 들었다.

다시 말해 새로운 연애 상대로 나쁠 이유가 전혀 없는 남자다. 나쁘기는커녕 '땡큐 베리머치 무한 감사'할 수준 아닌가. 문제는 세현과의 약속이었다. 약속은 깨라고 있다는데 그냥 깨 버려?

"즉흥적인 게 아니고 오래 생각한 거예요. 혜서 씨가 긍정적인 대답을 해 주면 좋겠는데."

"전 연애는 좋아하는데, 결혼을 전제로 사귀는 건 부담스러워서 싫어요."

"나도 아직 결혼 생각 없어요. 우리 둘이서는 오늘 처음이잖아요. 그냥 만나 봐요. 부담스럽게 안 할게요."

"선생님은 이번 시험 자신 있죠? 아마 전국 1등 할걸?"

이 여자는 늘 그를 웃게 한다. 예뻐서 좋고 재미있어서 더 좋다. 솔직히 시험 걱정은 하지 않는다. 그녀가 그의 대시를 거절할까 봐 걱정이지.

"그 선생님이란 말 좀 안 하면 안 되나? 내가 되게 나이 든 사람이 된 것 같아."

"민재 씨라고 할 수는 없잖아요."

'그럼 오빠는 어때?' 할까 하다 말았다. 씨도 안 먹힐 것 같다.

"민재 쌤 정도면 덜 부담스러울 것 같은데."

"오케이. 전 시험 점수 안 나올까 봐 걱정돼요. 꼭 잘 봐야 하거든요."

"잘 볼 거예요. 실전에 강한 스타일 같던데. 내가 싫진 않죠?"

"쌤 싫어하는 사람이 세상에 있을까요?"

"말도 안 되는 소리. 아무에게도 미움받지 않는 사람은 없어요."

"그건 미움이 아니라 질투나 시기 그런 거 아닌가? 민재 쌤 누가 봐도 참 부러운 사람이거든요."

"그렇게 봐 주면 고맙고."

미친 짓이겠지. 당장에라도 혜서의 손을 잡고 나가 이 예쁜 여자와 내가 사귀는 사이라고 외치고 싶다. 놓치면 평생 후회할 것 같은 예감. 한편, 여자란 존재에 이런 조바심을 느끼는 게 처음이라 적잖이 당황스러웠다.

"전 시험 볼 때까진 연애 안 할 거예요. 지금은 시험이 더 중요해."

이 말은 다른 남자도 아니라는 뜻인가. 이것 역시 너무 자기중심적인 판단인가. 다그쳐서 해결될 일이 아님을 그는 잘 알았다.

"그럼 시험 볼 때까지 이렇게 가끔 만나요. 집도 가까우니 정보도 나눌 겸. 자주 만나 주면 더 좋고."

"저한테 다른 거 기대하시면 곤란해요. 난 사실 연애하는 것만 좋아하는데. 그게 누구라도 진지하게 만나는 건 싫어요. 결혼 생각은 아예 없고. 그래도 괜찮아요?"

아직 어리니 그렇게 생각할 수도 있다. 마음은 천천히 바꾸면 된다. 서둘러선 될 일도 안 될 것이다. 그는 혜서를 향해 부드럽게 웃어 보였다.

"그렇게 해요."

민재의 뜻밖의 제안에 선뜻 대답하기 어려웠다. 그동안 남자 친구를 몇 겪어 본 경험이 말하긴 했다. 이 남잔 좋은 남자라고. 이 정도면 평생의 배우자로도 전혀 손색없을 거라고. 하지만 아직은 그게 전부다. 특별한 설렘도 두근거림도 없다. 설마 이것도 세현 때문일까?

"그럼 시험 끝나고 다시 한 번 물어봐 주세요. 그사이 민재 쌤 마음이 변할 수도 있잖아요."

화장기 없는 여자의 얼굴을 바라보던 민재는 그럴 일은 절대 없을 거라고 생각했지만, 알겠다고 대답했다. 약속한 30분이 지나자 혜서는 일어났고, 그는 커피값을 계산했다. 둘은 카페 앞에서 바로 헤어졌다.

한 시간도 지나지 않아 현관문 열리는 소리가 들렸다. 세현은 나가 보지 않았다. 5분 뒤, 혜서가 방문을 노크했다. 그는 느리게 일어나 문을 열었다. 눈앞에 유리그릇에 담긴 세 가지 맛의 아이스크림이 보였다. 그 위에 분홍색 플라스틱 스푼이 꽂혀 있다.

정혜서, 지금 내 속엔 서른한 가지 복잡한 생각이 들어 있다고. 고백하고 싶어도 못 하는 심정을 당신이 알아?

"니가 좋아하는 걸로만 골라 왔어. 먹으면서 공부해."

"같이 먹자."

가족실 소파 위에서 둘은 뚝 떨어져 앉아 각자의 아이스크림을 비웠다. 지난번에 액션 영화를 보면서 아기 머리통만 한 아이스크림 한 통을 순식간에 먹어 치운 게 생각났다. 음식은 맛으로만 먹는 게 아닌 모양이다. 아이스크림 먹고 체할 수도 있겠군. 혜서가 연달아 헛기침했다.

세현은 혀 위에 올려놓은 아이스크림을 천천히 굴리며 멍하니 생각했다. 차갑군. 달군. 달아도 너무 달군. 아이스크림이 식도에 얹히는 느낌이다. 단도직입적으로 묻고 싶다. 아까 김민재한테 무슨 말을 듣고 왔는지. 하지만 모든 일엔 때가 있다고 배웠다. 시험이라도 치르고. 합격이라도 하고. 그래서 이 말밖에 할 수가 없었다.

"누나, 나하고 한 약속 지켜 줄 거지?"

"어. 넌 너 할 일에 집중해. 나도 그럴게."

생각보다 담담한 목소리였다. 그것만으로도 적잖이 안심된다.

"다음 모의고사에서도 신병찬 이겨 볼게."

"놔둬. 걘 1등 놓치면 세상 놓을 것 같더라. 너 지금도 잘하고 있어. 아주 대견해."

9 이건 미쳐야 마땅한 일

세현's Diary

모두가 만족한 결과는 아니지만, 나는 세 군데 대학에 수시 합격
했다. 운이 좋았다. 그러나 선택의 폭이 넓다는 게 늘 좋은 것만은
아니다. 고민 끝에 학교보다는 학과가 더 유명한 대학을 선택했다.

부모님의 모교에도 합격했는데 그 부분에선 이견이 있었다. 사
실 합격할 수 있을지 테스트한 것일 뿐, 엄마와 같은 학교에 다니
며 주목받고 싶은 마음은 전혀 없었다. 쓸데없는 오해를 받고 싶
지도 않다. 부모님은 아쉬워하셨지만 내 결정을 존중해 주셨다.

수능은 수시 결과를 뒤집고 싶을 정도로 잘 봤다. 헛짓거리하
며 보낸 시간을 잠시 후회했지만 타임워프나 타임슬립은 판타지
일 뿐, 난 현실적인 인간이다. 누나도 시험을 잘 치른 것 같다. 기

억나는 실수는 없었으니 지금은 그걸로 만족한다고.

홀가분한 마음으로 한껏 깊어진 계절을 즐겨야 하는데 그럴
수가 없다. 지난 몇 달 우리는 살얼음판을 한 걸음 한 걸음 내딛
는 것처럼 아슬아슬하게 간격을 유지하며 지내 왔다. 나뿐 아니
라 누나도 그러했으리라 확신한다.

이젠 누구든 약속을 깨도 된다.

토요일 늦은 오전. 혜서는 거울을 들여다보며 화장을 시작
했다. 오랜만에 하는 색조 화장이다. 지난봄부터 몇 달 동안 학
교와 도서관, 스터디룸, 집을 오가며 단조롭게 살았다. 사는 게
사는 게 아니었다. 시험은 끝났지만 생각만큼 홀가분하지 않았
다. 어쩌면 둘 사이의 약속을 먼저 깨는 사람이 될 것 같아 마
음이 무겁다. 오늘 민재 쌤을 만난다.

아직 굳지 않아 다행이라 생각하며 혜서는 속눈썹에 한 올
한 올 마스카라를 발랐다. 화장을 끝낸 뒤, 얼마 전 오빠가 사
준 코트와 검은색 스키니 진을 입었다. 신발장을 여는데 길쭉
한 남자의 발이 보였다. 혜서는 그 발의 주인을 무시하고 신발
을 찾는 데만 집중했다. 좀 이른 감이 있지만 부츠를 신을지,
늘 신던 스니커즈를 신을지 잠깐 고민했다. 결국 스니커즈를
꺼냈다.

"데이트하러 가?"

"……그 비슷한 거."

"내 얼굴 보고 말해."

죄를 짓는 것 같은 이 기분은 뭘까? 세현의 얼굴을 똑바로 볼 수가 없다. 혜서는 조용히 현관에 앉아 운동화 끈을 묶은 뒤 일어났다.

"갔다 올게. 너도 이제 홀가분하게 미팅이라도 해."

"내 일은 내가 알아서 해."

"좀 늦을지도 몰라."

"나한테 그걸 왜 말하는데? 누나 하고 싶은 대로 다 할 거면서."

차갑게 닫힌 현관문을 보며 세현은 삐딱하게 말한 걸 바로 후회했다. 방으로 들어온 그는 힘들게 구해 둔 오늘 날짜의 뮤지컬 티켓 두 장을 구겨 버렸다. 뮤지컬을 보고 나서 고백할 생각이었다. 더는 마음을 참을 수가 없었다.

며칠 전, 오늘 시간을 내 달라고 말했을 때 선약이 있다는 대답이 돌아왔었다. 김민재와 만난다고. 솔직하지나 말지. 잠시 후, 친구에게 전화를 건 세현은 다음 주에 할 거라는 미팅에 빈자리가 남았는지 물었다. 전화기 속 친구가 기꺼운 목소리로 대답했다. 네가 나오기만 하면 백 자리라도 가능하다고.

10분 뒤, 혜서는 깨끗하게 세차된 민재의 차에 탔다. 다시 30분 뒤, 한참 줄을 서서 기다려야 들어갈 수 있다는 식당에 도착했다. 그리고 세 시간쯤 뒤, 두 시간에 걸쳐 차를 마시고 간단히 이른 저녁을 먹었다.

마지막 코스는 우리나라에서 처음 선보이는 라이선스 뮤지컬이다. 너무 비싸서 볼 엄두조차 못 냈던 VIP석. 공짜 티켓이 생겼다는 민재의 말은 믿기지 않는다. 혜서는 뮤지컬 마니아라면 누구나 탐낼 만한 자리에 앉아 빨려들듯 무대에 집중했다. 좋아하는 아티스트가 많이 등장하는 공연이었다.

막 개막한 초연치고 앙상블도 훌륭했고 기대 이상으로 만족스러운 무대였으나 누군가 목을 조르는 것처럼 자꾸 답답해졌다. 오늘 헤어지기 전 인내심을 갖고 기다려 준 민재에게 대답해야 한다. 숨이 가빠진 혜서는 목에 두른 스카프를 풀어 가방에 집어넣었다.

집으로 돌아오는 길. 차 안엔 10년 전쯤 유행한 발라드가 흐르고 있다. 길이 막혔다. 벌써 11시. 민재는 대답을 강요하지 않았다. 혜서는 음악 듣는 취향이 비슷하다고 생각하며 창밖을 응시했다.

무슨 얘기를 더 하지? 뮤지컬 잘 봤다는 소리는 내용을 바꿔 가며 몇 번이나 했는데. 아름다운 밤이었다고? 잊지 못할 만남이었다고? 왜 자꾸 그 애 생각이 끼어드는 걸까. 밑도 끝도 없는 이 죄책감은 뭘까. 그저…… 자주 만나다 보니 정이 든 걸 텐데. 아무리 어려도 그런 남자에게 마음이 안 가면 여자도 아니지. 좋아하는 사람이 생기면 달라질까? 그 애나. 나나.

"오늘은 왜 내 차 탔어요? 남자 차는 안 탄다면서."

"그러게요. 지금이라도 내릴까요?"

"하하하. 오늘 즐거웠어요. 데이트라고 생각해도 돼요?"

고딩 진세현. 나쁜 진세현. 망할 진세현. 악마 같은 진세현.

"……아뇨. 안 될 것 같아요."

"연애하는 게 그렇게 어려운가? 미안한 질문인데 남자한테 크게 덴 적 있어요?"

"미안한 질문은 안 하는 게 매넌데. 그건 아니고요, 막상 연애를 시작하려니까 생각이 좀 많아져서요."

"생각은 너무 많이 해도 안 좋아요. 오히려 결과를 망칠 수도 있거든."

"그렇죠? 민재 쌤 말이 맞는 것 같아. 나도 연애하고 싶은데 지금은 그게 안 돼요. 앞뒤 안 맞는다, 진짜."

"그럼 당분간 친구처럼 만나요. 그건 되죠?"

"네. 그건 될 것 같아요."

집에 도착했을 때, 세현은 가고 없었다. 혜서는 괜히 허탈해졌다.

이번 주 가족 모임은 집에서 한다. 할아버지 생신상을 며칠 앞당겨 차린다고 아침부터 집 안이 북적였다. 오전 10시가 살짝 넘은 시간인데 식구들이 다 모였다. 부모님이 시장을 봐 오셨다. 점심은 간단히 먹고 저녁을 잘 차린다고 하는데, 준비한 식재료를 보니 언제 저걸 다 만들까 싶다.

세현은 거실 소파에 앉아 주방 쪽을 힐끗 보았다. 검은색 니트 티를 입은 혜서 누나가 화장기 없는 얼굴로 커피를 준비하고 있다. 날이 흐려서인지 흰 얼굴이 더욱 돋보인다. 그럼 뭐하나. 다른 남자나 만나고 다니는 여잔데.

수능이 끝나면 하려던 고백은 스무 살이 될 때까지 미뤘다.

며칠 전, 할머니와 할아버지의 대화로 유추해 보건대 누나가 이 집에서 사는 걸 점점 부담스러워하는 것 같다. 더 잘해 주고 싶어도 못 해 준다는 할머니 말씀. 거기에 내 고백까지 보탠다면 어떻게 될까. 당분간 이대로 지내다가 방학을 하면 할머니 집에 눌러앉을 생각이다. 매일 보면 뭔가 달라지겠지 하는 기대를 품고 있다.

할아버지와 아버진 바둑판을 마주하고 앉아 계신다. 부자간의 대결이다. 엄마와 혜서 누나는 무슨 얘기를 하는지 식탁을 사이에 두고 웃고 있다. 할머닌 칼국수 육수를 낸다고 분주하시고, 우현은 식탁 의자에 앉아 만화책을 읽는다. 혜서를 한 번 더 쳐다본 세현은 조용히 일어나 방으로 들어왔다. 밀린 잠이나 잘 생각이다.

추출된 커피를 따르는 혜서의 우아한 손목을 바라보던 서연이 나지막이 입을 열었다.

"어쩜. 교사만 하기엔 정말 아까운 얼굴이네. 방송국 오래 다녀 봐도 너만큼 순하게 예쁜 여잔 많지 않던데."

혜서가 쑥스럽게 미소 지으며 그녀에게 커피잔을 건넸다.

"요새 애들은 하도 성형을 많이 해서 그 애가 그 애 같아. 게다가 서클 렌즈는 왜 그리 끼고 다니는지. 눈에 표정이 안 보여서 난 이상하기만 하던데."

바구니에 가득 담긴 귤을 쉴 새 없이 까먹던 우현이 대화에 끼어들었다.

"누나, 가수 해라. 엄마, 혜서 누나 노래 짱 잘해. 완전 대박이야. 오디션 프로그램에 나가면 안 돼? 누나 정도 비주얼이면 본선 진출은 자동으로 될 것 같은데. 누나, 얼굴 하나도 안 고친 거지? 자연미인이지?"

"아들, 한 가지씩 천천히 말하면 안 될까?"

"돼요, 돼. 누나, 우리 이따가 노래방 갈래?"

혜서는 봄보다 한결 갸름해진 우현을 보며 대답 없이 웃어 주었다. 요샌 만날 때마다 키가 크는 것 같다. 혜서는 할아버지, 할머니를 포함해 이 가족이 좋았다. 너그럽고 여유로운 마음 씀씀이도, 부드러운 배려심도, 넓고 깨끗한 아파트도 좋았다.

그래도 마냥 편하지만은 않다. 엄마는 조금만 더 참으라고 하지만 이젠 작은 집이라도 구해 나가고 싶은 마음이다. 엄마가 병간호하는 부잣집 할머니는 처음엔 1년을 못 넘기실 거라고 했다. 그동안 얼마나 지극정성으로 돌봐 드렸는지 3년 가까이 생존해 계신다. 호전됐던 할머니 건강이 갑자기 나빠지는 바람에 두 달 가까이 엄마 얼굴도 못 봤다. 까다로운 그 할머닌 며느리가 셋이나 있는데도 엄마 외엔 누구한테도 간호를 맡기지 않는다고 한다.

인희는 혜서 얼굴 예쁜 건 알면서 혜서에 대한 아들의 마음은 헤아리지 못하는 며느리가 답답했다. 아직도 그저 누이와 남동생쯤으로 생각하는 건가. 이거야 원, 순진한 건지 맹한 건지. 내외가 똑같이 헛똑똑이다. 내내 기분이 안 좋아 보이던 큰손자는 방에 들어갔는지 보이지 않는다. 딱한 것.

"우현아, 가서 형 좀 불러와. 혜서 누나하고 같이 닭살 뜯으라고 해."

시어머니의 목소릴 들은 서연이 얼른 달려왔다.

"엄마, 그거 제가 할게요."

그래서 자네는 안 된다는 거야, 이 사람아.

"세현 어미는 갈비 양념해야지. 자네가 해야 더 잘 먹더라고. 난 이젠 간을 잘 못 맞추겠어."

침대에 누워 멍하니 액자를 들여다보고 있다. 혜서 누나의 생일 즈음 동생과 함께 셋이 찍은 사진이다. 누나는 어릴 적 그를 귀여워하듯 우현을 귀여워한다. 누나에겐 나도 그저 귀여운 동생일 뿐일까. 그건 분명 아닌데. 노크 소리가 들리는 동시에 방문이 열렸다. 대답도 하기 전이다.

방으로 들어온 동생이 이목구비가 한꺼번에 막힐 만한 소식을 전해 주었다. 아버지가 혜서 누나에게 남자를 소개해 줄 것 같단다. 그것도 선배 교수의 아들을. 그것도 결혼 적령기의 남자를!

"어제 엄마하고 아빠가 얘기하는 거 엿들었는데, 저번에 바닷가재 먹으러 간 적 있었잖아. 그때 머리 하얗게 센 아저씨 만났었지? 그 교수 아저씨 아들이 의사인데 누나하고 만나게 해주고 싶다고 했대. 그때 혜서 누나도 같이 갔었잖아. 어쩐지 자꾸 쳐다보더라."

순간 세현은 생각했다. 저 밖에 계신 분들이 과연 친부모가 맞는지.

"아빠가 그 아저씨한테 뭐라고 했는지 알아? 아빠도 며느리 삼고 싶을 정도로 마음에 드는데, 우리 아들은 아직 어려서 안 된다고……."

세현은 거듭 생각했다. 저분들이 진정 가족이라고 지칭할 수 있는 사람들인지. 우현을 먼저 내보낸 그는 일어나 거울을 보며 머리를 손질했다. 진세현이 어떤 남자인지 지속적으로 각인시킬 필요가 있다. 얼굴로라도.

점심을 마치고 후식을 먹을 때였다. 내내 불편한 마음으로 언제 그 얘기가 나오나 했는데 갑자기 엄마의 직설적인 질문이 시작됐다.

"혜서야, 너 요새 사귀는 남자 있니?"

"없어요."

"그럼 괜찮은 남자 있는데 만나 볼래?"

"네?"

"저번에 같이 로브스터 먹으러 간 적 있었잖아. 그때 식당 입구에서 잠깐 인사 나눴던 아저씨 생각나?"

"아! 키 좀 크시고 인상 좋으셨던 분이요?"

"그래. 그분이 세현이 아빠하고 같은 대학에 계신 학장님인데, 작은아들이 신경외과 레지던트 2년 차야. 너한테 소개해 주고 싶다고 하셔서. 한번 만나 볼래? 군대도 벌써 다녀왔고 집안 분위기도 화목해. 여러모로 넉넉한 집이야. 아줌마도 그 아들 본 적 있는데 사람이 반듯한 게 점잖더라. 인물도 괜찮아."

황당한 건 혜서만이 아니었다. 용민은 며느리가 꺼낸 말이 이해는 갔지만 갑자기 귀가 어두워져 잘못 들은 거라고 생각하고 싶었다. 며늘아기야, 그럼 우리 내외의 원대한 계획은? 나의 꼬물꼬물 증손자들은?

인희는 너희 부부가 기어이 아들 앞길을 막는구나 싶어 한숨이 절로 나왔다. 소견머리 좁은 것들. 답답한 인사들. 이것들아, 지금 남의 아들 혼사 걱정할 때가 아니다. 네 아들이 죽게생겼어.

이렇게 기가 막혀도 숨이 쉬어지는구나. 세현은 뭐 하나 빠질 것 없는 조건을 가졌다는 남자를 상상하며 혜서의 대답을 기다렸다. 뭐라고 하는지 들어나 보자.

"아줌마, 전 결혼 생각 없어요. 이제 스물둘밖에 안 됐잖아요."

"스물둘이었니? 셋이 아니고?"

"초등학교를 한 해 일찍 들어갔어요."

"그랬어? 아무튼, 당장 결혼하라는 말은 아니야. 1~2년 만나 보다가 천천히 결정하면 되지. 사람이 너무 아까워서 그래. 집안사람들 모두 모나지 않은 데다 직업도 탄탄하고, 둘째 아들이니 부담도 덜할 테고 말이야."

"신경 써 주시는 건 감사한데요, 전 의사 별로 안 좋아해요."

세현은 잇새를 뚫고 새어 나오는 웃음을 들키기 싫어 고개를 숙였다. 누나가 누나 살길을 찾는구나. 나도 의사 싫어. 그 얼굴도 모르는 레지던트 놈은 더 싫어. 아, 설마 김민재 때문에 이러는 건 아니지? 다시 침울해진다.

아주 가관일세. 아들이 좋아하는 여자한테 다른 남자를 들이미는 부모나, 오가는 대화에 따라 천당과 지옥을 오가는 손자나 딱하긴 마찬가지다. 돌아가는 상황을 보니 손톱만 한 빌미도 만들지 말아야겠기에 인희가 끼어들었다.

"그래, 남자 나이가 몇인데?"

"여보, 몇 살이라고 했지? 스물아홉?"

"우리 나이로 서른인데 12월생이라 스물아홉이나 마찬가지라고 하시대."

무려 달걀 한 판? 나이를 들으니 더 기가 막힌다. 여덟 살이나 늙은 남자에게 20대 초반의 정혜서를? 와, 이분들 진짜 내부모 맞아?

내색도 못 하고 찌그러지는 큰손자의 얼굴을 흘깃 본 인희는 이 정도 상황이면 큰소리를 내도 된다고 판단했다.

"아니, 애들이 왜 이래! 정신 나갔냐? 어디 스물둘 어린앨 서른 살 노총각하고 맺어 주려고 그래?"

"엄마, 생각보다 나이 차가 좀 있긴 한데요, 요새 서른은 노총각 아니에요. 30대 중반에 결혼하는 사람이 얼마나 많은데요. 얼굴도 동안이더라고요."

며느리의 대답도 귀에 들어오지 않았다. 다 쓰잘머리 없는 소리.

"됐다. 동안이고 뭐고, 벌써 서른이면 10년 지나면 마흔 되고 곧 기운 빠질 텐데 이 어린앨 데려다 뭘 어쩌려고. 나중에 혜서가 원망하면 너희가 책임질 거냐? 세월을 되돌릴 거야? 혼사 중매는 함부로 하는 거 아니다. 그 교수 이름이 뭐야? 어디서 감히 여덟 살 어린 처자를 넘봐? 혜서 엄마가 들으면 얼마나 속이 상하겠어. 서른? 어휴."

"하하. 우리 엄마 꼭 혜서 친이모 같네. 왜 흥분하고 그러세요. 그냥 한번 만나나 보라는 건데. 혹시 알아요? 서로 마음에 들어 할지."

이번엔 아들까지. 부창부수가 여기 있었구먼.

"한 번이고 두 번이고 그만둬라. 당사자가 싫다는데 왜 자꾸 들이밀어."

점심 잘 먹고 이게 무슨 날벼락인가. 혜서는 이 가족의 불편한 대화를 더는 듣고 싶지 않았다.

"죄송한데요, 전 아직 결혼 생각 전혀 없어요. 그 남자 만나고 싶지도 않고요. 두 번 생각할 것도 없는 얘기예요."

서연이 혜서의 풍성한 머리채를 귀 뒤로 넘겨 주며 부드럽게 대답했다.

"그럼 할 수 없지 뭐. 여보, 김 교수님께 전화드려야겠네. 기다리실 텐데."

일흔둘인 용민은 그제야 마음 놓고 숨을 내쉬었고, 열아홉인 세현은 그제야 얼굴 근육을 풀 수 있었다. 우현은 형과 할아버지의 얼굴을 번갈아 보며 고개를 갸우뚱했다.

원래는 미팅 장소에 있어야 할 시간이다. 미팅을 취소하고 할머니 집으로 발길을 돌렸다. 휴대폰으로 친구들의 전화가 빗

발처 전화기도 꺼 두었다.

지난 일요일, 누나에게 슬쩍 물어보았다. 아버지가 소개해 주려는 남자를 안 만나는 이유가 김민재 때문이냐고. 그건 아니라는 짧은 대답이 돌아왔다. 다시는 김민재를 안 만난다고 하면 미팅을 취소하려고 했다. 그러나 친구처럼 만나기로 했다는 말을 듣고 마음을 바꿨다. 남녀 사이에 친구는 무슨 친구? 인도코끼리 양갈비 뜯는 소리 하고 있네.

막상 미팅 당일이 되자 뭔지 모르게 찜찜했다. 도저히 이 기분으론 처음 본 여자 앞에서 시시덕거릴 자신이 없었다. 집은 조용했다. 이 여자, 또 나갔군. 시험만 끝나면 집에 붙어 있질 않겠다더니 오늘도 역시 출타 중이다. 김이 샌 세현은 거실 소파에 누워 눈을 감았다.

막 목욕을 마친 혜서는 온몸에 정성스럽게 오일을 발랐다. 여자는 피부가 좋아야 돼. 화장발은 언젠가 들키게 돼 있어. 피부가 경쟁력인 시대잖아. 기본에 충실해야 한다고. 오랜만에 이주영 선생님과 만나 연극을 보기로 했다. 혜화역까지 시간 맞춰 나가려면 서둘러야 할 것 같다.

오랜 시간 욕조 안에 있었더니 목이 말랐다. 친구가 생일 선물로 사 준 팬티를 서둘러 다리에 끼워 넣었다. 엉덩이에 '허니'란 단어가 영문으로 인쇄된 팬티다. 뭐 이렇게 유치한 팬티를 사 주고 그래. 꿀이라니. 내가 곰돌이 푸냐? 큰 수건을 한 겹 두른 혜서는 조용히 욕실 문을 열었다.

오늘 낮은 이 넓은 집이 전부 혜서 차지다. 세현은 미팅 약속이 있다고 했으니 온다 해도 늦은 밤일 테고, 두 어르신은 집안 어른의 팔순잔치에 참석하느라 대전에 내려가셨다. 주방으로 바로 간 혜서는 물을 한 잔 가득 따라 마셨다.

미팅을 한다고? 그래, 넌 너대로 살아라. 난 나대로 살 테니. 그나저나 오늘 묘령의 여성 파트너는 계 탔네. 그런 킹카를 독점할 수 있다니. 쳇, 독점을 하든 골고루 나눠 갖든 내가 알 게 뭐야.

기분 전환엔 노래가 최고다. 혜서는 뮤지컬의 한 장면을 재연하며 좋아하는 넘버를 부르기 시작했다.

"지금 이 순간. 지금 여기 간절히 바라고 원했던 이 순간. 나만의 꿈이 나만의 소원 이뤄질지 몰라. 여기 바로 오늘 지금 이 순간……."

까무룩 얕은 수면의 언저리를 헤매는데 노랫소리가 들려왔다. 익숙한 목소리. 주방 쪽인 것 같다. 가장 먼저 보인 건 하얀 타월을 두른 여자의 뒷모습이었다. 또 나왔군. 정혜서, 내 꿈에 그만 좀 나타나. 난 끝까지 매너를 지키고 싶다고. 더는 버티기 힘들어. 그러나 꿈이라기엔 눈에 비치는 모든 게 손에 잡힐 듯 생생했다.

"지금 이 순간. 내 모든 걸 내 육신마저 내 영혼마저 다 걸고 던지리라, 바치리라……."

노랫소리가 점점 커지더니 여자의 두 팔이 높이 들렸다. 거의 동시에 몸을 가려 주던 타월이 스르르 흘러내렸다. 곧이어 아무것도 걸치지 않은 등과 잘록한 허리 아래로 손바닥만 한 속옷이 보였다. 포동포동한 엉덩이를 가린 팬티엔 아주 쉬운 알파벳이 쓰여 있었다. Honey.

여자가 허리를 굽혀 수건을 집었다. 그림이나 사진, 영상 자료로는 꽤 많이 봤으나 젊은 여자의 생생한 젖가슴을 직접 본 건 처음이다. 비록 옆모습이었지만 그래서 더 입체적으로 다가왔다.

나 뒤에 있으니 조심하라고 해야 하는데 벌어진 입이 움직여지지 않았다. 그로부터 5초도 지나지 않아 혜서의 눈과 그의 눈이 정면으로 마주쳤다. 너무 놀라 비명도 나오지 않는지 멍하게 서 있던 혜서가 타월로 급히 몸을 가렸다. 늦었다. 이미 드러난 여자의 모든 부분을 스캔한 뒤였다.

배스 타월로 최대한 몸을 가린 혜서가 방으로 잽싸게 도망쳤다. 그로선 따라가려야 따라갈 수가 없었다. 볼썽사납게 부푼 아랫도리를 쳐들고선 오해받을 수도 있으니. 어떡하지? 아무것도 못 봤다고 거짓말할 수는 없는데. 상상했던 것보다, 꿈에서 봤던 것보다 훨씬 더 예뻤다. 특히 가슴이. 모양, 색깔, 크기 할 거 없이 전부 마음에 든다. 단언컨대 목에 칼이 들어왔대도 그 순간 눈을 감을 수는 없었다.

방으로 들어온 혜서는 '미치겠네. 돌겠네.'를 연발하며 후다닥 옷부터 입었다. 언제부터 본 거지? 어디까지 본 건지? 설마 처음부터 다 본 건가? 아흑. 팬티까지 안 입었으면 어쩔 뻔했어. 그렇게 헐벗은 모습을 외간 남자에게 보인 건 태어나 처음이었다. 그것도 하필 진세현 앞에서. 잠시 뒤, 혜서는 가출이

최선이라는 결론을 내렸다.

겨우 진정된 세현은 일단 집을 벗어나기로 했다. 지금은 맞대면할 타이밍이 아니다. 현관을 나오기 전 혜서의 방문을 살짝 두드렸다. 안에선 반응이 없었다.

"내 목소리 들리지? 나 집에 가. 오늘 미팅 안 나갔어. 앞으로도 미팅 같은 건 절대 안 할 거야. 다음 주에 봐."

역시, 아무 대답이 없다. 그래도 기분 나쁘지 않다.

혜화역 1번 출구. 혜서는 그녀를 향해 손 흔드는 주영을 바라보며 한 시간 반 만에 겨우 웃을 수 있었다. 한 시간 반 전의 사고는 정말이지 일어나서는 안 되는 천재지변이었다. 세현이 보는 줄도 모르고 팬티 바람으로 노래를 불렀다고 생각하니 다시 어질어질해진다. 드라마나 소설에서 그토록 흔히 일어나는 부분기억상실이 왜 그녀에겐 일어나지 않는 걸까.

"자기 어디 아프냐? 얼굴이 핼쑥한데?"

'쌤, 이런 일로 생을 마감할 순 없겠죠?'

"왜 그래? 무슨 안 좋은 일 있어?"

"아니에요. 선생님, 우리 맛있는 거 먹으러 가요. 오늘은 제가 쏠게요."

"학생이 무슨 돈이 있어. 내가 살게."

"저 용돈 받았어요. 두둑해요."

"그럼 연극은 내가 보여 줄게."

티케팅부터 하고 식당을 찾았다. 점심으로 보쌈정식을 먹은 뒤 소화도 시킬 겸 바람 부는 대학로 골목골목을 천천히 누볐다. 30분 정도 윈도쇼핑을 하고 시간 맞춰 극장으로 돌아왔다. 객석이 200석 남짓한 소극장은 온통 커플 천지였다. '커플 한 쌍이 깨지면 솔로 둘이 탄생하는 기적이 생기리니!'는 개뿔. 주영과 혜서는 세상엔 커플도 더럽게 많다며 한마음으로 투덜거렸다.

혜서는 대학생이 되어서야 처음으로 남자 친구를 사귈 수 있었다. 여고를 다닌 데다 오빠의 철저한 감시로 남자는 먼발치서 구경만 했었는데, 늦게 배운 도둑질에 날 새는 줄 모른다고 3학년 때까진 수시로 남자 친구를 바꿔 왔다. 누가 옆에 있어 주는 게 좋았다.

그러나 그녀의 연애는 짧으면 열흘, 길어야 5개월이었다. 평균 3개월 정도면 끝이 났다. 키스도 못 해 보고 헤어진 남자가 더 많다. 도대체 무슨 병인지 남자가 결혼이나 군대 애기를 꺼내며 진지해지면 바로 정이 떨어지곤 했다. 외로운 것도 싫지만 진지한 건 더 싫었다. 2년만 기다려 달라니! 결혼이라니! 울며불며 매달리던 남자부터 한 달 내내 강의실 앞에서 기다리던 남자까지 별의별 타입을 다 겪었다. 늘 만나는 것보다 헤어지는 게 더 복잡했다.

연극은 가발을 쓴 젊은 남자의 대사로 시작됐다. 오래된 외국 로맨스 영화의 제목을 딴 전형적인 로맨틱 코미디풍의 희극이다. 진행이 빨랐다. 시간이 흐르고 '너는 내 운명'이었던 남과 여는 '너는 내 원수'가 되어 있다. 조촐하게 꾸며진 작은 무대 위에서 여자가 외쳤다.

난 니가 너무 지겨워. 너 때문에 못 살겠어!

설렘과 두근거림이 사라진 남녀 사이에 남는 건 무엇일까. 역시나 이런 종류의 연극이 늘 그렇듯 평범한 해피엔딩이다. 해피엔딩을 강요하는 사회 아닌가. 작품 수준이나 연기력은 기대 이하였지만, 실컷 웃었으니 그걸로 만족하기로 했다.

극장을 나온 두 여자는 작은 커피 전문점을 찾아 들어갔다. 갑자기 추워진 데다 바람까지 많이 부는 날씨다. 혜서는 따뜻한 커피잔을 부여잡고 주영을 바라보았다. 헤어스타일을 바꾸니 훨씬 어려 보인다. 살도 빠진 것 같다. 느낀 대로 말했더니 주영은 기뻐했다.

"선생님은 왜 연애 안 해요?"

"지난 연애에 너무 데서. 지금처럼 지내는 것도 편하고."

"전 대학생 되고 나서 이렇게 오래 솔로로 지내는 건 처음이에요. 연애를 안 하니까 이젠 막 몸이 쑤시는 것 같아요."

"하하하. 자기는 마음만 먹으면 한 시간 안에 남자 친구 만들 수 있을 것 같은데?"

옆에 세현이 있었다면 이러지 않았을까. '한 시간 안에 남자를 고르는 여자가 정상이야? 남자는 인스턴트 음식이 아니라고.' 주말마다 만나 온 게 7개월이다. 습관으로 굳어지기에 모자람이 없는 기간. 그래, 이건 감정이 아니라 습관일 뿐이야.

"혹시 부모님이 결혼하라고 안 그래요?"

"하긴 하시지. 아무래도 나이가 있으니까. 그래서 독립할까 고민 중이야. 얹혀살아야 돈이 굳는데."

혜서는 주영의 말에 기꺼이 동의했다. 세현의 할머니 집에서 산 뒤부터는 생활비가 훨씬 적게 들었다. 가장 큰 부담이었던 월세를 안 내도 됐고, 두 번째 부담이었던 식비도 거의 들지 않았다. 과일이나 빵 같은 간식을 사 들고 갈 때도 있지만, 지극히 개인적인 용품 외엔 드는 돈이 거의 없었다. 할머니는 하다못해 치약, 칫솔 같은 것도 혜서 것까지 넉넉히 사다 놓으셨다. 젊은 아가씨들이 쓰기 좋은 거라며 비싼 화장품도 사 주셨고, 여자 몸에 좋은 걸로 만들었다는 유기농 생리대를 1년은 충분히 쓸 정도로 넉넉하게 안겨 주시기도 했다. 내가 너 때문에 20년 만에 생리대를 사 본다고 말씀하시면서. 그밖에도 소소하게 챙겨 주시는 게 많아서 불편할 정도다.

주영은 그녀가 세현의 할머니 집에 사는 걸 모른다. 가끔 그 애가 학교에서 어떻게 지내는지 듣노라면 사실대로 털어놓을까 싶다가도 참을 수밖에 없다. 그렇게 된 이유를 어디서부터 설명해야 하나 생각하면 머리가 아팠다. 자랑스럽게 드러내 놓고 할 만한 얘기가 아니라 더 그랬다. 그래서 오늘도 입만 달싹이다 만다.

"왜? 할 말 있어?"

"선생님은 연하 사귀어 본 적 있어요?"

"어. 왜? 연하남이 사귀재?"

좋아하는 티는 냈지만 세현이 사귀자고 한 적은 한 번도 없다. 그래도 그 앤 날 좋아해. 미팅에도 안 갔다고. 이젠 절대 그런 거 안 한다고 자진 납세까지 하고 갔잖아. 진세현이 날 좋아하는 건 애국가에 무궁화 삼천리 화려 강산이 나오는 것처럼 명확한 일이야.

"아니, 그건 아니고요. 근데 연하는 어때요? 요샌 그게 트렌드인 것 같아서."

"글쎄. 나도 딱 한 번 만나 봤어, 연하는."

"저는 한 번도 안 만나 봐서요."

"나쁘진 않아. 좋다고 할 수도 없지만."

"그게 무슨 뜻이에요?"

"아무래도 어리니까 철이 좀 없지. 여자한테 자꾸 기대려고 하고. 아, 근데 처음엔 안 그런다? 되게 어른인 척해요. 말부터 놓고 저는 존대 받으려고 하고. 그러다 자기가 좀 잘나가면 혼자 큰 줄 알고 까불어. 말하자면 올챙이 수준의 개구리랄까?"

주영은 전 남친을 그런 식으로 표현하며 아무런 양심의 가책을 느끼지 않았다. 이것보다 백배는 더 심하게 말할 수도 있다. '용돈까지 줘 가며 졸업하길 기다려 줬더니 더 젊은 여자를 찾아 떠나? 그저 대학원 후배일 뿐이라고? 어디 니들 두 다리 뻗고 잘사나 보자!' 이렇게 퍼붓고 싶었지만, 헤어진 뒤 한 번도 마주친 적이 없다. 그런 식의 우연은 그녀에게 허락되지 않았다. 전 남자 친구가 교묘하게 양다리를 걸치다 '귀여운 후배'라던 다른 쪽 여자에게 두 발을 폭 담근 걸 떠올리면 한동안 자다가도 벌떡 일어날 지경이었다. 그래. 개들은 개들끼리 놀라고 해. 난 사람하고 어울릴 테니까. 그렇게 마음을 내려놓는 데는 꽤 오랜 시간이 필요했다.

"연하남도 별로네요."

연하의 대시를 받은 적은 여러 번 있었지만, 애 같기만 해서 웃어넘기거나 가볍게 무시하곤 했다. 이 넓은 세상에 무시가 안 되는 연하가 딱 한 명 있다. 다음 주에 어떻게 보지? 엄마한테 내려가야겠다. 아니면 이모 집에라도. 그럼 그다음 주엔? 그다음 달엔? 신은 없는 게 맞다. 엄청나게 바빠서 나처럼 미천한 것한테까진 눈길을 주지 않든가.

"난 요새 그런 생각이 자꾸 든다. 연하가 별로인 게 아니라, 괜찮은 남자가 별로 없는 게 아닌가 하는 생각. 남자는 어릴 땐 연상의 여자가 로망이다가 나이 들면 어린 여자를 밝힌다잖아. 하긴 여자는 안 그러냐. 서른 넘어 봐. 내 나이는 생각 안 하고 나이 든 남잔 갈수록 싫어지더라. 그게 인지상정일지도 모르지. 똑같은 옷도 작은 게 더 귀엽고, 하다못해 닭도 어린 게 더 맛있잖아."

닭 얘긴 하지 말 걸 그랬나? 괜한 말을 한 건 아닌가 생각하며 주영은 잔뜩 찌푸린 혜서를 바라보았다. 얼굴을 찡그리고 다녀도 절세가인이었던 서시(중국 춘추시대 월나라의 미녀로 중국 4대 미녀 중 하나로 꼽힘) 얘기가 이래서 나온 말이군.

"닭 얘기 들으니까 감이 딱 오네요. 에이, 씨."

"하하. 그 옛날 태조 왕건도 죽으면서 이렇게 말했대. 덧없는 인생은 예로부터 그러했노라고. 사랑? 그게 별거냐."

주영의 자조적인 대답이다.

"왕건이 그런 말을 했어요? 부인을 스물아홉이나 뒀던 사람이?"

"허허. 그랬다네, 그분이. 별 여자 없었나 보지. 아니면 별 인생 없었거나."

"선생님, 여쭤 볼 게 있는데요."

"뭐?"

"좀 이상한 질문인데."

"자기 원래 이상한 질문 자주 하잖아. 괜찮아. 말해 봐."

"음…… 키스 나눈 사이가 더 진한 걸까요, 아님 반누드 보여 준 사이가 더 진한 걸까요? 올누드 말고 반누드요."

"엥?"

"그게, 도서관에서 소설을 읽었는데 내용 중에 그런 게 나오더라고요. 갑자기 궁금해서요."

거짓말이 술술 나왔다. 어쩌겠는가. 물어는 봐야겠는데, 그게 오늘 낮 선생님의 제자인 진세현과 그녀 사이에 일어난 일이라고 밝힐 수는 없으니.

"그런 소설이 있어? 혹시 로맨스야?"

"글쎄요. 아닌 것도 같고. 그냥 일반 소설이었나. 대충 훑어 봐서. 하하."

"제목이 뭔데?"

"음, 뭐더라. ……감자, 아니, 양파, 양파깡과 박하사탕이던가?"

"제목이 뭐 그래?"

"그죠? 좀 이상하죠? 저도 처음엔 제목만 보고 안 읽으려고 했거든요. 아, 뭐."

혜서는 제 입에서 술술 나오는 거짓말에 놀라 거기서 말을 멈췄다. 나 사기꾼 기질 있는 거 아니야?

"내 생각엔 몸 보여 준 게 더 진한 게 아닐까 싶은데. 키스야 처음 만난 날에도 하잖아. 아, 내가 그렇다는 소린 아니고."

"선생님은 그럴 분이 아니잖아요."

틀렸다, 애야. 나 그래. 나 보기보다 화끈해. 주영은 순진한 얼굴의 혜서를 바라보며 넌 나처럼 그러지 말라고 충고할까 하다 말았다. 하란다고 하고 말란다고 말면 현대판 노예지.

"반누드면 아래를 보여 줬다는 거야, 위에를 보여 줬다는 거야?"

혜서는 몇 시간 전 일을 떠올리며 천천히 입을 열었다. 아무리 답답해도 브래지어까지 입고 나왔어야 했다. 가슴까지 본 게 분명해. 눈높이가 딱 그 부분에 멈춰 있었어.

"위쪽이요. 아래는 팬티 차림. 근데 팬티가 아주 작았어요. 겨우 가리는 시늉만 할 만큼."

"어우, 남자가 후끈 달아올랐겠는데? 바로 덤빈 거 아니야?"

놀란 눈으로 그녀를 바라보던 표정이 떠올랐다. 그건, 그 애를 만나고 처음 본 얼굴이었다. 도대체 난 미성년자 앞에서 무슨 짓을 한 걸까. 이건 미쳐야 마땅한 일이다.

"그게…… 그러진 않던데요. 전개가."

"의외의 전개인데? 보통의 로맨스면 바로 19금으로 자빠질 텐데. 근데 그게 가능해? 키스도 안 하고 가슴부터 보여 주는 게?"

가능해요. 절대 가능해요. 제가 산증인이에요.

"소설이잖아요."

"하긴, 세상은 넓고 이상한 사람도 많으니까. 이상한 주인공은 더 많고. 갈수록 또라이들이 더 많아지는 것 같아. 현실이나 소설에서나."

그 또라이가 저예요. 흑.

"커피 리필해 올게요. 선생님은요?"

"난 괜찮아."

조각 케이크도 같이 주문했다. 당분으로라도 허기지고 놀란 영혼을 달래야 했다. 주영은 다이어트 중이라며 사양했다.

"자긴 피부가 어쩜 그래? 반들반들 닦아 놓은 도자기 같네."

"이게 제가 가진 거의 유일한 재산이에요. 일종의 무형자산이죠. 참, 없어 보인다."

재치 있는 말솜씨도 그렇지만 변화무쌍한 표정을 보는 재미가 있다. 청바지에 티셔츠만 입었는데도 끊임없이 눈길을 끄는 아이다. 주영에겐 다섯 살 터울의 남동생이 있다. 하지만 그 자식에게 이렇게 예쁜 앨 소개해 줄 수는 없다. 그건 범죄다.

"자긴 참 복스럽게 먹는다. 그 복 다 자기한테 갈 거야."

"저도 그랬으면 좋겠어요."

집에 갈 시간이 점점 다가온다. 설마 다시 오진 않겠지. 내

맨가슴을 처음 본 남자가 세현이가 될 줄이야. 그 애가 실물로 본 여자의 알몸도 내가 처음일까? 주영과 지하철역으로 걸어가는 길, 혜서는 결국 털어놓고 말았다.

"어떤 남자가 절 좋아하는 것 같아요."

"오! 자긴 어때?"

"같이 있으면 편하면서도 설레요. 이상하게."

"딱 좋네. 편하기만 한 것도 아니고 설레기만 한 것도 아니니. 뭘 고민해? 본능이 이끄는 대로 하면 되지. 사귀어 보고 아니다 싶으면 헤어져."

"근데 저보다 나이가 어려요. 다른 것도 그렇지만 그게 특히 걸려요."

주영은 불안감이 깃든 혜서의 얼굴을 가만히 바라보았다. 내가 만난 연하놈, 아니, 연하남을 너무 일반화시켰구나. 세상 모든 연하를 겪어 본 것도 아닌데.

"아까 그래서 물어봤구나. 연하라고 다 그러겠어? 연상이라고 다 훌륭하진 않은 것처럼."

사귀다 헤어지면 그 애와 다시 예전처럼 누나 동생 사이로 돌아갈 수 있을까? 남자와 이별하면 늘 그걸로 끝이었다. 그림자도 보기 싫었다. 질척한 감정의 잔해로 속 끓여 본 기억이 한 번도 없는 혜서다.

"선생님은 헤어진 애인이랑 다시 친구처럼 지낸 적 있어요?"

"그런 건 연예인들이나 하는 거지. 아름다운 이별? 그건 드라마 제목이고."

"저도 그 애가 좋긴 한데요, 만약 사귀다 헤어지면 제 성격상 다시 안 보거든요."

"안 보면 되지 뭐가 걱정이야."

"늙어서까지 만나고 싶은 애라서요. 그런 애랑 연애한다고 생각하면 겁나요. 여태껏 한 남잘 오래 만나 본 적이 한 번도 없어서. 헤어지면 영영 못 보잖아요."

"그건 자기가 아직 운명의 상대를 못 만나서 그런 걸 수도 있어."

"운명의 상대, 그런 게 정말 있을까요?"

"그런 것도 없으면 긴 인생을 무슨 재미로 사냐. 괜찮은 사람 같은데 만나 봐. 남자는 애 아니면 개라잖아. 어차피 애처럼 굴 거 어린 남자가 나을 수도 있어."

"그럴까요?"

"만나다 보면 답이 보이겠지. 요즘 세상에 연하가 무슨 문제가 돼? 미성년자만 아니면 되지."

월요일 아침. 세현은 눈을 뜨자마자 혜서 누나 꿈을 꾸지 않은 걸 진심으로 감사했다. 어제 같은 날 꿈에서 그녀를 만났다면 무슨 짓을 할지 몰랐다. 꿈에선 자제력이 반으로 줄어들었다. 그러나 그뿐, 눈을 떠도 눈을 감아도 그녀의 벗은 몸이 아른거렸다. 감으면 더 생생하게 살아났다. 하아, 입은 것보다 벗은 게 훨씬 아름다웠다. 허리를 굽혔을 때 살짝 접히던 뱃살까지 아주아주 귀여웠다.

제기랄. 난 이제 건널 수 없는 강을 건넌 거야. 그렇다면 그 여자를 설득해 강 건너 안전한 장소에 둘이 살 집을 지을 수밖에. 그러나 현실은 문자도 씹히는 신세. 누가 알까. 천하의 진세현이 이렇게 무시당하고 산다는 걸.

점심시간에 친구가 찾아왔다. 안 그래도 밥맛이 없는데 그 얼굴을 보니 숟가락을 내던지고 싶었다. 정욱은 부모를 설득해서 결국 뜻을 이루었다. 언론홍보영상학부에 지원해 보란 듯이 합격한 것이다. 엄마가 재직 중인 학교다. 정욱은 객관적으로 보면 두고두고 친구 하고 싶게 멋진 놈이다. 그러나 주관으로 넘어오면 입장이 달라진다. 세현은 음식이 반 넘게 남은 식판을 들고 일어났다.

늘 앉는 그 벤치. 세현은 콜라를 마시며 정욱을 바라보았다. 왜 왔는지 알 것도 같지만, 입을 열 때까지 기다리기로 했다. 날도 추운데 어서 말해라. 너 아니어도 충분히 심란하니까.

"혜서 쌤한테 말했어?"

"니가 그걸 왜 신경 쓰는데?"

"신경 쓰이니까."

"그래도 스무 살은 돼야 하지 않겠냐? 넌 그냥 열아홉 살의 비망록 같은 거나 써. 우리한테 신경 *끄고*."

"우리?"

"우린 어려서부터 우리였어. 증거도 있는데 보여 줘?"

지갑에서 사진 두 장을 꺼냈다. 한 장은 세현이 혜서의 볼에 뽀뽀하는 장면이고, 다른 한 장은 둘이 나란히 누워 잠이 든 모습이다. 사진 속 두 아이는 싱글 침대에 누워 자연스럽게 마주 보고 있다. 어린 세현이 어린 혜서의 팔을 놓칠세라 잡고 잔다.

이것뿐이 아니다. 집에 있는 어릴 적 사진을 전부 가져다 보여 줬을 때 혜서 누나의 반응은 정말이지 볼 만했다. 그가 크게 확대해서 코팅해 준다고 놀리자 그러기만 하라며 길길이 화까지 냈다. 목욕탕 욕조에서 놀면서 찍은 사진도 그랬지만, 둘이 할머니 화장품으로 서로의 얼굴을 괴상하게 만들어 놓고 찍은 사진을 본 순간은 더 볼 만했다. 순진하기는. 말하지 않으면 누군지도 모를 텐데.

"너 이러는 거 혜서 쌤은 모르지?"

"알면 죽이려고 할걸. 너한테 처음 보여 주는 거야. 기억하지? 소문내면 평생 발기 불능인 거?"

"재수 없으니까 그 말 좀 그만해."

"너야말로 그만 좀 해라. 사내새끼가."

"난 그냥 스승과 제자 사이로 정 쌤을 만나기로 했어."

"뭘 얼마나 배웠다고 제자 타령이야?"

"너 그 얼굴로 평생 한 여자만 사랑할 수 있어?"

"바람을 얼굴로 피우냐? 사람 나름이지."

"그동안 너 따라다니던 여자들 내가 본 것만 해도……. 야, 이씨. 누굴 얼마나 힘들게 하려고!"

"따라다니는 것까지 내가 일일이 통제 못 하지. 나도 피곤하게 살았어."

"여자 친구는 또 얼마나 줄줄이 갈아 치웠는……."

"과장하지 마. 다 별 사이 아니었어. 변명이 아니라 사실이야."

"웃기고 있네. 사귈 땐 좋다고 만났으면서."

"그건 일정 부분 인정해. 그래도 별 사이 아닌 건 맞아."

"암튼 너 혜서 쌤 포기해. 그럼 나도 포기할게."

"무슨 대화에 승, 전이 없어. 그래도 니가 친구라고 논리도 뭣도 없는 말 계속 들어 줬는데, 너도 알지? 너하고 난 상대가 안 된다는 거."

"네 살 때부터의 인연? 남녀 사이는 시간이 전부가 아니지."

"맞아. 그게 전부가 아니지."

"아, 새끼! 그 표정은 뭐야?"

애들은 몰라도 되는 게 있다. 이 철없는 낭만주의자를 어떻게 포기시키지? 세현은 절친까지 라이벌 삼아야 하는 현실에 슬슬 짜증이 났다.

"혜서 누나 만만한 사람 아니야. 꿈도 꾸지 마. 상상도 하지 마. 넌 그냥 아무것도 하지 마."

"니가 뭔데 이래라저래라야. 아직 사귀자는 말도 못 꺼냈지? 못 꺼냈네."

"할 거야. 할 수밖에 없어, 이젠."

"내가 정 쌤한테 어린애면 너도 마찬가지야. 기저귀 갓 뗀 나이부터 알던 애를 남자로 봐 줄 거 같아? 20대 초반 여자는 연하의 남자가 우스울 때라고."

"그것도 책에서 읽었냐? 어떻게 넌 책 안에서만 인생을 찾냐. 오프라인에서 또래 여자도 좀 만나 보고 그래. 두세 달만 참으면 여대생들이 널려 있는 캠퍼스가 널 기다릴 테니까, 지금 그 마음 곱게 접어 뒀다 그때 펼쳐라. 알았지, 친구?"

세현은 지난 토요일 이후로 정혜서의 남편이 되기로 마음을 정했다. 젖가슴까지 다 봤는데 어떻게 딴 남자한테 보내? 머리는 보기 좋으라고 달린 장식품이 아니다. 현재 상황을 다각도로 검토해 본 끝에 몇 가지 결정을 내렸다. 계획은 체계적이고 신중할수록 좋다. 비밀은 가능한 한 지켜져야 한다. 비밀은 최소한의 사람과 공유해야 한다. 분명한 건 이 집에 사는 직계가족은 아무 도움이 안 된다는 것. 그동안 그는 집에서만큼은 그녀에게 특별한 관심이 없는 것처럼 행동했다. 왠지 쑥스럽고 민망했다.

"넌 골고루 다 만나 봤다 이거지? 할 거 다 해 보고?"

"뭘 다 해 봐? 난 아직 순결하거든. 입술 말곤 아무것도 허락한 거 없거든?"

"그래도 넌 나쁜 놈이야. 난 입술도 순결해."

"부럽다, 자식아! 아무 여자한테나 주지 마라. 나처럼 후회한다."

늘 보던 사람을 보지 않으려면 어떻게 해야 할까? 이민이라도 가야 하나? 혜서는 세현을 피하려고 갖은 방법을 다 동원했다. 전화는 당연히 안 받고 문자도 무시했다. 나중엔 아예 스팸 처리까지 해 놓았다.

그가 보낸 문자는 대충 이랬다. 예전처럼 만나자. 만나서 얘기하자. 말하기 싫으면 얼굴이라도 보여 줘라. 자꾸 피하지 마라. 그날 일부러 그런 거 아니다. 나도 그런 일이 벌어질 줄은 몰랐다. 창피할 것도 민망할 것도 없으니 예전처럼 날 대하면 된다.

'그럼 뭐가 창피하고 뭐가 민망한 일이니? 벌거벗고 춤이라도 추다 들켰어야 부끄러운 일이 되는 거니?'

평일에도 가능한 한 늦게 들어갔다. 할머니가 이상하게 생각하셨지만 요령껏 핑계를 댔다. 대학은 방학이 일러서 다행이었다. 혜서는 겨울방학을 하자마자 엄마에게 들렀다가 오빠 현서에게 갔다. 거기서 다시 이모 집으로, 외삼촌 집으로 떠돌았다. 집도 절도 없는 사람처럼.

며칠을 곰곰이 생각하던 인희는 아무래도 둘 사이에 일이 생긴 게 틀림없다는 결론을 내렸다. 그렇게 주말마다 없는 일정까지 만들어 가며 친해질 시간을 줬더니만 그새 무슨 사달이 난 건지. 꼬박 2박 3일을 내리 혜서만 기다리는 손자를 지켜보는 건 고역이었다. 입맛을 잃었는지 밥을 반 그릇도 못 비우고, 잠도 제대로 못 자는지 들락거리는 소리가 들렸다. 텔레비전을 틀어 놓은 채 소파에 멍하니 기대앉은 손자의 모습을 보자니 속이 터질 것 같았다. 괜히 혜서를 불러들였나 싶어 뒤늦은 후회도 잠시 했다.

하지만 혜서가 아니었더라면 큰손자는 원하는 대학은커녕 더 삐뚤어졌을지도 모른다. 무엇보다 혜서를 다시 만난 이후로 한결 밝아진 손자를 보며 백번이고 잘한 일이라고 만족하지 않앗던가. 오래 산 사람이 보기엔 둘이 딱 제짝이건만 무엇 때문에 그리 엇나가는 건지.

초저녁잠이 많은 남편은 벌써 잠들었다. 10시가 넘어갈 무렵 혜서에게서 늦어진다는 전화가 왔다. 인희는 귀를 쫑긋 세우고 있을 손자가 안쓰러웠지만 조심해서 들어오라고만 했다.

"세현이 집에 안 가냐? 늦었는데. 낼 학교 가야지."

"갈 거예요."

"혜서 늦는단다. 기다리지 말고 어여 가. 엄마가 기다려."

"누나 안 기다려요."

'달을 보고 해라고 우겨라, 이 녀석아!'

매일 할머니 집에 들를 수도 있지만 일부러 자주 안 찾아갔다. 누나에게도 시간이 필요할 것 같아 참았다. 아무래도 안 되겠어서 평일에 기습적으로 들이대기로 했다. 갑자기 찾아온 손자가 반가웠던 용민은 이른 저녁상을 물리자마자 바둑판을 꺼냈다. 지기도 하고 이기기도 했다.

무슨 생각을 하는지 손자 녀석이 오늘은 영 집중을 못 한다. 설핏 아내 말이 생각났다. 하여간 사내놈들은 여자한테 빠지면 답이 없어. 진씨 집안 남자는 유난히 더한 것 같아. 나부터도 그랬으니. 쯧쯧. 얼굴살이 쪽 빠진 손자를 보니 너털웃음까지 나왔다. 그래, 마음고생도 해 봐야 여자 귀한 줄도 알지. 바둑판을 정리한 세현이 웬일인지 집에 간다며 일어섰다. 용민은 손자를 놀리고 싶어졌다.

"벌써 가려고? 온 김에 혜서도 보고 가야지. 너 혜서 본 지 오래되지 않았냐?"

"그냥 갈게요."

밖으로 나온 그는 아파트 입구에서 서성이며 언제 올지 모르는 여자를 기다렸다. 날이 제법 사나워졌다. 이제껏 어떤 여자도 자발적으로 기다려 본 적이 없다. 이렇게 오랜 시간 기다린 것도 처음이다. 그로선 하나하나가 특별한 경험이었다.

그렇게 두 시간을 서성이다 20일 만에 혜서를 만났다. 12시가 다 된 시각. 20분만 지나면 요일과 날짜가 바뀐다. 추운지 몸을 잔뜩 웅크리고 걷고 있다. 세현은 놀라면 어떡하지 걱정하며 앞을 가로막았다.

"일찍 좀 다니면 안 돼?"

"으악!"

"왜 그래. 내가 치한이야?"

"어. 너 치한이야."

"그건 좀 억울하지. 나도 할 말 있다고. 자는데 노랫소리가 들려서 깬 거야. 누나가 집에 있는지 몰랐어. 진짜야."

"알았으니까 아무 말도 하지 마! 다 잊어버려. 나도 잊을 테니까."

"그게 가능해? 난 못 해. 절대 못 해."

"너 때문에 진짜 미치겠어."

"그건 내가 할 말이야. 누나가 날 책임져야겠어."

"뭐라고?"

"미성년자한테 그런 모습을 보였으니까 내 인생 책임져야지. 나 그날의 충격이 너무 커."

"너 같은 애가 무슨 미성년자라고. 내가 너 때문에 정말. 꼴도 보기 싫어. 가!"

이 모든 게 진심은 아닐 거라고 생각한다. 그런 모습을 보였는데 부끄럽긴 하겠지. 그래서 오늘은 이 정도로 물러나기로 했다.

"갈 거야. 위험하니까 늦게 다니지 마. 아무 때나 안 찾아올 테니까."

"진세현, 제발 잊어. 응?"

"알았다고 하고 싶은데 그건 거짓말이라 못 하겠다. 누나 거짓말하는 사람 싫어하잖아. 춥다. 어서 들어가."

혜서는 잘 가란 말도 없이 쏙 들어가 버렸다. 좋아하는 여자에게 치한이라는 억울한 소리까지 들어야 했지만, 설사 다시 그 순간으로 돌아간다 해도 반라의 혜서를 보지 않으려고 매너 있게 눈을 감아 줄 생각은 절대 없다. 매너고 예의고 그 순간은 온전히 그만의 것이다.

누군가에게 꼴도 보기 싫다는 막말을 들은 건 태어나서 처음이었다. 그래도 실물로 봤으니 됐다. 많이 야위었네. 나 때문인가? 세현은 반쯤 데워진 심장을 부둥켜안고 돌아섰다.

세현을 피해 다니느라고 혜서는 몸살이 날 지경이었다. 이젠 더 갈 데도 없다. 허구한 날 밖으로 돌아다니다 보니 돈도 떨어졌다. 도망 다니는 것도 돈이 문제였다. 미뤘던 아르바이트 자리라도 찾아볼 생각이다.

오늘은 어디서 또 시간을 보내나 걱정할 때 민재가 전화를 걸어왔다. 혜서는 반갑게 전화를 받았다. 뭘 해도 세현과 마주치는 것보단 낫다. 30분 뒤 반디앤루니스 센트럴시티점 베스트셀러 코너에서 접속. 집에서 멀지 않은데다 북카페처럼 꾸며진 게 좋아서 자주 들르는 곳이다.

민재는 검은색 코트를 입고 다가오는 혜서를 보며 다시 한 번 감탄했다. 몇 개월 새 아름답다는 표현이 어울리는 얼굴이 됐다. 턱선은 한결 갸름해졌고, 성형을 한 것처럼 콧대도 한층 살아나 보인다. 10년 뒤면 더 아름다워져 있지 않을까 생각하며 친구처럼 지내고 싶어 하는 스물두 살 아가씨에게 인사를 건넸다.

이제 열흘 뒤면 스물셋이 될 터였다. 동갑내기와 오래 사귀어서 그런지 네 살 차이는 막냇동생처럼 어리게 느껴지기도 한다. 제 나이보다 어려 보이는 혜서의 얼굴을 보면 더더욱.

"너 왜 그러냐? 점점 예뻐지네."

"다들 그러네. 김 쌤은 언제 왔어? 한참 기다렸어?"

이제 민재는 그녀를 이름으로 부르고, 혜서는 그를 '김 쌤'이라고 부른다. 시킨 대로 톡톡 반말하는 혜서가 마냥 귀엽다.

"오빠가 책 사 줄게. 몇 권 골라."

"우웩. 오빠가 뭐야. 김 쌤 은근 느끼해지려고 한다? 딱 내 스타일 아니야."

"하하하. 하여간 까다롭기는."

"난 찾아볼 책이 좀 있는데. 한 시간 뒤에 여기서 다시 만날래요?"

"배 안 고파?"

"오늘은 한 시간 뒤부터 배고플 예정인데."

미련 없이 돌아서는 혜서의 뒷모습을 보며 민재는 참았던 한숨을 내쉬었다. 그는 혜서와 친구 사이를 유지할 마음이 전혀 없었다. 볼수록 탐나는 여자였다. 요샌 하루에도 몇 번씩 그녀의 전화번호를 누르고 싶은 걸 애써 참곤 한다.

혜서는 먼저 전화하는 법이 없었다. 게다가 민재의 차도 타지 않으려고 해서 지하철이나 버스를 이용해야 했다. 둘만의 공간엔 아예 들어가려고 하지 않는 바람에 그를 뻘쭘하게 만들 때도 있다. 그곳이 흔해 빠진 노래방이나 영화관이라도. 정말 이상한 건 딱히 연애를 하는 것 같지 않은데도 낯선 남자의 그림자가 맴돈다는 거다. 민재는 그 그림자가 불안했다.

서점에서 볼일을 마치고 근처 밥집으로 자리를 옮겼다. 식성이 까다롭지 않아서 아무거나 잘 먹는 이 여자가 좋다. 민재는 닭갈비 사이에서 골라낸 고구마를 먹는 혜서를 보며 참았던 질문을 꺼냈다.

"너 혹시, 누구 사귀냐?"

혜서의 입에서 대답보다 한숨이 먼저 나왔다.

"흐음, 아니."

"근데 그 한숨은 뭐야?"

"맨날 늦게 들어갔더니 피곤해서. 오늘은 일찍 가야겠다."

"벌써 들어가려고?"

"싫어요? 그럼 나 먼저 갈게."

"내가 진짜. 하하. 졌다. 혹시 최한주가 연락 안 해?"

"몇 번 전화 왔었는데 만나기 싫어서 바쁘다고 했어. 나 솔직히 최한주 쌤은 부담스러워. 징그럽고. 그런 사람은 교사 하면 안 될 것 같아."

"남자 보는 눈이 없는 건 아니네. 정혜서, 우리 연애하는 거 같지 않냐?"

"아니. 난 연애 이렇게 안 해."

"그럼 어떻게 하는데?"

혜서는 진지한 표정의 민재를 바라보며 생각했다. 이런 남자가 애인 삼기에 맞춤인데. 세현처럼 어린 것도 아니고, 세현처럼 만나다 헤어져도 부담스러울 사이도 아니고, 세현처럼 넘치게 잘생겨서 신경 쓰일 타입도 아닌데. 왜 누가 봐도 괜찮은 이 남자에겐 연애 감정이 안 생기는 걸까. 그저 만만한 오빠 같기만 한 걸까.

"김 쌤, 내가 다른 남자하고 연애해도 나하고 만날 거야? 그건 좀 부담스럽겠지?"

상상만 해도 아찔했지만 민재는 마음에도 없는 말을 하고 말았다. 아예 안 만나는 것보단 그게 나으니까.

"난 만날 수 있는데."

"진짜? 밥 볶아 달라고 할까?"

"몇 개?"

"세 개. 스트레스 쌓여서 먹어야겠어."

"그래, 그럼. ……난 연애 이렇게 하는데."

혜서가 젓가락을 탁 내려놓으며 신경질을 부렸다.

"딴 여자랑 연애하라고. 김 쌤 정도면 줄을 섰을 거 아냐!"

"아우, 쪼그만 게. 너 왜 이렇게 못됐냐?"

"저 원래 이래요. 이제 김민재 선생님 그만 만나야겠어요. 너무 부담스럽습니다."

"그래, 알았어. 알았다고. 말 놔. 안 그럴게. 어서 먹어."

그녀의 손에 젓가락을 쥐여 주면서 생각했다. 난 왜 이렇게 자기주장이 강한 여자만 만나는 걸까. 다른 남자를 만나는 혜서를 상상하니 맨정신으로 앉아 있기 힘들었다.

"소주 한 병 시켜서 나눠 마실래?"

"술도 못하면서. 식구들이 다 약해요? 나보다 술 약한 남자 처음 봤어."

"우리 엄마하고 나만. 술 센 거 자랑 아니다."

"맞아. 세상에 마실 게 얼마나 많은데 그깟 술을 마셔."

그래 놓고 이렇게 말하는 혜서다.

"라이트 소주는 시키지 마요. 그건 진짜 이 맛도 저 맛도 아니야."

"니가 술맛을 모르는 게 아니라니까."

"모르셨구나. 나 일부러 주량 안 늘리는 건데. 다들 음주까지 잘하면 개날라리 된다고 하니까."

"하하하. 누가 그래?"

"날 좀 아는 사람들은 대부분."

"웃자고 하는 소리지. 니가 무슨. 넌 그런 거 하래도 못 하는 애야."

"김 쌤, 사람 보는 눈이 좀 있네. 머리만 좋은 게 아니었어."

"이 정도면 얼굴도 좀 생기지 않았냐?"

"아니요. 많이 생겼어요. 일반인치곤 대박이야."

"으하하."

개그 프로그램 하이라이트 영상을 보는 것처럼 내내 웃어 주는 민재다. 볶음밥을 안주 삼아 소주를 홀짝이며 생각했다. 남녀 사이에 우정은 무슨 우정. 친구는 무슨 친구. 이런 게 바로 어장관리야. 정혜서, 노선 확실히 해.

그래서 이 생각도 해 봤다. 차라리 이 남자하고 사귈까? 만나다 보면 설레는 날도 오겠지. 여태까지 만난 남자들의 장점을 다 모아도 김민재 하나를 커버 못 할 거야. 그렇지만 진세현 머릿속에 입력된 내 반라의 영상은? 내 맨가슴은? 그 사실을 완벽히 잊게 될 때까지는 어떤 남자도 마음 편히 만나지 못할 것 같다. 혜서는 그게 너무 억울했다.

하나가 끝나면 또 하나의 시련이 주어지는 인생. 속상하고 괴롭다. 세현과 기꺼이 사귈 수도, 다른 남자를 당당하게 만날 수도 없게 된 처지가.

그토록 기다리던 고3의 마지막 방학이 됐지만 현실은 날씨만큼이나 매서웠다. 다른 건 다 그렇다 치고 세현은 정혜서 금단현상 때문에 살 수가 없었다. 이게 심해지면 말로만 듣던 상사병이 되는 건가? 이미 상사병 상태인 건가? 혜서가 보고 싶어 죽을 지경이었다. 진짜 딱 죽을 것 같았다. 아무래도 안 되겠어서 할아버지를 모시고 밖으로 나왔다.

순대국밥을 시킨 그는 다시 소주를 주문해 할아버지께 한 잔 따라 드렸다. 용민은 손자 녀석의 결의에 찬 얼굴을 일단은 모른 체하기로 했다. 그랬는데, 묵묵히 국밥만 퍼먹는 손자를 보노라니 먼저 애가 닳았다. 말 좀 하란 말이다, 이 녀석아! 할애비 숨넘어간다.

용민은 젊어서부터 성격이 급했다. 아마 아내가 아니었다면 살림을 말아먹어도 벌써 여러 번 말아먹었을 것이다. 그나마 야무진 아내 덕분에 딱 한 번만 말아먹고 그칠 수 있었다.

"너도 한잔할래?"

"그래도 되면요."

"언젠 거절했냐, 네가?"

옆으로 몸을 돌려 소주잔을 단번에 비운 손자는 한 잔 더 마셔도 되느냐며 잔부터 내밀었다. 술잔을 채워 준 용민은 안줏거리를 하나 더 시켰다. 자리가 길어질 듯하다. 손자가 다시 남은 국밥을 떠먹기 시작했다. 이놈아, 내가 졌다. 내가 졌어.

"천천히 먹고 어서 말해. 기다리다 더 늙겠다."

숟가락을 내려놓고 물을 한 모금 마신 손자가 결연한 표정으로 얼굴을 들었다. 독립선언문이라도 발표할 기세다.

"할아버지, 저 혜서 누나 좋아해요."

"그건 진즉 알았고. 그래서?"

"아셨어요?"

"바보가 아니고서야 그걸 누가 몰라. 너희 아빠, 엄마만 빼고. 너야 어려서부터 그랬잖아."

"어려서처럼 좋아하는 게 아니고 진짜 좋아한다고요."

"그래서 결혼이라도 하게?"

"네."

손자의 화끈한 대답에 용민은 너털웃음이 나왔다. 허허, 이 녀석 보게.

"나야 그러면 좋지."

"진짜요?"

"이 나이에 거짓말을 왜 하겠어. 얼마나 더 산다고. 할머니하고 난 손자며느릿감으로 혜서 마음에 든다. 우리끼린 벌써 합의 봤어."

두 분이 누나를 좋아하는 건 알았지만, 이 정도로 생각하는 줄은 미처 몰랐다. 천 명의 군사와 만 마리의 말을 동시에 얻은 것처럼 든든해진다.

"그건 그렇고 너희 둘 요새 왜 그러냐? 서로 안 본 지 꽤 됐지? 싸웠냐?"

"아니에요."

심각해지는 손자의 얼굴을 보니 갑자기 숨이 차올랐다.

"설마 너, 우리 없을 때 혜서를 덮…… 덤…… 하아, 아무튼 그런 건 아니지?"

"할아버진 절 어떻게 보시는 거예요? 기분 나빠요."

"아고, 놀래라. 절대 그건 안 된다. 하늘이 세 쪽 나도 안 돼. 혹시 너 고백했다 차였냐?"

"그 비슷해요."

"쯧쯧. 성질 급한 건 날 닮았구먼. 고등학교 졸업도 안 한 녀석이. 그래서 나한테 바라는 게 뭐야?"

"할아버지가 도와주세요. 적극적으로."

"그런다 치자. 그럼 넌 우리 내외한테 뭘 해 줄 건데? 세상에 공짜가 어디 있어?"

"……결혼하면 애 많이 낳을게요."

세현은 눈에 보이는 것이 없었다. 그래서 이런 대답이 가능했다.

"애는 네가 낳냐? 그래, 얼마나 낳을 건데?"

"빨리 결혼하게 도와주시면 넷 낳을게요."

용민은 말만 들어도 좋아서 죽을 지경이었다. 나도 하나밖에 못 낳은 자식을, 내 아들도 둘밖에 안 낳은 자식을 네가 넷이나 낳아 준다고? 거실 한가득 올망졸망 들어찬 증손자들을 상상하니 좋아서 입이 찢어질 것 같다. 딸도 둘은 됐으면 좋겠는데. 아들 둘에 딸 둘, 얼마나 좋을꼬. 저희 부모 닮으면 키도 큰 것이 인물도 훤할 텐데. 똑똑한 거야 두말하면 잔소리고. 헤픈 상상이 꼬리에 꼬리를 문다.

세현이가 결혼하면 집부터 옮길까? 더 큰 평수로. 아니지. 그래도 신혼인데 둘이 알콩달콩 살아 보고 싶겠지. 그럼 앞집

을 사서 살게 하고 아침저녁으로 왔다 갔다 할까? 그것도 불편
해하려나? 그래, 이것도 내 욕심이야. 같은 단지로 만족해야지
뭐. 미리 사 둔 집도 있으니. 애 낳으면 집안일 할 사람을 붙여
줘야겠어. 그 많은 애를 어떻게 혼자 키워.

　푼수 없는 늙은이의 상상이 저 혼자 줄기를 새끼 치며 끝없
이 뻗어 갔다.

　"할아버지! 할아버지!"

　"어? 왜?"

　"제 말 들으시는 거예요?"

　"뭐라 그랬냐? 참, 혜서는 네가 왜 싫다는데? 너희 둘이 같이
있으면 말도 잘하고 재미있게 지내잖아."

　아무리 할아버지라도 혜서 누나의 알몸을 봤다는 말까지 할
수는 없었다. '꿀'이라는 영문이 쓰인 팬티를 입긴 했지만, 그에
겐 알몸이나 마찬가지였다. 몇 번을 돌이켜 봐도 그건 운명적
인 사건이었다. 어쩌겠는가. 겸허히 받아들여야지.

　"제가 싫은 게 아니라 좀 이상한가 봐요. 어렸을 때부터 동
생으로 봐 와서 그런지……."

　"하기야 고등학교 졸업도 안 한 너를 선뜻 좋다고 할 수는
없겠지. 군대는 또 언제 가고. 그뿐이냐? 건축학과는 남들보다
1년을 더 다녀야 한다면서. 이 할애비가 생각해도 갑갑하긴
하다."

　"전 혜서 누나랑 꼭 결혼할 거예요. 누나 아니면 평생 결혼
안 해요."

쯧쯧, 누가 지 애비 아들 아니랄까 봐. 이놈아, 그래도 니 애비 스물여섯에 그랬다!

10 인생은 타이밍이다

스무 살이 된 지 딱 사흘이 지났다. 할머니 집에 다 같이 모여 새해 첫날을 맞이한 뒤 구리 외가에도 다녀왔다. 집에서 하루를 지낸 세현은 적당한 핑계를 대고 다시 할머니 집으로 왔다. 집엔 아무도 없었다.

두 분은 오늘 낮 온천 여행을 떠나셨다. 계획에 없던 여행이다. 남은 가족 중 이 사실을 아는 사람은 그뿐이다. 세현은 항상 그의 편인 할아버지의 손자인 게 좋았다.

몇 시간 뒤에 혜서 누나가 돌아올 것이다. 정혜서, 그동안 미꾸라지처럼 잘도 피해 다녔지? 1년에 딱 한 번뿐인 크리스마스도 따로 보내고. 그날만 생각하면 다시 열이 받는다. 친구네서 자고 온다고? 겁도 없이 성탄절에 외박을 해? 이젠 툭하면 외박이구먼. 오늘은 무슨 수를 써서라도 확답을 받아 낼 작정이다.

고속버스를 타기 전부터 으슬으슬했던 혜서는 평소엔 쳐다보지도 않던 택시까지 타고 한 정거장 거리의 아파트에 도착했다. 한동안 세현을 피해 다닌다고 너무 무리한 것 같다. 엄마가 만들어 주신 밑반찬까지 챙기느라 따로 약 살 여유도, 기운도 없었다. 들어가서 바로 자야겠다고 생각하며 현관문을 열었다. 벌써 10시 반이다.

거실 쪽 불은 켜져 있었지만 집 안은 고요했다. 그 순간, 조용히 모습을 드러낸 사람이 있었으니……. 이번엔 비명을 지르지 않았다. 세현은 이제 왔느냐고 말하며 아무렇지도 않게 그녀의 짐을 빼앗아 각각 어울리는 장소에 적당히 부려 놓았다.

"이거 반찬 같은데 냉장고에 넣어 두면 되지?"

"어. 할머니, 할아버지는 주무셔?"

"여행 가셨어."

"……어디로?"

"그게, 백암이라 그랬던 거 같은데. 온천에 가신댔으니까"

백암이 어디쯤인지 머릿속으로 지도를 그려 본 혜서는 기가 막혀 그대로 돌아섰다. 오늘 안으론 돌아올 수 없는 거리 아닌가. 세현은 차갑게 돌아서는 혜서의 팔을 재빨리 붙잡았다. 방문이 닫히면 말문도 닫힌다.

"할 말 있어서 내내 기다렸어."

"난 할 말 없어. 듣고 싶지도 않아. 어서 가."

"저번에도 말했지만, 난 이젠 누나 아니면 어떤 여자하고도 결혼 못 해. 안 해."

안 그래도 어질어질한데 스무 살짜리에게 결혼 얘기까지 들으니 쓰러질 지경이다. 잡힌 팔목을 뿌리치고 방으로 향하는데 세현이 먼저 도착해 방문을 가로막았다. 혜서는 그 가슴팍에 눈을 박고 차갑게 말했다.

"말도 안 되는 소리 좀 하지 마. 비켜."

"왜 말이 안 돼? 내가 누나……."

'알몸까지 봤는데 어떻게 다른 남자한테 보내.' 이 말까지 했다간 죽도 밥도 안 될 것 같아서 안으로 삭였다.

"그럼 너랑 나랑 말이 돼?"

"나도 성인이야."

"그래, 대단한 스무 살이지."

"그게 뭐 어때서? 어리면 더 오래 연애하고, 돈도 더 길게 벌어다 주고, 같이 살 시간도 많으니 더 좋지. 누나도 나 좋아하잖아."

"누가 그래?"

"맞잖아. 나만큼은 아니라도 누나도 나 좋아하는 거 알아."

뜨끔해진 혜서는 화낼 기운도 없었다. 좋아하는 감정이 있는 건 인정해야 했다. 말이 안 된다고 생각할 뿐. 진짜 말이 안 된다. 아, 난 어쩌다가 이 집에 와서 살게 됐을까. 어쩌다가 이런 아이와 엮였을까. 엄마는 앞으로 길어 봐야 몇 달이라고 했지만, 이젠 혼자서라도 독립하고 싶을 뿐이다.

"오늘부터 나하고 사귀자."

"됐어. 난 동생하곤 연애 안 해."

"내가 왜 동생이야? 피 한 방울 안 섞였는데. 아니야?"

"잘 거야. 피곤해."

"어디 아파? 얼굴이 왜 그래?"

혜서는 대답 없이 방문 앞에 버티고 서 있는 세현을 밀어냈다. 힘이 얼마나 센지 거대한 바윗덩어리 같다.

"어디가 어떻게 아픈지 말해 봐."

"추워. 몸도 쑤시고. 말 좀 그만 시켜. 서 있기도 힘들어."

그제야 비켜선다. 혜서는 코트만 벗고 그대로 침대에 몸을 던졌다. 씻을 기운도 없었다. 똑바로 누우니 더 어지러워 벽을 향해 돌아누웠다. 곧이어 이마에 닿는 손이 느껴졌다. 따뜻한 손이 체온을 확인하듯 그녀의 이마를 지그시 눌렀다. 혜서는 방문 닫히는 소리를 들으며 둥글게 몸을 말았다. 누군가 땅속 깊이 뿌리를 박은 채 그녀의 몸을 잡아당기는 것만 같다.

'이게 무슨 약이야. 한약 냄새 나는 음료수지.'

아무리 집 안을 뒤져 봐도 몸살약이라곤 '탕'이란 이름이 붙은 병 제품밖에 없었다. 성분을 살펴보니 마신다 한들 감기 기운이 떨어질 것 같지도 않다. 집 근처 약국은 이미 문을 닫은 상태였다. 여기저기 한참 헤매다가 쇼핑센터까지 찾아가서야 겨우 몸살약을 살 수 있었다. 아파트 정문 입구에 도착했을 땐 벌써 자정이었다. 마음이 급해진 세현은 다시 달리기 시작했다.

노크해 봐도 아무 반응이 없다. 들어간다고 말하고 조심스레 방문을 열었다. 침대 위엔 작은 이불 더미만 보였다. 그 안에 혜서가 공벌레처럼 웅크린 채 잠들어 있었다. 이마는 그가 나가기 전보다 훨씬 뜨거웠다.

주방으로 가서 따뜻하게 데운 물을 따라 온 세현은 조심스레 혜서를 깨웠다. 열 때문인지 힘들게 뜬 눈이 잔뜩 충혈돼 있다. 그럴 수만 있다면 눈까지 대신 떠 주고 대신 아파 주고 싶다.

"약 먹고 자."

반항할 기운도 없는지 혜서는 그가 주는 대로 물과 약을 받아먹었다. 턱에 흐르는 물을 티슈로 닦아 주고 다시 눕혔다. 할머니가 아픈 그에게 그랬던 것처럼 물에 적셔 꼭 짠 수건을 혜서의 이마에 올렸다. 찬 기운에 놀랐는지 움찔하던 그녀의 몸이 이내 축 처졌다. 세현은 수건을 갈아 가며 내내 옆을 지켰다. 잠든 줄 알았는데 혜서 입에서 앓는 소리가 흘러나왔다.

"지금 더운 거야, 추운 거야?"

"둘 다. 얼른 가. 집에서 걱정하셔."

"할머니 집에서 자고 간다고 했어. 집에 아무도 없는데 누나 혼자 두고 어떻게 가."

"난 괜찮아."

고집도 이런 고집이 없다. 아픈 사람이면 아픈 사람답게 굴어, 좀.

"알았어. 자. 잠들면 갈게."

혜서가 잠든 걸 확인한 세현은 보일러 온도를 한껏 올리고 거실로 나왔다. 잠이 올 것 같지 않았지만 욕실로 가 샤워부터 했다. 방에 들어왔지만 걱정이 돼 누울 수가 없었다. 누나 방 방문을 살짝 열고 가까이 다가가 이마를 만져 보니 식은땀이 묻어났다. 목덜미까지 축축하다. 갑자기 혜서가 경기 일으키듯 움찔거렸다.

"많이 아파? 어떻게 해 줄까?"

"아직 안 갔어? 이불 좀 더 덮어 주고 가."

두툼한 이불을 꺼내 단단히 여며 주고 팔을 다독여 주니 다행히 금방 잠든다. 여전히 추운지 잔뜩 웅크리고 있다. 누나의 이마를 짚어 본 세현은 잠시 갈등했다. 이불 열 장보다 한 사람의 체온이 더 따뜻하다는데, 내 몸으로 덥혀 주면 안 될까? 안 될 게 뭐가 있어. 사람부터 살리고 봐야지. 세현은 말도 안 되는 자기합리화를 하며 망설임 없이 이불 안으로 스며들었다.

이 겨울은 너무 춥다. 누군가가 갈빗대를 한껏 벌리고 그 사이로 얼음 덩어리를 쏟아 붓는 것 같다. 손을 내밀면 바로 잡아 줄 사람이 있지만, 그녀의 것이 아니다. 그렇지만 필요해. 날 따뜻하게 해 줄 누군가가.

얼마나 잤을까. 한결 몸이 가벼워졌다. 요의를 느낀 혜서는 일어나기가 귀찮아서 눈을 뜰까 말까 망설이고 있다. 그때 단단하고 무거운 팔이 그녀를 꼭 끌어안았다. 잠이 달싹 달아난다. 흐릿한 안구 너머로 회색 천이 보였다. 뭐지, 이건? 살짝 밀어 보았다. 누구지? 이 사람은······.

"너 뭐야!"

비몽사몽 중에 밀쳐진 세현은 무슨 일이 일어난 건지 바로 깨달았다. 새벽에 방을 나갔어야 했다. 새벽녘, 눈을 떠 보니 여자의 정수리가 코앞에 보였다. 어느새 돌아누웠는지 그의 가슴팍에 혜서가 폭 안겨 곤히 잠들어 있었다. '이런 게 세계 평화지.' 그렇게 생각하며 다시 까무룩 잠을 청했었다. 역시 인생은 타이밍이다.

"너 뭐냐고!"

세현은 난동을 부리기 직전인 혜서의 두 팔을 잽싸게 부여잡고 급히 말했다.

"내 말 좀 들어 봐."

"미쳤어? 지금 뭐 하는 거야!"

"진정해. 걱정돼서 갈 수가 없었어. 아무도 없는데 무슨 일이라도 생기면 어떡해. 그냥 옆에만 있으려고 했는데 누나가 너무 추워서. 이불 덮어 줬는데도 계속 떨어서 그런 거야. 그냥 안고만 잤어. 딱 그거만 했어."

'이걸 변명이라고. 지금 90년대 로맨틱 코미디 찍니?'

"알았으니까 나 다시 들어오기 전에 집에 가 주라."

혜서는 그 말을 끝으로 그의 팔을 뿌리치고 일어나 방을 나왔다. 화장실이 급해서 더는 화낼 수가 없었다. 그래, 반라도 보여 줬는데 뭘. 니가 그랬다면 그럴 만한 이유가 있었겠지. ……아이 씨, 내 결론은 왜 늘 이 모양일까.

욕실 문을 꼭 잠그고 세면대에 물을 틀어 놓은 뒤 볼일부터 봤다. 땀이 밴 겉옷과 속옷도 벗어 던졌다. 혜서는 샤워기 물줄기 아래에 자신을 방치하며 양치를 시작했다. 좀 전에 화냈을 때 입 냄새가 났을까 걱정하면서.

손님용 욕실로 들어간 세현은 시원하게 소변을 보고 샤워를 시작했다. 오늘따라 자신의 물건이 기특했다. 밤새 좋아하는 여자를 끌어안고 잤는데도 낄 데 안 낄 데 구분하는 것처럼 얌전히 제자리를 지키다니. 니가 나보다 낫구나. 어쩌면 기억 못 하는 걸 수도 있지만. 더 화낼 줄 알았는데 그 정도로 끝내서 다행이었다. 몸살 기운도 많이 회복된 것 같다. 뭐라고 하면 듣지 뭐. 몇 대 때리면 맞지 뭐. 어떤 핑계를 갖다 붙여도 잘한 건 아니잖아.

샤워를 마친 혜서는 벗었던 옷을 다시 입기 싫어서 망설였다. 난 왜 이렇게 한 치 앞을 못 보고 살까. 욕실에서 방까지는 3미터 남짓. 아무도 없다면 잽싸게 뛰어가도 될 거리다. 쓰라린 경험은 사람을 위축시켰다. 혜서는 땀에 전 옷을 꾸역꾸역 꿰어 입고 조용히 욕실을 나왔다.

집 안은 진공관처럼 고요했다. 갔나? 슬그머니 주방으로 가 물을 마시고 온 혜서는 잠이나 더 자야겠다고 생각하며 베개에 얼굴을 묻었다. 긴장이 풀렸는지 다시 으슬으슬해졌다. 노크 소리가 들린 건 5분도 지나지 않아서였다. 가라고, 제발.

"문 열기 싫으면 듣기만이라도 해. 내가 진짜 싫은 건 아니지?"

방문을 사이에 두고 세현이 속마음을 털어놓기 시작했다. 반박할 말은 하나도 없었다. 어떤 말로 저 아일 설득해야 할까. 설득이 되긴 하려나. 그래, 니가 진짜 싫었으면 경찰에 신고부터 했겠지. 그게 문제다.

"너하고 나, 싫어하고 말고 할 사이는 아니잖아. 가족 같은 사이인데."

"그런 건 어렸을 때 한 걸로 충분해."

"그러지 마. 오늘만 보고 말 것처럼."

"누나 마음 이해해. 당황스러운 것도 알아. 누나 마음에 차는 남자가 되도록 노력할게. 날 어린애로 보지만 마."

"니가 부족해서 이러는 거 아니야."

"근데 왜 기회도 안 줘?"

"니가 생각하는 연애하고 내가 생각하는 연애는 달라. 난 심각한 연애도 싫고, 결혼도, 아이도 싫어. 하고 싶은 거 하면서 속 편히 살 거야."

그로선 정말 마음에 안 드는 대답이었으나 지금은 수그러들 때였다. 우선 기회부터 잡아야 한다. 그다음 문제는 차차 풀어가면 된다.

"그럼 나하고 연애만 해."

"아니. 넌 영순위로 제외야. 너 생각해서 하는 말이야."

어릴 적 혜서는 결혼이란 걸 꼭 하고 싶었다. '아빠가 엄마를 사랑하듯 나를 사랑해 주는 남자가 생긴다면 스무 살만 넘으면 바로 결혼해야지.' 그렇게 생각한 때도 있었다. 하지만 그것도 예전 일이다. 불안한 사랑에 올인하느니 안전한 외로움을 택하는 게 나았다. 가벼운 연애는 환영이지만 절절한 사랑은 사절이다.

"난 누군가를 책임지는 게 싫어. 내가 누군가의 짐이 되는 것도 싫고. 그냥 가볍게 만나는 사이. 그 정도면 충분해."

"그럼 나하고 가볍게 시작해."

"너하고 연애만 하다가 헤어질 순 없잖아. 너희 가족을 다 아는데."

"우리가 왜 헤어져? 계속 만나면 되지. 나하고 헤어지기 싫 게 잘할게."

"제발 넌 아무것도 하지 마."

"도대체 결혼 안 하려는 이유는 뭐야?"

오랜만에 본 엄마의 얼굴이 유난히 지쳐 보였다. 아픈 사람 을 병구완해야 하므로 마음껏 아프지도 못하는 삶. 아무리 힘 들어도 지친 어깨를 주물러 줄 남편이 없는 엄마가, 죽어 가는 할머니의 그림자를 껴안고 쉼 없이 뒷수발해야 하는 엄마의 인 생이 가여웠다. 돌아오는 버스 안에서 한참 울었다. 엄마가, 엄 마가 아니었다면 그렇게 살지 않아도 됐을 텐데. 엄마의 심신 을 갉아먹는 고단한 책임감. 내가 없었다면 엄마의 인생이 달 라졌을까.

"그래. 니 말대로 너하고 연애하다가 결혼한다고 쳐. 그런데 만에 하나라도 니가…… 크게 아프거나 우리 아빠처럼 되면 어 떡해? 난 그런 일 다신 겪고 싶지 않아. 그렇게 사는 거, 무서워."

"난 누나 그렇게 안 만들어. 내가 얼마나 건강한데. 치과 정 기검진 할 때 말고는 병원에도 안 가."

"사람 앞날은 모르는 거잖아. 사고가 날 수도 있는 거고. 만 약 아이라도 있으면 또 어떡해? 아빠 없는 아이 키우는 거 두려워. 그건 돈으로도 해결 못 하는 거야. 내가…… 그렇게 자라 봐서 알아."

그런 이유라고는 생각하지 않았다. 그저 아직 어려서, 결혼이 실감 날 나이가 아니어서, 동생처럼 지내던 남자와 특별한 사이가 되는 게 쑥스러워서 그러겠거니 했다.

"문 좀 열어 봐. 얼굴 보고 얘기해, 응?"

"문 안 잠갔어."

'제발 이 얼굴 보고 마음 약해져라.' 주문을 외우며 손잡이를 젖히자 방문이 스르르 열렸다. 혜서는 침대에 기댄 채 무릎을 세우고 앉아 있었다. 갑자기 그녀의 눈에서 눈물이 툭 떨어졌다. 당황한 혜서가 볼을 훔쳐 내며 나지막이 중얼거렸다.

"아, 나 여자들 이러는 거 진짜 싫어하는데. 연기하는 것 같잖아."

이 와중에도 자존심을 챙기는 혜서가 어이없다. 울면 좀 어때서.

"누가 그런 생각을 한다고."

혜서와 마주 앉은 그는 그녀의 손을 잡고 싶은 걸 꾹 참고 나직이 입을 열었다.

"누나 말 무슨 뜻인지 이해했어. 오늘은 아무 생각 하지 말고 푹 쉬어."

"잘래."

"그래. 약 한 번 더 먹을래?"

"아니. 그냥 자 보고, 일어나서도 아프면 먹을게."

"재워 줘도 돼?"

"아…… 야, 야!"

애초에 대답 같은 걸 바라고 한 말이 아니었다. 혜서를 달싹 들어 침대에 눕힌 세현은 이불을 끌어와 폭 덮어 주었다. 한마디쯤 더 할 줄 알았는데 포기했는지 조용하다. 이불 위에 모로 누운 그는 혜서가 잠들길 기다리며 긴 머리를 천천히 쓸어내렸다. 뭐든 해 달라는 건 다 해 주고 싶다. 하늘의 별을 따 달라는 말만 하지 마. 따 올 수 있는 크기가 아니야.

"자장가 불러 줄까?"

"뭐야, 됐어."

왜 이렇게 다정한 거야. 머리카락을 빗어 내리는 남자의 손 길에 정신이 점점 또렷해진다. 감은 눈 안의 눈동자가 데굴데 굴 굴러다닌다. 이쯤에서 나가라고 해야 하는데 보내고 싶지 않다. 두근두근. 심장이 멋대로 펄떡인다. 극세사 담요처럼 따 뜻한 이 남자의 손을 끌어와 덮고 싶어진다. 제 생각에 당황한 혜서는 한숨을 토하며 매트리스에 얼굴을 박았다. 몸도 마음도 뜻대로 되는 게 하나도 없다.

"잠이 안 와?"

더없이 달콤하게 감겨 오는 목소리에 혜서는 귀를 막았다. 제발 입 좀 다물어.

"무슨 생각 해?"

그걸 어떻게 내 입으로 말해. 아, 몰라. 될 대로 되라지.

"니 생각."

그의 손길이 칼로 자른 듯 딱 멈췄다. 이거 봐. 정혜서, 넌 미친 거야.

"부탁이 있는데 들어줄래?"

세현이 그녀의 팔을 잡아당기더니 그대로 돌려 눕혔다. 평소와는 다른 감정을 실은 눈동자가 보였다. 더도 덜도 아닌 젊은 남자의 눈. 그의 두 손이 혜서의 얼굴을 부드럽게 감싸 쥐었다. 위험한 부탁일 거라는 예감이 든 순간 남자의 입이 열렸다.

"입 맞춰도 돼?"

"하아……."

"키스하고 싶어."

거짓을 말할까, 솔직해질까? 어떤 쪽을 택하든 후회하겠지. 남자의 간절한 눈빛이 허락을 재촉했다. 서로의 눈동자가 대답을 확인하듯 눈앞의 얼굴을 끌어당긴다. 혜서는 이 남자의 목을 끌어안고 고개를 한껏 끄덕여 주고 싶었다.

"난 이게…… 꿈이었으면 좋겠어."

"왜?"

"니가 하자는 대로, 하고 싶으니까."

순식간에 남자의 품으로 당겨졌다. 당황한 그 순간에도 혜서는 넓고 단단한 품이 마음에 들었다. 지난밤 내내 이 가슴에 안겨 잠이 들었다. 그것도 모자라 자꾸 파고들었던 것 같다. 세현이 그녀의 정수리에 턱을 비볐다. 비벼진 부분마다 한낮의 사막처럼 달궈진다.

"난, 누나가 생각하는 것보다 훨씬 훨씬 더 누날 좋아해. 안 힘들게 할게. 후회 안 하게 할게."

그의 긴 팔이 그녀를 더 끌어안았다. 머릿속이 질소로 채워지는 것처럼 멍해졌다.

"세현아, 우리 실수하는 거 아닐까?"

"아니. 실수 아니야."

그의 입술이 그녀의 이마에 촉촉이 낙인을 찍고 눈가로 내려왔을 때, 거절할 이유가 떠올랐다.

"하지 마! 안 돼!"

"하, 이러지 마. 응?"

"나 지금 감기, 너 감기 옮으면……."

"괜찮아. 같이 아프지 뭐."

첫 키스는 부드럽고 예의 바르게 하고 싶었다. 첫 마음은 진짜 그랬다. 여자의 입술은 그의 입 안에서 우주가 됐다. 태어나 처음 맛보는 성찬이었다. 혜서의 팔이 그의 목에 감긴 순간, 지난달 보았던 반라의 영상이 고스란히 되살아났다.

첫 키스 장소가 정말 지독했다. 침대라는 단어만으로도 수백 가지 상상을 할 수 있는 나이의 남자에게 허락된 장소. 배경부터 틀려먹었다. 감겨 오는 여자의 유연한 몸에 어쩔 줄 몰라 손이 벌벌 떨렸다. 자꾸 티셔츠 안으로 들어가고 싶어 하는 손을, 속옷을 젖히고 가슴을 확인하고 싶어 하는 손을, 여자의 헐렁한 바지를 끌어내리고 싶어 하는 손을, 그 안의 여성을 확인하고 싶어 하는 손을 잘라 내고 싶을 정도였다. 참아야 한다.

이 하루에 처음부터 끝까지 갈 수는 없다. 그건 정말이지 안 될 짓이다.

"하아, 하. 누나."

혜서는 제 팔이 남자의 목을 휘감은 걸 의식하지 못했다. 본능에 반쯤 지배당하는 것도 몰랐다. 이런 입맞춤이 가능한 일이었어. 상상보다 현실이 근사했다. 어느 정도까지는.

아까부터 아랫배를 꾹꾹 찔러 오는 것이 있었다. 어제까지 알던 세현이 다른 남자가 된 것 같아 두려웠다. 섹스를 경험하지 못한 젊은 여자에겐 그 이상의 욕구는 불편하고 낯설었다.

본능적인 삽입의 욕구는 세현을 괴물처럼 괴롭혔다. 경험과는 전혀 상관없었다. 넣고 싶다. 넣고 싶다. 끝없이 자기의 분신을 여자의 젖은 몸 안에 찔러 넣고 싶어 미칠 지경이었다. 세현은 제 몸이 얼마나 여자를 숨 막히게 하는지 미처 알지 못했다. 여자가 그의 어깨를 힘껏 밀어내기 전까지는.

"잠깐만. 나, 나 힘들어."

"어? 아, 미안."

산소가 정상적으로 공급되니 가출했던 정신이 돌아온다. 지금 무슨 짓을 한 거지? 내가 더 매달린 것 같잖아. 얘 왜 이래? 엊그제 스무 살 된 애 맞아? 침대에 누워서 하는 키스가 처음이어서일까. 온몸 구석구석이 심장으로 변한 것처럼 툭툭 뛴다. 머리끝부터 발끝까지 비상사태다.

"밖으로 나가자."

"한 번만 더. 이번엔 힘들게 안 할게, 응?"

성질 급한 남자의 입술이 눈꺼풀에 살짝 내려앉았다. 뜨거운 입김이 콧등을 훑었다가 볼로 이동한다. 깃털로 맨살을 간질이는 것처럼 온몸이 배배 꼬인다. 이내 따뜻한 혀가 입술을 가르고 들어와 윗니를 살살 건드렸다. 그의 큰 혀가 그녀의 작은 혀에 감겨들었다가 무언가를 찾는 것처럼 멋대로 돌아다녔다. 남자는 좀처럼 떨어질 줄 몰랐다. 어지럽다.

방금 신음을 낸 게 자기라는 걸 깨달은 혜서는 부끄러워 얼른 숨을 멈췄다. 침대가 지하로 한없이 꺼지는 느낌이다. 남자의 그것이 더는 단단해질 수 없을 정도로 배를 눌러 왔다. 정신 없는 와중에도 생각했다. 나는 이게 이렇게 잘 느껴지는데 이 앤 모르는 걸까? 그럴 리가.

또다시 그를 밀어낼 수밖에 없었다. 엉덩이를 뒤로 빼다 빼다 벽에 부딪힌 것이다. 좁은 침대 반쪽은 텅 비워 놓은 채 성인 두 사람이 나머지 반을 나눠 쓴 셈이다. 낮게 갈라진 세현의 목소리가 그녀에게 노골적으로 요구했다.

"가슴, 만져도 돼?"

얘가 지금 뭐래? 어제 모 심고 오늘 벼 베겠다고 설칠 사람이네.

"안 돼."

"한 번만. 10초만."

"싫어."

"5초."

"싫다니까."

"그럼 보기만 할게."

그의 가슴팍을 밀어내며 혜서가 물어 왔다.

"진짜 보기만 할 자신 있어? 널 믿어?"

"……아니."

코앞의 가슴을 포기한 세현은 혜서의 목덜미에 얼굴을 묻고 웅얼거렸다. '내 거야. 전부 내 거야.' 혜서는 그의 목소리가 잘 들리지도 않거니와 이젠 움직일 기운조차 없었다. 그래도 넌 떠들 기운이라도 있구나. 남자의 혀가 여자의 목덜미를 자근자근 핥아 내렸다. 오래지 않아 그녀는 생애 처음 아랫배가 조여 드는 신세계를 경험했다.

"아, 하아. 세현아……."

혜서의 옷을 벗기고 온몸을 핥고 싶은 충동을 애써 누르며 세현은 밀린 숨을 몰아쉬었다. 그래도 부족해 여자의 손가락을 잘근잘근 깨물었다. 나중엔 손가락 열 개를 차례차례 빨기까지 했다. 탐욕스러워진 그의 혀가 귓불을 한껏 핥다가 도톰한 부분을 쪽 빨아들인 순간, 혜서의 몸이 축 처졌다.

세현이 주스를 가져올 때까지 혜서는 죽은 듯이 누워 있었다. 방으로 들어오는 그의 기척에 그녀는 얼굴을 가리고 엎드렸다. 내 입에서 나온 소리, 다 들었겠지? 쟨 분명 청력도 좋을 거야.

"주스 마셔."

톡 튀어나온 엉덩이에 입 맞추고 싶은 욕구를 누르며 혜서를 안아 일으켰다. 세현은 그녀를 제 몸에 기대게 하고 주스잔을 입에 대 주었다. 남긴 주스는 그가 한꺼번에 마셨다. 제멋대로 자라난 욕망이 도무지 수그러들지 않는다. 도저히 평정심을 유지할 수 없는 공간이다.

"누나, 나갈래?"

침대에서 내려오던 혜서는 방바닥에 발을 디디자마자 무릎이 꺾여 주저앉았다. 긴 입맞춤의 후유증으로 다리의 힘이 풀려 버린 것이다.

"괜찮아?"

"미치겠네. 왜 이래."

기분이 더 좋아진 세현은 당황한 혜서를 번쩍 안아 들고 문밖으로 나왔다. 여자의 몸은 태엽 풀린 인형처럼 의지가 없었다. 거실로 나온 그는 혜서를 소파에 조심스럽게 앉힌 뒤 품 안 가득 끌어안았다.

"누나한테서 좋은 냄새 나."

혜서의 볼에 다시 입을 맞췄다. 따뜻하고 매끄럽고 향기롭다. 굉장히 부드러워 인간의 것이라곤 믿기지 않을 정도다. 좋아하고 사랑한다 말하고 싶은데 믿어 주지 않을 것 같아 불안했다.

"정혜서."

"……."

소파 아래로 내려간 세현이 그녀의 무릎에 턱을 괴고 가만히 올려다보았다. 두 쌍의 눈이 부끄럽게 마주쳤다.

"좋아해. 사랑해."

혜서는 가족이 아닌 사람에게 사랑한다는 말을 한 적이 없다. 그 말은 언제나 간지럽고 부담스러웠다.

"세현아, 니 머리 무거워. 보기보다 무겁네."

"사랑한다고."

"너 여자한테 그 말 잘해?"

"처음 해 봐. 이젠 수시로 할 거야."

겨우 정신이 든 혜서는 현실이 걱정됐다. 얘와 나 사이에 이래도 되나? 미친 거지. 돈 거지. 이게 무슨 풋풋한 연애야. 이이른 아침부터.

"집에 안 가도 돼?"

"가야 하는데 가기 싫다. 오늘 밤에도 같이 자고 싶어."

어쩜 눈 하나 깜짝 안 하고 이런 말을 하지? 혜서는 벌어진 입이 안 다물어져 그 상태로 멍하니 세현을 바라보았다.

"어젯밤처럼 안고 자고 싶다고. 매일매일."

"너 왜 이렇게 뻔뻔해?"

"내가 얼마나 죽을힘을 다해 참았는지 알면 표창장이라도 주고 싶을 거다."

"그게 참은 거야?"

"여자들은 잘 모르는 그런 게 있어. 그러니까 키스 한 번만 더 하자."

"상 받고 싶어?"

"응. 그러니까 내 입술 줘."

'다시 키스하면 시시해질까? 늘 그랬던 것처럼?'

그녀가 내민 손을 세현이 부드럽게 잡아당겼다. 둘은 거실을 뒹굴며 입을 맞추기 시작했다. 나중엔 너무 어지러워서 남자가 이끄는 대로 입술을 맡겼다. 혜서는 손가락 까딱할 기운조차 없었다. 어느 틈엔가 그의 손이 가슴 위로 올라와 브래지어 아래 감춰진 무언가를 찾아 헤맸다. 까딱하면 찾겠다.

"야, 이거 아니야. 정신 차려!"

착하게도 그의 몸이 뚝 떨어져 나갔다. 잠시 뒤, 2미터 옆에서 가쁜 목소리가 들려왔다.

"진짜 나가야겠다. 10분 뒤에 현관에서 만나."

방에 들어와서도 고개를 빳빳이 쳐들고 있는 골치 아픈 물건을 세현은 한심하게 내려다봤다. 누나도 분명 느꼈을 거야. 그러니까 자꾸 엉덩이를 빼지. 흘러나온 다량의 쿠퍼액으로 드로어즈 앞섶이 푹 젖어 있다. 이것은 소리 없는 아우성. 얼마나 오래 버텼는지 욱신거린다. 5분 안에 나갈 준비를 마쳐야 한다. 시간도 부족하거니와 이젠 자신을 위로하는 짓 같은 건 하지 않을 생각이다. 앞으로는 자의로는 한 방울도 흘리지 않을 것이라고 다짐하며 그는 서랍장을 열었다.

이번엔 혜서의 방. 기어서 들어오고 싶은 걸 체면상 억지로 걸어 들어왔다. 겉옷은 물론 속옷까지 갈아입어야 했다. 이게 글로만 보던 펑 젖는다는 거구나. 과장일 줄 알았는데 사실에 근거한 서술이었어. 아마 세현이 살살 달랬다면 그다음 단계로 넘어갔을 테지. 나가서 그 애 얼굴을 어떻게 보지? 아, 증발하고 싶다! 더는 고민할 시간이 없었다.

예쁘게 보이고 싶었다. 비비크림을 꼼꼼하게 펴 바른 혜서는 눈화장을 생략하고 옅은 색 립스틱을 꺼냈다. 코트를 입고 가방을 챙긴 그녀는 잠시 망설이다 립스틱 색을 바꿔 발랐다. 더 짙은 색으로.

화사하게 바뀐 혜서가 방문을 열고 나온다. 두근두근. 심장 소리가 들릴 것만 같다. 세현은 쑥스럽게 웃는 혜서의 볼을 어루만지며 이마에 입을 맞췄다.

"신발 골라 줄게."

신발장을 연 세현이 그녀가 입은 옷과 어울리는 부츠를 찾아 직접 신겨 주었다. 모든 게 늘 그랬던 것처럼 자연스럽다. 그는 코트 주머니에 들어가 있는 혜서의 한 손을 빼서 감싸듯 잡았다.

"이제부턴 손잡고 다닐 거야."

"날도 추운데 뭘 또 그렇게까지."

"그럼 내 주머니에 같이 넣어."

"흠흠. 나가서 뭐 할 건데?"

"조조 영화 보자. 표 끊어 놓고 뭣 좀 먹고. 누나는 약 먹어야지."

"어, 나 약 안 챙겼는데?"

"내가 챙겼어. 영화 본 다음 나와서 누나 가고 싶은 데 가자."

밖은 칼바람이 불었다. 세현이 스마트폰으로 날씨를 검색했다. 영하 10도. 올겨울 들어 가장 추운 날씨. 바람이 많이 불고

상상의 경계를 허문다
이야기의 힘을 믿는다

파란미디어
도서목록

란 **cafe** cafe.naver.com/paranmedia **e-mail** paranbook@gmail.com
twitter @paranmedia **tel** 02. 3141. 5589 **fax** 02. 3141. 5590

매혹적인 오리엔탈 판타지로맨스의 대가!

비연 작가시리즈

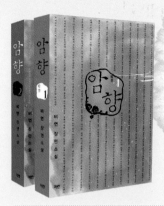

『기란』이후
4년 만에 선보이는
비연 작가의 새로운 소설!

암향暗香
각 권 11,000원(전 2권)

영원한 숙적 宿敵와 순順
화친이라는 미명하에
친왕과 황녀가 맺은 위험한 정략혼!

아수청라사륜 조의 예친왕, 출정하는 전투마다 대승을 거두는 피에 굶주린 야차
　　　　　　어머신가, 고귀하신 황녀의 몸으로 나같이 천하고 비열한 야만족과 혼인하게 된 심정이

하문예아 순을 위해 기꺼이 야만족의 나라로 떠나는 고귀한 황녀
　　　　　나는 이 혼인에 목숨을 걸었습니다. 당신을 알기 위해 노력할 겁니다.
　　　　　비록 당신이 날 필요로 하지 않더라도.

사랑하지 마라.
네 것이 될 수 없다!

기란綺蘭(개정판)
각 권 11,000원(전 3권)

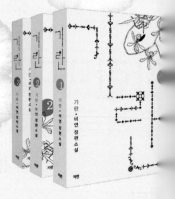

권력 다툼이 극에 달한 진眞의 황궁에
서촉의 기란이
황제의 후궁으로 입궁한다.

평범한 남자로는 살 수도,
살아서도 안 되는 황제를
한 사람의 남자로 만들어 버린 기란.
황제가 아닌 윤을 사랑한 것이
모든 비극의 시작이었다!

파란 로맨스

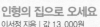

인형의 집으로 오세요

이서정 지음 | 값 13,000원

**스릴러 로맨스의 새로운 장이 열린다.
지금까지 볼 수 없었던,
등골에 소름이 돋는 로맨스!**

흉흉한 동네의 무당집을 물려받은 어린 유부녀 은아와
그 집 2층에 빨간 가마를 놓고서 인형을 만드는
친절한 미남 세입자 준환의 기묘한 동거 생활.
그리고 서서히 드러나는 충격적 비밀들!

라떼와 첫 키스

석주주 지음 | 값 13,000원

지독한 첫사랑을 앓는 남자 최율

"저런 눈으로 날 쳐다보면
내 심장이 어떻게 뛰는지 알기나 할까?"

부서지는 햇살 같은 미소를 가진 여자 이보은

"사랑이란 내 모든 것을 주어 당신을 행복하게 해 주는 것
이라 믿어요. 그런데 난 가진 것이 없어요."

성공 지향적인 성격에
오만함과 결벽증으로 똘똘 뭉친 최율.
그런 그가 서른세 살 인생 처음으로
왼쪽 가슴을 뻐근하게 하는,
심장을 불규칙하게 뛰게 하는 여자를 만났다.

낭만의 경계선

조부경 지음 | 값 13,000원

**청춘 드라마보다 발칙하고
순정만화보다 달달한 로맨스!
오늘도 낭만을 꿈꾸며
현실의 경계에 선 솔로부대를 위하여!**

4학년 개강 첫날부터 예상치 못한 사건에
휘말리게 된 모쏠녀 고민아,
낭만과 현실의 경계에서 사는
평범한 그녀의 사랑 성공기! 인생 성장기!

두근두근 당신의 가슴을 뛰게 할 로맨스!

류다현 작가시리즈

두 개의 심장
값 13,000원

서로의 세렌디피티, 너무나 멋진 우연!
그러나……그는 결혼을 앞두고 있고,
그녀의 시간은 정해져 있다.
다시 시작된 100일의 계약연애
사랑을 정리하고, 이 삶을 정리하기 위한.

프렌치 러브 박스
값 13,000원

사랑을 담은 채 잠겨 버린 프렌치 러브 박스
잊지 못하는 여자와 기억하지 못하는 남자는
기억과 망각, 운명과 우연 사이에서 길을 잃는다

딸칵, 프렌치 러브 박스가 열리면
잊었던 기억 속 진실이 드러날까

역사판타지 로맨스 신부 시리즈

첫 번째 이야기 ## 그림자 신부
각 권 13,000원(전2권)

사랑해선 안 될 상대를 깊이 사랑하게 되었다
독이 될지도 몰랐다
모든 것의 주인인 황제일지라도 절대 가질 수
없는 가져선 안 되는 유일한 한 가지
그것은 바로 그림자 신부였다!

두 번째 이야기 ## 맹월 : 눈먼 달
각 권 13,000원(전2권)

이토록 아름다운 빛을 내지만
정작 자신은 그 빛을 보지 못하는
죽음보다 더 가혹한 삶을 사는 그녀
손을 잡아도, 품에 안아도, 입을 맞춰도
하늘에 뜬 달처럼 아득한 신부
그녀는 슬프면서도 기이한 나의 달,
나의 눈먼 달

세 번째 이야기 ## 칸이 가장 사랑한 딸 (출간 준비 중)

패배한 나라의 태자 진, 적국의 공주를 여왕으로 받들어야 하는 남편이 된다.
이오르의 속국으로 전락한 풍요의 나라 란.
그러나 여왕 이아사와 진 사이에는 사랑이 싹터 오르고……
나라를 위해서 이아사를 버릴 것인가, 사랑을 위해서 백성들을 외면할 것인가.

오후에 들어서면 더 추워질 예정.

"집에 다시 가야겠다."

깜짝 놀란 혜서가 동그래진 눈으로 되물었다. 왜? 왜! 그는 웃음을 꾹 참고 그녀의 머리를 다정하게 쓰다듬었다.

"모자 바꿔 쓰고 목도리도 두툼한 걸로 하고 와. 장갑도 끼고. 몸살 심해질까 봐 그래."

"넌 여기 있어. 꼼짝 마."

"알았어. 얼른 갔다 와."

갑자기 추워진 데다 평일 이른 아침이라 영화관은 한산했다. 세현이 보이는 대로 이것저것 권해 봤지만 혜서는 전부 마다했다. 그의 성화에 못 이겨 전복죽을 한 그릇 가득 먹은 터라 아무 생각이 없었다.

15세 관람가. 7관이다. 등 뒤에서 혜서의 어깨를 끌어안은 그는 어두컴컴한 상영관 안으로 빨려 들듯 들어갔다. 관람객이 몇 없었다. 지정된 좌석에 앉은 그는 혜서의 손을 끌어와 제 허벅지 위에 슬쩍 올렸다.

"저기, 내 손 내 마음대로 하면 안 될까?"

"응. 안 돼. 영화나 봐."

영화가 시작된 지 10분도 지나지 않아 세현은 후회하기 시작했다. 허벅지에 얌전히 놓인 그녀의 손이 신경 쓰여 1분 전의 대사조차 기억나지 않을 정도였다.

영화가 끝나기도 전, 그는 그토록 경멸해 마지않던 극장 안에서 스킨십에 몰두하는 사람들을 이해하게 됐다. 익명의 그들은 그 순간 그럴 수밖에 없었다는 것을.

늦은 저녁. 집에 도착한 인희는 확 바뀐 집 안 분위기에 놀라 적응이 안 될 지경이었다. 두 아이가 엊그제 결혼한 신혼부부처럼 거실에 마주 앉아 삼겹살을 구워 먹고 있었다. 혜서가 벌떡 일어나더니 앉을 자리를 만들었다. 설렁탕을 든든히 먹고 온 터라 밥 생각이 전혀 없었다.

할아버지로부터 짐을 넘겨받은 손자가 안방으로 들어갔다. 인희는 그 틈을 타 혜서에게 넌지시 물어보았다.

"너희 둘 화해했냐?"

"네. 할머니도 같이 드세요. 고기 넉넉히 사 왔어요."

"우린 막 먹고 왔다니까. 아고, 탄다. 어서 꺼내야겠네."

그새 손자가 튀어나와 혜서 손에 있던 집게를 뺏어 들고 타 들어 가는 고기를 뒤집었다. 기름 튀니 저리 가라는 둥, 다치니 조심하라는 둥 설레발치는 모습이 아들 경훈이 며느리에게 하던 행동을 찍어다 박은 것 같아 웃음이 나왔다. 제 여자한테 꼼짝 못하는 성정이 삼대를 잇는구먼. 더하면 더했지 덜하진 않을 모양일세. 아니, 그나저나 저 애들은 아직 그런 사이가 아니잖아?

꿀물을 한 사발 들이켠 표정으로 혜서를 바라보는 손자의 모습에 인희는 고개를 갸웃했다. 그새 또 뭔 일이 있었나? 두 아이에게 천천히 먹으란 말을 남기고 안방으로 들어왔다. 남편은 뭐가 그리 즐거운지 옷을 갈아입으면서도 싱글벙글 웃는다.

"나 몰래 로또라도 됐우? 같이 즐거워합시다."

"쟤네 둘 다시 좋아진 것 같지? 녀석 참. 요새 애들 말로 능력자일세."

그러고 보니 굳이 밖에서 저녁을 먹고 들어오자고 우긴 게 이상했다. 아니, 예정에도 없던 온천 여행을 서두른 것부터 수상쩍었다.

"말해 봐요. 할애비하고 손자하고 뭔가 꿍꿍이가 있는 게 분명해. 뭔데요?"

거실에서 폭죽 터지듯 혜서의 웃음소리가 들려왔다. 손자 녀석이 우스갯소릴 한 모양이다.

"꿍꿍이는 무슨. 이거 나가기도 눈치 보이네. 잠이나 잘까."

시계를 보니 아직 9시도 안 됐다. 몇 시간을 내리 운전했다지만, 전라도든 경상도든 운전대만 잡으면 힘든 줄 모른다는 양반이니 벌써 잠이 올 턱이 없다.

"눈치는 무슨. 나는 오랜만에 쟤들 얼굴이나 구경해야겠다. 여보, 난 우리 세현이하고 혜서가 나란히 웃고 떠드는 거 보면 그렇게 좋을 수가 없어. 선남선녀가 우리 집에 있었네."

거실로 나온 인희에게 혜서가 먹기 편하게 싼 고기쌈을 건넸다. 배가 불렀지만 성의를 생각해서 한 점 받아먹었다. 신문지를 깔아 만든 밥상이래도 제법 갖춰 차린 모양새다. 쌈채도 골고루 있고 쌈장에 엄지손톱만 하게 자른 마늘과 고추도 보였다. 냉장고 안을 골고루 파악하고 있는 혜서가 아니었으면 찾지 못했을 간장에 절인 고추지에 깻잎지까지 나와 있다.

못 보던 반찬도 보였다. 혜서 어미가 해서 보낸 모양이다. 잠도 부족할 텐데 혜서가 내려갈 때면 꼭 반찬을 만들어 보내는 사람이다. 오랜만에 밝아진 손자를 보니 사내가 바보 되는 건 시간문제다 싶다. 이 녀석아, 나 같으면 민망해서 집으로 도망갔겠다.

11시 정각. 남편은 그새 잠들었다. 큰손자는 갈 생각이 없는지 제 엄마가 두 번이나 전화를 했는데도 요지부동이다. 잘 준비를 마친 혜서가 거실로 나와 밤 인사를 건넸다. 손자가 말갛게 닦아 낸 혜서의 얼굴을 거울 보듯 바라본다.

"할머니, 저 먼저 들어갈게요. 안녕히 주무세요."

"그래, 쉬어라."

"벌써 자?"

"11시 넘었잖아. 너도 얼른 가. 걱정하시겠다."

"영화나 한 편 보자. 누나가 좋아할 만한 거 찾아 놨어."

"아니. 그만 자야 할 것 같아. 졸려."

실망하는 손자의 얼굴에 웃음이 나왔지만, 인희 역시 갑작스럽게 다녀온 여행의 여파로 온몸이 녹신녹신했다.

"영화는 다음에 보고 세현이도 가라. 네가 가야 할미도 편히 자지."

"할머니, 나 오늘 하루 더 자고 갈까? 방학이잖아요."

"주말에 다시 와. 할머니도 네 엄마, 아빠 눈치 보여. 맨날 너만 끼고돈다고 그럴라."

"날도 추운데 그냥 자고 가면 안 되나?"

"그럼 택시 타고 가. 택시비 주랴?"

"돈 있어요."

혜서를 두고 집에 갈 생각을 하니 발바닥에 강력 본드가 묻은 것 같다. 자고 간다고 계속 조르기도 민망했다. 첫 키스 한 날인데 굿나잇 키스까지 해야 완벽하지. 어떻게 된 여자가 센스가 없어. 세현은 혜서 방 앞을 지나며 일부러 간다는 티를 잔뜩 냈다. 그것도 모자라 엘리베이터에 타자마자 전화를 걸었다.

"나 간다? 진짜 간다?"

— 알아. 그렇게 티를 내고 가는데 어떻게 몰라.

"안 서운해? 잘 생각하고 대답해."

전화선을 타고 까르르 웃음소리가 들려왔다. 아쉬움이라곤 한 방울도 안 묻어나는 반응이다. 어떻게 이럴 수가 있지? 오늘 같은 날.

— 세현아, 우리 약속한 거 잊지 마.

그랬지. 말도 안 되는 약속을 내 입으로 했지. 세현은 양쪽 집안에 알리고 정식으로 교제하고 싶었다. 숨기고 가리는 건 적성에 맞지 않았다. 더군다나 상대가 상대인 만큼. 하지만 혜서는 '당분간' 아무도 모르게 만나고 싶어 했다. 당분간이 어느 정도까지인지는 모르겠으나 핑계는 전혀 그럴듯하지 않았다. 논리도 설득력도 없었다. 어릴 때부터 누나 동생으로 자란 너와 나 사이에 사귄다는 말도 이상하고, 고등학교도 졸업 안 한 너하고 내가 어쩌고저쩌고. 다 듣기 싫었다. 창피하다는 말이 제일 싫었다. 내가 창피해? 내가?

그나저나 그는 혜서를 한 번이라도 더 안고 싶었다. 이럴 줄 알았으면 삼겹살 먹기 전에 뽀뽀나 몇 번 더 하는 건데. 너무 자제했다.

"잠깐 나오면 안 돼?"

— 왜?

"정식으로 인사하고 가려고."

여자가 또 웃는다.

— 잠옷으로 갈아입었어.

'잠옷'이란 단어가 이토록 불경스러운 단어였나. 잠시 수그러들었던 상상력이 기지개를 켠다. 혜서 몸에서 뿜어져 나오던 체향이 코끝을 뱅글뱅글 맴도는 것 같다. 볼에서 솔솔 풍기던 비누 향은 또 얼마나…… 그냥 다시 올라가?

— 얼른 가. 내일부터 학원 다닌다며.

두 군데 학원을 끊어 놓았다. 운전 학원과 영어 학원. 원서 볼 일도 많을 테고 나중에 유학을 갈 생각이라 차근차근 준비하고 싶었다. 어학연수를 다녀올 수도 있지만 혜서와 같이 갈게 아니라면 무조건 대한민국 안에서 해결할 생각이다. 미국, 영국, 호주는 너무 멀다.

"내일 밖에서 만나자."

— 내일은 좀 바쁠 것 같은데.

"왜?"

— 용돈 벌려고. 과외 같은 건 오래 못 하니까 근처에서 알바 자리 좀 알아보게. 심심하기도 하고.

"하지 마. 나하고 놀자. 놀아 주면 내가 알바비 줄게."

— 돈 많은 거 자랑해?

"그게 아니고, 방학 동안이라도 자주 보려고 그러지."

— 한나절만 할 거야. 몇 시간만. 친구들하고 약속도 있어.

"나 대학 들어가면 다시 할머니 집에서 살까?"

— 너희 집에서 지하철 타면 너 다닐 대학 바로 연결되잖아.

"나하고 같이 살기 싫어?"

— 하하하. 잘 가."

전화를 끊은 혜서는 오전의 그 일을 다시 떠올렸다. 키스에도 궁합이 있는 걸까? 여태까지 남자들은 다 뭐야. 비교 불가였다. 인스턴트 짜장 라면과 호텔 중식당 수타 짜장면의 차이랄까. 모양, 맛, 향기, 음식을 담은 그릇까지 천지 차이다. 그 애도 그렇게 느꼈으면 좋겠는데.

버스를 타고 집에 가는 길. 이어폰에서 흘러나오는 노래를 배경으로 세현은 오늘 아침의 입맞춤을 떠올렸다. 마트에서 장을 보고 들어와서도 했다. 1분 안에 끝내라는 걸 10분은 한 것 같다. 열 시간을 하라면 못 할까. 그녀도 아는지 모르겠지만 키스 사이사이 흘리는 신음은 정말이지 이과생으로선 감히 묘사할 수도 없는 수준이다. 칭찬을 바라는 건 아니지만, 나나 되니까 거기서 멈출 수 있다는 걸 누나가 좀 알아줬으면 좋겠는데.

세현은 생각만으로 다시 커지는 몰염치한 아랫도리를 꾸짖었다. 여긴 공공장소다. 넌 수치심도 없냐? 내릴 정거장을 놓쳤다는 걸 알게 된 건 집에서 세 정거장이 지나서였다. 그는 할머니 집으로 다시 돌아가 여자를 품에 안고 싶었다. 아무것도 안 해도 좋았다. 그저 안고 잘 수만 있다면.

집 근처 커피숍에서 아르바이트 자리를 구한 혜서는 그날부터 바로 일을 시작했다. 테이블 정리와 셀프 바 물품 채우기, 정돈이 기본이다. 야무진 중학생 정도만 돼도 충분히 할 수 있는 일. 한가한 시간을 틈타 동생뻘인 알바생에게 에스프레소와 카푸치노 같은 기본 메뉴를 배웠다. 평범한 고등학생 정도면 금방 익힐 수 있는 일이다. 기본 메뉴를 응용한 베리에이션(Variation) 메뉴는 커피숍 여사장에게 직접 배우기로 했다.

"언니, 이번 건 탬핑을 너무 강하게 했나 봐요. 그럼 느리게 추출돼서 커피 맛이 써져요. 잡맛도 많이 들어가고. '룽고(Lungo)'라고 일부러 길게 추출하는 방법도 있는데 그건 찾는 손님이 별로 없어요. 그래도 크레마(Crema: 이탈리아어로 크림이란 뜻. 커피의 지방 성분과 수용성 성분이 결합된 미세한 거품)는 적당히 잘 생성됐네요."

보린이라는 예쁘고 특이한 이름의 알바생이 방금 그녀가 만든 에스프레소를 품평했다. 진한 커피를 싫어하는 혜서에겐 사약 수준의 맛이다.

"진짜 내가 만든 게 훨씬 쓰네. 크레마도 너처럼 풍부하지 않고."

"몇 번만 해 보면 감이 올 거예요."

"근데 이걸 왜 돈 내고 먹어? 넌 이해되니?"

442

"나도 처음엔 에스프레소 주문해서 원샷으로 쫙 마시고 바로 일어나는 사람들 보면 완전 부티 나고 신기해서 쳐다보고 그랬거든요? 근데 이거 은근 마실 만해요. 새로 뽑아 줄 테니까 각설탕 두 조각 넣어서 한 번에 마셔 봐요."

"싫어. 무서워."

"이까짓 게 무서우면 이 험한 세상을 어떻게 살아요?"

한마디씩 툭툭 던지는 말이 은근 재미있는 아이다.

"제일 만들기 어려운 커피 메뉴가 뭐야?"

"카페모카? 너무 달아도 안 되고 써도 안 되고 중용의 맛을 내기가 어려워요. 사장 언니도 그게 제일 힘들다고 하던데요?"

"그렇구나. 우리 에스프레소 한 잔씩 마시고 말 트자. 두 살 밖에 차이 안 나는데."

"어머, 사실 나도 그러고 싶었는데!"

평소 커피를 즐기는 편이 아닌 혜서지만, 갓 로스팅한 원두 향기는 싫어할 수가 없다. 스티밍한 우유 거품으로 삼중 하트나 나뭇잎 모양을 획획 그리는 여사장의 손길은 신기하기만 했다. 예전에는 무심히 보고 지나쳤던 커피숍 안의 모든 것들이 하나하나 눈에 들어왔다. 혜서는 웬만한 소형차 가격과 맞먹는다는 커피머신으로 에스프레소를 추출하는 게 소꿉놀이하는 것처럼 재미있었다.

30대 후반의 여사장 미령은 커피 관련 서적까지 낸 사람이라 커피에 해박했다. '칼디'가 커피콩을 처음 발견한 염소치기 소년의 이름이라는 것, 커피를 '검은 악마'라고 부른다는 것 정도는 알고 있었지만, 커피 마니아들이 느려 터진 사람을 '핸드밀에 커피 갈듯 한다.'고 부르거나 거꾸로 행동이 성급할 땐 '탬핑 하기도 전에 스팀밀크 만든다.'고 한다는 건 처음 들었다. 커피를 직접 만들어 보지 않았다면 도대체 그게 무슨 소리냐고 되물었을 말이다.

조금 한가해진 오후 시간. 미령이 토끼가 그려진 카푸치노를 혜서에게 내밀었다. 벨벳처럼 부드럽고 따뜻한 우유 거품이 입술에 달라붙는다. 혜서는 그것을 핥아 먹으며 세현을 떠올렸다. 어제 이후 머릿속에 새로운 방이 따로 개설된 것 같다.

"사장님은 언제부터 이쪽 일을 하신 거예요?"

"전문대 졸업하고 쭉 커피만 보고 살았어. 한 15년 됐나. 보린이처럼 알바생으로 출발했고."

"우와, 성공하신 거네요. 부러워요."

미령이 겸손한 몸짓으로 손사래 쳤다.

"아직 멀었어. 이 매장 한 달 월세가 얼만데. 내 돈 버는 게 아니라 건물주 돈 벌어 주는 거라니까. 그래도 매장 차릴 때 대출받은 돈은 꼬박꼬박 갚아 가니까 내년부턴 좀 나아질 것 같아. 커피를 좋아해서 버텼지 아니면 오래 하기 힘들었을 거야."

"역시 사람은 좋아하는 일을 해야 하나 봐요."

"아무래도 생계유지 목적으로만 하면 더 힘들겠지. 잠깐 들어 봐. 지금 나오는 음악이 바흐의 '커피 칸타타'인데 18세기 독일 커피하우스에서 유행한 일종의 커피 홍보 음악이야."

"바흐가 그런 곡도 만들었어요?"

"지금이야 음악의 아버지라지만, 그 시대엔 대중음악가라고 할 수 있으니까. 중세 유럽인들은 포도주와 맥주에 찌들어 살았었대. 애들까지도 맥주를 하루 평균 3리터는 마셨다는데?"

"알코올이잖아요! 뭐 그런 부모들이 있대요?"

"놀랍지? 물 사정이 안 좋은 곳이 많아서 그런가. 어쨌든 아라비아에서 커피가 들어오면서부터 유럽의 음료 문화가 바뀌게 된 거래. 별거 아닌 것 같은데 대단하지 않아? 그래서 커피를 '신의 선물'이라고 부르기도 해."

2년 전, 친구들과의 여행길에 강릉의 커피 농장을 들른 적이 있다. 운 좋게 짧은 기간 피었다 진다는 커피꽃을 볼 수 있었다. 재스민 향기가 나는 하얗고 앙증맞은 크기의 꽃이었다. 동시에 혜서는 당장 돈벌이에 좋은 커피를 심는다고 키 큰 나무를 다 베어 낸 뒤 사막화된 아프리카의 황폐한 땅을 떠올렸다. 커피가 모든 이에게 신의 선물일까?

"근데 사장님, 저 사람들 지금 뭐라고 하는 거예요? 독일어는 진짜 소화가 안 된다."

"하하하. 커피광인 딸하고 아버지가 실랑이하는 내용이야. '칸타타'라는 커피 브랜드 알지? 그게 이 곡에서 따온 거잖아."

"오, 그렇구나!"

미령이 가사 내용을 짧게 들려주었다. 커피가 무스카트 포도주보다 감미롭다고? 커피가 천 번의 키스보다 사랑스럽다고? 혜서는 절대 동의할 수 없었다. 최고급 사향 고양이똥 '코피 루왁(Kopi Luwak)'을 마신다고 해서 다리 힘이 풀리진 않잖아.

지구가 천 배의 속도로 뱅글뱅글 돌지는 않잖아. 커피는 키스보다 아래다. 적어도 진세현과의 키스보다는.

"얼마나 커피를 사랑하면 그런 가사를 지었을까요?"

"왜, 난 이해되는데? 오래 사랑하기엔 남자보다 커피가 훨씬 낫지 않나? 적어도 커피는 내 마음대로 뽑거나 만들 수 있잖아. 날 배신하지도 않고."

장난스러운 눈빛으로 바뀐 미령이 상체를 기울이며 나지막이 덧붙였다.

"맛없으면 언제든 바꿔 마실 수도 있고. 취향대로."

"아!"

이렇게 또 인생의 진리를 깨치는 혜서다.

"저 이 커피숍 정말 마음에 들어요. 재미있는 책도 많고."

"난 마음에 안 드냐?"

"사장님도 좋아요. 시간 될 때마다 커피 얘기 자주 해 주세요."

"나도 너 마음에 든다. 내일부터는 오후 5시까지 시간 맞춰 나와."

뭐든 적응이 빠른 혜서는 학교 일보다 머리 쓸 일이 적은 커피숍 일이 즐거웠다. 성격상 손님들을 친절하게 대하는 것도 어렵지 않았다. 주 6일, 오후 5시부터 10시까지 하루 다섯 시간 근무. 시급 6000원. 저녁 식사 무료 제공. 이게 아르바이트 조건이다. 여사장 미령의 언질에 따르면 나름의 특별 대우라고.

"자기가 예뻐서 더 주는 거야."

혜서는 제법 예쁘게 낳아 주신 부모님께 다시 감사했다. 이 모든 사실을 약식으로 보고받은 세현은 손님인 척하며 커피숍을 찾아오겠다고 장난을 쳤다. 오지 말라고 해 봤지만, 벌써 세상 둘도 없는 남자 친구 노릇을 하려는 그에게 통할 말이 아니었다.

"와도 절대 티 내지 마. 거긴 내 일터야."

— 손님인 척할게. 내일 저녁 8시쯤 간다? 근데 나한테 뭐 할 말 없어?

"뭐?"

— 보고 싶다거나, 좋아한다거나, 심지어 사랑한다거나.

얘 봐라. 대놓고 귀엽네. 혜서는 휴대폰을 가리고 숨죽여 킥킥 웃었다. 곧 제정신으로 돌아온 그녀는 짐짓 담담한 목소리로 대답했다.

"바라는 게 너무 많네요."

— 그럼 싼 내가 할게. 온종일 보고 싶었어. 잘 자.

가만있어도 콧노래가 흘러나온다. 아무도 없을 땐 춤까지 췄다. 현재 상황 집에서 제일 한가한 사람이 세현이다. 학원 두 군데를 다녀오고 동아리 후배들까지 만나 한턱내고 왔는데도 시간이 남는다. 오랜만에 일찍 들어온 엄마가 차려 준 저녁을 먹고 나갈 준비를 했다. 거울을 보며 머리를 기를까 생각해 봤다. 염색도 할까? 가방을 들고 밖으로 나오는 그를 엄마가 불러 세웠다.

"또 나가니?"

"친구 좀 만나고 올게요."

"늦게 들어올 거야? 너무 늦지 마. 동생도 좀 챙기고. 너 혹시 여자 친구 생겼니?"

"생기면 안 돼요?"

"그건 아니고."

"아무 여자나 안 만나요."

"그래. 그럼 고맙지. 추우니까 목도리 하고 나가."

"엄마, 저 면허 따면 차 사려고요. 차값하고 기름값은 제가 댈게요."

"좀 기다려 봐. 엄마 조만간 차 바꿀 건데 너 그거 탈래?"

엄마 차는 연식이 꽤 오래된 데다 디자인도 마음에 들지 않는다. 그러나 사용 기간에 비해 깨끗하고 무사고인 걸 고려하면 나쁘지 않은 선택이다. 아버지 차보다 작지만 비싼 기름값을 생각하면 오래 망설일 이유는 없을 것 같다.

"얼마에 파실 건데요?"

"그냥 줄게. 입학 기념으로."

"좋아요. 그거 탈게요."

"그 대신 당분간 우현이 수학 좀 가르쳐 줘. 학원에서 배워 오는 게 영 시원찮더라."

"자주는 곤란하고 주 2회 정도는 할 수 있어요."

현관문을 나서다가 잊은 게 생각나서 다시 들어왔다. 담배는 왜 갖고 나오라는 거야? 설마 같이 피운다고 설치는 건 아니겠지? 정혜서라면 영 가능성 없는 가정은 아닌데. 세현은 피식 웃고 방문을 열었다.

혜서는 작은 싱크대 앞에 서서 끊임없이 나오는 커피잔을 닦았다. 설거지를 마친 그녀는 마른행주로 잔 속의 물기를 꼼꼼히 제거한 뒤 이열종대로 간격을 맞춰서 커피머신 위에 올려놓았다. 단순한 크림색의 커피잔이 마음에 쏙 든다.

문을 열고 들어오는 젊은 남자를 먼저 발견한 건 보린이었다. 어머, 살다 보니 이런 일이! 죽어 가던 실개천에 1급수가 유입된 느낌이다. 잽싸게 테이블로 이동한 아르바이트생 보린은 최대한 고운 눈길과 목소리로 손님을 맞이했다. 카운터로 직접 와서 주문하는 시스템이면 어쩔 뻔했어?

"처음 오셨죠?"

당신을 봤으면 기억 못 할 리가 없어. 내가 없을 때만 왔던 거라면 몰라도.

"네, 처음이에요."

세상에나. 캐러멜 마키아토에 아포가토와 콘판나를 1대 1대 1로 섞어 놓은 것 같은 목소리다. 보린은 다소곳이 메뉴판을 내밀며 목소리를 가다듬었다.

"주문하시겠어요?"

그는 여자 친구에게 직접 주문하고 싶었다. 그러나 초롱초롱 눈을 빛내며 자기를 바라보는 종업원을 완전히 무시할 만큼 매몰차지는 못했다. 아버진 왜 나에게 매너가 뭔지 가르치셨을까. 메뉴판을 훑어보던 세현은 커피 향으로 가득한 실내를 한 바퀴 둘러보았다. 열 개가 넘어 보이는 테이블이 거의 차 있다. 몇몇 여자와 짧게 눈이 마주쳤다. 그는 여전히 무심한 눈길을 들어 주문을 기다리는 종업원을 쳐다보았다.

"조금 있다가 주문해도 되죠?"

보린은 살짝 미소를 띠며 고개를 숙인 뒤 천천히 돌아섰다. 바 안으로 다시 돌아간 그녀는 새로 들어온 후배 아르바이트생의 등을 탁탁 두드렸다.

"언니, 대박!"

"뭐가?"

"좀 전에 남자 손님이 들어왔는데 완전 완전체야."

"호들갑은. 넌 조금만 잘생겨도 난리잖아."

"이번엔 진짜가 나타났다니까. 동네마다 하나씩 있는 보급형 미남이 아니라고. 조 아무개, 차 아무개, 송 아무개, 현 아무개, 김 아무개 각각 5퍼센트에 다니엘 아무개 10퍼센트를 섞어 놓은 거 같아. 키도 크고 목소리까지 죽여."

"그런 남자가 세상에 어디 있⋯⋯."

아, 있을 수도 있겠다. 정초부터 엉겨 붙어서 거실 바닥을 뒹굴었던 남자.

"어머! 어머! 본다! 우리 쪽 보고 웃는 거 맞지? 아우, 다리 풀려. 나 좀 앉을게."

혜서는 그런 보린의 모습에 쓰게 웃었다. 그래, 쟨 그런 애였지. 이제 막 스무 살이 됐다고는 도저히 믿기 어려운, 웃을 때만 스무 살로 보이는 남자.

"언니, 내가 소싯적에 아이돌 많이 따라다녀 봤는데 그때도 저런 얼굴은 못 봤어."

"에이, 설마."

"이 언니 눈이 정수리에 붙었나. 무려 다니엘 아무개를 붙여 줬구먼."

"내가 보기엔 저 남자가 더 나은데?"

"그새 반한 거야?"

"언제 봤다고 반하냐? 민보린, 내가 주문받아도 되겠어?"

"난 다리 후들거려서 못 걸어. 오늘만 양보할게."

커피머신 옆의 마른행주를 곱게 접어 정리한 혜서는 앞치마 매무새를 다시 살폈다. 하나로 묶어 올린 머리는 흐트러짐 없이 단정했다. 주문받으러 걸어가는 그녀의 모습을 세현이 물끄러미 지켜보았다. 왠지 스텝이 꼬이는 느낌이다.

'얘 진짜 연기해도 되겠는데?'

"손님, 메뉴 고르셨나요?"

"음…… 제가 잘 몰라서 그러는데요, 여자 친구하고 같이 마시기엔 어떤 커피가 좋죠?"

"그거야 사람마다 취향이 다르니까요."

"추천 좀 해 주세요. 에스프레소는 쓴 건가요? 쓴 건 별로 안 좋아해서."

"원두 추출 원액이니 쓸 수밖에요. 맛이 강한 편이라 쓴 걸 싫어하시면 약 같을지도 몰라요. 각설탕을 한두 개 넣어서 원

샷으로 드시면 생각보다 좋을 거예요."

"다른 커피들도 설명 좀 해 주실래요? 아메리카노부터."

누가 연기를 하는 건지 모르겠네. 그래, 해 보지 뭐.

"아메리카노는 쉽게 말하면 에스프레소 원액에 뜨거운 물을 희석해 마시는 거예요. 그대로 드시거나 시럽을 가감해 마시면 돼요. 쓰거나 달거나 진한 커피를 싫어하시는 분들에게 추천해 드리죠."

세현이 긴 손가락으로 메뉴판을 가리켰다.

"요기부터 여기까지 쭈욱 설명해 주세요."

"하아……."

"한숨은 왜? 설마, 설명하기 싫은 건가요?"

"할게요. 이탈리아노는 아메리카노보다 물 양이 적다고 보면 되는데 좀 더 써요. 에스프레소와 아메리카노의 중간 정도라고 보시면 돼요. 카페라테는 에스프레소에 우유를 섞은 베리에이션…… 아, 기본 커피의 변형된 메뉴요. 많이들 찾으시는 캐러멜 마키아토는 쉽게 말해 카페라테에 캐러멜 시럽을 섞은 커피예요. 달달함의 끝판왕이죠."

조용히 듣고 있던 그가 얼굴을 앞으로 당기더니 작게 속삭였다.

"누구 입술처럼?"

순간, 혜서는 나무로 만들어진 메뉴판으로 세현의 머리를 내리치고 싶었다. 그는 시침 뚝 떼고 질문을 계속했다.

"근데 마키아토의 뜻이 뭐죠? 어느 나라 말이에요?"

"이탈리아어고요. 뜻은 몰라요."

"뜻도 모르면서 커피를 파는군요. 장인정신이 부족하네."

우이 씨! 나 이 커피숍에서 딱 이틀 일했어! 무식하다고!

"그렇게 궁금하면 직접 검색해 보세요. 검색은 할 줄 아시죠?"

"여기 좀 불친절하네요. 하나만 더요. 카페모카는요?"

"커피 이름 뒤에 모카라고 되어 있으면 초콜릿이나 코코아를 의미한대요."

"카푸치노는?"

하나만 한다며? 아는 거라 가르쳐 준다.

"에스프레소에 뜨거운 거품 우유를 부은 뒤 계핏가루나 초콜릿가루 같은 걸 넣어 마시는 거예요."

"그렇군요. 그럼 카페라테와 카푸치노의 차이는 정확히 뭔가요? 두 개가 헷갈리는데."

"라테는 이탈리아어로 우유란 뜻인데요, 찬 우유가 들어가든 뜨거운 우유가 들어가든 우유가 들어가면 라테라고 불러요. 카푸치노는 우유를 스티밍해 따뜻한 거품을 만들어 붓는 거고요. 아, '치노'가 거품이라는 뜻이랍니다. 말하자면 온도와 거품의 차이……."

고개를 끄덕여 가며 한참을 듣던 세현이 그녀의 말을 딱 끊더니 바로 주문했다.

"그럼 전 레모네이드로 할게요. 차가운 걸로. 그쪽이 직접 만들어 주세요."

이게 말로만 듣던 똥개훈련이니? 혜서는 싱글거리는 세현을 한껏 흘겨본 뒤 바로 돌아왔다. 짜증 서린 그녀의 얼굴을 의아하게 보던 보린이 조용히 물어 왔다.

"주문을 왜 이렇게 오래 받아? 선보는 줄 알았네."

"선 같은 소리 하네. 완전 진상이야. 커피는 시키지도 않으면서 커피 질문만 10분 넘게."

"덕분에 오래 봤잖아. 가까이서 보니까 더 잘생겼지?"

"그렇긴 한데 내 취향은 아니더라."

"헐, 이 언니 왜 이래. 저런 얼굴은 취향을 넘어선 마스크라고."

"보기에나 좋지 같이 다니기엔 불편……할걸."

작은 북카페 같은 분위기라 한쪽 벽면에 책이 꽤 많았다. 세현은 가방에서 영문판 '위대한 개츠비'를 꺼내 뒤표지부터 읽기 시작했다. 어니스트 헤밍웨이도 인정한 완벽한 작품. 미국 현대문학의 지평을 연 불멸의 걸작. 미국의 모든 책 가운데 하나만 선택해야 한다면 이 작품을 고르겠다고? 칭찬이 너무 어마어마해서 실망할까 봐 걱정이다. 그럼 얼마나 위대한지 확인해 볼까.

한 여자만을 평생 뜨겁게 사랑한 남자의 이야기. 소설은 이렇게 시작되었다.

지금보다 쉽게 상처받던 젊은 시절, 아버지가 내게 해 주신 충고를

나는 아직도 마음 깊이 되새기고 있다.

'레모네이드에 설탕이 얼마나 많이 들어가는지 아마 모를 거다.'

잔 안에 두툼한 레몬 조각을 띄운 혜서는 보린에게 서빙을 부탁했다. 거울을 한 번 더 들여다본 보린은 미친 듯이 날뛰는 심근육을 달래 가며 레모네이드를 날랐다. 기분 나쁘게도 혜서 언니에겐 캐러멜 마키아토 벤티 사이즈(스타벅스 커피숍의 제일 큰 커피 사이즈) 같은 눈길을 보내던 남자가 빈속에 무설탕 에스프레소 투 샷을 원 샷으로 들이켠 얼굴로 그녀를 쳐다보는 게 아니가.

뭐야? 내가 혜서 언니보다 안 예쁘다고 무시하는 거야? 왜 이래. 나도 평균치는 넘는다고. 하여간 인물 반반한 것들은 꼭 얼굴값을 해요. 진상 맞구먼. 심정 상한 보린은 음료를 내려놓고 맛있게 드시라는 말도 없이 쌀쌀맞게 뒤돌아섰다.

손님 셋이 한꺼번에 들어왔다. 이번엔 혜서가 메뉴판을 들고 세 남자에게 걸어갔다. 미소 짓는 얼굴로 주문받는 그녀를 보며 세현은 장난친 벌을 이렇게 받는구나 싶어 후회했다. 주문을 받은 혜서는 바로 돌아섰고 남자들은 새로 들어온 여자 종업원의 뒤태를 흥미롭게 흘깃거렸다. 딱 달라붙는 청바지는 위험한 물건이다.

시간이 더디 간다. 두 시간 동안 30페이지도 못 읽었다. 가뜩이나 몰입도 안 되는데 신경은 자꾸 분산됐다. '위대한 개츠비'를 세 번 읽은 사람만이 친구가 될 수 있다던 소설가도 있다는데, 실제로 세 번은 읽어야 제대로 이해될 것 같다.

드디어 10시. 아르바이트가 끝났다. 혜서는 그가 앉은 테이블 쪽으로는 눈길도 주지 않고 출입문을 열었다. 이 여자 공과 사가 정말 칼 같네. 세현이 부지런히 가방을 챙기는데 문자가 왔다.

바로 옆 모퉁이에서 기다리고 있어. 얼른 나와^^

일터를 벗어난 혜서는 제법 다정했다. 무슨 바람이 불었는지 자발적으로 팔짱을 끼어 오기까지 했다. 그는 여자 친구의 정수리에 길게 입 맞추었다.

"잠깐만, 할머니한테 전화부터 하고."

세현은 어른을 대하는 혜서의 태도가 늘 마음에 들었다. 이건 억지로 할 수 있는 일이 아니다. 바람이 세서 그런지 체감온도가 더 낮게 느껴졌다.

"안 추워? 커피숍이라도 들어갈래?"

"막 커피숍에서 나왔는데 뭘 또 가. 너랑 나랑 커피 마시면 나 한 시간 반 서서 일해야 돼. 그게 내 인건비야."

그가 코트를 벗어 건네려 하자 혜서가 얼른 마다했다. 혼자 따뜻하자고 상대를 떨게 할 순 없다.

"일은 할 만해?"

"재미있어. 사장 언니가 나 서비스업에 소질 있대. 많대."

고춧가루를 듬뿍 뿌린 우동으로 뜨뜻하게 배를 채운 뒤 천천히 아파트 안으로 걸어 들어갔다. 놀이터 한 귀퉁이. 비행 청소년들처럼 나무 벤치에 자리 잡고 앉았다. 혜서의 제안이다. 집에 가기 전에 꼭 해야 할 일이 있다는 거다.

"엉덩이 차가울 것 같은데 여기 앉을래?"

세현이 제 허벅지를 탁탁 두드리며 그녀를 바라보았다.

"이거 봐. 이거."

"느끼하다고? 싫으면 말아."

"담배 가져왔지?"

"설마 같이 피우자는 건 아니지?"

"난 몸에 해로운 건 안 해. 너 피우는 거 딱 한 번만 보고 싶어서."

"별게 다 궁금하네. 담배 피우는 남자 못 봤어?"

"니가 피우는 건 못 봤지."

하다하다 별짓을 다 한다고 생각하면서도 그는 담배에 불을 붙였다. 담배 연기가 혜서에게로 갈까 봐 멀찍이 물러앉았다.

"언제부터 피웠어?"

"고2 때."

"그때 무슨 일 있었어?"

있었지. 절대 밝히고 싶진 않지만.

"누나는 피우지 마. 앞으로도."

"나쁜 건 니가 다 피워 없애려고?"

"많이 안 피워. 줄이고 있어."

담배 연기를 뿜는 진세현은, 상상 이상으로 근사했다. 제임스 딘이 살아 돌아온 것 같잖아. 내 눈에 뭐가 씐 건가? 예를 들면 대형 콩깍지? 자동 포토샵 처리? 반사판 백 개? 아이돌에 처음 빠진 초딩처럼 이게 뭔가.

"니 쪽으로 가도 돼?"

"오지 마. 연기 마시면 안 좋아."

"안 좋은 거 알긴 아는구나. 얼른 피워. 하고 싶은 게 생겼어."

세현은 씩 웃으며 벤치에 웅크리고 앉는 혜서를 바라보았다. 종잡을 수 없어서 더 흥미롭다.

"이번엔 또 뭐?"

"있어. 그런 게."

반쯤 피운 담배를 비벼 끈 세현은 꽁초를 휴지에 싸서 주머니에 집어넣었다.

"누나, 이리 와."

그에게로 간 혜서는 허락도 받지 않고 허벅지에 걸터앉았다. 어차피 저지른 김에 목에 팔도 감아 보았다. 막상 해 보니 전혀 느끼한 짓이 아니었다.

"왜 자꾸 날 시험하는 거야?"

"선생이니까. 하하, 춥다."

그녀의 허리를 부드럽게 끌어안으며 세현이 물어 왔다.

"집에 갈래?"

"응. 그 전에 한 가지만 더 하고. 뭔지 맞혀 봐."

"……키스."

"난 니가 똑똑해서 좋아."

차가운 입술 둘이 만나면 얼마 만에 따뜻해질까. 사랑의 강도에 비례한다면 헛소리일까. 단축마라톤을 뛴 것도 아닌데 숨이 턱까지 차올랐다. 키스할 때도 러너스 하이(Runner's High: 장거리 달리기 도중 편안해지면서 쾌감을 느끼게 되는 것)를 느낄 수 있나? 내 핏줄 안엔 도대체 뭐가 흐르는 거지? 다량의 성호르몬? 더는 자극하면 안 될 것 같아서 남자를 밀어내고 벤치에 내려앉았다. 입 밖으로 나오는 목소리가 다른 사람 것 같다.

"집에 가자."

"나 오늘 할머니 집에서 자고 갈까?"

그의 목소리 역시 평소보다 낮게 갈라져 있었다.

"왜 그래, 무섭게."

"그럼 키스 한 번만 더 해."

혜서에게서 뜻밖의 대답이 돌아왔다. 정말 1그램도 예상 못한 말이었다.

"너하고 이제 키스 안 할 거야."

63빌딩이 코앞에서 무너졌대도 이것보단 덜 놀랐을 것이다.

"왜? 왜!"

"니 입에서 담배 냄새 나. 담배 끊으면 할게."

세현은 그 자리에서 반 넘게 남은 담배를 모조리 꺾어 버렸다. 그것도 모자라 발로 비벼 뭉개기까지 했다. 빙그레 웃던 혜서가 그의 볼에 입을 맞추더니 '너 진짜 귀엽다.' 그 한마디로 상황을 종료했다.

"귀엽다고 하지 마. 듣기 싫어."

어린애 취급하는 것 같아 껄끄럽다. 혜서가 그의 목을 끌어안고 급하게 덧붙였다.

"게다가 잘생기고 멋있고 똑똑한데다 갓 스물에 카리스마까지 넘치지. 좋은 건 다 가졌네."

집어치워. 어울리지도 않는 애교 따위.

"진짜 집에 갈 때가 된 것 같네."

집이 코앞이다. 헤어지기 직전 혜서는 한 번 더 다짐을 받아냈다.

"저번에도 말했지만 우선은 아무도 모르게 사귀어 보는 거야. 나도 니가 좋고, 너도 날 좋아한다니까. 그러니까 이 연애에 너무 의미 부여하고 그러지 말자. 부담스러운 건 싫어."

그로선 세상 모든 의미는 다 부여하면서 부담까지 팍팍 주고 싶다. 연애를 대하는 여자의 마인드가 영 마음에 안 든다.

"딱 바람둥이들이 하는 멘트네."

"그래도 난 양다린 안 걸쳐."

"당연한 거 아니야? 그런 인간은 죽여 마땅하지."

"좋아하는 여자 생기면 바로 말해. 물러나 줄게."

아무리 이 여자가 좋아도 들어 줄 말이 있고 못 들어 줄 말이 있다. 세현은 그걸 똑바로 짚고 넘어가고 싶었다.

"쿨한 척 좀 하지 마. 난 양다리 같은 거 해 본 적도 없고, 할 마음도 없고, 누나 만나면서 다른 여자한테 눈 돌릴 생각도 없어. 거꾸로 말하면 누나가 다른 남자한테 눈길 주는 거 절대 못 참는다는 뜻이야. 부탁인데 극단적인 상황 만들지 마. 나한테 그런 종류의 자비는 없어."

놀란 눈으로 그를 쳐다보던 혜서가 고개를 살짝 끄덕였다.

"어. 그래."

세현은 그녀가 안에서 현관문 걸쇠를 거는 것까지 확인하고서야 돌아갔다. 방문을 열던 혜서는 '이 연애 만만치 않겠는걸.' 그 생각에 머리를 흔들었다.

민재가 우연히 혜서를 본 건 수인이 집으로 찾아온 날이었다. 비슷한 성격이어서일까. 엄마와 수인은 원래 마음이 잘 맞았다. 빨리 들어오라고 해서 서둘러 왔더니 옛 여자 친구가 거실에 앉아 있었다. 무슨 꿍꿍이인지 과일 바구니를 들고 와서는 저녁에 후식까지 먹었는데 갈 생각을 안 한다.

그에겐 개인적으로 유난히 싫어하는 표현이 몇 개 있다. 예를 들면 '따로 할 말이 있어.' 같은 거. 딱 그 표현을 하며 수인이 민재를 밖으로 불러냈다. 나가기 싫어 뭉그적대자 엄마가 그를 내쫓듯이 밀어냈다. 그렇게 들어가게 된 단지 앞 카페에서 그녀를 발견한 것이다.

매장 구석의 작은 문 안쪽에서 나오는 혜서를 봤을 땐 이미 차를 주문한 뒤였다. 커피와 허브차를 가져온 건 혜서였다. 그녀는 민재를 알은체하지 않았다. 양다리 걸치다 들킨 남자처럼 불안해진 그는 장소부터 옮기고 싶었다. 오수인, 아무래도 넌 나와 악연인 것 같다.

"나하고 다시 만날래?"

수인의 단도직입적인 말에 민재는 마시려던 허브차를 내려놓았다. 세상엔 밥맛 떨어지는 말만 있는 게 아니군. 껄끄러운 상황에 화가 난 민재는 옛 여자에게 싸늘한 눈길을 보냈다. 오랜만에 마음에 드는 여자를 찾았는데 그 여자를 등 뒤에 두고 이런 말을 해야 하다니.

"내가 그렇게 만만해? 네가 만나자고 하면 좋다고 달려들 줄 알았어? 너 다른 남자 만나잖아."

"헤어졌어. 너 때문에."

"나 때문에? 내가 그 남자한테 너 만나지 말라고 초라도 치고 다녔냐? 갑자기 왜 이러는데?"

"너만 한 남자가 없더라. 미안해. 내가 실수한 것 같아."

사과조차 자기중심적이다. 내 발로 돌아올 테니 넌 받아 주기만 하면 돼, 그건가?

"사과하지 마. 난 이젠 너한테 못 맞춰 살아. 예전에도 힘들었어. 처음부터 너 버거웠는데 그땐 그래야만 하는 줄 알았어. 새 남잔 네 주변 의사 중에서 찾아봐. 의사는 의사하고 만나는 게 제일 좋은 것 같더라."

"민재야, 내가 더 노력할게. 예전처럼 그렇게 안 해. 우리 다시 잘해 보면 안 될까?"

"진짜 인생 만만하게 보네. 난 널 그리워한 적 없어. 한 번도. 따로 좋아하는 여자도 있고."

마치 못 들을 말을 들은 것처럼 수인의 갸름한 눈이 벌어졌다.

"어머니가 아직 만나는 여자 없다던데?"

"내가 애냐? 일일이 보고하고 다니게?"

"그냥 하는 말 아니야?"

"내가 왜 그럴 거라고 생각해? 없는 말은 안 해."

"어떤 여잔데? 뭐 하는 여자야?"

저기 네 뒤에서 조각 케이크 꺼내는 여자. 아, 좀 전에 커피 갖다 준 그 여자. 쳐다보지 마라. 너무 예뻐서 커피잔을 집어 던지고 싶을 테니까. 민재는 케케묵은 정을 생각해서 그 말까지 하진 않았다. 하지만 이 말까지 참을 순 없었다.

"너한테 보고할 이유 없어. 좋아하는 여자가 없다 해도 너하곤 절대 아니야. 난 헤어진 여자하곤 다시 안 만나. 먼저 일어난다."

혜서는 등을 돌리고 설거지를 하고 있었다. 민재는 뭐라고 변명하고 싶은 걸 참고 커피숍 문을 열었다. 기다렸다는 듯 찬 바람이 그의 얼굴을 휘감았다.

동네 장사는 소문이 반이다. 미모의 알바 아가씨가 들어왔다는 소문이 퍼졌는지 남자 손님이 부쩍 늘었다. 미령은 한 시간 더 일해 주면 마지막 타임은 두 배로 계산해 주겠다는 파격적인 제안을 해 왔다. 혜서는 기꺼이 허락했고 세현은 몹시 못마땅해했다.

"물질의 노예 정혜서, 열 배로 돈 주면 알바 그만둘 거야?"

그렇게 파격적인 제안을 해 봤지만 그녀는 빙그레 웃으며 화제를 돌렸다.

어쩔 수 없이 젊디젊은 연인은 주로 낮에 만나야 했다. 낮에 만난다는 건 마음 편히 키스도 못 나눈다는 것과 이음동의어異音同義語다. 그것조차 시간 맞추기가 어려워 주말에야 제대로 볼 수 있었다. 주말부부가 따로 없군. 잠도 같이 못 자는 부부. 주말이라고 늘 볼 수 있는 것도 아니다. 격주에 한 번이나 편히 볼까. 이딴 식으로 후지게 연애할 거냐고 태어나 처음 앙탈도 부려 봤지만 귀여운 척하지 말라는 대답만 돌아왔다.

인간은 적응의 동물이라더니 인희는 혜서 없이 먹는 저녁밥이 쓸쓸했다. 그건 남편도 마찬가지인 것 같다. 토요일 저녁. 손자가 끼어 있어도 딱히 달라지는 건 없다. 널찍한 6인용 식탁에 앉은 세 식구는 빈 의자의 주인을 떠올리지 않을 수 없었다.

"토요일은 좀 일찍 끝내지. 저녁밥이나 같이 먹게."

"안 그래도 얘기해 봤는데 토요일이 더 바쁘대요."

"시급 얼마 받고 일한다고?"

"6000원이요. 그것도 특별 대우래요."

"아이고, 내가 그 돈을 주고 말지."

"마지막 타임은 두 배 준다고 좋아 죽어요."

"혜서 2차 시험 결과 발표는 언제 난대냐?"

"조만간이요. 2월 초쯤? 합격하면 바로 연수 다녀오고 그다음에 발령 나나 봐요."

인희는 묵묵히 밥을 떠먹는 손자를 기습 공격했다.

"너 할아버지하고 이상한 약속 했냐?"

할머니 말이 끝나기 전에 세현은 할아버지를 쳐다보았고, 용민은 국을 뜨며 헛기침을 했다. 세현아, 차라리 이 늙은이에게 42.195킬로미터를 뛰라고 해라. 우리 내외 사이에 비밀은 없단다.

"하여간 할아버지나 손자나 푼수 없기는. 뭐, 애 넷을 낳아? 너희 엄마도 겨우 둘 낳았는데 누구 맘대로 넷? 너 이러고 다니는 거 혜서도 아냐?"

"알면 가만히 있겠어요."

"하여간 사내들이란 이 집 저 집 할 거 없이 제 욕심만 차린다니까."

"할머닌 제가 애 넷 낳는 거 싫어요?"

"싫다는 게 아니잖아. 너 혼자 앞서 가지 말란 거지. 천 리는 앞서 갔네."

"딸도 둘 낳을 건데."

"아이고, 그게 어디 사람 마음대로 되는 거야? 네 아빠가 얼마나 딸을 낳고 싶어 했는지 알아? 네 엄마야 두말하면 잔소리고. 온 가족이 그렇게 기도를 했는데도 고추만 줄줄이 달고 나오더라."

"전 낳을 수 있어요, 딸."

더운밥 먹고 이게 웬 흰소리야. 손자의 말에 인희는 너털웃음이 나왔다. 자손이 많은 집안도 아닌데다 그나마 번번이 아들만 낳는 집 아니던가. 딸? 나야 바라고 또 바라지. 너희 둘 닮은 딸이라면 눈에 넣고도 웃으며 다닐 거다. 그나저나 이 두 사내는 쌍으로 왜 이러는 거야?

"둘 다 입조심해요. 당신도, 세현이 너도. 어디 여자 집에 허락도 안 받고 자식을 몇 낳네 마네 타령이야. 혜서 엄마가 알면 얼마나 기가 막히겠어?"

"아줌마 서울 올라오시면 허락받을 거예요. 전화로 말씀드리면 안 돼요?"

"안 그래도 여기 혜서 두는 거 부담스러워하는데 괜히 전화해서 심란하게 하지 마라. 요새 돌보는 노인네가 악화돼서 정신없나 보던데."

"네."

"우리가 아무리 잘해 준다고 해도 자기 집이 아닌데 힘든 게 왜 없겠어. 먹는 거며 입는 거며 늘 편하진 않겠지. 냉장고에 먹을 걸 잔뜩 사다 놔도 혜서 혼자 있으면 줄어들질 않더라. 남의 집 걸 먹는 것 같아 그러는지, 내가 뭘 먹어야 혜서도 입을 대. 도우미 아주머니한테 맡기래도 굳이 자기 방 청소, 자기 빨래는 꼭 혼자 하고. 애가 제 엄마를 닮아 털털한 것 같아도 칼같이 깍듯한 데가 있어."

불쌍한 정혜서. 가여워 죽겠다. 내가 오빠 노릇, 아빠 노릇까지 다 할게.

"세현아, 할아버지가 소싯적에 눈칫밥을 얻어먹어 봐서 아는데 방에서 혼자 뒹굴어도 남의 집은 불편한 거란다. 아직은 남 아니냐."

"더 잘해 주세요. 누나한테."

466

"그럼. 우리야 덕분에 살맛 나고 좋지. 늙은이들만 있는 집에 젊은 애가 있으니 집 안 공기부터 달라지는걸."

할머니 말에 할아버지가 고개를 끄덕이며 맞장구치셨다.

"그러게. 난 집에 혜서가 있으니 어딜 가도 당신 혼자 안 있어서 좋은데. 안심되고."

그 역시 혜서가 집에 있어야 마음이 놓였다. 여성을 상대로 한 범죄 뉴스만 봐도 가슴이 선득선득해진다.

"아유, 넌 왜 이렇게 더디 나이를 먹니? 스물다섯만 됐어도 바로 장가보내는 건데."

스물다섯? 재작년에 먹은 밥알이 곤두설 일이다. 5년을 더 기다리라고요? 이 상태로? 할머니, 저 말라 죽어요.

"흠흠. 그렇긴 하지."

'할아버지? 할아버지! 저와의 약속은요?'

"이 녀석아, 밥을 지으려면 불부터 때야지 생쌀만 들이붓는다고 밥이 되냐?"

'불은 제가 알아서 땔게요. 집안 분위기나 잡아 주세요.'

"네 엄마가 결혼하자마자 애를 가졌으면 세현이 네가 혜서보다 오빠일 텐데. 여보, 약혼이라도 먼저 시키면 어때? 결혼은 아직 둘 다 어리니까 말이야."

'오! 약혼이란 제도가 있었지!'

"그것도 일러요. 며칠 전에 혜서 엄마하고 통화하는데 차마 입이 안 떨어집디다. 대학을 들어갔나, 군대를 다녀왔나, 돈벌이를 하나. 뭐 하나 갖춘 게 있어야 말을 꺼내지. 그나저나 혜서가 너 좋아하는 건 맞아? 우리한텐 아무 내색도 없던데."

'할머니, 우리 키스 스무 번도 더 한 사이예요. 딱 한 번이지만 가슴팍도 더듬어 봤고요.' 이럴 수는 없었다. 비밀은 지켜져야 하니까. 빌어먹을 비밀. 빌어먹을 스무 살.

"그럴……걸요."

"아효, 밥이나 먹자."

아르바이트 끝나는 시간에 맞춰 혜서를 데리러 갔다. 자고 간다고 생각하니 느긋했고, 내일은 종일 데이트한다고 생각하니 괜히 들뜬다. 오전엔 미술관에 갔다가 오후엔 뮤지컬을 관람할 계획이다.

혜서가 보고 싶어 하던 뮤지컬 티켓도 어렵게 준비했다. 그걸 티케팅하려고 초고속 PC방에서 몇 시간을 죽치고 있었다. 이젠 동네에서도 자연스럽게 손을 잡거나 어깨를 감싸고 돌아다닌다. 누가 보고 사방팔방 소문 좀 내 줬으면 좋겠다는 게 그의 솔직한 심정이었다.

"내가 누나 손 얼마나 잡고 싶었는지 알아?"

"잡지 그랬어."

"미친놈 취급할 거면서."

"그러고 보니 우리 손잡기도 전에 키스부터 한 사이네? 너나 나나 진짜 까졌다."

"모로 가도 서울만 가면 된댔어."

"근데 세현아, 오그라드는 질문 하나 해도 돼?"

"뭔데?"

"나 언제부터 좋아했어? 여자로."

"어려서도 여자였잖아. 그렇게 알고 있었는데?"

"야!"

"은근 다혈질이라니까. 자꾸 성질부리면 세로 주름 생긴대. 이젠 신경 쓸 나이 됐잖아."

혜서가 어둠침침한 보도블록을 두리번거리며 목소리를 깔았다.

"어떻게 이 동넨 짱돌이 하나도 안 보여. 청소를 너무 열심히 하시네."

"같이 늙어 가는 처지에 뭐 그런 걸로 돌을 찾고 그래. 누난 머리 하얗게 세고 주름 생겨도 고울 것 같아. 예쁘게 늙을 거야, 분명."

그 말에 살짝 꼬였던 심사가 헤실헤실 풀어지는 혜서다. 그래서 나 언제부터 좋아했는데?

"음…… 어려서도 좋긴 했는데 그땐 그냥 누나에 대한 애착 비슷한 거였던 것 같고…… 다시 만나선 싫으면서도 좋고, 좋으면서도 싫은 거 있잖아. 애들이 누나 얘기 하는 게 싫고, 안 보이면 신경 쓰이고, 보면 또 표정 관리 안 되고 그랬어. 그러다 학교 축제 때 노래 부르는 거 보고 인정했지."

"생각보다 오래전이네."

"내가 누나 좋아하는 거 알고 있었지?"

"바보가 아닌 다음에야 그걸 어떻게 몰라. 나 그런 거에 상당히 익숙해."

하여간 의뭉스러운 여자다. 혜서가 눈썹을 찡긋하더니 남은 말을 마저 했다.

"솔직히 말하면 너처럼 잘생긴 남자랑 딱 3개월만 연애하고 싶다는 생각은 몇 번 했었어."

"쳇! 나같이 생긴 남자 별로라며?"

"그건 맞아. 난 나보다 인물 좋은 남자하곤 연애 안 해. 진짜 큰맘 먹고 소신을 깬 거야."

대단한 기준에 대단한 소신이네. 나보고 뭘 어쩌라고? 키를 줄여? 얼굴을 망가뜨려? 누나 너도 당해 봐.

"내가 말했던가? 난 여자 외모는 안 본다고."

"어머, 근데 날 왜 좋아한 거야? 앞뒤가 안 맞잖아. 난 이렇게 예쁜데?"

"진심으로 그렇게 생각해?"

"어. 어떻게 이 건조한 계절에도 나날이 미모가 진화하지? 피부 촉촉한 거 봐. 놀랍다, 진짜. 이렇게 말하니까 재수 없지?"

하악! 귀여워 죽겠다. 가로수에 꽁꽁 묶어 놓고 키스를 퍼붓고 싶다.

"아니. 점점 예뻐지는 건 사실이니까."

"어우, 야. 그렇게 말하니까 꼭 엎드려 절 받는 것 같은데 기분은 좋네?"

"됐고, 3개월은 또 뭐야? 3년도 아니고 3개월? 시한부 연애가 취미야? 사사분기마다 남자 갈아 치워?"

"집에 안 가? 걷자, 걸어."

혜서는 땅바닥에 발을 딱 붙이고 꼼짝도 않는 남자 친구를 억지로 잡아당겼다. 세현이 구겨진 얼굴로 못 이기는 척 질질 끌려왔다. 자진해서 팔짱까지 낀 혜서가 애교스러운 눈길로 그를 쳐다보았다.

"거꾸로 말하면 다른 남자도 오래 만난 적 없다는 뜻이잖아."

그제야 인상이 펴지는 세현이다. 더 불어 봐. 몇 놈이나 만나고 다녔는지. 만나서 뭔 짓을 하고 다녔는지. 거기까지 생각하니 속이 쓰려 왔다. 깊이 상상하지 말자. 지금은 내 옆에 있잖아. 그래, 결혼 경력만 없으면 되지 뭐. 딸린 자식 없는 게 어디야.

"이상하게 넌 자꾸 신경 쓰이더라. 동생이다. 호기심 가지면 안 된다. 딴생각 품으면 안 된다. 세현이하고 난 근친 수준……."

"거기까지만 해. 근친? 내가 20년 동안 들어 본 말 중 제일 황당한 말인 거 알아? 우리 피 0.0001그램도 안 섞였거든?"

"지금은 천만다행이라고 생각하고 있어."

"그러니까 날 언제부터 좋아한 건데?"

"어쨌든 너보다 먼저는 아니야."

"나보다 먼저 좋아하면 안 돼? 다른 데 살았으면 나하고 연결 안 됐을 것 같지?"

어느새 아파트 입구다. 잠시 침묵하던 혜서가 그를 올려다보았다. 검은 눈동자에 어린 물기가 나른하게 일렁인다. 순간, 감동반아 우는 건가 착각할 뻔했는데, 이 여자 눈은 원래 이렇다.

"그랬을까? 넌 운명 같은 걸 믿어?"

"이제부턴 믿으려고. 운명하고 숙명 중 어떤 게 더 센 거야?"

"운명은 바꿀 수 있는 거고 숙명은 결과가 정해져 있어서 못 바꾸는 거래. 니가 남자로, 내가 여자로 태어난 것처럼."

세현이 혜서의 어깨를 폭 감싸 안으며 단호하게 대답했다.

"그럼 우린 숙명."

화장부터 지우고 싶었던 혜서는 먼저 씻고 나오겠다며 욕실로 들어갔다. 세현은 언제쯤이나 같이 씻나 그 생각을 하며 방으로 들어와 옷을 갈아입었다. 벌써 11시 20분이다. 거실 소파에 나란히 앉아 텔레비전을 보며 뭉개다 들어온 시간은 1시. 조금이라도 더 같이 있고 싶었지만, 하품하는 혜서를 보니 일어날 수밖에 없었다. 내일의 일정을 소화하려면 재워야 한다.

이산가족이 된 심정으로 곱게 방문을 닫아 주었다. 방에 들어오니 잠이 더 달아난다. 낮잠을 자는 게 아니었다. 운동이라도 빡세게 할걸. '위대한 개츠비'를 한 번 더 읽어야 하나? 오만 가지 건전한 생각을 하며 뒤척이던 세현은 혹시나 하고 문자를 보냈다.

같은 시각 혜서. 방으로 들어오면서 잠이 깨 버렸다. 누우니 더 말똥말똥해진다. 혜서야, 어여 자라. 너도 주름을 걱정할 나이가 됐다고 저 옆방 남자가 그랬잖니. 무조건 자야 해. 남자든 여자든 피부가 경쟁력인 시대야. 그건 재력도 명예도 배경도 없는 네가 가진 거의 유일한 재산이잖아.

그녀의 바람과는 달리 정신은 점점 또렷해지기만 했다. 결국, 어젯밤 읽던 책을 펼쳤다. 책장 위에 세현의 얼굴이 둥둥 떠다닌다. 당황스럽다. 왜 이렇게 된 거지? 혜서는 스무 살과 서른 살 사이를 오가며 변화무쌍한 모습을 보이는 그의 모든 것이 대체로 마음에 들었다. 그래도 스무 살이란 건 변하지 않지. 그 생각에 이르니 다시 한심스러워진다. 그때 문자가 왔다.

— 자?
— 아직. 방에 들어오니까 잠이 깨네.
— 나도 그래. 우리 문자로 얘기할까?
— 카톡으로 하자.

혜서의 카톡 프로필 사진이 또 바뀌어 있다. 상태 메시지 문구도 달라졌다. 풀리지 않는 의문들. 정답이 없는 질문들. 가사의 일부인 건 알겠는데 바꾼 속내를 모르겠다.

— 상태 메시지 의미가 뭐야?
— 요새 인생에 대해 자주 생각하고 있어. ㅍㅎㅎ
— 답을 얻었어?
— 아니, 안 풀려. 정답이 없나 봐.
— 그게 진짜 정답일지도.
— 오! 그럴듯하다.

— 뭐 하고 있었어?

— 온 국민의 흔한 취미, 독서. ㅋㅋ

— 날 읽어 보는 건 어때? 의미도 있고 재미도 있을 거야.

— 넌 내일 낮에 읽을게.—.—;

— 독서에 밤낮이 어디 있어?

쓰다 보니 생각이 자꾸 앞서 가 답답해졌다. 사내새끼가 잘 잘하게 이게 뭐냐. 바로 옆방인데 직접 말하면 되지. 세현은 새 메시지를 얼른 보냈다.

— 방으로 놀러 가도 돼? 말로 하자. 답답해.

— 지금? —,—;;;

— 그럼 내년에 갈까?

— 그래도 좀 그렇지 않나?;;;;;;

— 뭐가 그래. 우리 사이에. 3분 뒤에 간다.

정확히 3분 뒤 그는 옆방으로 연기처럼 스며들었다. 혜서는 귀여운 파자마에 카디건을 걸쳐 입고 의자에 앉아 있었다. 단추가 목까지 다 채워져 있다. 전쟁터에 나가도 되겠군.

작은 스탠드를 켜 놓은 방 안은 아늑했다. 방바닥에 주저앉은 그는 혜서를 앉히고 생각나는 대로 주절거렸다. 말이 끊기면 방으로 돌아가야 할 것 같아 불안했다. 그래, 드러눕자.

"이 방이 내 방보다 더 따뜻한 거 같아."

"더 작아서 그런가?"

"누나도 누워 봐."

"괜찮아."

"내가 안 괜찮아."

세현은 잽싸게 혜서를 끌어당겨 눕힌 다음 자기 팔을 베게 했다. 남은 팔로는 꼼짝도 못하게 그녀의 등을 끌어안았다.

"너 왜 이래!"

"쉿! 조용히 해."

"야, 나 일어날래."

"조금만 더 놀다가 재워 주고 갈게."

"난 혼자서도 잘 자."

"고집하고는. 혼자 못 하는 건 해도 되지?"

밤이 깊어 간다. 입맞춤도 깊어 간다. 세현은 스킨십의 진도도 한 단계 더 깊이 진행하고 싶었다. 너무 빠른 게 아닌가 싶지만, 솔직한 마음으로는 끝까지 갔으면 하는 마음이다. 순간 '준비되지 않은 사랑은 불행의 씨앗을 남깁니다.'라는 공익광고 문구가 머릿속을 스쳤다. 이래서 미성년자들에게 끊임없이 성교육을 하는 거였군.

"나 졸업 선물 미리 주라."

반쯤 넋이 빠진 혜서가 멍하게 대답했다.

"뭐?"

"가슴 만지게 해 줘."

애가 지금 뭐라는 거야? 혜서는 그녀의 등을 끌어안으며 밀착해 오는 세현을 힘껏 밀어냈다. 얼마나 힘이 센지 꿈쩍도 하지 않는다.

"제정신이야?"

"지극히 정상이야. 사실, 벌써 다 봤잖아."

"내가 보여 줬니? 니가 봤지."

"난 그냥 노랫소리가 들려서 눈만 뜬 거라고. 옷을 벗은 건 누나야."

"벗다니? 수건이 저절로 벗겨진 거잖아."

"결과적으론 똑같잖아."

"아무튼 지금은 안 돼. 너무 빨라. 완전 빨라."

"빠르다는 것의 기준이 뭐야?"

'만진다고 닳는 것도 아니고.' 그 말까지 하고 싶었으나 '닳을 것 같아.' 그런 식의 대답이 돌아올 게 뻔했다.

"솔직히 말해 봐. 니가 생각해도 불공평하지?"

"누나도 나 만지면 되잖아."

그녀로선 그다지 당기지 않는 제안이었다.

"만질 게 뭐가 있다고. 난 손해 보는 짓은 안 해."

'만질 게 왜 없어. 시야를 넓혀 봐. 위만 보고 살지 말고 저 아래도 좀 내려다보라고. 진짜 만질 만할 거야.'

긍정적인 대답을 기다리다간 즉시 사망할 것 같아서 세현은 하고 싶은 걸 하기로 했다. 설마 죽이기야 하겠어? 파자마 상의에 단추가 주르르 달려 있다. 너무 급해서 허리 쪽으로 손부터 쑥 집어넣었다. 관문이 하나 더 남았다. 집에서 이런 걸 왜 입을까? 답답하지도 않나? 고지가 바로 여긴데 하는 순간, 여자의 손이 그의 팔목을 움켜쥐었다. 손아귀에 잔뜩 힘이 들어가 있다. 동시에 혜서가 그의 어깨를 콱 깨물었다. 아파서 입이 저절로 벌어진다.

"너 이러려고 온 거야? 허락받는 거 할 줄 몰라? 원래 여자들한테 이래?"

여자들이라니! 혀가 반 토막 나도 이 말은 꼭 해야 했다.

"다른 여자한테는 이런 적 한 번도 없어! 진짜야! 믿어 줘. 미안. 잘못했어."

방금 전 모습이 무색하게 기운 빠진 목소리다. 그의 손이 가슴 언저리에서 스르르 빠져나갔다. 딱하다는 생각이 드는 건 왜지? 혜서는 스스로가 한심했다. 넌 얘한테 너무 약해. 진세현은 네 살배기가 아니라고.

"이렇게 같이 있는 걸로는 부족해?"

"그것도 좋긴 한데 누나만 보면 입 맞추고 싶고, 안고 싶고, 만지고 싶어 죽겠어. 누나 맨팔만 만져도 미치겠는 걸 어떡해. 나도 이런 내가 적응 안 된다고. 자존심 상하고, 미친놈 같고. 근데 보면 또 안고 싶고, 만지고 싶고. 미친 도돌이표야."

"치, 내가 보고 싶고 만지고 싶은 게 너한텐 자존심 상하는 일이야?"

"그게 아니라…… 괜히 불안하고, 안 보이면 사라질 것 같고, 옆에 있어야 안심되고, 내 손에 만져져야 마음이 놓이고, 만지면 감당 안 되고 그래. 나도 알아. 내가 심한 거."

"세현아, 나 어디 안 가. 갈 데도 없어."

지금도 크게 다름없지만 스무 살의 그녀 역시 모든 면에서 서툴렀다. 혜서는 적당히 막무가내면서 적절히 타협할 줄 아는 세현이 싫지 않았다.

"너 걱정 안 하게 매사에 조심할게. 나 은근 겁 많은 거 알 잖아."

가볍게 정의 내릴 수 없는 무언가가 그의 안에서 뻐근하게 차올랐다. 사랑한다는 말로는 부족한데 대신할 말을 찾을 수가 없다. 세현은 혜서를 달싹 안아 침대에 눕혔다. 모로 누운 그녀가 그의 얼굴을 손바닥에 새기듯 어루만졌다.

"잠들 때까지 안아 줘."

잔인한 여자. 그게 남자한테 얼마나 어려운 일인지 모르는 거야? 으스러지도록 껴안아 오는 몸짓에 당황한 혜서는 남자의 탄탄한 팔을 쓸어내리며 살살 달랬다.

"힘 좀 그만 써. 아파."

"아, 미안."

익숙해진 어둠 안에서 닿을 듯 서로의 얼굴을 바라보았다. 세현은 입 맞추고 싶은 욕구를 누르며 혜서의 등을 부드럽게 쓸어내렸다. 손바닥에 브래지어 끈이 걸렸지만 애써 무시했다.

"잠들면 갈게. 어서 자. 피곤하겠다."

"굿나잇 키스 해도 돼?"

이해가 안 된다. 이런 걸 왜 묻는지.

"365일 24시간 내내 개방. 누려."

세현은 인내심을 가지고 혜서의 웃음이 그치길 기다렸다. 굿나잇 키스 기다리다가 날 새겠다. 드디어 웃음이 그쳤다.

"너, 내 거야?"

발톱 밑에 낀 때만큼 남은 그의 자존심이 대답했다.

"아직은 아니지. 전부 갖고 싶어?"

혜서가 또 웃는다. 괜히 말했다. 진짜 날 샐 판이다.

"아까처럼 덤비지 마. 내가 리드할 거야."

혜서의 따뜻한 입술이 감은 눈으로 내려왔다가 코끝을 살짝 깨물었다. 찌릿, 합선이다. 머리끝부터 발가락까지 힘이 들어간다. 유독 힘이 들어가는 부위가 있어서 세현은 슬그머니 엉덩이를 뒤로 뺐다. 아직은 좋아하지 않으니까. 앙증맞고 따뜻한 혀가 그의 입술을 살짝 건드렸다. 슬그머니 침입한 여자가 여유를 부리더니 그새 방향을 잃고 서두른다. 아직은 서투르다. 오래지 않아 인내심 부족한 두 개의 혀는 저절로 감겨들며 서로의 타액을 쉼 없이 교환했다. 사막에서의 물 한 모금처럼 달다. 이리저리 얼굴을 돌리며 가장 편한 각을 찾던 혜서가 참았던 숨을 몰아쉬며 그에게서 얼굴을 떼어 냈다.

"쉬운 일이…… 하나도 없네. 니가 나보다 잘하는 것 같아. 그래도 최선을 다했어."

세현은 여자의 귓가에 만족스러운 웃음을 흘리며 저도 모르게 다정한 비음을 토해 냈다.

"예뻐 죽겠다, 진짜."

홀딱 벗겨서 쪽쪽 빨고 통째로 꼭꼭 씹어 먹고 싶다. 너무 참았더니 하반신에 마비가 올 정도다. 딱히 하소연할 데가 없는 고통이다.

"이젠 정말 잘래."

똑바로 누운 혜서는 남자가 내어 준 팔을 베고 눈을 감았다. 재워 주려는 그의 다감한 손길에 오히려 잠이 달아난다. 아무리 애를 써도 수마睡魔의 손을 맞잡을 수 없다. 게다가 뒤통수에 배기는 남자의 팔은 도저히 적응이 안 된다.

"미안한데 팔베개 못 하겠어. 나 원래 똑바로 못 자."

서운하게 팔을 빼낸 세현은 모로 누운 혜서를 등 뒤에서 껴안았다. 거리감을 주는 동시에 온갖 상념이 드는 자세다. 그녀의 팔을 토닥이던 그는 현실적으로 가장 가능성 있는 요구를 해 보기로 했다. 그로선 가장 낮은 단계의 욕구였다.

"가슴 아니어도 좋으니까 맨살 좀 만지게 해 줘. 상체에서 고를게."

"팔? 등?"

"배면 더 좋고."

"그건 좀."

"딱 배만 만질게. 배꼽에서 사방 10센티 밖으론 안 벗어날게. 내 2세를 걸고 약속해."

세상에 있지도 않은 2세를 담보로 걸다니! 진세현, 지금 그게 중요한 게 아니야.

"나 뱃살 있는데……."

"그게 어때서? 배에 살 없는 게 더 이상한 거지."

딱정벌레처럼 등에 달라붙은 세현이 그녀의 목덜미에서 붉은 반점을 찾아냈다. 그 안에 꿀이라도 숨어 있는 것처럼 쪽쪽 빨아들인다. 이번엔 범위를 넓혀 가며 목덜미를 살살 깨물어 왔다. 간질간질, 스멀스멀 피어오르는 묘한 욕구를 견디지 못한 혜서가 남자의 손을 잡아끌어 아랫배에 얹어 주었다. 잠시 뒤, 그의 입에서 감탄사가 흘러나왔다.

"허, 나하고 왜 이렇게 다르지?"

아버지 서재 책장에 '멋진 신세계'라는 제목의 책이 있다. 어쩌면 올더스 헉슬리가 말한 신세계에 이것도 포함되지 않을까.

"되게 부드럽다……."

아랫배를 탐하는 그의 손길은 집요했다. 잠은커녕 온몸을 점점 조여 오는 묘한 감각에 몸서리가 쳐질 정도다. 남자의 뜨거운 입술이 간지러운 밀어를 속삭이며 목덜미를 핥아 내렸다. 참기 힘들어진 혜서는 몇 번째인지 기억도 안 나는 입맞춤을 나누기 위해 몸을 돌렸다. 기다렸다는 듯 그의 입술이 그녀를 반겼다.

한참 뒤, 혜서의 목덜미에 얼굴을 묻고 비비던 세현이 중얼거렸다.

"진짜…… 진짜…… 좋아. 난, 너하고 꼭 결혼할 거야."

뭐래, 애가. 너?

이 연애는 벌써부터 하극상이다.

일요일에도 이른 아침을 챙겨 드시는 두 어르신은 9시 미사를 보신다며 일찍 나가셨다. 넓은 집 안엔 두 사람뿐이다. 그중 한 사람은 젊다 못해 새파랗다. 나머지 한 사람은…… 닫힌 현관문을 재차 확인한 뒤 소파 위에 축 늘어졌다.

뒤따라오던 세현은 어젯밤 너무 보챈 게 아닌가 싶어 살짝 눈치가 보였다. 얼핏 보니 입술에도 보랏빛 멍이 들어 있었다. 저것도 내가 한 짓인가. 소파 앞으로 슬금슬금 다가간 그는 제발 저린 도둑처럼 조용히 입을 열었다.

"아침 안 먹어?"

"좀 쉬었다가."

"힘들면 미술관은 가지 말고 뮤지컬만 볼까?"

"같은 동넨데 뭐. 10시쯤 나가서 미술관 갔다가 근처에서 점심 먹고 뮤지컬 보러 가면 될 것 같아. 배고프면 너부터 먹어."

"같이 먹을래. 주스라도 줄까?"

"아니. 나 좀 그냥 놔둬."

"……화났어?"

"아니야."

10분 전까지만 해도 그녀는 그의 품에 안겨 잠들어 있었다. 의도한 건 아닌데 그렇게 되고 말았다. 재워 주고 간다고 할 때 뿌리쳤어야 했다. 그런 말은 함부로 믿는 게 아니다. 머리카락을 어루만지는 남자의 손길이 좋아서 조금만 더. 심장의 두근거림이 듣기 좋아서 조금만 더. 까칠까칠한 턱과 단단한 팔이 좋아서 조금만 더. 얼굴을 맴돌며 부드럽게 속삭이는 목소리가 좋아서 조금만 더. 그렇게 온갖 핑계를 만들어 가며 한 쌍의 작은 동물처럼 체온을 나누었다. 자다 깨는 사이사이 수십 번의 입맞춤을 나눈 것 같다.

노크 소리에 눈을 떠 보니 기가 막히게도 날이 밝아 있었다. 거의 동시에 문밖에서 할머니 목소리가 들려왔다.

"혜서야, 자니?"

"죄송해요! 금방 일어날게요!"

"죄송은 무슨. 우린 지금 나갈 거니까 천천히 일어나 아침 먹어라. 세현이도 깨워서."

"네네! 그럴게요."

"미사 끝나고 아녜스 자매님 집에 들러서 점심 먹고 올 거야."

"할머니, 저도 나갔다가 밤에 와요."

"그래. 더 자라."

잠결에 밀쳐진 세현은 울상인 혜서를 바라보며 현실을 직시했다. 여긴 내 방이 아니지. 우린 동침해서는 안 되는 사이지. 설마 할머니가 내 방문을 열어 보신 건 아니겠지? 그럼 난 누구한테 맞아 죽을까? 정혜서? 할아버지? 아버지? 누나의 엄마나 현서 형? 가라고 할 때 갔어야 했다. 현관문 닫히는 소리가 들리자마자 혜서는 그를 짐짝처럼 침대 밖으로 떨어뜨렸다.

벌써 9시다. 세현은 눈을 감은 채 생각에 빠져 있는 혜서가 슬슬 불안해지기 시작했다. 조금만 더 참을걸. 내가 너무 무리한 걸 요구했어. 말도 안 듣고 하고 싶은 대로 하고. 그러나 지나친 후회는 그의 적성이 아니다. 어차피 이렇게 된 거 진도나 더 나갔으면 싶은 게 솔직한 심정이었다. 수학도 월반했는데 스킨십은 월반이 안 되나.

"자꾸 졸라서 미안해."

"……."

"자제하도록 노력할게."

"……."

세현은 혜서의 가슴께를 보고 눈을 질끈 감았다. 저것은 그림의 떡. 절대 만져서는 안 되는 그림의 떡. 내 거 아닌 내 거 같은 그림의 떡.

"대답 좀 해 봐. 지금도 누나 만지고 싶은데 참는 거야. 빨리 결혼하자."

혜서가 반짝 눈을 떴다.

"와, 이런 말 해야 봐 주는구나."

"심장 오그라드는 줄 알았잖아! 할머니가 문이라도 열었으면 어쩔 뻔했어?"

"그래서 내가 우리 할머니를 좋아하잖아. 미안. 나도 모르게 잠들었나 봐. 근데 우리 같이 자면 잠 잘 오지 않아?"

쌍수를 들고 동의할 수는 없었지만, 혜서도 그렇게 느꼈다. 그 품에 안겨 있는 순간만큼은 어려서부터 알던 동생도 아니고, 막 스무 살이 된 어린 남자도 아니었다. 오감을 자극하는 그의 포옹 안에서 다른 여자로 거듭난 것처럼 황홀했다. 잘못이 있다면 젊음에게 다 넘겨 버려야지. 지금부터 서둘러도 미술관은 느긋이 둘러보기 힘들 터였다.

벌떡 일어난 혜서는 새파랗게 젊은 남자의 얼굴을 두 손으로 폭 감쌌다. 두 쌍의 아름다운 눈동자가 고요히 마주쳤다. 혜서는 어젯밤보다 2밀리쯤 돋아난 세현의 까칠까칠한 턱에 쪽 소리 나게 입을 맞췄다. 상대방의 얼굴에 만족스러운 미소가 번진다.

"니가 좋아."

"아, 나 미친다!"

혜서는 그 틈을 놓치지 않고 끌어안으려는 남자의 손길을 잽싸게 피했다.

"씻고 올게."

"그걸 꼭 말로 하고 가야 해?"

얼마나 집요하던지. 얼마나 끈질기던지. 한 번 찌웠던 몸이라 그런지 몸무게는 거의 돌아왔어도 뱃살이 남아 있었다. 세현은 절대 뺄 생각 하지 말라며 그 부위를 집요하게 조몰락댔다. 가끔 아래로 슬금슬금 내려가고 싶어 하는 손을 딱딱 때려 가며 휴전선을 그어 주어야 했다. 샤워하면서도 자꾸 지난밤이 떠올랐다. 피한다고 피했는데도 남자의 그것이 자꾸 스쳐 왔다. 나중엔 걱정될 정도였다. 창피함을 무릅쓰고 물어보았다.

"저기, 세현아."

"으응?"

"너 괜찮아?"

"뭐가."

"너 계속 그 상태로 있으면 죽는 거 아냐? 응급실에 실려 가든가."

"죽지 뭐. 이 정도면 개죽음은 아니겠지."

"장난하지 말고. 아니지? 괜찮은 거지? 저절로 진정되는 거지?"

"살아도 산 것이 아니요 죽어도 죽은 것이 아니니, 생사 여부는 아침에 확인해."

옷을 벗고 욕실 거울에 비친 얼굴을 보았다. 목덜미에 옅은 자국이 두어 개, 아랫입술에도 보랏빛 피멍이 들어 있다. 하여간 기운도 세. 잠도 없어. 샤워를 마친 혜서는 서둘러 아침을 차리기 시작했다. 한결 말끔해진 세현이 다가와 그녀의 허리를 끌어안고 이마에 입을 맞췄다. 혜서는 마치 신혼부부 같다고 생각하는 자신의 전두엽에 소름이 끼쳤다. 사람이 이렇게 급격히 변해도 되나.

"같이 차리자. 난 뭐 해?"

"가만 보면 너 보기보다 착한 것 같아."

"내가 범죄형처럼 생겼어?"

"아니, 그건 아닌데 처음엔 좀 차가워 보였거든. 지금도 가끔 그렇게 보일 때가 있지만."

"난 원래 사람 편애해. 아무한테나 잘해 주는 사람 아니야."

"영광으로 알라고?"

"어. 그러니까 키스 한 번만 더 하자."

잡고 있던 뒤집개를 빼앗긴 혜서는 그대로 선 채 홀딱 삼켜졌다가 국이 다 식어 갈 즈음 겨우 벗어날 수 있었다. 소파로 끌고 가려는 걸 겨우 말렸다. 긴 시간 고개를 젖히고 서 있었더니 뒷목이 뻐근했다.

"잘 몰랐는데 키 차이가 많이 나니까 진짜 불편하네. 목 아파."

생각해 보니 그동안은 누워서 했던 키스가 훨씬 더 많았다. 이래서 시작이 중요한 거다.

"다음엔 안고서 할게. 나야 기운이 남아도니까. 딱히 쓸 데도 없고."

다른 사람들은 모를 것이다. 저 차가운 얼굴 뒤에 어떤 모습이 숨어 있는지.

"너 서른 살 되면 완전…… 아니야."

"무슨 말을 하다 말아."

"나중에 더 친해지면 해 줄게."

그의 전신을 슬쩍 스캔한 혜서가 조심스럽게 입을 열었다. 남자라서 안됐다. 숨길 수가 없으니.

"밥, 먹을 수 있겠어?"

"먹어야지. 먹는 것밖에 더 할 일이 있나. 내가 진짜…… 아니야."

"무슨 말을 하다 말아."

먹고 싶은 건 따로 있다고. 안타깝게도 그게 음식이 아니라고. 아마 그 말을 꺼냈다간 밥주걱으로 맞고 집밖으로 쫓겨날지도 모른다. 세현은 식은 국을 냄비에 도로 부으며 한숨을 섞어 중얼거렸다.

"국이나 다시 데우자."

누가 지은 이름일까. 이곳은 누가 뭐래도 이씨 가문의 것이라는 아집과 자만이 엿보이는 이름을 가진 미술관이다. 좋고 나쁘고를 떠나 한 번은 꼭 와 봐야지 했던 곳이기도 하다. 혜서는 어려서부터 예쁜 것이 좋았다. 아름다움은 그것이 무엇이든 존재만으로도 충분한 가치가 있으니.

"여기 와 본 적 있다고 했지? 누구랑 왔었어?"

"중3 때 부모님하고."

그리고 세 번째 여자 친구와. 세현은 이 사실을 죽을 때까지 숨길 예정이다. 이래서 과거가 복잡하면 안 되는 거다.

"크긴 크다. 서울 한복판에 이렇게 큰 미술관이라니. 이 건물 외국 건축가가 설계한 거라며?"

스위스, 프랑스, 네덜란드, 유럽 3개국 출신 건축가의 손길로 지어진 건물. 건물마다 설계한 건축가의 개성이 뚜렷이 드러나 있다. 세 번째 방문인데도 느낌이 남달랐다. 세현이 건물에 빠져 있는 동안 혜서는 조선 시대의 자기에 넋을 놓았다. 분청사기는 아름답다고밖에 표현할 말이 없다.

"난 니가 수학 전공할 줄 알았어."

"나도 그랬어. 작년 봄까지는."

세상엔 수학을 싫어하는 사람이 훨씬 많다. 그렇다 해도 어느 분야나 그렇듯 천재는 꾸준히 태어나게 마련이다. 수학을 잘했던 부모님의 우성인자를 고스란히 물려받은 그는 어려서부터 숫자를 좋아했다. 일상의 모든 사고를 수학적으로 해결하며 살았던 것 같다. 폐로 숨을 쉬는 것처럼 자연스럽게.

아주 어려선 엘리베이터 층수로 1부터 20까지의 숫자를 익혔다. 10을 알게 되자 100까지는 쉽게 알아졌다. 100을 알자 1000은 더 쉬웠다. 심심할 땐 달력 안의 숫자로 가감승제를 하며 놀았고, 먼 곳을 놀러 갈 때는 바로 앞에 달리는 자동차나 버스의 번호판을 보며 등식을 만들었다. 등식이 성립되지 않는 번호판은 루트를 씌우면 해결됐다.

숫자 안에서만큼은 해결되지 못할 것이 없어 보였다. 가우스(Carl Friedrich Gauss)나 페르마(Pierre de Fermat), 노이만(Johann Ludwig Von Neumann) 같은 세계적인 수학 천재는 넘지 못하더라도 대한민국 수학 역사에 '진세현'이란 이름 정도는 올리고 싶었다. 열한 살부터 국제수학올림피아드 대회에 참가해 3년 연속 수상한 천재 '테렌스 타오'를 알고는 잠깐 기가 죽기도 했으나, 대학에 들어가서 본격적으로 공부를 시작하면 많은 수학자들의 목표이자 난제인 '밀레니엄 수학 난제(수백 년간 풀리지 않은 일곱 개의 미해결 수학 문제. 한 문제만 풀어도 100만 달러의 상금을 받을 수 있음)'를 풀어야지 하는 상상을 기분 좋게 즐겼다. 아이러니하게도 그는 지난해 단 한 곳도 수학과를 지원하지 않았다.

"내가 왜 건축학과에 지원했는지 알아?"

"그렇게 물어봐도 말 안 해 줘 놓고선."

"사실 막판까지도 많이 고민했어. 원래 계획대로 수학과를 갈지, 건축학과를 갈지. 뭐랄까, 구체화한 무언가를 만드는 일이 하고 싶더라고."

"손에 만져지고 눈에 보이는 거?"

"응. 수학도 좋지만, 수학 없인 살아도 집 없인 살기 힘들잖아. 처음엔 더 단순하게 시작했어. 내 손으로 설계한 예쁜 집을 지어 누나에게 선물하고 싶었어."

오! 너 왜 이래. 세기의 로맨티시스트로 재탄생하는 거야? 이러면 부담스럽지.

"너하고 결혼 안 하면 못 받는 거야?"

"당연한 거 아냐? 내 아내 아닌 여자한테 왜 공짜로 집을 지어 줘?"

그 정도로 돈 건 아니구나. 혜서는 고개를 끄덕이며 입꼬리를 슬쩍 치켜 올렸다.

"진짜 튼튼하고 근사하게 지을 거야."

"좋겠다. 니 와이프는."

"부럽지 않아, 그 여자?"

"부럽긴 하네. 누가 될지 모르지만."

"뭘 믿고 이렇게 튕겨?"

"난 늘, 날 믿어."

"나도 좀 믿어 줘."

이렇게 큰 미술관이나 박물관은 웬만큼 다리가 튼튼하지 않고서는 하루에 보기 어렵다. 튼실한 다리의 소유자라도 제대로 감상하기엔 무리지만. 다음에 한 번 더 오기로 하고 휴대폰으로 맛집을 검색했다. 입맛도 통일돼 가는지 둘 다 같은 것을 먹고 싶어 했다. 칼국수. 그게 근처 식당 중에선 제일 간단하고 저렴한 메뉴였다.

뮤지컬 전용 극장과 식당, 미술관이 부등변삼각형(세 변의 길이가 각각 다른 삼각형) 모양으로 자리 잡고 있다. 최대한 짧은 동선을 찾아 걸었다. 시간이 빠듯했다. 칼국숫집에서 나온 세현은 팔을 구부려 팔짱 끼기 좋은 자세를 취했다. 혜서는 차마 그 팔을 모른 체할 수 없었다.

"뮤지컬 얘기 좀 해 줘. 난 관심 없었거든."

"세계 4대 뮤지컬은 오페라의 유령, 레 미제라블, 미스 사이공, 캣츠야. 뮤지컬 감상은 비싼 취미야. 배우 캐스팅이 달라질 때마다 다 보고 싶어지니까. 마니아들은 한 공연을 열 번, 스무 번씩 보기도 해. 돈이 뒷받침돼야 가능한 취미지. 나중에 적금 들어서 본고장으로 직접 보러 가려고. 흔히 미국 브로드웨이를 뮤지컬의 본고장이라고 알고 있는데 시작은 영국 런던의 웨스트엔드야. 그 거리엔 뮤지컬 전용 극장만 50개가 넘게 있대. 믿어져? 4대 뮤지컬 모두 웨스트엔드에서 만들어진 거야. 우리나라에 뮤지컬 전용 극장이 생겨난 건 10년이 채 안 됐어. 너희 집에서 가까운 롯데월드 안에 샤롯데씨어터라고 있는데 그게 최초야. 오페라의 유령, 캣츠, 지킬 앤 하이드 같은 거 다 거기서 장기 공연 했어."

"지킬 앤 하이드? 그 뮤지컬에 '지금 이 순간'이란 유명한 곡 나오잖아. 뭐니 뭐니 해도 정혜서가 배스 타월만 걸치고 부른 게 최고지. 상대가 없다, 진짜."

"으유. 신고하고 싶다, 진짜."

"그러지 마. 나한텐 아름다운 추억이야. 한 대 때려도 돼."

어느새 극장 입구다. 혜서가 단단히 얽힌 그의 팔을 떼어 내며 설명을 마무리했다.

"우리나라 뮤지컬 전용 극장 중에 여기가 좌석이 제일 많을 걸. 아까 미술관도 그 집안 거, 이 뮤지컬 극장도 그 집안 거. 사카린 팔아 돈 벌던 사람들이 별거 다 한다."

맹한 여자가 아니라서 얼마나 좋은지. 춥지만 않다면 계속 걸으며 수다나 떨고 싶었다. 세현은 뮤지컬 전문 숍부터 들르고 싶어 하는 혜서를 잡아채 카페로 끌고 들어갔다. 또 몸살이 날까 봐 걱정됐다. 개인적으론 참으로 고마운 몸살이었지만.

수제 초콜릿으로 유명한 카페테리아다. 주변에 마땅히 갈 곳이 없어서인지 손님이 꽤 많았다. 공연 시작이 30분도 안 남았는데 그린티 두 잔과 브라우니, 초콜릿까지 사 온 철딱서니를 보며 혜서는 잔소리를 하고 싶어졌다. 같이 뭘 먹을 때면 번번이 넘치게 주문한다. 칼국숫집에서도 기어코 왕만두를 추가로 시켜서 반이나 남기고 왔다.

"이걸 누가 다 먹어? 이게 돈이 얼마야. 내 하루 치 알바비도 넘겠네."

"맛이나 보자고. 직접 만든 초콜릿이라잖아."

"니가 만든 건 아니잖아."

"만들어 줄까?"

"됐어. 별로 안 좋아해. 살쪄."

"난 누나가 더 쪄도 괜찮을 것 같은데."

그러면서 세현은 지난밤 탐했던 아랫배의 감촉을 기억해 냈다. 따끈따끈, 몽실몽실, 보들보들, 매끈매끈. 늘 도도하게 살고 싶었는데. 생각만으로도 머릿속이 흐물흐물해진다.

"진세현, 아무것도 상상하지 마."

피식 웃으며 작은 공처럼 뭉쳐진 분홍색 초콜릿을 혀서 입에 넣어 주었다. 그러고 보니 며칠 뒤면 밸런타인데이다. 늘 받는 데 익숙한 그지만 이번엔 제대로 챙겨 볼 계획이다.

혜서는 기념일에 무심한 편이다. 주는 것도 귀찮으니 받는 것도 기대하지 않는다. 만난 지 50일, 100일, 1년. 소소한 기념일을 악착같이 챙기는 친구들을 보면 늘 신기했다. 그 날짜를 일일이 세고 있어? 기억력도 좋아. 기념일을 안 챙겨 줬다고 남자 친구와 헤어지는 친구를 보면 더 놀랍다. 그게 헤어질 이유가 돼? 생일도 아니고 단지 처음 만난 날짜로?

'코앵트로'라는 이름의 네모난 초콜릿을 녹여 먹으며 곰곰 생각했다. 혹시 이거 무언의 압력인가?

"넌 여자들이 주는 초콜릿 지겹지? 너무 많이 받아서."

"조금. 뭐가 들었는지 몰라서 먹지도 않아. 다 남 주지."

"그렇지? 나도 초콜릿, 사탕, 빼빼로 그런 거 별로야. 우린 대기업의 장삿속에 놀아나지 말자."

"예외는 있어."

"켁."

"난 그저 반지나 하나 받아 줬으면 좋겠어. 그건 먹는 거 아니니까 괜찮지?"

"컥."

물어뜯고 싶다. 와작와작 깨물고 싶다. 뮤지컬이고 뭐고 그
는 옆의 여자와 전기뱀장어처럼 친친 얽혀 종일 뒹굴고만 싶었
다. 세현은 혜서 귀에 입술을 바짝 대고 소원을 말했다.

"키스하고 싶어."

"이따가 헤어질 때."

"지금 헤어질래?"

겨우 시간 맞춰 객석으로 들어갈 수 있었다. 오페라글라스
(Opera Glass)가 없어도 배우들의 표정까지 생생히 보이는 자리
다. 돈이 생길 때마다 뮤지컬 극장을 찾곤 했지만, 그동안은 무
대 한쪽이 가려지거나 배우들이 면봉처럼 보이는 좌석에서 주
로 관람할 수밖에 없었다. 혜서에겐 그것도 사치였다.

"내가 앉아 본 좌석 중에서 오늘이 최고인 것 같아."

"고마우면 내일 반지 맞추러 가자."

"뭐가 그렇게 급해? 반지는 예쁜 족쇄야. 아름다운 수갑이라
고. 감당할 수 있겠어?"

뭐 이런 여자가 다 있어? 내가 사 준다면 넙죽 받아야 마땅
한 거 아니야? ……아닌가? ……아닌지도.

"그건 내 문제니까 내가 알아서 할게. 누난 받기만 해."

"나중에 얘기하자. 시작한다!"

뮤지컬을 보는 내내 세현은 정혜서와 무대 위 여배우들을
비교해 보았다. 혜서보다 더 잘 부르는 배우가 없진 않았다. 하

지만 당장 저 무대에 올라도 손색없을 것 같다. 그녀는 그에게 손을 맡긴 채 말없이 무대에 집중했다. 무대 위 여배우가 흐느끼듯 노래 부를 때 혜서의 눈에서도 눈물이 흘러나왔다. 이해하기 힘든 감정이었지만, 세현은 다시 한 번 여자 친구에게 반했다. 극은 클라이맥스를 향해 치닫고 있다.

낮공연을 본 터라 시간이 넉넉했다. 목적지를 정하지 않고 지하철역으로 갔다. 그는 여자 친구를 밤 11시 전에 들여보낼 마음이 전혀 없었다. 곧 어두워지겠지만 저녁도 먹고 느긋하게 차도 마실 수 있다. 2월의 추위는 1월보다 체감온도가 낮았다. 세현은 혜서를 세워 놓고 목도리와 모자를 다시 단단히 여며 준 뒤 부지런히 이동 장소를 물색했다.

혜서는 데이트 비용 걱정 없이 자기를 끌고 다니는 세현이 조금은 부러웠다. 과자 한 봉지를 사도 일일이 가격 비교를 하는 그녀로선 다른 세상을 사는 사람처럼 느껴질 정도다. 두 시간 전 끝난 뮤지컬의 여운이 그녀를 잡고 놓아주지 않는다. 넉넉한 집안에서 자랐더라면 미련 없이 교사직을 포기했을 것이다. 아니, 애초에 사범대에 가지도 않았겠지.

열아홉 살의 혜서와 엄마는 등록금 걱정에 입이 말랐다. 엄마는 단 한 번도 너보다 못한 사람을 생각하며 살라는 식으로 말하지 않았다. 더 잘해 주지 못해서 가슴 아프다고는 하셨지만. 곤궁한 살림이었어도 흔히 추측하듯 수제비에 라면만 먹고 산 건 아니다. 소박한 찬이나마 늘 정성껏 차려 주시던 엄마의 딸이어서 덜 불행했다. 고생한 티가 나지 않는 그녀의 천진한 얼굴은 엄마가 만들어 주신 건지도 모른다.

"또 넋 놓고 있네. 무슨 생각을 그렇게 해?"

세현이 소유욕을 드러내며 그녀의 어깨를 지그시 끌어안았다. 자연스럽게 그의 얼굴을 올려다보게 됐다.

"니 생각 했다면 믿어 줄 거야?"

"딴 놈 생각이나 하지 마."

무대 위의 배우를 얼마나 뚫어지게 보던지 심술이 날 정도였다. 생각해 보니 교생 수업할 때 '좋아하는 사람'이라며 오늘 공연의 남자 주인공 이름을 말했던 것 같다. 그보다 키도 작고, 나이도 더 많고, 얼굴도 더 못난 그 남자를 보며 세현은 질투심을 잠재우려 기를 썼다. 춤 잘 추는 남자 좋아하는 거 아니었어? 노래 잘하는 남자가 이상형이야? 설마 둘 다 잘해야 하는 거야? 이젠 노래 연습까지 해야 하나.

"엄마 생각했어. 우리 엄마도 공연 보러 다니는 거 되게 좋아하는데."

"다음에 올라오시면 같이 보러 가자. 나 마음 바뀌었어. 집 말고 다른 걸로 선물할래."

"왜, 아까워졌어?"

"아니, 그건 너무 당연한 거라서. 언제가 될지는 모르지만 나중에 돈 많이 벌어서 누나 이름으로 뮤지컬 전용 극장 지어 주고 싶어."

갈수록 왜 이러지? 그게 한두 푼짜리야? 혜서는 몇 시간 새

급성으로 중2병에 걸린 것 같은 남자 친구의 대답에 황당했다. 혹시 돈키호테의 영혼이 강림한 거니?

"돈 어마어마하게 많이 들 텐데? 몇천억? 몇백억? 계산도 안 된다."

"죽은 아내를 위해 타지마할을 지어 준 왕도 있는데 뭘."

그래, 갓 스물이잖아. 한 살이라도 더 먹은 내가 이해해야지. 혜서는 짐짓 감동한 얼굴로 스무 살을 향해 입을 열었다.

"너한테 잘 보여야겠다. 그런 의미에서 저녁도 내가 살게."

"아까 점심 샀잖아. 힘들게 벌어서 너무 펑펑 쓰는 거 아냐?"

"이런 걸 소위 투자라고 하지. 뭐 먹을래? 내가 이틀 치 알바비 다 쏜다."

여자와 무언가를 먹은 적은 꽤 많지만, 여자 친구와 둘이서 곱창을 먹으러 온 건 오랜만이다. 순대조차 못 먹는 여자도 만나 봤다. 곱창을 먹으러 가겠더니 원시인 취급하는 여자도 있었다. 따라오긴 했는데 곱창 안의 곱을 보더니 임신한 여자처럼 구역질부터 해 댄 경우도 겪었다. 그 뒤론 여자와 단둘이 곱창을 먹으러 간 적이 없다. 여긴 조부모와 가끔 들르는 식당이다. 주인아주머니가 그를 알아보고 먼저 알은체해 왔다.

"아고, 잘생긴 총각 왔네! 누구야? 여자 친구?"

"네."

어깨를 감싸는 남자의 팔을 슬쩍 뿌리치며 혜서가 고개를 푹 숙여 인사했다.

"세상에! 피부 보얀 거 봐. 애기 같네, 애기. 우리 잘생긴 총각, 여자 친구는 처음 데리고 오지?"

하느님! 제 예지안에 감사합니다! 예전 여자 친구와는 다른
곱창집을 갔었다. 아주머니, 앞으로도 이 여자하고만 다닐 거
예요. 평생.

"둘이 들어오니까 가게 안이 다 환해지는구먼. 그래, 뭐 줄
까?"

음식이 도착하길 기다리며 물수건으로 손을 꼼꼼히 닦았다.
그를 보며 실실 웃던 혜서가 주인아주머니 흉내를 냈다.

"잘생긴 총각, 기분도 좋은데 나 소주 일병 해도 돼?"

"술도 약하면서 까분다."

한번 하극상은 영원한 하극상인가. 말이 점점 짧아지는 남
자를 슬쩍 째려보며 혜서는 애교스럽게 검지를 세워 보였다.

"그럼 소주 한 잔만."

뜻밖의 애교에 씨익 웃던 세현이 그녀에게 거부할 수 없는
제안을 해 왔다.

"한 병 나눠 마실까? 나 다섯 잔, 누나 넌 두 잔."

"내가 얼른 가져올게."

"이거 봐, 이거. 앉아 있어. 내가 가져올 테니."

혜서는 아무거나 잘 먹는 편이라 편했다. 식성도 비슷해서
그가 좋아하는 건 그녀도 좋아했다. 두 사람은 노릇노릇 잘 구
워진 양과 곱창을 서로의 입에 넣어 주며 4인분을 먹어 치웠다.

시간이 빠른 되감기를 하는 것처럼 지나간다. 지난밤부터
이래저래 혹사당한 혜서는 심신이 피곤했다. 세현은 이대로 헤

어지기 싫었다.

"차 한 잔 더 마시면 안 돼? 오늘 하루는 커피 원가 같은 건 잊어버리라고."

"이런 식으로 데이트하다간 거덜 나. 오늘 쓴 돈만 해도 얼마야."

"내가 살게. 차 사려고 어려서부터 모은 돈이 있는데 굳었어. 다른 차나 사지 뭐."

다른 여자들은 이 정도 조크만 던져 줘도 잘 웃어 주던데 이 여자에겐 어림없다. 까다롭다, 까다로워. 세현은 혜서가 람보르기니 타령을 하는 여자인 걸 아직 몰랐다.

"어떻게 돈이 굳었는데?"

"면허 따면 엄마가 타던 차 주시겠대. 면허 있어?"

"아니. 올여름에 따 볼까 해."

"내가 먼저 따고 운전 가르쳐 줄게."

"그러다 우리 헤어지는 거 아니야? 운전 가르쳐 주다가 이혼하는 부부도 있다는데?"

"우리 엄마도 아버지한테 운전 배웠다는데 이혼 안 하고 잘 사시잖아."

"아저씬 아줌마한테 정말 잘하시더라. 아직도 서로 좋아하는 게 눈에 보여. 할아버지도 할머니한테 지극정성이시고. 따지고 보면 남인데 50년 넘게 계속 좋아할 수가 있나? 진짜 미스터리다."

"그러니 난 얼마나 잘하겠어? 대를 이어 DNA에 차곡차곡 적

립됐을 텐데. 이런 남자를 다른 여자한테 넘기고 싶어?"

또 안 웃는다. 이 여자 진짜!

"혹시 자뻑도 집안 내력이야? 할아버지랑 너희 아빠 안 그러시던데?"

"나만 그래."

담백한 그의 대답에 드디어 혜서가 웃음을 터뜨렸다.

외관을 독특하게 꾸민 커피숍을 발견한 세현은 그쪽으로 혜서를 잡아끌었다. 실내는 계절에 어울리게 꾸며져 있었다. 메뉴판에 적힌 커피 이름도 하나같이 특이했다.

"이 커피 이름 웃기다. 사는 게 그렇지 뭐."

"난 이거. 독한 추억. 분명 에스프레소 종류일 거야."

"우리 커피숍도 이런 식으로 이름 짓자고 할까? 아이디어 괜찮은데."

"누난 어떤 커피 이름이 마음에 들어?"

"음…… 더 원."

메뉴판에 유일하게 영문으로 쓰여 있는 메뉴다.

"지금 나랑 하나가 되자고 대놓고 꼬리치는 거야?"

물론 혜서가 원하기만 한다면 당장에라도 손을 잡고 호, 호텔로…….

"으유, 니가 그러고도 지식인이라고 할 수 있어?"

"잊었나 본데 내 최종 학력은 중졸이야."

혜서가 이마에 손을 얹더니 고개를 한껏 숙이고 소리 죽여

킥킥거렸다. 망가져야 웃어 주는군. 그래, 나 아직 고등학교 졸업장도 못 받았어. 내 친구들도 전부 중졸이야. 이런 내가 부끄러워?

"아우, 난 너 이럴 때가 왜 이렇게 좋지?"

"공부 그만할까? 대학 포기해?"

"아, 아, 아, 그건 아니 되지. 뭐 마실래? 커핀 싫지?"

"아니. 나도 커피 마시려고. 이거."

세현의 긴 손가락이 잔뜩 멋을 부린 필기체로 쓰인 글자를 가리켰다.

'나를 허락해.'

거기에 짓궂게 한마디 보탠다.

"혹시 몰라서 하는 말인데 이거 중의적인 표현이야."

"난 너무 무식해서 무슨 말인지 하나도 못 알아듣겠다."

'지금 한 몸이 되어도 시원치 않은데 나를 피해?'

물론 생각뿐이다. 할머니는 늘 말씀하셨다. 눈치가 있으면 절간에서도 고기를 얻어먹는다고. 레모네이드를 마시며 혜서를 관찰했다. 가끔 독서에 방해되지 않을 선에서 자잘한 스킨십도 시도했다. 보들보들한 아랫배도 만지고 싶었으나 공공장소에서 그 정도로 뻔뻔할 수는 없었다.

"그렇게 재미있어?"

국내 유명 뮤지컬 배우들의 인터뷰가 실린 책인데 꽤 두툼했다. 혜서가 고개를 끄덕였다.

"넌 나름 성공해 봤잖아. 어때?"

"내가 어떤 성공을 했는데?"

"춤하고 수학으로 전국적으로 날렸다며? 수학과 춤. 난 그 두 개의 연관성을 도저히 모르겠더라."

"뭘 날려. 1등 아니면 그게 그거지. 결과적으론 다른 공부를 하게 됐는데."

"어마, 겸손하기까지. 니가 이러면 난 뭐가 돼?"

지루한 여자를 최악으로 꼽는 그에게 혜서는 더없이 만족스러운 상대였다.

"수학에도 리듬이 있어. 리듬을 타면 문제가 더 잘 보이거든. 춤출 때 리듬을 잘 타야 하는 것처럼. 아인슈타인이 바이올린의 명수인 게 어찌 보면 당연한 거야. 모차르트가 수학자였다면 가우스나 페르마 수준이었을걸?"

"그런데 왜 나한텐 해당이 안 되지? 나도 음악은 꽤 잘했는데."

"그럴 수도 있지 뭐. 사람이 어떻게 다 잘해."

"난 해 놓은 게 너무 없는 것 같아. 교사로 성공해 봤자 교장이나 장학사 정돈데 그런 자린 안 부럽거든. 그게 애들만 잘 가르친다고 할 수 있는 것도 아니고."

"교육감이나 교육부 장관도 있잖아."

"언감생심. 나 같은 성격은 시켜 줘도 못 할 거래. 다들 그래. 나도 인정하는 바이고."

일선 교육감이나 학교장들과 사사건건 대립하는 모습이 먼저 떠오른다. 고리타분한 투피스 정장을 입고 회의를 이끄는 정혜서라니. 매력 없다.

"난 누나가 뮤지컬 포기하지 말고 꼭 했으면 좋겠어. 무대 위에서 노래 부를 때가 제일 정혜서답다고 생각해. 학생들 가르치는 모습도 좋긴 한데, 누나는 뮤지컬 배우가 제일 어울릴 것 같아."

고개를 30도쯤 올려 그를 응시하던 혜서가 손을 뻗어 그의 턱을 만지작거렸다. 세현은 가빠지는 호흡을 진정하며 레모네이드잔을 움켜쥐었다.

"벌써 까칠까칠하네. 되게 빨리 자란다. 야한 생각 많이 하면 머리카락이 빨리 자란다잖아. 그게 턱수염에도 해당하는 말일까?"

대화가 왜 이쪽으로 빠지는 거지?

"그래서 누나 머리가 이렇게 빨리 자라는 거구나. 언제 이만큼 자랐어?"

발끈하는 모습을 기대했는데 뜻밖에도 자아 성찰의 대답이 돌아왔다.

"그 정도면 많이 하는 건가? 아닌 것 같은데."

그 말만 뱉어 놓고 다시 저만의 생각에 빠져드는 혜서다. 괜히 조바심이 나서 장난을 치려는데 그녀가 몸을 틀어 그를 바라보았다. 다음 순간, 그녀의 입에서 늘 듣고 싶었지만 기대하지 않던 말이 흘러나왔다.

"세현아, 나, 너 사랑하는 것 같아."

엄마 심부름으로 원두를 사러 온 지유는 커피가 포장될 동안 실내를 둘러보다가 전 남친을 발견했다. 혼자가 아니었다. 바로 옆에 그보다 어려 보이는 여자가 나란히 앉아 있었다. 아니, 쟤가 노안이니까 아마 비슷한 또래일 거야. 나란히 앉은 모양새로 봐서는 여자 친구가 분명했다. 하긴 나도 그새 둘이나 갈아 치웠는데 저런 애가 아무도 안 만나길 바라는 건 욕심이겠지. 그렇게 생각하고 커피값만 치르고 나오려고 했다. 진짜 그랬다. 아무리 지금 만나는 남자가 성에 안 차도 구질구질한 여자가 되긴 싫었다.

친구들이 객관적으로 평가했을 때 꽤 훌륭하다고 하는 지유의 현 남친은 키도 작고 얼굴도 평범하고 목소리도 별로고 위트도 부족했다. 춤 같은 건 아예 자세도 못 잡았다. 평균치에 비해 그렇다는 게 아니라 상대적으로 그렇다는 뜻이다. 진세현과 비교만 하지 않는다면 누가 봐도 괜찮은 남자였다.

처음 만난 날 '나 눈은 성형, 코는 시술했어요. 치아 교정은 6학년 때.' 하는 지유를 보며 빙그레 웃던 그는 '지금 예쁘면 되죠.' 그렇게 대답해서 두 배로 점수를 땄다. 다니는 대학도 마음에 들었고 군필자인 것도 좋았다. 나이가 많은 게 살짝 걸렸지만 일하는 여자는 별로이니 내조나 잘해 줬으면 한다는 대답은 꽤 흡족했다.

지유는 다섯 살부터 피아노와 바이올린을 배웠다. 들인 돈만 해도 엄청나다는 건 엄마가 귀에 못이 박히게 말해 줘서 익히 알고 있다. 회당 50만 원짜리 레슨, 개인 지도 해 주던 교수님께 사야 했던 9000만 원짜리 바이올린, 맥없이 돈을 쏟아 부어야 하는 연주회…….

세상은 돈 말고도 가진 게 많은 사람 천지였다. 피아노도 배우지 못한 엄마는 지유의 연주 실력이 어느 정도인지 정확히 몰랐다. 돈만 갖다 바치고 결과도 신통치 않은 연주회는 이제 지겹다. '음악이 세상 모든 것의 갑'이라고 생각한 때도 있었으나 자신이 둔재임을 깨닫는 덴 오랜 시간이 필요치 않았다.

유명 오케스트라에 들어가기엔 실력이 턱없이 부족했다. 아이들을 좋아하지 않는 그녀로선 어린애들을 상대로 하는 교습소를 열 마음도 없다. 프리랜서로 세션이나 할까 생각해 봤지만 무대 위의 병풍이 되는 것 같아 썩 내키지 않았다. 그것조차 실력과 인맥이 없으면 꿈도 못 꿀 일이다.

집에선 유학을 권했다. 하지만 음악에 대한 열정이 식은 그녀에겐 관심 밖의 제안일 뿐이다. 곧 4학년. 지유는 스멀스멀 다가오는 졸업이 두려웠다.

한 번만 더 보고 가야지 하며 세현 쪽을 슬쩍 곁눈질했다. 머리가 많이 자랐네. 더 잘생겨졌고. 그때 세현이 작은 스푼으로 아이스크림을 떠서 여자의 입에 넣어 주었다. 하, 나한텐 한 번을 안 그러더니! 그 정도만 했어도 참을 수 있었다. 심하게 상처받은 마음을 구겨 접고 돌아서려는 순간, 그 자식이 여자의 입술에 묻은 아이스크림을 손가락으로 닦아 내더니 쪽 빨아 먹는 게 아닌가! 그것도 모자라 여자의 침이 묻은 스푼으로 아이스크림을 떠서 자기 입에 쏙 집어넣었다. 둘이 키스하는 장면을 본 것보다 더 충격이었다.

지유는 세현과 같은 그릇의 무언가를 나눠 먹은 적이 없었다. 단 한 번도. 너 못 먹는 애 아니었구나? 안 먹는 애였지. 거지도 아니고 다른 여자 입에 물었던 아이스크림까지 핥아 먹어? 그러고 보니 물컵에도 빨대가 하나만 꽂혀 있다. 이젠 물도 같이 마시니? 자존심 상해서 누구에게도 말은 못 했지만 부둥켜안고 키스하던 순간조차 예의 바르고, 차갑고, 끝까지 도도하던 자식이었다.

냉혈동물 같은 새끼. 헤어지던 날이 압권이었지. 그렇게 꼬드겨도 끝까지 넘어오지 않은 남자는 진세현이 유일했다. 옆의 여자는 오히려 그에게 관심이 없어 보였다. 뭘 읽는지 몰라도 오롯이 책에만 집중하는 모습이다. 전 남친은 여자의 어깨에 팔을 두른 채 메이플 시럽을 통째로 뒤집어쓴 눈빛을 하고 있었다. 재수 없는 자식. 그의 두 눈이 자기를 그런 식으로 봐 준 적은 한 번도 없던 것 같다. 진짜 재수 없는 자식!

그녀보다 못해 보이는 여자면 '니 눈이 그렇지 뭐.' 하고 돌아서려고 했다. 그랬으면 좋으련만 같은 여자가 보기에도 괜찮아 보이는 여자였다. 어차피 내 것이 될 것도 아닌데 다 된 밥에 재나 뿌리고 가야지. 진세현, 이게 다 니가 먼저 뿌린 씨앗이야.

계산을 마친 지유는 또각또각 구두 소리를 내며 구석 자리로 걸어갔다. 두 남녀는 잔뜩 독을 품은 여자가 테이블 가까이 다가올 때까지 주위에 전혀 관심을 두지 않았다.

"오랜만이네, 진세현."

세현이 천천히 고개를 들어 그녀를 바라볼 때도 여자는 귀가 막혔는지 하얗고 길쭉한 손가락으로 책장만 넘겼다. 잡티 하나 없는 흰 피부는 만져 보고 싶게 매끄러웠다. 온갖 치장을 한 것도 아니고, 공들여 화장을 한 것도 아니고, 걸친 옷까지 싸구려처럼 보이는데도 눈길을 끈다. 아, 둘 다 재수 없다!

"……어. 그러네."

"옆에 누구야?"

"알 거 없잖아. 그냥 가 줬으면 좋겠는데."

너 지금 나한테 뭐라고 그랬니? 많이 컸다. 그제야 여자가 고개를 들어 그녀를 쳐다보았다. 이건 뭐야? 완전 자연산이잖아! 앞트임, 뒤트임도 안 했고! 엷은 쌍꺼풀 아래로 커다란 눈동자가 순진하게 깜박였다. 살짝 굴곡이 있는 콧대를 보니 코도 안 건드린 것 같다. 붉은 기가 맴도는 오동통한 입술 하며. 잠시 지유를 올려다보던 여자가 옆쪽을 돌아보며 입을 열었다.

"아는 분이야?"

아, 완전 재, 재, 재수 없어! 이 계집애 목소리까지 왜 이래? 초를 치려면 확실히 쳐야겠지. 지유는 전 남친이 그녀를 소개해 줄 마음이 전혀 없다는 걸 깨닫고 본인을 직접 밝혔다.

"나 세현이하고 전에 사귀었던 사람이에요."

"아, 네."

그 순간 세현은 차를 마시고 가자고 우긴 자신의 혀를 뽑아 버리고 싶었다. 지유의 성격으로 판단하건대 그냥 갈 것 같지 않아 불안하기도 했다.

혜서는 현 남친의 전 여친이라고 밝히는 여자를 다시 바라보았다. 잔뜩 꾸며진 마네킹처럼 예쁘지만 강남 바닥에서 흔히 볼 수 있는 장르의 외모다. 온몸을 비싼 장신구와 옷, 가방으로 치장한 것이 표정조차 만만치 않았다. 이런 여자하고 사귀었구나. 고등학생 주제에. 앉으라고 해야 하나? 그건 좀 오버 아닌가? 그럼 내가 일어나야 하나?

"자리 비켜 드릴까요?"

"아니, 됐어요. 둘이 어떤 사이예요?"

"그걸 제가 왜 말해야 하죠?"

지유는 전혀 주눅 들지 않고 대답하는 여자가 점점 꼴 보기 싫어졌다. 요것 봐라. 어린 게 맹랑하네?

"누나, 잠깐 있어. 금방 나갔다 올게."

누나? 진세현, 너 또 연상하고 사귀니? 지유는 나가기 싫었다. 망나니의 칼날 같은 이 자식에게 무슨 말을 들을지 몰라 불안했다. 무조건 선수 쳐야 한다.

"그럴 거 없어. 금방 갈 거야. 그쪽 몇 살이에요?"

여자가 묘한 울림을 주는 목소리로 그녀에게 대꾸했다. 얄밉게도 꽤나 담담하다.

"제 나이가 궁금하면 먼저 본인 나이부터 밝혀야 하는 거 아닌가요?"

"나 스물셋. 됐어요?"

혜서는 더 말하고 싶지 않아 입을 다물었다. 잔뜩 화가 난 세현이 얼굴을 찌푸리며 일어섰다.

"지금 뭐하자는 거야? 할 말 있으면 나가서 해."

"너하곤 할 말 없어. 너도 연상 어지간히 좋아한다?"

커피숍에서 나오기 직전 지유는 여자의 귓가에 두어 마디를 잽싸게 속삭였다. 표정을 보니 너무 심했나 싶었지만, 어차피 쏟은 물. 지유는 커피숍 앞에 세워 놓은 차에 오르자마자 시동을 걸고 액셀러레이터를 힘껏 밟았다. 내일 당장 전화번호를 바꿔야겠다고 생각하며.

내내 말이 없는 혜서를 보며 세현은 속이 터질 것 같았다. 도대체 무슨 말을 하고 간 건지 몇 번이나 물어봤지만 대답이 없다. 분명 좋은 소린 아닐 텐데 그 안 좋은 소리의 범위가 미치게 불안했다. 더불어 한때나마 그런 여자를 좋아했다는 게 자존심 상했다. 일생의 약점을 잡혔다. 그것도 사랑한다는 고백을 들은 직후에.

혜서는 30분 전 들은 말을 잊으려고 노력했다. 쉬운 일이 아니었다. 깨끗이 다려 입고 나온 새 옷에 지워지지 않을 오물이 튄 기분이다. 여자가 한 말의 의미는 생각할 것도 말 것도 없었다. 너무나 쉽고 노골적인 말이었기 때문에. 남편과 바람피운 상대 여자에게 모욕당한 본처가 된 느낌이 이럴까? 아닌가? 내가 나중에 만난 여자니까 이혼한 본처에게 당한 후처 입장인가? 이러나저러나 기분 나쁘긴 마찬가지다.

눈치 없는 상상력까지 그녀를 괴롭혔다. 그 여자에게도 그랬을까? 온 얼굴을 핥듯이 입 맞추고, 숨 막힐 듯 껴안고, 끝없이 쓰다듬으며 사랑한다고 속삭였을까? 눈물이 쏟아질 것 같아 자꾸 헛기침을 해야 했다. 억지로 참았더니 목울대가 얼얼해졌다. 혜서는 그저 혼자 있고 싶었다.

"말 좀 해. 응?"

뛰듯이 걷는 여자를 잡아 세운 세현이 다시 대화를 시도했다. 혜서가 치한에게 잡히기라도 한 것처럼 그를 뿌리치며 뒤로 물러섰다. 그는 정말이지 하고 싶지 않은 변명을 시작했다.

"그 누나하고 몇 달 사귄 건 맞는데, 누나를 좋아하듯이 좋아한 건 아니었어. 진짜야."

"그 누나란 말 듣기도 싫어. 너 연상 킬러니? 나하고 헤어지면 다음 여자한테도 그렇게 말할 거야? 그 누나하고 사귄 건 맞는데……."

"무슨 말을 그렇게 해? 다른 여잔 만날 일 없어."

"너무 자신한다. 오늘은 여기서 헤어지자."

"집까지 데려다줄게."

"제발 그냥 가라고."

"도대체 아까 무슨 말을 들은 건데 그래? 화내도 좋으니까 말 좀 해."

"꼭 들어야겠어?"

"어. 그래야 변명이든 뭐든 할 거 아냐."

하늘 높이 치솟은 고층 아파트 앞. 무심한 바람이 그녀의 몸을 툭 건드리고 지나갔다. 이 하루가 이렇게 마무리될 줄 짐작도 못 했다. 한 시간 전까지만 해도 정말 행복했는데.

'쿨하게 연애하기 진짜 힘드네.'

어스름한 가로등 불빛을 배경으로 키 큰 남자가 서 있다. 혜서는 정말이지 하고 싶지 않은 말을 하기 위해 천천히 입을 뗐다.

"들은 그대로 말할게. 토씨 하나 안 틀리게. ……세현이 키스 잘하지? 너한테도 같이 자자고 자꾸 조르니?"

『새우깡과 추파 춥스』 2권에서 계속